Abenteuer in Brad
Bücher 7 – 9

von

Tao Wong

Copyright

Dies ist ein Werk der Fiktion. Namen, Personen, Unternehmen, Orte, Ereignisse und Begebenheiten sind entweder der Fantasie des Autors entsprungen oder werden fiktiv verwendet. Jede Ähnlichkeit mit lebenden oder toten Personen oder tatsächlichen Ereignissen ist rein zufällig.

Dieses E-Book ist nur für den persönlichen Gebrauch lizenziert. Es darf nicht weiterverkauft oder an andere Personen weitergegeben werden. Wenn Sie dieses Buch an eine andere Person weitergeben möchten, erwerben Sie bitte für jeden Empfänger ein zusätzliches Exemplar. Wenn Sie dieses Buch lesen und es nicht gekauft haben oder es nicht nur für Ihren Gebrauch gekauft wurde, gehen Sie bitte zu Ihrem bevorzugten E-Book-Händler zurück und kaufen Sie Ihr eigenes Exemplar. Danke, dass Sie die harte Arbeit dieses Autors respektieren.

Bücher in der Serie Die Abenteuer in Brad

Das Geschenk eines Heilers

Das Herz eines Abenteurers

Die Seele eines Dungeons

Der Ruf der Arena

Das Bündnis des Abenteurers

Die Stille des Waldes

Die Anforderungen einer Gilde

Die Gefahren einer Hauptstadt

Ein Königliches Ende

Andere Serien von Tao Wong

Ein Tausend Li

Verborgene Wünsche

Die System-Apokalypse

Inhalt

Die Anforderungen der Gilde

Buch 7

Kapitel 1

„Daniel Chai?"

Die Stimme erreichte den Abenteurer, als er die Treppe hinunterging und sich mit der Hand durch das noch feuchte braune Haar fuhr. Das hölzerne Geländer des abgenutzten mittelalterlichen Gasthauses drückte gegen seine Hände. Das Holz half ihm, nach einer durchzechten Nacht den Weg nach unten zu finden. Ein Lächeln lag noch immer auf Daniels Lippen, als er sich an die junge Dame erinnerte, die er nach einer Nacht voller körperlicher Anstrengung schlafend in seinem Bett zurückgelassen hatte. Er wünschte nur, er könnte sich an ihren Namen erinnern.

Der breitschultrige Abenteurer drehte den Kopf und entdeckte den Sprecher, der an seinem Tisch saß und so positioniert war, dass er diejenigen sehen konnte, die aus dem zweiten Stock des Gasthauses herabstiegen. Er hob den abgenutzten Holzkrug, der mit schwachem Bier gefüllt war, zum Gruß an Daniel.

„Willst du mir Gesellschaft leisten?"

Daniel runzelte die Stirn und ließ eine Hand an die Seite sinken, wo sein verzauberter Streitkolben hing. Er hatte den Streitkolben automatisch mitgenommen, obwohl er immer noch seine zivile Tunika und Hose trug, die nach seiner letzten Eskapade in den Dungeons von Silverstone von der Wäscherin geflickt werden mussten. Er hatte immer wieder vor, ein paar neue Hosen zu kaufen, aber es gab immer etwas Besseres zu tun.

„Kennen wir uns?", fragte Daniel.

„Nein, aber ich hoffe, das mit diesem Frühstück zu ändern", sagte der Fremde.

Bei näherem Hinsehen bemerkte Daniel die feinere Webart seiner Kleidung, das Fehlen von Ausfransungen an den Rändern, das Paar Ringe mit Runeninschriften und der Griff des mit Juwelen besetzten Dolches, der aus dem Gürtel des Fremden über den Tisch ragte. All das deutete auf eine Person hin, die über viel Geld verfügte, ganz im Gegensatz zu Daniel und seinen Freunden.

Es war ja nicht so, dass es ihnen im Moment an Geld mangelte. Als fortgeschrittene Abenteurer verdienten Daniel und sein Team regelmäßig gutes Geld mit dem Erforschen von Dungeons. Aber nachdem sie die beiden neuen Mitglieder ihrer improvisierten Gruppe verloren hatten, war das verbleibende Trio für die Dungeons, die in der Stadt Silverstone vorhanden waren, unterbesetzt. Die Versuche, neue Gruppenmitglieder zu finden, waren bisher wenig erfolgreich gewesen, da die meisten unabhängigen Abenteurer sich den verschiedenen Gilden der Stadt anschließen wollten.

Natürlich musste das Trio die ersten paar Levels jedes Dungeons immer und immer wieder durcharbeiten. In Wahrheit war die Wiederholung entspannend, denn sie sparten leise und stetig für mächtigere, verzauberte Ausrüstung, um tiefer vordringen zu können.

Daniel zögerte einen Moment, bevor er sich entschloss, die Einladung anzunehmen. Es war zwar ungewöhnlich, aber es war möglich, dass der Fremde ein Kunde war, jemand, der Abenteurer suchte, die zu billig waren, um das offizielle Brett der Abenteurergilde zu benutzen.

Als Daniel Platz nahm, musste er allerdings darauf hinweisen: „Ich habe mein Frühstück bereits bezahlt. Es gehört zum Zimmer dazu."

„Ja, ich weiß." Der Fremde grinste, seine perlweißen Zähne blitzten unter den himmelblauen Augen hervor. Der Schopf aus blassem, gelbem Haar, fast durchsichtig in seiner Färbung und Feinheit, flatterte in einer kunstvollen Welle über das Gesicht des Fremden. „Deshalb habe ich auch für deine Unterkunft bezahlt." Daniels Augen weiteten sich ein wenig, denn die Übernachtung war wesentlich teurer als eine einzige Mahlzeit. Sie weiteten sich noch mehr, als der Fremde fortfuhr. „Für die ganze Woche."

„Du willst wohl wirklich reden", sagte Daniel.

„Das will ich." Bevor der Fremde fortfahren konnte, wurde er vom Gastwirt unterbrochen, der aus der Küche stürmte und eine Schüssel mit Würsten, Eiern und Blutwurst trug. Er stellte die Schüssel kraftvoll vor Daniel nieder, bevor er sich abwandte und zurück in die Küche stapfte. Die Augen des Fremden funkelten humorvoll, als Daniel mit den Schultern zuckte und sein Gürtelmesser herauszog.

„Es macht dir doch nichts aus, oder?"

„Ganz und gar nicht. Immerhin habe ich dafür bezahlt", sagte der Mann und erinnerte Daniel nicht gerade subtil daran.

Begierig spießte Daniel die Wurst auf, schnitt sie in Scheiben und steckte sie in den Mund, kaute darauf herum und genoss den Geschmack, der durch seinen Mund strömte. Der Gastwirt des Burnt Table mochte zwar nicht der beste Frühaufsteher sein, aber er machte das durch seine Kochkünste mehr als wett. Das war der Hauptgrund, warum Daniel an diesem Ort blieb, zusammen mit dem Deal, den er vom Gastwirt für die Hilfe bei seinem verletzten Fuß erhielt. Selbst Daniels Gabe, die zahlreiche Probleme mit dem physischen Körper beheben konnte, konnte den Fluch, unter dem der Mann stand, nicht heilen. Er konnte nur die Schmerzen lindern, die der ehemalige Abenteurer regelmäßig verspürte.

„Bevor wir weitermachen, sollte ich mich vorstellen. Ich bin Mattias Gill von der Three-Skills-Gilde", sagte Mattias. Er hielt inne und blickte Daniel erwartungsvoll an.

Er wurde nicht enttäuscht. Daniel hörte einige Augenblicke lang auf zu kauen, bevor er sich weiter Blutwurststücke in den Mund schob. Die Küchentür schwang wieder auf und der Gastwirt kam mit seinem Becher Wasser. Als er das Getränk abstellte, gestikulierte Mattias fast sofort nach einem weiteren Becher. Der Gastwirt schnaubte, trottete aber zurück zur Theke, um einen weiteren Becher einzuschenken. Zu dieser späten Stunde war es nicht verwunderlich, dass keine anderen Gäste mehr im Gasthaus waren. Diejenigen, die im Gasthaus übernachteten, waren in der Regel Abenteurer wie Daniel, und die meisten waren schon früh aufgebrochen, um neue Aufgaben zu suchen oder ein Abenteuer zu beginnen.

Er war nur deshalb hier, weil Daniel und sein Team gestern von einer mehrtägigen Erkundungstour außerhalb der Stadt zurückgekehrt waren, bei der sie einen gut bezahlten, aber langwierigen Auftrag zur Überwachung der Anpflanzung von Nutzpflanzen erledigt hatten. Heute war Ruhetag, und Daniel hatte vor, auf seiner üblichen Runde die örtlichen Hospize zu besuchen.

Irgendwie glaubte er nicht, dass seine Pläne heute aufgehen würden.

„Und was würde die Three-Skills-Gilde von mir wollen?", fragte Daniel. Die Gilde war eine der größeren und mächtigeren Vereinigungen im Königreich Brad, obwohl ihre Macht hauptsächlich von den zahlreichen Adligen und ihren Verbindungen ausging. Es gab Gerüchte, dass die Gilde enge Verbindungen zum aktuellen Königshaus hatte, vielleicht sogar Einfluss. Die meisten dieser Gerüchte brachten sie auch mit bestimmten widerwärtigen Handlungen in Verbindung, obwohl die meisten davon nur Gerüchte waren. Sie verfügten auch über einige gut ausgerüstete Erkundungsteams, aber größtenteils waren es nur reiche Handwerker. Die ThreeSkills-Gilde war vor allem für ihr Handwerk, den Betrieb von Handelsständen und die Bereitstellung von Informationsdiensten bekannt.

Der Name war ein wenig irreführend, denn die Gilde hatte sich vor über hundertfünfzig Jahren von einer Söldnergilde zu ihrem heutigen Status gewandelt. Viele der ursprünglichen Mitglieder hatten ihre adlige Abstammung erworben, was ihnen die starken Verbindungen verschaffte, für die sie gerüchteweise bekannt waren. Dennoch behielt die Gilde ihren Namen aus Gründen der Tradition bei.

„Oh, einfach ein Angebot unterbreiten", sagte Mattias. „Wir wollen unbedingt ein richtiges Abenteurerteam aufbauen, und ihr seid genau die Richtigen dafür."

Daniel hob skeptisch eine Augenbraue. „Das ist schön zu hören, wenn auch ein bisschen unwahrscheinlich. Wir haben bei den Wettbewerben gut abgeschnitten, aber nicht so gut."

„Gut, die Gilde ändert ihre Richtung ein wenig und wird nach fortgeschritteneren Junior-Abenteurern Ausschau halten, anstatt sich nur die Besten auszusuchen", sagte Mattias.

Sosehr Daniel den Mann auch musterte, er konnte die Lüge nicht finden. Er wusste jedoch, dass das, wovon Mattias sprach, bestenfalls eine Übertreibung der Wahrheit war. Es war unmöglich, dass die Three Skills so weit unten auf der Liste nach neuen fortgeschrittenen Abenteurern wie ihnen Ausschau hielten. Vielleicht in ein paar Jahren, wenn sie mindestens einen fortgeschrittenen Dungeon gemeistert hatten.

Natürlich war Daniel auch skeptisch, denn er hatte schon einige andere Einladungen abgelehnt. Alle, zumindest die neueren Gruppen, hatten es so formuliert, dass nicht sein Wert für sie als Abenteurer, sondern als Heiler im Vordergrund stand.

Heiler waren nach wie vor ein großes Manko in der Abenteurerwirtschaft, da nur wenige Personen entweder die Skills oder die Zaubersprüche besaßen, um diese Rolle auszufüllen. Tränke waren zwar mächtig, aber aufgrund ihrer relativen Seltenheit und potenziellen Giftigkeit nur begrenzt einsetzbar. So blieben die Heiler übrig, um die Lücke zu schließen. Traditionelle Heiler kamen jedoch nur durch den Prozess der Heilung, heißt durch den Einsatz ihrer Skills, weiter. Die Reise in einen Dungeon war nicht nur schädlich für ihren Gesamtfortschritt, es war auch gefährlich.

„Gut, danke für das Angebot", sagte Daniel. Er deutete mit einer fettverschmierten Hand nach oben auf das Dach und fügte hinzu: „Und auch für das Zimmer."

„Du hast mein Angebot noch gar nicht gehört", sagte Mattias.

„Ich weiß. Aber ich habe schon viele andere gehört", sagte Daniel. „Ich wüsste nicht, was daran so anders sein sollte."

„Oh, aber unseres ist anders", sagte Mattias. Er senkte die Stimme, als er sich vorbeugte, um zu flüstern: „Wir werden helfen, dein Geheimnis zu bewahren."

„Geheimnis?"

„Deine Gabe."

Das Blut lief aus Daniels Gesicht und verriet ihn. Aber das machte nichts, denn Mattias sah sehr zuversichtlich aus, dass die Informationen, die er geäußert hatte, völlig korrekt waren. Daniels Geheimnis, sein bestgehütetes Geheimnis, war endlich gelüftet worden – und damit wahrscheinlich auch alle seine Träume.

***

Natürlich versuchte Daniel, seine Reaktion zu verbergen und herunterzuspielen, aber Mattias lächelte nur, bis Daniel seufzte und mit einem Blick in die leere Gaststätte sprach. „Was weißt du?"

„Dass du eine Gabe zum Heilen hast, die nichts mit deinem Mana zu tun hat, und dass deine Fähigkeiten mindestens das Niveau eines Meisterheilers zu erreichen scheinen", sagte Mattias, lehnte sich zurück und lächelte. „Es gibt ein paar Probleme mit der Gabe – der Preis natürlich –, aber meine Spione haben nicht herausfinden können, welcher Preis das ist." Er neigte den Kopf zu Daniel. „Gut gemacht, übrigens. Allzu oft entgeht das den

Begabten. In den meisten Fällen spielt es keine Rolle. In einigen Fällen hat es eine große Rolle gespielt."

Daniel nickte. Die Geschichten waren da eindeutig. Der Fall des Helden Sasno, als er verraten und um seinen Reichtum gebracht wurde, war eine Legende. Eine andere war die Tragödie von Sylvia, als sie gezwungen wurde, ihren Sinn für Gefühle zu opfern, immer wieder zur Belustigung der Adligen, die die Schönheit begehrten, die ihre Gabe ihnen verschaffte. Ihre Welt war voll von solchen Geschichten, und Daniel war sich sicher, dass die Beastkin und andere ihre eigenen Geschichten hatten.

Selbst der Aufstieg des Ork-Champions Hoze Manslayer war mit seiner verdrehten Gabe verbunden. Wie er gezwungen wurde, seine eigene Familie für die gewonnene Stärke zu opfern, indem er die ursprüngliche Gabe verdrehte, die er aufgrund seiner Geschäfte mit Ba'al erhalten hatte. Obwohl... Daniel fragte sich manchmal, ob diese Version, die gängige Version, nicht nur eine Perversion der Wahrheit war. Propaganda. Obwohl es vielleicht nicht absichtlich war – es gab viel böses Blut zwischen den Orkstämmen und den menschlichen Königreichen.

„Es ist wichtig", sagte Daniel schließlich. So viel, fand er, konnte man anbieten. „Aber wenn du es herausgefunden hast, werden es andere nicht auch? Und eine Drohung..."

„Keine Drohung. Ein Angebot", sagte Mattias sofort. „Man bedroht keine Heiler. Nicht, wenn man klug ist." Er lachte leise. „Vor allem nicht, wenn man geschickt ist. Kannst du dir vorstellen, wie ein wütender Heiler sich weigert, dich zu heilen, wenn du es am meisten brauchst? Das wäre eine Katastrophe."

Daniel konnte das. Und er konnte sich vorstellen, wie man die Einhaltung sicherstellen konnte. Völker, Menschen, zerbrachen unter genug Schmerz. Er hatte es im Hospiz gesehen, in den Kliniken, in denen er arbeitete, und er hatte beobachtet, wie ehemals starke Männer und Frauen unter dem unerbittlichen Schmerz schlecht verheilter Verletzungen, von Krankheiten und Leiden, für die es keine normale Heilung gab, zusammengebrochen waren. Im Angesicht lebenslanger Qualen brachen sie zusammen und waren bereit, jeden Ausweg, jede Fluchtmethode zu akzeptieren. Einige wählten als ultimativen Ausweg den Tod, während andere die wenigen Tränke und Drogen, die ihnen Linderung verschaffen konnten, überstrapazierten.

Magie konnte vieles heilen, aber sie kostete zu viel und war für zu viele unerschwinglich. Es war nicht möglich, alle zu heilen, die es brauchten, und so musste die weltliche Medizin die Differenz ausgleichen. Und selbst dann waren die Kosten oft unerschwinglich für die Ärmsten der Gesellschaft.

In Wahrheit waren es seine eigenen Erfahrungen in den Minen, die Arbeit mit den Bedürftigen, die Daniel immer wieder zurückkehren ließen. Es war nicht nur das Bedürfnis, sich weiterzubilden, sondern auch das Bedürfnis zu helfen, das ihn an seinen abenteuerfreien Tagen in die Hospize trieb.

Was, wie er zugeben musste, wahrscheinlich auch der Grund dafür war, dass er hier war, zu dieser Zeit und an diesem Ort, wo sein Geheimnis aufgedeckt wurde. Denn allzu oft hatte er seine Gabe angezapft, als er es nicht hätte tun sollen. Wenn ein Fall ihn berührte und er heimlich einen Körper anpasste, der über das hinausging, was normale Magie möglich machen würde.

„Nein, was wir anbieten, ist Schutz. Hilfe. Wie du vielleicht merkst, sind die Three Skills keine typische Gilde", sagte Mattias, ohne Daniels Selbstvorwürfe und Gedanken zu bemerken. „Wir sind, um es besser auszudrücken, miteinander verbunden. Und diese Verbindung ist es, die du brauchst." Daniel runzelte die Stirn, aber Mattias fuhr unbeirrt fort. „Wir haben überall im Königreich Spione und Informanten. Das verschafft uns einen Vorsprung bei interessanten neuen Dungeons und Quests. Wir könnten die Gerüchte über dich für lange Zeit aus dem Weg räumen und so die Anforderungen an deine Zeit abschwächen."

„Abschwächen?", sagte Daniel.

„Reduzieren."

„Oh." Daniel nickte. „Aber nicht aus der Welt schaffen."

„Das hängt natürlich vom Ausmaß deiner Gabe ab, aber nach dem, was wir wissen, ist das eher unwahrscheinlich." Mattias breitete seine Hände aus. „Tatsache ist, dass die Heilung weiterhin ein großes Problem darstellt. Und obwohl der König und seine Familie – mögen sie lange regieren –", Daniel wiederholte die rituelle Ankündigung aus dem Bauch heraus –„bei guter Gesundheit sind, besteht immer Bedarf an einem starken Heiler."

Daniel verzog das Gesicht, nickte aber. Er sah Mattias eine Sekunde lang an, bevor er schließlich nickte. „Ich danke dir. Ich brauche... Zeit, um darüber nachzudenken. Und um mit meiner Gruppe zu sprechen."

„Natürlich", sagte Mattias und lächelte. Er schob seine Tasse beiseite und stand auf. „Fragt einfach in der Gildenhalle, wenn ihr uns finden wollt. Wir sind recht gut bekannt." Mattias hielt inne und wartete, bis Daniel seinen Blick erwiderte, bevor er fortfuhr. „Lass dir nur nicht zu viel Zeit."

Daniel nickte und sah zu, wie der Mann zur Tür hinausging, bevor er einen Schluck von seinem eigenen Becher nahm. Kurze Zeit später nahm ein schlankes Catkin gegenüber von Daniel Platz, ihre nackten, gepolsterten Füße machten keinen Mucks auf den Dielen. Doch irgendwie standen nach wenigen Augenblicken ein Teller mit Eintopf und ein Getränk vor der jungen Frau, und der Wirt nickte Asin kurz zu, bevor er ging.

„Hast du es gehört?", fragte Daniel, als sie allein waren.

Asin nickte knapp, und ihre Katzenohren drehten sich ein wenig, als sie weitere Geräusche von der Straße aufnahmen. Daniel wusste sehr wohl, dass ihre Sinne – das Sehen, das Hören und in geringerem Maße auch der Geruchssinn – stärker waren als seine eigenen menschlichen. Stärker sogar als die meisten Beastkin, denn die Catkin war ihren tierischen Vorfahren näher – „reiner" in ihrem Blut – als viele, die in Brad lebten. Das bedeutete, dass ihr Körper mit Fell bedeckt war und ihre Gesichtszüge katzenartiger waren als die vieler anderer, die als Menschen durchgingen und kaum Tiermerkmale besaßen. Aber es verschaffte ihr auch gewisse andere Vorteile, wie ihre erweiterten Sinne, und Nachteile wie ihren veränderten Stimmapparat, der es ihr schwer machte, in menschlichen Sprachen zu sprechen.

„QuanErs Tränen", fluchte Daniel leise. „Es tut mir leid. Ich wusste, ich hätte es nicht tun sollen... Das... Ich..."

Asin schnaubte Daniel an, woraufhin dieser zu der Catkin hinüberblickte. Sie löffelte langsam und vorsichtig etwas von dem Eintopf in ihren Mund und kaute auf den Fleischstreifen, bevor sie schluckte. „Erwartet. Mach dir später Sorgen."

Daniel nickte, dann blickte er nach oben. „Ist Omrak schon wach?"

„Nicht hier", sagte Asin.

„Er ist schon weg?"

Asin schüttelte den Kopf.

„Er ist nicht zurückgekommen?"

Ein Nicken.

„Oh", grinste Daniel. „Endlich."

Asin nickte erneut. Die beiden tauschten ein verschwörerisches Lächeln aus. Trotz seiner großen und robusten Persönlichkeit war Omrak unter jungen Frauen etwas schüchtern, da er nie wirklich mit ihnen zu tun hatte. In den letzten Monaten war er jedoch aufgetaut und hatte begonnen, die Vorteile eines fortgeschrittenen Abenteurers zu genießen.

Das soll nicht heißen, dass der Nordländer nicht nach einer potenziellen Ehefrau Ausschau hielt. Wie er oft erwähnte, brauchte er eine starke und robuste Frau für die Zeit, in der er nach Hause zurückkehren und wieder Schafe hüten und Landwirtschaft betreiben würde.

„Verdammt. Ich denke, ich werde es ihm später sagen. Heute Abend oder morgen..." Daniel verstummte, weil er nicht wusste, was er sonst tun sollte. Normalerweise würde er jetzt schon ins Hospiz gehen. Aber angesichts dieser Nachricht war er sich nicht sicher, ob das die richtige Entscheidung war. Es war sogar möglich, dass er...

„Asin?" Er blinzelte, Überraschung durchzog seine Stimme, als die Catkin aufstand und ihm zum Abschied zuwinkte. „Wohin gehst du?"

Die Catkin deutete auf die Tür, was Daniels Kinnlade herunterfallen ließ. Während er versuchte, einen angemessenen Einwand zu formulieren, ging Asin hinaus und ließ Daniel mit seinen eigenen Sorgen allein. Er runzelte die Stirn, verschränkte die Arme und starrte auf die leere Türöffnung.

„Tja, du bist eine große Hilfe", sagte er. „Was soll ich jetzt tun?", jammerte er, vor allem zu sich selbst, während er die leeren Wände anstarrte. Trotz der potenziellen Gefahr für seine Karriere, für seine Zukunft, lag die Bedrohung noch in der Zukunft.

Kapitel 2

Unschlüssig darüber, was er tun sollte, machte sich Daniel auf den Weg zum Hospiz. Auch wenn sein Handeln die Gefahr, in der er sich befand, vergrößerte, konnte er nicht wirklich aufhören. Zum einen gab es immer etwas zu tun. Und zum anderen war es im Moment nur eine Frage der Zeit. Er machte sich keine Illusionen darüber, dass die Three-Skills-Gilde, wenn sie ihn nicht rekrutieren konnte, ihr Wissen nicht an andere verkaufen würde.

Das bedeutete, dass die Entscheidung, die er schon so lange vor sich hergeschoben hatte, nun endlich anstand. Er musste einer Gilde beitreten. Und zwar keiner kleinen Gilde, sondern einer bedeutenden wie der der Three Skills, um deren Schutz zu erhalten. Nur unter ihrem Schutz und dem der Abenteurergilde konnte er dem Druck, der von der königlichen Familie ausging, etwas entgegensetzen.

Trotzdem rechnete er damit, dass sie irgendwann seine Dienste in Anspruch nehmen würden. Aber wenn er aushandeln könnte, dass er nur bei Bedarf und nicht auf Abruf arbeiten würde, könnte er sich immer noch eine gewisse Freiheit bewahren. Dafür bräuchte er Unterstützung, was eine große Gilde bieten würde.

Glücklicherweise waren seine sekundären Skills als Heiler gut bekannt. Er hatte sogar ziemlich viele Einladungen. Die Frage war nur, wen er wählen sollte.

In Gedanken ging Daniel seine Möglichkeiten durch, als er im Hospiz eincheckte, die anderen begrüßte, seine Hände wusch und sich auf den ersten Patienten vorbereitete.

Ganz oben auf der Liste eines jeden Abenteurers stand natürlich die Gilde der Burning Fields. Sie war die führende Gilde des Königreichs. Sie war berühmt für ihre Heldentaten, die Dungeons, die sie gemeistert hatten, die Aufgaben, die sie gelöst hatten, die Levels, die ihre Gruppenmitglieder erreicht hatten. Letzten Endes war das die Gilde, der jeder beitreten wollte.

Daniel hatte sogar eine Kontaktperson in einer ihrer Gruppen für Fortgeschrittene, die Schwester des Jungen, den er einst gerettet hatte. Wenn er versuchte, sie als Kontaktperson zu nutzen, konnte er sich ihnen vielleicht anschließen. Ihre Größe und ihr Ruf würden ihm in Bezug auf die königliche Familie und den Adel gute Dienste leisten. Mehr als bei allen anderen.

Aber er hatte aus mehreren Gründen nicht wirklich daran gedacht, ihnen beizutreten. Erstens rekrutierten sie nicht im Gildenhaus in Silverstone. Zwar führten sie oft Gruppen durch fortgeschrittene Dungeons, aber im Gegensatz zu vielen anderen Gilden taten sie dies auf Rotationsbasis, um neuen Mitgliedern so viel Abwechslung wie möglich zu bieten. Sobald ein Dungeon geschafft war, zog die Gruppe weiter in die nächste Stadt, in den nächsten Dungeon. Nur in der Hauptstadt mit ihren zahlreichen Dungeons der Fortgeschrittenen-, Experten- und Meisterklasse wurden bemannte Anwerber aufgestellt. Sie waren groß genug, um dies zu tun, da diejenigen, die sich wirklich anschließen wollten, sich auf den Weg dorthin machen würden.

Zweitens hatte er sicher nicht vor, in die Hauptstadt zu gehen. Sie war zwar viel größer und es gab mehr Abenteurer, aber Heiler waren immer noch Mangelware. Sich selbst in diese Lage zu bringen, wäre so, als würde man einen unbewaffneten Dorfbewohner vor einem Kobold spazieren führen – keine kluge Idee.

Und schließlich, so musste Daniel sich eingestehen, waren sie als Team nicht außergewöhnlich. Besser als der Durchschnitt vielleicht, aber das war in einer mittelgroßen Stadt wie Silverstone. In der Hauptstadt würde es ihn überraschen, wenn sie mehr als nur etwas besser als die anderen wären.

Und auch wenn ihn wahrscheinlich eine Gilde nehmen würde, war Daniel unsicher, ob sie sein Team annehmen würden. Als führende Gilde hatten sie mehr Auswahl als die meisten anderen, und obwohl Heiler immer begehrt waren, hatte er bei ihnen eine viel schlechtere Verhandlungsposition.

Von der Größe her war die Gilde der Seven Stones die nächstgrößere. Wie die Red Roses oder die Green Robins war sie eine größere Gilde mit Niederlassungen in mehreren Städten und verfügte über den nötigen Rückhalt und die Ressourcen, die sie ausmachten, und so hatten sie sich auf ihre Weise bei ihm beliebt gemacht. Natürlich waren die anderen nicht so stumpfsinnig wie der stellvertretende Gildenmeister Gadi von den Seven Stones, aber sie boten alle die gleiche Art von Gelegenheit. Alles, vom Gehalt bis hin zu vergünstigter verzauberter Ausrüstung und Standard-Grundausrüstung, war Teil ihres Einstellungspakets. Ausbildung und Beratung waren ein weiterer wichtiger Bonus, wenn man einer großen Gilde beitrat, obwohl sie auch mit erheblichen Vorschriften und Anforderungen verbunden waren.

Im Gegensatz dazu gab es kleinere Gilden wie die Bent Nails oder die Broken Chains, mit denen Tevfik, Asins Ex-Freund, verbündet war. Es handelte sich um lokale Gilden, die vor Ort groß und mächtig waren, aber außerhalb ihrer Stadt keinen zusätzlichen Rückhalt bieten konnten. Diese kleineren Gilden würde Daniel persönlich bevorzugen, da die größere Autonomie seiner eigenen Persönlichkeit entgegenkam.

Doch angesichts des drohenden Drucks von Seiten des Adels und des Königshauses konnte Daniel nicht anders, als sie zu verwerfen. Es war einfach nicht machbar. Eine lokale Gilde von der Größe einer Stadt konnte ihm nur wenige Ressourcen zur Verfügung stellen und hätte wenig Spielraum, wenn es um die königliche Familie oder gar eine mächtige Adelsfamilie ging.

„Sind wir fertig?“ Die zögerliche Stimme holte Daniel in seine Umgebung zurück, um eine junge Mutter zu sehen, die ihn schüchtern ansprach. Daniel lächelte und überprüfte den Verband, den er um den Fuß des Kindes gewickelt hatte, um sicherzustellen, dass er fest saß, bevor er antwortete. „Ja. Achte nur darauf, den Verband sauber zu halten und ihn mit der gekochten Kräutertinktur zu waschen. Und vergiss nicht, die Kräuter zu kaufen.“ Er blickte die Frau an, denn er wusste, dass die Wahrscheinlichkeit, dass sie es tun würde, nur fünfzig zu fünfzig war. „Und wenn die Wunde rot und entzündet wird oder Eiter austritt, komm zurück. Unverzüglich. Solange sie die Wunde sauber hält und wäscht, sollte der Schorf in ein paar Wochen abheilen.“

Die Mutter nickte auf seine wiederholten Anweisungen hin und schenkte Daniel ein weiteres dankbares Lächeln. Er sah zu, wie sie ihre Tochter wegbrachte, und ein Teil von ihm versuchte, sich daran zu erinnern, wie genau sich das Kind verletzt hatte. Irgendwo herumgelaufen, erinnerte er sich vage. Die Verletzung war zwar schmerzhaft, aber nicht lebensbedrohlich, solange sie gereinigt und zugenäht wurde.

„Der Nächste?“, rief Daniel und wusch sich erneut die Hände. Einfache Rituale der Sauberkeit und Pflege waren bekannt, zumindest den Heilern und denen, die auf die Worte von QuanEr achteten. Als Göttin der

Barmherzigkeit und der Erlösung, der Liebe und der Medizin, hatte sie lange von den Bedürfnissen der Kranken gesprochen, während sie sich für die Linderung der Beschwerden einsetzte.

Die Tür zu dem kleinen Krankenzimmer schwang auf, und ein Mann schlurfte herein, den Arm um seinen Oberkörper geschlungen. Daniels Blick schweifte über die Gestalt des neuen Patienten, nahm Details des Mannes auf, die Blässe in seinem Gesicht, die leichte Gelbfärbung seiner Haut, die Art und Weise, wie er sich auf seine rechte Seite krümmte. Er seufzte und gab dem Mann ein Zeichen, sich zu setzen.

„Ich werde jetzt deine Hand nehmen und etwas Heilenergie in dich hineinschicken. Halte einfach still", sagte Daniel. Daniel ließ seinen Worten Taten folgen und zapfte mit einem kurzen Flackern seines Willens seine Gabe an. Sie floss durch ihn hindurch, so natürlich wie Atmen oder Blinzeln, und drang in den Körper des Patienten ein. Die Antworten kamen schnell zurück, die Details wuschen Daniels Vermutungen weg. Es handelte sich nicht um einen Mangel an Nährstoffen oder Nierenversagen, sondern um einen Parasiten, der in den Körper eingedrungen war und seinen Körper und die Organe zerfressen hatte.

Er konnte es reparieren, aber Daniel zog sich zurück. Dabei spürte er, wie ihm etwas entglitt, eine Erinnerung an das Spiel mit einer Steinechse. Sie driftete ab und hinterließ ihm nur noch Teile davon. Wie er sie fand und vergrub, als sie versehentlich verletzt worden war. Aber nichts von der Zeit dazwischen. Wieder einmal taumelte Daniel, fühlte einen tiefen Verlust – und konnte doch nicht wirklich wissen, was er verloren hatte.

„Verehrter Heiler. Geht es dir gut?" Die Stimme des Mannes war rau, abgenutzt vom jahrelangen Gebrauch. Er war besorgt, als Daniel sich über die Augen wischte.

„Mir geht es gut", sagte Daniel und räusperte sich. „Es ist in Ordnung. Du hast einen zweischnäuzigen Goplad-Parasiten. Wahrscheinlich vom Fleisch, das du kürzlich gegessen hast. Geh zum örtlichen Kräuterkundigen und sag ihm das. Sie werden dir ein Giftpräparat geben." Als der Mann erbleichte, schüttelte Daniel den Kopf. „Das ist in Ordnung. Du wirst dir ziemlich lang in die Hose machen und vielleicht auch ein bisschen kotzen. Aber wenn du es ein paar Tage lang nimmst, wird es die Parasiten beseitigen.

Der Schaden an deinen Nieren ist dauerhaft, es sei denn, du kannst in den nächsten Tagen wiederkommen und ich kann einen kleinen Heilungszauber anwenden."

„Ist es dauerhaft?", fragte der Mann mit großen Augen. „Kannst du nicht...?"

„Es jetzt heilen?" Daniel schüttelte den Kopf. „Die Parasiten müssen erst abgetötet werden. Nimm die Medizin. Komm in fünf Tagen wieder, wenn sie ausgerottet sind. Wenn wir Mana haben, um dich zu heilen, werden wir den Zauber dann sprechen. Selbst wenn wir ihn haben, wird er die Krankheit nicht vollständig heilen. In jedem Fall musst du den Schaden akzeptieren und dir eine Arbeit suchen, die körperlich weniger anstrengend ist."

„Aber du bist doch der Wunderheiler!", sagte der Mann mit großen, eindringlichen Augen. „Ich bin hergekommen, weil man sagt, dass du alles heilen kannst!"

„Die Leute irren sich", knurrte Daniel. „Es gibt nichts mehr, was ich für dich tun kann."

Das war natürlich eine Lüge, aber der Schaden war nicht lebensbedrohlich. Und obwohl es für den Mann unangenehm wäre, wollte Daniel seine Gabe nicht einsetzen, um eine nicht lebensbedrohliche Verletzung zu heilen.

„Doch, du kannst. Man hat mir gesagt, dass du es kannst! Ich bin Hilfsarbeiter! Was soll ich denn machen, wenn ich keine Sachen mehr tragen kann?", sagte der Mann, hob die Faust und winkte Daniel damit zu. Daniel runzelte die Stirn, Besorgnis durchzuckte ihn. Geringe Stärke war ein übliches Skill von Arbeitern, und je nach Level konnte es sich sogar um Größere Stärke oder eine ihrer Varianten handeln. Ein gefährliches Skill im Nahkampf. „Niemand braucht einen Arbeiter, der schwach ist!"

Daniel lehnte sich zurück und schob seinen Stuhl beiseite, während er seine Stimme senkte, um ruhig zu sprechen. „Ich verstehe, dass das frustrierend ist. Aber du hast doch sicher noch andere Skills? Du kannst mehrere Klassen bilden, nicht wahr?"

„Ich bin auf Level 23! Ich bin zu alt, um eine neue Klasse zu erlernen. Und alle meine Skills basieren auf Kraft und Ausdauer. Was könnte ich deiner Meinung nach werden? Ein Fuhrmann? Ein Ladenbesitzer? In meinem Alter?" Er spuckte zur Seite. „Ich bin Hilfsarbeiter. Das kann ich gut. Heile mich einfach. Du schaffst das!"

„Ich kann nicht. Nicht mit den Parasiten in dir." Daniel blieb stehen, jetzt, wo er nicht mehr in Schlagweite war. Er spürte, wie sich sein Herzschlag angesichts der potenziellen Bedrohung ein wenig beschleunigte, obwohl der Hilfsarbeiter weit weniger gefährlich war als das typische Dungeon-Monster. Andererseits fehlte Daniel seine übliche Ausrüstung. „Du musst sie zuerst abtöten."

„Du wirst mich also danach heilen?", sagte der Arbeiter, beugte sich vor und holte tief Luft, als seine Seite schmerzte. Die Wut kühlte ein wenig ab, der Energieschub begann zu schwinden und erinnerte den Arbeiter an die Schmerzen, die er hatte.

„Vielleicht."

Das Gesicht des Arbeiters errötete erneut vor Wut, aber Daniel hatte genug. Er stand auf, überragte den immer noch sitzenden Arbeiter und beugte sich nach vorne, wobei er seine Muskeln subtil anspannte. Als ehemaliger Bergarbeiter und jetzt regulärer Abenteurer war Daniel kein schwacher Heiler.

„Ich sagte: Vielleicht. Es gibt viele andere, die Heilung brauchen. Und diese Parasiten – sie tauchen nur in bestimmten Arten von Dungeonfleisch auf. Dungeonfleisch, das ein armer Arbeiter wohl kaum bekommen würde, es sei denn, er würde es stehlen. Oder er bekommt es aus den Resten eines Restaurants der höheren Klasse", sagte Daniel. Er beobachtete, wie der letzte Satz den Hilfsarbeiter zusammenzucken ließ. „Und? Du hast etwas gegessen, das weggeworfen wurde, und hast dir nicht einmal die Mühe gemacht, es richtig durchzukochen?"

„Mein Kumpel Joey hat gesagt, es war die Art, wie die Noblen es gegessen haben. Alles blutig."

„Wenn es frisch ist!", schnauzte Daniel. „Glaubst du nicht, dass es einen Grund gibt, warum sie es weggeworfen haben?" Als er sah, wie der Arbeiter wieder zusammenzuckte, schüttelte Daniel den Kopf. „Geh einfach. Nimm deine Kräuter. Und sag deinem Kumpel, er soll die Kräuter auch nehmen. Je länger er wartet, desto mehr Schaden werden die Parasiten anrichten."

Der Arbeiter stand auf, beugte sich vor und schlurfte hinaus. Daniel seufzte, als er den Mann gehen sah, und überdachte seine Worte im Stillen. Wunderheiler... Es schien, als sei er noch unvorsichtiger gewesen, als er gedacht hatte. Andererseits, wenn man bedachte, dass er seine Gaben nur dann einsetzte, wenn selbst seine Magie nicht ausreichte, ergab es Sinn.

Bevor er weiter darüber nachdenken konnte, wurde Daniel von einem Ruf nach seinem Namen aus dem Vorzimmer in Bewegung gesetzt. Auch ohne sein Büro zu verlassen, wusste er, worum es sich handeln musste – ein weiterer Notfall, der magische Heilung erforderte. Ein Arbeitsunfall oder eine angefahrene Person, die hierher gebracht wurde, um geheilt zu werden, bevor sie starb.

Daniel stürzte hinaus und verdrängte weitere Gedanken aus seinem Kopf, während er sich konzentrierte. Sorgen über seine Zukunft würden warten müssen, während er ein paar Leben rettete.

Kapitel 3

„Es scheint, Freund Daniel, dass wir bald eine Entscheidung treffen müssen", grummelte Omrak. Der junge, blonde und große Nordländer antwortete, nachdem er von Daniels morgendlicher Begegnung erfahren hatte. Er fuchtelte mit einer Hand am Schulterknochen herum, während er fortfuhr. „Vielleicht ist es ein Segen im Verborgenen."

Daniel hob eine Augenbraue. „Segen?"

„Aye. Wir haben nicht genügend Teammitglieder, um die Tiefen des Dungeons wirklich zu erforschen. Und während wir stärker werden, müssen wir noch immer Fortschritte machen, und das werden wir nicht, wenn wir nicht tiefer eindringen."

Asin nickte knapp an der Seite des großen Abenteurers, in der Hand ein dickes Stück Weißbrot, gefüllt mit gewürzten Fleischscheiben. Selbst von seinem Platz auf der gegenüberliegenden Seite des Tisches aus tränten Daniels Augen ein wenig von dem Geruch der Gewürze in Asins Brötchen.

Daniel schluckte den Speichel herunter und rief seinen eigenen Statusbildschirm auf, um sich die Änderungen anzusehen, die er seit ihrem letzten Besuch erhalten hatte.

Name: Daniel Chai (Fortgeschrittener Rang Abenteurer)	Rasse: Mensch (männlich)
Klasse: Abenteurer Level 14 (14,2 %)	Unterklassen: Level 6 (Bergmann) (87,6 %)
Leben: 360	Ausdauer: 360
Mana: 262	
Attribute	
Kraft: 31	Beweglichkeit: 25
Verfassung: 34	Intelligenz: 30
Willenskraft: 24	Glück: 17
Skills	
Waffenloser Kampf: Level 9 (03/100)	Keulen (Novize): Level 10 (17/100)
Bogenschießen: Level 3 (41/100)	Schild (Novize): Level 8 (71/100)
Ausweichen (Novize): Level 5 (37/100)	Kampf-Sinn (Novize): Level 7 (86/100)
Wahrnehmung (Novize): Level 4 (97/100)	Bergbau: Level 6 (34/100)

Heilen (Novize): Level 7 (42/100)	Kräuterkunde: Level 4 (14/100)
List: Level 2 (82/100)	Kochen: Level 4 (98/100)
Singen: Level 2 (11/100)	Taktik: Level 5 (55/100)
Schwere Rüstung: Level 2 (18/100)	
Skillfertigkeiten	
Doppelschlag	Schildschlag
Perins Schlag	Schwachstelle finden
Kartografie (II)	Inventar (Abenteurer Spezial)
Persönliche Rüstung (I)	
Zaubersprüche	
Kleine Heilung (II)	Zeichen des Heilers (I)
Gaben	
Berührung des Märtyrers – Der Zaubernde kann sich selbst oder andere durch Berührung und Konzentration heilen und opfert dafür einen Teil seines Lebens. Die Kosten variieren je nach Ausmaß der geheilten Verletzungen.	

Nach ihrer Rückkehr und ihrer letzten Eskorten-Quest hatte er nur ein einziges, winziges Level gewinnen können. Das Problem für Daniel war leider der Verlust des Levels seiner Bergmann-Unterklasse. Glücklicherweise hatte er bei seinen Attributen nicht viel verloren – nur ein paar Punkte in Intelligenz, die er dann ersetzt hatte – als er sein Level verlor. Seine Gabe konnte ihm zwar einen Teil seines Gedächtnisses und seines Wissens nehmen, wenn er einen Erfahrungsverlust erlebte, aber die Veränderungen in seinem Körper blieben davon unberührt. Vor allem hatte es Auswirkungen darauf, wie viel Mana er verwalten konnte, was frustrierend war.

Mit der neuen Skillfertigkeit, die er erlangt hatte, hatte Daniel den Punkt für sein neues Skill **Schwere Rüstung** verwendet und **Persönliche Rüstung** erworben. Es handelte sich dabei um ein passives Skill, das dafür sorgte, dass sich jede Rüstung, die er trug, an seinen Körper anpasste, als wäre sie für ihn maßgeschneidert worden. Es war ein subtiles, aber mächtiges Skill, das ihm den vollen Bewegungsspielraum gab, den er außerhalb der Rüstung gewohnt war, während die Rüstung selbst zentraler an seinem Körper saß und weniger drückte. Dadurch fühlte sie sich wesentlich leichter an, ein wichtiger Faktor, wenn man die Rüstung tagelang am Stück trug.

Es gab Gerüchte, dass auf höheren Levels die Skillfertigkeit, die **persönliche Rüstungsfertigkeit,** sogar Rüstungen verzaubern oder Verzauberungskonflikte reduzieren würde. Natürlich waren das die Arten von Fortschritten, die ein erfahrener Abenteurer haben könnte, also Personen in den hohen 40er- oder sogar 50er-Leveln.

„Ich schätze, du hast recht", sagte Daniel schließlich und schloss mit einer Willensanstrengung seinen Statusbildschirm. „Welcher Gilde sollten wir deiner Meinung nach beitreten?"

„Hm... Definitiv nicht den Burning Fields", grummelte Omrak. Als er Daniels Überraschung sah, fuhr Omrak fort. „Ich habe mit anderen Abenteurern gesprochen, und viele derjenigen, die auf den untersten Stufen stehen, finden die Ressourcen der Gilde für die Erfolgreichen bestimmt."

„Normal", schnaufte Asin. Ihr Schwanz wedelte träge hinter ihr, während sie einen weiteren Bissen von ihrem Brötchen nahm.

„Nicht in dem Ausmaß, von dem sie sprechen", sagte Omrak. „Es scheint, dass diejenigen, die keinen Erfolg haben, nur sehr wenig Mittel erhalten."

„Was meinst du mit Erfolg?", sagte Daniel.

„Ah, da wird es interessant. Jede Abenteurergruppe erhält eine Reihe von Zielen, die sie erfüllen muss. Oft gibt es eine bestimmte Anzahl von Ressourcen, die sie einbringen müssen, einen Wert in Gold oder freigespielten Levels. Wenn ein Team scheitert, werden die zur Verfügung gestellten Ressourcen reduziert, wobei erfolgreichere Teams Boni erhalten, die von den Ressourcen der anderen abgezogen werden", sagte Omrak. „Jedes Team konkurriert mit anderen Teams auf den gleichen Levels."

„Verwenden sie dann die Farbstufen der Gilde für jedes Level?", sagte Daniel. Um die fortgeschrittenen Abenteurer weiter zu unterscheiden, wurde jeder Abenteurer farblich gekennzeichnet. Sie galten als gelbe Abenteurer, da sie das unterste Level der roten Abenteurer erreicht hatten.

„Ja. Wir würden also mit anderen Abenteurern im gelben Rang konkurrieren." Omrak schüttelte den Kopf. „Sie sagen, der Wettbewerb sei gut für den Fortschritt, aber er zwingt ihre Teams dazu, sich fast ausschließlich auf die Dungeons zu konzentrieren."

„Ich mag Dungeons", betonte Daniel. Quests machten zwar Spaß und waren interessant, aber sie waren oft abwechslungsreich und finanziell weniger lohnend als einfache Dungeon-Erkundungen.

„Ja, aber ein Mann braucht Abwechslung, Freund Daniel", antwortete Omrak. Er schaute zu Asins Brötchen hinüber, bevor er fortfuhr. „Sonst schmeckt alles nach denselben drei Gewürzen."

„Elf", sagte Asin empört. Sie begann auf Beastkin zu knurren und zählte die Gewürze auf.

„Drei oder elf, es ist *scharf*!", sagte Omrak.

„Schwach."

„Ich bin nicht schwach", sagte Omrak und spannte seine Brustmuskeln an. Asin schnaubte amüsiert.

Anstatt seine Freunde wieder in einen alten Streit verfallen zu lassen, ergriff Daniel das Wort. „Richtig. Also nicht die Burning Fields. Ich mag mehr Kontrolle. Gibt es etwas, das dir gefällt?"

„Die Bent Nails?"

„Nein." Daniel schüttelte den Kopf. „Zu klein."

„Ah, aber sie können sehr überzeugend sein", sagte Omrak.

„Wir wissen, welche Art von Überredungskunst sie bei dir angewandt haben", sagte Daniel. Die mehrheitlich weibliche Gilde hatte sich oft zum Abendessen zum Team gesellt und versucht, Daniel davon zu überzeugen, der kleineren Gilde beizutreten, indem sie ihm eine Reihe junger, interessierter Abenteurerinnen vorführten.

„Ich habe bemerkt, dass du und Emanuel euch eine Zeit lang sehr nahegestanden habt", sagte Omrak.

„Zwei Wochen", sagte Daniel. „Wir sind für zwei Wochen ausgegangen."

„Warum hat es nicht geklappt?", sagte Omrak.

„Wir wollten unterschiedliche Dinge", sagte Daniel und verschränkte die Arme.

Asin stieß ein leises, neugieriges Schnurren aus.

„Sie wollte in ein paar Jahren aufhören und Händlerin werden. Kinder haben", murmelte Daniel. „Ich war nicht interessiert."

„Eine heftige Diskussion in einem so frühen Stadium", sagte Omrak.

„Das war, nachdem sie aus der vierzehnten Ebene zurückkamen", antwortete Daniel.

Die beiden Abenteurer blinzelten und nickten dann. Fast unisono erinnerten sie sich an jene Nacht, in der die Gilde müde und verletzt hereingestolpert war. Beinahe hätten sie die Hälfte der Mannschaft verloren, und ohne den Einsatz hochleveliger Heiltränke hätten sie es wohl auch getan. So aber verbrachte die Gilde ihre Zeit damit, in den mittleren Ebenen zu schuften, um genug Geld zu verdienen, um weitere Heiltränke zu kaufen.

„Ah. Ja. Nach solchen Begegnungen macht man sich Gedanken über die Zerbrechlichkeit des eigenen sterblichen Lebens. Man sucht oft nach Gewissheit über die Zukunft. Genauso wie nach der Bestätigung des eigenen Überlebens", sagte Omrak.

„Den letzten Teil haben wir sicher erlebt", sagte Daniel grinsend, bevor er mit den Schultern zuckte. „Wie auch immer, sie werden nicht funktionieren. Irgendwelche anderen Vorschläge?"

Omrak schwieg eine Zeit lang, dann tippte er mit den Fingern, während er sprach, und legte die Fleischplatte ab. „Die Green Robins ist vielleicht am bekanntesten für die Ausgewogenheit seiner Handlungen. Allerdings sind sie auch dafür bekannt, dass es ihnen im Vergleich zu den Burning Fields an Tatkraft mangelt. So wird zumindest gemunkelt. Die Red Roses sind finanziell und materiell gut ausgestattet, haben aber eine hohe Sterblichkeitsrate. Ihre Ausbildung ist mangelhaft, für alle außer den Adligen. Dennoch treten viele wegen der Verbindungen und der Beschäftigungsmöglichkeiten nach der Pensionierung bei."

„Gilt das nicht für alle Gilden? Wie bei den Seven Stones?", sagte Daniel.

„Das ist wahr, aber die Adligen der Red Roses heuern ihre Verbindungen zu einem höheren Preis an. Es hilft, dass sie oft auch adelsexklusive Dungeons betreiben", sagte Omrak.

Daniel konnte darüber nur grunzen. Die Existenz solcher Dungeons – die von der königlichen Familie teuer verkauft wurden – war ein Streitpunkt zwischen dem einfachen Volk, den Abenteurern und den Adligen. Die Bürger befürchteten, dass es zu einem Ausbruch kommen könnte, wenn eine Adelsfamilie ihre Machtposition aufgibt, um den Dungeon zu räumen. Für die Abenteurer war die Sperrung ganzer Dungeons ärgerlich, da sie gezwungen waren, mit anderen Abenteurern um Ressourcen und Levels zu konkurrieren. Für die Adligen war die Möglichkeit, solche Dungeons zu erwerben, eine neue und riskante Ressource, die beträchtliche Gewinne einbringen konnte. Manch eine Familie hatte ihren Niedergang durch das plötzliche Auftauchen eines permanenten oder temporären Dungeons auf ihren Ländereien umkehren können.

„Ich mache mir keine Sorgen um den Ruhestand", sagte Daniel.

„Ich schon", sagte Omrak.

„Ja", fügte Asin hinzu.

Daniel hielt inne und sah zwischen seinen Freunden hin und her, bevor er verlegen den Kopf senkte. Manchmal vergaß er, dass sie keine Heiler waren und keine einfache Ausweichbeschäftigung hatten. Vor allem, wenn sie sich irgendwann zurückziehen würden, wenn sie älter und langsamer wurden und nicht mehr in der Lage waren, dieselben Risiken wie früher einzugehen. Mit gesenktem Kopf griff er nach seinem Becher und nippte an dem wässrigen Bier, wobei er den Hopfen darin schmeckte, bevor er das Getränk absetzte.

„Gibt es noch andere, die ihr vorschlagen würdet?", fragte Daniel.

„Gut, es gibt noch ein paar größere Gilden. Die White Scarves sind vielleicht nicht so groß, aber..."

„Nein", sagte Asin.

„Ernsthaft?", sagte Omrak. „Sie sind eine der freundlichsten, wenn nicht sogar die größte Gruppe."

„Für dich", sagte Asin.

Daniel nickte langsam. Er wusste selbst nur wenig über die White Scarves, obwohl er sich jetzt, wo er daran dachte, nicht an ein einziges Beastkin-Mitglied in ihren Reihen erinnern konnte. Auch wenn die feindselige Haltung gegenüber den Beastkin im Laufe der Jahre abgenommen hatte, gab es in Brad immer noch ein starkes Anti-Kin-Element, das durch das andersartige Aussehen der Beastkin, ihre Kultur und jahrhundertealte Konflikte und Versklavung ausgelöst wurde. Trotzdem führten die stärkeren Sinne der Beastkin dazu, dass die meisten Gilden sie als Späher und Fallensucher in ihre Gruppen aufnahmen. Natürlich nicht in jede Gruppe, aber doch so viele, dass man ein oder zwei Beastkin über die Gilden verstreut finden konnte.

Das warf natürlich die Frage auf, warum Beastkin überhaupt in Gilden eintreten würden, die sie diskriminieren könnten, aber das war eine Frage des Machtgefälles. Wie Asin erklärt hatte, nahm man manchmal einfach, was man kriegen konnte. Es war nicht so, dass sie eine andere Wahl hatten, als weniger optimale Angebote zu akzeptieren.

„Sind die ein Problem?", sagte Daniel. Asin nickte nur, und er zuckte mit den Schultern, um sie im Geiste von der Liste zu streichen. Er würde der Sache weiter nachgehen, aber es stimmte, dass sie sich auch ihm nie genähert hatten. Was übrig blieb...

„Die Beaten Steels", sagte Omrak. „Gegründet von dem Zwerg Willock Hammer. Seit ihrer Gründung haben sie sich auf alle anderen Völker ausgeweitet. In Silverstone sind sie nicht sehr präsent. Ich glaube, es gibt nur diese eine Gruppe, die im Moment in den Dungeons arbeitet."

Daniel nickte. Die Gilde hielt sich meist in den Dungeons im Norden auf und schickte nur Gruppen in andere Städte, um Erfahrungen zu sammeln. Die Gilde war stark abgeschottet, hatte aber eine große regionale Präsenz, die es ihr ermöglichte, sich als große Gilde der zweiten Reihe zu behaupten.

„Ist das alles?", sagte Daniel.

„Broken Chains", sagte Asin.

Daniel runzelte die Stirn. „Wer?" Einen Moment später fiel es ihm ein. „Ist das nicht die Gilde der Beastkin?"

„Nicht nur Kin", sagte Asin.

„Die anderen sind Ausgestoßene und Außenseiter. Omrak verschränkte die Arme und schüttelte sofort den Kopf. „Sie sind keine ehrenwerte Gesellschaft."

Asins Schwanz zuckte, als sie zischend erwiderte: „Stimmt nicht."

„Wirklich?"

Ein Nicken. „Ehrenhaft."

„Aber voll von Ausgestoßenen und Außenseitern." Omrak stürzte sich auf die unausgesprochene Bestätigung.

Asin konnte darauf nur mit den Schultern zucken.

„Sie haben nie gefragt", sagte Daniel. „Ich glaube nicht, dass sie an mir interessiert sind. An uns."

„Interessiert." Asin zeigte mit dem Finger auf sich. „Gefragt."

„Du hast es mir nicht gesagt?"

Asin zuckte mit den Schultern. „Ich erzähle es jetzt."

Daniel seufzte, beließ es aber dabei. Als eine der größeren Gilden waren sie sicherlich eine Option. Eine Gilde der Stufe zwei, wenn man so will, nicht die größte, aber in mancher Hinsicht mit ebenso viel politischer Macht. In anderer Hinsicht viel weniger, da es so etwas wie einen Beastkin-Adel nicht gab. Aber was die schiere Anzahl der Mitglieder angeht, waren sie sicherlich größer als die Burning Fields.

„Gut. Das sind dann also sechs." Daniel hielt inne und zählte noch einmal im Kopf nach. „Hast du eine Idee, wie wir uns entscheiden sollen?"

„Fragen."

Omrak nickte zustimmend zu Asins kurzer Antwort. Auf ihren Vorschlag hin verzog Daniel das Gesicht, weil er gezwungen war, noch einmal mit den Gilden zu sprechen, nickte aber schließlich. „Gut. Ich werde sehen, ob wir nach unserer morgigen Erkundung einen Termin vereinbaren können."

„Nun, wegen der morgigen Erkundung..."

***

Früh am nächsten Morgen stand die Gruppe vor dem leuchtenden Tor, das zum Eingang des Aramis-Dungeons führte. Im Gegensatz zu Porthos mit seinen beweglichen Wegen war Aramis theoretisch ein schwierigerer Dungeon für Abenteurer. Auf dem gelben Level durften sie kaum den ersten Abschnitt des Dungeons betreten.

„Bereit?", fragte Daniel seine Freunde. Wie er selbst war auch die Gruppe vollständig ausgerüstet. In seinem Fall bedeutete das einen Brustharnisch mit Kittelschürze und Armschienen, einen gebänderten Metallrock zusammen mit seinem Rundschild, dem verzauberten Hammer und der geladenen Armbrust. Natürlich trug er auch seinen Topfhelm und bedeckte seinen

Kopf mit einer einfachen Wollmütze, um die Reibung zu verringern und die Polsterung zu erhöhen.

„Immer, Freund Daniel. Zum Ruhm gehen wir!", antwortete Omrak sofort. Der Nordländer trug einen einfachen Helm mit offener Gesichtspartie über seinem – endlich verzauberten – gehärteten Lederwams und den beschlagenen Armschienen. Das Wams war so lang, dass es ihm bis über die Hüften reichte, und wurde mit einem großen – ebenfalls verzauberten – Ledergürtel mit Schlaufen für seine Wurfbeile eng um seinen Körper geschnallt. Über seinem Rücken hatte Omrak die Scheide für sein Großschwert befestigt, obwohl er die ein Meter fünfzig lange Waffe leicht in seinen Händen hielt.

Asin war die am wenigsten Gepanzerte der Gruppe. Sie verzichtete auf einen Helm und trug stattdessen eine kleine runde Kappe, die ihren Hinter- und Oberkopf bedeckte, aber ihre Ohren frei ließ, und trug eine leichte Lederjacke und ihren typischen roten Umhang. Auf der Brust trug sie mehrere Wurfmesser, zwei längere Dolche waren um ihre Hüften geschnallt, und an den Armen trug sie verzauberte Blitzschienen. Die einzige andere Ausrüstung, die sie trug, war eine verzauberte Schutzkette, die sie vor kurzem aufgewertet hatte, um ihr noch mehr Sicherheit zu bieten. Es handelte sich um einen subtilen Zauber, der Angriffe von ihrem Körper abprallen ließ, und nicht um eine harte Verteidigung wie Daniels Schild.

Alles in allem hatte das Team seine Gesamtausrüstung nur häppchenweise verbessert. Daniel hatte sich für einfache, nicht verzauberte Verbesserungen entschieden, während Asin die entgegengesetzte Richtung eingeschlagen hatte und sich statt auf die Erweiterung ihrer Ausrüstung auf die Verbesserung einzelner Teile konzentriert hatte. Dennoch konnte Daniel nicht umhin, darüber nachzudenken, dass es im Vergleich zu vor ein paar Jahren einen großen Unterschied gab.

Als Antwort auf Daniels Frage nickte Asin dem Abenteurer kurz zu, und gemeinsam schritt die Gruppe hinein, kurz bevor die Wache, die auf sie gewartet hatte, sie anbrüllte, sie sollten sich beeilen. Daniel musste zugeben, dass er die Ungeduld der Wache verstand. Auch wenn Aramis im Gegensatz zu den meisten Dungeons mehrere Eingänge hatte, gab es um diese Tageszeit immer noch einen stetigen Strom von Abenteurern.

Das Sonnenlicht des frühen Morgens wich dem schummrigen, blauen Licht der beleuchteten Wände des Dungeons. Geschnitzte Wände und saubere steinerne Gänge führten vom Ausgangspunkt weg, den das Team schnell verließ, um selbstbewusst einen der drei Gänge hinunterzugehen und den Weg für andere Teams freizumachen. Asin ging voran, den Kopf zur Seite geneigt, während sie an den markierten Fallen vorbeilief, die frühere Teams zurückgelassen hatten, und ihre Nase zuckte, als sie die Blutspritzer entdeckte, wo ein unglücklicher Abenteurer eine Falle übersehen hatte. Die Falle selbst war jedoch verschwunden und wurde vom Dungeon absorbiert, um irgendwo tiefer wiederverwendet zu werden.

In kurzer Zeit setzte sich das Team von den anderen ab und wurde langsamer, wobei Asin sie zielsicher anführte. In unerforschten Gängen suchte sie nach Fallen, warf gelegentlich einen beschwerten Stein oder rollte eine Kugel den Gang hinunter, bevor sie weiterging.

Nicht lange nachdem sie das Geräusch der durchquerten Gänge verlassen hatten, trafen sie auf ihr erstes Monster. Die Kreatur, die vorwärts trudelte, war groß, wenn auch nicht gigantisch. Es war zwei Meter groß und seine Gliedmaßen waren mit Fell bedeckt, was in starkem Kontrast zu seiner nackten, geschuppten Brust und den schnabelartigen, nach vorne gerichteten Raubtieraugen stand. Die Abenteurergilde hatte die Kreaturen wenig einfallsreich Klammeraffen genannt.

Der Affe machte seinem Namen alle Ehre und sprang in dem Moment, als er das Trio entdeckte, nach vorne. Der Affe verzichtete auf den Einsatz einer Waffe und schwang stattdessen seinen Arm nach der führenden Beastkin. Asin knurrte, warf sich in einen Rückwärtssalto und sprang ab, während Daniel seinen Körper zur Seite neigte, um seine Armbrust abzufeuern.

Gerade als der Heiler den Abzug betätigte, erhob sich ein magisches Feuerwerk um sie herum, als der Klammeraffe seine eigene elementare Fähigkeit auslöste. Erde explodierte aus dem Boden, überschüttete die ausweichende Catkin mit Dreck und ließ Daniel ein wenig zusammenzucken. Der von seinem Ziel abgezogene Bolzen flog durch die Luft und riss ein Stück Fleisch aus dem Schultermuskel des Affen, das die Wunde verätzte, während Daniels **Kleiner Flammenring** seinem Angriff feurigen Schaden zufügte.

„Erdgebunden! Ich hasse erdgebundene Affen", knurrte Omrak, als er an Asin vorbei auf den Affen zustürmte. Er schwang sein Großschwert zu einem tiefen, schwungvollen Angriff, den der Affe mit seinen nun erdverkrusteten Armen abwehrte.

„Du hasst alle elementargebundenen Affen", schnauzte Daniel, während er die Armbrustsehne zurückzog. Er stöhnte, seine Armmuskeln spannten sich an, als er die Sehne spannte und dann einen Armbrustbolzen ansetzte. Aus den Augenwinkeln bemerkte er, wie Asin ein paar ihrer Messer geworfen hatte, von denen eines nun im Oberschenkel des Affen steckte.

„Das. Ist. Weil. Sie. Lästig. Sind!" Jedes Wort wurde von einem Schlag unterbrochen, der von dem großen Nordländer geblockt oder ausgeteilt wurde. Doch Omrak blieb leichtfüßig und wich schnell zur Seite aus, als der Affe einen weiteren Angriff mit **Erderuption** versuchte.

Als es zurücktaumelte, um sich von den Mana- und Ausdauerverlusten zu erholen, warf Asin ein Messer und nutzte **Messerfächer**, um den Angriff zu verstärken. Die vervielfachten Messer gruben sich in die Kreatur, und Blitze zuckten durch den Körper des Monsters, während ihre verzauberten Blitzschienen den Schaden weiterleiteten. Einen Moment später schlug Daniels Armbrustbolzen in der gegenüberliegenden Schulter ein und wirbelte den Affen herum. Das laute Zischen von verbranntem Fleisch und das Kreischen des Monsters verrieten den anhaltenden Schaden, den ihre Verzauberungen ihm zufügten.

Der verletzte, von verzauberten Angriffen durchlöcherte Körper des Erd-Klammeraffen war sein Ende. Omrak kümmerte sich schnell um die verletzte Kreatur, während Daniel seine Armbrust umspannte und nach weiterer Gefahr Ausschau hielt und Asin sich anschlich, um die Flanke zu bedrohen. Nicht, dass Omrak die Hilfe gebraucht hätte, aber die zusätzliche Ablenkung machte den Kampf noch einfacher.

„Guter Stein", sagte Omrak und hob den Manastein auf, den der verschwindende Körper des Klammeraffen hinterlassen hatte. Kommentarlos warf er den Stein zu Asin hinüber, der ihn auffing und für das Team aufbewahrte. „Werden sie einfacher, oder liegt das nur an mir?"

„Wir lernen noch", sagte Daniel. „Außerdem machen die Verzauberungen einen großen Unterschied."

„Stimmt. Ich ziehe Einzel- oder Doppelgegner den Kobolden vor", sagte Omrak.

„Daniel ist leichter zu treffen", sagte Asin und grinste, während sie ihre Messer aufhob und in die Scheide steckte.

„Ich werde besser!", sagte Daniel. Er machte sich nicht die Mühe, nach seinen Bolzen zu suchen. Der Nachteil der Verzauberung durch die **Kleine Flamme** war, dass sie die Bolzen beschädigte, sodass sie nicht mehr verwendet werden konnten. Was das Metall in ihnen anging, so war es weder die Kosten noch die Zeit wert, nach den Bolzen zu suchen. Besser, man überließ sie den Plünderern oder dem Dungeon. „Kommt schon. Ich möchte dieses Mal in die fünften Ebene gelangen."

„Das letzte Mal war nicht meine Schuld!", sagte Omrak, obwohl er Asin folgte, als sie nach vorne zurückkehrte und den Weg auskundschaftete. „Zarits hat geschworen, dass es in der dritten Ebene einen versteckten Bereich gibt."

„Darauf haben weder die Gilde noch die Karten jemals hingewiesen", sagte Daniel. Nicht, dass er vorhatte, den Nordländer zu sehr zu ärgern. Schließlich hatten sie sich alle darauf geeinigt, auf die Suche zu gehen.

„Pst!", zischte Asin ihnen zu, während sie sich über eine unmarkierte Falle beugte, um deren Standort für andere zu markieren.

Grinsend verstummten die beiden und konzentrierten sich. Die erste Ebene war vielleicht keine große Herausforderung, aber es war besser, auf Nummer sicher zu gehen.

Kapitel 4

„Vierundzwanzig Gold, elf Silber", las Omrak stolz vor, nachdem er von Asin die Abrechnung erhalten hatte. Für einen einzigen Tag war das ein guter Ertrag, auch wenn sie einen Teil davon für Verbrauchsmaterial und die Reparatur ihrer Ausrüstung ausgeben mussten.

Asin nickte und schob den Stapel Münzen zu den beiden anderen. Sie hatte keine wirkliche Angst davor, die Münzen hier im Gasthaus der Abenteurergilde zu zeigen. Der Betrag, mit dem sie hantierten, war eine anständige Beute, aber nichts Spektakuläres und sicherlich nichts, wofür ein anderer Abenteurer riskieren würde, hinausgeworfen zu werden. Was Taschendiebe und gewöhnliche Diebe betraf, so hielten die Bediensteten der Abenteurergilde nach ihnen Ausschau, und nur die wirklich Tollkühnen versuchten, die Abenteurer in der Gilde selbst zu bestehlen.

Trotzdem hoben ihre Freunde die Münzen schnell auf und verstauten sie in ihrem Inventar, bevor jemand die Gelegenheit hatte, sie zu prüfen. Asin nickte und war dankbar, dass sie so vernünftig waren, das zu tun. Kein Grund, andere mehr als nötig in Versuchung zu führen.

„Notiz." Asin reichte Daniel als Nächstes einen zusammengerollten Zettel. Als er ihn entrollte, blickte sie neugierig darauf und sah nur eine Liste mit Namen und Zeiten. Sie nickte abwesend vor sich hin, da sie ahnte, dass es sich um Antworten auf seine früheren Fragen handelte.

Vertraute Schritte ließen die Catkin den Kopf drehen und neugierig auf die Gildenmeisterin der Bent Nails blicken, die flankiert von zwei ihrer Mitstreiterinnen herbeieilte. Im Gegensatz zu ihrer aufreizenden Abendkleidung trug Nicole eine vollständige Plattenrüstung und hatte ihre Waffen dabei. Selbst aus ein paar Metern Entfernung konnte Asin die Spuren von Blut und den Gestank von Angst und Adrenalin auf der Haut der Gruppe riechen.

„Daniel, Asin, Omrak." Sie begrüßte das Trio mit Namen, ein Lächeln zierte ihr Gesicht.

„Gildenmeisterin Novak", antwortete Omrak und drehte sich leicht um, um die jungen Damen anzulächeln. Eine von ihnen schniefte und wandte sich von dem Nordländer ab, dessen Lächeln für den Bruchteil einer Sekunde entglitt, bevor es zurückkehrte. „Brandi. Adelle. Es ist mir wie immer ein Vergnügen, euch heute Abend zu sehen."

Und es war Abend, der Lärm der zurückkehrenden Arbeiter und Abenteurer und der Geruch von gebratenem Fleisch für das Abendessen drangen von den Straßen draußen herein. Es war Spätwinter, und selbst so südlich wie sie in Brad waren, begann das Licht mit dem Sonnenuntergang zu schwinden. Im Inneren der Abenteurergilde sorgten jedoch Manalampen für helles Licht. Ein leicht zu tragender Preis, wenn die Gilde die einzige offizielle Möglichkeit war, Manasteine zu verkaufen.

Bei diesem Gedanken öffnete Asin kurz ihr Inventar und sah sich die wenigen Steine an, die sie behalten hatte, um sie an ihre Kontakte zu verkaufen. Natürlich würde sie dafür sorgen, dass das Team später seinen Anteil erhielt, aber wenn sie den Zwischenhändler ausschaltete, erhöhte sich ihr Gewinn um zwanzig bis dreißig Prozent. Ein gutes Geschäft, wenn auch gefährlich, denn das war ein strafbares Vergehen.

„Endlich haben wir unsere Zaubertränke, also werden wir morgen tief eintauchen", antwortete Nicole auf Daniels Frage. Sie nahm neben ihm Platz und setzte sich mit einem leichten Ruck in ihren Bewegungen hin bei den letzten Zentimetern.

„Problem?", sagte Daniel und runzelte die Stirn.

Asin schnaubte amüsiert, und ihr Schwanz peitschte hinter ihr her. Hatte er immer noch nicht bemerkt, dass einige dieser „Freundinnen" nur auftauchten, um mit ihnen zu sprechen, wenn sie verletzt waren? Nichts Ernstes natürlich, aber gerade so viel, dass ein schneller **Heilungszauber** das Problem beheben würde.

„Mir geht's gut. Nur ein kleines Ziehen", sagte Nicole und winkte ab. „Ich wollte eigentlich mit dir über etwas anderes sprechen."

„Oh?" Daniels Blick verweilte noch immer auf ihrem Körper, bevor er ihn nach oben riss, selbst als der Rest des Tisches verstummte.

„Ich habe das Gerücht gehört, dass du um ein Treffen mit einigen Gilden gebeten hast."

„Das stimmt", sagte Daniel vorsichtig.

Asin hob ihre Tasse und nippte an dem Glühwein darin. Sie bevorzugte Chabu, aber den gab es hier nicht. Und wenn sie ein Fass brachten, verlangten sie das Doppelte des üblichen Preises. Asin benutzte den Rand der Tasse, um ihr Gesicht zu verbergen, und ließ ihren Blick umherschweifen, wobei sie bemerkte, dass einige Tische in der Nähe nun aufmerksamer wurden. Sie sah sogar, wie ein Goatkin am Tisch gegenüber mit gespitzten Ohren in ihre Richtung schielte.

Daniel hat diese Dinge immer übersehen, weil er sich mehr auf das konzentrierte, was vor ihm war, als auf mögliche Bedrohungen dahinter. Er war zu geradlinig, zu gut. Aber er war ein Heiler, und seine Gabe machte ihn verwundbar. Es war ihre Aufgabe, ihn hier draußen zu beschützen, genau wie es seine Aufgabe im Dungeon war.

„Ich bin ein bisschen verletzt, dass du uns nicht eingeladen hast", sagte Nicole und ihre Augen flatterten ein bisschen.

„Nun, das, ähhh..." Daniel hielt inne.

Bevor er ein Angebot machen oder andeuten konnte, dass er es vergessen oder verdrängt hatte, ergriff Asin das Wort. „Klein."

„Wie bitte?", sagte Nicole und runzelte ein wenig die Stirn.

„Kleine Gilde", wiederholte Asin, neigte den Kopf leicht nach unten und senkte die Ohren, um zu zeigen, dass es nicht persönlich gemeint war. Natürlich war sie sich nicht sicher, ob Nicole diese Körpersprache verstehen würde, aber einen Versuch war es wert. Sie hatten ein Trio von Beastkin in ihrer Gruppe, auch wenn eine davon ein Dogkin war.

„Gut, so klein sind wir nicht...", sagte Nicole.

Daniel warf Asin einen Blick zu, der zwischen Erleichterung und Missbilligung darüber schwankte, dass sie so unverblümt war. Aber er drückte ihr die Hand und unterstützte sie, wie er es immer tat. „Nein, das seid ihr nicht. Aber ihr seid auch nicht wirklich eine regionale Gilde. Oder eine nationale. Und das ist es, was wir brauchen."

„Oh." Nicole hielt inne und ließ ihren Blick über Daniel schweifen, während sie über ihre nächsten Worte nachdachte. Schließlich lächelte sie. „Gut, ich hoffe, wir können uns immer noch auf dich verlassen, wenn es um die gelegentliche Beratung geht?"

„Ähm, ich denke schon?" Daniel zuckte mit den Schultern. „Ich denke, das hängt von der Gilde ab."

„Natürlich, natürlich", antwortete Nicole sofort. Sie bewegte sich leicht und zuckte erneut zusammen. Daniels Blick wanderte hinüber, und Asin konnte nicht anders, als mit den Augen zu rollen. Vor allem, als er das Angebot mit leiser Stimme machte und Nicole es gerne annahm.

Nicht, dass Asin viel dagegen einzuwenden gehabt hätte, außer dass seine Gutmütigkeit ausgenutzt wurde. Es war ja nicht so, dass Nicole sich nicht manchmal revanchiert hätte, mit Hinweisen und Empfehlungen für die Ebenen, die sie besuchten, sowie mit Empfehlungen von Händlern und Kaufleuten. Da sowohl sie als auch Omrak bereits geheilt waren und sie für heute Schluss machen würden, würde sich Daniels Mana regenerieren, wenn sie am nächsten Tag den Dungeon betraten. Wenn er sie nicht heilte, würde er wahrscheinlich einfach zum Hospiz gehen und dort heilen, bevor die Nacht zu Ende war.

Dennoch hielt Asin ein Ohr offen, beobachtete, wie er den Zauber sprach, beobachtete, wie sie mit ihm sprachen. Und schließlich hörte sie zu, als sie dazu kamen, Ratschläge zu erteilen.

„Du solltest unbedingt mit ihnen hingehen. Du wirst persönlich sehen wollen, wie sie ihre Teams ausbilden, wie sie ihre Leute unterrichten und einsetzen“, sagte Nicole. „Es reicht nicht aus, nur zu hören, was sie tun. Ihr müsst es sehen.“

„Also, runter in die Dungeons mit ihnen?“, sagte Daniel.

Asin nickte bei den Worten und war dankbar für Nicoles Empfehlungen. Sie fuhr fort, Dinge aufzulisten, die die Gruppe wissen musste, welche Fragen sie stellen sollten und dass sie bei den Neulingen als Beraterin zur Seite stehen würde, jetzt, da sie sicher waren, dass sie sich nicht für ihre Gilde entscheiden würden.

Manchmal, so musste Asin zugeben, funktionierte Daniels Neigung, erst zu heilen und dann zu reden, ganz gut.

***

Der Erste, der sich mit ihnen traf, war Gadi, der Vize-Gildenmeister der Seven Stones. Im Gegensatz zu vielen anderen betrat Gadi selbst nur noch selten den Dungeon, da er sich im Halbruhestand befand. Er war ein so genannter Schwertmagier, ein Abenteurer mehrerer Klassen, der versucht hatte, sich sowohl auf Magie als auch auf seine Waffe zu spezialisieren.

Natürlich lernte jeder Magier wegen der langsamen Manaregeneration ein paar Nahkampf- oder Fernkampfskills. Die meisten taten dies jedoch nur, um sich selbst zu schützen und ihrem Team ein wenig Unterstützung zu bieten. Fernkampfwaffen waren die häufigste Wahl, da sie es dem Magier erlaubten, sicher im Hintergrund zu bleiben und gleichzeitig einen weiteren Fernkampfangreifer in das Arsenal des Teams aufzunehmen.

Dennoch waren Fernkampfwaffen in vielen Dungeons weniger effektiv. Beengte Gänge, enge Ecken und verkürzte Sichtlinien führten dazu, dass Fernkampfangriffe in vielen Levels weniger nützlich waren. Aber nicht in allen. Und realistisch betrachtet waren die meisten Gruppen froh, einen Magier in ihrem Team zu haben, da ihre Vielseitigkeit und ihr zusätzlicher magischer Schaden den Unterschied zwischen dem Überwinden bestimmter Ebenen und dem Scheitern ausmachen konnten.

Dennoch gingen nur wenige Magier so weit wie Gadi, wo sie einen beträchtlichen Teil ihrer Zeit damit verbrachten, eine Nahkampfwaffe zu erlernen und sich an die Frontlinie zu stellen. Die meisten Magier waren zu fleißig; die Strenge der magischen Verzauberung und des Zauberns erforderte lange Stunden des Buchstudiums und der Übung. Die Aufteilung der Zeit für das Studium der Waffen führte zu demselben Problem, mit dem Daniel und Gadi konfrontiert waren. Wenn man nicht gerade ein Wunderkind in beiden Bereichen war, geriet man irgendwann in einem Bereich des Studiums ins Hintertreffen. Bei Daniel lagen seine Nahkampfskills weit hinter seinen Heilfähigkeiten zurück. Für Gadi waren seine magischen Skills auf der Strecke geblieben, als er das Schwert studierte.

Aber in den höherstufigen Dungeons, den Dungeons mit dem Expertenrang und höher, waren Spezialisten von größerem Nutzen. Ein einzelner, mächtiger Magier konnte einen Bosskampf beenden, bevor er ernsthaft begann, und so Leben retten. Ein starker, erfahrener Schwertkämpfer konnte mehreren Monstern in einem Kampf Schaden zufügen und sie verkrüppeln, ihnen Schaden zufügen oder ihre Aufmerksamkeit ablenken. Leider konnten Schwertmagier ein wenig von beidem, aber keines von beidem gut. Aus diesem Grund wurde gemunkelt, dass Gadi gescheitert war und schließlich ins Abseits gedrängt wurde, um einen Verwaltungsposten zu übernehmen.

All das erzählte Omrak Daniel, während sie zur Gildehalle der Seven Stones hinübergingen, und wedelte ausladend mit den Händen herum, um seine Bemerkungen zu unterstreichen. „– und deshalb denke ich, dass du selbst vorsichtig sein solltest, Freund Daniel. Denn du verbringst keine Zeit damit, deine Waffenskills zu verbessern. Dir fehlt sogar ein mächtiges Nahkampfskill."

„Ich habe **Perins Schlag**", sagte Daniel. Er hüpfte über einen Dungfleck und landete auf dem groben Kopfsteinpflaster der Straße, ohne den Abfall zu bemerken. Er würde früh genug von den Sammlern oder den Straßenkindern aufgesammelt werden, die alle darauf aus waren, aus dem wertvollen Dünger Kupfer zu machen.

„Ja, und in Kombination mit deinem Skill **Schwachstellen finden** kann es einen bereits verletzten Gegner verletzen oder ausschalten. Aber vergleiche das mit dem **Donnernden Schlag**", sagte Omrak.

Daniel grunzte. „Das ist allerdings ein kleines Schummel-Skill..."

„Das hat nichts mit Schummeln zu tun", sagte Omrak. „Es ist ein mächtiges Skill, weil ich viel Erfahrung gesammelt habe. Es konzentriert meinen Angriff auf einen einzigen Punkt und fügt ihm die Kraft des Himmels hinzu."

„Ich habe mich gefragt, warum es nicht **Blitzschlag** heißt", sagte Daniel.

„Ein weiteres Skill", meldete sich Asin. „Schnell." Sie streckte ihre Hand aus und mimte die Aktivierung des Skills.

„Wie **Schlangenstich**?", sagte Daniel.

„Schneller."

„Hm." Daniel schüttelte den Kopf. Manchmal hatte es den Anschein, dass Eris bei der Benennung von Skills zu sehr auf das Einfache setzte. Aber vielleicht war das auch das Beste. Zu viele Abenteurer verbrachten mehr Zeit an den Trainingsplätzen, als dass sie Bücher studierten. „Aber Asin fehlt ein todsicheres Skill."

Als Antwort grinste Asin Daniel an.

„Warte, du hast eines?"

Ein Nicken. Asin wich zur Seite aus, um einer älteren Wäscherin und ihrer großen Tasche, die sie zum Fluss schleppte, auszuweichen. Dabei stieß sie gegen die weiß getünchten Wände des Ladens, was dem Ladenbesitzer einen wütenden Tadel einbrachte, als er die Beastkin entdeckte. Mit geübter Leichtigkeit ignorierte die Gruppe ihn, während sie weiterging.

„Was?"

„Ich bin auch neugierig, Freundin Asin."

„Eindringling."

„Hm?"

„Ah, ein gutes passives Skill. Nicht dasselbe, aber auf höheren Leveln." Omrak hielt inne, hob eine Augenbraue und erhielt ein Nicken von Asin. „Sie beginnt ihren Wert zu zeigen. Vor allem, wenn du sie mit deinen anderen Skills wie **Knochenbrecher** kombinierst. Eine interessante Kombination."

„Ich verstehe das nicht", sagte Daniel und drehte seinen Kopf zwischen den beiden Nahkämpfern.

„**Eindringling** – oder **Eindringen** – ist ein Skill, das sich aus der Kombination von Wahrnehmung, Monsterbiologie und Waffenskills ergibt. Sobald man genügend Level erreicht hat, kann man ihn kaufen", so Omrak. „Da es sich um ein kombiniertes Skill handelt, ist es schwer aufzuleveln, aber es hat den Vorteil, dass es auch ein fortlaufendes passives Skill ist. Alle Angriffe von Freundin Asin werden tiefer gehen und mehr Schaden anrichten. Und auf höheren Leveln sollte er tief ins Innere eindringen."

„Das ist ein Skill für Präzisionskämpfer."

Bevor Daniel weitere Fragen stellen konnte – vor allem zu dem Teil über die Biologie der Monster –, kam das Trio vor der Tür der Seven-Stones-Gilde an. Der Heiler blickte auf, betrachtete das gedrungene, zweistöckige, weiß getünchte Gebäude und konnte nicht umhin, es mit den anderen Gebäuden daneben zu vergleichen. Sie befanden sich im reicheren Teil der Stadt – daher die gepflasterten Steine und die frisch getünchten Wände – und deshalb war alles, von der Verkleidung bis zu den mit Ton gebrannten Ziegeln auf dem Dach, gut erhalten. Dennoch gab es in Daniels Augen winzige Anzeichen von Verfall, kleine Hinweise darauf, dass die Organisation zwar reich sein mochte – im Vergleich zu anderen –, aber nicht wohlhabend.

„Gut, sollen wir eintreten?", sagte Omrak und wirkte plötzlich nervös. Er zupfte an seiner Tunika, seiner besten von drei Garnituren und die, die er am häufigsten trug, wenn er zu Verabredungen ging. Sie war etwas dünner, etwas enger gewebt als seine andere, rauere, viel geflickte Kleidung, die er im Dungeon trug.

Nicht, dass Daniel etwas zu Omraks Kleiderwahl zu sagen hätte. Auch er trug sein bestes Outfit, aber im Gegensatz zu Omrak hatte er eine größere Auswahl an Kleidungsstücken, aus denen er wählen konnte. Einer der Vorteile der Arbeit als Heiler im Hospiz war, dass er oft kleine Geschenke erhielt. In diesem Fall war das Hemd, das er trug, ein Geschenk von einem dankbaren Patienten. Es war von viel besserer Qualität als Omraks eigene Tunika, aber seine war schon seit etwa zwanzig Jahren aus der Mode.

„Ja", sagte Daniel.

Anstatt hereinzuplatzen, klopfte er an die Tür, bevor er sich auf die Füße stellte und sich ein paar Sekunden Zeit nahm, um seine Stiefel an der Kante der hochgezogenen Türlippe zu reinigen. Wie bei den meisten anderen Gebäuden in der Straße musste man ein paar Stufen hinaufsteigen, um zur Tür zu gelangen, die das Innere des Hauses ein wenig vor dem ständigen Regen und Schlamm schützte.

Asin, die neben ihm stand, war bereits dabei, ihre Sandalen zu reinigen. Obwohl sie es vorzog, barfuß zu gehen, wann immer es möglich war, standen die Straßen der Stadt nicht auf dieser Liste. Zumindest waren die ständig rumpelnden Karren und Ablagerungen und die Notwendigkeit, ihre Füße sauber zu halten, wenn sie ein Haus betrat, eine Notwendigkeit für Schuhwerk.

Als er die Catkin beobachtete, bemerkte Daniel, wie sie den Kopf schief legte; ihre Ohren drehten sich, kurz bevor auch er die Schritte aus der Gildenhalle hörte. Einen Moment später öffnete sich die Tür knarrend und enthüllte Gadi selbst, den kleinen, ein Meter fünfzig großen Menschen, der zu der Gruppe hinaufblickte.

„Du hast dich also endlich entschlossen, mit mir zu sprechen, ja? Und was ist passiert? Haben die Burning Fields dich abgewiesen?", sagte er und verschränkte die Arme. Dunkelblondes Haar, das in der schwachen Beleuchtung fast braun war, leuchtete, doch aus ihrem Blickwinkel erkannte Daniel die schüttere Mittellinie.

„Wir haben uns entschieden, zunächst andere Möglichkeiten zu prüfen", sagte Daniel. „Wie du schon sagtest, sind sie ein wenig groß. Und bieten vielleicht nicht das, was wir wollen."

Gadis Augen verengten sich für eine Sekunde, bevor er nickte und die Gruppe durch die Tür winkte. Sobald sie drinnen waren und die Tür geschlossen war, führte Gadi sie in den Aufenthaltsraum links von der Tür. Als sie weitergingen, konnte Daniel nicht umhin, die Türen am Ende des Flurs zu bemerken, die auf das Trainingsgelände hinausführten.

Das Wohnzimmer selbst bestand aus einfachen Teppichen und Wandbehängen, einem Schrank mit Gläsern und Getränken und einer Reihe von hölzernen Loungesesseln. Gadi nahm Platz und ließ sich mit aller Kraft auf den Stuhl fallen, bevor er sich der Gruppe zuwandte.

„Du erinnerst dich also an mein Angebot, ja?", erklärte er, bevor er fortfuhr. „Was willst du noch?"

„Erinnere mich daran", rief Omrak. „Ich habe vergessen, was du uns angeboten hast."

„Ich habe dem *Heiler* ein Gehalt angeboten, ein Silber für seine Heilungsdienste und doppelte Anteile an jeder Erkundung. Außerdem hat er die üblichen Vorteile einer Mitgliedschaft in unserer Gilde – Zugang zu unseren Handels- und Alchemieressourcen und der Gildenbibliothek."

„Und wir?", fragte Asin, die auf einem Stuhl hockte.

Gadi warf einen Blick auf die Beastkin, bevor er sich mit einem abschätzigen Grinsen abwandte und sich wieder Daniel zuwandte. „Ich kann deine Freunde aufnehmen. Sie sind unscheinbar, aber nicht nutzlos. Aber wir werden eure Gruppe aufstocken wollen. Sie ist deutlich unterbesetzt."

„Ich würde gerne meine Mitglieder auswählen", sagte Daniel.

„Wir werden schicken, wen wir haben, aber ihr müsst mindestens fünf mitnehmen", sagte Gadi. „Wir werden unsere Investition nicht sterben lassen, nur weil nicht genug Vorsichtsmaßnahmen getroffen wurden."

„Das ist in Ordnung. Aber ich werde nicht mit Leuten zusammenarbeiten, denen ich nicht vertraue", sagte Daniel.

„Natürlich", sagte Gadi. „Und wie ich schon sagte, deine Freunde sind ausreichend. Willst du jetzt deine potenziellen Teamkollegen sehen?"

„Sie sind hier?", sagte Daniel erstaunt.

„Hm... wir haben welche. Die, denen ein Team fehlt“, sagte Gadi. „Und ein weiteres Team für Fortgeschrittene, die den Tag mit Training verbringen. Wir führen ein Fünf-zwei-Regime ein.“

„Fünf-zwei?“, sagte Omrak und runzelte die Stirn. Der große Nordländer lümmelte im Zimmer und hatte die Couch zu seinem Eigen gemacht. Die protzige Zurschaustellung schien ihn im Gegensatz zu Asin überhaupt nicht ohnmächtig zu machen.

„Fünf Tage Training, zwei Tage Erkundung“, antwortete Gadi.

„Nicht andersherum?“, sagte Daniel.

Daniels Antwort ließ Gadi ein Lachen ausstoßen, das eher dem Brüllen eines Maultiers als einem menschlichen Kichern glich. Er ertappte sich und starrte Daniel an, bevor er schnaubte. „Wer geht fünf Tage hintereinander auf Erkundungstour?“

Asin stieß ein schallendes Gelächter aus, während Omrak die Stirn runzelte. Als Gadi die Gruppe stirnrunzelnd ansah, erklärte Daniel. „Wir tun das.“

„Was? Warum? Wie wollt ihr...“ Gadi hielt inne und schüttelte den Kopf. „Natürlich. Heiler. Du setzt deine Skills zu stark ein, nicht wahr?“

„Ich sorge dafür, dass das Team gut geheilt ist.“

„Und setzt ihre Körper wiederholten Heilungen aus“, sagte Gadi und schüttelte den Kopf. „Das solltest du nicht.“

„Warum?“

„Wiederholte magische Heilung kann auf Dauer Probleme verursachen. Das ist ein bekanntes Problem bei älteren Abenteurern. Bestimmte Arten von Krankheiten, die ausbrechen und Tumore und andere Probleme verursachen“, sagte Gadi.

„Oh, das!“ Daniel nickte. Er kannte diese Probleme. In der Tat behandelten sie solche Fälle im Hospiz relativ regelmäßig. Natürlich war es nicht richtig, dass Gadi es als Krankheit bezeichnete, denn es handelte sich nicht um eine äußere Einwirkung auf den Körper, sondern um ein Problem im Körper selbst. Daniel konnte seine Freunde und sich selbst auf das Problem untersuchen – und tat es auch. Es handelte sich um ein seltsames Problem, das bei seinem ersten Auftreten mit seiner Gabe leicht und zu minimalen Kosten behoben werden konnte, später aber extrem teuer war.

Es war eines der wenigen Probleme, die er nicht lösen wollte, wenn man es ihm vorlegte, dann griff er auf alchemistische Mittel zurück. Manchmal funktionierten diese sogar.

„Das." Gadis Augen verengten sich, und Daniel lächelte seinerseits. Schon bald würde er die Wahrheit erfahren, wenn er es nicht schon getan hatte, aber es war besser, jetzt noch nicht darüber zu sprechen. „Gut, solange deine Freunde und Teamkollegen die Gefahren verstehen."

„Ich heile nicht alles", sagte Daniel und nickte. „Es ist gut für den Körper, sich manchmal selbst zu heilen. Magische Heilung setzt den Körper nur zurück, anstatt ihn wachsen zu lassen."

Zumindest die meisten Arten.

Das **Zeichen des Heilers** war eher ein Regenerationszauber, der lediglich die natürlichen Heilungseigenschaften des Körpers beschleunigte. Die Wahrscheinlichkeit, dass er Probleme verursacht, war geringer, aber aus irgendeinem Grund waren manche Menschen anfälliger für Schäden als andere. Interessanterweise hatte es nichts mit der Konstitution selbst zu tun. Natürlich gab es echte Heiler, die ihre Zeit damit verbrachten, das Warum zu erforschen, aber vieles davon war immer noch spekulativ. Die gängigen Theorien reichten von Erlis' Willen über unsichtbare Krankheiten bis hin zu Problemen, die dem Körper eines Menschen innewohnten. Die Tatsache, dass solche Probleme bei Inzuchttieren häufiger auftraten, ließ die erste und die letzte Theorie als glaubwürdig erscheinen.

Und abgesehen von den niederen Zaubern wie dem **Zeichen des Heilers** gab es mächtigere Heilzauber wie die **Rückkehr des Körpers** und die **Regeneration** sowie die Segnungen der Priester wie **Erlis' Vergebung**, die solche Probleme völlig umgingen. Entweder zwangen sie den Körper zur Regeneration oder durchfluteten ihn mit einer reineren Form von Mana – oder vielleicht einer besser kontrollierten Verwendung von Mana; die Priester waren in diesem Punkt eher zweideutig –, die nicht nur heilten und regenerierten, sondern den Körper auch von anderen Problemen befreiten.

„Gut. Es ist immer noch gefährlich, so aktiv zu sein", sagte Gadi.

„Leute", sagte Asin, mischte sich ein und tippte mit einem krallenbewehrten Finger auf den Tisch.

Gadi runzelte die Stirn und betrachtete die Stelle, an der Asin geklopft hatte, als ob er misstrauisch wäre, dass sie sie beschädigt haben könnte, bevor er seufzte. „Ja, ja. Ich werde sie holen." Er hielt inne. „Oder wir könnten uns ihnen anschließen."

„Anschließen?" Asin neigte ihren Kopf zur Seite.

„Auf dem Trainingsgelände."

Das begeisterte Nicken der Gruppe brachte Gadi zum Lächeln, als er aufstand und ihnen winkte, ihm zu folgen. Daniel konnte nicht anders, als ein wenig zu grinsen, die Vorfreude stieg. Es hatte definitiv etwas für sich, seinen potenziellen Verbündeten bei der Arbeit zuzusehen.

Und wirklich, Omrak hatte nicht unrecht. Er musste an seinen Skills arbeiten.

Kapitel 5

Der Trainingsplatz, den Daniel auf der Rückseite des Gebäudes entdeckt hatte, war größer, als er erwartet hatte. Entgegen seinen Erwartungen nahm er auch die gesamten Höfe der Nachbarn ein, sodass das Ganze mindestens sechzig Meter breit und weitere zwanzig Meter lang war. Die Seven Stones hatten den zusätzlichen Platz gut genutzt und das Gelände in zwei Kampfringe, einen Bereich für körperliche Bewegung, einen abgetrennten Bereich, in dem ein paar Abenteurer Bogenschießen übten, und den größten Bereich, eine magische Arena, aufgeteilt.

So groß der Trainingsplatz auch war, so voll war er auch, da mehrere Mitglieder der Seven-Stones-Gilde dort trainierten. Die Duellringe waren in Betrieb, und eine kleine Schar gepanzerter Beobachter verfolgten den Kampf. Eine ältere Abenteurerin humpelte zwischen den beiden Ringen hin und her und rief Anmerkungen aus, während sie sich bewegte. Sogar von hier aus konnte Daniel das subtile Ziehen ihrer Skills spüren, da **Trainerstimme** die Skillverbesserung beschleunigte. In der Hauptarena bewegte sich ein Team durch das felsige Gelände, kletterte auf die Felsen und schlängelte sich entlang der angelegten Wege, während sie vorsichtig nach ihren Zielen Ausschau hielten.

Asin war diejenige, die vom Standpunkt des Teams aus die ihre Gegner als Erste entdeckte. Sie zeigte auf sie, als sie sprach. „Kobolde.“

Daniel runzelte die Stirn, als er auf die Gruppe langgliedriger, dünner Kreaturen starrte, die aus einer kleinen Öffnung im Boden strömten. Sie zischten ein wenig wegen der hellen Lichter, plapperten aber miteinander, während sie sich vor dem Eingang ausbreiteten. Im Gegensatz zu den Monstern, gegen die sie gekämpft hatten, trugen diese Kobolde echte Waffen – kurze, bronzene Dolche – und zusammengenähte Felle.

„Was...?“

„Wir finden, dass es für unsere Auszubildenden besser ist, hin und wieder gegen echte Monster zu kämpfen“, sagte Gadi. „Wir kaufen gefangene Monster und lassen sie herbringen.“

„Kobolde gibt es wirklich?“, sagte Daniel.

„Einheimisch in Khash“, sagte Gadi.

Daniel runzelte die Stirn und beobachtete, wie die Koboldgruppe begann, Spähtrupps auszusenden. Sie kommunizierten mehr als im Dungeon und riefen sich gegenseitig zu, während sie weiterzogen. Da die Arena selbst nicht allzu groß war, fanden die Abenteurer und der erste Spähtrupp schnell zueinander.

„Sind sie... intelligent?", sagte Daniel zögernd.

„Genauso wie die Kobolde im Dungeon", antwortete Gadi. „In der Tat sind sie in vielerlei Hinsicht das Äquivalent der Khash zu unseren Kobolden. Monströs, ständig am Vermehren und Fressen. Unvernünftig aggressiv." Als er seine Rede beendete, stürzten sich die Kobolde mit einem Kreischen auf die besser bewaffneten Abenteurer und schwangen ihre Waffen mit Kraft, wenn auch nicht mit viel Geschick. „Es ist absolut unmöglich, mit ihnen zu arbeiten."

„Dennoch... Sie zu fangen..." Daniel runzelte die Stirn. Es rüttelte ein wenig an seinem Gewissen. Sie zu töten war unschön– vor allem diese Nicht-Dungeon-Versionen, bei denen ihre Körper auf dem Boden lagen, anstatt sich in Manasteine aufzulösen – aber verständlich. Monster waren Monster. Aber sie zu diesem Zweck zu fangen...

„Es ist ein gutes Training." Gadi beäugte Daniel, und die Lippen des kleinen Vize-Gildenmeisters wurden nachdenklich schmal. „Wir knausern nicht mit unserem Ausbildungsbudget."

„Es scheint wohl so." Daniel verstummte und sah zu, wie das Abenteurerteam den Spähtrupp ausschaltete und den Spuren zurück zur Hauptgruppe folgte. Dort hatten sich die Kobolde zu einer großen Gruppe zusammengeschlossen und warteten kurz vor der Stelle, an der die Felsen zusammenliefen, um das Team herauszulocken und ihre Überzahl zu nutzen. Leider machte sich ihr Zögern zu ihrem Nachteil bemerkbar, als ein junges Mädchen hinter dem Team hervortrat, die Hand hob und eine Reihe von Worten skandierte, bevor sie eine wirbelnde Luftmasse freisetzte.

Der Zauber schlug in der Mitte der Koboldgruppe ein, direkt über den Köpfen der kleinen Wesen, und explodierte mit einem furchtbaren, ohrenbetäubenden Schrei. Die Kobolde mit ihren größeren Ohren, die sich im Epizentrum der Explosion befanden, wurden vom explodierenden Wind erfasst und von der explodierenden Schallwand zur Seite geschleudert.

„**Schallkugel**", sagte Gadi und rieb sich die Ohren. „Lady Nyssa ist eine von denen, die wir dir vorstellen wollen. Sie ist eine mächtige Magierin, aber bis jetzt hat sie sich noch in kein Team eingefügt."

Der Rest des Teams stürzte sich auf den ungeordneten Haufen, während der Bogenschütze vom Felsvorsprung ausgehend seine Pfeile auf alle Kobolde abfeuerte, die noch standen und versuchten, ihre Reihen zu organisieren. Der Rest des Kampfes war bald vorbei, bis sich die Gruppe umdrehte und die Magierin anschrie, mit den Händen winkte und gestikulierte, obwohl nur gedämpfte Worte die Gruppe erreichten.

„**Schallbarriere**", erklärte Gadi auf Omraks Frage hin. „Wir lassen eine über der Arena aktiv, wenn Lady Nyssa trainiert."

„Du siehst nicht sehr zufrieden mit ihr aus", sagte Daniel.

„Mächtig. Stärker", sagte Asin und ahmte die Explosion mit ihren Händen nach. „Tut in den Ohren weh."

„Ja. Es scheint, dass sie ihren Zauber wieder aktiviert und ihr Team nicht informiert hat", sagte Gadi seufzend. Der einzige, wie Daniel bemerkte, der sie nicht anschrie, sondern die Gruppe von oben beobachtete, war der Bogenschütze. „Der Bogenschütze dieser Gruppe", fuhr Gadi fort, „gehört zur Gruppe der Lady und ist ihr treuer Leibwächter. Außerdem ist er taub."

Daniel blinzelte, nickte aber. Das würde erklären, warum er von dem Angriff unberührt zu sein schien und alles beobachtete, als ob er bereit war, seine „Lady" zu verteidigen.

„Gut, lassen wir sie erst einmal ihre Angelegenheiten regeln", sagte Gadi und lächelte die Gruppe an. „Es gibt noch ein paar andere, die wir euch vorstellen müssen. Also gut, in den Duellringen haben wir..."

Gadi winkte das Team herbei und führte die Gruppe hinüber. Verwirrt folgte Daniel ihm.

∗∗∗

„Zef." Der geschuppte Erpel reichte Daniel die Hand zum Schütteln. Der Erpel, der einen langen Speer schwang, war nur einer von drei Beastkin in der Seven-Stones-Gilde, die Daniel ausmachen konnte. „Speerschwinger.

Kämpfer an vorderster Front. Ich habe mich auf Elementarangriffe mit hohem Schaden spezialisiert."

Nachdem er Daniels Hand losgelassen hatte, ergriff er mit der anderen Hand seinen Speer, drehte sich und warf ihn. Der Speer flog in einem Bogen durch die Luft, zerbarst in Licht und durchbohrte eine der Zielscheiben auf der anderen Seite des Übungsplatzes. Er blieb auf halber Strecke in der Zielscheibe stecken und brach auf das Kommando „Zurück", das Zef zischte, auf der Rückseite wieder heraus.

Er hielt die Waffe mit einer Hand fest und fuhr fort. „Ich habe auch etwas Erfahrung im Fernkampf."

„Ich verstehe…", sagte Daniel, betrachtete die zerbrochene Zielscheibe und schluckte ein wenig. Das war ein unglaublich hoher Schaden für einen einzigen Angriff.

Omrak, der neben Daniel stand, nickte zustimmend.

***

„Du bist ein Heiler? Weißt du, ich habe schon seit Wochen diese Schmerzen in der Kniekehle", plapperte der verschlagene, spitzhaarige und bleiche Sprecher weiter. „Meinst du, du könntest…"

„Wenn Abenteurer Chai sich entschließt, sich uns anzuschließen, werden seine Dienste allen Gildenmitgliedern zur Verfügung stehen", sagte Gadi. „Genau wie die von Priester Yorrick, wie du weißt, Harlow."

„Ja, aber dieser Priester starrt mich die ganze Zeit an und hält mir Vorträge." Harlow bewegte sich leicht. „Und Daniel ist genau hier… Er benutzt sein Mana im Moment nicht, oder? Es wäre also eine Kleinigkeit…"

„Wenn du aufhören würdest zu stehlen und Buße tun würdest, vielleicht würde Priester Yorrick…"

„Lügen! Ich habe nichts gestohlen", protestierte Harlow.

„Und der kürzliche Besuch von Kaufmann Sherz?" Gadi funkelte ihn an.

„Gut, okay. Ich hatte vielleicht einen Apfel mitgenommen…" Auf Gadis Blick hin murmelte Harlow: „Und eine Münze oder zwei,… aber ein Mann muss tun, was er kann, um zu überleben!"

Asin neben der Gruppe schüttelte nur den Kopf. Gadi, der Asins Reaktion bemerkte, entließ Harlow, bevor er fortfuhr. „Harlow ist einer unserer talentiertesten Schurken – ein ehemaliger Dieb, Einbrecher und Taschendieb, er hat einen zweiten Sinn für Fallen und Gefahren. Außerdem besitzt er das Skill **Blaupause**, das **Kartenerstellung** ähnelt, aber mehr auf interne Orte spezialisiert ist. Einschließlich Dungeons."

„Er ist auch ein Dieb", sagte Daniel.

„Er bestiehlt die Gilde nicht", sagte Gadi, obwohl sein Lächeln etwas angestrengt war. „Außerdem hat er in elf Erkundungen mindestens vier geheime Räume und Orte gefunden."

Asins Ohren drehten sich interessiert nach vorne, während Omrak die Stirn runzelte. Daniel rollte nur mit den Augen, als Gadi sie zu ihrem nächsten Ziel führte.

***

Der flammenhaarige Teenager atmete aus, ließ den Pfeil los und sah zu, wie er das Ziel traf. Sie grinste vor sich hin und drehte den Rundbogen in ihrer Hand zur Seite, während sie einen weiteren Pfeil zu spannen begann. Gadi räusperte sich ein weiteres Mal, was sie dazu veranlasste, ein wenig zusammenzuzucken und zu erröten. Dabei traten die feinen Sommersprossen auf ihrer blassen Haut noch deutlicher hervor.

„Vize-Gildenmeister! Entschuldigung. Entschuldigung. Ich habe dich nicht gesehen", rief sie und ließ fast den Pfeil fallen, den sie in der Hand hielt, als sie sich verbeugte und gleichzeitig versuchte, den Pfeil wegzulegen. Schließlich hatte sie sich wieder gefasst und schaute den Rest der Gruppe neugierig an.

„Du musst an deiner Wahrnehmung auf dem Schlachtfeld arbeiten", sagte Gadi. „Nächstes Mal steckst du mehr Punkte in die **Wahrnehmung**, Anne."

„Ja, Sir!" Anne nickte erneut. „Ich... Sind das neue Rekruten?"

Gadi drehte sich um und stellte sie kurz vor, bevor er fortfuhr. „Daniel hier ist ein talentierter Heiler. Anne ist eine Abenteurerin, mit einer kleinen Nicht-Kampf-Klasse. Sie ist jung, sie hat gerade die Anfängerausbildung abgeschlossen, aber sie hat den Wunsch geäußert, Heilung als zweites Skill zu erlernen.“

„Wirklich?“, sagte Daniel und betrachtete die dichte Ansammlung von Pfeilen um das Bullseye der Zielscheibe. „Das ist bewundernswert. Das ist eine Menge Arbeit.“

„Ja, Sir!“

Daniel runzelte die Stirn, als er „Sir“ genannt wurde. Er war nicht so viel älter als die Teenagerin. Obwohl... vielleicht war er es doch? Sie war erst sechzehn oder so.

„Ich habe viel gelesen. Über Kräuter. Und allgemeine Heilmittel.“

„Lesen ist nicht genug“, sagte Daniel mit einem Stirnrunzeln. „Hast du geübt?“

„Nur die Grundlagen des Wundverbindens und dergleichen“, sagte Anne. „Die Teams lassen mich nicht viel mehr machen. Und Priester Yorrick kümmert sich um alles andere, obwohl er mich zusehen lässt.“ Am Ende wurde sie wieder munter.

Daniel schüttelte den Kopf. „Du solltest in den örtlichen Hospizen arbeiten. Wir können immer ein weiteres Paar Hände gebrauchen, und du wirst schneller lernen. Es gibt auch Krankenschwestern, die dir Informationen geben können.“

„Ich will Heilerin werden, keine Krankenschwester. Und warum muss ich wissen, wie man mit Zahnschmerzen und Erkältungen umgeht?“, sagte Anne und verschränkte ihre Arme. „Ich möchte eine Heilerin für Abenteurer werden, eine Kampfärztin!“

„Abenteurerin Anne!“, schnauzte Gadi. Die junge Abenteurerin errötete, verbeugte sich tief und murmelte eine Entschuldigung. „Abenteurer Chai stellt dir sein Fachwissen zur Verfügung. Danke ihm dafür und lauf dann ein Dutzend Runden zur Entschuldigung.“

Sie errötete, tat aber, was Gadi sagte, auch wenn Daniel weiterhin murmelte, dass es unnötig sei.

Als sie wegging, rollte Gadi mit den Augen. „Kinder.“

„In der Tat“, sagte Omrak und nickte weise.

Asin, die dahinter stand, würgte ein wenig.

***

Mehr Abenteurer und Abenteurerteams. Schließlich zogen Daniel und sein Team ab und entgingen so der enthusiastischen Vorstellung und Gadis Erklärung der verschiedenen Merkmale des Gildenhauses und der Vorteile eines Beitritts zu den Seven Stones.

Außerhalb des Gebäudes, auf den belebten, gepflasterten Straßen, holte Daniel tief Luft und sah auf. Die Nachmittagssonne hatte ihren Zenit überschritten und war nun hinter den Gebäuden um sie herum verborgen, sodass die Straßen selbst im schwindenden Licht im Schatten lagen. Die Laternenanzünder brachten bereits die mit Manasteinen bestückten Laternen heraus, die die Straßen schmückten, während Scharen von Bediensteten nach Hause eilten, nachdem sie für den Tag entlassen worden waren. Nur die reichsten Häuser ließen ihre Diener die Nacht durcharbeiten, da nur wenige ohne ausreichendes Licht arbeiten konnten.

„Was meint ihr?", sagte Daniel schließlich, als er sein Team wegschleppte.

„Sie sind sehr enthusiastisch", sagte Omrak und erinnerte an die vielen Menschen, mit denen sie gesprochen hatten. Viele hatten angeboten, mitzugehen.

„Neu", sagte Asin.

„Aber glaubt ihr, dass es sich lohnt, mitzumachen?" Daniel konnte nicht anders, als zu fragen.

„Das werden wir in ein paar Tagen sehen, nicht wahr?", sagte Omrak und grinste.

Das Letzte, was sie vor dem Verlassen des Gildenhauses getan hatten, war die Verabredung, die Seven Stones in ein paar Tagen nach Aramis zu begleiten. Das neue Team – bestehend aus enthusiastischen, potenziellen Mitgliedern und ein paar reiferen – sollte die Ausbildungsmethoden der Gilde vorführen. Dazu gehörte auch die Fähigkeit, ungleiche Teammitglieder schnell zu integrieren.

Zumindest hatte Gadi ihnen das versichert.

„Das werden wir wohl", sagte Daniel.

Er seufzte und rieb sich den Nacken. Sie würden es früh genug herausfinden. Morgen würden sie den Dungeon wieder selbst betreten, bevor sie übermorgen eine andere Gilde besuchen würden. Hoffentlich würde das Treffen mit jeder der anderen Gilden nicht einen ganzen Tag in Anspruch nehmen.

Kapitel 6

Am nächsten Tag beobachtete Daniel die drei Klammeraffen und den Boss dieser in der Ferne, seinen Körper nahe am Boden, während er seine Armbrust umklammerte. Er konnte nicht anders, als darüber nachzudenken, wie sehr sich diese Dungeon-Monster von den Kobolden unterschieden, die er am Tag zuvor gesehen hatte.

Anders als die Kobolde sprachen diese Monster selten. Sie bewegten sich auch nur selten anders. Der schnelle Affenboss saß schweigend da und starrte ins Leere, während sich die anderen Monster in vorhersehbaren Mustern in der Höhle, in der sie lebten, bewegten. Sie versuchten zwar, das Leben zu imitieren, aber die Manasteine, die sie antrieben, konnten nur so viel Mana speichern, dass sie im Grunde nur ein gewisses Maß an Autonomie besaßen. Natürlich wusste Daniel, dass die Manasteine, die diese Kreaturen erzeugten, umso komplizierter und mächtiger waren, je tiefer man kam, was zu einer Steigerung der Intelligenz der Kreatur führte.

Aber diese Kreaturen? Sie waren nichts weiter als automatische Uhrwerkskreaturen. Simpel gestrickte Monster, die auf bekannte Weise reagierten. Sie griffen an, aggressiv, weil sie darauf programmiert waren. Manchmal wirkten sie sogar wie Lebewesen, aber nur auf den ersten Blick.

„Können wir es schaffen?", fragte Omrak und starrte die Gruppe an. Er hockte über Daniel und stützte sich mit einer Hand an der Wand ab, während er mit der anderen sein Großschwert umklammerte.

„Es sind nur vier von ihnen", sagte Daniel. „Wenn wir sie in den Korridor locken können, sollte es uns gelingen." Er blickte nach oben und starrte an die Decke, dann wandte er sich an Asin. „Kannst du hochklettern?"

„Angriff von oben?", sagte Asin.

Daniel nickte. Mit ein paar kurzen Worten war der Plan beschlossen. Ein paar Minuten später, nachdem Asin und Omrak in Position waren, schlich Daniel auf den Korridor hinaus, ließ die drei Bolzen, die er aus seinem Köcher gezogen hatte, auf den Boden fallen und hob seine Waffe auf. Für ein paar kostbare Sekunden bemerkten die Kreaturen ihn nicht. Sekunden, die Daniel nutzte, um seinen Schuss auszurichten.

Schließlich entdeckte einer der Klammeraffen den Abenteurer und stieß ein Heulen aus, das die anderen Wachen alarmierte. Gemeinsam stürmten die Wachen herbei, während der Boss sich langsam erhob. Daniel ignorierte die Aufregung und vergewisserte sich, dass sein Schuss perfekt ausgerichtet war, bevor er den Abzug vorsichtig betätigte.

Der Bolzen löste sich mit einem Knall aus seiner Armbrust und warf ihn ein wenig zurück, als er seine verbrauchte Energie freisetzte. Sofort zog er an der Sehne zurück und achtete kaum auf seinen Angriff. Zum Glück war der Korridor selbst gerade und schmal, sodass Daniel nur wenig Platz hatte, auf den er sich konzentrieren und den er verfehlen konnte. Diesmal traf er, und der Bolzen bohrte sich tief in den Oberkörper des führenden Klammeraffen.

Daniel feuerte weiter, ignorierte das Pochen seines Herzens und den leichten Eisengeschmack auf seiner Zunge, als sein Adrenalinspiegel in die Höhe schoss, während die Monster angriffen. Er konzentrierte sich und gab zwei weitere Schüsse ab, bevor die Monster kamen und er gezwungen war, seinen Armbrustbolzen zu verstauen und seinen Schild zu heben.

Seine Bemühungen hatten jedoch blutige Früchte getragen, und der erste Klammeraffe lag ausgestreckt auf dem Boden und zuckte, während das Blut aus ihm herausfloss. Das zweite Monster, das sich auf Daniel stürzte, wurde von einem weit ausholenden Angriff Omraks getroffen, der es ebenso wegschlug, wie er sich durch seine zähe Haut und sein Fell fraß. Das gab Daniel genügend Zeit, sich zu bewaffnen, Keule und Schild zu erheben und dem bereits angreifenden Omrak zu folgen. Gemeinsam bekämpften sie den dritten Klammeraffen, während der vierte von Asin erledigt wurde, die sich mit ausgestreckten Dolchen auf die Nachhut gestürzt hatte. Sie stach ihm in die Schultern, brachte das Monster zu Boden und beendete sein Leben, wobei ihre Waffe nach Lunge und Herz suchte, während sie sich auf ihm ausbreitete.

Als Daniel und Omrak ihre beiden Angreifer erledigt hatten, stürmte der schnelle Affenboss den Korridor entlang und griff Asin an. Die sich schnell bewegende Kreatur zwang die sonst so wendige Catkin zum Nahkampf, bei dem sich die Blitze seiner und ihrer Angriffe vermischten und in den Himmel sprühten. Asin, die nicht über die natürliche Widerstandskraft der Kreatur verfügte, hatte das Nachsehen und bekam das Schlimmste ab: Ihr Fell stand zu Berge und verdoppelte die Größe des schlanken Beastkin, während sie versuchte zu entkommen.

„*Zu mir*!", rief Omrak, und seine Stimme hallte durch den Korridor, unterstützt von seinem Skill **Herausforderung des Nordens**. Durch die Magie des Skills gezwungen, wandte sich der schnelle Affenboss von der zusammengesunkenen Catkin ab und griff Omrak an.

Daniel stand links hinter Omrak und starrte das Monster an, seine Augen verengten sich. Er suchte nach Schwachstellen, nach dem angeborenen Verständnis für Angriffspunkte. Seine Instinkte, die von dem Skill geleitet wurden, boten wenig neue Informationen, aber auch nichts, was nicht schon bei mehreren Expeditionen herausgefunden worden war. Unterer rechter Torso – Leber. Seitlich der Knie – Verkrüppelung. Und eine Stelle direkt unterhalb des Kiefergelenks, wo sich ein Nervenbündel befand.

Als er näher kam, zog der Klammeraffenboss seine Hand zurück und warf sie nach vorne. Ein Blitzstrahl schoss nach vorne und traf erst Omraks erhobenes Großschwert, und dann den Nordländer.

„Aaargh!", schrie Omrak, sein Körper rauchte rot und grau. Der Schaden der Angriffe löste sein Skill, **Zorn des Nordens**, aus, was ihm Kraft verlieh und es ihm ermöglichte, den Betäubungseffekt des Angriffs zu ignorieren, sodass er die schwingende andere Hand des Monsters aufspießen konnte.

Eine Drehung seines Oberkörpers, eine reißende Bewegung, riss sein Schwert frei und durchtrennte den angreifenden Arm zur Hälfte. Ein Paar Wurfmesser blühte im Rücken des Klammeraffenbosses auf, während Daniel nach vorne in die Tiefe trat und einen **Doppelschlag** auslöste, um mehrere Angriffe auf die sich bewegenden Füße des Monsters abzufeuern. Der erste traf das Knie, der zweite hämmerte in den Oberschenkel und bremste das Monster aus.

Aber trotz all ihrer erfolgreichen Angriffe war dies ein Dungeon-Boss der fortgeschrittenen Klasse. Er würde nicht so leicht fallen. Daniel blockte einen Angriff mit seinem Schild ab, knurrte und hielt den Kopf gesenkt, um nach einer Öffnung zu suchen, während Omrak seine Angriffe fortsetzte.

Sie würden gewinnen. Dessen war sich Daniel sicher. Es würde sie nur Blut und Schmerz kosten.

***

Stunden später verließ das Team das Portal des Dungeons und bewegte sich schnell unter den Augen der Stadtwachen. Omrak grinste und dehnte sich ein wenig, obwohl er den Muskelkater der Tagesaktivitäten spürte. Als er aus dem Gang trat, der das Ausgangsportal beherbergte, neigte er den Kopf, um die Verteidigungsmauern zu betrachten, die um den Dungeon herum errichtet worden waren, um die Ränder der farbenprächtigen untergehenden Sonne zu erkennen.

„Das haben wir heute gut gemacht, verehrte Freunde!", grummelte Omrak.

Er hatte nicht einmal übertrieben, denn sie hatten es bis in die fünften Ebene geschafft, ein Anstieg um ein einziges Level, das sie jedoch in ein neues Biom brachte. Mehr als das, Omrak staunte über den Anstieg seines Levels und das neue Gefühl der Stärke, das seinen Körper durchdrang. Wie immer hatte er seine Punkte sofort in seine drei körperlichen Attribute investiert, wobei der Schwerpunkt auf **Verfassung** und **Stärke** lag.

Was seinen Skillpunkt anging, würde er sich etwas mehr Zeit nehmen, um ihn zu prüfen. Wahrscheinlich heute Abend. Sein ursprünglicher Plan war es, seinen Skill **Donnerschlag** zu verbessern, um den Schaden, den er gegen einen einzelnen Gegner anrichten konnte, zu erhöhen, aber es würde sich lohnen, sowohl seinen Skill **Ruf des Blitzes** als auch jede neue Skilloption zu prüfen. Er hatte seine Skills im Umgang mit dem Großschwert und im Ausweichen weiter verbessert, ebenso wie seine Skills in mittleren Rüstungen.

Nicht, dass er viel mehr erwartet hätte, aber Omrak war sich seiner Rolle als Hauptbedrohung durchaus bewusst. Die Fähigkeit, mit mehreren Feinden fertig zu werden, war genauso wichtig wie das Töten eines einzelnen, mächtigen Angreifers. Und dazu gehörte auch die Fähigkeit, zu überleben. Jedes zusätzliche Skill, das dabei helfen konnte, musste also in Betracht gezogen werden.

„Ja, das haben wir", sagte Daniel und klopfte Omrak auf die Schulter.

Omrak grinste, dann humpelte er vorwärts und schloss sich dem Strom der Abenteurer an, die aus dem Tor traten. Da es heute keine größeren

Verletzungen gab, hatte er auf den Einsatz von Daniels Zauber verzichtet. Es war besser, jetzt ein wenig Schmerz zu spüren, als Daniels Mana zu verschwenden. Es war nicht so, dass der Schmerz ungewöhnlich war, und er half Omrak sogar, sein Skill **Schmerzresistenz** zu verbessern. Und was noch wichtiger war: Das Mana, das Daniel gespart hatte, konnte später in der Nacht für andere verwendet werden, die es dringender brauchten.

„Freundin Asin", sagte Omrak, als sie auf der Straße und abseits des Hauptverkehrsstroms waren. Er neigte den Kopf zur Seite, während er weitersprach. „Würdest du mir morgen das Geld geben? Ich muss mich um eine andere Angelegenheit kümmern."

„Oh? Ein heißes Date?", sagte Daniel und schenkte Omrak ein breites Grinsen.

Manchmal wunderte sich Omrak über Daniel. Omrak war zwar nachsichtiger als der Heiler – den man angesichts der vielen Angebote, die er erhielt und bloß annahm, fast für prüde halten konnte –, aber im Gegensatz zu einigen anderen Abenteurern war er ganz auf diese Dinge konzentriert.

„Nein, Freund Daniel. Es gibt eine kleine persönliche Angelegenheit, um die ich mich kümmern muss", sagte Omrak.

Er winkte den beiden zum Abschied zu, da er keine weiteren Erklärungen abgeben wollte, und machte sich auf den Weg, um sie mit den administrativen Angelegenheiten zu betrauen. Als er die nächste Querstraße erreichte, beschleunigte der große Nordländer seine Schritte und überholte die anderen. Er hatte eine Reihe von Besorgungen zu erledigen, unter anderem musste er seiner Familie weitere Gelder zukommen lassen, die sie sparen musste. Diese wiederum kaufte Land und züchtete Schafe für ihn – zu einem gewissen Preis – und trug dazu bei, seine triumphale Rückkehr zu garantieren.

Aber das war nur eine Kleinigkeit für heute. Seine größte Sorge war, dass er es rechtzeitig aus der Stadt heraus schaffte. Es war gut, dass sie es dieses Mal früher geschafft hatten, sonst hätte er einen Kurier oder sogar ein Pferd anheuern müssen, um rechtzeitig anzukommen.

Nachdem er sein Geld abgegeben und die einfache Runenschrift erhalten hatte, die die Quittung des Hauses Jarl – des größten Handelshauses im

Norden – kennzeichnete, schritt Omrak aus den östlichen Toren von Silverstone. Er hielt sich ganz links auf dem Weg und eilte in bodenfressenden Schritten, während der Tag langsam verging. Selbst als die Sonne verblasste, standen die Monde bereits hoch am Himmel und spendeten reichlich Licht. Banditen waren so nahe an der Stadt unwahrscheinlich. Sie würden sich auch nicht an jemandem stören, der so offensichtlich eine Waffe wie die seine trug.

In der Zwischenzeit rief Omrak die Optionen für seine neuen Skills auf. Wie er erwartet hatte, gab es ein paar neue, die er berücksichtigen musste.

Mittlere Rüstung – Subtile Bewegungen

Bewege deinen Körper subtil, wenn du angegriffen wirst, sodass direkte Schläge und Streifschläge zur Seite gleiten können.

Skill: Passiv

Kosten: N/A

Wirkung: Verringert den erlittenen Schaden um 3 bis 7 %. Die Höhe der Reduzierung hängt von der Anzahl der Angreifer und dem Angriff ab.

Es handelte sich nicht um ein Ausweichskill, sondern um ein Skill zur Schadensbegrenzung. Der Vorteil dieses Skill war, dass es sich um eine passives handelte, die Omraks kostbare Ausdauer nicht beanspruchte. Aber die Verringerung war minimal – zumindest beim ersten Kauf. Omrak war klar, dass ein solches Skill ihn bei wiederholtem Kauf deutlich stärker machen könnte. Ein besseres Skill wäre jedoch **Schadensreflexion**. Nicole hatte sie ihm gegenüber bereits erwähnt, und sie benutzte sie auch selbst. In Verbindung mit einer teuren – und robusten – verzauberten Rüstung konnte man Angriffe mit minimalen Schmerzen überstehen und solche Angriffe auf den Gegner zurückwerfen. Dieses Skill würde eine solche Strategie weniger effektiv machen.

Omrak ging weiter und sah sich sein nächstes neues Skill an.

Wut auf Blut

Die berühmte Wut der Nordmänner und ihre enorme Überlebensfähigkeit beruhen auf vielen Bereichen, darunter auch auf einer ausgeprägten Widerspenstigkeit und dem Segen dieses Skills.
Skill: Aktiv
Kosten: 30 Wut
Effekt: Selbstheilung für 10 Lebenspunkte in 3 Sekunden.

Dies war ein Blutsegen, der von seiner gemischten, spezialisierten Klasse – Nördlicher Abenteurer — stammte und nicht von der reinen Abenteurer-Klasse, die Leute wie Daniel trugen. Sie stand nur denjenigen zur Verfügung, die den Segen von Lund hatten, und war somit eine eingeschränkte Klasse. In den Beastkin-Staaten waren auch andere Beastkin-Abenteurer-Blutlinien verfügbar, obwohl er wusste, dass Asin selbst keine Gelegenheit hatte, sie zu erlangen.

Es war eine gemischte Sache, ein Blutlinienskill zu haben. Es bot bestimmte Skills, die normalen Abenteurern nicht zur Verfügung standen, schränkte aber auch andere Skills ein. Dennoch war es das, was Omrak hatte, und er würde sein Schicksal nicht beklagen.

Auch wenn Omrak sich selbst eingestehen musste, dass er anfing, an der Vernunft zu zweifeln, Verletzungen auf sich zu nehmen, nur um später ein Skill zur Wiederherstellung der Gesundheit einzusetzen. Es war ein mächtiges Skill, und er hätte sie zweifellos eingesetzt, wenn er nicht die Unterstützung von Daniel gehabt hätte. Die Fähigkeit des Heilers war wesentlich mächtiger als dieses Skill.

„Wie weit ist es noch bis zur Stadt, Freund?", rief eine Stimme und riss Omrak aus seinen Überlegungen.

Er blinzelte, eine Hand wanderte zu seinen Beilen, bevor der Teenager sich entspannte und die Familie anlächelte, deren Vater sein Kind auf den Schultern trug.

„Nur noch eine halbe Stunde", rief Omrak.

„Gibt es neben dem Tor Gasthäuser? Oder müssen wir campen?", fragte der Vater und ließ seinen Blick zu einer nahe gelegenen Baumgruppe unweit der Straße schweifen.

„Ihr braucht nicht zu campen. Die Tore von Silverstone stehen die ganze Nacht über offen", antwortete Omrak und lächelte. „Drinnen ist es sicherer." Mit einem Blick auf das kleine Mädchen, das die Stirn runzelte, fuhr Omrak fort. „Aber das Land um Silverstone ist ziemlich sicher."

„Ah..." Die Mutter sah erleichtert aus und schob den Rucksack auf ihren Schultern hin und her. „Danke, guter Herr."

Omrak winkte der Familie zum Abschied und eilte weiter. So gerne er sich auch unterhalten wollte, er musste noch seine Auswahl beenden und den Ort der Zeremonie erreichen. Es wäre eine Beleidigung für Lund, zu spät zu kommen.

Omrak überlegte schnell, welche Optionen er noch hatte. **Donnerschlag II** und **Ruf der Blitze II** waren Upgrades, die einfach nur zusätzlichen Schaden verursachten. Das war nicht besonders innovativ, aber beide Skills waren für ihn von großem Nutzen. Deshalb waren sie ja auch im Wettbewerb.

Während er zögerte, welches der beiden er nehmen sollte, sah Omrak den krummen, vom Blitz getroffenen Baum, der den Ort markierte. Er drehte sich am Baum um und entdeckte die Spuren, die die anderen, die vor ihm gekommen waren, auf dem weichen Boden hinterlassen hatten. Er folgte ihnen und erklomm bald die kleine Hügelkuppe, auf der die Zeremonie stattfinden sollte. Dort mischte sich das Blöken der Schafe, die sorgfältig an der Seite angebunden waren, mit dem Geruch von verbranntem Holz und geöffneten Metkisten.

„Omrak", rief eine Stimme, die den Akzent der Heimat hatte.

Omrak grinste und winkte dem älteren Mann zu, der den Vorsitz bei dieser Veranstaltung führte. Das Fest der Ankunft des Winters war ein bekanntes Ereignis, das die Hochzeit von Lund und Birgitta markierte. Sie opferten Lund das Schaf und verbrachten den Abend damit, zu trinken, das Schaf zu braten und dann das gekochte Fleisch Birgitta zu opfern. Diejenigen, die besonders gut abschnitten, erhielten von Lund und Birgitta einen kleinen Segen für das kommende Jahr, der ihnen Gesundheit und Fruchtbarkeit bescherte.

Das Fest selbst war eine unbedeutende Zeremonie, aber nach den langen Sommer- und Herbstvorbereitungen für den Winter war das Fest ein letztes

Ereignis, bevor der Schnee fiel und die Berge bedeckte. Es war auch oft die Zeit, in der diejenigen, die mit den Vorbereitungen zu kämpfen hatten, andere um Hilfe bitten konnten, wenn noch genug Zeit war, um etwas für die Wintervorbereitungen zu tun.

Und als Omrak dankbar das Horn mit Met entgegennahm, war das eine Gelegenheit, zu trinken und zu essen. Omrak schob die Abenteuersorgen für einen weiteren Tag beiseite und konzentrierte sich darauf, mit seinen Landsleuten zu sprechen, Fremden wie alle anderen in diesem feuchten, übermäßig warmen, aber lächerlich reichen Süden.

Kapitel 7

Im Gegensatz zu den Seven Stones trafen sich die Beaten Steels mit dem Team in der Abenteurergilde selbst, in einem der vielen Tagungsräume, die man mieten konnte. Dort sprach die Gruppe mit dem Zwergen-Teamleiter, der von einem Beastkin-Löwen und einem Menschen flankiert wurde. Nachdem sie sich vorgestellt hatten, begannen sie mit einer kurzen Zusammenfassung ihrer Organisation, und dann mit einer einfachen Befragung des Teams.

„Hmm... Eure Levels sind niedrig", sagte Damun der Zwerg.

„Dafür, dass sie erst seit etwas mehr als zwei Jahren Abenteurer sind, sind sie ganz anständig", sagte Keck, der Mensch. „Nicht herausragend, aber besser als der Durchschnitt."

„Wir rekrutieren keinen Durchschnitt", sagte Damun.

„Natürlich, aber das sind wir nicht", sagte Daniel.

Damun winkte mit der Hand und ignorierte Daniels Zwischenruf. Er wandte sich dem Lionkin zu und runzelte die Stirn über den immer noch schweigenden Mann. Im Gegensatz zu den meisten Beastkin in Brad hatte er deutlich mehr Haare, inklusive eine wuchernde Mähne und ein halbbärtiges, behaartes Gesicht. Dennoch war er weit weniger bestialisch als Asin.

„Und, willst du etwas sagen?", sagte Damun.

„Ich sage Nein."

Damun runzelte die Stirn. „Warum? Sie sind nicht spektakulär, aber er ist ein Heiler. Um Heiler zu sein, muss man nicht spektakulär sein."

„Sie riechen nach Ärger", antwortete der Lionkin.

„Verdammt. Das war's dann wohl", sagte Damun und drehte sich wieder zu Daniel um.

„Was?", kläffte Daniel. Omrak knurrte überrascht, während Asin überraschenderweise völlig ruhig wirkte. „Das war's?"

„Ja, tut mir leid. Wenn jemand früher etwas gesagt hätte, hätten wir alle trinken können", sagte Damun und stand bereits auf.

„Aber... aber...", stotterte Daniel, immer noch überrascht. Nach all den Schmeicheleien, die er erhalten hatte, war dies eine Überraschung, die er zu begreifen versuchte.

„Hör mal, Kleiner. Du hast auch einen Beastkin-Späher. Die erste Lektion, die du lernst: Wenn dein Späher Nein sagt, hörst du darauf. Hör immer auf deinen Späher", sagte Damun.

„Aber du bist der Anführer", meldete sich Omrak zu Wort. „Sollte dein Wort nicht mehr Gewicht haben?"

„Natürlich. Aber ich bin der Anführer, weil ich weiß, wann ich zuhören muss. Und wenn Chotu sagt, ihr macht Ärger, dann macht ihr auch Ärger", sagte Damun. „Und die Beaten Steels suchen nicht nach Ärger. Wir sind auf der Suche nach Gold. Wir sind eine einfache Gilde. Wir machen keine Politik, wir machen keine Sachen. Wir machen keinen Ärger."

Nachdem er seinen Teil gesagt hatte, schlenderte der Zwerg hinaus, bald gefolgt von seinen Teamkollegen.

Daniel ließ sich in seinem Stuhl zurückfallen, starrte an die Decke und murmelte: „Das war überraschend."

„Aber vielleicht ist es besser so. Es sieht so aus, als ob sie dir nicht viel Hilfe hätten anbieten wollen", sagte Omrak.

„Ja", sagte Asin und klopfte Daniel anerkennend auf die Schulter. Als der junge Mann seine Freundin anlächelte, grinste sie ihn an und fügte hinzu: „Frühstück?"

„Wir haben gerade gegessen!", protestierte Daniel, auch wenn Omrak lautstark zustimmte.

Bald war Daniel der Einzige, der noch saß, denn seine Freunde waren mit Begeisterung zu einem zweiten Frühstück aufgebrochen, da ihr erstes Treffen so viel schneller verlaufen war.

Immerhin, so überlegte Daniel, hatten sie heute ein zweites Treffen, auf das sie sich freuen konnten.

***

Ihr zweites Treffen führte sie tief in die Adelsviertel von Silverstone. In diesem Fall war es weiter flussaufwärts und in der Nähe des Flusses, der die Stadt begrenzte. Natürlich nutzte die Stadt das Wasser des Flusses für einige ihrer Zwecke, aber meistens schöpften sie es aus den zentralen Brunnen, an denen die Abenteurer vorbeikamen, deren Inhalt aus Quellen in den Hügeln in der Ferne geschöpft wurde, die tief gegraben und mit einem leichten Gefälle zu den Brunnen geleitet wurden. Nur weil die Wassermenge für die gesamte Bevölkerung nicht ausreichte, wurde der Fluss überhaupt genutzt, sodass die Bediensteten gezwungen waren, ihn für eher profane Aufgaben wie Putzen und Waschen zu nutzen.

Je tiefer sie in das Viertel vordrangen, desto weniger Stadtwachen gab es seltsamerweise. Erst als Omrak die beiden auf die Angelegenheit aufmerksam machte, erhielt er eine Antwort.

„Persönliche Wachen", sagte Daniel und nickte einem Paar zu, das vor den vergitterten Toren eines umzäunten Anwesens stand. „Sie halten hier den Frieden aufrecht. Da sie im Allgemeinen einen höheren Rang haben, treiben sich hier weniger Diebe und Taschendiebe auf den Straßen herum. Diejenigen, die es tun, sind vorsichtig, wen und wie oft sie angreifen."

„Warum?", fragte Omrak.

„Rachsüchtig", sagte Asin und schnupperte leicht. In den Vierteln der Adligen erntete ihr bestialisches Aussehen mehr als einen angewiderten Blick. Mehrmals musste Asin zur Seite ausweichen, wenn eine Kutsche ihr zu nahe kam oder ein Fußgänger sich weigerte, zur Seite zu gehen. Schließlich ging sie entweder hinter Omrak oder in der Mitte der Gruppe.

„Ja. Sie werden Ermittler oder Wachkapitäne oder Ähnliches anheuern, um sie zu finden", räumte Daniel ein.

Er kam vor einer hohen Mauer zum Stehen, deren Inhalt durch die flatternde Fahne gekennzeichnet war, die über der Mauer hing und ein Paar verschlungener roter Rosen in verschiedenen Schattierungen zeigte. Selbst bei dem leichten Wind, der durch die Viertel der Adligen wehte und den Geruch des Flusses, der eine kühle Erleichterung von der drückenden Feuchtigkeit mit sich brachte, flatterte die Fahne. Eine billige, aber nutzlose Verzauberung.

Das sagte viel über die Gilde selbst aus, dachte Daniel. Er drehte den Kopf zur Seite und stellte fest, dass weder draußen noch drinnen Wachen standen, und zögerte, wie er sich vorstellen sollte. Auch keine Klingel.

„Trage dein Anliegen vor."

Daniel zuckte zusammen, und seine linke Hand hob sich, als er seinen Streitkolben aus seinem Inventar zog. Einen Moment später, als er seine Waffe hob, wurde ihm klar, dass er nicht angegriffen wurde.

„Trage dein Anliegen vor."

Daniel runzelte die Stirn und stellte fest, dass das Geräusch von den Steinsäulen kam, die die Tore stützten. Er schaute genauer hin und stellte fest, dass ein bestimmter Stein im Vergleich zu den anderen verfärbt war, dunkler und mit einem verblassten silber-goldenen Siegel darauf.

„Trage dein Anliegen vor."

„Eine magische Tür", sagte Daniel und schüttelte den Kopf. Aber er antwortete darauf, denn es gab nichts, worüber man streiten konnte. „Wir haben einen Termin bei der Gilde. Mein Name ist Daniel Chai."

Nachdem er gesprochen hatte, blieb Daniel still und starrte den Stein an. Einige Sekunden lang geschah nichts. Er runzelte die Stirn, richtete sich auf und sah seine Freunde an. Sie zuckten nur mit den Schultern, was den Heiler zum Stirnrunzeln brachte. Sie warteten schweigend, und Daniels Stirnrunzeln wurde immer tiefer, bis sich die Türen endlich öffneten.

„Ich schätze, wir gehen rein?", sagte er.

Das Team zuckte wieder mit den Schultern, doch Asin winkte den Heiler weiter. Er schnupperte, schob die Türen weiter auseinander, während er weiterging. Es gab absolut nichts zu befürchten. Auch wenn die ostentative Zurschaustellung von Magie ziemlich... verschwenderisch war. Er kam nicht umhin, die Kosten für die Verzauberungen, die Türen, die sich von selbst öffneten und schlossen, und die magische Abschirmung, die die Gildenhalle umgab, zusammenzuzählen. Das Ergebnis war erschütternd.

Und übertrieben. Zu seiner Überraschung gab es auf dem Gelände nicht viel ungenutzten Platz für Dinge wie einen Zierrasen. Stattdessen war der Rasen – und das Gelände bis zur Mauer – in einen Bogenschießplatz umgewandelt worden. Der größte Teil des Rasens blieb unangetastet, und die Bogenschützen standen an der Mauer.

Was den Saal anbelangt, so hatte die Gilde das frühere Herrenhaus übernommen. Das Gebäude, das dreimal so groß war wie das Gasthaus, in dem Daniel wohnte, verriet, dass es ursprünglich die Residenz eines Adligen gewesen war, mit kannelierten Säulen und hohen Balkonen, die den Blick auf den unberührten Boden freigaben. Ein großer, zweitüriger Eingang stand offen, vor dem eine einzelne Person stand und das Team erwartete, als es über den Kiesboden ging.

„Abenteurer Chai. Abenteurer Omrak. Abenteurerin Asin." Die Gestalt deutete einen leichten Knicks an, als sie vor ihr ankamen. Sie hatte flammendrotes Haar und war in eine einfache cremefarbene Tunika und eine dunkelbraune Weste gekleidet, die vor allem in den engen Lederhosen eine gute Figur machten. Beide Männer blinzelten und überspielten ihren Schock, als die kurzhaarige Frau weitersprach. „Die Gildenmeisterin erwartet euch."

„Danke", sagte Daniel und nahm sich einen kurzen Moment Zeit, um seine Stiefel abzustreifen, bevor er der Dame folgte, die sich umdrehte und in das Innere des mit Steinböden versehenen Raumes ging, der mit zahlreichen Wandbehängen aus gewebter Wolle und Stoff behangen war. Als er sie eingeholt hatte, ergriff er das Wort. „Tut mir leid, ich habe deinen Namen nicht verstanden."

„Ich habe ihn dir nicht gesagt", antwortete die Frau mit lässiger Leichtigkeit. „Eleanor Baumbridge. Ich bin die Assistentin des Gildenmeisters und Gruppenmitglied."

„Oh, freut mich, dich kennenzulernen, Abenteurerin Baumbridge", sagte Daniel. „Und du kannst mich einfach Daniel nennen."

„Nun gut." Die Frau schritt den mit Teppich ausgelegten Korridor hinunter und blieb vor einer der vielen Türen stehen, die geschlossen war. Daniel hatte durch die verschiedenen offenen Türen einen Blick auf ein Esszimmer, Wohnräume und sogar ein paar Arbeitszimmer mit zahlreichen Büchern und Schriftrollen erhascht. Diese Tür, so vermutete er – und lag damit richtig –, als Eleanor die Tür auf ein lautes Kommando hin aufschwang, war ein Büro.

Das Büro selbst war, wie ein Großteil des Gebäudes, reich mit Vorhängen, Wandteppichen und einem gut gewebten Teppich ausgestattet. Ein einzelner Holztisch, der vom Holzöl glänzte, dominierte den Raum, während eine Reihe von Stühlen auf ihren Einsatz warteten. An dem Tisch saß die Gildenmeisterin, die sich um ein Paar Schwerter kümmerte, die vor ihr ausgebreitet waren.

„Gildenmeisterin, dein Termin", sagte Eleanor, schritt hinein und stellte sich an die Seite des Raumes neben einen einfachen Stand für Erfrischungen.

Daniel betrat den Raum, machte eine Verbeugung und blieb hinter einem Stuhl stehen. Auf die Geste der Gildenmeisterin hin nahm er Platz, gefolgt von seinen Freunden, die sich ihrerseits mit Worten oder Gesten begrüßten.

„Mein Name ist Alannah Pellegrino. Ich bin die Gildenmeisterin dieses Zweigs der Red Roses." Sie sprach leicht und legte das geölte Tuch, das sie benutzt hatte, zur Seite. Sie warf einen kurzen Blick auf ihre Waffen und vergewisserte sich, dass sie bereit waren, bevor sie damit begann, sie wegzulegen. „Wie ich höre, seid ihr daran interessiert, euch uns anzuschließen."

„Ja", antwortete Daniel. Die anderen beiden stimmten ebenfalls zu.

„Warum?", sagte Alannah und beugte sich vor. Blassgrüne Augen blitzten auf, als sie ihren Blick über die drei schweifen ließ, bevor sie sich auf Daniel fixierte.

„Äh..., weil man uns gesagt hat, dass es schwierig ist, sich ohne die Hilfe einer Gilde zu verbessern und voranzukommen", sagte Daniel schnell.

„Ist das der einzige Grund?", fragte Alannah, und ihre Worte waren so scharf wie die Schwerter, die sie in der Hand hielt.

Daniel zuckte ein wenig zusammen bei ihrem Blick, ihren Worten und der deutlichen Anschuldigung. Er zögerte damit, was er sagen sollte, Jahre der Geheimhaltung kämpften mit dem Bedürfnis, etwas zu enthüllen. Nur um dann von einem Schwanz von hinten auf den Hintern geschlagen zu werden, als Asin sprach.

„Was wissen?", sagte Asin mit leuchtenden Smaragdaugen.

Alannahs Blick huschte zu der Catkin hinüber, ihr Blick wurde nachdenklich. Sie wandte sich wieder Daniel zu und schnüffelte ein wenig, als er auf Asins nicht ganz so subtiles Signal hin schwieg. Schließlich brach sie das Schweigen, denn Omrak wusste es besser, als sich einzumischen. „Wir haben uns erkundigt. Wenn ein Abenteurer, der unsere Annäherungsversuche bisher abgelehnt hat, plötzlich anfängt, Gilden zu kontaktieren, ist das oft ein Zeichen für Ärger."

Daniel grunzte. Ja, natürlich. Bedauern durchzuckte ihn, als ihm klar wurde, dass er vielleicht ein besseres Geschäft hätte machen, sich besser hätte vorbereiten können. Töricht. Die Hoffnung, ein Abenteurer zu sein, ein Mensch wie jeder andere, war immer nur ein törichter Traum gewesen. Seine Gabe – sein Fluch – hatte immer bedeutet, dass sein Leben davon bestimmt werden würde. Genau wie bei allen anderen Begabten.

„Lernen?", sagte Asin, und ihre Stimme erhob sich am Ende, als die Ohren neugierig nach vorne zuckten.

Anstatt direkt zu antworten, drehte Alannah ihren Kopf und sah Eleanor an. Die Helferin blinzelte, dann sprach sie weiter. „In gewisser Weise nichts von großer Bedeutung. Bis wir natürlich von eurer Zeit bei den Three Skills erfuhren. Und dann haben wir uns weiter erkundigt."

Daniel runzelte die Stirn.

„Das muss man verstehen. Nichts, was in einem Adelshaus bekannt ist, wird jemals wirklich geheim sein", sagte Eleanor. Sie lächelte grimmig. „Einschließlich der Tatsache, dass du einer der Begabten bist." Daniel ließ den Kopf hängen, als Eleanor fortfuhr. „Im Gegensatz zu den Three Skills haben wir Kontakte in dieser Stadt. Und in Karlak. Es hat eine Weile gedauert, aber wir konnten uns ein Bild davon machen, was in Bezug auf den Champion passiert ist."

Daniel stieß ein Schnauben aus und zog sich beim letzten Satz ein wenig in sich zusammen. Er wusste, dass er das nicht hätte tun sollen. Einen Moment lang fragte er sich, ob der Champion ihn verraten hatte, dann wurde ihm klar, dass es auch einer von einem Dutzend gewesen sein konnte, die seinen Zustand gesehen hatten.

„Ich frage noch einmal. Warum wollt ihr euch uns anschließen?", sagte Alannah mit bissiger Stimme.

„Ich..." Daniel hielt inne, dann hob er den Kopf und begegnete ihrem Blick. „Ich brauche Verbündete. Für den Fall, dass die Nachricht von meiner Gabe die Runde macht."

„Was fürchtest du?"

„Gezwungen zu sein, nichts weiter als ein Heiler zu sein. Gezwungen zu werden, meine Gabe bis zur Erschöpfung einzusetzen", sagte Daniel.

„Dein Preis." Alannahs Tonfall ließ keinen Widerspruch zu.

„Ja."

Auf seine kurze Antwort folgte Schweigen, selbst Asin und Omrak sahen neugierig zu Daniel hinüber.

Daniel holte tief Luft und sprach von seinem alten Schmerz, seiner alten Verletzung. Die Tragödie seiner Gabe, die Last, die er trug. „Meine Erinnerungen."

„Was?!", jaulte Eleanor auf. „Das... Aber du..."

Sie war nicht die Einzige, denn die anderen riefen alle aus und sahen überrascht aus. Sie sahen besorgt aus.

„Ich benutze sie nicht oft. Und manchmal spielen die Erinnerungen keine Rolle... Wenn ich esse, wenn ich bade...", sagte Daniel hastig zu seinen Freunden. „Und die Menge variiert. Bei kleinen Dingen merke ich es gar nicht."

„Aber einige sind wichtig", sagte Alannah, ihre Stimme immer noch kalt und flach. Von allen war sie diejenige, die am wenigsten reagiert hatte. „Und trotzdem hast du es in der Hand."

„Ja", sagte Daniel und begegnete ihrem kalten Blick. „Ist das wichtig?"

„Das ist es. Ein Begabter, der sich weigert, den Preis für seine Gabe zu zahlen, ist nutzlos", sagte Alannah. „Du könntest dann ein ganz normaler Rekrut sein."

Daniel nickte verständnisvoll. Er schaute sich um, sein Blick fiel auf den Erfrischungstisch und er deutete auf ihn. „Darf ich?"

Ein Nicken und eine kurze Pause später hatte die Gruppe alle Becher mit Wein in der Hand. Als alle Platz genommen hatten, fuhr Alannah mit ihrer Befragung fort. „Gut, sag mir. Wie mächtig ist deine Gabe?"

„Weißt du das nicht schon?" Daniel sah Eleanor eindringlich an.

„Ich will es von dir hören, persönlich", sagte Alannah. Sie lehnte sich nach vorne, die Hände um den Becher auf ihrem Schreibtisch gelegt. „Und ich ärgere mich über die Verschwendung meiner Zeit. Du kommst mit deinem Appell zu uns. Du kannst dich dafür entscheiden, unsere Fragen vollständig zu beantworten. Oder du kannst gehen."

Asin regte sich, während Daniel vor Wut errötete. Omrak knurrte ein wenig und ballte die Hand um seinen Becher. „Daniels Gabe ist mächtig! Sie kann alles heilen. Du könntest dich glücklich schätzen, ihn zu bekommen."

Eine einzelne fragende Augenbraue ließ Daniel zögernd antworten. „Nicht alles, aber fast alles. Ich kann... den Schaden und die Veränderungen im Körper spüren und ihn reparieren."

„Alte Wunden?" Ein Nicken. „Tumore?" Ein weiteres Nicken. „Geisteskrankheiten?"

Daniel zögerte daraufhin. „Es... kommt darauf an."

„Auf?", sagte Alannah.

„Auf das Ausmaß und die Art des Schadens. Manchmal kann ich, wenn es frisch genug ist, die Probleme beheben. Vielleicht kann ich sogar die Entstehung von Schäden verhindern. Manchmal ist es einfach. Ein anderes Mal wiederholt es sich", sagte Daniel. „Vieles davon ist... selbstverschuldet?" Er runzelte die Stirn, weil er nicht wusste, wie er es erklären sollte.

„Interessant", sagte Alannah und tippte sich auf die Lippen.

Eleanor meldete sich von ihrem Platz an der Wand aus zu Wort. „Das sollten wir sowieso für uns behalten."

„Warum?", fragte Asin.

Die Catkin meldete sich neugierig zu Wort. Interessanterweise, so beobachtete Daniel, konzentrierte sie sich hauptsächlich auf Eleanor und nicht auf die Gildenmeisterin.

„Wenn seine Gabe wie die meisten funktioniert, verliert er umso mehr Erinnerungen, je umfassender die Heilung ist", sagte Eleanor, und erhielt ein bestätigendes Nicken von Daniel. „Die Heilung geistiger Gebrechen – ganz gleich welcher Art – wird den Abenteurer für erhebliche Anfragen von einigen unserer Mitglieder öffnen."

„Lutz-verfluchte Dungeon-Angst?", sagte Omrak und nannte damit ein Leiden, mit dem viele nach jahrelangem Erforschen von Dungeons zu kämpfen hatten. Oder nach einigen besonders schlimmen Begegnungen. Die Auswirkungen reichten von Rückblenden, Schlaflosigkeit und nächtlichen Schweißausbrüchen bis hin zu irrationalen Gefühlsausbrüchen, Depressionen und vielem mehr. Oft konnten normale Heiler und Heiltränke zwar die körperlichen Beschwerden beheben, aber die geistigen waren viel schwieriger. Sogar ein Priester hatte es schwer, obwohl er zumindest eine bessere Erfolgsbilanz vorzuweisen hatte.

„Das, obwohl es bekannte Heilmittel gibt. Aber für das Alter? Die Vergesslichkeit und Demenz, die manche Oberhäupter adliger Häuser bekommen?" Eleanor schüttelte den Kopf. „Nein. Besser, wir fangen gar nicht erst an."

„Die Adligen...", sagte Alannah.

„Das müsste man ihnen sagen. Aber sie sind anders", sagte Eleanor. Ihr Lächeln verzog sich leicht. „So wie sie es in den meisten Dingen sind."

Es gab einige entschlossene Nicker, da dies eine ziemlich offensichtliche Bemerkung war.

„So mächtig, wesentlich mächtiger als die meisten Heilzauber." Als sie etwas auf Daniels Gesicht sah, runzelte Alannah die Stirn. „Mächtiger als selbst eine **vollständige Regeneration?**"

„Ich glaube schon, wenn ich es beabsichtige", sagte Daniel. „Was ich über die Grenzen des Zaubers erfahren habe, zeigt, dass meine Gabe mit weniger mehr erreichen kann."

„Weniger?" Eine hochgezogene Augenbraue.

„Weniger Material. Geringere Gesamtkosten in..." Daniel deutete vage auf seinen Kopf.

„Erinnerungen. Faszinierend. Aber deine Fähigkeit, deine Gabe anstelle von Mana einzusetzen, erhöht deine Vielseitigkeit bei Weitem", sagte Alannah und nickte. „Warum verbringst du nicht mehr Zeit damit, deine Gabe zu erforschen und deine Heilfähigkeiten auszubauen? Deine Gabe würde es dir sicherlich ermöglichen, schnell Fortschritte zu machen. Selbst mit geteiltem Fokus bist du ein guter Heiler, soweit ich weiß."

Daniels Lippen spitzten sich zu, bevor er schließlich antwortete, als Alannah sich damit begnügte, zu schweigen. „Ich will ein Abenteurer sein. Das habe ich mir schon immer gewünscht."

„Anstatt das zu tun, was die Göttin offensichtlich für dich vorgesehen hat, gibst du dich also lieber deinen eigenen Launen hin." Die Stimme der Gildenmeisterin war flach, weder freundlich noch anklagend.

„Ich arbeite in den Hospizen, wann immer ich kann", antwortete Daniel abwehrend. „Ich helfe dort mehr Menschen als die meisten Heiler, die regelmäßig arbeiten."

„Und du könntest so viel mehr mit deiner Gabe machen, wenn du dich weiterbilden würdest. Mit deinem Mana könnten deine Zaubersprüche viel mächtiger sein", sagte Eleanor. „Wenn du deinen Fokus nicht aufspalten würdest, könntest du deine Zauber weiter spezialisieren."

„Ich..."

„Held Daniel braucht dir seine Entscheidungen nicht zu erklären", polterte Omrak. „Er leistet gute Arbeit, als Abenteurer und auch als Heiler. Die Unterwerfung der Dungeons ist wichtig."

„Was jeder tun kann", sagte Alannah. „Wir haben jeden Tag neue Abenteurer in der Stadt. Jeder Mensch mit einem starken Arm und einem willigen Herzen kann ein Abenteurer sein. Nur wenigen werden Gaben angeboten."

„Es wurde mir nicht angeboten", sagte Daniel verbittert. „Es war einfach etwas, mit dem ich geboren wurde."

„Nichtsdestotrotz", sagte Alannah.

„Arrogant."

Nach einem einzigen Wort von Asin wandte sich die Gruppe der Catkin zu, die einen tiefen, missbilligenden Laut von sich gab.

Als sie sicher war, dass alle zuhörten, fügte sie hinzu: „Erlis hat gewählt. Aber die Zukunft ist ungewiss."

„Wir sollten jedoch versuchen, ihre Wünsche zu erraten", sagte Alannah, „sonst verachten wir die Geschenke, die sie uns macht."

„Arrogant", wiederholte Asin.

Alannahs Augen verengten sich, als sie die Catkin anstarrte, und in der brüchig werdenden Stille ergriff Daniel das Wort. „Ich habe deine Fragen beantwortet. Vielleicht kannst du meine beantworten. Würdet ihr uns aufnehmen, mit dem Wissen, was ihr jetzt wisst? Und wenn ja, was würdet ihr anbieten?"

Alannah runzelte die Stirn und überlegte. „Das werden wir. Was unser Angebot angeht..." Sie schüttelte den Kopf. „Das muss noch einmal überdacht werden."

„Oh." Daniel verstummte. „Wie lange dauert es, bis du eine Entscheidung triffst?"

„Ich nicht", sagte Alannah und schüttelte den Kopf. „Eine solche Entscheidung wird von denen getroffen, die über mir stehen. Sie werden über solche Angelegenheiten entscheiden."

„Über dir?", sagte Daniel erstaunt.

„Ja. Du bittest uns, zwischen dir, dem Adel und dem Königshaus zu vermitteln. Was wir tun, wie weit wir gehen und was wir anbieten werden, wird der wahre Meister der Gilde entscheiden."

Daniel nickte schließlich stumm und verstand, was sie meinte. Es war nicht das, was er wollte, aber es war vielleicht das Beste, was sie anbieten konnte. In Wahrheit, das musste er zugeben, wäre sie wahrscheinlich nicht die Erste, die mit ihr Übergeordneten sprechen würde.

Je mehr seine Gabe enthüllt wurde, desto mehr stand auf dem Spiel.

Kapitel 8

Daniel gähnte, obwohl er die in Papier eingepackten Butterbrote, die Asin ihm reichte, mit Freude entgegennahm. Er verstaute sie in seinem Inventar, das zu Beginn der Erkundungstour noch ausreichend Platz bot. Später, wenn sie genug Beute gefunden hatten, könnte sein Inventar knapp werden – obwohl er bezweifelte, dass das bei dieser Erkundungstour der Fall sein würde –, aber im Moment war es einfacher, sie zu verstauen. So war es unwahrscheinlicher, dass sein Mittagessen zerquetscht oder anderweitig beschädigt wurde.

Natürlich warf Daniel einen Blick auf die Gruppe, die sich in einiger Entfernung vom Eingang zu Porthos versammelt hatte. Omrak lächelte und unterhielt sich bereits fröhlich mit Zef, einem der vielen neuen Mitglieder der Seven-Stones-Gilde, die diese Erkundung beaufsichtigen sollten.

Neben dem geschuppten Erpel und dem Nordländer lümmelte sich Lady Nyssa, die Schallmagierin, und verbarg ein Gähnen hinter ihrer Hand. Sie war in teures, figurbetontes dunkelrotes Leder gekleidet, das geschmeidig aussah und mit einem Hauch von Mana und Verzauberungen glänzte. In der Nähe versuchte Harlow erfolglos, die Magierin in ein Gespräch zu verwickeln. Er trug eine einfache gepolsterte Lederrüstung mit einem Kurzschwert an der einen Seite und einer kleinen Handarmbrust auf dem Rücken, an der ein Stapel Bolzen direkt über dem Gürtel befestigt war.

Etwas weiter weg stand Anne, die Bogenschützin, allein und betrachtete eifrig eine Packung mit medizinischen und pflanzlichen Zutaten. Es war ein einfaches Erste-Hilfe-Set, mit dem Daniel sehr vertraut war, auch wenn er ein paar ungewöhnliche Veränderungen bemerkte. So sinnvoll Magie auch sein mochte, bei kleineren Verletzungen wie verstauchten Handgelenken und gerissenen Bändern konnten oft einfache Kräutertinkturen und -pasten verwendet werden.

Als die siebte Glocke läutete, schritt eine letzte Gestalt aus der Seitenstraße. Er war ein hochgewachsener Bär von einem Mann, der einen großen Schild über die Schulter geworfen hatte und einen großen Kriegshammer mit einem Stachel am anderen Ende trug. Im Gegensatz zu Daniels eigenem Streitkolben war der Stiel des Kriegshammers fast ein Meter fünfzig lang und schwer genug, um Daniels Arm in eingebildeter Sympathie pochen zu lassen.

Der Neuankömmling ließ seinen Blick über die Gruppe schweifen, dann streckte er Daniel die Hand entgegen. „Gruppenführer Dockery. Blau kodiert, fortgeschrittener Abenteurer. Ich werde diese Gruppe führen. Wie ich höre, kommst du mit uns, aber nur als Beobachter?"

Daniel stellte sich und seine Freunde schnell vor, bevor er die Frage mit einem Ja beantwortete. „Wir halten uns im Hintergrund und schauen zu, wenn du nichts dagegen hast."

„Das ist fair. Wir werden eine Rautenformation einnehmen und euch in diesem Fall wie eine unbeteiligte Gruppe behandeln", sagte Dockery. „Das heißt, ihr müsst auch auf euch aufpassen."

„Natürlich", bestätigte Daniel.

Zufrieden mit dem Gesagten wandte sich Dockery an die Gruppe und rief den unbeteiligten Mitgliedern Befehle zu. Er wies ihnen schnell ihre Rollen zu. Harlow ging als Späher voran, Zef dahinter, gefolgt von Anne und Lady Nyssa. Er selbst würde die hintere Position einnehmen und als Nachhut und Notfallhilfe fungieren.

Es war, wie Daniel zugeben musste, eine relativ normale Gruppenformation. Mit genügend Platz konnten die beiden Fernkämpfer ihre Pfeile und Magie abfeuern, um das Team zu unterstützen, während Zef die Angreifer mit seinem Speer abwehrte und Harlow sich zur Gruppe zurückfallen ließ, um eventuelle Nachzügler zu beseitigen. Falls nötig, konnte das Team auch nach vorne stürmen, um Harlow zu helfen, falls er von einem Überraschungsangriff überrumpelt werden sollte.

Daniels eigenes Team verfolgte einen ähnlichen Ansatz mit Asin an der Spitze, Omrak dahinter und ihm selbst im Hintergrund. Natürlich war er ein schlechter Fernkämpfer, der sich eher für den Nahkampf eignete – ein lang gehegter Wunsch ihres Teams.

„Kann es denn endlich losgehen?", sagte Dockery und lenkte Daniels Aufmerksamkeit wieder auf sich. Er nickte und führte sie alle hinunter in die erste Ebene des Dungeons.

***

Schwebende, sich bewegende Landbrücken, Wolken unter und über den Füßen und eine sich ständig verändernde Karte – das waren die Merkmale der ersten Ebene in Porthos. Es war ein Level, mit dem das Team gut vertraut war, da es ihn schon mehrfach durchwandert und versucht hatte. Seit dem Verlust der anderen Teammitglieder hatte das Trio Porthos jedoch aufgegeben, da sie mit den Monstern darin nicht zurechtkamen.

„Sechs hinten!", rief Daniel, richtete den Steinbogen aus und zielte auf die heranstürmende Gruppe von Angreifern.

Er hielt sich jedoch zurück und wartete darauf, dass die Monster in die optimale Reichweite für seine modifizierte Armbrust kamen. Der Steinbogen schleuderte explosive Steine, die unter großer Belastung zersprangen – wie bei einer Armbrustschleuder, die mit hoher Geschwindigkeit abgefeuert wird – und die Monster mit den Splittern bewarfen. Die Splitter selbst richteten nur wenig Schaden an, außer an den zarten und empfindlichen Schwimmflügeln der Monster, die sie angriffen.

Sechs fliegende, rothäutige Kobolde mit fledermausähnlichen Flügeln und langen, schwarzen Greifklauen flogen auf Daniel zu, als er sich zusammenkauerte und seinen Atem beruhigte. Im richtigen Moment löste er den Angriff aus und sah zu, wie der Stein herausflog und explodierte und drei der Kreaturen erwischte. Eine wurde getroffen und eine andere flog davon, als sie vor dem Angriff zurückschreckten, wobei der führende Kobold den Angriff ins Gesicht bekam und sich die Augen auskratzte. Der Letzte, dessen Flügel zerfetzt waren, stürzte an der Gruppe vorbei in die Tiefen des Dungeons.

Bevor Daniel einen weiteren Angreifer vorbeikommen konnte, trat Omrak vor und schwang seine Waffe, halbierte den Kobold und wehrte die Aufmerksamkeit der beiden anderen ab. Als sie davonflogen, fiel einer von ihnen, als Asins geworfenes Messer ihn in den Rücken traf und ihre Waffe mit sich riss.

Asin stieß einen knurrenden Fluch aus und sah zu, wie ihr Wurfmesser – zusammen mit dem Manastein des Kobolds – verschwand, bevor sie sich wieder der Suche nach weiteren Gefahren zuwandte. Daniel spannte die Sehne seines Steinbogens und drehte sich leicht, um die Gruppe vor ihnen zu beobachten. Sie empfingen größtenteils nur die Nachzügler des Schwarms, der sich um die Angreifer des Seven-Stones-Teams gebildet hatte.

Als Daniel die Gruppe beobachtete, kam er nicht umhin, zuzugeben, dass sie gut waren. Selbst so zusammengewürfelt, wie sie waren – nur wenige der Teammitglieder hatten zuvor zusammengearbeitet, wie sie eine Stunde zuvor bei einem Imbiss bestätigt hatten – arbeiteten sie gut zusammen. Gelegentlich gab es holprige Situationen, Momente, in denen die Gruppe erwartete, dass ein anderer die Führung übernahm, aber im Großen und Ganzen kannten sie ihre Rollen und machten das ganz gut.

Beim Auskundschaften hatte sich Harlow immer weiter vom Hauptteil des Teams entfernt und war dabei, die Angriffe seiner Armbrust zu verlieren. Zu Daniels Überraschung war der Handgelenkbogen – eine kleine, einhändig zu bedienende Armbrust, die leicht mit einer Hand gespannt und abgefeuert werden konnte – eine verzauberte Waffe. Die von der Waffe abgegebenen Bolzen verwandelten sich in flammende Angriffe. Natürlich waren die Kobolde gegen das Feuer immun, aber das machte wenig aus, wenn jeder einzelne Kobold aufgespießt und in den Himmel geschickt wurde.

Zef stand dicht neben dem Magier und dem Bogenschützen und hatte seinen Speer gezückt, um die Kobolde abzuwehren. Er hatte ihn zu Beginn des Kampfes weggeworfen, bevor er die Waffe zurückholte, und es gelang ihm, einen Kobold zu Beginn und einen weiteren auf dem Rückweg aufzuspießen. Jetzt konzentrierte er sich auf seine Aufgabe, die Gruppe zu bewachen, während die beiden Mitglieder des Teams mit den Fernwaffen an die Arbeit gingen.

Anne, die Bogenschützin, erledigte den Großteil der Arbeit, indem sie mit **Spaltpfeilen** große Lücken in den Koboldschwarm ritzte, während Lady Nyssa ihre Magie viel vorsichtiger einsetzte. Wie jeder Mana-Anwender musste sie wegen der geringen Mana-Regeneration vorsichtig sein, welche Zauber sie einsetzte. Da sie jedoch reich und adelig war, hatte sie eine Methode gefunden, dies zu umgehen, indem sie ein wenig Magie in die verzauberte Lederkleidung einfließen ließ und die modifizierte Rüstung zur Kanalisierung und Verstärkung ihrer Angriffe nutzte. Auf diese Weise konnte sie spezialisierte Angriffe auf einem höheren Niveau aufrechterhalten und **Schallkegel** auf die Kobolde loslassen, ohne einen Tiefpunkt zu erreichen.

Nach Daniels Kenntnis waren solche Verzauberungen unglaublich teuer – viel teurer als die Dutzende von Gold, die er und sein Team für die Verzauberungen ausgeben mussten, sondern eher im Bereich von mehreren Hundert Goldmünzen. Das lag an der Meisterschaft, die ein Zauberer in der Manakontrolle benötigte, und an der Notwendigkeit, seltenes Schriftgut zu beschaffen. Selbst wenn man das Geld hatte, war es oft unmöglich, eine solche Verzauberung anfertigen zu lassen, da die gesamte Arbeit maßgeschneidert werden musste. Schlimmer noch: Sobald sie das Level der Verzauberung überschritten hatte, funktionierte sie nicht mehr, und das gesamte Werk musste verschrottet werden.

Teuer, in vielerlei Hinsicht verschwenderisch, aber den Vorteil, den der Adel in Brad hatte, perfekt verkörpernd.

„Daniel!" Omraks Gebrüll ließ Daniel sich abwenden, um sich auf die nächste Gruppe von Kobolden zu konzentrieren, die sich vom Rand einer schwimmenden Insel stürzte. Er hob den Steinbogen an seine Schulter und verdrängte den Moment der Eifersucht.

Wenigstens hatten die Seven Stones ihre Leute gut ausgebildet. Zumindest bis jetzt. Sie würden sehen müssen, was sie taten, wenn sie tiefer vordrangen.

***

Vierte Ebene. Tiefer, als das Team jemals zuvor in Porthos gegangen war. Immerhin hatten sie Artos als Gruppe erledigt, aber bevor sie mehr tun konnten, mussten sie zu ihrer Expedition aufbrechen. Als sie zurückkamen, mussten sie ihre Teammechanik ohne ihre Bogenschützin überarbeiten. Und dann waren sie eine Ebene tiefer gegangen, nur damit Rob, ihr Zauberer, wegen eines besseren Angebots gehen würde. So waren sie wieder nur zu dritt.

In vielerlei Hinsicht war Daniel dankbar, dass seine Freunde ihn nicht verlassen hatten. Asin war eine talentierte Späherin und hatte eine offene Einladung, sich der Gilde der Broken Chains anzuschließen. Omrak hatte weniger Möglichkeiten, da er ein typischer Frontkämpfer war. Dennoch würden nur wenige Gruppen einen Frontkämpfer ablehnen, der die Fähigkeit zum Spotten besaß und bereit war, sie einzusetzen. Zu viele hatten Angst, Angst vor dem Schmerz und der Gefahr.

Andererseits erinnerte sich Daniel an Omrak, bevor sie sich trafen. Ständig blutig, ständig verletzt und arm, während er Heiltränke kaufte, um die Verletzungen zu behandeln. Vielleicht war seine Entscheidung, zu bleiben, eher praktisch. Daniel verwarf den Gedanken schnell wieder. Bei jemand anderem, jemandem, der weniger geradlinig war als der blonde Abenteurer, würde Daniel das vielleicht glauben.

Nicht bei Omrak.

Und so waren sie hier. Vierte Ebene, neuer Abschnitt von Porthos. Statt schwebender Steinstege und Schwärmen von Kobolden standen sie an einem Strand, an dem ein aquagrüner Ozean grenzte und die Wellen gegen die Brandung schlugen. Sie gingen den Strand entlang, ein Auge auf das Wasser gerichtet, das andere auf die Sanddünen, die den Strand säumten.

Aus den Sanddünen ragten Ungeheuer empor. Riesenkrabben, deren Panzer aus Stahl und Bronze bestanden und die sich mit ihren Zangen nach vorne stürzten, um Knochen und Rüstungen zu zermalmen. Sandflöhe von der Größe eines Hundes, die sich aus dem Boden wühlten und sich auf die Gruppe stürzten. Zum Glück griffen sie nicht in Gruppen an, sondern wahllos – wenn Laune und Hunger sie dazu trieben. Manchmal geschah dies mitten in der Schlacht. Ein anderes Mal, wenn die Gruppe einen scheinbar ganz normalen Landstrich passiert hatte.

Doch das Team der Seven Stones nahm es mit allen problemlos auf. Zefs Speer, der durch das von ihm verliehene **Skill** glühte, stieß durch Lücken in der Rüstung und spießte Krabben und Flöhe gleichermaßen auf. Lady Nyssas Schallblitze trieben die Krabben in den Wahnsinn und lenkten sie schmerzhaft ab, sodass Harlow oder Anne ihre Angriffe einleiten konnten. Sogar Dockery beteiligte sich, indem er mit seinem mächtigen Hammer Panzer aufbrach, um den Monstern den Garaus zu machen.

Was Daniels Team betraf, so hatte Omrak eine viel einfachere Methode gefunden, um mit den gelegentlichen Krabben fertig zu werden, die sie bedrohten. Mit bloßen Händen duckte er sich, packte eine Seite des

Monsters, hob es hoch und warf es um. Ob Riesenmonster oder nicht, wenn es auf dem Rücken lag, war es für ihn oder Daniel ein Leichtes, den Kampf zu beenden.

Alles lief wie am Schnürchen, bis der Ebenenboss kam – ein Monster, das doppelt so groß war wie die übergroßen Riesenkrabben, doppelt so groß wie Omrak und fast viermal so breit. Es hielt sich auf dünnen Beinen über dem Boden, bewegte sich vorwärts und schnappte mit seinen Zangen zu.

Das Team der Seven Stones drehte sich sofort um, und Dockery bellte Befehle. Zef führte seinen ersten Angriff aus, warf seinen Speer so fest er konnte und sah zu, wie er am Metallpanzer des Ebenenbosses abprallte. Auf der anderen Seite hüpfte Anne rückwärts, einen Pfeil an ihre Wange gezogen, während sie Mana und Ausdauer in den Angriff steckte. Es handelte sich um ein gemischtes **Skill**, das sowohl Mana als auch Ausdauer und eine beträchtliche Aufbauphase erforderte, dafür aber umso mächtiger war.

Noch während Zef seine Waffe zurückrief, sprintete Harlow um die Krabbe herum und versuchte, hinter sie zu gelangen. Er hielt sich weit von den Beinen entfernt, da er wusste, wie schnell die Krabbe zur Seite huschen konnte, wenn sie wollte. Anstatt das zu riskieren oder seine unwirksamen Feuerbolzen abzufeuern, suchte er eine ungeschützte Stelle. An der Seite warf Lady Nyssa immer wieder kleine **Schallkegel** auf die Kreatur und konzentrierte ihre Angriffe auf den Panzer, um diesen zum Schwingen zu bringen und zu knacken. Durch die Angriffe verärgert, griff die Krabbe die Magierin an, wurde aber von Zefs zurückkehrendem Speer geblockt. Direkt hinter Zef stand Dockery und hielt Ausschau nach Gefahr.

„Glaubst du, sie brauchen Hilfe?", fragte Daniel, während er den Griff seines Kriegshammers verlagerte. Ein Teil von ihm wollte sowieso zuschlagen, nur um zu sehen, ob er das Monster erledigen konnte.

„Fragen", sagte Asin.

„Aye, sie werden fragen, wenn sie sie brauchen", sagte Omrak. „Aber ich würde mich gerne mit diesem Boss messen."

Die beiden neben ihm konnten nur zustimmend nicken. Sie standen beiseite und sahen zu, wie das Team der Seven Stones den Ebenenboss auseinandernahm. Sein Panzer zerbrach, während er immer weiter wankte, bevor er vom **Gestärkten Pfeil** getroffen wurde. In die Lücke, während seine Zange nach dem Speer von Zef griff, sprang Harlow und stieß sein Kurzschwert tief in den Körper des Ungetüms, das er immer wieder herumwirbelte, während er es zu Tode ritt. Dockery griff nur einmal ein, und zwar, um dem bereits sterbenden Monster den Rest zu geben.

„Ich würde sagen, sie sind verdammt gut, oder?", murmelte Daniel und schüttelte den Kopf. Zu dritt könnten sie gegen den Ebenenboss gewinnen. Aber es hätte sie Zeit gekostet. Und Blut. Keines von beidem hätten sie vergeuden wollen.

Kapitel 9

Fünf Ebenen, zwei Ebenenbosse und eine leichte, aber lähmende Verletzung später hatte die Gilde der Seven Stones den Ort verlassen. Als Gefallen hatte Daniel ein einfaches **Zeichen des Heilers** angewandt, damit Lady Nyssa sich schneller von ihrem verstauchten Knöchel erholte und am nächsten Tag wieder mit dem Training beginnen konnte. Nachdem sich das Team voneinander verabschiedet hatte, trennten sich ihre Wege, und Daniel und seine Freunde reisten zur Abenteurergilde, um die wenigen Manasteine zu verkaufen, die sie erworben hatten.

Während sie am Esstisch der Taverne saßen und einen Teller mit frittierter Schweinehaut aßen – die von einem magischen Wildschwein stammte, das innerhalb der Stadtgrenzen gezüchtet worden war, wie man ihm versichert hatte –, wurden sie unterbrochen. Mattias Gill schlenderte zu ihrem Tisch hinüber und stützte sich leicht auf den Tisch, während er Daniel anstarrte und die beiden anderen Abenteurer ignorierte. „Ich bin sehr enttäuscht von dir, Heiler."

„Hä?", war alles, was Daniel zu dieser plötzlichen Äußerung sagen konnte.

„Ich dachte, wir hätten eine Abmachung. Und jetzt gehst du zu so vielen anderen und sprichst mit ihnen über Dinge, die du nicht sagen solltest." Mattias schüttelte den Kopf. „Man fragt sich, ob du deine Gabe jemals wirklich verbergen wolltest."

Daniel zuckte bei dieser Äußerung zusammen, doch der allgemeine Lärm in der Gilde reichte aus, um Mattias' Worte zu übertönen. Niemand schaute hinüber, niemand sah nach dem Abenteurer oder fragte sich, von welcher Gabe er sprach.

„Und wer magst du sein, Held?", grummelte Omrak von der Seite, der blonde Abenteurer saß gerade in seinem Stuhl und versuchte, einzuschüchtern.

Mattias warf Omrak einen kurzen Blick zu und murmelte „Sei still, Kind", bevor er sich wieder Daniel zuwandte. „Ich bin sehr enttäuscht von dir. Wir waren so freundlich, dir Zeit zum Nachdenken und Überlegen zu geben. Und jetzt bist du hier und erzählst anderen, was wir erfahren haben. Betrachte also unser ursprüngliches Angebot als nichtig." Daniel nickte und öffnete den Mund, um etwas zu sagen, doch er wurde unterbrochen. „Stattdessen wirst du dich uns anschließen, allein."

„Das klingt nach einer Forderung", sagte Daniel und runzelte die Stirn.

„Es ist eine Aussage." Mattias beugte sich vor, seine Stimme wurde leiser. „Du willst mich kein zweites Mal enttäuschen. Die Three Skills mögen es nicht, wenn man ihnen in die Quere kommt. Und meine Förderer werden deinen Widerwillen auch nicht gut verkraften."

„Und das ist eine Drohung", fügte Daniel hinzu. Seine Lippen schürzten sich noch mehr, als Asin ein wenig vom Tisch zurückwich und den Abstand zu ihren Dolchen verringerte.

„Von mir? Nein. Nur eine Warnung." Mattias richtete sich auf. „Meine Sponsoren werden dir nicht erlauben, deine Gaben einem anderen zur Verfügung zu stellen."

„Ich glaube, wir sind hier fertig", sagte Daniel, dessen Wut angesichts der Drohungen aufflammte.

„Dummkopf." Mattias spuckte zur Seite. Der Streit zwischen der Gruppe erregte jedoch Aufmerksamkeit, also drehte er sich einfach um und ging weg, während das Trio auf seinen Rücken starrte.

„Okay, das war... anders", sagte Daniel und schüttelte den Kopf. Nur sehr wenige Menschen würden einem Heiler drohen. Natürlich gab es Mittel und Wege, aber so unverhohlen zu sein, kam ihm seltsam vor.

„Ich denke nicht, dass du dich ihnen anschließen solltest", sagte Omrak.

„Ja", fügte Asin schlicht hinzu.

„Einverstanden. Aber ich mag diese Drohungen nicht. Meinst du, wir sollten die Gilde informieren?", fragte Daniel, lächelte abwesend und nickte den wenigen Abenteurern, die sie immer noch ansahen, beruhigend zu.

„Ja." Asin ließ ihren Blick zu den Hinterzimmern und der Treppe schweifen, die nach oben führte, wo sich der Gildenmeister befand.

„Ach verdammt...", sagte Daniel.

Es war das Beste, es zu melden, nur für den Fall. Dennoch war er sich sicher, dass dies zahlreiche Fragen aufwerfen würde, die er nicht wirklich beantworten wollte. Und in Wahrheit konnte der Gildenmeister bei verbalen Drohungen kaum etwas anderes tun, als sie zur Kenntnis zu nehmen. Ohne Beweise konnten sie nur noch wachsamer sein.

Trotzdem bereitete es Daniel und seinen Freunden Sorgen. Ihr Beruf war ohnehin schon gefährlich, und allzu oft kehrten Abenteurer aus ganz praktischen Gründen nicht aus dem Dungeon zurück. Ein einziger Fehler, Überforderung, Gier oder einfach nur Pech konnten das Ende eines Abenteurerteams ebenso bedeuten wie Fehlverhalten.

Daniel stand auf und ging in Richtung der hinteren Büros, dicht gefolgt von seinen Freunden. Es war das Beste, die Sache hinter sich zu bringen.

***

Wie zu erwarten war, konnte die Gilde wenig für sie tun, außer den gesamten Vorfall zur Kenntnis zu nehmen. Sie hatten es nicht einmal geschafft, den Gildenmeister selbst aufzusuchen. Stattdessen sprachen sie mit einem seiner vielen Assistenten, der den gesamten Vorfall aufschrieb und versprach, die Wachen zu informieren, damit sie nach Bedrohungen Ausschau halten.

So kam es, dass sich das Trio am nächsten Morgen in eher mürrischer Stimmung vor der Gildenhalle wiedertraf. Als Daniel hinüberging, bemerkte er, dass Asin mit einem Team von Beastkin sprach, einer Gruppe von sechs Abenteurern. Zwei von ihnen waren Foxkin, gedrungen und schnell, mit dem roten Fell ihres Clans. Einer hatte Fuchsfell, der andere hatte Fell an den Handrücken und im Nacken, und trug einen seltsamen Kotelettenbart. Die Frontkämpfer waren ein Bearkin und ein Boarkin, die ein Großschwert und eine Hellebarde führten. Die beiden anderen waren beide Birdkin, wobei Daniel nicht genau wusste, welcher Art sie angehörten. Sie hatten keine Haare, sondern kurze Federn, die auf den ersten Blick wie Haare aussahen. Die Tatsache, dass sie beide Bögen trugen, deutete darauf hin, dass sie Fernkämpfer waren.

„Daniel!", rief Asin dem Heiler zu. Sie winkte ihn zu sich und neigte dann den Kopf zu dem Bearkin, wobei sie den anderen ein leises Knurren in der Sprache der Bearkin zuwarf.

„Ah, Asin wünscht, dass wir dich direkt begrüßen", sagte die Bearkin. „Ich bin Wasme. Das ist Kord", – ein Nicken zum Boarkin – „diese beiden Brüder sind Pol und Mol", – ein Blick zu den Foxkin – „und die Schwestern sind Ash und Oak", –die Birdkin.

Daniel begrüßte die Gruppe und sah dann zu, wie die Vorstellung wiederholt wurde, als auch Omrak eintraf. Er betrachtete die Gruppe und entdeckte ein Gildenabzeichen, das sie alle trugen, eine einfache Kette, die in der Mitte zerbrochen war.

„Ich nehme an, es gibt einen Grund dafür, dass sich eine Gruppe von den Broken Chains hier mit uns trifft? Oder ist das wirklich nur ein Zufall?", sagte Daniel.

„Kein Zufall", sagte Asin, wobei ihr Schwanz träge hinter ihr hervorlugte. „Zeigen."

„Zeigen... egal", sagte Daniel. Er hatte es verstanden. Teamdynamik. „Meinst du nicht, dass wir vorher eine Diskussion hätten führen sollen. Darüber, was ihr anbieten könnt?"

„Unnötig. Wir wissen genug über euch. Aber wir sind Beastkin. Die Broken Chains sind unsere größte Gilde; wir sind nur halb so stark wie die fünf", sagte Wasme. „Was ihr seht, ist das, was wir bieten können. Kameradschaft, Ausbildung."

„Und ihr wollt uns zeigen, welche Art von Ausbildung ihr anbieten könnt", beendete Daniel den unausgesprochenen Gedanken.

„Ja, wenn du es uns erlaubst."

Daniel sah zu Omrak hinüber, der mit den Schultern zuckte. Er sah ein wenig unglücklich aus, denn sie hatten geplant, heute selbst in den Dungeon zu gehen, um etwas Geld zu verdienen. Zwar hatten sie mit den Manasteinen, die sie aufgesammelt hatten, ein wenig Gewinn gemacht, aber Porthos war einfach kein guter Dungeon für sie, selbst wenn sie sich nicht absichtlich zurückhielten. Aber es war ja nur noch ein Tag, und sie konnten morgen wieder loslegen.

Was Asin betraf, so wusste Daniel, dass er sie nicht zu fragen brauchte. Immerhin war sie diejenige, die dies arrangiert hatte.

„Also gut, mal sehen, was die Broken Chains so alles können." Daniel bot erneut seine Hand an, die Wasme mit der einen ergriff und dann mit der anderen auf Daniels Schulter schlug. Der stämmige Abenteurer wurde von dem Bearkin fast von den Füßen gehauen, und ein Teil von ihm bemerkte die sorgfältig dosierte Kraft, die in den massigen Muskeln des Bearkin steckte.

„Gib mir nur eine Sekunde, während ich einen Steinbogen hole. Ich hätte nicht gedacht, dass wir wieder zu Porthos gehen würden", sagte Daniel.

***

Zwei Ebenen tiefer machte die Gruppe eine kurze Mittagspause auf einer der vielen schwimmenden Inseln, aus denen diese Ebene bestand. Die zweite Ebene von Porthos ähnelte der ersten nur in der Größe und der Hinzufügung der gelegentlichen Laufstegfallen. Während sich die Gruppe ausruhte, hielt die Birdkin Wache, den Bogen in der einen Hand, während sie in der anderen Hand an Streifen von Dörrfleisch riss.

„Was meint ihr?", fragte Kord, der Boarkin. Mit einem Spatel löffelte er genüsslich gelben Reis, Gemüse und Fleischstreifen in seinen Mund, wobei die winzigen Stoßzähne, die aus seinen Lippen ragten, durch jahrelange Übung leicht zu vermeiden waren. „Wir sind anders, nicht wahr?"

„Sehr sogar, Held Kord", brummte Omrak. „Du und Held Wasme seid stark, und das Gebrüll des Bären vertreibt die Kobolde so leicht."

„Beastkin-Vorteile", sagte Kord und grinste. „Wir können **Blut-Skills** kaufen, wenn wir wollen, über die normalen Skills hinaus. Wasme benutzt **Territoriales Brüllen** für den Furchteffekt. Meines ist mehr darauf ausgerichtet, sie dazu zu bringen, gegen mich zu kämpfen."

„Das habe ich bemerkt", sagte Omrak. „Ich habe auch ein ähnliches Skill."

„Nordländer?" Auf Omraks Nicken hin gluckste er. „Kommt es dir nicht auch seltsam vor, dass die einzigen Menschen, die keine besonderen **Blutlinien-Skills** haben, die Menschen von Brad und Umgebung sind?"

„Sie haben welche", unterbrach ihn einer der Foxkin. Daniel blickte ihn an und versuchte sich zu erinnern, ob es Pol oder Mol war. Ihre Namen waren so ähnlich, dass er sie ständig verwechselte. „Vater sagte, sie hätten es verloren, weil sie Erlis verärgert hätten."

„Pah! Vater sagt viel, wenn er tief im Joosh steckt. Jedenfalls hat Priester Leow gesagt, dass es daran liegt, dass sie ihr Blut zu sehr verdünnt haben. Und deshalb sollten wir unseres auch nicht weiter verdünnen."

Daniel konnte nicht anders, als über das zänkische Brüderpaar leicht zu lächeln. Was die Nordmänner anging, war er sich nicht sicher, ob es einen blutsverwandten Grund dafür gab, dass sie unterschiedliche Skills hatten, die sie wählen konnten. Im Gegensatz zu den Beastkin spürte er jedenfalls keinen Unterschied, wenn er an ihren Körpern arbeitete. Die Beastkin hingegen – mit denen konnte man nur schwer umgehen.

„Nicht wahr. Ritter und Lords", meldete sich Asin zu Wort, hob eine Hand und zählte ab. „Adlige."

„Ja, aber die sind..., nun ja, blutsverwandt. Aber ich habe gehört, dass es in anderen Ländern kein üblicher Titel ist", sagte Kord und rieb sich das Kinn. „Ich denke da an die Republik Sift."

„Pah! Es ist keine große Republik, nur eine Stadt und ein paar Dörfer", sagte Wasme und setzte sich hin. „Eher eine große Provinz."

„Ihr seid alle sehr gut informiert", sagte Daniel mit einem Hauch von Überraschung in der Stimme.

Nur wenige Menschen machten sich die Mühe, viel über andere Länder zu erfahren. Nur wenige Menschen machten sich die Mühe, ihre Heimatstadt zu verlassen, geschweige denn, in eine andere Stadt oder einen anderen Ort zu reisen. Bei Abenteurern war das natürlich anders, da sie in die Dungeons gehen mussten, aber selbst da brauchten sich nur wenige um Länder außerhalb ihres eigenen zu kümmern.

„Das Hobby der Beastkin", sagte Wasme und runzelte die Stirn. „Wir reden über andere Länder, in der Hoffnung, eines zu finden, das uns akzeptiert. Oder wie sie andere von unserer Art behandeln. Es ist immer gut, ein Ohr im Wind zu haben."

Die Anwesenden nickten, was Daniel innerlich zusammenzucken ließ. Die fortgesetzte Verfolgung der einst versklavten Rasse war ein wunder Punkt, für Menschen und Beastkin gleichermaßen.

„Aber genug davon. Kord hat von unseren Trainingsmethoden gesprochen. Und die sind anders. Dank unserer Blut-Skills und unserer größeren Flexibilität in Bezug auf körperliche Skills haben wir gelernt, ohne Magier und deren Flexibilität auszukommen", sagte Wasme. „Unsere Frontkämpfer sind stärker als die meisten anderen, da sie aus Beastkin mit dem entsprechenden Blut bestehen." Er hielt inne und grinste. „Meistens."

„Meistens", wiederholte Asin, und ihr Grinsen wurde breiter.

„Meistens?", erwiderte Omrak.

„Da sind die Eigensinnigen. Die Ungewöhnlichen", sagte Wasme und deutete auf die beiden Foxkin. „Manche werden größer als normal. Andere sind einfach vom Temperament her besser geeignet. Nicht alles ist eine Frage des Blutes. Vieles ist für uns."

Wieder nickten die Beastkin, bevor Pol sich zu Wort meldete. „Aber es ist immer noch besser, anhand des Tieres eines Verwandten zu raten als nicht."

Mol fügte hinzu: „Und außerhalb der Gilde wirst du weniger Abweichler finden. Sowohl in der Zivilbevölkerung als auch in anderen Gilden."

„Das ist richtig. Sie sind nur nicht so akzeptierend wie wir." Pol grinste.

Wasme schüttelte nur den Kopf, seine Stimme grollte, als er fortfuhr. „Aber wir mögen Heiler. Die sind immer hilfreich. Auch wenn wir weniger haben, als uns lieb ist."

„Ich glaube nicht, dass es eine Gilde gibt, die so viele hat, wie sie gerne hätte", sagte Daniel.

„Vielleicht nicht, aber die Heiler der Beastkin sind noch wertvoller. Nur wenige, die kompetent sind, würden einen Dungeon betreten. Und nur wenige menschliche Heiler sind bereit, unsere Körper gut genug zu studieren, um nicht versehentlich Schaden anzurichten", sagte Wasme.

Daniel zog eine Grimasse und nickte dazu. Am Anfang, wenn er Asin von etwas Kompliziertem heilte, musste er oft seine Gabe einsetzen, um ihren Körper zu verstehen. Inzwischen kannte er sich natürlich gut genug aus, aber bei der Vielfalt der Beastkin würde er das häufig tun müssen. Selbst wenn er auch im Hospiz Beastkin sah und dort lernte, gab es einen Unterschied zwischen Wissen und Verstehen.

„Mir gefällt, was wir sehen", sagte Daniel und warf einen Blick auf Omrak und Asin, um ein bestätigendes Nicken zu erhalten. „Aber es gibt mehr als nur eine Taktik, über die wir uns Sorgen machen müssen."

„Ja, ich verste–" Wasme wurde durch einen schrillen Schrei unterbrochen.

Er drehte sich stirnrunzelnd zu der Birdkin-Wache um, die das Geräusch verursacht hatte, aber sie zeigte auf eine Gruppe, die sich auf einer der Landbrücken näherte.

Automatisch veränderte sich die Gruppe und beobachtete das neue Team. Daniel bemerkte, wie sie angespannter wurden, wie sie sich leicht voneinander entfernten. Mehr als einer der Beastkin überprüfte die Position seiner Waffen, vergewisserte sich, dass sie lose in ihren Scheiden steckten. Es war ein Maß an Vorsicht, dass Daniel die Stirn runzelte, bevor er sich an die Drohung von letzter Nacht erinnerte. Er warf einen Blick auf sein eigenes Team und überprüfte seine eigene Ausrüstung.

In kürzester Zeit hatte es das neue Team geschafft, zu der Gruppe vorzudringen. Die Anführerin, ein schmuddelig aussehender Mensch mit zu einem hohen Pferdeschwanz zusammengebundenem Haar, lächelte, als sie auf die Gruppe zuging. Aber sie hatte ihre Hände auf die beiden Kurzschwerter an ihren Hüften gestützt, und die Gruppe löste sich auf, sobald sie Platz hatte. Vielleicht war es ein Automatismus – lange Lektionen, die man beim Erkunden gelernt hatte – oder etwas anderes, aber nach Asins geradem Schwanz zu urteilen, neigte Daniel zum zweiten.

„Seid gegrüßt, liebe Abenteurer. Es macht euch doch nichts aus, diese Insel zu teilen, oder? Wir sind ein wenig erschöpft nach unserer letzten Begegnung." Im Gegensatz zu ihren Worten sah die Gruppe völlig unberührt und ziemlich energiegeladen aus.

Wasme lächelte und ging auf sie zu, sein Schwert immer noch über die Schulter geworfen. „Eigentlich ist es eine ziemlich kleine Insel. Vielleicht könnt ihr weiterziehen?"

„Komm schon, es gibt keinen Grund, so unfreundlich zu sein." Die rabenschwarzhaarige Frau sprach weiter, während sie den Abstand verringerte.

„Vorsicht", sagte Ash und spannte und hob ihren Bogen in einer einzigen fließenden Bewegung. Ihre Schwester ahmte ihre Handlungen nach und nahm ein weiteres Ziel ins Visier, während sie sich bewegte, um die Gruppe weiter zu flankieren.

„Unhöflich. Aber was kann man von Beastkin schon erwarten?", murmelte die Frau. Sie lächelte strahlend, und ließ ihren Blick über die

Beastkin und Daniels Gruppe schweifen, um schließlich bei ihm stehen zu bleiben, bevor sie lachte. „Ich schätze, wir machen das auf die harte Tour."

Im nächsten Moment stürzte sich das neue Team in den Kampf, die Waffen kamen aus ihren Scheiden, und es herrschte Chaos.

***

Asin schrumpfte zusammen, denn die erste große Aktion des neuen Teams war das Wirken eines Zaubers. Er hüllte die gesamte schwimmende Insel in Dunkelheit und ließ die Pfeile, die Ash und Oak abfeuerten, ein wenig vom Kurs abkommen. Asin konnte das Klirren von Metallpfeilspitze und Klinge in der schweren, schwülen Dunkelheit hören, als der feindliche Teamleiter **Fehlerloses Parieren** einsetzte. Der zweite Pfeil jedoch hatte ein weicheres, gedämpfteres und matschigeres Ende und vergrub sich im Körper des zweiten Anführers. Natürlich war diese Person gepanzert, also würde es ihn wahrscheinlich nur ein wenig verlangsamen, aber jeder Schaden war besser als keiner.

Die Dunkelheit, die sie zunächst einhüllte, war allumfassend und zwang Asin, vorsichtig über den Boden zu huschen. Doch schon jetzt weiteten sich die Pupillen ihrer Augen und saugten das Licht auf, das durch den Zauber drang. Vage Umrisse begannen sich vor ihr zu bilden, das feindliche Team hatte sich bereits aufgeteilt und zielte auf die anderen Beastkin. Asin hörte Omrak und Daniel hinter sich fluchen, die sich Rücken an Rücken in eine Verteidigungsformation begaben.

Sie nickte vor sich hin und war dankbar, dass ihre Freunde klug waren. Sie hatten nicht die Vorteile, die die Beastkin hatten. Es war besser für sie, wenn sie sich zuerst um sich selbst kümmerten. Oak und Ash kamen ebenfalls näher, legten ihre Bögen ab und zückten Kurzschwerter und Dolche. Als Sparrowkin hatten sie zwar ein gutes Sehvermögen und schnelle Reflexe, aber keine der anderen verbesserten Sinne. In der Dunkelheit waren sie genauso verwundbar.

Ein Brüllen von Kord lenkte ihre Aufmerksamkeit für eine Sekunde auf ihn. Ein paar der feindlichen Teammitglieder waren bereits auf ihn zugestürmt, aber jetzt bohrte sich ein Armbrustbolzen in seinen Körper, der ursprünglich für Pol bestimmt war. Der Boarkin hatte zu glühen begonnen und löste ein Wutskill aus, das dem von Omrak ähnelte.

Und dann, als sie endlich den Punkt auf der Insel erreichte, auf den sie gezielt hatte, warf Asin ihr erstes Messer in diesem Kampf. Es war ein einfacher Angriff, der sich zu mehreren Wurfmessern entwickelte, die die beiden Angreifer, die sich Kord näherten, bedrängten. **Messerfächer**, kombiniert mit ihrer Blitzverzauberung, grub sich in die menschliche Haut, schockte die beiden und lenkte sie ab.

Die Anführerin war nicht unter ihnen, da sie mit Wasme beschäftigt war. Flackernde Bewegungen, als der großschwertschwingende Bearkin versuchte, die schnellere, wildere Gegnerin zu treffen. Er blutete bereits aus mehreren oberflächlichen Wunden. Die Frau war schnell und begabt, sie kämpfte und manövrierte den halb blinden Bearkin aus. Er hatte nicht die Nachtsicht wie sie, aber seine erweiterten Sinne ließen ihn ungefähr abschätzen, wo sich seine Gegnerin befand. Riesige Hiebe mit seiner großen Waffe waren ebenfalls eine Gefahr und zwangen seinen Gegner, sich auf ihn zu konzentrieren, anstatt auf die größere Gefahr auszuweichen. Die Bedrohung durch Pol und Mol trug endlich Früchte, als sie auf die gegnerische Abwehrreihe stürzten.

Die beiden Foxkin hatten genau wie sie Nachtsicht, nächtliche Raubtiere, deren Augen bei schwachem Licht genauso gut funktionierten. Erweiterte Sinne, größere Beweglichkeit und eine angeborene Gerissenheit ließen sie aus der Dunkelheit schlüpfen, um sich auf den Bogenschützen und die Magierin zu stürzen. Kurze Schwerter blitzten auf, schnitten in die Körper, und Schreie drangen aus dem feindlichen Team hervor.

Unterbrochen von der unnatürlichen Anziehungskraft von Kords **Ur-Herausforderung,** drehte sich einer seiner Gegner weg. Nur um in die Seite getroffen zu werden, als der Boarkin ein weiteres seiner Blut-Skills auslöste – **Wilder Angriff** – und seinen abgelenkten Gegner von der Insel selbst stieß. Sein langgezogener Schrei der Überraschung wurde durch den Zauber gedämpft, Beine und Hände flatterten in der Luft, als er fiel.

Doch der Angriff hatte seinen Preis, denn er ermöglichte es Kords anderem Gegner, ihm ein Schwert in die Seite zu rammen. Der Boarkin taumelte eine Sekunde lang mit weit aufgerissenen Augen, bevor ihn sein

Wutskill wieder auf die Beine brachte. Asin heulte auf, nachdem sie gerade ein Messer nach der feindlichen Anführerin geworfen hatte, als sie den Angriff aus den Augenwinkeln bemerkte. Noch während sie nach vorne rannte, begann Kord sich umzudrehen, doch sein Gegner riss sein Schwert seitlich heraus, durchtrennte die Wirbelsäule und ließ den Boarkin zu Boden fallen.

Asin knurrte vor Wut, der Schwanz schlug hinter ihr aus, und der Kies unter ihren nackten Füßen machte es ihr plötzlich viel schwerer, Kords Feind zu erreichen. Sie sah zu, wie er fiel, bevor sie sich in die Luft erhob. Schneller, als sie es für möglich gehalten hätte, wenn sie es nicht selbst gesehen und gefühlt hätte, hatte der Schwertkämpfer sein Schwert herausgeschleudert und stürzte sich auf ihren fliegenden Körper. Alles, was sie tun konnte, war, ihren Körper leicht zu verdrehen, als sie aufgespießt zu werden drohte.

Doch der Angriff wurde abgewehrt und riss eine Schmerzspur in ihre Seite, als das unnatürlich scharfe Schwert durch das Leder schnitt. Ihre verzauberte Verteidigungskette hatte das Schwert zur Seite gedrängt, als es auf ihre gehärtete Aura traf. Dann war sie auf ihm, Beine und Körper landeten auf ihm, das Messer stieß tief in den Spalt zwischen Hals und Schulterpanzer. Ihre elektrisierte Aura überschlug sich, als sie mit dem Schwertkämpfer in Berührung kam, und selbst als er versuchte, sie wegzustoßen, wobei der Knauf sie traf, hielt sie sich fest. Ein Messer steckte tief in seiner Brust, das andere stach immer wieder zu, während es versuchte, das Kettenhemd in seiner Seite zu durchdringen.

Ihr Kampf verengte sich für lange Sekunden, lange Minuten, während ihr Gegner darum kämpfte, ihre Angriffe zu überleben. Schließlich hörte er ganz auf, sich zu bewegen, und Asin blickte wieder auf, um den Kampf zu beobachten. Wasme stand noch, obwohl er stark blutete. Kord lag regungslos am Boden, und Pol war verschwunden. Zwischen den Leichen der anderen drei Abenteurer stand Mol und weinte. Die einzige Person, die in der langsam schwindenden Dunkelheit noch übrig war, war die Anführerin des Teams, die sich von Wasme zurückgezogen hatte und nun von ihrem eigenen Team und den Bearkin umgeben war.

„Warum hast du uns angegriffen?", knurrte Wasme mit Tränen in den Augen.

„Verdammt. Leichte Ziele, sagten sie. Nur Biester, sagten sie", murmelte die Frau mit der Doppelwaffe vor sich hin und drehte sich von einer Seite zur anderen, während sie Wasme ignorierte. „Ich wusste, es war zu schön, um wahr zu sein."

„Ergib dich, sag uns, warum du das getan hast, und wir lassen dich am Leben", sagte Daniel, der sein Schild abwehrend vor sich hielt.

„Har! Siehst du ihre Augen? Den Zorn, den sie zeigen. Die Biester werden mich niemals in Ruhe lassen", lachte sie und ließ ihre Schwerter aufeinanderprallen. „Also kannst du es genauso gut hinter dich bringen."

„Wer hat dich angeheuert?", knurrte Wasme wieder.

„Frag den Heiler." Und dann, während die Gruppe noch erschrocken war, stürzte sie aus dem geschlossenen Ring und suchte sich eine Lücke zwischen den beiden Kämpfern, die ein Großschwert schwangen. Ihre reflexartigen Schwünge verfehlten sie und streiften sie nur leicht, sodass sie eine Blutspur hinterließ, bevor sie loslief.

Direkt in die beiden Birdkin, die im Gleichschritt mit ihren Klingen nach vorne stachen. Zu ihrer Überraschung wehrte die Frau die Angriffe nicht ab, sondern steckte ihre Klingen in die Körper der beiden und wurde selbst angegriffen. In Brust und Schulter eingeklemmt, versuchte sie noch immer, das Kurzschwert in Oaks Körper zu drehen, nachdem es Ash gelungen war, die Waffe von ihrer eigenen Seite wegzureißen.

Und dann war Asin da und hackte mit ihrem Messer zu. Sie schnitt ihr die Hand ab und ließ die Waffe in Oak stecken, während sie die verrückte Frau wegstieß. Zu langsam. Schon wieder. Aber Daniel bewegte sich auch, eilte herbei und begann zu heilen, um zu reparieren, was er konnte. Magie formte sich in seiner Hand, **Kleine Heilung** materialisierte sich bereits, als er sich bereit machte, den Schaden an Oak zu beheben.

Ein Heiler, ein mitfühlender Mensch. Und vielleicht der Grund für diese ganze Tragödie.

Kapitel 10

Die Gruppe, die den Dungeon am späten Nachmittag verließ, war wesentlich ruhiger. Auch wenn sie verletzt waren und Gruppenmitglieder verloren hatten, mussten sie den Ausgang des Dungeons finden. Gemeinsam schafften sie es, den Rest des Weges ohne Probleme zu bewältigen und kamen gerade heraus, als die erste Glocke des Nachmittags zu läuten begann. Ihre Äußerungen lösten einige Kontroversen aus, insbesondere als die Leichen ihrer Angreifer den Wachen gezeigt wurden.

Ihre Verluste – die Verluste der Beastkin-Gruppe – waren hoch. Kord war gestorben, seine Wirbelsäule und Blutgefäße waren durchtrennt. Er war verblutet, während Daniel nicht in der Lage gewesen war, nach ihm zu sehen und ihn zu heilen. Auch Pol konnte nicht mehr gerettet werden, er war vom Rand der Insel gestürzt. Glücklicherweise war Oak gerettet worden, ebenso wie Wasme, der kurz nach dem Ende des Kampfes zusammengebrochen war.

Der gesamte Kampf hatte nur ein paar Minuten gedauert, aber so viele waren gefallen. Das Team, das sie angegriffen hatte, war wahrscheinlich davon ausgegangen, einen unfairen, überwältigenden Vorteil durch ihre Verzauberungen zu haben, und hatte nicht bedacht, wie viele der Beastkin in der Dunkelheit sehen konnten. Dass sie die verzauberte Halskette der Dunkelheit gefunden hatten, die Wasme nun in den Händen hielt, war von geringem Vorteil gewesen. Auch die Ausrüstung der Angreifer hätte nicht ausgereicht. Gegenstände waren kein ausreichender Tausch für Leben, es sei denn, man war allzu kaufmännisch und kalt.

Sicherlich nicht für Daniel. Er verfluchte sich im Geiste und wünschte, er hätte mehr getan. Keiner aus der gegnerischen Mannschaft hatte auch nur versucht, ihm oder Omrak etwas anzutun. Und als er hörte, was sie gesagt hatten, fragte er sich, ob sie auch angegriffen worden wären, wenn sie sich ihnen angeschlossen hätten. Wenn sie mutiger gewesen wären, wenn sie versucht hätten, sich einzumischen, würde Kord dann noch leben? Oder Pol?

Was wäre, wenn. Einer der größten Gegner für einen Abenteurer, vor allem nach einer erschütternden Niederlage wie dieser. Allzu leicht gerät man in eine Spirale von Schuldzuweisungen und fragt sich, was man hätte besser machen können. Und im Nachhinein gibt es immer bessere Optionen, bessere Methoden. Bessere Entscheidungen.

Lange Verhöre und Befragungen waren das Ergebnis ihrer Berichte, die sowohl einzeln als auch gemeinsam durchgeführt wurden. Am Ende ließ die Gilde sie jedoch alle frei. Die Leichen hatten keinen Hinweis auf die Auftraggeber des Teams geliefert, und mit einem einzigen, zweideutigen Satz, dem einzigen Anhaltspunkt, konnten die Gilde und die Stadtwache nichts anderes tun, als sie auch fortzuschicken. Es war nicht so, dass tiefgreifende Ermittlungen etwas waren, was beide normalerweise durchführten.

In Wahrheit war die Untersuchung von Unrecht ein schwieriges und teures Unterfangen. Meistens bestand die Aufgabe der Wachen darin, die Folgen von Diebstahl, Raub und dergleichen zu beseitigen. Der gelegentliche Dieb oder Taschendieb, der auf frischer Tat ertappt wurde, war das Ausmaß ihrer polizeilichen Tätigkeit. Die wenigen Ermittler, die sie hatten, waren oft mit größeren, wichtigeren Verbrechen beschäftigt, als sich mit einer reinen Abenteuersache zu befassen.

Was die Gilde betraf, so blieb, was im Dungeon geschah, dort. Sie rieten zwar davon ab und würden jeden Abenteurer verbannen, der dabei erwischt wurde, wie er sich gegenseitig ausbeutete, aber solche Rachefeldzüge waren eine Tatsache des Lebens. Sie konnten nur wenig tun, da ein kompletter Dungeon die Größe einer Stadt wie Silverstone um ein Vielfaches übersteigen konnte. Es handelte sich um einen riskanten Beruf, bei dem gewisse Gefahren als normal galten.

Aus diesem Grund fand Daniel es frustrierend, dass seine Befragung so lange gedauert hatte. Da er im Mittelpunkt der Ermittlungen stand, hatte man ihn beiseite geschleppt, um ihn stundenlang ausgiebig zu befragen. Es war anstrengend, die gleichen Fragen mehrmals auf unterschiedliche Weise zu beantworten, immer in dem Bewusstsein, dass er ein Geheimnis hatte, das er nicht preisgeben wollte. Doch endlich, endlich war er frei.

Als er aus dem Gang, der von den Befragungsräumen wegführte, herauskam, wurde er von dem riesigen Bearkin empfangen. Wasme sah müde aus, seine Wangen waren eingefallen, seine Augen getötet.

„Geht es dir gut?", fragte Daniel. Er streckte die Hand aus, um ihn zu berühren, weil er aus Sorge nach der Bearkin sehen wollte, aber Wasme wich seiner Hand aus. „Wasme?"

„Ich muss das Angebot zurückziehen, Daniel", sagte Wasme.

„Angebot?", sagte Daniel. „Für die Broken Chains?"

„Ja. Ich habe... eine andere Nachricht erhalten, während wir gewartet haben. Zwischen unseren Verlusten und... anderen Angelegenheiten... können wir dir nicht bieten, was du brauchst." Wasme senkte den Kopf, und sah einen Moment lang verlegen aus. „Es tut mir leid."

Daniel blinzelte und fühlte sich durch die plötzliche Veränderung in Wasmes Verhalten ein wenig verletzt und kalt erwischt. „Kannst du, kannst du mir sagen, was hier los ist?"

„Es tut mir leid, nein. Das ist eine Sache der Gilde." Wasme schüttelte den Kopf. „Du sollst nur wissen, dass es nichts Persönliches ist. Und sei vorsichtig."

Wasme wandte sich ab und stapfte davon. Daniel sah ihm nach und runzelte nachdenklich die Stirn. Schließlich machte er sich auf den Weg in die Taverne, wo Asin und Omrak an einem Tisch saßen und ein unberührter Bierkrug auf ihn wartete. Als er sich zu seinen Freunden setzte, bemerkte er, wie sie in eine Ecke starrten. Als er den Kopf drehte, entdeckte er Mattias, der an seinem Getränk nippte und zu den beiden zurückblickte. Als Mattias sicher war, dass er Daniels Aufmerksamkeit hatte, hob er sein Getränk zum Gruß.

Wut flammte auf, und Daniel stand halb auf, wurde aber von Asin durch eine Hand auf seinem Arm gestoppt. Sie schüttelte den Kopf, drückte ihn herunter und forderte den Heiler auf, sich zu setzen. Schließlich ließ er sich auf seinen Platz zurücksinken, bevor er sich nach vorne beugte, um zu seinen Freunden zu sprechen.

„Das war er, nicht wahr?", sagte Daniel.

„Ja", sagte Asin.

„Wir sollten..." Daniel brach ab, als ihn sein gesunder Menschenverstand wieder einholte. Er wusste, dass sie nichts tun konnten. Schließlich hatten sie keine Beweise. Ein freundliches Nicken in der Taverne galt nicht als

Beweis. Schon gar nicht, um einen anderen Abenteurer mit gutem Ruf oder bei der Gilde, die er vertrat, zu beschuldigen.

„Wenn wir im Norden wären, würde ich ihn zum Duell herausfordern", polterte Omrak. „Ich ziehe mein Schwert und..."

„Würdest geschlagen werden." Eine vertraute Stimme meldete sich hinter dem großen Nordländer. Eine Sekunde später hatte sich Nicole Novak, die Gildenmeisterin der kleineren Bent Nails, zu dem Team gesellt, kurz darauf gefolgt von ein paar ihrer Gildenkameraden. „Du bist ihm nicht gewachsen."

„Ich..."

„Vertrau mir. Er ist ein Fortgeschrittener, Level Violett, der sich auf Duelle spezialisiert hat", sagte Nicole. Sie drehte sich um und schenkte Mattias ein Lächeln. Dieser erwiderte das Lächeln der Gildenmeisterin, bevor er sich wieder seinem Getränk widmete. Nicole fuhr munter fort, während sie sprach. „Er ist derjenige, den die Three Skills schicken, wenn sie Probleme haben, einen fairen Deal auszuhandeln."

Asin stieß einen halb belustigten, halb verärgerten Schrei aus.

„Solltest du bei uns sitzen?", sagte Daniel besorgt. Er hatte die merkwürdige Spannung im Raum wahrgenommen, obwohl er sie zunächst als die üblichen Sorgen abgetan hatte, wenn von einer Jagdgesellschaft die Rede war. Jetzt war er sich nicht mehr so sicher.

„Schön, dass sich die jungen Leute sorgen", sagte Nicole und lächelte Daniel an. „Aber das ist schon in Ordnung. Er hat bereits seine Drohungen ausgesprochen, und wir haben bereits bestätigt, dass wir keinen Heiler suchen. Nicht einen, den die Three Skills so verzweifelt wollen."

„Ihr auch?", sagte Daniel erschrocken.

„Wir auch." Nicole neigte den Kopf. „Wir sind eine kleine Gilde, alles in allem. Und während wir die meisten Arten von Druck aushalten können... oder Unmut, die Art, die er an den Tag legt,..." Nicoles Augen verfinsterten sich, die Leichtigkeit, mit der sie die Fragen beantwortete, verschwand für eine Sekunde, Schatten traten in ihre Augen. „Gut, sagen wir einfach, dass ich die Hauptstadt aus einem bestimmten Grund verlassen habe."

„Du warst in der Hauptstadt?", sagte Daniel erstaunt.

„Ja."

Die knappe Antwort von Nicole beendete das Gespräch und ließ den Tisch in peinlichem Schweigen verharren. Nach einer Sekunde beugte sich Asin vor und schaute Daniel in die Augen. Als er zu ihr hinübersah, sprach sie langsam, jedes Wort sorgfältig aussprechend. „Entschuldigung. Chain falsch. Ich... falsch. Dachte, es könnte helfen."

„Wem helfen?", sagte Daniel, und die Frustration kochte in ihm hoch. Weil er bedroht wurde, sein Leben in Gefahr war, Menschen getötet wurden. Wegen seiner idiotischen, dummen Gabe. Und vielleicht auch ein wenig über sich selbst, weil er so sorglos damit umgegangen war. „Ich oder die Chains?" Asin zuckte ein wenig zusammen, klappte die Ohren herunter und schlang den Schwanz eng um ihren Körper. „Du hättest dieses Angebot jederzeit machen können, aber du hast dich entschieden, es bis jetzt geheim zu halten. Und sieh nur, was uns das gebracht hat!"

Asin hörte bei den letzten Worten auf zu zucken und wurde unnatürlich still. Dann fletschte sie die Zähne – viel zu scharf – und zischte ihn an. Im nächsten Moment war sie von ihrem Stuhl aufgesprungen und zur Tür hinausgelaufen.

„Das war unangebracht", sagte Nicole von dort, wo sie saß.

„Und wer fragt dich?", knurrte Daniel und schob seinen unangetasteten Bierkrug weg. Bier schwappte heraus und verteilte sich auf dem Tisch, als er aufstand. „Du bist ja auch keine große Hilfe."

Bevor Omrak etwas sagen konnte, schritt er hinaus.

Als er die ging, konnte er nicht umhin, Mattias zu bemerken, der in der Ecke stand und grinste. Das brachte seine schwelende Wut noch mehr in Wallung, bis er die Gildenhalle verließ und zu rennen begann. Wohin, da war er sich nicht ganz sicher. Aber jeder Ort war besser als die von Ba'al verfluchte Halle und die nutzlosen Abenteurer darin.

***

Die Tage vergingen, ohne dass Daniel sich in der Halle aufhielt. Er verbrachte seine Zeit mit dem Training auf einem der örtlichen Übungshöfe, wo er mit einem Ausbilder an seiner Technik mit Streitkolben und Schild arbeitete, und den Rest seiner Zeit im Hospiz. Wenn er etwas Zeit hatte, las er seine Bücher und studierte weitere Krankheiten und Heilmittel, während er sich mit dem nicht enden wollenden Druck der Menschheit beschäftigte. Er arbeitete eifrig und versuchte, aufdringliche Gedanken und die Stapel von abgelehnten Einladungen zu Treffen mit anderen Gilden zu verdrängen.

Die Einladungen wurden immer wieder abgelehnt, selbst wenn er sie darum bat. Einst wollten sie ihn unbedingt dabei haben, jetzt konnte er nicht einmal ein Treffen mit ihrem Gildenmeister bekommen. Selbst die Green Robins hatte seine Einladung abgelehnt, sodass nur drei Gilden übrig blieben: die Red Robins, die auf ihren Gildenmeister wartete, die Three Skills und die Seven Stones.

Es gab nicht viele Möglichkeiten, besonders nach dem, was passiert war. Daniel hörte weiterhin Gerüchte von den wenigen Abenteurern, die vorbeikamen und kostenlose Heilung suchten. Eines der Gerüchte lautete, dass die Gilde keine weiteren Informationen über die Jagdgesellschaft gefunden hatte. Ein anderes war, dass andere Gilden gewarnt worden waren.

Und das wachsende Gerücht, dass Daniels Heilkünste nicht nur aus einfachen Zaubersprüchen bestanden.

Wenn er mehr Zeit gehabt hätte, wenn er stärker geworden wäre, hätten sich seine Möglichkeiten vielleicht erweitert. Wenn er mehr wäre als ein mittelmäßiger Nahkämpfer und ein vager Heiler. Doch stattdessen blieben ihm nur diese wenigen Möglichkeiten, denn nur wenige würden es wagen, sich zwischen ihn und das Königshaus zu stellen. Und noch weniger hatten die Kraft, die Adligen tatsächlich dazu zu bringen, ihre Forderungen zu akzeptieren.

Irgendwann kam jedoch ein Brief, den Daniel nicht ignorieren konnte. An diesem Morgen lag der versiegelte Umschlag mit der roten Briefmarke eines Rosenpaares vor ihm, als er zum Frühstück kam. Und anstatt zu gehen, um seinen Freunden aus dem Weg zu gehen, blieb er am Frühstückstisch sitzen.

Asin war die Erste, die sich wortlos neben ihm niederließ. Sie saß schweigend da, bis der Wirt ihre Mahlzeit – in Scheiben geschnittene Steakstreifen aus den Resten von gestern Abend mit einem kräftigen Gewürzzusatz und knuspriges, frisch gebackenes Brot – abgestellt hatte, bevor sie ihr erstes Wort sprach.

„Danke.“

Der Wirt blinzelte überrascht, da die schweigsame Catkin normalerweise nur nickte. Er murmelte seine eigene Zustimmung, bevor er wieder in der Küche verschwand, da seine morgendliche Kundschaft seine Zeit beanspruchte. Asin aß ihre Mahlzeit und ignorierte Daniel immer noch eklatant.

Unbehaglich rutschte er auf seinem Stuhl hin und her und betrachtete die Mischung aus reisenden Händlern und Abenteurern, die die Kundschaft dieser Taverne ausmachten. Die meisten Händler ignorierten ihn, nur gelegentlich schauten sich die Leibwächter um, während sie neben ihren Arbeitgebern tranken. Die Abenteurer hingegen waren neugieriger, obwohl die meisten es besser wussten, als die beiden zu belästigen. Heilung – wenn Daniel etwas Mana übrig hatte – fand abends statt, nicht morgens.

Egal, wie schlimm der Kater war.

Das wusste Omrak, der die Treppe hinunterkletterte und sich den Kopf hielt, nur zu gut. Auf der letzten Stufe blieb er stehen, nachdem er bemerkt hatte, dass Daniel noch anwesend war. Der Nordländer zögerte nach seiner anfänglichen Überraschung nicht lange, stapfte heran und setzte sich hin.

„Und? Bist du jetzt fertig damit, auf uns wütend zu sein? Oder soll ich mir eine neue Gruppe suchen?“, grummelte Omrak und verschränkte die Arme.

Asin blickte auf, ihre Ohren schwenkten nach vorne und ihr Schwanz verlangsamte sein Schwingen. Die jadefarbenen Augen waren auf Daniel gerichtet und warteten auf seine Antwort.

„Vielleicht habe ich mich geirrt...“, sagte Daniel und kratzte sich verlegen am Kopf. „Ich war nur so wütend...“

„Wut ist in Ordnung. Lass sie nur nicht an uns aus“, sagte Omrak. „Auch wir sind wütend über die Taten derer, die keine Ehre haben.“

Asin nickte.

„Ja. Es tut mir leid. Und du hattest recht, Asin. Ich hätte früher auch nie zugestimmt, den Broken Chains beizutreten“, sagte Daniel beschämt. „Nicht wegen irgendetwas... Ich mache mir nur Sorgen. Über Du-weißt-schon-was.“

Ein weiteres Nicken von der Catkin.

„Es ist eine schwere Last, die du tragen musst, Freund Daniel", polterte Omrak.

Daniel antwortete mit einem schiefen Lächeln und schob den noch verschlossenen Umschlag vor sich her. „Wie auch immer. Wir haben eine Antwort erhalten. Ich dachte, ihr wärt gern dabei, wenn wir sie lesen."

„Dann lasst es uns lesen!", sagte Omrak. Daniel griff nach dem Umschlag, brach das Siegel und überflog die Worte. Er runzelte die Stirn, bevor er ihn Asin überreichte, obwohl der große Nordländer vor Ungeduld zu vibrieren schien. „Und?"

„Es ist von den Red Roses..." Daniel hielt inne und wartete, bis Omraks Essen geliefert wurde, bevor er fortfuhr. „Es geht um unsere Bewerbung."

„Ja. Hör auf, um den heißen Brei zu reden! Komm endlich zur Sache", sagte Omrak und beugte sich vor, ohne auf das Essen vor ihm zu achten.

„Sie wollen, dass wir ihre Leute treffen und eine weitere Erkundung machen", sagte Daniel, und seine Stimme wurde unbewusst leiser.

„Gut!", brüllte Omrak und schlug auf den Tisch. Ihre Getränke schwappten über und ein schmerzhaftes Knarren ertönte, als der Tisch darum kämpfte, zusammenzubleiben. Der Wirt starrte Omrak an, der verlegen grinste. „Furcht ist etwas für Feiglinge. Ehre ist viel wichtiger."

Daniel schnitt eine Grimasse angesichts des ungestümen Ausrufs seines Freundes. Er fragte sich, wie gut die Red Roses vorbereitet waren, beschloss aber, das Glück nicht zu sehr herauszufordern. Immerhin waren sie so weit gegangen, ihre Hauptgilde darum zu bitten. Wie auch immer sie sich entschieden hatten, es war offensichtlich, dass sie die volle Rückendeckung ihrer Gilde hatten, was nicht einmal die Seven Stones zugestanden hatten.

„Wann?", fragte Asin, wie immer praktisch veranlagt.

„Heute Nachmittag", sagte Daniel. Er runzelte ein wenig die Stirn, sowohl wegen der Geschwindigkeit und der fehlenden Vorwarnung für dieses Ereignis als auch wegen der Tatsache, dass sie mitten am Tag reingingen. Nicht, dass der Tag-Nacht-Zeitplan des Dungeons mit der Welt da draußen übereinstimmte, aber die meisten Abenteurer versuchten, ihre eigenen Zeitpläne mit der Außenwelt in Einklang zu bringen. Jetzt hineinzugehen, würde eine kurze oder eine lange Reise bedeuten. Oder vielleicht war es ihnen einfach egal.

„Bereit." Asin legte eine Hand auf ihre Brust, um zu zeigen, wen sie meinte. Dann konzentrierte sie sich darauf, die Mahlzeit zu beenden, die vor ihr stand.

„Ja. Ich habe nichts, was ich nicht auf einen anderen Tag verschieben kann."

„Dann treffen wir uns heute Nachmittag", sagte Daniel. Er hielt inne und warf der Gruppe ein verlegenes Grinsen zu. „Und danke. Nochmals."

Grunzen und Schlürfen waren alles, was seine Entschuldigung begrüßte, was den Heiler zum Lächeln brachte. Freunde, gute Freunde, konnten sich streiten, aber sie akzeptierten auch Entschuldigungen, wenn man fertig war. Und hielten einem den Rücken frei, wenn man es brauchte.

***

Feuer. Das Team war hervorragend im Umgang mit Feuer. Daniel beobachtete, wie sie buchstäblich durch die zweite Ebene von Porthos spazierten, und Scharen von Kobolden in sich ausbreitenden Feuerbällen aus verzauberten Pfeilen und Bolzen in die Luft sprengten. Drei verschiedene Bogenschützen bearbeiteten die Umgebung, während ein paar Schwertkämpfer die Seiten des Teams und die in der Mitte, wo das Hilfspersonal und Daniels Team stationiert waren, bewachten.

Am interessantesten für Daniel war die einzelne Magierin, der neben ihnen allen ging, ein verzaubertes Drahtgestell mit einer Kugel in der Mitte und einem Beutel in der Mitte tragend. Überall um sie herum starben Kobolde und lösten sich in Rauch auf, während Manasteine durch die Luft flogen und von der Kugel angezogen wurden, bevor sie in den Beutel fielen.

„Ein wunderbarer Gegenstand", sagte Daniel und deutete auf die verzauberte Vorrichtung. „Allerdings bin ich überrascht, dass du es so lange mit Energie versorgen kannst."

„Es braucht nur wenig Mana. Das meiste davon wird aus der Umgebung des Dungeons bezogen", sagte Eleanor und fuhr sich mit der Hand durch ihr kurzes rotes Haar. „Ein einzelner engagierter Magier kann ihn leicht durch seine natürliche Regeneration mit Energie versorgen, solange er sich konzentriert. Teurere Sammler können mit einem echten Manastein versorgt werden, aber für unsere Zwecke reicht das aus."

Daniel sah zu, wie ein weiterer Stein durch die Luft flog und Omrak umkreiste, bevor er in die Mitte glitt und dort abgelegt wurde. „Ich kann verstehen, dass es in diesem Dungeon nützlich sein könnte. Aber es scheint sehr situationsabhängig zu sein. Und teuer."

„Das ist es." Eleanor nickte. „Ein Vorteil, wenn man in einer Gilde ist, und zwar in einer mit Verbindungen. Wir sind in der Lage, solche Gegenstände zu erwerben und in die Zukunft der Gilde zu investieren. Und du würdest dich wundern, wozu so eine Ausrüstung gut sein kann. Unterwasser-Dungeons, welche mit Flüssen und sogar dunkle Dungeons – all das macht solche Werkzeuge nützlich. Für hoch-levelige Teams, die sich Geld beschaffen wollen, gibt es sogar Verzauberergilden, die solche Ausrüstung wöchentlich vermieten."

„Hoch-levelige Teams?", grummelte Omrak. „Sollten sie nicht schon genügend Mittel haben, um Dungeons der Meisterlevel zu betreiben?"

„Nicht wirklich. Meisterlevel-Dungeons sind teuer und gefährlich. Ein einziger Fehler, ein Mangel an Vorbereitung, könnte ihr Leben leicht beenden", antwortete Eleanor. „Die meisten Teams der Meisterklasse führen fortgeschrittene Dungeons durch, um Geld zu verdienen. Es ist sicherer und insgesamt profitabler, einen kompletten Dungeon zu durchlaufen und ihn wiederholt zu meistern."

„Faszinierend", sagte Omrak. Er runzelte die Stirn und warf den Kopf zurück, als ein weiterer Manastein um ihn herumwirbelte. „Wie gehen sie mir aus dem Weg?"

„Gute Verzauberung. Und deine Aura. Du kannst sie dir als Fäden vorstellen, die die Steine zum Sammler ziehen, Fäden, die sich um deine Aura schlingen."

„Faszinierend", wiederholte Omrak.

Daniel schüttelte den Kopf und beobachtete die Taktik, die er sah. Als das Echo einer weiteren Explosion verklungen war und die Hitze sein Gesicht ein letztes Mal wärmte, fuhr er fort: „Wir kommen hier gut voran, aber verdienst du auch genug?" Er gestikulierte auf den gespannten Bogen und den verzauberten Pfeil. „Die müssen teuer sein."

„Weniger, als man denkt", sagte Eleanor. „Aber auch das ist eine Frage der Fähigkeiten der Gilde. Wir haben unsere eigenen Zauberer. Sie stellen solche Pfeile für uns her, was uns Zeit und einen kleinen Gewinn kostet. Im Gegenzug sind wir in der Lage, die Ebenen schneller zu räumen, sodass unsere Mitglieder in kürzerer Zeit eine größere Menge an Erfahrung sammeln können. Mit dem Sammler machen wir in der Regel einen kleinen Gewinn."

„Wie wenig?", fragte Asin, während sie neben dem Team her schlich.

„Hmm... ein paar Goldstücke für einen Tageslauf", sagte Eleanor. „Im Durchschnitt."

„Person?"

„Nein, für das Team."

Daniel zuckte zusammen. Das war horrend wenig. Das war die Art von Gewinn, die er für einen Anfängerabenteurer erwarten würde, nicht für ein Team der Fortgeschrittenenklasse.

„Vergiss nicht, du bekommst freie Kost und Logis", sagte Eleanor. „Und unsere Teams leveln und räumen Dungeons schneller und sicherer."

Ein Gebrüll von vorne brachte sie zum Lächeln, als sie dorthin wies, wo sie den Boss der Ebene erspähten. Innerhalb von Sekunden hatten beide Bogenschützen das entfernte Monster anvisiert und beschossen, wobei sie ihre Skills selbst zum **Replizieren** der verzauberten Pfeile einsetzten. Die Explosionen, die dabei entstanden, schleuderten das Monster herum, sodass es mit schweren Verbrennungen und ohne Arm aus dem Angriff hervorging. Ein einziger normaler Pfeil mit einem **Durchbohrenden Schuss**, der sich in die Stirn des Monsters bohrte, beendete den Kampf, bevor er überhaupt richtig beginnen konnte. Ein paar Sekunden der Manipulation später flogen die Manasteine auf sie zu, während der Rest des Teams dumpfe Flüche ausstieß, weil sie die Ebenentruhe nicht gefunden hatten.

Diese war wahrscheinlich woanders oder bereits gestohlen.

„Siehst du? Ganz einfach."

„Das tue ich", sagte Daniel, und in seiner Stimme schwang immer noch ein gewisser Zweifel mit. Er sah es zwar, aber er konnte nicht umhin, einen Blick auf die gelangweilt aussehenden Schwertkämpfer zu werfen, die das Team flankierten. Sie plauderten miteinander und ignorierten Daniels Team, schenkten einander mehr Aufmerksamkeit und flirteten miteinander, als dass sie auf Ärger achteten.

Doch als das führende Mitglied des Teams sie in Richtung der Dungeontreppe winkte, die nach unten führte, musste Daniel zugeben, dass sie recht hatten. Das war wirklich effektiv.

***

Stunden später verließen sie den Dungeon. Abgesehen von einem einzigen kurzen Moment der Gefahr in der vierten Ebene, in dem sie in einen Hinterhalt geraten waren, was zu einer Reihe von Angriffen und der Verwendung von Heiltränken durch die verletzten Mitglieder der Red Roses führte, war die gesamte Reise ohne viel Aufsehen oder Aufregung verlaufen.

Eleanor führte sie zu einem ruhigen Besprechungsraum und ging an Mattias vorbei, der die Gruppe mit einem stummen Knurren anschaute. Sobald sie drinnen waren und Platz genommen hatten, wandte sie sich an das Team.

„Ihr habt gesehen, wie unsere Ausbildung aussieht. Das ist es, was wir von euch wollen." Eleanor hob eine anmutige Hand. „Erstens wirst du dich unseren Teams anschließen und mit ihnen in der Stadt am Leveln arbeiten. Dein derzeitiges Level ist zu niedrig für unsere Bedürfnisse, vor allem dein Mana." Daniel öffnete den Mund, um zu fragen, woher sie das wusste, aber sie überging ihn einfach und sprach weiter. „Ja, wir haben uns deinen Statusbildschirm angesehen. Wir haben Leute, die so etwas können. Und jetzt sei still, bis ich fertig bin."

Asin zischte und Daniel starrte sie an, aber er schwieg. Omrak sah nur unbehaglich aus.

„Ihr müsst alle ein paar Umgangsformen lernen. Solche Nachhilfestunden werden für euch alle angeboten. Anwesenheit und Bestehen sind Pflicht", fuhr Eleanor fort. „Du kannst deine Arbeit im Hospiz fortsetzen, allerdings wirst du die Zeit, die du dort verbringst, auf höchstens drei Tage pro Woche reduzieren. Die restliche Zeit wirst du in der Gilde heilen und lernen. Ein Tutor wird dir zur Verfügung gestellt. Sobald du deinen Heilzaubern mindestens zwei weitere Level gewidmet und mindestens drei neue Zauber erlernt hast, darunter **Heilung mittelschwerer Wunden**, werden die Beschränkungen aufgehoben, und du kannst deine anderen Skills wählen." Daniels Gesicht wurde bei jedem Wort düsterer, seine Hand ballte sich zu einer Faust, als sie auf dem Tisch ruhten. Eleanor warf einen Blick auf die Faust, aber sie fuhr fort. „Dies ist der Anfang deines Builds. Wir werden wahrscheinlich weitere Anforderungen stellen, wenn du dich weiterentwickelst, aber solche Diskussionen werden geführt, wenn du deine nächsten Level erreicht hast. Was dein Team angeht, so könnt ihr weiterhin zusammenbleiben. Deine Freunde können als unsere Nahkämpfer fungieren, während wir zwei weitere Unterstützer – einen Magier und einen anderen – sowie drei Fernkämpfer zur Verfügung stellen werden." Eleanor hielt kurz inne und sah in ihrem Kopf Notizen durch. „Das bedeutet, dass deine Catkin-Asin ihren Build ändern und ihre Nahkampfformen verstärken muss. Es wird eine längere Reihe von Waffen erforderlich sein."

„Späher?", zischte Asin.

„Nicht erforderlich. Ihr werdet keine neuen Dungeons mehr erforschen. Jeder eurer Erkundungen wird in Dungeons liegen, deren Grundrisse wir bereits festgelegt haben." Sie tippte mit den Fingern. „Ihr werdet auch keine Erkundungen oder andere Quests mehr ohne Genehmigung der Gilde annehmen. Ich gehe davon aus, dass sie in den meisten Fällen abgelehnt werden, es sei denn, es handelt sich um Heilungsquests." Sie legte den Kopf leicht schief. „Vor allem Pest-Quests werden wahrscheinlich die Art von Quests sein, von denen wir erwarten, dass die Königlichen und andere Adlige sie von dir verlangen."

Daniel zuckte zusammen, nickte aber. Es war ja nicht so, dass er eine Pest-Quest ablehnen würde, wenn sich eine ergeben würde. Zum Glück waren diese relativ selten und wurden von den Klerikern und Heilern erledigt. Aber wenn eine solche Aufgabe die Abenteurergilde in Anspruch nehmen würde, wäre es schlimm.

„Ist das alles?", fragte Daniel.

„Hauptsächlich, ja", sagte Eleanor und nickte. „Du wirst auch gelegentlich auf Wunsch des Gildenmeisters oder der Gildenleiter heilen müssen, aber das hängt vom Ausmaß deiner Gabe ab. Kannst du zum

Beispiel fehlende Teile heilen?" Daniel schüttelte den Kopf, und Eleanor schürzte die Lippen. „Tja, schade. Aber nicht unerwartet. Wir werden die Grenzen austesten, um besser zu verstehen, wann und wo du gebraucht wirst."

„Und die Three Skills?", fragte Daniel und zwang sich, die Worte auszusprechen. Er war immer noch wütend über die selbstherrliche Art, mit der sie – die Gilde – sein Leben beherrschte, aber vielleicht war das der Beginn der Verhandlungen. Und bei Verhandlungen konnte sich alles ändern. Also verlangten sie natürlich mehr.

„Wir werden mit ihnen verhandeln. Sie mögen einen gewissen Einfluss bei den Königen haben, aber wir haben den Rückhalt von viel mehr Adligen", sagte Eleanor. „Wenn wir euch aufnehmen, werden wir mit ihnen fertig."

Daniel nickte, und sie zog ein Dokument hervor und ließ es auf den Tisch fallen. „Die vollständigen Details sind hier. Ihr müsst verstehen, die Details mögen verhandelbar sein, aber die Absicht ist es nicht. Wenn ihr euch uns anschließt, werdet ihr tun, was wir von euch verlangen."

„Sind wir also nur deine Hunde?", sagte Omrak.

„Werkzeuge. Nützliche Werkzeuge, aber dennoch Werkzeuge", sagte Eleanor und schnupperte. „Und das ist nur Daniel. Ihr zwei", – sie sah Omrak und Asin an – „seid nicht einmal das. Noch nicht. Wenn ihr an Stärke gewinnt, dann habt ihr vielleicht das Recht, euch als mehr zu betrachten. Bis dahin würde ich nicht so unhöflich sein. Immerhin seid ihr zu uns gekommen."

Daniel signalisierte seinem Freund zu schweigen, während Eleanor hinausging. Als sie ging, brach Omrak in wütende Flüche aus, während Daniel sich zwang, durchzuatmen und das Dokument zu studieren. Er war ziemlich verärgert über die Art und Weise, wie sie behandelt worden waren. Ob Eleanor das tat, weil sie wütend auf sie war oder einfach nicht wollte, dass sie beitraten, war ihm nicht klar. Aber zumindest unterschied sich das Dokument nicht wesentlich von dem, was besprochen worden war. Es war nur ausführlicher.

Als Omrak schließlich zur Ruhe kam, räusperte sich Asin. „Und?"

„Was haltet ihr von ihrer Teamarbeit?", sagte Daniel und vermied es, die Frage direkt zu beantworten.

„Wirksam", sagte Asin. „Langweilig."

„Sehr sogar", grummelte Omrak unzufrieden. „Es gibt weder Ehre noch Ruhm bei ihren Forschungen. Sie könnten genauso gut Kartoffeln verkaufen oder Käse herstellen." Auf Daniels hochgezogene Augenbraue hin winkte der Nordländer mit der Hand. „Ehrenwerte Berufe und Tätigkeiten. Aber *langweilig.*"

Daniel lächelte. „Ja. So heißt es doch, oder? Ich glaube nicht, dass wir viel lernen würden, wenn wir uns ihnen anschließen. Sie mögen sicher und effektiv sein, aber es gibt keinen Nervenkitzel bei ihrer Arbeit."

„Three Skills."

Das schnurrende Knurren von Asin ließ Daniels Gesicht verziehen, bevor er nickte. „Ja. Aber wenigstens können sie mit den Three Skills umgehen. Und ich bin lieber langweilig als böse."

„Dann sollten wir mit ihnen sprechen, Freund Daniel."

„Mit wem?" Daniel runzelte die Stirn.

„Den Seven Stones", sagte Omrak. „Denn sie sind die einzige andere Wahl."

Daniel seufzte, nickte aber. Leider wahr. Sie waren die einzige andere Option, und wenn das der Fall war, konnten sie es genauso gut hinter sich bringen. Fragen und nachprüfen. Und wenn sie sie aufnehmen würden, dann würden sie es tun.

„Dann lass uns gehen." Er stand auf und ging zum Ausgang des Raumes. Keine Wahlmöglichkeiten mehr, kein Zögern mehr. Zeit, einfach eine Entscheidung zu treffen und es hinter sich zu bringen.

Er war nur ein wenig besorgt, wie Mattias reagieren würde.

Kapitel 11

Das Trio war nur noch wenige Blocks vom Gildenhaus der Seven Stones entfernt, als ihnen Mattias in die Quere kam. Im Gegensatz zu den anderen Begegnungen mit dem Mann war er dieses Mal in Begleitung eines Quartetts, die allesamt grob aussahen, und schmutzige, zerzauste Gesichter, ungepflegtes Haar und abgenutzte Rüstungen hatten. Zu Daniels Abscheu befanden sich sogar einige auffällige Blutflecken auf ihrer Kleidung und Rüstung.

„Und wo willst du hin?" Mattias' Stimme war kühl, nicht mehr so kultiviert und sympathisch wie bei ihrem ersten Treffen.

Daniel runzelte die Stirn und blieb stehen, als sein Versuch, um die Gruppe herumzugehen, von den Schlägern blockiert wurde, die sich breiter machten. Er runzelte die Stirn, neugierig, wie stark sie waren, frustriert, dass es nicht einfach war, das festzustellen. Auf jeden Fall waren sie in der Unterzahl, und Mattias war gefährlich, zumindest hatte man ihnen das gesagt. Um ihn zu besiegen, brauchte man wahrscheinlich alle von ihnen.

„Spazieren gehen", sagte Daniel.

„Im Gildenviertel?", sagte Mattias und ließ seinen Blick verächtlich über die verschiedenen Gildenwohnungen um sie herum schweifen. Das gesamte Viertel bestand aus größeren Grundstücken mit Toren, die den Blick auf die dahinter liegenden Wohnsitze und Trainingsgelände versperrten. „Suchst du noch mehr Hilfe? Oder etwas anderes..."

Daniel lächelte nur angespannt.

„Oh ja, du versuchst immer noch, einen Weg zu finden, um es zu umgehen. Und das, nachdem ich so geduldig und großzügig war", sagte Mattias und trat näher heran. Daniel machte einen halben Schritt zurück, bevor er sich zwang, stehen zu bleiben. Seine abgebrochene Bewegung brachte den anderen Mann dazu, ihn spöttisch anzulächeln.

„Warum bestehst du überhaupt darauf, dass ich mitmache?" Daniel schüttelte den Kopf. „Früher hat dich das nicht so sehr interessiert."

„Tja, sagen wir einfach, es sind neue Informationen bekannt geworden. Ich wurde angewiesen, dafür zu sorgen, dass du dich uns anschließt."

„Ob ich das will oder nicht?"

„Oh, nein. Wir zwingen keine Gildenmitglieder." Mattias schüttelte den Kopf und setzte eine scheinbar traurige Miene auf, die so echt war wie die eines Hausierers. „Das wäre falsch. Nein, wir bevorzugen es, wenn unsere Gildenmitglieder verstehen, dass sie sich uns anschließen sollten."

Daniels Augen zuckten zur Seite, als die Schläger über Mattias' Worte schallend lachten. Omrak wich zurück, um Platz zu schaffen, knurrte und spannte seine Muskeln an. Einer der Schläger, fast so groß wie Omrak, drehte sich zu dem jungen Nordländer um und grinste, als in seiner Hand ein Saft erschien. Asin zischte, ihr Schwanz peitschte hinter ihr.

„Und so willst du uns überzeugen? Diese Männer und die aus dem Dungeon?" Daniels Stimme wurde hitzig.

„Was für welche im Dungeon?", sagte Mattias ganz unschuldig.

Daniel schüttelte den Kopf, drehte sich um und betrachtete die umherlaufenden Passanten. Viele eilten davon, da sie offensichtlich die bevorstehende Gefahr spürten. Aber es gab auch ein paar Abenteurer, darunter einige, die ihre Häuser verlassen hatten, um vor ihren Toren zu stehen und das Geschehen zu beobachten. Er bezweifelte, dass sie helfen würden, aber sie könnten es. Es war eine Sache, im Dungeon zu drohen und Angriffe zu starten, eine andere, dies mitten in der Stadt zu tun.

„Gut, wenn das alles ist, was du zu sagen hast, würden wir gerne weitergehen", sagte Daniel. Er zuckte ein wenig zusammen, als er merkte, wie er sich anhörte. Er hätte einfach verlangen sollen, dass man sie gehen ließ, anstatt zu fragen.

Mattias sah sich um und entdeckte die gleichen Leute wie Daniel. Seine Lippen kräuselten sich weiter, bevor sein Blick auf Asin gerichtet wurde und seine Stimme wieder erklang. „Weißt du, ich glaube, unser Angebot hat sich geändert. Wir wollen keine Promenadenmischungen in unserer Gilde."

Daniel knurrte, während Asin ihre jadefarbenen Augen auf Mattias richtete.

Er lächelte weiter, während er sprach. „Nicht, dass es darauf ankäme, aber immerhin. Ich denke, diese Mischlinge werden sich in Schwierigkeiten befinden. Ärger mit anderen", sagte der Anwerber der Three Skills und drehte seinen Kopf leicht, um die letzten Sätze zu den Schlägern hinter ihm zu sagen.

„Oh ja. Ich habe gehört, ihre Gilde besteht aus altem, trockenem Holz. Wie ihr ganzer Bezirk. Altes, trockenes Holz. Ziemlich leicht zu verbrennen...", sagte einer der Schläger, ein Kerl mit einer langen Narbe, die über eine Seite seines Gesichts lief. „Ich habe gehört, dass sie einen Teil davon erst vor ein paar Jahren nach einem unglücklichen Unfall wieder aufbauen mussten."

„Ist das euer Ernst?", sagte Daniel verärgert. „In der Öffentlichkeit. So wie hier?"

„Ich nehme die öffentliche Sicherheit immer sehr ernst", sagte der vernarbte Schläger und lächelte Asin an, die ihn anfauchte. „Vor allem für die kleinen Leute, die vielleicht nicht wissen, wo ihr Platz ist."

„Weißt du was, ich sterbe lieber, als mich dir anzuschließen", sagte Daniel, und die Wut, die in ihm hochgekocht war, entlud sich. „Du kannst vergessen, dass ich mich dir aus irgendeinem Grund anschließen werde."

„Bist du sicher, dass das deine Antwort ist?", sagte Mattias, und seine Stimme wurde kälter. „Denn das sind sehr eindeutige Worte."

„Ja, ich bin mir sicher." Daniel beugte sich vor, sein Gesicht berührte den anderen fast. „Bei Erlis' Blut und Kwan Yins barmherziger Hand, ich meine es ernst."

„Nun, das war's dann wohl." Mattias trat zurück und sein kaltes Grinsen verwandelte sich in etwas Natürlicheres. Wenn auch nicht weniger bösartig. „Lasst uns gehen, Jungs."

Daniel stand da und starrte mit aufgerissenem Mund, als er Mattias und seine Schläger weggehen sah. Er wandte sich an seine Freunde und meldete sich zu Wort. „Was zum Teufel ist hier los?"

Seine Freunde konnten nur mit den Schultern zucken, selbst als Mattias und seine Gruppe um die Ecke bogen und verschwanden, sodass das Trio ihnen stumm hinterherblickte.

„Wollten sie, dass ich mich ihnen nicht anschließe? Oder wollte er nur, dass ich es laut ausspreche? Hat er mich mit Absicht dazu gedrängt?", murmelte Daniel zu seinen Freunden und begann erst zu gehen, als Asin ihn mit einem krallenbewehrten Finger anstupste. Die Catkin zuckte bei jeder einzelnen Frage nur mit den Schultern, während Omrak verwirrt grummelte und den Kopf hin und her drehte.

„Ich rieche Politik", brummte der blonde Nordländer und fügte hinzu: „Und ich würde nicht darauf vertrauen, dass der so leicht aufgibt."

„Ja...", sagte Daniel. Aber was sollte er tun? Ihn umbringen?

Ihn schauderte es bei dem Gedanken, was sie getan hatten, und er konnte nicht anders, als zu denken, dass dies vielleicht wirklich sein Ziel war. Nicht, dass er sich anschloss, sondern dass er getötet wurde. Denn wenn es etwas Gefährlicheres als einen ungebundenen Heiler gab, dann war es einer, der die *natürliche* Ordnung der Dinge durcheinanderbrachte.

In Anbetracht der potenziellen Feinde, die er sich gemacht hatte, ging Daniel weiter. Schließlich hatte er seine Entscheidung getroffen, auch wenn sie anscheinend von dem anderen veranlasst worden war. Und was kommen würde, würde kommen.

***

Die Gruppe erreichte kurz darauf das Gildenhaus der Seven Stones und wurde von einer der Wachen hereingeführt. Zu Daniels Überraschung wurden sie nicht in Gadis eigenes Büro geführt, sondern in das Büro daneben, wo Gadi und eine weitere Person auf sie warteten. Dieses Büro war viel größer, wirkte aber kleiner, weil es mit ausrangierten Waffen und Rüstungsteilen vollgestopft war, die wahllos gestapelt waren. Die Waffenauswahl war verblüffend, und reichte von einer Vielzahl von Stangenwaffen bis hin zu stumpfen Waffen und Schwertern jeder Art und Größe. Bei den Rüstungen hingegen schien es sich vor allem um Plattenrüstungen zu handeln, zu denen gelegentlich Unterpanzer und Kettenhemden hinzukamen. Das Einzige, was Daniel nicht entdeckte, waren Papiere oder Aktenschränke, anders als in Gadis eigenem Zimmer.

An seiner Seite rümpfte Asin die Nase und rieb sie kräftig. Daniel konnte ihre Reaktion verstehen, denn der angesammelte Gestank von ungewaschenen Teilen und Schwertöl ließ ihn selbst schwer atmen. Er starrte auf das geschlossene Fenster direkt hinter dem Gildenmeister und wünschte sich, es würde sich öffnen, um wenigstens ein wenig Luft hineinzulassen. Aber weder Gadi noch der bärenhafte Gildenmeister schienen den Gestank zu bemerken, während sie sich zankten.

„... du kannst nicht noch einmal Urlaub machen! Du bist gerade erst gegangen."

„Aber deshalb bist du doch hier", beschwerte sich der Gildenmeister.

„Das spielt keine Rolle. Ich kann nicht alle Dokumente, die ich dir gegeben habe, unterschreiben. Du musst sie beglaubigen, bevor ich sie der Zentrale vorlege", sagte Gadi.

„Bah! Du hast mein Siegel, um das für mich zu tun", sagte der Gildenmeister und warf Gadi einen vielsagenden Blick zu. Es war für Daniel verwirrend zu sehen, wenn man bedenkt, wie muskulös und stark der Mann war.

„Und ich habe dir gesagt, dass ich das nicht tun werde. Das ist Betrug!" sagte Gadi verzweifelt.

„Gildenmeister..." Der Wächter versuchte es erneut und sprach lauter. Diesmal wandten sich die beiden an die wartende Gruppe. „Abenteurer Chai und seine Freunde sind hier."

„Wer?", fragte der Gildenmeister.

„Der Heiler. Ich habe dir schon von ihm erzählt", sagte Gadi und rollte mit den Augen. Er winkte die Wache hinaus, und zeigte mit dem Finger auf den Gildenmeister. „Ich habe dich gestern informiert, als du zurückkamst, und dir sogar die Unterlagen gegeben. Liest du denn nie etwas, was ich dir gebe, Parndo?"

„Warum sollte ich? Sag es mir einfach, wenn es wichtig ist", sagte Parndo mit einem Augenrollen. Der muskulöse Mann drehte sich um und starrte das Trio an, während er untätig an einer erhabenen Narbe auf einer Schulter kratzte. Es war ein gezacktes und faltiges Ding, das um die Ecke seiner breiten Schultern verschwand und sich unter seinem zerlumpten Hemd versteckte. „Also, ein Heiler? Das ist gut. Wir können immer mehr gebrauchen."

Daniel trat vor und verbeugte sich leicht. „Gildenmeister Parndo. Vize-Gildenmeister Gadi. Ich – wir – wollten prüfen, ob unser Antrag angenommen wurde. Mit den vereinbarten Angelegenheiten?"

„Nun..." Gadi hielt inne und sah zu Parndo hinüber.

„Was guckst du mich so an?", grummelte Parndo. „Er ist ein Heiler. Der andere sieht stark aus, und ich bin kein Tierfeind. Beastkin sind in Ordnung. Sieht für mich gut aus."

„Es gibt eine Komplikation."

Parndo rollte mit den Augen und zog seine Finger aus dem Kratzer. „Natürlich gibt es das. Ist er ein Mörder oder so?"

„Nein!", rief Daniel aus.

„Was dann?", sagte Parndo.

„Die Three Skills wollen ihn", sagte Gadi und beeilte sich weiterzureden, als Parndo so tat, als wolle er ihn unterbrechen. „Daniel hier hat eine Gabe zum Heilen. Eine sehr mächtige."

„Genug, dass sie ihr Gewicht in die Waagschale werfen?", sagte Parndo und stützte sein Kinn jetzt auf seine Hand. Der Tisch knarrte bedenklich, als er sein Gewicht darauf legte.

„Ja." Gadi beugte sich vor. „Das ist mir egal, wir kommen mit ihnen klar. Auch wenn es schwieriger sein könnte, an Material zu kommen. Aber sie haben auch angefangen, schmutzig zu spielen."

„Was für eine Art von Schmutz?", grummelte Parndo verärgert.

„Jagdteams."

„Schon wieder?" Der Gildenmeister schlug mit der Hand auf den Tisch, woraufhin dieser erschreckend knarrte und die darauf liegenden Waffen zuckten. Ein Wurfmesser, das auf der Kante lag, fiel um und klapperte auf dem Steinboden. „Diese Kobold-Liebhaber. Sie gehen zu weit. Wann wird die Gilde etwas gegen sie unternehmen?"

„Weißt du, es gibt keine Beweise", sagte Gadi.

„Bah!" Parndo drehte sich um, spuckte zur Seite und verschränkte die Arme. „Was glaubst du, wie schlimm es sein wird?"

Daniel sah dem Streit der beiden zu und hatte einen Kloß im Hals, während er wartete. Omrak hingegen schien sich mehr für das Waffenarsenal zu interessieren und starrte jedes einzelne Stück an, ohne es zu berühren.

„Sehr übel. Daniels Gaben sind... einzigartig."

Parndo drehte sich um und fixierte den Heiler mit einem festen Blick. Zu seiner Überraschung stellte Daniel fest, dass der brünette Gildenmeister tatsächlich auffallend sterlingraue Augen hatte. „Wie einzigartig?"

Als Gadi antworten wollte, hob er eine Hand und brachte den Vize-Gildenmeister zum Schweigen.

Ertappt schluckte Daniel mit plötzlich trockener Kehle. Er spürte den Druck, den der Gildenmeister durch seine Anwesenheit ausübte, jetzt, da er auf ihn gerichtet war. Ein Skill vielleicht? Oder einfach nur Alter und Erfahrung? Er war sich nicht sicher, aber er hielt es für eine schlechte Idee, zu lügen.

„Sehr. Ich brauche kein Mana zum Heilen. Nur... Erinnerungen." Daniel hielt inne, dann fuhr er fort. „Ich kann viele Krankheiten heilen, die selbst die Heilmagie nicht beheben kann. Zumindest auf den unteren Ebenen."

„Deine Gabe überspringt Stufen."

„Ja."

„Sehr einzigartig also." Parndo verschränkte die Arme. „Zauberäquivalent?"

„Zumindest eine **große Regeneration**", sagte Daniel und erinnerte sich daran, wie er den Champion repariert hatte.

„Gifte?"

„Ja."

„Krankheiten?"

„Die meisten."

„Flüche?"

„Nein."

„Sehr einzigartig." Parndo nickte. „Sie werden dich wirklich wollen."

„Ich weiß. Das haben sie mir auch gesagt", sagte Daniel.

„Bedroht." Asin ergriff das Wort und brach ihr Schweigen. Parndo sah sie an, und sie fügte hinzu: „Gerade eben."

„Interessant." Parndo zuckte mit den Schultern. „Gut. Willst du dich uns anschließen?" Daniel zögerte, und Parndo schnaubte. „Was?"

„Ich..." Daniel schüttelte den Kopf, denn er erkannte, dass es keine gute Idee war, sein Zögern zu erklären. „Nichts."

Parndo drehte sich jedoch um und starrte Gadi an. Der Vize-Gildenmeister zuckte zusammen und berührte kurz seinen Schnurrbart, bevor er antwortete. „Die anderen Gilden in der Stadt haben sich zurückgezogen, nachdem die Three Skills sie bedroht haben. Ich glaube nicht, dass Abenteurer Chai noch eine andere Wahl hat."

„Hah!", sagte Parndo.

Daniel zuckte zusammen und fragte sich, ob das dem Gildenmeister etwas ausmachen würde. Manche würden es als Beleidigung für ihre Gilde empfinden, wenn sie die zweite Wahl – oder standardmäßig die einzige Wahl – wären. Zumindest könnte es sich auf ihr Geschäft auswirken.

„Besser für uns. Ihr kommt also zu uns, ja?"

Daniel nickte, um seine Entscheidung mitzuteilen. Omrak, der durch eine spitze Klaue in seiner Seite aufgeschreckt wurde, zuckte hoch und fügte sich dann hastig Asins geäußerter Zustimmung.

„Gut. Dann sind wir fertig." Er winkte sie hinaus. „Gadi, geh und hilf ihnen."

Der Vize-Gildenmeister verzog das Gesicht, bahnte sich aber einen Weg um den Stapel von Waffen und Rüstungen herum und führte das Trio zur Tür hinaus. Kurz bevor sie gingen, meldete sich Parndo ein letztes Mal zu Wort.

„Buche mir einen Termin bei den Three Skills, ja?"

Gadi presste die Lippen zusammen, bevor er sich verbeugte und die Tür hinter dem Gildenmeister schloss, sodass Daniel einen letzten Blick auf den Mann erhaschen konnte, der bereits seinen Kopf auf den Schreibtisch legte, um ein Nickerchen zu halten.

Kapitel 12

Daniel konnte nicht länger schweigen, drehte sich zu Gadi um und zeigte hinter ihm auf das Büro, das sie gerade verlassen hatten. „Ist er immer so?"

„Wer? Der Gildenmeister?" Gadi machte eine verlegene Miene, bevor er nickte. „Das ist er. Er arbeitet auch kaum..." Er fuhr sich mit der Hand durch die Haare, bevor er mit den Schultern zuckte. „Aber das Gildengesetz besagt, dass jede Gildenfiliale von einem Meisterabenteurer geleitet werden muss, also sind wir hier."

„Er ist ein Meisterabenteurer?", rief Omrak aus.

„Aye. Auch Waffenmeisterklasse." Gadi legte den Kopf schief und dachte nach. „*Wenn* du ihn in guter Stimmung erwischst, solltest du ihn dazu bringen, dir eine Lektion zu geben. Er ist vielleicht kein großer Bürokrat, aber ein sehr guter Abenteurer."

Er hielt inne, die Hand an der Tür, zu der er sie geführt hatte, und überlegte etwas.

Nach einem Moment schüttelte er den Kopf, stieß stattdessen die Tür auf und winkte sie durch. „Geht nur. Die Sekretärinnen werden eure Bewerbungen fertigstellen und sie per Kurier an die Gilde schicken, um sicherzustellen, dass alles offiziell ist."

„Also... das war's?", sagte Daniel erstaunt. Irgendwie hatte er mehr erwartet.

„Was? Du willst Fanfaren und Blütenblätter?", schnaubte Gadi. „Wir werden deinen Beitritt später bekannt geben. Nachdem der Gildenmeister sein Gespräch mit den Three Skills geführt hat."

„Richtig, ja, natürlich", gab Daniel zurück. An seiner Seite verdrehte Asin die Augen, schlich an ihm vorbei und ließ sich auf einen Stuhl fallen, während Omrak seinen Freund sanft hineinführte.

„Danke, Abenteurer Gadi."

„Ich heiße jetzt Vize-Gildenmeister Gadi." Gadi lächelte, als er Omrak korrigierte, der die Zurechtweisung mit einem gutmütigen Lächeln aufnahm. Einen Moment später wurden die Türen geschlossen, und das Trio starrte sich gegenseitig an.

Anstatt sich zu setzen, ging Omrak zu dem bereitstehenden Erfrischungstisch und erfreute sich an der Verwendung von Zitronen in dem Glas Wasser und dem verwässerten Bier, das auf sie wartete. Er brachte nicht nur einzelne Gläser, sondern das ganze Tablett, bevor er die Gruppe bediente.

„Also... wir sind damit einverstanden, oder?", sagte Daniel, plötzlich wieder nervös. Er wusste, dass sie zugestimmt hatten, aber jetzt, wo es so weit war...

Asin schnaubte, senkte den Kopf und nippte an dem Becher in ihrer Hand. Auf der anderen Seite hatte ihr Schwanz für einen kurzen Moment aufgehört, sich zu bewegen, bevor er sein träges Schwingen hinter ihr fortsetzte.

Omrak war, wie immer, viel direkter. „Wir waren uns einig. Das war unsere beste Option. Was die Three Skills angeht, so wurden wir in unserem Dorf von einem anderen überfallen, das weiter nördlich lag. Sie kamen jeden Winter vorbei, nachdem die Ernte eingebracht war, wenn sie es leid waren, zu Hause zu bleiben. Sie kletterten über die Berge, überquerten den Pass und schlugen dann zu, bevor wir wussten, dass sie da waren. Drei Winter lang, wieder und wieder. Dann kam mein Vater zurück. Und als er hörte, was sie getan hatten, versammelte er im Sommer alle Männer, kletterte über den Pass, kam in ihr Dorf und erschlug alle Männer, die uns überfallen hatten. Danach haben sie uns nie wieder belästigt."

Daniel blinzelte und starrte seinen jovialen und ziemlich blutrünstigen Freund schockiert an. Als er schließlich seine Stimme wiederfand, fragte er: „Und was war der Sinn dieser Geschichte?"

„Manchmal muss man ertragen, was man ertragen muss, bevor man stark genug ist, um ihre Häuser niederzubrennen und sie dazu zu bringen, dass sie einen nie wieder belästigen", sagte Omrak.

Wieder nickte Daniel. Er schenkte seinem Freund ein zaghaftes halbes Lächeln, wurde aber durch den Auftritt einer jungen, kurvenreichen Elfe unterbrochen. Sie trug eine Reihe von Papieren und einen kleinen Stein mit einer Inschrift bei sich. Dieser Stein, so wusste Daniel, würde auf ihren Abenteurerpässen die Tatsache vermerken, dass sie dieser Sache zugestimmt hatten. Und als er seine Freunde ansah, wusste er, dass sie jetzt zustimmen mussten. Keine Zeit mehr zum Zögern, kein Zaudern mehr.

Sie wollten einer Gilde beitreten.

Endgültig.

***

Danach dauerte es nicht mehr lange, bis sie den Papierkram ausgefüllt hatten. Als sie damit fertig waren und die junge, wohlgeformte Elfe – obwohl Daniel sich fragte, ob sie wirklich jung war, bei der alterslosen Sache, die sie taten – gegangen war, kam Gadi zurück, begleitet von den Mitgliedern des Teams, das sie getroffen hatten, und jeder von ihnen sah sowohl aufgeregt als auch ein wenig besorgt aus.

Die Erste, die hereinkam, war natürlich Lady Nyssa. Die Adlige wurde von ihrem tauben Leibwächter, dem Bogenschützen, aufgehalten, der ein Paar gekreuzte Kurzschwerter in die Hand nahm, bevor er sie hereinließ. Dann kam natürlich die Heilerin, die fast hereinsprang. Die junge Teenagerin grinste Daniel an, als sie eintrat, und eilte herbei, während sie sprach. „Du hattest so recht! Ich verbessere meine Heilungsskills so schnell, dass ich in wenigen Monaten zum Anfänger aufsteigen werde!"

Daniel lächelte und beobachtete, wie Zef und Harlow hereinschlüpften, wobei seine Augen den kleineren Dieb fast übersahen, als er sich in den Raum schlich. „Gut. Welches Hospiz besuchst du?"

„Das in der Merchant Street", antwortete Anne.

Daniel nickte. Das ergab Sinn. Sicherer als die, die er besucht hatte, mit ihren Armen und den Arbeitern. Die in der Nähe der Merchant Street arbeiteten mit denen zusammen, die ein bisschen mehr Geld hatten. Oder die bereit waren, so zu tun, als ob sie es hätten, und sich so zurechtmachten, dass sie nicht hinausgeworfen wurden. „Gut. Geh so oft wie möglich hin, vor allem, wenn du Mana übrig hast."

„Oh... Ich habe noch keinen Zauberspruch." Anne ließ den Kopf hängen.

Daniel hob eine Augenbraue, und sie beeilte sich zu erklären.

„Mir wurde gesagt, es sei besser, es manuell zu lernen. Ich besuche Kurse, wenn ich sie mir leisten kann", antwortete Anne.

Daniel seufzte. Das ergab Sinn. Wahrscheinlich zahlte sie auch viel Geld, um zu lernen, denn die meisten Heiler hassten es, ihre Zeit zu verschwenden und die Konkurrenz zu vergrößern. Der einzige Grund, warum sie bereit waren, ihr zu helfen, war, dass sie eine Abenteurerin war und somit weniger Konkurrenz bedeutete. Außerdem war es immer nützlich, einen Abenteurer zu haben, den man kannte. Manchmal konnten die verzauberten Ausrüstungsgegenstände, die sie fanden, für Nicht-Abenteurer recht nützlich sein.

Lady Nyssa beobachtete das Gespräch der beiden von der Seite, die Lippen zu einer engen, wütenden Linie zusammengepresst. Asin beobachtete die ganze Gruppe schweigend, während Zef neben ihr Platz genommen hatte. Daniel bemerkte unwillkürlich, dass sich der Schwanz des Lizardkin nicht bewegte, im Gegensatz zum langsam schwingenden Schwanz der Catkin. Angespannt? Oder einfach nicht so energiegeladen wie Säugetiere? Wenn er bedachte, wie Eidechsen waren, vielleicht Letzteres.

„Hm." Gadi räuspert sich und lenkt die Aufmerksamkeit der Anwesenden auf sich. Als Anne schwieg, nachdem sie begonnen hat, einige der Fälle zu erzählen, die sie gesehen hat, nickt der Vize-Gildenmeister. „Gut, ihr kennt euch gegenseitig. Wir können natürlich andere finden, wenn sie nicht geeignet sind. Aber ich wollte, dass ihr sie zuerst in Betracht zieht..."

Die drei nickten und tauschten lange Blicke aus. Dann zeigte Asin auf Harlow und schüttelte den Kopf. Der Dieb, der sich hinter der Gruppe an einer Wand versteckt gehalten hatte, blinzelte. „Was? Was hast du gegen mich?", sagte Harlow und runzelte die Stirn. „Es ist, weil ich ein Dieb war, richtig?"

Asin schüttelte den Kopf und zeigte auf sich selbst. „Späher." Sie zeigte auf ihn. „Späher."

Dann wiederholte sie einfach ihre Geste der Verneinung.

„Manche Teams haben zwei Späher. Und Harlow hat einige Skills, die dir fehlen. Er ist sehr geschickt im Knacken von Schlössern", sagte Gadi, auch wenn Harlow sich aufregte.

„Lernen."

Es dauerte ein paar Sekunden, bis alle verstanden, was Asin meinte.

„Gut, ich denke, wir können für Lehrer sorgen." Asin nickte auf Gadis Worte hin. „Es tut mir leid, Harlow. Wir müssen wohl immer noch ein Team für dich finden."

„Wie auch immer. Nicht, dass es mich interessieren würde." Mit diesen Worten stolzierte der Dieb aus dem Zimmer, was Daniel ein kleines Lächeln entlockte. Er sah, dass der ältere Leibwächter dasselbe tat.

„Hmm... Zef ist gut. Ein weiterer Frontkämpfer wäre nützlich", sagte Omrak und rieb sich die Brust. „Je tiefer wir kommen, desto schwieriger werden die unteren Ebenen."

Es gab ein Nicken dazu, während Daniel versuchte, seine eigene Irritation zu unterdrücken. Er war kein Frontkämpfer. Nicht wirklich. Das hatten sie besprochen. Trotzdem hasste er die Vorstellung.

„Danke. Es wird gut sein, in einer neuen Gruppe zu sein." Die gelben Augen mit den geschlitzten Pupillen richteten sich für einen kurzen Moment auf Asin, bevor er fortfuhr. „Und ich glaube, wir sollten keine Schwierigkeiten haben."

Gadi grunzte nur und rieb sich an der Nase, während Daniel über die Folgen nachdachte. Vielleicht würde er seinen Freund im Auge behalten müssen. Und von Zef herausfinden, wie schlimm es für Beastkin war.

Neben ihm zuckte Anne zusammen und starrte mit großen Augen zu ihm auf. Er schnaubte, nickte ihr aber zu, was die junge Frau zu einem lauten Jauchzen veranlasste. Sie ging sogar so weit, dass sie ihre Hände in die Luft warf, was Asin zu einem lauten Schnauben und Omrak zu einem schallenden Lachen veranlasste. Selbst Zef gluckste, während Lady Nyssa vor Verlegenheit über das junge Mädchen rot anlief.

Schließlich waren ihre Feierlichkeiten vorbei und Gadi starrte das Trio und das einzige verbleibende Mitglied der Gruppe an, über das sie noch nicht gesprochen hatten. Omrak war der Erste, der etwas sagte.

„Wir haben jetzt fünf. Das ist eine gute Zahl", polterte der Nordländer.

„Keine Magie", betonte Asin.

„Aber wir müssten zwei hinzufügen." Omrak hielt inne, sah Nyssa an, die ihm zur Bestätigung kurz zunickte. „Das sind sieben. Eine sehr große Gruppe."

„Und das Geschrei", sagte Daniel und klopfte sich auf die Ohren. „Das tut weh."

Asin nickte daraufhin schnell. Bei ihren eigenen Fähigkeiten war es klar, dass sie empfindlicher auf die Angriffe reagierte.

Lady Nyssa reckte ihren Kopf nach oben und wurde mit jedem Wort kälter. Neben ihr regte sich ihr Leibwächter, aber sie legte ihm eine Hand auf den Arm, damit er sich nicht mehr bewegte. Daniel bemerkte, wie er ständig den Kopf drehte, um zu verfolgen, wer sprach, um von den Lippen abzulesen. Ein guter Trick.

„Ich kann meinem ständigen Team Artefakte zur Verfügung stellen, die mir bei meinen Zaubern helfen", meldete sich Lady Nyssa zu Wort, woraufhin Gadi sie erstaunt ansah. „Natürlich nicht sofort für alle. Selbst mein Vater hat nicht mit einer so großen Gruppe gerechnet."

Das Team schaute sich an, aber es war Daniel, der das Wort ergriff. „Zu viele Verzauberungen können zu Konflikten führen."

„Diese sind besonders gut gemacht." Sie ließ ihren Blick unter seine Taille schweifen, wo sein Hammer hing, und dann zu Asins Armschienen. „Und ich bin sicher, bis wir ein Problem haben, werdet ihr alle weiter fortgeschritten sein. Genauso wie meine Kontrolle."

Daniel drehte sich zu seinen Freunden um, seine Augen funkelten ein wenig amüsiert. Die anderen starrten ihn an, bevor sie alle nickten.

„Ich vermisse Rob. Seine Fähigkeiten waren sehr vielseitig. Und obwohl sie es nicht ist, kann eine Magierin nützlich sein", sagte Omrak. „Ich sage, wir nehmen sie auf. Fürs Erste."

„Genug", sagte Asin, stieß ein Schnauben aus und tippte mit einem krallenbewehrten Finger auf den Tisch. Gadi zuckte zusammen, betrachtete die Stelle und hoffte, dass sie die Oberfläche nicht beschädigt hatte. „Keine Hänseleien. Nimm sie."

„Gut, ich denke, es ist entschieden. Ihr seid beide dabei", sagte Daniel und nickte den beiden zu. In Wahrheit würde die Aufnahme eines zweiten Bogenschützen in das Team eine ihrer größten Schwächen ausgleichen. Zusammen mit der Magie würden sie in der Lage sein, die niedrigeren Levels zu bewältigen.

Zumindest war das der Gedanke.

Als er die grinsende Gruppe anstarrte, lächelte Daniel seinerseits zurück. Vielleicht würde es klappen, einer Gilde beizutreten. Ein Team zu bilden.

Sicherlich hatten sie noch ein paar Dungeons, die sie beenden mussten. Und jetzt konnten sie das vielleicht.

Kapitel 13

Daniel duckte sich und knurrte, als der Klammeraffen-Alpha nach ihm schwang. Irgendwie war er mit dem Monster konfrontiert worden und nicht mit Zef und Omrak, wie es eigentlich vorgesehen war. Jetzt tat er sein Bestes, um die riesige Kreatur abzuwehren, deren fauliger Atem ihn mit jedem Schrei umspülte, und der moschusartige Geruch und das ungezähmte Fell umgaben ihn wie ein Schneesturm aus Angriffen.

Jede Sekunde duckte sich Daniel und wich aus, und gelegentlich, wenn er keine andere Wahl hatte, blockte er den Angriff mit seinem Schild ab. Seine Arme schmerzten, sein Hammer tat kaum mehr, als seine eigene Verteidigung zu unterstützen. Ab und zu fand er eine Gelegenheit, um zuzuschlagen, aber das dichte Fell des Monsters und seine dicken Muskeln wehrten die meisten seiner Angriffe ab.

Perins Schlag war bereits eingesetzt worden und lud sich wieder auf. **Doppelschlag** war vergeudet worden, denn das Monster hatte ihm den Hammer fast aus den Händen gerissen, als er ihn eingesetzt hatte. Was sein Skill **Schwachstelle finden** anging, so blitzten ständig Punkte auf, aber Daniel war einfach nicht schnell genug, um sie zu erreichen. Nur der **Schildschlag** war von Nutzen, um das Monster davon abzuhalten, ihn zu überwältigen.

Ein Pfeil bohrte sich an seiner Schulter vorbei und hätte ihn beinahe getroffen. Inzwischen hatte sich der Heiler an die sirrenden Pfeile des Leibwächters gewöhnt und ließ seine eigene Konzentration nicht mehr schwanken. Er wusste, dass der Rest des Teams mit der Flut von Klammeraffen zu tun hatte, die der Alpha auf sie gehetzt hatte, also musste er nur durchhalten. In der Zwischenzeit vertraute er darauf, dass der Leibwächter und sein Skill, **Wächter-Voraussicht**, abschätzen konnten, wo er sein würde, und dass er nicht getroffen wurde.

Um einem weiteren Schlag mit der Hand auszuweichen, sprang Daniel zur Seite und erblickte Lady Nyssa, die mit ausgestreckten Armen dastand. Sie schleuderte Kugeln mit **Verstärktem Lärm** in den Hintergrund, sodass die Angriffe auf einer tieferen Ebene stattfanden, als sein Gehör wahrnehmen konnte. Es ließ lose Steine springen und seine Zähne schmerzen, aber die Monster in der Nähe der Kugeln bluteten aus ihren Augen und Nasen.

Omrak hingegen amüsierte sich prächtig, sein Körper glühte rot. Er hatte einen großen Teil der Monster verspottet und schwang nun sein Zweihandschwert in weit ausholenden Hieben, die die Haut zerschnitten und diejenigen, die sich ihm näherten, ausweideten. Sein ganzer Körper pulsierte bereits in roter Wut, bereit für **Ruf des Blitzes.**

Ein Schatten huschte vorbei und blieb lange genug stehen, um sich unter einem ausgestreckten haarigen Arm zu ducken. Eine Klinge schnitt in die Achillessehne des Monsters und hinterließ eine dünne Blutspur. Dann hüpfte die Catkin davon, lange bevor der Alpha richtig zurückschlagen konnte. Die Messer wurden zurückgezogen und auf weitere Klammeraffen geworfen, um diejenigen abzulenken und zu bedrängen, die versuchten, die Blockade zu durchbrechen, die Zef mit seinem Speer errichtet hatte. Hinter ihm war Anne auf einen Felsvorsprung geklettert, um auf die Affen zu feuern, wobei sie sich gelegentlich duckte, wenn einer der Affen einen Stein fand, den er nach ihr warf.

Daniel hatte keine Zeit, sich um all das zu kümmern. Als der Alpha abgelenkt war, stürzte er sich nach vorne und schwang seinen Hammer mit voller Kraft nach unten. Er benutzte die mit Stacheln besetzte Seite des Hammers und hoffte, ihn in den Rücken des Monsters zu rammen.

Und, zu seiner Überraschung, mit Erfolg.

Auch wenn er wusste, dass er einen kritischen Teil seines Körpers getroffen hatte und sein Stachel zwischen den Rippen hindurchgleiten und sich tief einnisten konnte, hätte Daniel niemals erwartet, so erfolgreich zu sein. Und als der Alpha herumwirbelte, um ihn zu schlagen, hielt Daniel seinen Hammer fest.

„Aaaarggghhhhhhhhhhhh!", schrie Daniel, als er herumgeschleudert wurde und sich an dem eingebetteten Hammer und dem Fell festhielt, als das Monster versuchte, ihn zu packen. Mit weit aufgerissenen Augen konnte Daniel nur hoffen, dass seine Freunde kommen und ihn retten würden.

***

„Eine unkonventionelle Kampfmethode", sagte Lady Nyssa und starrte auf Daniels ausgestreckte Gestalt hinunter.

Neben ihm löste sich der Körper des Klammeraffen-Alpha auf, der schließlich getötet worden war und durch pures Glück vom Hammer erledigt wurde. Das zauberte ein Lächeln auf Daniels Gesicht, selbst als er versuchte, wieder zu Atem zu kommen. Er verstand ihren Sarkasmus, aber eigentlich war es ihm egal.

Während sie sich um Omrak kümmerte, schimpfte Anne mit dem großen Mann. „Halt einfach still, ich habe dich gleich verbunden." Sein Flächeneffekt-Skill hatte fast ein Drittel der Klammeraffen ausgeschaltet, aber der große Nordländer war stärker verletzt als sonst.

Aus den Augenwinkeln beobachtete Daniel den Gesundheitszustand seines Freundes und sah, wie die Umschläge und Verbände den Gesundheitszustand des blonden Nordländers ein wenig ansteigen ließen. Es würde nicht viel besser werden; gutes Essen und Medizin konnten kurzfristig nur so viel bewirken, und das **Zeichen des Heilers** würde den Rest erledigen..., wenn er wieder zu Atem kam.

Gepolsterte Füße gingen an ihm vorbei und hoben den Edelstein des Alphas auf, bevor sie sich weiter zum Leibwächter begaben. Der schweigsame Leibwächter – taub, nur selten sprechend –hatte zusammen mit Asin die Aufgabe übernommen, Manasteine zu sammeln, obwohl die Catkin weiterhin den Schatz des Teams aufbewahrte.

„Wie lange sollen wir uns ausruhen?", fragte Zef. Der geschuppte Krieger war größtenteils unversehrt. Er saß an der Wand, einen Streifen getrocknetes Fleisch in der Hand, während er daran knabberte.

„Sklaventreiber", murmelte Daniel leise vor sich hin. Er richtete sich auf, nickte Lady Nyssa dankend zu, als sie ihm half, und sah zu, wie sie wegging, um zu meditieren und etwas Mana zu tanken. Die junge Magierin war mit der Zeit immer geschickter in ihren Zaubern geworden, aber es war wichtig, den Mana-Verbrauch während eines Dungeon-Laufs im Griff zu behalten. „Zehn Minuten. Wir müssen Omraks **Zeichen des Heilers** erst wirken lassen."

„Welches **Zeichen des Heilers**?", sagte Anne und hüpfte auf den Zehenspitzen.

„Das da", sagte Daniel und beendete seinen Zauber. Omrak pulsierte eine Sekunde lang, bevor sich der Zauber in ihm festsetzte und weiter aufbaute.

Der Teenager schmollte und ärgerte sich über die Tatsache, dass sie ihn wieder beim Aussprechen des Zauberspruchs verpasst hatte. Nicht, dass sie nicht genug Gelegenheiten bekommen würde, ihn zu beobachten. Schließlich war dies erst ihr zweiter Gang in einen Dungeon. Und bis dahin brauchten sie noch eine Menge Übung, um sicherzustellen, dass ihr Team zusammenwuchs.

Selbst, wenn sie sich schneller durch die Ebenen schieben würden.

Als Nächstes die vierte Ebene, dachte Daniel mit einiger Zufriedenheit. Endlich kamen sie wieder voran.

***

Die vierte Ebene von Aramis. Ihr erster Wechsel des Bioms. Diese eher humanoiden Monster waren katzenähnlich – ähnlich wie die katzenähnliche Asin –, aber viel weniger empfindungsfähig. Mit ihren schwarzen Streifen auf dem gelben Fell waren sie bei Weitem größer als Asin, wirkten viel massiger und wesentlich bestialischer. Sie standen nicht einmal in voller Größe, sondern kauerten sich bei allen Bewegungen zusammen, wobei sie oft auf allen vier Gliedmaßen zum Sprint ansetzten, wenn sie die Gelegenheit dazu hatten.

Die Bajang waren furchteinflößend, ihre Stärke entsprach leicht der von Klammeraffen, die ein Level höher standen. Noch schlimmer als das war jedoch die Tatsache, dass die Bajang listige Raubtiere waren und eher angriffen, wenn Einzelne unaufmerksam waren, als dass sie direkt kämpften. Zusammen mit ihrer unglaublichen Geschwindigkeit bedeutete dies, dass die meisten Gruppen mindestens ein oder zwei erfolgreiche Schleichangriffe erlebten, bei denen die Gruppenmitglieder verletzt und möglicherweise getötet wurden. Die Bajang zogen sich zurück und nahmen die noch kämpfenden Leichen mit sich, was zu einer für dieses Level ungewöhnlich hohen Anzahl von Todesfällen führte.

Die Tatsache, dass das vierte bis sechste Biom ein gemischtes Dschungel- und Höhlenbiom war, erhöhte die Schwierigkeit des Levels. Große Höhlen und enge Gänge mit hohen schrägen Wänden boten den umherstreifenden Monstern mehrere Verstecke und Angriffsmöglichkeiten, bevor sie sich durch kleine Tunnel zwischen schwer zu erkennenden und zu durchquerenden Passagen davonschlichen.

„Und du bist sicher, dass das funktioniert?", sagte Daniel und runzelte die Stirn, als Lady Nyssa die Kugel vor sich hielt. Die schwebende Silberkugel pulsierte alle paar Sekunden, bevor sie wieder in den Ruhezustand überging.

„Ja. Der Orb von Soh-Nah ist ein Artefakt im Silberrang. Ich dürfte ihn nicht einmal benutzen, wenn eines meiner Familienmitglieder eine Neigung zur **Klangmagie** hätte", sagte Lady Nyssa. „Aber wir haben mehrere Berichte über seine Verwendung in diesem Dungeon aus früheren Zeiten und auch allgemein."

„Lärm", beschwerte sich Asin und rieb sich das Ohr.

„Ich höre nichts", sagte Omrak. Neben ihm nickte Zef zustimmend.

„Die Tonlage ist viel höher als die der *meisten* Humanoiden", erklärte Lady Nyssa. Sie sah Asin nachdenklich an. „Aber wenn du es hören kannst, ist vielleicht eine kleine Anpassung...“

Sie biss sich auf die Lippe und drückte ein paar Sekunden lang auf die Kugel. Als es das nächste Mal pulsierte, zuckte Asin nicht zusammen, sondern nickte.

„Und wie soll das funktionieren?", fragte Daniel.

„Es informiert seinen Benutzer über potenzielle Bedrohungen. Ich bekomme eine... Karte... der Welt in meinem Kopf eingeprägt. Alles, was versucht, sich durch sie zu bewegen, sollte ich spüren. Ich brauche nur ein paar Anpassungen vorzunehmen, um die Bajang hervorzuheben, und schon kann ich sie erkennen", sagte Lady Nyssa.

„Gut", sagte Daniel und sah erleichtert aus. Er hatte mehr als genug Geschichten gehört und eine Reihe von Wunden unglücklicher Abenteurer geheilt. Die langen Krallenwunden und die tiefen Bissabdrücke waren Warnung genug.

Nach kurzer Zeit schüttelte sich die Gruppe und begann mit ihrer langsamen und vorsichtigen Durchquerung der Ebene. Im Gegensatz zu anderen labyrinthartigen Orten veränderten sich die Höhlen und Räume des zweiten Bioms des Dungeons nicht täglich. Stattdessen verschob der Dungeon die Treppe nach unten. Jedes Team, das das zweite Biom betrat, hatte zwar eine Karte der Ebene, musste aber trotzdem jeden Tag die verwinkelten, verhüllten Gänge durchqueren, um die Treppe und den Weg nach unten zu finden.

Es dauerte nicht länger als fünfzehn Minuten, bis Lady Nyssa anzeigte, dass sie verfolgt wurden. Es dauerte weitere zehn Minuten, bis die Kreatur schließlich beschloss, sie zu töten. Unglücklicherweise war die Tarnung aufgeflogen, und die Magierin hielt alle mit Handzeichen auf dem Laufenden. Als der Bajang sich schließlich entschloss, von einem nahe gelegenen Felsvorsprung zu springen und hinter einem günstig gelegenen Farn hervorzubrechen, konnte Lady Nyssas Leibwächter einen Pfeil in ihn hineinschießen und Zef ihn anschließend erstechen. Das majestätische, bestialische, humanoide Ungeheuer wurde eingeklemmt und verkrüppelt und war schnell mit minimalen Verletzungen erledigt.

Jeder weitere Kampf verlief ähnlich, wobei das Team immer tiefer hineinging.

Vielleicht hatten sie auch Glück, denn sie brauchten nur anderthalb Stunden, um den Weg nach unten zu finden, sodass sie tiefer in die fünfte Ebene vordringen konnten, wo weitere Bajangs in größerer Anzahl warteten. In Anbetracht der Tatsache, dass die Bajangs ihnen kaum Hindernisse in den Weg legten, beschloss das Team, seine Erkundung fortzusetzen.

Vielleicht können sie an diesem Tag sogar das dritte Biom durchbrechen.

∗∗∗

Die Gruppe bog um eine weitere Ecke und fand eine Gruppe von Abenteurern im Gang stehen. Nicht, dass *das* eine Überraschung gewesen wäre, aber die genauen Mitglieder waren es schon. Immerhin hatten sie dank Lady Nyssas Kugel und Asins geschärften Sinnen eine gute Vorstellung davon, worauf sie sich regelmäßig einließen. Nur die hohe

Wahrscheinlichkeit, angegriffen zu werden, hielt Asin in der Nähe der Gruppe.

„Was machst du denn hier?", sagte Daniel und verkrampfte sich.

Omrak und Zef verteilten sich in dem schmalen Korridor, und die beiden Frontpanzer sahen besorgt auf die fünf Abenteurer vor ihnen. Die vier schmuddeligen Abenteurer waren weniger besorgniserregend, wenn man bedenkt, dass ihre Ausrüstung im Allgemeinen nicht repariert wurde, aber der Mann, der ganz vorne stand, war beunruhigend.

Sehr beunruhigend.

„Damit die Leute verstehen, dass ich es ernst meine, wenn ich etwas sage", sagte Mattias. Er zog sein Schwert aus der Scheide, was von den anderen nachgeahmt wurde.

„Bist du wahnsinnig?", rief Lady Nyssa. „Wenn ihr uns hier angreift, werden unsere Gilde und meine Familie wissen, wer es war. Damit kommt ihr auf keinen Fall durch."

Mattias schmunzelte. „Das denkst du. Aber im Moment sitze *ich* in der Abenteurergilde und trinke dort, wo mich jeder sehen kann."

„Wie?", fragte Daniel neugierig.

„Ein Skill, natürlich. Nicht, dass es für dich von Bedeutung wäre", sagte Mattias. Er grinste plötzlich und seine Augen wurden bösartig und kalt. „Vielleicht nehme ich dich einfach wieder mit, nachdem ich dir die Gliedmaßen abgeschnitten habe. Dann lernst du, wie man sich richtig benimmt."

Daniel wollte darauf hinweisen, wie dumm es war, einem Heiler zu drohen, aber vielleicht war es Mattias auch egal. Schließlich könnte er Daniel andere heilen lassen und seine Dienste nie in Anspruch nehmen. Daniel zu bestrafen – ihn zu brechen – wäre dann nur noch eine Frage der Zeit.

„Ich werde nicht zulassen, dass du der Lady etwas antust." Der Leibwächter ergriff das Wort und trat vor Lady Nyssa. „Aber wenn du uns erlaubst, weiterzugehen, werden wir ein Gelübde ablegen, über das, was hier geschehen könnte, zu schweigen."

„Was?", knurrte Asin und drehte sich um, wobei ihre Messer in der Hand erschienen.

„Ich bitte um Entschuldigung. Meine Aufgabe ist es, meine Schützlinge zu beschützen. Ich wünsche euch alles Gute", sagte der Leibwächter mit Nachdruck.

Mattias hingegen lachte, schlug sich auf den Oberschenkel und wies seine Männer auf den Verrat des Leibwächters hin.

„Charles…", meldete sich Lady Nyssa zu Wort, ihre Stimme war überrascht und etwas zögernd.

„Denkt daran, Mylady, Ihr habt mehr Verantwortung als diese…" Charles ließ seinen Blick abschätzig über die Gruppe schweifen. Er wandte den Kopf und rief. „Was sagst du, Abenteurer Mattias? Haben wir dein Wort?"

„Das habt ihr. Aber du bleibst an der Seitenlinie, bis wir fertig sind." Mattias grinste. „Ich möchte, dass deine Lady zusieht."

„Nun gut." Charles ergriff Lady Nyssas Arm und zog die widerstrebende Magierin nach hinten.

Daniel sah zu, wie sie gingen, und sein Gesicht verzog sich wegen des Verrats, bevor er den Kopf schüttelte. Asin stieß ein kleines Jaulen aus, ihr Schwanz zuckte hin und her, bevor sie sich wieder Mattias zuwandte, als dieser sie rief.

„Sonst noch jemand?", sagte Mattias. „Ich will den Heiler und seine ursprünglichen Freunde. Der Rest von euch kann später einen Schwur ablegen…"

Daniel drehte seinen Kopf und beobachtete die anderen. Nur um zu sehen, wie Zef als Antwort den Kopf schüttelte. Anne wiederum zog einen Pfeil und schoss ihn direkt auf Mattias ab. Anstatt ihn mit dem plötzlichen Überraschungsangriff zu treffen, wischte der ältere Abenteurer den Pfeil verächtlich beiseite, während er **Fehlerfreies Parieren** aktivierte.

Als hätten alle anderen auf ein Zeichen gewartet, drängten beide Seiten sofort nach vorne.

Kapitel 14

Anne und Asin waren die Ersten, die angriffen. Asins Messer spalteten sich, als ihr Skill die Waffe übernahm und einen **Messerfächer** auswarf, der einen der angreifenden Abenteurer zwang, sich zur Seite und hinter einen schildtragenden Mitstreiter zu werfen. Selbst dann blieb eine Waffe an seiner Wade hängen und verletzte sie.

Annes zweiter Pfeil des Kampfes hingegen war eine schnell nachgeladene Waffe, die sie mit ihrem Skill **Zweiter Schuss** in Sekundenschnelle zielen und abfeuern konnte. Anstatt den mächtigen Mattias anzugreifen, richtete sie den Angriff auf einen Gegner, der einen Hellebarden schwang, doch der Angriff verpuffte im letzten Moment, als sich ein Abwehrangriff auf den Körper des Mannes legte. Sofort zog sie einen weiteren Pfeil und suchte sich einen neuen Schusswinkel, als die Gruppe aufeinandertraf.

Zefs größere Reichweite mit seiner Waffe erlaubte es ihm, zuerst anzugreifen, obwohl der Hellebardenträger, auf den er zielte, den gleichen Distanzvorteil hatte. Die beiden stachen und blockten mit ihren Stangenwaffen und versuchten, sich gegenseitig zurückzudrängen und ein Loch für die Mitglieder ihrer Gruppe mit geringerer Reichweite zu öffnen.

In der Zwischenzeit stürzte sich Omrak auf die beiden anderen Nahkämpfer, die sich gerade wieder aufrappelten, nachdem sie mit Asins Messern fertig geworden waren. Doch als er sein Riesenschwert schwang, feuerte der letzte Angreifer seinen eigenen Armbrustbolzen ab, der Omrak in die Schulter traf. Er stöhnte auf und taumelte vor Schmerz rückwärts.

In der Zwischenzeit hatte sich Mattias zurückgehalten, während Daniel, der die Gefahr sah, in der sich Omrak befand, als er durch den Armbrustbolzen nach hinten taumelte, nach vorne stürzte. Als wäre das das Signal gewesen, auf das der erfahrene Abenteurer gewartet hatte, sauste er auf Daniel zu. **Blitzschnelle Schritte** brachten den Abenteurer direkt an den Heiler heran, und nur ein reaktiver Block verhinderte, dass Daniel aufgespießt wurde. Trotzdem wurde sein Schwung gebremst, als Mattias begann, ihn durch seinen Schild hindurch anzugreifen.

In den nächsten Augenblicken befand sich Daniel in der Defensive. Die Angriffe prasselten so schnell auf ihn ein, dass er weder Zeit noch Platz hatte, um zurückzuschlagen, und jeder Schlag ließ seine Schulter schmerzen. Es war offensichtlich, dass Mattias sowohl stärker als auch schneller war als er, aber abgesehen von seinem anfänglichen Einsatz eines Skills hatte er sich entschieden, sich nur auf einfache Angriffe zu konzentrieren. Alles, was Daniel tun konnte, war, seine Aufmerksamkeit aufrechtzuerhalten und dem Mann zu erlauben, auf seinen Schild zu hämmern und zuzusehen, wie er langsam abbrach.

In wenigen Augenblicken wurde Daniel hinter die Front der durchbrochenen Nahkampflinie zurückgedrängt. Asin, die Daniel zu Hilfe kommen wollte, wurde verächtlich weggetreten und in Richtung der Stelle geschleudert, an der Omrak seine Angreifer abgewehrt hatte. Der große Nordländer hatte den Armbrustbolzen aus seinem Arm gezogen, bei jeder Bewegung pumpte er Blut, während er seine Waffe schwang, obwohl sich der rote Schleier der **Wut** um ihn herum aufbaute. Nur Annes verzweifeltes Herbeieilen zu ihm und ihre Heilung hielten ihn aufrecht.

Zu Daniels Überraschung stürzten sich statt zwei nun drei Nahkämpfer auf Omrak, der im Moment das schwächste Glied war. Ein Blick unter seinen Schild, als er in die Knie gezwungen wurde, erlaubte es Daniel, die Überreste eines Armbrustbolzens zu erkennen, dessen Körper zersplittert war und an dessen Seite die Reste eines weiteren Pfeils lagen. Offensichtlich hatte sich Anne um die Fernkampfwaffe gekümmert, bevor sie Omrak zu Hilfe kam.

Das Abenteurertrio war gezwungen, gegen drei andere Nahkämpfer anzutreten, während Zef langsam seinen eigenen Kampf gewann. Er war zwar geschickter, aber sein Gegner beherrschte die Waffe gut genug, um ihn davon abzuhalten, den anderen zu helfen.

Als Daniel mit seinem Hammer nach einem Knöchel schlug, zischte er, als sich ein Schwert in seinen Arm bohrte. Seine Hand öffnete sich reflexartig, der Hammer fiel von seinem Arm, prallte vom Boden ab und wurde zurückgeschleift, als er sein verletztes Glied wegzog. Der Hammer, der mit einem Riemen an ihm befestigt war, prallte auf sein Knie, als er wegkletterte und gerade noch einem Schlag ausweichen konnte, der fast sein Ohr erwischte und eine Blutspur auf seiner Wange hinterließ.

„Du bist gut im Laufen. Aber das kann nicht ewig funktionieren...“, spottete Mattias und stieß Daniel zurück.

Der Abenteurer stöhnte und zwang seine Gabe, seinen Arm so weit zu flicken, dass er seinen Hammer wieder greifen konnte.

Aus den Augenwinkeln sah Daniel, wie Lady Nyssa sich mit dem Leibwächter stritt, der teilnahmslos daneben stand. Charles' Gesicht war gleichgültig, zufrieden damit, dem Kampf und dem Massaker zuzusehen, solange sein Schützling in Sicherheit war.

Ein weiterer Schrei, und Anne taumelte aus der Reihe. Die Bogenschützin und Heilerin klammerte sich an ihren Bauch und versuchte, einen Zauber zu sprechen, um sich selbst zu heilen, während Omrak begann, mit seiner Waffe große Schwünge zu machen, um ihren Rückzug zu decken. Das öffnete ihn für weitere Angriffe und ermöglichte ein paar schnelle Schläge, die seinen Körper trafen.

Daniels Atem ging schwer, der Gestank von Blut und der saure Geruch von Angst verstopften mit jedem Atemzug seine Nasenlöcher. Sein Herz pochte in seiner Brust, während sein Arm von den vielen Angriffen, die er abgewehrt hatte, schmerzte. Ein weiterer Schlag, und sein armer, ramponierter Schild gab nach. Er zerbrach um seinen Arm und schleuderte Daniel nach hinten. Verächtlich schlug Mattias zu, sein Angriff prallte an dem Brustpanzer ab, den Daniel trug, durchschlug ihn aber erstaunlicherweise.

Daniel lag jetzt auf dem Rücken und war nahe am Boden. Er schwang seine Hand nach vorne, verkürzte aber im letzten Moment den Schwung, um sie eng an seinem Körper zu halten. Ausgetrickst, tauchte Mattias' Schwert kurz ab und gab Daniel einen Moment Zeit, die Verzauberung in seiner Axt auszulösen, als er sie auf den Boden schlug.

Ein wirbelndes Licht explodierte aus dem Hammer und Mattias sprang vorsichtshalber nach hinten. Einen kurzen Moment später kam der Klammeraffen-Alpha zum Vorschein, den er aufbewahrt hatte.

„Töte ihn!", rief Daniel, bevor er seine eigenen Sinne in seinen verletzten Schildarm zurückschickte. Ein Aufflackern der Kraft seiner Gabe und das Entgleiten einer Erinnerung ließen ihn heilen, bevor er sich umdrehte und seine Freunde beobachtete.

Einen Moment lang überlegte er, ob er seinen angeschlagenen Freunden helfen sollte, da sowohl Asin als auch Omrak aus mehreren Wunden bluteten, oder ob er sich dem Angriff auf Mattias anschließen sollte. Die Catkin war am schlimmsten dran, sie war es nicht gewohnt, so zu stehen und zu kämpfen, während Omraks Körper rot glühte.

Dann, gerade als er sich entscheiden wollte, brüllte Omrak und warf sich nach vorne. Er ließ ein Schwert von seinem Körper abprallen, als er den **Ruf des Blitzes** auslöste, nur um den gesamten Angriff auf den Schildträger zu richten, als dieser sein eigenes Skill auslöste. **Stein des Anstoßes** sorgte dafür, dass jeder Blitz in den Schild des Gegners einschlug und ihn und seinen Träger mit der Elektrizität überlastete.

Doch der kurzzeitige Spott reichte aus, denn der ehemalige Armbrustschütze stürzte nach vorne und stieß eine Klinge tief in Omraks Oberschenkel.

Entschlossen wirkte Daniel seinen Zauber, indem er Energie in den Zauber **Zeichen des Heilers** steckte, der Omrak umhüllte. Er wandte auch einen zweiten Zauber auf Asin an und hoffte, dass Anne, die ihm zu Hilfe eilte, die beiden im Kampf halten konnte.

Denn seine kurze Gnadenfrist war vorbei. Mattias hatte den mächtigen Klammeraffen mit verächtlicher Leichtigkeit erledigt und pirschte sich mit bluttriefender Klinge an ihn heran.

„Was für ein lustiger kleiner Trick...", spottete Mattias. „Komm, zeig mir noch einen..."

Er grinste und schwang sein Schwert träge nach Daniel. Der Abenteurer parierte den Angriff mit seinem eigenen Hammer und zog die Waffe nach unten, wobei Funken zwischen den beiden Waffen aufblitzten, als sie aufeinandertrafen. Aber wie immer ignorierte Mattias die Blitze.

Mattias schob das Schwert aus dem Weg, trat nach vorne und ließ Daniels linken Haken auf seinen Körper treffen, während er Daniel einen Ellbogen ins Gesicht rammte. Seine Nase brach, Blut spritzte aus der Verletzung, als er zurücktaumelte, nur um von Mattias erneut gegen die Brust getreten zu werden und ihn zurückfallen zu lassen, noch weiter weg von seinem Freund.

Als er sich hochquälte, lachte Mattias.

„Ich habe dir gesagt, du hättest dich uns anschließen sollen."

Ein weiterer Angriff, bei dem die Klinge in Daniels Schulter eindrang. Er schrie auf, als Mattias die Klinge verdrehte und seinen Waffenarm außer

Gefecht setzte. Mattias grinste und hob seine Waffe, während er Daniels anderen Arm packte und seine Waffe hob.

„Mal sehen, wie du ohne deinen Arm zurechtkommst. Du kannst deine Nase benutzen, um Leute zu heilen, richtig? Es ist nur eine Berührung…"

***

Das Schwert schwang herab, und Daniel schrie auf, als er vergeblich versuchte, sich zu befreien. Doch das Schwert schlug plötzlich zur Seite, als Daniel und Mattias sich beide wegdrehten. Ein Pfeil zersplitterte, seine Eisenspitze brach auseinander, als Mattias erneut **Fehlerfreies Parieren** auslöste und den Angriff von Charles abblockte.

„Dachtest du, ich würde keinen Verrat erwarten?", sagte Mattias hämisch.

Als Antwort beendete Lady Nyssa schließlich ihren Zauber und stieß ihre Hände nach vorne. Der **Kegel des Lärms**, ein hoher, kreischender Angriff, der Mattias direkt im Gesicht traf, ließ ihn stöhnen und sich verrenken. Aus seiner Nase und seinen Ohren platzten Blut, und Daniel spürte, wie seine eigenen Zähne und sein Gehör von der Nähe schmerzten.

Doch er fiel nicht, noch ließ er Daniels Arm los. Stattdessen schleuderte er sein Schwert nach der Magierin. Charles wiederum bewegte seinen Körper, um den Angriff abzublocken, wobei die Klinge in seinen Körper eindrang und ihn in die Knie zwang, während Lady Nyssa ihren Angriff abbrechen musste oder riskieren würde, ihren eigenen zu Mann treffen.

„Idiotische Kinder", sagte Mattias und griff nach dem Messer in seiner Scheide.

Mit großen Augen bemühte sich Lady Nyssa, einen weiteren Zauber zu wirken. Daniel spürte, wie sich in seiner Magengrube das Grauens ausbreitete, und er begann zu verstehen. Es war unmöglich, dass Lady Nyssa einen Zauber sprechen konnte, bevor er sie niedermachte. Tatsächlich war es klar, dass Mattias nur mit ihnen spielte. Und in dem Moment, in dem er fertig war, würde er sich in den verzweifelten Kampf zwischen den anderen Abenteurern einmischen, was ihr Ende bedeuten würde.

Wieder suchte Daniel nach etwas, was er tun konnte. Er zerrte an seinem Arm, ohne den Griff auch nur zu verschieben. Mattias machte sich nicht die Mühe, Daniel anzuschauen, während er sich abmühte, so abweisend war Mattias gegenüber allem, was Daniel tun konnte. Und warum sollte er das auch nicht tun? Ohne eine Waffe hatte Daniel keine Skills, die er einsetzen konnte. Er hatte keine Angriffszauber. Und seine Gabe...

Seine Gabe.

Die Augen weiteten sich ein wenig, und Daniel tauchte in seinen eigenen Körper und Geist ein. Er griff nach seiner Gabe und handelte, bevor er weiter darüber nachdenken konnte, was er tun wollte. Er drang in Mattias' Körper ein, durchflutete ihn und spürte, wie sich der andere Mann ein wenig anspannte. Wahrscheinlich konnte er kaum spüren, was Daniel tat, aber sein Instinkt ließ ihn nach unten schauen und reagieren.

Zu langsam. Denn Daniel handelte mit der Geschwindigkeit seiner Gedanken und seines Willens.

Eine Berührung hier. Ein kleiner Stoß dort. Eine abgestellte Nervenbahn.

Und Mattias brach wie eine Puppe zusammen, da die Nerven in der Basis seiner Wirbelsäule keine Signale mehr sendeten.

Jetzt war es Daniel, der einen nicht reagierenden Arm festhielt, während er noch ein paar kleinere Änderungen vornahm. Die Blutgefäße, die vom Herzen wegführten, wurden aufgerissen. Er ließ die Brusthöhle sich füllen, während das Herz sich abmühte, das Blut herauszupumpen, nur um es dann wieder nach innen zu ergießen.

Mattias konnte Daniel nur mit großen Augen anstarren, als sein Körper von innen heraus überflutet wurde und er zu versagen begann. Daniel kämpfte sich auf die Beine, und Charles taumelte herbei, ein Kurzschwert in einer Hand, bereit, den Mann zu erstechen.

„Bemühe dich nicht", sagte Daniel, seine Stimme kontrolliert. Kontrolliert, weil am Rande seines Verstandes dem Entsetzen über das, was er getan hatte, zu entweichen versuchte. Er hatte mit seiner Gabe getötet, und Daniel konnte sich nur fragen, ob Erlis selbst ihn dafür bestrafen würde, dass er ihre heilende Gabe zu einer Waffe gemacht hatte.

Charles starrte auf den regungslosen Körper und die starren Augen ihres Peinigers, die sich im Tod trübten, bevor er Daniel zunickte. Der

Leibwächter drehte sich um und stürmte nach vorne, um sich dem anderen Kampf anzuschließen, doch er wurde von Lady Nyssa überholt.

Ein schreiender Orb flog an seinem Kopf vorbei und flog auf die Gruppe zu, um in einem großen, schmerzhaften Angriff auf den Rücken der gegnerischen Abenteurer zu explodieren. Die gesamte Gruppe taumelte, aber zumindest waren Daniel und sein Team einigermaßen vorbereitet, denn die Frontkämpfer hatten kleine Talismane dabei, um solchen Schaden abzuwehren. Selbst als die Gruppe vor ihnen taumelte und die Ohren schmerzten, reagierte das Team der Seven Stones.

Omrak stach mit seinem großen Schwert nach außen, spießte einen ahnungslosen Abenteurer unter dem Arm auf und durchbohrte das Kettenhemd, das vor solchen Angriffen schützen sollte. Er stieß nach vorne und drehte gleichzeitig seine Waffe, bevor er sie herauszog und seinen Gegner mit einer großen, sprudelnden Wunde zurückließ, als dieser vor Schmerz zusammenbrach.

Gleichzeitig sprang Asin vorwärts, nah am Boden. Sie glitt zwischen zwei Beinen hindurch und unter dem erhobenen Schild hindurch, mit dem sich der Gegner an den Kopf klammerte. Als sie sich herumdrehte, blitzten ihre Klingen auf, als sie **Durchdringen** auslöste und die Waffen in die Kniesehnen ihres Gegners rissen. Als er nach vorne fiel, zog Asin ihre Füße an ihren Körper und trat dann nach außen, wodurch ihr Gegner nach vorne auf sein Gesicht und zu Anne flog, die auf den entblößten Hals zielte.

Ihr letzter Gegner hatte sich umgedreht und wollte fliehen, nachdem er gesehen hatte, wohin die Reise ging. Doch er schaffte nicht mehr als ein paar Schritte, bevor ihn ein Speer am Oberschenkel traf und seinen Körper durchbohrte, als Zef **Treffsicherer Schlag** auslöste und die Speerspitze in den Rücken des Mannes stieß. Als der Abenteurer stolperte und fiel, hielt Zef den Druck aufrecht und schlug ihn wieder und wieder.

Und einfach so war der Kampf vorbei.

Daniel taumelte auf die Beine, nachdem er sich bereits ein **Zeichen des Heilers** aufgesetzt hatte. Ein Teil von ihm machte Triage, versuchte herauszufinden, wie viele Gipsverbände er noch übrig hatte und wer sofortige Heilung brauchte, wer mit einem **Zeichen des Heilers** durchhalten konnte und wer sofort einen Trank brauchte.

Es gab viel, was er tun und sagen musste.

Wenn er jetzt nur einen Weg finden könnte, das Entsetzen über das, was er getan hatte, tief in seiner Seele loszuwerden.

Kapitel 15

„Sie werden sich öffentlich von seinen Taten distanzieren", sagte Gadi und erklärte mit seinen Worten, wie die Three Skills mit der Angelegenheit umgehen würden. Es lief alles darauf hinaus, dass man ihnen nichts antun konnte – zumindest öffentlich. Gadi deutete andere Einschränkungen an, die ihnen auferlegt wurden, aber für Daniel hörten die Worte einfach nicht auf, wie das Summen eines wirklich lästigen Insekts. Der Rest des Teams war viel aufmerksamer und hörte Gadi zu, während sie um den Tisch im Sitzungssaal des Gildengebäudes saßen.

Nach dem Kampf und der Heilung hatte das Team die Leichen zurück zum Eingang des Dungeons geschleppt. Ihr Auftauchen mit mehreren Leichen im Schlepptau hatte so viel Aufsehen erregt, dass die Abenteurerhalle sofort Verwalter und Wachen entsandt hatte, um eine Untersuchung einzuleiten. Die gesamte Gruppe musste sich mehreren Verhören unterziehen, bei denen Wahrheitssteine im Spiel waren. Gadi hatte all diese Verhöre überwacht, bevor sie schließlich freigelassen wurden, um zum Gelände der Seven Stones zurückzukehren.

Ein ganzer Tag der Ermittlungen war vergangen. Daniel war in dem Moment eingeschlafen, als man sie zurückgebracht hatte, sein Körper und Geist waren von den Strapazen erschöpft. Jetzt saß er da und hörte zu, oder versuchte es zumindest. Doch sein Geist fühlte sich wie vernebelt an, Gedanken und Worte verloren sich in dem Moment, in dem sie in seine Ohren drangen, ein undurchdringlicher Nebel hielt ihn in der Schwebe.

So stand er auf einem Balkon und starrte auf das Trainingsgelände hinunter, eine Hand um das steinerne Geländer geklammert. In seinem Kopf schwirrte der Heilungszauber, den Anne unten gerade wirkte. Ein Teil von ihm wollte sie anschreien, weil das so gefährlich war.

Ein Teil von ihm wollte ihr helfen und sie korrigieren.

Und ein Teil von ihm sah einfach nur zu, ohne sich zu kümmern.

Eine Hand legte sich auf Daniels Schulter, die Finger groß, die Handflächen breit, und alles war schwer. Daniel drehte sich um und blinzelte, um Gildenmeister Parndo zu sehen, der vorhin bei der Versammlung dabei gewesen war, aber abgesehen davon, dass er sie alle beruhigt und sich entschuldigt hatte, geschwiegen hatte, während Gadi das Reden übernahm.

„Was hast du, Heiler?", sagte Parndo.

„Nenn mich nicht so", sagte Daniel automatisch.

„Was? Heiler? Das bist du doch, oder nicht?" Parndo runzelte die Stirn. „Oder habe ich dich mit einem anderen verwechselt? Ich bin mir ziemlich sicher, dass ich mich richtig an dich erinnert habe."

„Nein. Ich war ein Heiler. Jetzt bin ich es nicht mehr..." Daniels Stimme überschlug sich am Ende ein wenig.

„Sag es mir." Die Worte waren eher ein Befehl als eine sanfte Bitte.

Aber Daniel ertappte sich dabei, dass er sprechen wollte, und seine Worte sprudelten nur so aus ihm heraus. Als er schließlich zum Ende kam, als er versuchte, seine Angst zu erklären und dass er kein Heiler war, hielt Parndo eine Hand hoch.

Daniel hielt sich den Mund zu, und der Gildenmeister nickte. „Ich sehe kein Problem mit dem, was du getan hast. Du hast einen Abenteurer getötet, der geschickter war als du, indem du deine Gabe benutzt hast. Gut."

„Sie war zum Heilen gedacht!", rief Daniel und schauderte. Er sprach nicht darüber, was er verloren hatte, welche Erinnerungen geflüchtet waren. Er war sich nicht sicher, nicht wirklich. Aber ein Teil von ihm fragte sich, ob es mehr oder weniger war als das, was er normalerweise verlor. Er hatte sich nur für ein paar Sekunden angezapft, aber er hatte etwas getan, was der Gabe zuwider war.

„Bist du sicher?", sagte Parndo. „So wie ich das mit den Gaben verstehe, gibt es keine Bedienungsanleitung dazu. Es könnte sein, dass du sie die ganze Zeit falsch benutzt hast."

„Es heißt wortwörtlich **Berührung des Märtyrers** und spricht von Heilung!", sagte Daniel hitzig.

„Richtig, richtig. Aber ich kannte einen Typen, der Barrieren zum Schutz erschaffen konnte. Er ließ sie in Körpern entstehen. Wirklich effektiv beim Töten", sagte Parndo. „Wie auch immer, es spielt keine Rolle. Ich stimme dir zu, du bist kein guter Heiler." Daniel blinzelte, überrascht, dass man ihm zustimmte. „So wie ich das sehe, bist du mehr ein Abenteurer als alles andere. Das hast du doch entschieden, oder?"

„Ich..."

„Sonst wärst du nicht hier. Du würdest als königlicher Heiler in der Hauptstadt herumschwirren oder dich in einem kleinen Dorf verstecken und wunde Füße verarzten." Parndo winkte mit der Hand zum Trainingsgelände hinunter. „So wie ich das sehe, bist du genau wie der Rest von uns. Abenteurer."

„Das ist... Ich..."

Parndo ignorierte Daniel und sprach weiter. „Und Abenteurer, wir tun einfach, was nötig ist, um den Job zu erledigen." Eine Pause, dann drehte er sich um und starrte Daniel an. „Selbst wenn das bedeutet, dass wir ein paar Regeln brechen."

Daniel hielt sich den Mund zu, und auf seinem Gesicht entstand ein mürrischer Ausdruck.

„Jedenfalls sehe ich das so. Andererseits bin ich auch kein großer Denker. Ich schlage lieber auf Dinge ein." Grinsend klopfte Parndo Daniel auf die Schulter. „Wie auch immer, du solltest trainieren. Wir sagen dir Bescheid, wenn wir die Leichen zurückbekommen und was für Ausrüstung dabei war. Wahrscheinlich nichts Großartiges, aber man weiß ja nie. Und mach dir keine Sorgen, wir kümmern uns um die Three Skills. Sie werden dich nicht mehr belästigen."

Nachdem er fertig war, schob Parndo Daniel in den Korridor, bevor er sich wieder den anderen Abenteurern zuwandte. Daniel starrte einen Moment lang auf den Rücken des Gildenmeisters, bevor dieser seufzte und davon trudelte.

Er konnte nicht anders, als den Kopf zu schütteln, während er wegging und dabei vor sich hinmurmelte. „Nicht gerade eine aufmunternde Ansprache."

Aber seltsamerweise war er doch ein wenig glücklicher.

Nur ein bisschen, wohlgemerkt.

Die Gefahren einer Hauptstadt

Buch 8

Kapitel 1

Der Ersteller dieser Ebene des Dungeons musste verrückt sein. Sehr, sehr verrückt im Kopf. So sehr, dass Daniel, wenn er die Chance dazu hätte, sicherlich seine Gabe einsetzen würde, um denjenigen zu heilen. Das war die einzige Möglichkeit, wie Daniel sich vorstellen konnte, dass sie sich die rotierenden, rosa-weiß gefärbten, wirbelnden Wände ausgedacht hatten, aus denen diese Ebene bestand.

Bei jedem Schritt durch den Dungeon mussten sie gegen Schwindel und Übelkeit ankämpfen. Das kränklich-süße Aroma kroch durch das engste Seidengewebe und grub sich in die Sinne, sodass man nur noch den parfümierten Geruch riechen und den Lakritzgeschmack auf der Zunge schmecken konnte. Der Boden saugte an ihren Füßen und weigerte sich, sie loszulassen, auch wenn sich die Wände im Kreis drehten. Bis der Boden schließlich nachgab und die Abenteurer dazu zwang, auf den neuen „Boden" zu stürzen, wobei ihre Haut, ihr Fleisch und ihre Rüstung erneut von der übelriechenden Umgebung umschlungen wurden.

Und die Monster.

Die Monster waren ebenso alptraumhaft.

Die ersten waren die Candy Hoppers – winzige, krötenähnliche Kreaturen, deren natürliche Tarnung es fast unmöglich machte, sie vor dem bonbonfarbenen rosa und weißen Wirbel der Wände und Decken zu sehen. Sie steckten ihre nadelartigen Füße in den Boden, sodass sie sich auch dann noch festhalten konnten, wenn sich der ganze Raum drehte. Wenn ihre Beute nahe genug herankam, sprangen sie. Bei Berührung schwollen sie an, vervielfachten ihre Größe und wenn sie es schafften, den Kopf zu umschließen, ertränkten das arme Ziel in Toffee. Natürlich verdreifachten sie ihre Größe nur, sodass ein Abenteurer, der es schaffte, eine Hand, einen Schild oder ein Schwert dazwischen zu bekommen, nur ein großes, urnengroßes Toffeebällchen als Hindernis hatte. Selbst dann war Blocken die bevorzugte Taktik, abgesehen davon, dass man den Angriffen komplett ausweichen musste.

Außer natürlich, dass die Candy Hoppers schlau waren. Sie waren so schlau, dass sie sich nur in kleinen Gruppen auf den Weg machten, sodass ein Abenteurer, der von der ersten Welle erfasst wurde, von der zweiten und dritten Welle am Kopf oder an der Brust getroffen werden konnte. Das Opfer würde ersticken.

Es gab nichts, was Daniels Gabe tun konnte, wenn ein Mensch zu Tode erstickte. Kurzfristig konnte er den Körper vor dem Sterben bewahren. Aber ohne Luft war der Verfall garantiert, und keine noch so mächtige Magie konnte das verhindern.

Trotzdem war der Umgang mit den Candy Hoppers nicht so schlimm. Sie waren schnell, zahlreich und konnten nur durch magische Ausrüstung beschädigt werden. Aber jeder, der es bis zur unteren Ebene eines fortgeschrittenen Dungeons geschafft hat, hatte magische Ausrüstung im Überfluss.

Nein, der zweite große Monstertyp, welcher den Dungeon bevölkerte, war die wirkliche Gefahr. Im Gegensatz zu den hinterhältigen Raubtieren, den Candy Hoppers, waren die Colossal Headcrunchers süße Golems. Die Grundform zerbrach leicht unter jedem scharfkantigen Schlag, aber sie formten sich aus dem Boden. Um sie zu zerstören, musste man ihren Golemkern ausfindig machen, was nicht ganz einfach war, da er sich bei jedem Headcruncher an einer anderen Stelle befand.

Andere Varianten hatten klebrige, toffeeartige Headcruncher, die nicht zerbrachen, sondern stumpfe und scharfe Schläge mit gleicher Leichtigkeit aufsaugten. Nur durch sorgfältig gezielte Angriffe konnten Teile abgetrennt werden, was es Klingenkämpfern wie Omrak ermöglichte, das Monster langsam zu zermürben.

Und dann waren da noch die echten Headcruncher, die gealterten, einfachen Varianten, die nicht zerbrechen wollten und sich wie rollende Felsbrocken bewegten. Sie wirbelten durch sich drehende Räume, nahmen oft durch ihre Skills an Geschwindigkeit zu und rasten in unvorhersehbaren Bahnen lange Korridore hinunter. Speerwälle waren nutzlos; nur hoch aufragende Schilde mit Momentum-Nullification-Verzauberungen konnten die Gruppe schützen. Das oder eine **Schallwand**, die von Lady Nyssa gezaubert wurde.

Schließlich gab es natürlich noch die Gefahren aus der Ferne – in diesem Fall die Pilzbonbonvarianten. Es gab zwei Arten – die erste, eine explodierende Sporenvariante, die diejenigen, die von der Explosion erfasst wurden, erstickte und sie mit einem vergifteten Status zurückließ sowie weitere Monster in die Gruppe lockte. Und eine zweite, schmerzhaftere Variante, die Nadeln aus gehärteten Zuckerstangen auf alles abfeuerte, was sich näherte.

Alles in allem war der Kampf durch das letzte Level von Porthos in Silverstone eine einzige Qual. Die Reparatur- und Waschrechnungen waren teuer, die mentale und physische Ermüdung durch das Durchqueren mehrerer Ebenen nahm zu und brachte das Team zur Verzweiflung.

Aber die Belohnung... Die Belohnung war es wert.

Denn in diesem Moment stand für Daniel Chai das letzte Ziel vor ihm. Die Tür zur Kammer des Endbosses, das Monster, das sie als vollwertige fortgeschrittene Abenteurer auszeichnen würde, die eines blauen Abzeichens würdig sind.

Fast ein Jahr lang hatten sie sich in den Dungeons abgewechselt, gekämpft und geschuftet, um ihre Ressourcen zu vermehren, neue Ausrüstung gekauft und sich fast jeden Tag auf die Suche gemacht. Endlich, endlich, waren sie hier.

***

Der Abenteurer und Heiler wandte sich seinen Freunden zu und ließ seinen Blick über die Gruppe schweifen, um seine abschließende Beurteilung vorzunehmen. Die Notwendigkeit dieser Prozedur war ihm als de facto Anführer und Hauptquelle der Heilung schon lange eingeimpft worden. Seine **Heilende Aura** hatte in den letzten zwanzig Minuten seit dem letzten Kampf bei allen Überstunden gemacht, um ihre Grundregeneration zu erhöhen, aber er wusste, dass die Veränderungen auf dem ersten Level gering waren.

Die Frontkämpfer waren zuerst an der Reihe. Omrak, der Sohn von Losin, stand in voller Montur da. Der hemdlose Nordländer war Geschichte – so lange schon, dass Daniel sich kaum noch an ihn erinnern konnte. Er trug bisher nie ein Hemd, weil seine Kleidung immer wieder zerstört wurde, und nicht, weil er es vorzog, nackt zu sein. Jetzt trug Omrak eine vollständig verzauberte, weiche Lederrüstung, die mit Selbstregenerations- und

Stoßzaubern versehen war. Metallstulpen bedeckten seine Hände und erzeugten eine subtile, aber mächtige Blitzaura, die sich durch sein zweihändiges Großschwert kanalisierte. Die Waffe selbst war neu, ein Überbleibsel aus der Ebene unter ihm, und verfügte über einen **Blutungseffekt**, der in dieser Ebene ironischerweise nutzlos war. Unter seinem Metallhelm mit offenem Gesicht grinste Omrak Daniel an, immer noch aufgeregt wegen der Aussicht auf die Erkundung.

Neben dem großen Abenteurer stand ihr anderer Frontkämpfer. Zef, der Lizardkin, trug einen neu erworbenen Turmschild, der mit **Momentum-Nullifikation** verzaubert war, und stand bereit, seinen treuen Speer über der Schulter, wobei die hellgrüne Patina seiner Schuppen durch die Risse der getrockneten Süßigkeit schimmerte. Wie Omrak trug er eine leichte Lederrüstung, sein Rassen-Skill **Schuppen des Drachen** bot ihm mehr als ausreichenden Schutz gegen die meisten Angriffe. Sein Schwanz lag hinter ihm auf dem Boden und bot der großen drachenartigen Echse einen dritten Balancepunkt. Obwohl er sich anfangs darüber beschwert hatte, dass er gezwungen war, den Schild zu benutzen, hatte er die neue Art der Verteidigung mit einer Leichtigkeit angenommen, die Daniel daran zweifeln ließ, dass er sie jemals aufgeben würde, selbst nach diesem Dungeon.

Hinter den beiden Frontkämpfern befanden sich die Mitglieder der Fernkampfgruppe. Anne, ihre Bogenschützin und zweite Heilerin, stand in einem einfachen Metallbrustpanzer da, während der Rest ihres Körpers mit gehärteten Lederteilen bedeckt war. Der gemischte Leder- und Metallanzug war in Wirklichkeit ein kompletter Satz, der verzaubert war, um sowohl Schutz als auch, was für die kleinere Abenteurerin am wichtigsten war, Geschwindigkeit zu bieten. An einer ihrer Seiten war ihr Kriegsköcher mit Pfeilen befestigt, während die winzige Schädeldecke, die ihren Kopf schützte, in einem schrägen Winkel aufgesetzt war.

Charles, der Leibwächter von Lady Nyssa, war der zweite Bogenschütze des Teams. Er trug einen kompletten Satz Plattenpanzer, ähnlich wie Daniel, obwohl seine Rüstung die Spuren des Alters zeigte. Doch die Magie, mit der die Rüstung vor Jahrzehnten belegt worden war, versorgte sie noch immer problemlos mit Energie und dämpfte sowohl die Geräusche seiner Bewegungen als auch die Wahrnehmung der Umgebung um dreihundertsechzig Grad. Das machte ihn zu einem vorbildlichen Leibwächter, eine Tatsache, die nur allzu notwendig war, je tiefer sie in den Dungeon vordrangen und in Hinterhalte gerieten.

Zumal Lady Nyssa, ihre einzige Magierin, noch nicht gelernt hatte, auf ihre Umgebung zu achten. Zumindest nicht so sehr, wie sie es hätte tun sollen. Nur die sorgfältige Pflege ihrer Leibwache und die zahlreichen verzauberten Accessoires, die sie bei sich trug, sowie ihre magischen Gewänder boten ihr Sicherheit. Sie hatte alles dabei, von einer **großen Ablenkungshalskette** über einen **Ring der Irreführung** bis hin zu einem **Armband der Notfallheilung**. Ganz zu schweigen von den beiden Zauberstäben, die sie zum Angriff und für ihre eigenen Zaubersprüche benutzte. Zu Daniels' Leidwesen bereitete sie sich nicht vor, sondern kaute auf einem Stück ihrer letzten Beute, der zerbrochenen Toffeekugel, die sie für sich beansprucht hatte.

Die Toffee-Golem-Kugeln waren nach dem Töten der Headcruncher die wichtigste Beute in diesen Levels. Diese Kugeln hielten nur zwischen einer Woche und einem Monat, und in dieser Zeit produzierten sie eine kleine, aber regelmäßige Menge der süßen Substanz. Da Zucker in jeglicher Form selten und teuer war und eine Lieferung von außerhalb der Grenzen von Brad erforderte, waren die Zuckerkugeln von Porthos sehr wertvoll. Es gab natürlich noch zwei weitere Dungeons in Brad, die solche Beute produzierten, aber eines davon nur über die Bodentruhe in einem Anfänger-Dungeon und das andere, ein konsumierbares Getränk in einem Fortgeschrittenen-Dungeon.

Neben der vergesslichen Lady Nyssa hockte Asin, die Catkin, auf den Zehenspitzen, einen Stab in der Hand, mit dem sie über ihren pelzigen Körper strich. Von allen litt die Catkin am meisten unter diesen Zuständen. Die zuckerhaltige Substanz klebte an ihrem Fell, verfilzte es und riss ihr beim Fallen die Haare aus. Der Stab, den die ledertragende Catkin auf ihrem Körper benutzte, half, einige dieser Auswirkungen zu lindern, indem er eine ölige Substanz auf ihr Fell auftrug und es so wieder wachsen ließ.

Das bedeutete immer noch, dass gelegentlich nackte Haut zu sehen war, ein Umstand, der die Catkin mehr als nur ein wenig verärgerte und beschämte. Doch das Geld, das sie mit dem Meistern des Levels verdienten, hielt die Beschwerden der gierigen Catkin auf ein Minimum.

Nachdem er sich ein Bild von der Bereitschaft des Teams gemacht hatte, nickte Daniel vor sich hin. Dennoch erhob er seine Stimme, um zu bestätigen. „Sind alle bereit?"

„Ja."

„Ja."

„Aye, Freund Daniel!"

Aus der Gruppe trudelten Bestätigungen ein, und Daniel lächelte. Er zog das Visier seines Helms nach unten, spürte das gewichtige Klirren und vergewisserte sich, dass es eingerastet war, bevor er seinen Hammer in die Hand nahm. Der Beschwörungszauber des Hammers war viel zu nützlich, um ihn zurückzulassen, zumal er für eine Verstärkung bezahlt hatte. Aber wie seine Freunde hatte auch er seine Rüstung verzaubert. Im Gegensatz zu vielen anderen verfügte seine über einen zusätzlichen Zauber und einen Mana-Speicher, was ihr den Namen **Rüstung des Heilers** einbrachte. Es wirkte zwar immer noch etwas anmaßend, da das Mana in der Rüstung nur für einen einzigen Spruch des Zaubers **Heilen: Große Wunden** ausreichte, aber da Daniel durch die Rüstung hindurch zaubern konnte, wollte er sich nicht beschweren.

„Dann lasst uns das zu Ende bringen."

Omrak legte seine Hand auf die Tür und drückte sie. Die Tür zur Kammer des Dungeon-Bosses öffnete sich und ließ die Gruppe eintreten, um sich der Herausforderung zu stellen, auf die sie seit Monaten hingearbeitet hatten.

Kapitel 2

Das Innere des Bossraums war etwas weniger verrückt gestaltet, ohne die kaleidoskopartigen Farben und Wirbel der Wände und Kammern vor ihr. Die Grundstruktur, die sich in der Decke und dem Boden der Kammer widerspiegelte, erinnerte an eine Zuckerbäckerküche. Oder zumindest das, was Daniel für eine typische Zuckerbäckerküche zu halten schien, mit mehreren Tischen, einer Reihe von Öfen, Kühlregalen und Vorratsbehältern. In Wahrheit war Daniel noch nie in einer Konditorei gewesen, und so nahm er an, dass es ähnlich war. In jedem Fall bestanden Boden und Decke aus dem, was er für normales Holz hielt.

Der Zuckerbäcker selbst, der Zuckerbäckerkönig, war ein Mann vom Lande, dessen Hände mit klebrigem Toffee gefüllt waren, das er massierte. Er blickte kaum auf, als das Team hereinströmte. Es war bekannt, dass er keine Kämpfe anfing, obwohl diejenigen, die versuchten, ihn von außerhalb des Bossraums anzugreifen, sich oft noch mehr Probleme einhandelten. Unter anderem wimmelte es im Korridor von Monstern, die sich immer schneller drehten. Je länger der Abenteurer draußen blieb, desto schneller drehte sich der Korridor, schleuderte die Abenteurer herum und ertränkte sie dann in den zunehmend flüssigen und klebrigen Wänden.

Angesichts dessen stellte das Team sicher, dass es den Raum als Gruppe betrat, bevor es sich verteilte und sich auf den Kampf vorbereitete. Daniel beäugte die anderen Wände, die im Gegensatz zu den hölzernen Decken und Böden aus der seltsamen, bonbonartigen Substanz der Außenwände bestanden. Sie waren eine Falle für die Abenteurer-Teams, die zu lange brauchten, um den Zuckerbäckerkönig zu besiegen.

Daniel hob seine Hand und zählte von drei abwärts, während sie sich auf den Kampf vorbereiteten. Asin hob ihre Hand und gab den Bogenschützen das Signal, die erste Salve des Kampfes abzufeuern.

Das Team machte sich nicht die Mühe, seine Angriffe mit besonderen Skills auszustatten, denn sofort setzten die besonderen Verteidigungsmaßnahmen des Zuckerbäckerkönigs ein. Pfannen erhoben sich, kleine bewegliche Schleime aus Süßem sprangen hervor und fingen die Pfeile ab. Sogar der von Asin geworfene **Messerfächer**, der sich um einen Winkel herumgeschlichen hatte, wurde abgeblockt, diesmal aktiver vom König selbst. Die klebrige Toffee-Welle absorbierte ihre Angriffe, selbst als kleine elektrische Funken über die Substanz liefen, die sich verhärteten und Teile davon abplatzen ließen.

Natürlich waren die Bogenschützen nur die erste Welle der Angriffe. Lady Nyssa war gerade dabei, einen mächtigen Schallangriff zu weben, die Hände bewegten sich in arkanen Bewegungen, während Omrak nach vorne schritt, sein großes Großschwert schwingend und bereit, die Tische, Hocker und andere Einrichtungsgegenstände im Raum zu zerschlagen. Neben ihm tat Daniel das Gleiche in einem Winkel, der ihn nicht in die Nähe des Zuckerbäckerkönigs bringen würde.

Nur Zef blieb zurück, um die Magierin zu beschützen. Im letzten Kampf des Dungeons würde sie sich nicht zurückhalten und als solche den größten Schaden anrichten. Der Rest des Teams würde weiterhin den König und die verschiedenen Einrichtungsgegenstände darin angreifen, denn der gesamte Raum war eine Falle.

Das wurde sowohl Asin als auch Daniel einen Moment später bewiesen, als sich die Möbel bewegten und ihre Angriffe starteten. Asin musste sich in einen Salto werfen und über den sich plötzlich bewegenden Metallwagen ausweichen, auf dem zuvor Tabletts mit Süßigkeiten herumgefahren worden waren. Daniel hatte es mit einem Schwarm winziger, handgroßer Zuckerschleime zu tun. Die toffeeähnlichen, klebrigen Kreaturen umschwärmten den Abenteurer mit dem Plattenpanzer und versuchten, ihn zu Boden zu bringen. Er wiederum schwang seine Waffe und schlug sie mit Leichtigkeit beiseite, denn sein Skill im Umgang mit stumpfen Waffen war gewachsen. Die wenigen Schleimwesen, die er nicht erwischte, wurden von seinem Schild geblockt, was allerdings nicht ideal war, da die Kreaturen an ihm klebten und seine Verteidigung erschwerten, während sie langsam nach oben krochen.

In der Zwischenzeit war Omrak endlich in der Nähe des Zuckerbäckerkönigs angekommen. Er schwang sein Großschwert, wobei seine Reichweite so groß war, dass er den Tisch, der zwischen den beiden stand, umging. Der König versuchte jedoch gar nicht erst, Omrak auszuweichen, sondern stieß seine Hände nach außen und schickte eine Welle aus Toffee auf ihn. Kurz bevor Omraks Klinge den Zuckerbäckerkönig treffen konnte, wurde er nach hinten geschleudert, als der Tisch zwischen ihnen nach vorne kippte und ihn wegschleuderte. Einen Moment später traf das Toffee auf seinen Oberkörper, umhüllte ihn und wurde schnell hart. Kleine Rauchschwaden begannen über seiner Rüstung zu erscheinen und schwebten nach oben, während die Säure im Toffee seine Abwehrkräfte auffraß.

Die Verteidigung des Zuckerbäckerkönigs war nicht ganz perfekt, denn Annes Trickpfeil, der hoch abgefeuert wurde und dann fast direkt nach unten fiel, umging die wimmelnden Möbel. Er bohrte sich tief in den Arm des Bosses und entlockte dem blutrünstigen Ungetüm ein Heulen. In der Zwischenzeit wurde jeder einzelne Pfeil des Leibwächters geblockt, obwohl die Schleimwesen, die die Pfeile abfingen, langsamer wurden, da das Gift in den Pfeilen ihre Abwehrkräfte überforderte.

Daniel, der die missliche Lage seines Freundes bemerkte, huschte schnell zu Omrak hinüber und schlug dann auf seine Toffee-Hülle ein. Sein erster Angriff hinterließ Risse im gehärteten Zuckernetz und entlockte Omrak ein Grunzen. Daniel ignorierte den Schmerz, den er verursachte, und schwang sich weg, um seinen Freund zu befreien, während Asin durch den Raum hüpfte und lebenden Möbeln auswich.

„Jobs!", knurrte der Kapitän verärgert.

Daniel verstand; seine Aufgabe war es, die Möbel zu zerstören. Aber Omrak saß fest. Mit einem Hieb zerschlug der Nordländer das gesprungene Toffee und knurrte: „Los."

Daniel machte sich aus dem Staub und bemerkte, dass Zef seinen Speer warf, um sich bewegende Kühlschränke und Wärmeregale zu zerstören, bevor er ihn mit seinem Skill **Rückkehr** zurückwinkte. Das brachte nur eine weitere Ebene des Chaos in den Kampf.

Die nächsten Sekunden waren für das Team hektisch, denn sie hatten es mit den Monstern und gelegentlich mit klebrigen Toffees zu tun, die sie zwangen, auszuweichen oder durchnässt zu werden. Alle zwei Minuten ließ der Zuckerbäckerkönig seine Hände auf den Tisch sinken, und weitere winzige Schleime erschienen. Diejenigen, die nicht zerstört wurden, gruppierten sich manchmal und wurden größer.

Während die Gruppe durcheinander lief, beendete Lady Nyssa schließlich ihren Zauber. Die glühende Kugel in ihrer Hand schoss in

Richtung der Deckenmitte und hing in der Luft. Sie stieß einen kreischenden Wind aus, der die Zähne des Teams zum Wackeln brachte, selbst durch die Schutzzauber, die sie alle trugen. Der Großteil des Zaubers war jedoch auf die Schleimwesen und ihren König ausgerichtet.

Langsam verstärkten sich die Vibrationen der Schallkugel, und die Schleimwesen schwangen in dem hohen Ton mit. Die Kreaturen verloren die Kontrolle, und sogar der Zuckerbäckerkönig nahm Schaden, seine Augen, Nase und Ohren begannen zu bluten.

Verärgert klatschte er die Hände zusammen.

Die nächste Phase des Kampfes begann, und der ganze Raum drehte sich. Der Boden wurde zu Wänden, und das Team stürzte auf das klebrige Toffee zu, das sich verflüssigt hatte und drohte, die Bewegungen derjenigen aufzuhalten, die nicht aufhören konnten. In diesem Fall war das der größte Teil des Teams.

Nur Asin schaffte es, sich von dem neuen Boden fernzuhalten. Asin hing an einem der beweglichen Schränke und wich dessen Angriffen aus, während sie ihre Messer auf den Boss warf. Anne hingegen hatte eine Reihe von Seilpfeilen losgelassen, mit deren Hilfe sie sich an der Decke und am Boden festhielt und über dem neuen Boden schwebte.

Der Rest des Teams stürzte auf den sich bewegenden, klebrigen Boden. Ihre Rüstungen begannen sofort zu rauchen, und die milde Säure zerfraß Kleidung und Haut. Glücklicherweise hatte das Team seine gesamte Ausrüstung vorher mit einem Widerstandstrank behandelt, da es wusste, was auf sie zukommen würde.

Selbst als das Team sich wieder auf die Beine kämpfte, konnte sich Daniel ein Grinsen nicht verkneifen. Lady Nyssas Zauber richtete viel größeren Schaden an, als sie erwartet hatten. Ohne das Skill, sich gegen den Schallangriff zu verteidigen, war der Zuckerbäckerkönig hilflos. Der Rest dieses Kampfes würde ein regelrechtes Schlachtfest werden.

***

Omrak brüllte und ein Blitz schoss aus der roten Aura, die seine Gestalt umgab. Der Angriff ließ das rote Licht um seinen Körper verschwinden, während der Zuckerbäckerkönig vor Schreck erstarrte. Inmitten des Schocks der Kreatur flog Zefs Speer durch die Luft, landete im Körper des Königs und spießte ihn an einer Seite vollständig auf. Als der Boss wegtaumelte, stürzte sich Asin auf ihn. Ihr Messer glühte, als sie die Klinge mit **Durchdringen** tief in den Kopf des Monsters stieß.

Daniel, der einen Schritt zurückging, hob seine Hand, um nach dem Monster zu schlagen. Es gelang ihm jedoch nicht, den Boss zu treffen, denn er zerfiel in weißes Licht und sein Körper verschwand, während er sich auflöste. Ein violetter Manakristall fiel von seinem Körper und prallte vom Boden ab, der Kristall war so groß wie Daniels geschlossene Faust. Es war der größte und hellste Kristall, den er je gesehen hatte, und er schluckte ein wenig, als er nach ihm griff.

Nur um dann von Asin weggeschnappt zu werden, die den Kristall mit großen, gelben Pupillen an sich drückte, während sie ihn an sich drückte. Daniel schnaubte, richtete sich auf und musterte die Gruppe. Er begann sofort mit dem **Zeichen des Heilers** und sah zu, wie Anne das Gleiche bei Charles tat. Es gab allerdings nicht viel Schaden zu heilen, denn die beiden hatten während des Kampfes dafür gesorgt, dass das Team fit blieb. In Wahrheit war es im Vergleich zu vielen anderen Gruppen ein Luxus, ein Heilerpaar im Team zu haben.

„Wir dürfen ihn doch auch mal sehen, oder?", sagte Lady Nyssa, die Magierin sah ausnahmsweise mal nicht so makellos aus. Sie wischte sich – erfolglos – das Toffee ab, das an ihrem Körper und ihren Haaren klebte, aber sie ließ ihren Blick nicht von dem Kristall ab.

„Ja. Ich habe noch nie einen so großen gesehen!", sagte Anne und landete nach einem Moment auf dem matschigen Boden. Sie hatte sich losgeschnitten und ließ die Pfeile zurück, während sie zu Asin hinüberging. „Ich wette, das hat keiner von uns!"

„Ich schon", sagte Charles, der normalerweise schweigsame Leibwächter. Alle drehten sich zu ihm um, während er mit den Schultern zuckte. „Ich habe den Vater der Lady schon bei einigen Besorgungen begleitet."

„Oh, richtig." Die Anwesenden nickten.

„Aber ich habe noch nie einen in der Hand gehabt, der mir gehörte", fuhr er fort, und in seiner Stimme lag ein Hauch von Habgier.

„Oooh, du hast schon fast eine Persönlichkeit", stichelte Daniel und gestikulierte dann zu Asin, die den Stein widerwillig übergab. In dem Moment, in dem sie das tat, kletterte sie mit vor Aufregung geweiteten Augen zu der Dungeon-Truhe hinüber, die erschienen war.

Zef folgte ihr überraschenderweise, weniger an dem Manastein als an der Ausrüstung interessiert. Sogar Omrak drängte sich vor Daniel, als er den Stein widerwillig weiterreichte und jedem erlaubte, ihn anzufassen. Er musste allerdings fragen.

„Hast du noch nie einen gehalten?", sagte Daniel zu Lady Nyssa.

„Nein. Sie werden nicht häufig verwendet, nicht einmal von Adelshäusern. Handwerker vielleicht, aber meine Familie ist nicht... nun ja, von dieser Veranlagung", sagte sie und ihre Augen verfolgten den Manastein, den Anne nun in den Händen hielt.

„Was für eine Art von Veranlagung wäre das?", fragte Daniel neugierig.

„Wir sind hauptsächlich Magier und Abenteurer. Einige Mitglieder schließen sich der königlichen Armee an, aber dort gibt es nicht viele Möglichkeiten, also bleiben sie meist Abenteurer, wenn sie dazu geneigt sind", erklärte Lady Nyssa. „Wir halten uns an die alten Traditionen."

Charles nickte neben ihr zustimmend.

Daniel übertrug ihre letzte Aussage gedanklich auf die politischen Realitäten, die er schnell lernte. Alte, traditionelle Familien waren im gegenwärtigen Regime politisch am wenigsten mächtig, da ihre Mitglieder aufgrund von Verlusten in der Regel weniger wurden und sich der Säuberung der Dungeons widmeten. Dies ermöglichte es den politisch motivierteren und land- und handelslastigen Adelshäusern, den Königshof zu kontrollieren.

Nicht, dass die Königshäuser selbst kontrolliert wären, aber sie wurden beeinflusst. Schließlich konnten sie die Feinde an den Grenzen – allen voran die Orks – nicht allein aufhalten und waren auf die Hilfe der Adelshäuser angewiesen. Zumindest, um das königliche Heer zu bezahlen.

„Wunderschön", hauchte Lady Nyssa und hielt den Manastein gegen das Licht. Daniel gluckste, entfernte sich aber und überließ es den anderen, auf den Stein aufzupassen, während er hinüberging, um nachzusehen, was sie aus der Schatztruhe erworben hatten.

Vielleicht würde er sogar einmal ein Upgrade für seinen Hammer finden.

Kapitel 3

Es gab kein Upgrade, zumindest nicht für ihn. Die Dielen hatten den Stein, und die Truhe hatte insgesamt vier verschiedene verzauberte Gegenstände geliefert. Das war ein wenig enttäuschend gewesen. Die Beuteregeln in Dungeons besagten, dass je mehr verzauberte Gegenstände vorhanden waren, desto weniger mächtig war die jeweilige Verzauberung. Zum Glück wurde diese Enttäuschung durch das Auftauchen eines seltenen verzauberten Accessoires etwas gemildert.

Die Halskette des Zielens war nicht besonders mächtig, aber die passive Verstärkung, die sie geworfenen und gelösten Gegenständen verlieh, führte dazu, dass sie immer begehrt war. Accessoires waren viel seltener, zumal sie jeder tragen konnte und wollte. Da Anne im Spiel war, bestand natürlich kaum ein Zweifel daran, dass es an sie gehen würde. Zu Daniels Überraschung lehnte sie jedoch ab, es sofort anzunehmen und überließ die Kette Asin.

Der nächste verzauberte Gegenstand waren Hosenträger, was eine nette Erleichterung darstellte. Sie waren nicht nur so groß, dass die meisten der Gruppe sie tragen konnten – mit Ausnahme von Omrak –, sondern sie verliehen auch ein Skill und eine Skillfertigkeit. Dass das Skill im **Schlösserknacken** bestand, war so ziemlich das einzig Negative daran.

Der nächste verzauberte Gegenstand war ein einfacher Beutel, obwohl die Inschrift leicht zu erkennen war. Es handelte sich um einen verzauberten Beutel gegen Taschendiebstahl, bei dem sich die Öffnung nur für die Person öffnete, mit der sich der Beutel ursprünglich verbunden hatte. Das war nicht unbedingt wünschenswert, da dem Beutel die Diebstahlsicherung fehlte, die den Besitzer alarmiert, wenn der gesamte Beutel entwendet wird. Diese war bei teureren Beuteln fast immer vorhanden. Trotzdem würde dies verhindern, dass schlüpfrige Finger den Inhalt stehlen würden. Für Abenteurer mit dem Skill **Inventar** waren solche Beutel jedoch fast vollkommen nutzlos. Nur Adlige und reiche Kaufleute würden so etwas mitnehmen.

Der letzte Gegenstand schließlich war ein einzelner Armbrustbolzen. Der schwarz gefiederte Bolzen mit schwarzem Körper war ein ungewöhnlicher Gegenstand mit einer besonders breiten Spitze. Es handelte sich um einen Armbrustbolzen der Suche, der es dem Angreifer ermöglichte, zu schießen und die Waffe zu vergessen. Da der Armbrustbolzen mit Haltbarkeit verzaubert war, konnte er auch nur sehr schwer zerbrochen werden, sodass er anschließend wiederverwendet werden konnte. Natürlich waren sie nicht so beliebt wie eine echte Armbrust der Erkenntnis, aber die Verzauberung, die den Armbrustbolzen an sich betraf, war im Allgemeinen mächtiger.

Nachdem alle ihre Rüstungen und Ausrüstungsgegenstände eingesammelt und sich so gut wie möglich gereinigt hatten, verließ das Team den Dungeon durch das einfache Ausgangsportal. Es gab nichts weiter zu tun, zumindest nicht für heute. Außer natürlich, die Beute zu verkaufen und zu feiern.

***

Später am Abend traf sich die Gruppe in der Gildenhalle der Seven Stones noch einmal. Was folgte, waren Stunden, in denen sie von den anderen Mitgliedern der Gilde gefeiert wurden, denn die Räumung der letzten Ebene von Porthos zementierte das Team als eine der Elitegruppen der Gilde. Zumindest für Silverstone.

Sogar Gadi, der spießige Vizegildenmeister, schaffte es, sich so weit zu entspannen, dass er sich ein paar Drinks genehmigte. Er ging bald darauf, da er wusste, dass seine Anwesenheit die Feierlichkeiten unterdrücken würde. Das und die Tatsache, dass der Gildenmeister wieder einmal verschwunden war und den armen Mann mit den zahlreichen bürokratischen Problemen, die die Leitung einer Gilde mit sich bringt, allein ließ.

Erst im Anschluss an die Feier, als die meisten der anderen Abenteurer abgereist waren – die meisten, um zu schlafen und sich auszuruhen, während in ihnen eine neue Leidenschaft für das Räumen von Ebenen aufflammte –, saß das Team zusammen, und Anne ließ eine Bombe platzen.

„Ich werde das Team jetzt verlassen", sagte Anne mit leiser, schüchterner Stimme. Die einst überdrehte Teenagerin hatte sich im letzten Jahr, in dem sie mit der Gruppe auf Abenteuertour war, beruhigt, da die Belastungen der Heilung und der Kontakt mit einer Welt außerhalb von Abenteurern und Dungeon-Erkundungen in Hospizen sie reifen ließen.

„Was? Warum?“, grummelte Omrak und schlug mit der Faust auf den Tisch.

„Mir wurde ein Platz in einem anderen Team angeboten. Der stellvertretende Gildenmeister Gadi hat mit mir darüber gesprochen, kurz vor dem Rundgang. Ich habe schon vorher überlegt, ob ich gehen soll“, sagte Anne.

Daniel nickte, denn das hatte er schon geahnt. Obwohl er der Bogenschützin aufgrund ihrer Rollen und seiner eigenen Position als ranghöherer Heiler nicht besonders nahestand, sprachen die beiden oft miteinander. Sie hatten sogar kurz über eine Liebelei nachgedacht, bevor Druck und Vernunft den Gedanken aus ihren Köpfen vertrieben.

Lady Nyssa, die stets soziales Gespür bewies, bemerkte Daniels Mangel an Überraschung. „Du wusstest es?“

Daniel zuckte mit den Schultern.

„Ich habe erwartet, dass das passieren könnte. Anne wird in anderen Gruppen gebraucht. Als geprüfte Heilerin würden die Zaubersprüche und Hilfsmittel das Erkunden vereinfachen“, sagte Charles.

Anne nickte und drehte ihre Hand ein wenig zur Seite. „Ich möchte mich in einem neuen Team versuchen, dem der Heiler.“ Sie warf Daniel einen Blick zu, ein wenig schüchtern.

Der Heiler konnte nur nicken und ihr seine Glückwünsche und die Zusicherung seiner Unterstützung anbieten. Er verstand sie, denn in vielerlei Hinsicht würde sie immer die zweite Geige spielen, wenn sie blieb. Sie würde vielleicht irgendwann eine mächtigere traditionelle Heilerin werden, aber seine Gabe würde ihn immer besser machen.

Seine Gabe... machte das Leben immer kompliziert. Die Fähigkeit, fast jede Verletzung zu heilen, war extrem mächtig. Natürlich hatte sie auch ihren Preis wie von Erlis bestimmt. In diesem Fall war der Preis seine Erinnerung. Deshalb würde er vergleichsweise immer ein niedrigeres Level als seine Freunde haben. Durch seine fehlenden Lebenserfahrungen, die mit jedem Gebrauch seiner Gabe weggerissen wurden.

„Bah!“, sagte Omrak laut und sah enttäuscht aus. „Jetzt müssen wir einen weiteren Bogenschützen einarbeiten.“

„Nicht traurig, gehen?", sagte Asin und stieß ihre blonde Freundin in die Seite.

„Du hast recht. Sie geht weiter zu etwas Größerem und Besserem als uns."

„Nicht größer. Nur anders", verteidigte sich Anne.

„Auf keinen Fall besser", sagte Lady Nyssa und reckte ihr Kinn in die Höhe. Dann entspannte sie sich und lächelte Anne an. „Ich bin aber froh, dass du deine eigene Gruppe hast. Das ist der richtige Schritt für deine Karriere."

Daniel nickte, dann überkam ihn die Angst. Er sah sich in der Gruppe um und begegnete den Blicken der anderen, bevor er die Frage stellte, die ihn quälte. „Geht jetzt noch jemand?"

„Nein", sagte Zef. „Ich könnte mir kein besseres Team wünschen." Er blickte zu Asin und dann zu Daniel hinüber, wobei Daniel seine unausgesprochene Sorge deutlich zu spüren bekam. Schließlich wurden die Beastkin immer am schlechtesten behandelt.

Die anderen stimmten Zefs Meinung schnell zu, was Daniel entspannte. Er vermisste zwar die Zeit, als sie nur zu dritt waren, aber er hatte sich an das neue Team gewöhnt. Ein kleiner Teil von ihm bemerkte jedoch, dass Lady Nyssa und Charles wahrscheinlich irgendwann gehen würden. Wenn sie ein besseres Team gefunden hatten oder ihr Adelshaus nach ihnen schickte.

„Lasst uns auf unsere letzte Nacht mit Anne anstoßen", sagte Zef und wedelte mit seiner geschuppten Hand herum, bis der Kellner kam. Bald war der Tisch mit noch mehr Alkohol beladen, und der arme Heiler war gezwungen, Getränke zu sich zu nehmen.

An seiner Seite konnte Daniel nicht umhin, ein wenig zu lächeln. Alle Dinge änderten sich, und zumindest war dies keine schlechte Veränderung.

***

Seit den Angriffen und seinem Beitritt zur Gilde hatte Daniel beschlossen, im Gildenhaus selbst zu wohnen. Es gab nicht viele Zimmer, selbst in einem so großen Gebäude nicht, aber für den begabtesten Heiler wurde eine

Unterkunft gefunden. Es wurde immer für ihn gesorgt, eine Tatsache, für die sich Daniel manchmal schuldig fühlte. Dennoch war er nicht schuldig genug, um das große Einzelzimmer, das ihm zugewiesen worden war, nicht mehr zu nutzen.

Heute Morgen hatte Daniel mit leichten Kopfschmerzen zu kämpfen, die sich mit einem Zauberspruch und seinem eigenen Statusbildschirm leicht beheben ließen. Nachdem er das Bossmonster besiegt hatte, war ihm aufgefallen, dass er irgendwann während des Kampfes selbst aufgelevelt war. Wahrscheinlich, als er einen der Schleime tötete. Kurz bevor er den Raum betreten hatte, war er ganz nah dran gewesen.

Jetzt, ohne Kopfschmerzen oder eine Feier, auf die er sich freuen konnte, konnte Daniel sich die Zeit nehmen, den Statusbildschirm zu betrachten und zu entscheiden, was er mit seinem Skillfertigkeitspunkten machen wollte. Er öffnete seinen eigenen Bildschirm und betrachtete zufrieden die Veränderungen des letzten Jahres.

Name: Daniel Chai (Fortgeschrittener Rang Abenteurer)	Rasse: Mensch (männlich)
Klasse: Abenteurer Level 26 (11,6 %)	Unterklassen: Level 6 (Bergmann) (12,1 %)
Leben: 360	Ausdauer: 360
Mana: 262	
Attribute	
Kraft: 41	Beweglichkeit: 35
Verfassung: 44	Intelligenz: 40
Willenskraft: 34	Glück: 22
Skills	
Waffenloser Kampf (Novize): Level 4 (183/100)	Keulen (Begabt): Level 4 (98/100)
Bogenschießen: Level 6 (32/100)	Schild (Begabt): Level 3 (43/100)
Ausweichen (Novize): Level 9 (54/100)	Kampf-Sinn (Begabt): Level 6 (98/100)
Wahrnehmung (Novize): Level 8 (13/100)	Bergbau: Level 5 (13/100)
Heilen (Begabt): Level 6 (42/100)	Kräuterkunde: Level 6 (45/100)

List: Level 3 (43/100)	Kochen: Level 5 (08/100)
Singen: Level 2 (31/100)	Taktik (Novize): Level 3 (18/100)
Schwere Rüstung: Level 5 (78/100)	Politik: Level 6 (71/100)
Sinnesmotiv: Level 4 (83/100)	Führungsqualitäten: Level 8 (83/100)
Skillfertigkeiten	
Doppelschlag (III)	Schildschlag
Perins Schlag	Schwachstellen finden (II)
Kartografie (II)	Inventar (Abenteurer Spezial)
Persönliche Rüstung (I)	Heilende Aura
Perfektes Ausweichen	
Zaubersprüche	
Kleine Heilung (II)	Zeichen des Heilers (II)
Reinigen (Toxine) (I)	Reinigen (Krankheit) (I)
Mittlere Wunden heilen (I)	
Gaben	
Berührung des Märtyrers – Der Zaubernde kann sich selbst oder andere durch Berührung und Konzentration heilen und opfert dafür einen Teil seines Lebens. Die Kosten variieren je nach Ausmaß der geheilten Verletzungen.	

Das Jahr der Ausbildung hatte für Daniel einen großen Unterschied gebracht. Die Mittel, die die Gilde bereit war, in ihn zu investieren, waren beträchtlich, wobei die Verbesserung seiner Heilzauber die wichtigste war. Engagierte Lehrer unterrichteten Daniel im Hospiz und ermöglichten es ihm, die Reinigungszauber bereits in den ersten Monaten der Ausbildung zu beherrschen und anzuwenden. Er war ohnehin kurz davor gewesen, sie zu lernen, sodass dieses Ergebnis nicht überraschend war.

Im Dungeon weniger nützlich, aber immer noch wünschenswert zu haben.

Der Zauber **Mittlere Wunden heilen** hingegen war derjenige, dem die Gilde die meiste Zeit gewidmet hatte, damit Daniel ihn lernen konnte. Das Lernen hatte allerdings viel Zeit in Anspruch genommen, da er sein Grundskill im Heilen verbessern musste. Es war nicht ganz einfach gewesen, das Wissen, das er durch seine Gabe intuitiv erlangt hatte, auf das Lernen aus Büchern zu übertragen.

Dann hatte es noch länger gedauert, die verschiedenen Zauberformen zu lernen und sie beim Wirken des Zaubers im Kopf zu behalten. Selbst jetzt konnte Daniel den Zauber nur durch Berührung wirken, aber mit der Rüstung, die ihm zur Verfügung gestellt worden war, verfügte er nun über die gesamte Palette an Heilzaubern, die von einem Heiler erwartet wurden, der vollständig an einen Dungeon gebunden war.

Oh, es gab noch andere, mächtigere Heilzauber. **Wort der Heilung** zum Beispiel war ein schnell zu wirkender Zauber, der Wunden auf magische Weise regenerierte und, sofern noch Zauberenergie vorhanden war, einen „Heilungseffekt über die Zeit" auf andere ausübte. **Regeneration** und seine mächtigere Variante **Regeneration: Groß** waren ebenfalls sehr beliebt, da sie kleinere Gliedmaßen oder Organe ersetzten. Natürlich konnten sie auch Wunden heilen, aber das Verhältnis von Mana zu Heilung bei den Regenerationszaubern war nur für einen selektiven Einsatz geeignet.

Daniel wusste natürlich, dass es auch andere Heilzauber gab. Einige Gruppen begnügten sich mit halbdirekten Heilungshilfen, indem sie Dinge wie die **Heilbeere des Landwächters** oder den **Trank der Lebenskraft** benutzten, um Regenerationsmethoden für Teams bereitzustellen. Aber als zaubernder Heiler war Daniels nächster wichtiger Zauber die Aufwertung seiner **Geringen Heilung** auf ein Niveau mit Flächenwirkung.

Das erforderte leider entweder eine gewisse Anzahl von Skillfertigkeiten oder Zeit zum Lernen. Er war kurz davor, die Mindestlevels der Skills zu erreichen, aber die Flächenwirkung setzte erst ab dem fünften Level ein. In einem Gespräch mit Vizegildenmeister Gadi waren die beiden übereingekommen, dass Daniel versuchen sollte, das vierte Level selbst zu erlernen, sodass er beim nächsten Aufleveln ein Skill direkt dem Zauber widmen konnte.

Das war jedoch noch eine Weile hin. Die Fähigkeit, mehrere Personen einzuschätzen und einen Zauber für Gruppen zu wirken und nicht auf Monster oder Feinde zu zielen, erforderte nicht nur ein hohes Level des Heilungsskills, sondern auch der Wahrnehmung. Auch einige Skillpunkte in Taktik könnten helfen.

In Wahrheit war Daniel mehr auf **Heilung der Aura** bedacht. Das war vor ein paar Leveln eine Option geworden, als sein Skill

Führungsqualitäten das entsprechende Level erreicht hatte. Sein Taktik-Skill hatte schon vor langer Zeit das erforderliche Minimum erreicht, aber das Skill **Führungsqualitäten** hatte erst zu steigen begonnen, als der Gildenausbilder ihm geholfen hatte, sein erstes Level darin zu erreichen.

Es war schon seltsam, dass manche Skills erst bei Vorliegen bestimmter Voraussetzungen gleichwertig wurden, aber so ist die Welt nun einmal. Gelehrte, die die Zeit und die Neugier hatten, konnten sich um solche Dinge kümmern. Abenteurer taten einfach das Beste, was sie konnten, und arbeiteten mit Gildenausbildern und dergleichen zusammen, um notwendige Voraussetzungen auszulösen oder zu umgehen.

Aber wenigstens hatte er sie jetzt. Es war ein seltenes Skill, da es drei verschiedene Skills erforderte, um es zu erlangen, aber Daniel überprüfte die Details auf dem Skillfertigkeitsprofil mit einem Grinsen.

Heilende Aura

Der Heiler ist ein Vorbild an Führungskraft, der sich sehr um seine Kameraden kümmert. Diejenigen, die sich in einer Gruppe mit dem Heiler oder in einem Umkreis von drei Metern befinden und mit ihm verbündet sind, erhalten eine triviale Erhöhung ihrer Regeneration.
Skilltyp: Passiv
Kosten: N/A
Effekt: Erhöht die Basisregeneration um 5 %.

Eine fünfprozentige Erhöhung der Regeneration war in vielerlei Hinsicht trivial, wenn man in einem Dungeon unterwegs war. Das Skill **Heilende Aura** wurde häufiger von medizinischen Leitern größerer Kliniken oder sogar vom Leiter der Heilabteilung der königlichen Armee eingesetzt. Eine Erhöhung der Basis einer Klinik durch den medizinischen Direktor, während er in seinem Büro arbeitete, konnte zu einer schnelleren Behandlung aller Assistenzärzte führen und die Anzahl der benötigten Krankheitstage der Heiler und ihrer Assistenten verringern. Es könnte ihnen sogar erspart bleiben, einen wertvollen Skillfertigkeitspunkt für ein Skill wie **Immunsystemverstärkung (persönlich) zu** verwenden.

Es war ein ungewöhnliches Skill, die man als Dungeon-Erkunder erlernte. Der Grund, warum Daniel es wählte, waren die Upgrades. Vor allem das fünfte.

Heilende Aura (V)

Der Heiler ist ein Vorbild an Führungskraft, der sich sehr um seine Kameraden kümmert. Diejenigen, die sich in einer Gruppe mit dem Heiler oder in einem Umkreis von fünfzehn Metern befinden und mit ihm verbündet sind, erhalten eine erhebliche Steigerung ihrer Regeneration und anderer Heileffekte.

Skilltyp: Passiv

Kosten: N/A

Effekt: Erhöht die Basisregeneration um 25 %. Blutungseffekte werden in 200 % der Zeit reduziert. Schmerzresistenzen werden um 50 % erhöht. Die Resistenzen gegen Krankheiten und andere Gifte werden um 50 % erhöht.

Leider war **Heilende Aura** eine vollständige Skillfertigkeit und konnte daher nur durch entsprechende Punkte verbessert werden. Dennoch waren die Basissteigerungen des fünften Levels mächtig und verlockend.

Was seine anderen Skills anging, so waren die meisten zurückgeblieben. Anstatt zu versuchen, ein neues Skill zu erlernen, hatte sich Daniel auf sein erstes Skill gestützt – **Doppelschlag**. Auf dem dritten Level handelte es sich dabei um ein Mehrfachschlag-Skill, welches es ihm ermöglichte, bis zu vier verschiedene Schläge miteinander zu verbinden, um den Schaden minimal zu erhöhen und die Genauigkeit zu verringern, oder weniger, aber stärkere, verbesserte Angriffe auszuführen. Wenn er es richtig anstellte, konnte er sogar **Perins Schlag** oder einen **Schildschlag** in den letzten Angriff einbauen, was ihm mehr Flexibilität bot.

Der Gildenausbilder hatte Daniel die Verwendung einiger weniger, aber verbesserter Skills empfohlen. Anstatt sich die Zeit zu nehmen, eine Vielzahl von Skills und Angriffen zu studieren und zu integrieren, war es besser, wenn er sich darauf konzentrierte. Zumal Daniel weniger als die Hälfte der Zeit auf dem Trainingsgelände verbrachte, als dies bei engagierten Kämpfern der Fall war.

Daniel war mit dieser Entscheidung einverstanden, weshalb er die Empfehlung zu Herzen genommen hatte. Das war auch der Grund, warum er in Erwägung zog, direkt einen weiteren Punkt hinzuzufügen, denn ein viertes Level würde die Anzahl der möglichen Schläge um einen erhöhen und auch die Höhe des Schadens, den jeder Schlag verursachte. Das wäre vor allem im Kampf gegen Schwarmkreaturen wie den Schleim nützlich gewesen.

Seine Attribute waren einigermaßen ähnlich. Da er sowohl als Schadensausteiler als auch als Heiler fungierte, hatte er seine Punkte gleichmäßig aufgeteilt und nur Glück größtenteils ignoriert. Erhöhte Intelligenz gab ihm eine bessere Fähigkeit, Mana zu verstehen, und einen größeren Manapool, während die Notwendigkeit einer hohen Willenskraft unter allen Abenteurern wohlbekannt war. Sie verringerte nicht nur die Zahl der mentalen Probleme, sondern es gab auch Dungeons, in denen es Mindestanforderungen für die Willenskraft gab. Zwar gab es in einigen Dungeons aufgrund des Dungeon-Layouts oder der Umgebungsbedingungen Mindestwerte für Dinge wie Beweglichkeit oder Verfassung, doch waren diese sehr viel seltener und konnten im Allgemeinen durch verzauberte Gegenstände umgangen werden.

Nicht so bei Willenskraft.

Ein verlorener, mit Willenskraft verzauberter Gegenstand könnte zur mentalen Kontrolle eines Einzelnen und zum Verlust des gesamten Teams führen. Oder ein Abenteurer erstarrt, unfähig, sich zu bewegen, während er durch einen engen Dungeon kriecht, und zwingt seine Gruppe, hinter ihm zu verhungern.

Was seine anderen physischen Attribute anbelangt, so hielt Daniel sie hoch, um mit dem Rest der Monster, die sie bekämpften, mithalten zu können. Sein aktueller Bauplan sah vor, dass er seine Beweglichkeit auf maximal fünfzig erhöht, da alles darüber hinaus als übertrieben angesehen würde. Damit würde er mit den meisten Monstern der fortgeschrittenen Levels fertig werden, nur einige wenige waren zu schnell für ihn.

Man hatte ihm geraten, diese seinen Freunden zu überlassen. Und einige Bereichsverzauberungs-Zaubersprüche zu kaufen.

Da Daniel das wusste, investierte er seinen nächsten Block in Gewandtheit. Damit blieben ihm nur noch wenige Punkte für das nächste Level, und seine Konstitution mit seiner neuen Rüstung reichte aus, um ihn am Leben zu erhalten – ein essenzieller Aspekt des Heilerdaseins. Besonders mit seiner eigenen kleinen Gabe.

Das sagte jedoch nichts darüber aus, was er mit seiner Skillfertigkeiten tun sollte. Er verwarf alle weiteren Angriffsskills, sodass ihm entweder die Verbesserung von **Perins Schlag** – ein mächtiges Rückstoßskill, das gegen größere Gegner nützlich war – oder sein Skill **Schwachstelle finden (II)** blieb. Das würde es ihm ermöglichen, mit seinem kombinierten Führungsskill seine Erkenntnisse intuitiv mit anderen zu teilen. Es wäre ein nörgelnder Ausbruch von Wissen, ein geflüsterter Hinweis. Und doch könnte es einen Bonus für die Kämpfenden bedeuten.

Das neue Skill-Upgrade würde ihren Kampfstil sofort verbessern. Aber mit der Zeit würde sie wieder auf der Strecke bleiben, es sei denn, er würde ihr in Zukunft mehr Punkte widmen, wenn sie immer stärkeren Feinden gegenüberstünden.

Wenn er hingegen das Skill **Heilende Aura** verbesserte, würde sich dies nur geringfügig auf die derzeitigen Fähigkeiten des Teams auswirken – obwohl er sicher war, dass die in der Gildenhalle verbliebenen Mitglieder die Verbesserung zu schätzen wüssten –, aber es könnte ihnen allen in Zukunft zugutekommen, wenn er das Skill auf das fünfte Level bringen würde.

Daniel biss sich auf die Lippe und überlegte, was er tun sollte.

Und schließlich traf er seine Entscheidung.

Kapitel 4

Einen Tag später traf sich die Gruppe wieder in der Gildenhalle. Die meisten kämpften mit Kopfschmerzen, mit denen sie, wie Daniel unhöflich genug war, ihnen mitzuteilen, dass sie selbst damit fertig werden müssten. Er sollte im Laufe des Tages eine Reihe von Heilsitzungen mit Adligen und anderen Gruppen durchführen, die für dieses Privileg bezahlt hatten, und musste daher sein Mana schonen.

Im Wohnzimmer des Gildenhauses herrschte mitten am Tag eine gewisse Ruhe, da die meisten Abenteurer in den Dungeons beschäftigt waren und andere Quests erledigten. Die einzigen Personen, die sich hier aufhielten, waren Auszubildende, die eine kurze Pause einlegten, und andere Gruppen, die gerade unterwegs waren. Die meisten suchten sich jedoch andere Orte, an denen sie sich aufhalten konnten, sodass der große Speisesaal relativ leer war.

„Sind wir sicher, dass wir noch einen Bogenschützen benötigen?", fragte Zef. Er gestikulierte zu Charles hinüber und fuhr fort: „Wir haben bereits einen, ich habe meinen Speer, alle Krawallbeile und sogar Daniel trägt bei."

„Nur bis man merkt, dass er nichts trifft", sagte Omrak und grinste.

Daniel verdrehte die Augen über die Stichelei, obwohl er es sich nicht wirklich zu Herzen nahm. Schließlich hatte er selbst nach so langer Zeit immer noch Schwierigkeiten, ein stehendes Ziel zu treffen, ganz zu schweigen von den Monstern, denen sie gegenüberstanden.

„Ernsthaft, brauchen wir noch einen?", sagte Daniel und runzelte die Stirn. „Ich erinnere mich, dass ich in Aramis mit diesen Orks zu tun hatte. Das war kein Spaß, durch Pfeile hindurchzurennen."

„Ein weiterer engagierter Bogenschütze würde helfen. Charles ist nicht gerade, na ja..." Omrak sah zu dem Leibwächter hinüber, der lächelte.

„Ich verstehe. Meine Skills konzentrieren sich eher auf die mittlere Reichweite. Die wenigen, die ich für Angriffe auf lange Distanz habe, kombiniere ich mit meinen anderen Angriffen, wie zum Beispiel **Zielsicherer Schlag**", sagte Charles. „Sogar Anne hatte mehr Skills."

„Genau. Und wenn er etwas gemerkt hat, kann schon ein einziger guter Bogenschütze einen großen Unterschied ausmachen", sagte Daniel. „Wenn überhaupt, dann sind wir als Team ein wenig unausgeglichen."

„Und was willst du damit sagen? Dass wir vielleicht mehr Skills trainieren sollten?" Lady Nyssa verschränkte die Arme vor der Brust und starrte Daniel an. „Dafür werde ich meine Skills nicht einsetzen. Und selbst wenn ich lernen würde, den Armbrustbolzen besser zu benutzen, wäre keiner von uns in der Lage, seine Position zu tauschen."

„Niemand behauptet das", antwortete Zef.

Die Gruppe nickte langsam, doch der Verlust der Beute blieb unausgesprochen. Je mehr Leute in einer Gruppe waren, desto mehr teilten sie ihren Verdienst. Das Team war bereits ziemlich groß, größer als jede optimale Zahl. Die meisten Teams bestanden im Durchschnitt aus etwa fünf Personen, aber eine große Gruppe hatte auch Vorteile. Zum einen konnten sie sich im Allgemeinen schneller durch den Dungeon kämpfen. Und natürlich gab es auch Teams mit noch mehr Mitgliedern, die aber aufgrund von Verletzungen immer nur zu fünft oder sechst antraten.

„Gadi?", sagte Asin. Die Catkin durchbrach wie immer das ganze Gerede und kam direkt auf den Punkt. Wie in diesem Fall die beste Person, um sich nach einem neuen Teammitglied zu erkundigen.

„Wir sollten ihn wahrscheinlich suchen", sagte Daniel zustimmend. Er wusste, welche Teammitglieder frei waren. Die Gilde stellte ständig neue Rekruten ein, und selbst wenn es sich nicht um Abenteurer aus der Gegend handelte, würde Gadi zumindest eine Idee von jemand anderem haben. Und wenn nicht, kannte er vielleicht jemanden, der nicht zur Gilde gehörte, aber in der Stadt wohnte, der sich ihrem Team anschließen wollte. Sie waren eines der am schnellsten wachsenden Teams in der Stadt.

Oder zumindest waren sie es, aber wie sehr sich das ändern würde, wenn Anne nicht mehr da war, hing vom Schicksal ab.

Daniel stand auf und sah sich um. „Möchte jemand mitkommen?"

Asin schüttelte den Kopf. „Reparieren."

Lady Nyssa stimmte jedoch unter all den anderen, die es ablehnten, sich mit der Bürokratie zu befassen, zu. Daniel hob erstaunt eine Augenbraue, bevor sie ihn aufklärte. „Ich muss mit ihm über einige andere Angelegenheiten sprechen."

Daniel nickte und führte sie nach oben in sein Büro. Es überraschte nicht, dass der Vizegildenmeister hinter seinem Schreibtisch saß und den Papierkram erledigte, den sein Chef ständig aufschob.

„Was kann ich für euch beide tun? Es ist selten, dass ihr mein Büro betretet", sagte er, als sie hereinkamen.

„Ein Bogenschütze", sagte Daniel und kam gleich zur Sache. Er glaubte nicht, dass er noch mehr ins Detail gehen musste, nicht mit dem Vizegildenmeister.

„Ja. Leider glaube ich nicht, dass es in der Stadt jemanden gibt, der dafür geeignet ist", sagte Gadi.

Bevor Daniel etwas hinzufügen konnte, hob der Gildenmeister seine Hand. Er wühlte ein wenig in seinen Papieren herum, bevor er einen Brief fand und ihn Lady Nyssa zuwarf. Das schwere Papier flatterte durch die Luft, fing einen Irrläufer ab und wäre beinahe gefallen, bevor die Frau es auffing und gezwungen war, ein paar Schritte nach vorne zu gehen. Sie schaute auf den versiegelten Brief und runzelte die Stirn über das Siegel, das Daniel nicht kannte.

„Aber ich glaube, das spielt sowieso keine Rolle."

Daniel runzelte die Stirn, bevor er fragte: „Warum?"

„Weil wir eine Anfrage erhalten haben, dass ihr in die Hauptstadt selbst reisen sollt", sagte Gadi. Er neigte den Kopf in Richtung des versiegelten Briefes. „Dort könntet ihr mehr Informationen bekommen als das. Alles, was ich erhalten habe, alles, was wir erhalten haben, war die Aufforderung, dass du dich mit deinem Team so schnell wie möglich auf den Weg dorthin machst."

Gadis Worte ließen Daniels Magen zusammenziehen, denn lange im Hintergrund gehaltene Sorgen traten wieder in den Vordergrund. Es schien, dass die Nachricht von seiner Gabe endlich den Weg in die königliche Hauptstadt gefunden hatte. Und damit hatte sich sein Leben einmal mehr verändert.

***

Die Nachricht von ihrer bevorstehenden Reise rüttelte das Team aus seiner Benommenheit auf. Als Lady Nyssa ihren Brief las, war sie gezwungen, den politisch weniger Engagierten die Sache zu erklären. Das waren in diesem Fall so ziemlich alle anderen Mitglieder des Teams.

„Daniels Gabe ist nun eine bekannte Größe, ebenso wie die Aktion der Three Skills. Die Folgen davon haben zu einigen Verschiebungen im politischen Gefüge geführt, weshalb die Gilde versucht hat, uns ein Jahr lang aus der Sache herauszuhalten. Inzwischen haben sich die Dinge jedoch so weit beruhigt, dass sie bereit sind, Daniel in die Hauptstadt zu holen." Lady Nyssa machte eine kleine Pause, während sie auf den Brief tippte.

„Was?", sagte Daniel ungeduldig.

„Es ist nur ein Gerücht. Aber es wird vermutet, dass der jüngste Sohn des Königs sich einem nicht-königlichen Team anschließen will."

„Warum sollte er das tun?", fragte Zef und runzelte die Stirn. „Das ist gefährlich."

„Er ist bekannt dafür, dass er ziemlich hartnäckig und stur ist. Er mag es nicht, wenn man ihn ‚verhätschelt', wie er es ausdrückt."

„Kann ich mit ihm tauschen?", sagte Zef und grinste. „Ich könnte etwas Streicheleinheiten gebrauchen."

Asin schnaubte und stieß Zef mit einem krallenbewehrten Finger in die Seite. Er lachte und wich nur leicht zurück. Es würde ihn nicht sonderlich stören, nicht mit seinen Schuppen und seinen Skillfertigkeiten. Selbst Charles hatte über Zefs Scherz ein wenig gegrinst, obwohl er geschwiegen hatte.

„Ich halte es für bewundernswert, dass er den Ruhm für sich gewinnen will!", grummelte Omrak.

„Das war klar." Lady Nyssa rollte mit den Augen. „Wenn die Gerüchte wahr sind, könnte ein begabter Heiler wie Daniel ihn durchaus in die Gilde locken."

„Politik", knurrte Asin und wedelte mit dem Schwanz hinter sich. Sie verschränkte ihre Arme und sah wirklich unglücklich aus.

„Es ist die Hauptstadt. Es geht nur um Politik", antwortete Lady Nyssa.

„Was noch wichtiger ist: Welche Art von Dungeons gibt es in der Hauptstadt?", fragte Daniel.

Alle drehten sich um und sahen Lady Nyssa an, die als einzige der Gruppe in die Hauptstadt gereist war. Zumindest nahmen sie das an. Sie blickte ihrerseits zu Charles, der sich aufrichtete. „Die Hauptstadt hat zwei Dungeons der Meisterklasse, der Grund für ihre Entwicklung. Außerdem gibt es dort auch einen einzigen Dungeon der Fortgeschrittenenklasse, wobei der Dungeon der Fortgeschrittenenklasse eigentlich ein weitläufiges Labyrinth ist, das viermal so viele Abenteurer beherbergt wie ein normaler."

„Keine Dungeons für Anfänger?", fragte Daniel neugierig.

„Nein. Es gibt jedoch vier im Umkreis eines Tagesrittes von der Hauptstadt, die meisten in kleineren Städten und einem Dorf. In zwei Tagesreisen gibt es zwei weitere fortgeschrittene Dungeons, die ebenfalls genutzt werden können", sagte Charles.

Die Gruppe runzelte ein wenig die Stirn, und Asin blickte finster drein. Sie ergriff das Wort und gab den Gedanken aller Ausdruck. „Ungewöhnlich."

„Ja, das ist es wirklich." Charles nickte. „Die gesamte Region gilt als ein Ort mit hohem Manafluss und ist höchst ungewöhnlich. Allerdings ist es nicht verwunderlich, dass die meisten anderen Hauptstädte des Kontinents in ähnlichen Gegenden liegen."

Überall wurde genickt. Die Kontrolle von Dungeons, insbesondere von Meisterklassen-Dungeons, war wichtig. Aus ihnen gingen schließlich mächtige Abenteurer der Meisterklasse hervor, die in den Kriegsanstrengungen einen bedeutenden Unterschied ausmachen konnten.

„Also, wann brechen wir auf, Freund Daniel?", grummelte Omrak.

„Ich..." Daniel runzelte die Stirn und dachte über die Nachricht nach. „So bald wie möglich, lautete die Aufforderung. Ich schätze, in ein paar Tagen?"

„Quest?" Asin knurrte.

„Was für eine Quest könnten wir wohl bekommen?", schnaubte Lady Nyssa.

„Geleitschutz-Quest natürlich", sagte Zef. „Gute Idee, Asin."

„Wir befinden uns hier auf einer Zeitachse!", sagte Lady Nyssa.

„Und wir brauchen Geld", sagte Zef. „Oder zumindest hätte ich gerne etwas Geld. Eine gute Karawaneneskorte kann schnell und profitabel sein."

„Wenn es eine gibt“, schnauzte Lady Nyssa.

„Genug“, sagte Daniel und erhob seine Stimme. „Es ergibt keinen Sinn zu streiten. Wir werden zuerst die Tafeln überprüfen, und wenn es eine gibt, die funktioniert – in Bezug auf die Geschwindigkeit und den Zeitpunkt der Abfahrt –, dann nehmen wir sie. Wenn nicht, fahren wir ohne.“ Er hielt inne, dann rieb sich Daniel die Nase. „Oder zumindest werde ich das tun. Könntet ihr das auch?“

Asin schnaubte, und ihr Schwanz peitschte untätig. Zef, der an der Seite stand, schnaubte, und Omrak äußerte seine Missbilligung. Lady Nyssa hatte offensichtlich sowieso vor, bei ihm zu sein, also brauchte sie nicht zu antworten. Und Charles war immer bei ihr.

Daniel hielt seine Hand hoch, um ihre Missbilligung abzuwehren und nickte. „Gut. Wir sind uns also einig. Wir werden zusammen reisen und uns um die Quest kümmern, wenn sie sich ergibt.“

Lady Nyssas Augen verengten sich, als sie merkte, dass man sie dazu gebracht hatte, zuzustimmen, aber sie schwieg. Daniel lächelte ein wenig vor sich hin und stand auf.

„Ich sehe mir das jetzt an.“ Sofort sprang Asin auf und freute sich, mitkommen zu können. Charles schloss sich auf Geheiß seiner Arbeitgeberin den beiden an, als sie sich auf den Weg zur Abenteurerhalle machten.

Es war Zeit, wieder umzuziehen. Und wenn Daniel bei dem Gedanken, nie wieder Wurzeln schlagen zu können, kurz traurig war, so war das bald wieder vorbei, denn er freute sich auf die nächste Stadt, den nächsten Dungeon, das nächste Abenteuer.

Denn das ist es, was Abenteurer tun.

Kapitel 5

Für die Reise in die Hauptstadt benötigte das Team etwas mehr als drei Monate, einschließlich mehrerer Zwischenstopps in Städten und Ortschaften. Die Gruppe schloss sich unterwegs zwei verschiedenen Karawanen an und arbeitete als Karawanenwächter, während sie durch die Landschaft reisten. Die Anwesenheit von Monstern in der Wildnis war eine Selbstverständlichkeit, aber ständige Patrouillen und Abenteurer hielten ihre Zahl in Grenzen. Gefährlicher waren die gelegentlichen Banditengruppen, die Reisende überfielen, oder, wenn sie sich nahe der Grenze befanden, Orküberfälle.

Trotz aller Gefahren, die die Reise mit sich brachte, war sie für das Team nie besonders gefährlich. Als fortgeschrittene Abenteurer waren sie für das relativ sichere Terrain, durch das sie reisten, mehr als geeignet. Sogar das einzelne Ork-Überfallkommando wurde mit minimalen Verlusten besiegt, nur ein einziger unglücklicher Karawanenwächter wurde während des ersten Zusammenstoßes von einem Armbrustbolzen ins Auge getroffen. Ein gut platzierter **Schallkegel** von Lady Nyssa hatte den Angriff der Orks gestoppt, und danach zwang eine Flut von Armbrust- und Bogenangriffen die Orks dazu, ihre unzusammenhängende Ankunft zu beenden.

Auf dem Weg dorthin hat sich das Team dreimal in Dungeons begeben, auf die sie gestoßen sind. Zweimal handelte es sich um einfache Anfänger-Dungeons, durch die sie sich durchkämpften und am Ende die Bosstruhe für die verzauberte Ausrüstung einsammelten. Die Reise brachte einen Manaring für Lady Nyssa und ein verzaubertes Messer und eine Scheide, die die geworfene Waffe nach ein paar Sekunden zurückbrachte, für Asin. Die anderen Ausrüstungsgegenstände wurden weiterverkauft, um die Taschen des Teams aufzufüllen. Im letzten Dungeon, einem für Fortgeschrittene, schaffte es das Team nur, drei Viertel des weitläufigen Wüstenbioms zu durchqueren, bevor es gezwungen war, seine Reise fortzusetzen.

Am Ende war es ein müdes Team, das die Tore der Hauptstadt erreichte. Die Tore selbst waren nur die ersten von vielen, die das Team durchqueren musste, da die Hauptstadt auf den ersten Blick für diejenigen, die ihre Geschichte oder die Notwendigkeiten des Baus um Dungeons herum nicht kannten, seltsam gebaut war. Sobald man jedoch die Dungeons verstanden hatte, ergab der Grundriss der gesamten Stadt einen Sinn.

Erstens, jede vernünftige, von einer Zivilregierung errichtete Mauer, die einen Dungeon einschließt. Bei Anfängern konnten die Mauern übersprungen werden, wie in Karlak, wo die Wahrscheinlichkeit eines Dungeonausbruchs extrem gering war. Hinzu kommt die einfache Zweckmäßigkeit von leicht zu platzierenden Blöcken, und die meisten Anfänger-Dungeons erhielten nur minimale Verteidigungsmaßnahmen.

Andererseits waren selbst die fortgeschrittenen Dungeons an einem Ort wie Silverstone abgesperrt. Wachen an den Haupteingängen waren das Minimum, und zusätzliche Mauern wie die, die sich um Arthos bildeten, wurden im Laufe der Zeit hinzugefügt. Die Sorge vor einem Ausbruch aus dem Dungeon war immer vorherrschend, obwohl der Druck der zivilen Regierung gelegentlich dazu führte, dass die Mauern niedergerissen wurden, besonders in stark frequentierten Dungeons. Selbst in fortgeschrittenen Dungeons war es unwahrscheinlich, dass es zu einem Ausbruch kam, wenn sie ständig geräumt wurden.

Die Dungeons der Meisterklasse waren jedoch immer von Mauern umgeben. Es gab nicht nur den historischen Präzedenzfall, dass die Teams der Meisterklasse nicht ausreichten, um einen Dungeon zu räumen, sondern auch die Geschwindigkeit, mit der ein Meisterklasse-Dungeon die örtlichen Wachen und die Miliz überwältigen konnte, machte Mauern notwendig. Keine örtliche Miliz konnte hoffen, sie auf offenem Gelände aufzuhalten, und selbst mit verzauberten Mauern konnten sie sie nur lange genug aufhalten, bis die Armee und die Abenteurer eintrafen.

Deshalb wurden um die Dungeons der Meisterklasse immer Mauern errichtet. Je nach Größe des Dungeons konnte man sogar eine zweite Mauer haben, obwohl ein innerer Vorhof und eine größere Außenmauer, die die Abenteurerhalle und andere Händler und Lieferanten umfasste, üblicher waren. Amüsanterweise wusste Daniel, dass trotz der zusätzlichen Gefahr eines Dungeonausbruchs die Kosten für die Anmietung von Räumlichkeiten innerhalb der Mauern aufgrund des höheren Einkommens der Abenteurer im Allgemeinen extrem hoch waren.

Auf jeden Fall war das die erste Reihe von Mauern in der Stadt. Sie umgaben die Dungeons der Meisterklasse und, ja, auch den Dungeon der Fortgeschrittenenklasse. Diese Mauern umfassten ein größeres Gebiet, allein schon wegen der geringeren Bedrohungslage und der höheren Anzahl von Abenteurern, die dort ihren Lebensunterhalt verdienten.

Dann kam eine zweite Reihe von Mauern. Diese wurde zwischen und um die zivilen Gebäude herum gebaut, die Wohnhäuser und Geschäfte der Zivilisten, die um die Dungeons herum entstanden sind. Als kommunale Ressourcen, die eine beträchtliche Anzahl von Ressourcen bereitstellten, sahen die Dungeons immer die Anwesenheit von Zivilisten, die dort den Abenteurern dienten, Zivilisten, die dann für sich selbst Dienstleistungen benötigten. Anfangs wuchsen sie natürlich um jeden Dungeon herum, und da die Dungeons der Meisterklasse meilenweit voneinander entfernt lagen, war es einfacher, die Umgebung des Dungeons selbst zu bedienen als einen mittleren Ort. Und weil die Umgebung – anfangs – gefährlich war, wurden Mauern benötigt. Stadtmauern, um sich selbst zu schützen.

Und dann war da natürlich noch das königliche Schloss. Es war auf dem Hügel über den Dungeons selbst errichtet worden. Das Schloss mit seinen Vorhangmauern und den darunter liegenden Adelshäusern, die alle bewacht werden mussten, was Vorhangmauern für die königliche Meile und dann eine weitere Mauer für die Adelsviertel bedeutete. Und dann, als die Dienerschaft und andere Lieferanten heranwuchsen, eine dritte Mauer für diese Personen.

Die Bauern bewirtschafteten zunächst das Land zwischen den sich ausbreitenden Dörfern, die zu Städten wurden, aber auch sie bauten ihre eigenen Mauern. Als sich schließlich die Zahl der Bauern und die wachsenden Städte zusammengeschlossen hatten, wurde beschlossen, dass eine einzige, größere Mauer erforderlich war. Dies führte zu einem weitaus bedeutenderen Projekt, das auch die Zukunft berücksichtigen sollte.

Und so wurde eine weitere Mauer gebaut. Diese überragte alle anderen, kleineren Bauwerke zuvor. Mit einer Höhe von über fünfzehn Metern, gefertigt aus schwarzem Obsidian und einer Mischung aus Magie und hochqualifizierten Baumeistern, umschloss die Schwarze Mauer alle drei Dungeons, ihre Städte, das königliche Schloss, die Adelsviertel und ihre Stadt sowie die Bauernhöfe, die sie alle ernährten.

Irgendwann war das Land im Inneren natürlich aufgebraucht, als geschäftstüchtige Adlige Land für ihre Bauern aufkauften, clevere Kaufleute

Wohnhäuser und Gebäude für das einfache Volk errichteten und die Stadt wieder wuchs. Was wie genügend Platz aussah, wurde zu wenig, denn es gab kein freies Land mehr.

Und die Stadt dehnte sich wieder aus. Das Ergebnis waren die Mauern, auf die Daniel jetzt starrte, ein kürzeres, sechs Meter hohes Bauwerk aus Stein und Mörtel, dessen Entstehung eher eine Aussage darüber war, wo die Stadt begann, als ein tatsächliches Hindernis.

Die Stadt der Hundert Mauern, in der Tat.

***

„Name?“

„Daniel Chai. Fortgeschrittener Abenteurer.“ Daniel hielt seine Abenteurerkarte hoch und lächelte ein wenig, da er das sagen konnte. Das Lächeln verging ihm einen Moment später, als er gezwungen war, das Silberstück abzugeben. Der Karawanenmeister hatte das Team am Vortag entlassen, weil er nicht für ihre Eintrittsgelder aufkommen wollte. Nicht, dass es Daniel viel ausmachte.

Es war nur ein Silberstück. Und wenn sie mit der Karawane gereist wären, würden sie sich immer noch fertig machen. Und hinter dem Team staute sich bereits der morgendliche Verkehr in die Stadt, und die Sonne hatte kaum den Horizont durchbrochen.

„Ein ganzes Ba'al-Silber!“, grummelte Omrak und verschränkte die Hände, als er fertig war. Er sah noch weniger beeindruckt aus, erstarrte aber zusammen mit Daniel, als sie den Wächter sprechen hörten.

„Das ist nicht genug. Es ist ein Gold für eure Art“, sagte der Wächter zu Asin und Zef, die versucht hatten, ihr Silber abzugeben.

„Was? Das ist unverschämt. Sie haben nur ein Silberstück bezahlt“, sagte Zef, wobei sich sein Schwanz nun an seinem Körper zusammenrollte. Asins Ohren hatten sich abgeflacht, während sie sich umsah, denn die Wachen in der Nähe waren jetzt in höchster Alarmbereitschaft.

Als Daniel sich umdrehte, entdeckte er sogar eine der Wachen, die eine Armbrust spannte, obwohl er noch keinen Bolzen eingelegt hatte.

„Was ist denn hier los?", rief Lady Nyssa und drängte sich an die beiden heran. Sie starrte den Wachmann an, als wäre er nicht mehr als ein Insekt.

„Und du bist?", fragte der Wachmann.

„Lady Nyssa Mazur, aus dem Hause Mazur." Sie hielt ihre Karte hoch. „Eine Abenteurerin der fortgeschrittenen Klasse. Wie der Rest meiner Gruppe. Dies ist mein Leibwächter, Sir Charles Moffat."

„Lady Nyssa." Der Wachmann verbeugte sich leicht und nahm nicht einmal ihre Karte, sondern warf nur einen Blick darauf. „Ich bitte um Verzeihung. Aber diese Kreaturen weigern sich, die Eintrittsgebühr und den Durchsuchungsbefehl zu bezahlen."

„Durchsuchungsbefehlgebühr?", sagte Lady Nyssa und runzelte die Stirn.

„Ja. Es ist eine Gebühr, die eingeführt wurde, um die Kopfgeldjäger zu bezahlen, die den Haftbefehl ausstellen." Als Asin ein leises Knurren ausstieß, fuhr er fort zu erklären. „Für den Fall, dass sie das Gesetz brechen."

„Nicht kriminell", knurrte Asin.

„Doch", sagte der Wachmann und schnüffelte.

„Ich weiß nichts von diesem Gesetz. Wann wurde es verabschiedet? Habt ihr die Bekanntmachung zur Hand?", sagte Lady Nyssa und hielt Zef und Asin eine kleine Hand hin, um sie zu beruhigen. Daniel, der untätig zurückging, legte eine Hand auf seinen Hammerkopf, obwohl er es besser wusste, als diesen zu ziehen. Diese Art von Problemen konnte man nicht mit Gewalt lösen.

„Es wurde vor einem Jahr veröffentlicht. Und wir haben eine Kopie in unseren Büros." Der Wachmann deutete auf den kleinen Turm, der mit der Mauer verbunden war. „Wenn ihr wollt, können wir uns darin verweilen. Aber die Beastkin dürfen nicht in die Stadt, bevor sie bezahlt haben."

Lady Nyssa zögerte und blickte zu Daniel. Er nickte der Adeligen zu, die der Bitte nachkam. Mit minimalen Beschwerden standen Asin und Zef an der Seite und wurden von den Wachen bewacht, einschließlich derjenigen, die inzwischen ihre Armbrust geladen hatte. Mit einem Wimpernschlag schickte er Omrak und Charles zu den beiden, um für Ordnung zu sorgen, während Daniel zu Lady Nyssa ging, um die Stadtverordnung zu überprüfen.

Gemeinsam starrten die beiden auf das Dokument, das ihnen gereicht wurde, und lasen die Schriftrolle mit gesenktem Kopf durch. Erst gegen Ende entdeckten sie ein kleines Kodizill, das die Adelige zögern ließ.

„Ich könnte, aber...“ Sie runzelte die Stirn.

„Du machst dir Sorgen?“, sagte Daniel beunruhigt.

„Ja. Darüber, wie sie sich dabei fühlen würden.“

Daniel nickte und schämte sich ein wenig für das, was er von ihr dachte. Sie hatte nicht angedeutet, dass sie befürchtete, die beiden könnten ihr Wort brechen.

„Wir könnten sie fragen. Ich weiß, dass Asin zumindest das Geld hat, aber...“

„Sie sind kratzbürstig. Alle beide.“

Daniel konnte nur nicken, und die beiden verließen schnell das Gebäude. Sie stellten fest, dass der Verkehr wieder in Gang gekommen war, obwohl das Abenteurerteam mehr als nur ein paar Blicke erntete. Als Daniel näher kam, beobachtete er, wie ein Bauer, der an der Gruppe vorbeirollte, seinen Mund öffnete und direkt in die Nähe den Cat- und Lizardkin spuckte, die beide einen kalten, gleichgültigen Gesichtsausdruck hatten.

„Freund Daniel, Heldin Lady Nyssa, wie sieht es aus?“, grummelte Omrak, als die beiden ankamen.

„Es gibt eine Ausnahme. Aber das setzt voraus, dass ich für das Wohlverhalten unserer Freunde garantiere. In diesem Fall müssen sie nur ein Silberstück bezahlen“, erklärte Lady Nyssa.

Zef rührte sich aus seiner unbeweglichen Position, während Asins Nase und Schnauze sich kräuselten. Ihre Schnurrhaare zuckten, aber sie blieb still. Es war Zef, der zuerst sprach. „Ein Silber ist gut. Ich bin bereit, wenn du es bist.“

Lady Nyssa legte den Kopf schief, bevor die Gruppe zu Asin blickte. Diese gab ihre Antwort schließlich bekannt, indem sie zu der Wache schritt und eine Goldmünze hochhielt. Sie drückte sie ihm in die Hand und wartete darauf, dass die Wache die Eintrittskarte in ihre Abenteurerkarte eintrug, bevor sie wortlos hineinspazierte.

„Sie ist stolz, nicht wahr?“ Die Wache lachte ein wenig, während Lady Nyssa den Eintritt von Zef unter ihrer Ägide bestätigte.

In der Zwischenzeit ging Daniel zu Asin hinüber und stellte sich neben die schweigend wütende Catkin, die ihren Schwanz in einem langsamen Metronom hinter sich herschleuderte.

„Wir sind nicht mehr in Karlak, oder?"

Darauf konnte Asin nur ein humorvolles Schnauben ausstoßen.

***

Zunächst machte sich das Team auf den Weg zum Gebäude der Seven-Stones-Gilde in der Hauptstadt. Die Gruppe, angeführt von Lady Nyssa, drang mit jedem Schritt tiefer in die Hauptstadt ein und steuerte das sogenannte Abenteurerviertel an. Das Gebiet innerhalb der unmittelbaren Mauern der Dungeons war zwar auch ein Abenteurerviertel, doch wurden diese oft mit den Namen der Dungeons vorangestellt. Das Viertel, in dem sie sich befanden, wurde so genannt, weil es zwischen den drei Dungeons lag und für die Abenteurer leicht zugänglich war.

Auf ihrer Reise entdeckte die Gruppe die Hauptstadt. In vielerlei Hinsicht war die Stadt selbst vertraut, mit weiß getünchten und grauen Lehm- und Lehmbauten, die überall die kopfsteingepflasterten Straßen säumen. Oft befanden sich unter den mehrstöckigen Gebäuden, die teilweise bis zu vier Stockwerke hoch waren, Einzelhandelsgeschäfte, deren immer größer werdende Etagen die darunter liegenden beschatteten. Eine interessante Neuerung in der Stadt waren neben der Kanalisation die erhöhten Holzplattformen vor den Eingängen zu den Geschäften, die es den Fußgängern ermöglichten, sich vor den fahrenden Wagen in Sicherheit zu bringen und sich von den offenen Abwässern zu entfernen, bevor diese in die Kanalisation fielen.

Dies führte zu einer allgemein hygienischeren Stadt, obwohl das viel größere und umfangreichere Abwassersystem unter der Stadt zu einer Überentwicklung von Schleim und anderen abwasserfressenden Monstern führte. Das Töten dieser Monster und der kleinen Kolonien anderer halbwüchsiger Kreaturen, die in den Gängen unter der Stadt lebten, beschäftigte Anfänger-Abenteurer in der Hauptstadt. Die gesamte Hauptstadt war ein Ökosystem von Abenteurern und Dungeonerforschern, zusammen mit dem ziemlich einzigartigen Hauptdungeon von Warmount. Oder, formeller ausgedrückt, der Krieg des Berges.

Dieser Dungeon war insofern etwas anders, da sogar Anfänger und fortgeschrittene Abenteurer ihn betreten und sich darin weiterentwickeln konnten. Wie sein Namensvetter war der Dungeon ein Kriegsszenario mit einem ganzen Berg und einer Burg, die die Abenteurer im Dungeon verteidigen mussten. Anfänger-Abenteurer waren gezwungen, in dem weitläufigen Gebäude Besorgungen zu machen und sich mit Monstersaboteuren und der nicht enden wollenden Vermehrung von Schattenkreaturen in den dunklen Nischen des Gebäudes auseinanderzusetzen. Fortgeschrittene Abenteurer hatten die Aufgabe, die Mauern zusammen mit den zahlreichen und unterschiedlichen Simulakrum-Verteidigern zu halten, während Abenteurer der Meisterklasse die Simulakrums anführten, um feindliche Champions zu besiegen und Belagerungswaffen zu sabotieren. Um die gesamte Begegnung zu „gewinnen", mussten mehrere Gruppen von Abenteurern zusammenarbeiten, um das Rückgrat der feindlichen Armee zu brechen und sie zu vertreiben.

All dies hatte das Team aus Gerüchten und Geschichten erfahren, die in den Abenteurergilden auf dem Weg in die Hauptstadt erzählt wurden. Viele Abenteurer von außerhalb der Hauptstadt blickten auf die Abenteurer der „Hauptstadt" herab, da viele von ihnen Warmount selbst nie verlassen hatten. Diese wiederum blickten auf die Neuankömmlinge, die ihre Dungeons herausforderten, wegen ihres Mangels an „allgemeinem" Wissen und ihrer übergroßen Vorsicht herab.

Dies führte zu einem gewissen Grad an Feindseligkeit und zu Abenteurergilden, die nur auf die Hauptstadt spezialisiert waren. Natürlich behielt die Abenteurergilde selbst die Situation im Auge und sorgte dafür, dass die Feindseligkeit und der Wettbewerb größtenteils in Worte gefasst wurden.

Dennoch bedeutete dies, dass Gilden, die nicht nur aus Kapital bestehen, abgesehen von einigen wenigen bekannten Beispielen, in den Abenteurerbezirk verbannt wurden. Selbst wenn die anderen Gilden über die Mittel verfügten, ein Gebäude innerhalb der Mauern eines Dungeons der

Meisterklasse zu erwerben, war es ihnen oft unmöglich, dies zu tun. Der Verkauf von wertvollen Grundstücken in diesen Bezirken war selten und erfolgte oft über Hintertürchen. Bis die meisten Gilden überhaupt erfuhren, dass ein solches Grundstück zum Verkauf stand, war dieser bereits abgeschlossen.

Und dabei wurde noch nicht einmal der immer größer werdende Einfluss der Adligen berücksichtigt. Ihre politische Macht und die Mittel, die sie – oft in Städten und Dungeons außerhalb der Hauptstadt – aufbringen konnten, boten ihnen die Möglichkeit, solches Land lange im Voraus zu erwerben.

Das führte zu der Situation, auf die die Gruppe nun starrte. Anstelle des weitläufigen Herrenhauses, das das Team in Silverstone gewohnt war, bestand das Gebäude der Gilde der Seven Stones in Warmount aus zwei miteinander verbundenen Gebäuden, die kaum drei Viertel so breit waren wie das Herrenhaus in Silverstone und eher horizontal als vertikal. Wenn Daniel nach oben blickte, konnte er insgesamt sechs Hauptgeschosse und einen Blick auf möglicherweise zwei weitere Stockwerke in einem Turm erhaschen.

Mit seinen Sinnen konnte Daniel den Manakanal wahrnehmen, der durch das Gebäude floss, Verzauberungen, die die Materialien verstärkten, die das Gebäude aufrechterhielten und es vor dem Einsturz bewahrten. Es handelte sich nicht um passive, sondern um aktive Verzauberungen, Energie, die über Manasteine, die aus den Dungeons entnommen wurden, in das Gebäude floss.

Ein teures Unterfangen, aber es ermöglichte der Gilde, sich in dem kleinen Raum, den sie hatte kaufen können, nach oben zu entwickeln. Dennoch konnte Daniel allein schon an dem Strom von Personen, die durch die beiden Türen zum Gildengebäude ein und aus gingen, erkennen, dass es für ihre Bedürfnisse nicht ausreichte.

„Gut, ich denke, wir sind da", sagte Daniel schließlich und sah die Gruppe an. Alle nickten kurz, wobei Lady Nyssa am ungeduldigsten aussah. Er verstand ihre Ungeduld, denn im Gegensatz zu den anderen hatte sie einen Ort, an den sie danach gehen konnte.

„Kommt", sagte Lady Nyssa, nachdem sie festgestellt hatte, dass die Gruppe genug geglotzt hatte. Sie warf dem Händler einen bösen Blick zu, der versuchte, sie zu umgehen, und ging hinein, dicht gefolgt von Charles.

Asin gab ein kleines Schnaufen von sich und schritt dann vorwärts, wobei sie die Ohren schwenkte und die Umgebung in Augenschein nahm. Die Catkin war in höchster Alarmbereitschaft, und ihr Schwanz wedelte in kurzen, scharfen Zügen hinter ihr her. Zef folgte ihr, wobei er sich dicht an seine Artgenossin hielt. Die geringe Anzahl von Beastkin in der Hauptstadt war beunruhigend, ebenso wie ihr anfänglicher Empfang. Anstatt seine Freunde allein gehen zu lassen, eilte Daniel hinterher und griff mit dem Finger in seine Tasche, in der sich ihre Einführungsbriefe befanden.

Es war an der Zeit zu sehen, was es mit der Hauptstadt auf sich hatte.

Kapitel 6

„Beeilt euch und wartet", brummte Lady Nyssa, die Arme vor der Brust verschränkt.

Charles zeigte ein kurzes Lächeln, bevor sich sein Gesicht wieder glättete. Die Gruppe saß in einem Außenrestaurant vor der Abenteurergilde, da sie im Hauptgebäude selbst keinen Platz gefunden hatte. Das gesamte Gebäude bestand aus mehreren miteinander verbundenen Gebäuden, wobei jeder Bereich einem anderen Schwerpunkt gewidmet war.

Nachdem sie ihre Lektion in Silverstone gelernt hatten, hatte Daniel Informationen über das Gebäude eingeholt, bevor sie am nächsten Tag dorthin reisten, sich bei der neuen Abenteurergilde meldeten und den Abschluss ihrer Quest registrierten. Nachdem sie bezahlt worden waren, hatte die Gruppe versucht, einen Tisch in der Gilde zu finden, aber alle Tische waren bereits besetzt, sodass die Gruppe gezwungen war, sich draußen in einem der vielen Restaurants zu versammeln, die die Masse an Gästen bedienten.

„Typisch", sagte Asin.

„Es ist in Ordnung!", grummelte Omrak. „Ich freue mich darauf, diese neuen Dungeon zu testen. Es ist lange her, dass wir es geschafft haben, uns mit neuen Gegnern zu messen, die unserer Aufmerksamkeit würdig sind."

Zef schnaubte und stützte seinen Speer neben dem Tisch ab. Statt zu antworten, nippte er an seinem gepressten Grafasaft, einem violett-grünen Getränk, das ein einziges Silber pro Becher gekostet hatte. Daniels Augen hatten sich bei dem Preis geweitet, doch Zef hatte ihn wortlos bezahlt. Anscheinend war die Grafa-Frucht hier oben selten, aber dort, wo Zefs Volk ursprünglich herkam, weiter südlich, weitverbreitet.

„Die königliche Familie wird mit uns sprechen, wenn sie es wünscht", sagte Daniel achselzuckend.

Der Gildenmeister anscheinend auch, denn keiner der beiden hatte es vorgezogen, mit ihm zu sprechen, als sie sich gestern gemeldet hatten. Tatsächlich hatten sie heute Morgen bereits eine Antwort erhalten, in der ihnen mitgeteilt wurde, dass ihre Anwesenheit in der Hauptstadt anerkannt wurde und dass ein Termin für sie vereinbart würde.

Irgendwann.

„Wie auch immer." Lady Nyssa winkte mit der Hand. „Daniel, mein Onkel würde gerne einmal mit dir sprechen. Er ist das Oberhaupt des Haushalts in Warmount und würde gerne meinen Teamleiter kennenlernen." Unausgesprochen blieb der andere Aspekt, warum er Daniel sehen wollte – seine mächtige Gabe. Darüber konnte in der Hauptstadt nicht gesprochen werden, es sei denn, sie standen unter dem Schutz der Privatsphäre.

„Ja, natürlich. Bis dahin sollten wir uns, wie Omrak sagt, mit dem Erkunden beschäftigen." Daniel verzog das Gesicht und starrte auf die Reste ihres Mittagessens. „Hier zu leben, wird teuer werden."

Der Preis für ihre Mahlzeit war dreimal so hoch wie in Silverstone, und dort war es bereits teuer. Sogar ihre Unterkunft musste in der Gilde selbst bezahlt werden.

„Tageserkundung", sagte Asin. Als die Gruppe sie anschaute, um weitere Erklärungen zu erhalten, schnaubte sie und fügte hinzu: „Einberufungen."

„Oh, richtig." Daniel nickte. Es war auf jeden Fall besorgniserregend, wenn sie eine Vorladung erhielten und am nächsten Tag erscheinen mussten, und das bei einer mehrtägigen Erkundung.

„Oh, sieh dir das Kätzchen an. Sie hat sogar ein Messer. Ich wette, sie denkt, sie sei eine Abenteurerin." Eine erhobene Stimme durchbrach das Getümmel. Als Zef und der Rest des Teams hinübersahen, fuhr sie fort. „Und eine Eidechse haben sie auch. Ich schätze, manche Leute mögen seltsame Haustiere."

Daniel drehte sich um und entdeckte den elegant gekleideten, brünetten Mann, der sich über die Gruppe lustig machte. Er stupste seine Freunde an, allesamt junge Männer, die wie Adlige gekleidet waren. Daniels Augen verengten sich ein wenig und er wollte sich erheben, doch Lady Nyssa legte ihm eine Hand auf den Arm. Sie flüsterte ihm das Wort „nicht" zu.

„Oooh, sieh mal. Es scheint, die Kreaturen haben einen Meister."

Asin stieß ein kleines Schnauben aus, schüttelte aber den Kopf und wandte sich von der spöttischen Gruppe ab. Nach einer Sekunde tat Zef es ihr gleich und konzentrierte sich auf sein Getränk.

„So ist es richtig, du kennst deinen Platz."

„Warum gehst du nicht zurück in die Kanalisation, wo du hingehörst!", schnauzte Daniel entnervt. Lady Nyssa stöhnte, während Charles seine Gesichtszüge sofort wieder glättete.

„Du Bauer wagst es, mir zu widersprechen? Ich werde dich auspeitschen lassen." Der junge Mann blähte seine Brust auf. „Wenn du es nicht besser weißt, ich bin Rene deBone, der Sohn der Marquise deBone."

„Offensichtlich hat er seinen Knochen nicht zum richtigen Zeitpunkt verloren...", murmelte Zef leise vor sich hin.

„Was hast du gesagt, du Eidechse?!" Rene schrie Zef fast an und pirschte sich an ihn heran.

Anstatt den anderen Mann seinen Freund berühren zu lassen, stand Daniel auf und stellte sich dazwischen. Omrak tat es ihm gleich, und der junge blonde Mann erhob sich über die Freunde, die ihn begleitet hatten. Sie spotteten über Omrak und Daniel und musterten ihre gemeinsame Kleidung.

„Neuankömmlinge. Ich hasse Neuankömmlinge. Sie verstehen nie, wo ihr Platz ist", sagte einer der jungen Männer mit einem leichten Lispeln in der Stimme.

„Wir haben dir nichts getan. Geht einfach weg", knurrte Daniel und starrte den Jungen an. Die ganze Gruppe war wahrscheinlich nicht älter als sechzehn, und alle waren hitzköpfig. Daniel bemerkte müßig, dass sie alle kleine kupferne Armbänder trugen, eine Modeerscheinung, die er bei vielen anderen beobachtet hatte.

„Oh, jetzt lernst du, vorsichtig zu sein. Nun, vergiss es. Ich fordere dich, als Herr dieser Kreaturen, zum Duell heraus!"

Daniel hielt verblüfft inne. Er drehte sich ein wenig weg, um Lady Nyssa anzustarren. „Was?", murmelte er. Bevor sie antworten konnte, schrie der junge Mann auf und stieß Daniel an.

„Wage es nicht, den Blick von mir abzuwenden, Bauer. Ich habe dich zu einem Duell herausgefordert."

„Ich bin nur... Moment. Du meinst mit Schwertern und so?", sagte Daniel und schüttelte den Kopf.

„Ja, ein Duell. Um die Ehre. Oder wisst ihr ungebildeten Bauern nichts davon?"

Daniel seufzte und klopfte mit dem Hammer auf seine Hüfte. „Ich benutze nicht wirklich ein Schwert. Also nein."

Neben ihm zuckte Lady Nyssa, die aufgestanden war und sich nach vorne bewegt hatte, zusammen. Dennoch hielt sie ihren Mund, da er bereits gesprochen hatte.

„Was? Du kannst mich nicht abweisen." Rene schaute ein wenig verwirrt über die Absage, aber schon bald wurde sein Gesicht wieder rot.

„Ich glaube, das habe ich gerade."

„Du, du ehrloser Hund...!"

„Abenteurer Chai hier ist ein Heiler", schaltete sich Lady Nyssa ein, bevor der Junge eine weitere Tirade beginnen konnte. „Und als solcher ist es sein gutes Recht, das Duell abzulehnen."

„Ein Heiler? Der?" Der lispelnde Adlige meldete sich zu Wort und ließ seinen Blick über die Gestalt des muskulösen und stämmigen Jungen gleiten. Er sprach es nicht laut aus, offensichtlich wollte er der kultivierten Lady Nyssa nicht widersprechen, aber seine Stimme enthielt alle Zweifel, die er in sie legen konnte.

„Ja, Lord...?", antwortete Lady Nyssa.

Rene schaute ein wenig verwirrt, als seine Herausforderung unterbrochen wurde. Der lispelnde Lord musterte Lady Nyssa und den schweigsamen Charles, der in offensichtlicher Wachposition neben ihr stand, und verbeugte sich. „Ich bin Lord Jean-Marc Halocene."

„Ah, Lord Halocene!" Lady Nyssa knickste, was Daniel seltsam vorkam, denn sie trug ihre Abenteuerkleidung, die natürlich aus Hosen bestand. Natürlich trug sie aus Gründen des Anstands einen sehr weiten Rock über der Hose, der jedoch hochgeschlitzt war, um ihr die größtmögliche Bewegungsfreiheit zu gewähren. „Ich möchte Ihnen das Beileid meines Hauses zum Tod Ihrer Mutter aussprechen. Sie war sehr geachtet."

„Danke." Lord Halocene erwiderte ihren Knicks mit einer Verbeugung. „Und Sie sind... ?"

Nachdem Lady Nyssa sich und Charles vorgestellt hatte, waren die anderen Adligen gezwungen, sich zu verbeugen und ihre Namen und ihren Rang zu nennen. Rene hatte sich ein wenig zurückgezogen und sah verärgert aus, dass seine Herausforderung durch gesellschaftliche Höflichkeiten behindert wurde.

Als dies geschehen war, schaltete sich Lord Halocene ein. „Ich bin überrascht, Sie mit solchen... Individuen zu sehen."

„Ihr kennt mein Haus", sagte Lady Nyssa und zuckte mit einer Schulter. „Wir müssen dorthin gehen, wohin die Erforschung uns führt."

„Ja. Sie sind eines dieser Häuser...", spottete Rene. Jean-Marc blickte seinen Freund an und schüttelte kurz den Kopf. Rene kämpfte um Fassung, nickte aber schließlich Lady Nyssa entschuldigend zu.

„Kommt. Wenn wir nicht bald gehen, kommen wir zum Abendessen nicht pünktlich", sagte Jean-Marc und winkte seinen Freunden zu. Die Gruppe strömte davon, alle außer Rene, der frustriert dastand. Schließlich grinste der Lord Daniel wieder an, spuckte in die Nähe der Stelle, an der Asin und Zef saßen, und schlich der Gruppe hinterher.

Erst als sie weg waren, entspannte sich Lady Nyssa und stieß einen langen Atemzug der Erleichterung aus, bevor sie sich wieder versteifte und sich auf Daniel stürzte.

„Du! Ich habe darauf hingewiesen, dass du nicht hättest reagieren sollen!"

„Sie haben Asin und Zef beleidigt!"

„Natürlich haben sie das. Sie sind Beastkin." Lady Nyssa nickte den beiden zu und schenkte ihnen ein entschuldigendes Lächeln. „In Warmount wird man sie beleidigen und verachten. Das wissen sie. Sie wussten es besser, als zu reagieren. Du aber...!"

„Sie sind meine Freunde." Daniel verschränkte die Arme. „Ich will nicht, dass sie so behandelt werden."

„Dann hättest du sie nicht mitbringen sollen."

Daniel schüttelte erneut verärgert den Kopf, aber die Lady hatte genug von ihm, ging zurück zum Tisch und setzte sich. Sie nahm ihr Glas Wein in die Hand und nippte daran, wobei sie Daniel, der wütend dastand, absichtlich ignorierte. Schließlich setzte sich auch der Heiler, und Asin beugte sich vor und flüsterte etwas vor.

„Danke."

Auch Zef nickte, woraufhin Lady Nyssa beide anfunkelte. Omrak, der seinen eigenen Platz eingenommen hatte, murrte.

„Ich habe auch geholfen."

Zef grinste und klopfte dem großen Blonden auf die Schulter. „Bah! Du warst mir im Weg. Ich konnte ihre Gesichter nicht sehen, als Lady Nyssa ihnen sagte, Daniel sei ein Heiler."

Die Gruppe kicherte ein wenig darüber, aber Daniel hob einen Finger. „Warum bin ich dann ausgenommen?"

„Es ist die gleiche Ausnahme, die Heiler für die Behandlung anderer erhalten. Man kann nicht gezwungen werden, sich zu duellieren oder an anderen Herausforderungen als Heiler teilzunehmen." Lady Nyssa seufzte. „Zu wenige Heiler, zu viele hitzköpfige Narren. Als es noch keine generelle Ausnahmeregelung gab, fanden zu viele Adlige und andere einen Weg, die frühere Regel zu umgehen, nach der Behandlungsergebnisse von Heilern nicht angefochten werden durften."

Daniel nickte langsam und rieb sich die Nase. Er wusste, dass er für die Behandlung anderer nicht angeklagt werden konnte, egal, wie das Ergebnis ausfiel. Aufgrund der geringen Anzahl von Heilern war dies ein wichtiger Punkt im Gesetz. Ein Behandlungsergebnis konnte nur von einem anderen Heiler angefochten werden, und das auch nur vor einer Jury von Gleichgesinnten, die einen Wahrheitsstein benutzte. Natürlich gab es immer noch Missbräuche, aber es war der beste Kompromiss, um die Bereitschaft der Heiler zu erhalten, neue Behandlungsmethoden zu testen und nicht aus dem Land in andere, sicherere Gebiete zu fliehen.

„Hmm... Also gehen wir erkunden?", grummelte Omrak und beugte sich vor. „Ich denke, wir sollten uns zumindest die erste Ebene ansehen..."

„Nein, wir sollten erst einmal Informationen sammeln. Das verringert die Wahrscheinlichkeit von Problemen", protestierte Charles und schaltete sich ein.

Daniel kicherte, als er die Gruppe streiten sah, aber er konnte nicht umhin, einen Blick in Richtung der Gruppe der Adligen zu werfen, die sich davongemacht hatte. Und dann zu seinen Freunden. Irgendwie glaubte er nicht, dass ihre Probleme vorbei waren. Noch nicht.

Kapitel 7

Im weitläufigen Fortgeschrittenen-Dungeon von Warmount herrschte reger Betrieb. Im Gegensatz zu den meisten anderen Dungeons hatte das Labyrinth von Zulo mehrere Ein- und Ausgänge. Anders als die meisten Dungeons schloss es sich außerdem einmal im Monat, um seine innere Struktur zu verändern, sodass jeden Monat neue Abenteurergruppen das Innere neu erlernen und neu erfassen mussten. Da es jetzt Monatsmitte war, herrschte im Dungeon Hochbetrieb, denn der zentrale Dungeon-Boss musste noch gefunden werden, und der Preis für denjenigen, der ihn als Erster besiegte, musste noch eingefordert werden. Sobald der Boss gefunden und der Preis gewonnen war, verlor der Dungeon an Attraktivität, da die Belohnungen sanken. Bis er sich wieder veränderte, und die wenigen tapferen Kartierungsteams erneut eintraten, um für ihre Risiken große Summen an Beitragspunkten und Gold von der Abenteurergilde zu erhalten. Bis sie fertig waren, wagten sich jedoch nur wenige Gruppen über den äußeren Ring der Gänge hinaus.

Da der gesamte Fortgeschrittenen-Dungeon ein einziges, riesiges Labyrinth war, wurde das Konzept der „Ebenen" oder Stockwerke über Bord geworfen. Stattdessen verfolgten die Abenteurer in der Hauptstadt die „Tiefe", in der sie sich im Dungeon befanden, anhand der Anzahl der Umdrehungen, die sie gemacht hatten. Je mehr Umdrehungen man machte, desto tiefer befand man sich darin. Dies war natürlich sehr viel ungenauer als die Angabe von Ebenen, und so stieg die Zahl der Todesfälle in den ersten Tagen eines Monats – vor allem bei Teams, die mit der Umgebung nicht vertraut waren.

Genauso oft veränderten sich die Monster im Labyrinth. Natürlich nicht in demselben Ausmaß, aber im Gegensatz zu den zwei oder drei Arten, die eine Ebene ausmachen, mit insgesamt vielleicht dreißig verschiedenen Monstern in einem großen, ausgedehnten Dungeon für Fortgeschrittene, gab es im Labyrinth etwa zweihundert Arten. Jeden Monat wurden zwar nur etwa dreißig vorgestellt, aber bei so vielen Varianten änderte sich die genaue Mischung ständig, was zu einer erhöhten Gefahr führte.

„Und deshalb haben wir das Glück, mitten im Monat hier zu sein", schloss Lady Nyssa, während sie darauf warteten, dass sie an der Reihe waren. Die Gruppe verdrehte ein wenig die Augen, denn die meisten

Informationen, die sie gab, waren wohlbekannt. Immerhin hatten sie auf dem Weg in die Hauptstadt mehrere Monate Zeit, sich mit diesem Wissen vertraut zu machen.

„Wie schlimm ist es denn diesmal?", fragte Daniel neugierig.

„Hmm... Niemand hat den Endboss bisher erreicht oder es zumindest nicht angekündigt", schaltete sich Charles in das Gespräch ein. „Gerüchten zufolge gibt es jedoch einige Gruppen, die kurz davor stehen. Was uns betrifft, so gelten die ersten zwei Dutzend Runden als wenig gefährlich."

„Gut." Omrak grinste, straffte die Riemen seiner Armschienen und schlug eine Faust in die Handfläche. „Es wird Zeit, dass wir mehr tun, als nur gelegentlich ein wildes Tier zu verjagen."

Die anderen Abenteurer konnten nicht anders, als zu nicken. Da es sich um die Hauptstadt handelte, war die Zahl der gefährlichen Tiere in der Nähe der Hauptstadt selbst unbedeutend. Die einzige Sorge war Banditen, und selbst dann war die Gefahr äußerst gering. Einige Karawanen machten sich nicht einmal die Mühe, Wachen mitzunehmen, wenn sie die lokale Runde machten, sondern vertrauten darauf, dass die Patrouillen des Königs und der ständige Verkehr Tiere und Banditen fernhielten.

Hätte die Abenteurergilde nicht den Händlern einen Riegel vorgeschoben, die die Reise nicht bezahlten, hätte das Team den Weg vom äußeren Ring der Städte wahrscheinlich selbst bezahlen müssen. Aber das war ein bekanntes Problem, und keine Karawane oder Handelskarawane konnte mit dieser Art von Geiz durchkommen. Nicht unter den Augen der Abenteurergilde. Und da sie den Fluss der Manasteine kontrollierte, wagte es kein Händler, sich mit ihnen anzulegen.

Schließlich fand sich das Team vor den Türen zum Fortgeschrittenen-Dungeon wieder. Sie händigten dem Wachmann ihre Karten aus, der sie daraufhin überprüfte. Der ranghohe Wachmann blickte die Gruppe unter seinem Flanschhelm und den tief liegenden Augen stirnrunzelnd an, aber Charles trat vor und zeigte den Wachen die Karte und das Informationspaket, das sie bereits erworben hatten.

„Ihr seid bereit." Die Stimme des Wachmanns war heiser, als ob er dringend einen Drink bräuchte. Er musterte Charles. „Du warst also schon einmal hier?"

„Ich begleitete einen anderen aus dem Hause Nyssa, ja. Es ist schon einige Jahre her, aber ich erinnere mich an meine Erfahrungen", sagte Charles.

Daniel war überrascht, denn der ältere Mann gab nur selten Auskunft über seine Vergangenheit. Er hatte sich sogar geweigert, über seine früheren Erfahrungen in Warmount zu sprechen. Vielleicht hielt er das Thema für unwichtig, wenn sie so weit weg waren und der Dungeon in weiter Ferne lag.

„Dann geht." Der Wachmann winkte, und die Gruppe trat ein. Sie waren bereit, ihren allerersten Dungeon in Warmount in Angriff zu nehmen.

***

Sie machten sich nicht die Mühe, am Eingangsraum anzuhalten, sondern durchquerten die beengten Räumlichkeiten schnell. Selbst die magische Teleportation, die sie in den Eingangsraum brachte – einer von vielen Ausgangspunkten im Dungeon – war für das Team eine Kleinigkeit. Der Dungeon war so freundlich, über dem Ausgangskorridor Wegweiser anzubringen, die immer korrekt waren, sodass sie nur einen Blick auf die Wegweiser werfen und ihre Position auf der Karte bestimmen mussten, bevor das Team sich in Bewegung setzte.

Aus den Augenwinkeln sah Daniel, wie sich die Karte, das sein Skill **Kartografie (II)** ausmachte, zu aktualisieren begann. Auf dem nächsten Level, so wusste Daniel, konnte er die von ihm erstellte Karte sogar auf Pergament übertragen, ein Skill, das es leicht machte, solche Informationen für andere zu vervielfältigen, und die sich Entdecker und Kartenmacher im ganzen Land zunutze machten. In jedem der ersten Teams, die in den Dungeon kamen, gab es mindestens ein Mitglied, das dieses Skill beherrschte, aber es war keines, das Daniel besonders mochte.

„Graue Schieferziegel, überschwängliche Beleuchtung statt illusorischer Fackeln." Charles nickte, als sie ihre erste Kurve passierten. Das Team war nervös, bereit für Gefahren, auch wenn sie keine erwarteten. Da sie heute so lange brauchten, um den Dungeon zu betreten, waren die ersten paar Abzweigungen wahrscheinlich schon von früheren Teams geräumt worden.

Erst in den späteren Runden mussten sie mit dem Auftauchen von Monstern rechnen.

„Welche Monster erwarten wir noch mal?", fragte Omrak und runzelte die Stirn.

„Das hat er schon gesagt", schnauzte Lady Nyssa, aber der Blonde zuckte nur mit den Schultern.

„Ist schon gut. Wir können hier mit einigen Monstern rechnen. Steinratten sind in den ersten paar Runden häufig. Sie sind nicht sehr gefährlich, aber sie greifen in Schwärmen an. Sie kommen aus den Löchern an den Wänden und im Boden. Luftsprites begleiten sie und werden im Laufe der nächsten Dutzend Runden größer, bevor sie ersetzt werden. Behaltet die Decke im Auge. Sie neigen dazu, dort zu bleiben", antwortete Charles, ohne auf seine Notizen zurückgreifen zu müssen. „Und schließlich sind die Nahkampfmonster dieses Mal gemischt. Die Insektenfresser sind sechsbeinige Monster, die nach vorne stürmen und mit ihren Unterkiefern und den beiden Sensenarmen angreifen. Seid vorsichtig; ihre Mandibeln können ungeschützte Gliedmaßen abtrennen. Wir finden sie in unterschiedlicher Anzahl, die im Laufe des Abenteuers zunehmen. Es gibt auch einen Schattenjäger, der später in den acht Runden auftaucht und von dem berichtet wurde."

Die Gruppe wartete auf eine Erklärung von Charles, wobei alle die Löcher in der Umgebung betrachteten. Doch Charles fuhr nicht fort.

„Und?", knurrte Zef und stocherte mit der Spitze seines Speers vorsichtig in einem besonders großen Loch herum. Als nichts zu hören war, ging er weiter.

„Es gibt keine Beschreibung von ihnen. Sie sind Schattengestalten und mutieren. Sie greifen von hinten und aus dem Schatten an, töten und verschwinden. Wenn sie getötet werden, zerstreuen sie sich." Charles zuckte mit den Schultern. „Achtet auf die Schatten."

„Hmm... Als ob das einfach wäre", brummte Daniel. Es gab immer ein Dutzend Dinge, auf die man aufpassen musste, und das Schwierige an diesem Dungeon war, dass man buchstäblich rundherum aufpassen musste. Aber es war ja auch ein Dungeon für Fortgeschrittene. Anfänger-Dungeons zeichneten sich nicht nur durch die Level der Monster aus, denen man gegenüberstand, sondern auch durch die Komplexität und Gefahr, die damit verbunden war.

Schon bald hatte die Gruppe die erforderlichen vier Umdrehungen hinter sich gebracht und war tiefer in den Dungeon vorgedrungen. Asin, die der Gruppe vorausgegangen war, hatte an der letzten Abzweigung angehalten, – und im Dungeon war eine Abzweigung oft mehr durch eine Änderung des Designs als durch physische Abzweigungen gekennzeichnet – um auf sie zu warten.

„Feinde?", grummelte Omrak.

Überraschenderweise schüttelte Asin den Kopf. Sie zeigte den Weg hinunter und tippte sich an die Nase. „Gruppe."

„Ah..." Charles übernahm die Führung und streckte die Hand aus. „Dann lasst uns warten."

Asin nickte, hockte sich hin und spähte in die Dunkelheit. Ihr Schwanz wedelte müßig hinter ihr, während sich das Team darauf einrichtete, dass das andere Team noch ein paar Runden drehen würde. Es gab keinen Grund, sie zu drängen, und man wusste nie, wie die andere Gruppe reagieren würde.

Schon bald entfernten sich die anderen so weit, dass Asin froh war, wieder die Führung zu übernehmen. Entschlossen bog sie in eine der T-Kreuzungen ein, sobald sie diese erreichten, und führte das Team tiefer hinein. Sie war kaum zehn Meter in dem neuen Korridor, als vor ihnen wütendes Gebrüll ertönte.

Die Gruppe machte sich auf den Weg, Zef und Omrak stürmten vorwärts, während Daniel und Lady Nyssa etwas vorsichtiger folgten. Charles hatte seinen Bogen gespannt, hütete sich aber, die Waffe im Labyrinth abzufeuern. Pfeile konnten eine ziemliche Strecke zurücklegen, und man wusste nie, wer um eine Ecke laufen könnte.

Es dauerte nicht lange, bis sie das Problem erkannten. Die Catkin wurde von Steinratten umschwärmt, Dutzende von ihnen krochen und sprangen auf sie zu. Ihre kleinen Reißzähne zerrten an ihrer Kleidung und sprühten Funken, als sie mit ihrer Blitzaura in Berührung kamen, und einige von ihnen erstarrten. Doch es waren so viele, dass die Catkin überrannt wurde und ihre sonst überlegene Beweglichkeit überwältigt wurde.

Omrak stieß einen Urschrei aus und rief die Herausforderung des Nordens aus, um sie zu sich zu locken. In der Zwischenzeit schwang Zef seinen Speer in weiten Bögen gegen den angreifenden Schwarm, der sich von Asin löste, um den Nordländer anzugreifen. Viele wurden aufgespießt, mehr wurden von den beiden Wurfäxten niedergestreckt, die der Nordländer gegen seine kleineren Gegner einsetzte.

Zurückgeblieben war Asin, die eine Steinratte mit ihren Klauen zerfetzte und aus mehreren oberflächlichen Wunden blutete. Daniel warf ihr einen kurzen Blick zu und verpasste der Catkin ein **Zeichen des Heilers**, bevor er sich um die wenigen Ratten kümmerte, die es geschafft hatten, Omraks Herausforderung abzuschütteln und Zef von hinten anzugreifen.

„Achtung! Oben!" Charles' Ruf wurde vom Knarren seines Bogens begleitet. Ein Light Sprite wurde an der Decke aufgespießt, und die winzigen Kreaturen, die herunterkamen, wurden gefangen, bevor sie ihren Überraschungsangriff starten konnten.

Lady Nyssa schleuderte einen **Schallkegel** an die Decke, der die Kacheln erschütterte und ein halbes Dutzend der Lichtgeister entnervt zu Boden stürzen ließ. Daniel schwang seinen Schild und Hammer nach ihnen und zermalmte die Körper, während er sich tief hinunterbeugte.

Nach einer langen Minute hektischer Angriffe und der Erledigung eines einsamen Insektenfressers durch Asin konnte sich die Gruppe entspannen. Omrak hatte eine Reihe oberflächlicher Wunden an Beinen und Bizeps erlitten, während Asin es geschafft hatte, sich im Laufe des Kampfes zu heilen. Omrak wurde mit einem einfachen Breiumschlag versorgt, und die Gruppe konnte weiterziehen, um den Dungeon weiterzuerkunden.

Wie versprochen, schienen die ersten paar Ecken wirklich nicht so gefährlich zu sein.

Kapitel 8

„Bleib stehen!", knurrte Daniel, zog seinen Handschuh aus und vergrub seine Hand halb im Körper von Lady Nyssa. Er tat gerade etwas unglaublich Dummes, aber es war die einzige Möglichkeit, die halb verletzte Frau zu retten. Omrak kämpfte, kaum einen Meter von ihm entfernt, und schwang seine Großschwerter in weiten Bögen, während er die Angriffe der sechsbeinigen Kreatur mit dem Panzer und den drei Stacheln abwehrte, die jeden bedrängten, der versuchte, sie einzukreisen.

In der Nähe taumelte Zef, nachdem er seitlich gegen die Wand geschmettert worden war. Er griff zur Seite, holte einen Heiltrank hervor und schluckte ihn hinunter, wobei er hart stöhnte, als die in dem Getränk enthaltene Magie ihre Wirkung entfaltete und einige der gebrochenen Knochen in seinem Körper heilte. Gleichzeitig streckte er die Hand aus und holte seinen Speer mit **Abruf** zu sich zurück. Kaum hatte er ihn in der Hand, rannte er nach vorne, um Omrak zu helfen.

Der Nordländer war blutrot, seine Aura war durchdrungen von der Wut und dem Schmerz der Angriffe, die ihn getroffen hatten. Er blutete stark, aber keine der Verletzungen war lebensgefährlich. Auch Daniels **Heilende Aura** tat ihre Wirkung, war aber bei den Verletzungen seiner Freunde in so kurzer Zeit nur begrenzt wirksam. Im Gegensatz zu der Wunde, die Lady Nyssa trug, sickerte das Gift eines Stachels durch die breite Wunde, in der nicht ein, sondern zwei Stacheln sie getroffen hatten. Ohne ihr Notheilungsarmband und andere Verzauberungen wäre sie bereits tot gewesen.

Hinter ihr kämpfte Charles mit seinem Bogen und einem gezogenen Dolch, stach zu und wehrte kleinere Versionen des Ebenenbosses ab. Er verschaffte sich Zeit, statt zu versuchen, die Kreaturen zu töten, verzog er sein Gesicht zu einem harten Fratzengesicht.

Hinter ihm lenkte Asin ab und spielte ein tödliches Versteckspiel. Sie tanzte zwischen den sich selbst koordinierenden Stacheln und wich ihnen um Zentimeter aus, während sie ihre Dolche warf. Jede Waffe war mit dem Blitz ihrer Armschienen durchtränkt, was ihren Angriffen einen Biss verlieh, der ihnen sonst fehlen würde. Gelegentlich durchtränkte sie ihren Angriff mit **Durchdringen: Bohrerangriff**, eine Verbesserung ihres normalen Durchdringungsskills, das mehr Ausdauer und Mana erforderte, aber es ermöglichte, dass selbst geworfene Angriffe die dicke Schale durchdrangen – zumindest, wenn sie ein Gelenk traf.

Trotzdem konnte sich Daniel nicht auf den Kampf um ihn herum konzentrieren. Er hatte einen viel wichtigeren Kampf vor sich: den Kampf um das Leben von Lady Nyssa. Das Gift wütete in ihrem Körper und verlangsamte und verkürzte jede Heilung, die seine **Aura** oder Tränke bewirken konnten. Er musste zuerst das **Gift reinigen**, aber sein Zauber war zu schwach, um mit diesem verderblichen Gift fertig zu werden. Nein, er musste es auf die harte Tour machen.

In seinem Geist, in seiner Seele, spürte Daniel, wie sich ihr Körper veränderte. Energie flutete ihre Form aus seiner, Erlis nahm seine Erinnerungen als Bezahlung für ihre göttliche Hilfe. Oder sein Körper stahl die Energie eines gelebten Lebens, um seine Gabe aufzuladen. Es war eine Frage des Glaubens und der Religion, je nachdem, welche Erklärung man akzeptierte.

Für Daniel war es wichtiger, dass er eine Aufgabe zu erledigen hatte. Gifte mussten neutralisiert und abgepumpt werden, zerrissene Venen und Arterien mussten mit seiner Heilenergie verschlossen werden, um den Blutverlust einzudämmen. Ein Körper, der in einen Schockzustand verfiel und warm gehalten werden musste, ein Herz, das durch den angerichteten Schaden stotterte, ein Verstand, der taumelte und fliehen wollte, während der Schmerz ihn überflutete.

Er legte Nerven lahm, klemmte Blutgefäße ab, nähte aufgerissene Wunden zu, nachdem das letzte Gift neutralisiert worden war. Der menschliche Körper konnte vieles tun, vieles reparieren, obwohl es in vielen Fällen einfacher war, das Gift einfach zu entfernen. Vor allem, wenn es sich um eine Nekrose wie diese handelte, bei der tote oder absterbende Zellen abgestoßen und entsorgt wurden und dann nachwuchsen.

Zu Lady Nyssas späterem Leidwesen war es nicht sein schwierigster Heilungsversuch. Der Champion vor so vielen Jahren war dem Tod näher. Sie hatte nur die Komplikation eines nekrotischen Giftes. Es war jedoch nicht besonders rätselhaft. Die Haut musste nur nachwachsen und an anderen, aufgerissenen Stellen wieder angenäht werden. Haut und Muskeln wurden durch dieselbe Energie manipuliert, um sich an den Enden wieder zu verbinden. Durchstochene Organe wuchsen nach, beschädigte Teile wurden abgebaut, um mehr Energie und Nährstoffe zu gewinnen.

Es war ganz einfach. Daniel hatte das – meist in geringerem Ausmaß – schon ein Dutzend Mal gemacht. Und weil um ihn herum ein Kampf tobte, sah er sich um. Und blinzelte für einen kurzen Moment, als er den Kopf drehte – er hätte schwören können, dass er ein Augenpaar sah, das die Leiche und ihn anstarrte. Doch als er sich wieder umdrehte, war es verschwunden.

Er schüttelte den Kopf, als er feststellte, dass Omrak und Zef zusammen den Ebenenboss zurückdrängten. Ihre gemeinsamen Schläge hatten es geschafft, ein Bein zu verkrüppeln. Das Monster war nicht mehr in der Lage, das große Glied zu halten, und wurde in seiner Bewegung behindert, als es versuchte, sich von den immer präziseren Angriffen der beiden Kämpfer wegzudrehen.

Asin hatte es hinter ihnen irgendwie geschafft, die beiden Insektenfresser, die sie bedroht hatten, zu verwickeln und sie dann mit ihren Messern zusammenzustecken. Sie hockte rittlings auf den beiden und duellierte sich mit dem letzten Insektenfresser, während sein ganzer Körper wippte und schlängelte. Das war ein irrsinniges Maß an Gewandtheit, das nur eine Catkin mit ihrem Skill der **zielsicheren Balance** zustande bringen konnte.

Daniel riss seine Aufmerksamkeit von Lady Nyssa ab und zog seine Hand von ihrem Körper zurück. Die Magierin hustete, versuchte sich aufzusetzen und sackte wieder in sich zusammen, als Daniel seine blutige Hand auf ihre Brust drückte.

„Noch nicht. Ich bin noch nicht fertig", sagte Daniel. Er konzentrierte sich tiefer und zog jetzt an seinem Mana, während er seine Gabe in sie hineinschickte. Stattdessen webte er die Stränge seines Zaubers **Kleine Heilung II**, wobei er die Berührungskomponente benutzte, damit er den Großteil der Energie für die Heilung behalten konnte. Es pulsierte durch ihren Körper, das Mana des Zaubers webte neue Haut und Muskeln zusammen. Er sprach es noch einmal, bevor er sich von ihrem Körper entfernte, eine Welle der Müdigkeit zerrte an ihm. „Erledigt."

„Gut..." Lady Nyssa stand auf und formte mit ihren Händen die Ränder ihres Zaubers. „Aus dem Weg!"

Als Reaktion auf den Schrei warf sich das Trio, das das Monster angriff, von der Kreatur weg. Es bäumte sich auf, überrascht von dem plötzlichen Tempowechsel, nur um von dem gezielten **Schallkegelangriff** getroffen zu werden, den Lady Nyssa freisetzte. Die Kreatur wurde zur Seite geschleudert, selbst als das Geräusch tief in dessen Muskeln und Organe eindrang und an den Verbindungen riss. Mit wutverzerrtem Gesicht und Blut, das aus den größtenteils verschlossenen Wunden tropfte, stürmte die Frau vorwärts, um ihren Angriff zu kanalisieren.

Daniel sah kurz zu, bevor er sich abwandte, seinen Hammer aufhob und nach hinten stürmte, wo Charles die restlichen Angreifer in Schach hielt. Er würde sich später um ihren mentalen Zustand kümmern. Jetzt galt es erst einmal, die Monster zu erledigen.

***

Daniel zerrte an dem Verband und befestigte ihn schließlich an Charles' Arm, bevor er aufstand und dem Mann das **Zeichen des Heilers** auflegte. Er betrachtete die Gruppe und nickte zustimmend, als Omrak seine eigenen Wunden am Bein verband. Das Team war bereit, oder zumindest so gut es bereit sein konnte. Das bedeutete, dass es nur noch eine letzte Sache zu tun gab, während Asin die Manasteine vom Boden aufhob.

„Was war das für ein Ding!", zischte Daniel Charles an.

„Ebenenboss."

„Das weiß ich", sagte Daniel und wedelte mit der Hand. „Wir haben erst ein Dutzend Runden hinter uns. Mit so etwas sollten wir noch nicht konfrontiert worden sein."

„Ich habe doch gesagt, dass die Ecken ein grober Richtwert sind, nicht wahr?", sagte Charles und richtete sich auf, während er seinen Köcher überprüfte und begann, ihn aus seinem Inventar aufzufüllen. „Das ist der Grund, warum dies ein fortgeschrittener Dungeon mit dem Rang Blau ist. Man weiß nie, was man finden kann."

„Du hättest uns von den Monstern erzählen können", grummelte Omrak.

„Für ein paar Level höher schon", sagte Charles, verschränkte die Arme und klang verärgert. „Die waren nicht dabei."

„Was meinst du mit ‚nicht mit dabei'?", sagte Daniel. „Wir haben die Hälfte des Monats hinter uns."

„Das bedeutet nicht, dass jeder Teil des Labyrinths kontrolliert wurde. Wir müssen in einen Bereich geraten sein, der nicht markiert ist."

Daniels Lippen verzogen sich, aber er schob die Irritation beiseite. Es war nicht Charles' Schuld, dass sie erwischt wurden. Man hatte sie gewarnt, dass es gefährlich war. Es erschütterte ihn nur ein wenig, wie nahe sie daran gewesen waren, Lady Nyssa zu verlieren. Jedes andere Team wäre gescheitert. Selbst wenn sie einen Giftgegenzauber hätten – und er schwor sich, mehr Zeit mit dem Studium des Zaubers zu verbringen und einige höherwertige Giftheiltränke zu kaufen –, hätte der Schaden allein ausgereicht, um sie zu töten. Es hätte einen Heiler der Meisterklasse gebraucht, um sie am Leben zu erhalten, und selbst dann wäre es sehr knapp geworden.

„Das ist unwichtig. Wir haben etwas Wichtigeres zu bedenken", sagte Lady Nyssa und nickte Asin zu, die die letzten Manasteine aufgesammelt hatte und den Beutel, in dem sich alles befand, tätschelte. Die Catkin verstaute den Beutel in der nächsten Sekunde, während Lady Nyssa fortfuhr: „Machen wir weiter, oder nicht?"

Es gab eine lange Pause, in der sich die Gruppe gegenseitig anstarrte. Zef humpelte hinüber und hielt sich an der Seite fest, wo die gebrochenen Knochen langsam heilten. Die Adlige sah blass aus, ihre Brust war mit Verbandsstreifen bedeckt, aus denen langsam Blut sickerte, während das Pulsieren vom **Zeichen des Heilers** die Mana-Atmosphäre störte. Omrak war ramponiert und blutig, doch seine Wunden schlossen sich schnell, denn sein Skill **Gesundheit gegen Energie** tauschte Ausdauer gegen bessere Heilung. Es war ein Skill, das während des Kampfes benutzt wurde und sich als Energiequelle auf Ausdauertränke und andere Ausdauerregenerationsskills verließ, um durchzuhalten. Omrak, der Daniel dabei hatte, nutzte es meist nach dem Kampf, um nicht lebensbedrohliche Wunden zu heilen.

Alles in allem war das Team ziemlich angeschlagen. Aber die gefährlichste Bedrohung hatten sie in den nächsten Runden bereits ausgeschaltet, was bedeutete, dass sie sich auf die Suche nach einer der vielen Dungeontruhen machen konnten, die überall im Labyrinth verstreut lagen. Im Gegensatz zu den meisten anderen Dungeons gab es keine Garantie dafür, dass sich die Bodentruhe in der Nähe des Bosses befand, da diese dazu neigten, umherzuziehen.

„Daniel?", rief Lady Nyssa und brachte den Heiler dazu, seine Überlegungen zu beenden. Er sah sich das Team noch einmal an und entschied dann.

„Wir ruhen uns eine halbe Stunde lang aus. Dann suchen wir weiter", sagte Daniel. „Aber nicht tiefer, wir gehen weiter rein und rum und dann zurück."

Charles schürzte die Lippen, sah ein wenig unglücklich aus mit seiner Entscheidung, nickte aber schließlich. Omrak ließ sich auf eine Seite fallen und holte ein Tuch aus seinem Inventar, um seine Klinge zu reinigen, während Zef sich setzte und auf seinen Schwanz stützte, als er die Seiten beobachtete. Der Rest der Gruppe nahm seine eigenen Plätze ein, um sich auszuruhen, und Lady Nyssa machte sich auf den Weg zu Daniel.

„Danke", sagte sie und berührte seine Schulter. „Das... Ich hätte nie gedacht, dass es meine Abwehrmechanismen durchdringen würde – es könnte."

„Mächtiger Level Boss. Er hat uns alle überrumpelt", sagte Daniel. Er schüttelte den Kopf und erinnerte sich daran, wie die falsche Wand zusammengebrochen war, als die Kreatur durch sie hindurchlief, um die Mitte der Gruppe anzugreifen. Sogar Asin war ausgetrickst worden, obwohl die Catkin jetzt an der Wand herumstocherte, um Zeichen zu finden, damit sie die Falle nie wieder übersah.

„Ja. Trotzdem, danke. Nochmals", sagte Lady Nyssa. Ihre Stimme senkte sich und sie fuhr fort: „Und wenn ich mit dem Preis helfen kann..."

„Das kannst du nicht", unterbrach Daniel sie. Auch wenn sein Team von seiner Gabe wusste, musste er noch alle Einzelheiten seines Preises erklären. Er zögerte noch immer, dies zu tun, da es auch das volle Ausmaß seiner

Gabe zeigen würde. Das und... nun ja... eine gewisse Abneigung gegen Vertrauen, die ihm sein Großvater eingeimpft hatte.

Der Preis, den er bezahlte, die Erinnerungen, die er verlor, blieben zumindest vorerst sein Geheimnis.

Kapitel 9

Die Gruppe stapfte völlig erschöpft aus dem Eingang des Dungeons. Glücklicherweise waren sie auf ihrer weiteren Erkundung keiner weiteren Bedrohung begegnet und hatten sogar die Bodentruhe in ihrem Bereich gefunden, und einen großen Manastein und einen Dolch mit einer Giftverzauberung erworben. Es war zwar nur eine schwache Verzauberung, aber gut genug, dass die meisten im Team ein Auge darauf warfen. Natürlich hatte Asin als Hauptmesserträgerin das Vorrecht, aber wenn sie sich entschied, ihn abzugeben...

Leider waren sie auf dem Rückweg auf einen weiteren Boss gestoßen. Dieser wurde von seinen Schergen begleitet und zwang das Team zu einem anstrengenden und ermüdenden Kampf, auch wenn keiner von ihnen in besonderer Weise vom Tod bedroht war. Nur Verletzungen.

Das war der Grund, warum Daniel im Moment Kopfschmerzen hatte und sein Mana fast vollständig aufgebraucht war. Die Heilung des Teams mit einer Reihe von **Zeichen des Heilers** hielt sie funktionsfähig und würde sicherstellen, dass sie in ein paar Tagen eine weitere Erkundungstour starten konnten, aber es machte ihn müde. Als er sich im schwindenden Zwielicht des Tages umsah, entdeckte er mehr als nur ein paar Teams, die mit schwereren Wunden abgereist waren.

Sosehr sich Daniel auch über seinen Mana-Verlust und den Mangel an Heilungsmöglichkeiten für seine Freunde beklagen mochte, die meisten Teams mussten mit Verletzungen, Fortschritten, Ausrüstungswartung und - beschaffung sowie dem Zeitplan für die Erforschung jonglieren. In der Hauptstadt gab es mehr Heiler als in anderen Städten. Das machte ihre Dienste zwar immer noch nicht billig, aber wer bereit war, Heiltränke zu kaufen oder weltliche Heilung in Anspruch zu nehmen, konnte das tun. Sogar magische Heilung war möglich, allerdings gegen Bezahlung.

In erster Linie würden sie sich dafür entscheiden, den Dungeon nur mit minimalen Verletzungen zu betreten und sich durch die unteren Ebenen zu bewegen, um zusätzliche Einnahmen zu erzielen, weniger Risiken einzugehen und ihr Vorankommen zu verlangsamen. Einige Teams würden erst eintauchen, wenn sie vollständig geheilt sind, und in der Zwischenzeit trainieren, um die Zeitdifferenz auszugleichen und beim Eintritt in den Dungeon in die Tiefe vorzudringen.

In jedem Fall war der Luxus, einen Dungeon jedes Mal vollständig geheilt zu betreten, ebenfalls begrenzt. Immer mehr dieser Teams fanden sich in den fortgeschrittenen Levels oder als Meisterklasse-Teams wieder. Tatsächlich gab es fast kein Team der Meisterklasse, das nicht mindestens einen Heiler an Bord hatte. Sowohl die Gefahren, denen sie regelmäßig ausgesetzt waren, als auch die Notwendigkeit ständiger Erkundungen machten Teams ohne eine solche Person nicht überlebensfähig.

Während sie über die Unwägbarkeiten der Erforschung nachdachten, machte sich die Gruppe auf den Rückweg zur Abenteurerhalle. Sie blieben nur so lange, bis Asin ihre Manasteine verkauft hatte und mit dem Geld zurückkehrte, um es zu verteilen. Nach einer kurzen Diskussion teilte die Gruppe die verdienten Silbermünzen auf und reduzierte den Betrag, den Asin dafür erhielt, dass sie den Giftdolch behielt. Die Catkin winkte ab, da sie beschloss, sich eine neue Scheide für ihre Waffe zuzulegen und nur Zefs Gesellschaft annahm.

Daniel biss sich ein wenig auf die Lippe, als er sie gehen sah, aber er wusste, dass sie im Großen und Ganzen klarkommen würden. Auch wenn ihre Anwesenheit unerwünscht war, waren sie eindeutig Abenteurer, und deshalb wurde ihnen ein wenig Spielraum eingeräumt. Auf jeden Fall waren sie wahrscheinlich auf dem Weg zu den Quartieren der Beastkin, um sich mit anderen ihrer Art auszuruhen. Sie fühlten sich wohl, wenn sie unter sich waren, weil sie nicht ständig auf der Hut sein mussten, um keinen Anstoß zu erregen. In diesem Sinne wusste Daniel, dass er das Privileg hatte, ein wenig von der Welt gesehen zu haben. Sowohl als Asins Freund als auch als Heiler waren ihm Einblicke gewährt worden.

In der Zwischenzeit kehrte der Rest des Teams in die Gildenhalle der Seven Stones zurück, um sich auszuruhen. Dann wollte er ihre Verbände waschen und neu überprüfen, und das würde im Gildenhaus einfacher sein als anderswo. Er würde bald die örtlichen Krankenhäuser aufsuchen müssen, um herauszufinden, wo die kostenlosen Kliniken waren, damit er sein Handwerk ausüben konnte. Auch wenn er vorsichtig damit sein würde, wie viel von seiner eigenen Gabe er einsetzen würde, konnte das weltliche Wissen, das er als Heiler erworben hatte, immer von Nutzen sein. Und während er durch die schattigen Gassen schritt, in denen sich Obdachlose und elternlose Kinder versteckten, wusste er, dass es immer Menschen gab, die seine Gaben brauchen konnten.

Zu Daniels Unglück dauerte es nicht lange, nachdem er sich in einem Vorraum der Küche niedergelassen und Omraks Verletzungen neu verbunden hatte, bis sich seine Ankunft und sein Vorhaben in der Gilde herumsprach. Schon bald bildete sich eine kleine Schlange von Leuten, die „nur kurz mit ihm reden wollten", Leute, die sich fragten, ob er sich „nur schnell etwas ansehen könnte."

Bevor sich die Situation zuspitzen konnte, stürmte eine matronenhafte alte Dame herbei. Mit verschränkten Armen stieß sie die Leute mit einem Dolch zur Seite, bevor sie es schaffte, zu Daniel zu gelangen und ihn anzustarren. Gekleidet in ein volles, blasses Adelskleid mit Spitzenbesatz und rosafarbenen Blumen, sah sie immer noch einschüchternd aus, wie sie da stand und mit einem Fuß wippte.

„Was ist das für ein Aufruhr?", sagte Lady Marshall, die stellvertretende Gildenmeisterin der Seven-Stones-Gilde von Warmount.

„Es ist... nun ja..." Als sie ihn weiter anfunkelte, schüttelte Daniel den Anflug von Angst ab und erklärte schnell, was passiert war.

„Dieses improvisierte Gedränge ist völlig unbefriedigend", murrte Lady Marshall. „Die Bedingungen für deine Aufnahme in die Gilde sahen jedoch vor, dass du auch heilen kannst. Du kannst weitermachen, aber ich *werde* hier für Ordnung sorgen." Sie drehte sich um und blickte die aufgebrachte Menge an, die vor ihr zurückwich und sich wortlos in einer Reihe aufstellte. Mit einem zufriedenen Nicken ließ sie ihren Blick über Daniel schweifen, der sich die Hände in einer Wasserschüssel reinigte, und über die paar Verbände und anderen Umschläge, die er ausgelegt hatte, bevor sie bei Omrak landete, der aufgestanden war und sich streckte. „Du!"

„Ich?", sagte Omrak und blinzelte.

„Ja, du großer Trottel. Geh zur Heilstation und hol hier zusätzliche Vorräte für Heiler Chai. Dann sorge dafür, dass in den Küchen genügend abgekochtes Wasser vorhanden ist. Verstanden?"

„Ja, aber..."

„Gut." Sie wandte sich ab und schlenderte zurück in ihr Zimmer, wobei sie einen verwirrten Nordländer zurückließ, der ihr nachschaute.

„Aber ich weiß nicht, wo die Heilstation ist...!", jammerte Omrak leise.

„Komm schon, großer Junge. Ich zeige dir den Weg", sagte eine rothaarige junge Frau, die den großen Nordländer betrachtete, und ein laszives Grinsen zog über ihr Gesicht. Ihr Haar war so dunkelrot, dass es fast brünett wirkte, und ihre Augen funkelten, als sie sich an den gelangweilten Abenteurer hinter ihr wandte. „Du hältst mir doch den Platz frei, oder?"

„Ja, ja."

Grinsend verschränkte sie ihren Arm mit Omrak und zog den Mann mit sich, wobei der Nordländer ziemlich unglücklich aussah, während Daniel gluckste. Dann wandte sie sich wieder Charles zu, der als Nächster dran war, und deutete auf den Stuhl. „Gut, setz dich. Ich werde mir deine Brust ansehen müssen."

Charles sah sich in dem ziemlich offenen Raum vor ihnen um, bevor er mit den Schultern zuckte und sein Hemd auszog. „Vielleicht finden ein paar andere einen Vorhang oder zwei? Für die Damen, wenn sie an der Reihe sind."

Die Abenteurer, die sich vor dem Zimmer drängten, murmelten etwas, gingen dann aber, um sich um alles zu kümmern, und überließen es Daniel, sich an die Arbeit zu machen. Erst als er mit der Reinigung des Verbandes fertig war und einen einfachen Umschlag anlegte, um die Infektion zu stoppen, fiel ihm etwas ein, was die Lady Marshall gesagt hatte.

„Moment. Warum benutzen wir nicht die Heilstation, wenn es eine gibt?", fragte Daniel laut.

***

Als Daniel später am Abend den Schrank, der die „Heilstation" im Zimmer darstellte, betrachtete, schnaubte er und beantwortete seine eigene Frage. Es war offensichtlich, dass ihre „Heilstation" nicht mehr war als ein Schrank, der mit Heiltränken und -umschlägen, gewöhnlichen Heilkräutern und alchemistischen Mixturen, Verbänden und anderen Formen von Erste-Hilfe-Ausrüstung gefüllt war. Alles war unter Verschluss und der Zugang durch einen einfachen Zauber versperrt, der über die Rezeption oder den Vizegildenmeister erhältlich war.

Anders als in kleineren Städten gab es in Warmount zwei Vizegildenmeister, die die Gilde leiteten. Dies war aufgrund der höheren Anzahl von Gildenmitgliedern und des Zeitaufwands des Gildenmeisters für die Bearbeitung politischer Fragen notwendig. Tatsächlich verbrachte der Gildenmeister die meiste Zeit in der Hauptstadt damit, sich um die Politik zu kümmern und nicht um die Belange der Gilde. In diesem Sinne trafen die Abenteurer meist nur die Vizegildenmeister.

„Ich kann doch nicht der einzige Heiler in dieser Gilde sein, oder?", sagte Daniel und sah sich die Heilstation noch einmal an. Er konnte sich nicht vorstellen, wie ein Heiler, der etwas auf sich hält, den Inhalt dieser Station betrachten konnte, ohne das Ganze zu überholen. Er konnte ein halbes Dutzend Kräuter ausmachen, die ihre beste Wirkung längst hinter sich hatten, und mindestens zwei der Tränke sahen so aus, als wären sie in minderwertiger Qualität abgegeben worden. Ganz zu schweigen von dem Fehlen von Schienen, verschiedenen Verbänden, Nadeln und Blutegeln. Er hatte nicht erwartet, dass sie so etwas wie Maden enthielten, da es sich dabei um ein Grenzheilmittel handelte, aber Blutegel waren ein altbewährtes und wirksames Mittel gegen bestimmte Arten von Giften. Natürlich musste man wissen, wann man sie einsetzen musste, und sie waren im Allgemeinen nur gegen eine kleine Anzahl von Giften wirksam – viele davon waren Kontaktgifte und nicht das, womit ein durchschnittlicher Abenteurer konfrontiert werden würde.

„Das bist du nicht. Wir haben noch zwei andere Heiler in dieser Gilde, einen Meisterheiler und einen Priester von QuanEr", antwortete Lady Marshall. Er zuckte zusammen, da er nicht gehört hatte, wie sie sich an ihn heranschlich, drehte sich um und bot ihr eine Verbeugung an, während sie fortfuhr. „Der Meisterheiler ist leider zu beschäftigt, um sich um solche niederen Angelegenheiten zu kümmern, und der Priester... Der Priester hat nicht viel, was weltliche Heilkunst angeht. Das ist nichts, was er jemals studiert hat."

Daniel runzelte die Stirn. Er wusste, dass Priester auf einem ganz anderen Weg vorankamen, denn ihre Skills basierten ausschließlich auf dem Glauben.

Dennoch war er ziemlich enttäuscht zu hören, dass sie sich nicht einmal die Mühe machten, die Grundlagen des Heilens zu lernen. Was taten sie, wenn jemand eine blutende, aber nicht lebensbedrohliche Verletzung erlitt? Mana verschwenden?

„Die meisten Abenteurer lernen selbst ein wenig Erste Hilfe", sagte Lady Marshall, fast so, als ob sie seine Gedanken lesen könnte. „Das erleichtert das Überleben sehr." Daniel nickte langsam, war aber erfreut, als sie fortfuhr. „Ich werde es zu deinen Aufgaben hinzufügen, als Bezahlung für deine Geschäfte mit der Gilde, um sicherzustellen, dass wir über einen angemessenen Vorrat verfügen. Außerdem werde ich dafür sorgen, dass du unseren Mitgliedern Erste-Hilfe-Kurse gibst, damit sich die Lage nicht noch weiter verschlechtert."

Dan nickte zustimmend und freute sich über die erste Aufgabe. Bei der zweiten wurde er bleich und öffnete den Mund, um zu protestieren. Er war in keiner Weise ein Meisterheiler. Er fühlte sich nicht ausreichend ausgebildet, um mit solchen Lektionen zu beginnen.

„Nun geh schon. Wir haben einen Gildenmeister zu treffen."

Ohne eine Antwort von Daniel abzuwarten, ging Lady Marshall davon. Dem Heiler blieb nichts anderes übrig, als ihr nachzueilen, als sie die Treppe zum Büro des Gildenmeisters hinaufstiegen.

Kapitel 10

Der Gildenmeister war ein großer, schmächtiger Mann, den die beiden auf seiner Couch liegend vorfanden, die Beine auf den Rand der Couch gestützt, während er den Kopf mit seinem Arm stützte. Er trug die neueste Tunika und Hose, die in der Hauptstadt in Mode war, mit einer Reihe von Spitzenkragen um Hals und Arme. Seine Hose war so eng, dass Daniel die Umrisse der Oberschenkelmuskeln des Gildenmeisters und das ziemlich große Teil zwischen seinen Beinen sehen konnte. Nicht, dass Daniel normalerweise darauf geachtet hätte, aber die Verwendung von zweckmäßigen Hosenbeinen als neuer Stil unter Adligen hatte die Abenteurer mehr als einmal dazu veranlasst, diese Angelegenheit zu kommentieren. Einige wenige Abenteurer hatten begonnen, die höfische Mode zu übernehmen, obwohl die Zahl der Abenteurer selbst unter den Adligen wegen der Unwägbarkeiten des tatsächlichen Kampfes gering war. Schließlich gibt es für alles eine Zeit und einen Ort.

„Abenteurer Chai. Für einen fortgeschrittenen Abenteurer bereitest du mir wirklich ziemliche Kopfschmerzen", sagte der Gildenmeister und rührte sich nicht von der Couch, als Daniel hereingeführt wurde.

Lady Marshall starrte den Gildenmeister an, während er weiter auf der Couch faulenzte, bevor sie sich zum Gehen wandte. Nur um von der Stimme des Gildenmeisters aufgehalten zu werden.

„Bleib, Carmine. Dein politisches Verständnis könnte gebraucht werden."

„Gildenmeister Ronson, ich habe dich schon einmal gebeten, meinen Titel zu benutzen." Lady Marshall legte den Kopf schief, aber entgegen ihrer förmlichen Worte schritt sie durch den Raum und bediente sich an der Whiskyflasche an der Seite, so als wäre es ihr eigenes Zimmer.

„Gildenmeister", sagte Daniel zur verspäteten Begrüßung.

„Hättest du deine Gabe nicht etwas geheimer halten können?", beschwerte sich Ronson und richtete seine strahlend blauen Augen auf Daniel. Obwohl seine Worte tadelnd waren, lag kein Hauch von Bosheit in seinen Augen. Nur Müdigkeit.

„Ich... entschuldige mich, Gildenmeister."

„Ja, ja. Dennoch spricht deine Nächstenliebe für deinen Charakter." Ronson hob seine andere Hand und fuhr mit erhobenem Finger fort.

„Genauso wie deine Ankunft bei der Verstärkung unserer Rekrutierungszahlen."

„Schon?", sagte Lady Marshall und hob eine Augenbraue.

„Ich dachte, du müsstest diese Dinge im Auge behalten, meine Liebe", schmunzelte Ronson, fuhr aber fort, bevor sie etwas sagen konnte. „Javier hat mir bereits von den gestiegenen Zahlen berichtet. Zuerst dachte er, es handele sich um die übliche Abweichung, aber die Zahlen steigen immer mehr. Ein begabter Heiler, selbst wenn er nicht in ihrem Team ist, ist ein starker Anziehungspunkt.

Und das ist nichts im Vergleich zu den Fragen und Bitten, seinem Team beizutreten. Natürlich sind wir Abenteurer Chai gegenüber verpflichtet, die Entscheidungen zu treffen, wie es unsere Vereinbarung vorsieht, aber er kann sicher noch ein oder zwei weitere hinzufügen. Nein?"

Daniel blieb stumm und beobachtete das Gespräch der beiden, ohne zu wissen, welchen Platz er in diesem Gespräch einnahm. Es schien nicht so, als ob sie mit ihm reden würden.

„Nein?", rief Ronson aus.

„Sir?" Daniel blinzelte. „Ähm... vielleicht. Es kommt darauf an..."

„Passend. Ja, ja. Und natürlich hat es sie abgeschreckt, dass ich nicht nur ein, sondern zwei Beastkin habe. Du kannst dir nicht vorstellen, was für Gespräche ich darüber führe."

„Ich glaube, ich kann es, Sir", murmelte Daniel.

„Vielleicht kannst du das." Ronson schüttelte den Kopf. „Ich will sagen, wenn du dich entschließt, ein oder zwei von ihnen rauszuschmeißen..."

„Das werde ich nicht."

„Natürlich nicht." Ronson stieß einen müden, erschöpften Seufzer aus. „Dann wird es so sein, wie es sein wird."

„Wie lange noch, meinst du?", rief Lady Marshall, woraufhin sich Ronson zu ihr umdrehte.

Er strich sich mit der Hand über das Kinn und seufzte erneut. „Vielleicht noch eine Woche, bevor wir unsere Prüfungen haben. Aber vielleicht wollen *sie* vorher noch mit ihm sprechen."

„Ja..."

Schweigen zwischen den beiden, das davon sprach, dass die Gespräche auf die Art und Weise beendet waren, wie es nur alte Weggefährten konnten. Daniel, der nicht wusste, worüber sie gesprochen hatten, hatte eine Vermutung. „Sie, Sir? Ma'am?"

„Die königliche Familie. Diejenigen, die nach dir gerufen haben, natürlich."

„Und werden sie – werden sie darauf bestehen, dass ich mich ihnen anschließe?", fragte Daniel zögernd. Er war sich nicht sicher, ob er auch die andere Frage hinzufügen sollte, die Frage, ob sie ihn unterstützen würden. Aber er hätte sich nicht die Mühe machen müssen, denn sie stand zwischen ihnen.

„Unwahrscheinlich. Ich–", Lady Marshall räusperte sich ein wenig, bevor sie an ihrem Glas Whisky nippte „wir haben eine Vorstellung davon, was sie wollen könnten."

„Und das wäre...?"

„Am besten lassen wir das ungesagt, falls wir uns irren", sagte Ronson.

Daniel verzog das Gesicht, gab aber auf, als die beiden sich weigerten, näher darauf einzugehen. Stattdessen drehte er sich um und schaute zwischen den beiden hin und her, neugierig, warum er hergebracht worden war. Nichts von dem, was gesagt worden war, konnte ihm nicht auch anders mitgeteilt werden.

„Er ist ein ruhiger Typ, nicht wahr?", sagte Ronson.

„Stark auch. Ein anständiger Abenteurer, selbst mit seinen Vorzügen. Stetiger Aufstieg in den Rängen. Nicht außergewöhnlich, aber sicher und beständig. Hat noch kein einziges Gruppenmitglied verloren", sagte Lady Marshall.

„Ja, das habe ich bemerkt. Das macht ihn fast außergewöhnlich."

„Fast."

Daniel runzelte noch mehr die Stirn, bevor sich die beiden umdrehten und ihn anstarrten. Er hielt sein Gesicht neutral und fragte sich immer noch, was sie wollten.

„Was auf dich zukommt, wird ganz anders sein. Du wirst vielleicht gebeten, adlige Gruppen zu besuchen, mit Königen zu sprechen. Stell dir vor, du betrittst einen neuen Dungeon. Lernt alles, was ihr könnt, und bereitet euch vor", sagte Ronson, und seine Stimme wurde leiser als er fortfuhr. „Lady Marshall wird dafür sorgen, dass wir einen Benimmkurs einschieben können."

„Ich –"

„Wir sagen Danke. Und geh nicht in eines deiner Hospize. Ich will, dass du lernst oder dich vertiefst", sagte Ronson, hielt einen Finger hoch und zeigte auf den Heiler. „Das ist alles. Verstanden?"

Daniel runzelte die Stirn und schüttelte den Kopf. „Ich verstehe nicht, warum ich nicht meine üblichen Runden drehen kann."

„Im Moment sind deine Gabe und deine Heilfähigkeiten ein Druckmittel, das ich für die Gilde nutzen kann. Wenn du sie umsonst weggibst, vor allem an Bauern, wird dieses Druckmittel verschwinden." Ronson sah, wie sich Daniels Lippen schürzten, wie sich seine Augen verengten, und er seufzte. „Es ist nicht für immer. Nur eine Woche oder zwei. Ich verspreche es."

Einen Moment lang schwankte der Heiler, bevor er nickte. Der Beitritt zu einer Gilde und die Gewährung ihres Schutzes waren mit gewissen Verpflichtungen verbunden. Auf den Gildenmeister zu hören, war offensichtlich eine davon. Kurzerhand wurde er entlassen, zur Ruhe geschickt und daran erinnert, dass er morgen mit dem Unterricht in Rhetorik beginnen würde.

***

Zu Daniels Überraschung war sein Lehrer für die Lektion in Rhetorik und Etikette am nächsten Tag nicht irgendein Adliger oder eine Hofdame, sondern ein älterer Mann mit der Haltung eines Wächters. Er wartete in dem kleinen Raum, der für sie vorgesehen war, auf Daniel und bedeutete ihm, etwas zu trinken und Platz zu nehmen, während er ihn wie ein Falke beobachtete. Erst als Daniel sich gesetzt hatte, ergriff er das Wort.

„Du fragst dich vielleicht, warum eine alte Garde, was?" Auf Daniels Nicken hin grinste er. „Weil ich ein königlicher Wächter war, all die Jahre, bis ich meine zweiten zwanzig vollendet hatte. Jetzt muss ich mir etwas zu tun suchen, und meine Kinder wollen mich nicht im Haus haben. Also unterrichte ich Abenteurer."

Daniel nickte langsam. Das ergab Sinn, dachte er sich. Wachen mussten alles beobachten, während sie im Dienst waren, und wurden offensichtlich auch in Etikette geschult. Eine Wache, die richtig aufpasste, schnappte wahrscheinlich einiges auf, obwohl Diskretion bedeutete, dass sie über das meiste wahrscheinlich nicht sprechen konnte. Dennoch waren allgemeine Lektionen in Etikette wohl kaum ausgeschlossen.

„Gut. Du bist ein schlaues Kerlchen. Aber das sind Heiler meistens", sagte der Wächter. „Bevor du fragst, du kannst mich Vylar nennen."

„Ich bin…"

„Daniel Chai. Ich weiß. Gut, es gibt ein paar Dinge, die du verstehen musst", sagte Vylar. „Erstens sind wir beide keine Adligen. Was du also lernst, wird nicht dasselbe sein. Es gibt verschiedene Arten der Anrede. Es ist gut zu wissen, welche das sind – es gibt eine Menge kleiner Schlachten und Details darüber, welche Formen der Ansprache, welche Arten von Verbeugungen man benutzt und solche Dinge –, aber wir haben nicht die Zeit für all das. Ich werde dir also beibringen, was du tun musst, was du an Begrüßungen erhalten solltest, die in deinem jeweiligen Kontext fast alle gleich sind, und was du tun solltest. Das ist alles. Hast du das verstanden?"

Daniel nickte.

„Gut. Und weil du ein Abenteurer und ein Heiler bist, werden sie dir ein wenig Spielraum geben. Allerdings nur ein wenig. Achte also auf dein Benehmen und auf das, was du sagst", sagte Vylar.

„Natürlich."

„Har! Das sagt ihr Abenteurer immer. Und dann merkt ihr, was es wirklich bedeutet." Daniels Lippen verzogen sich, aber Vylar sprach einfach weiter. „Na, dann wollen wir mal sehen, wie du dich machst. Also, das hast du falsch gemacht."

„Falsch?"

„Als du reingekommen bist, natürlich", schnaubte Vylar. „Fangen wir an…"

Daniel stöhnte innerlich und stand auf, als Vylar ihn zur Tür winkte, um seinen Platz einzunehmen. Plötzlich war der Gedanke an diesen Benimmunterricht, vor allem, wenn es bedeutete, sich Gedanken darüberzumachen, wie er überhaupt einen Raum betrat, viel weniger interessant und viel lästiger geworden.

Immerhin war es besser, als von einer Koboldklinge erstochen zu werden.

***

„Er hat auf mich eingestochen!", knurrte Zef und nahm die Hand von seinem Speer, um seine geschlossene Faust auf den Kopf der winzigen, gnomartigen Kreatur zu schlagen. Der kleine, ein Meter große Humanoid brach zusammen, und die Reste des verdrehten Korkenziehers fielen ihm aus den Händen.

„Wer hat dir gesagt, dass du es so nah an dich heranlassen sollst?", grummelte Omrak. „Und keine Rüstung tragen sollst?"

„Mein Skill schützt mich normalerweise", sagte Zef, während er den Körper wegstieß. Er legte seine Hände wieder auf seinen Speer und bedrohte die Gruppe von Gnomen, die versuchte, sich ihnen zu nähern.

Omrak, der sich auf der anderen Seite des engen Korridors befand, stieß vorsichtig mit seinem Großschwert zu, als er antwortete: „Aber dieses Mal nicht, oder? Skillbrechende Skills werden immer häufiger. Du benötigst eine Rüstung."

Daniel brummte zustimmend zu dem Gespräch, bevor er eine Hand auf Zefs Rücken legte, um den Heilungsprozess einzuleiten. Er musste die Hand ausstrecken und die nackte Haut auf dem Rücken der Echse berühren, denn er brauchte Körperkontakt, und die leichte Jacke, die Zef trug, würde seinen Zauber stören. Er hätte auch Zefs Schwanz berühren können, aber dafür war er schon einmal verwarnt worden. Schwänze waren bei den Beastkin besonders wichtig, und den Schwanz eines anderen Wesens, ohne dessen Erlaubnis, zu berühren, war so, als würde man eine Frau ohne ihre Erlaubnis anfassen. Man machte es einfach nicht.

Sobald der Zauber gewirkt war, zog sich Daniel vollständig zurück, um den beiden Kämpfern an vorderster Front Platz zu machen. Er blieb in Deckung und wartete darauf, dass einer der Zwerge hereinstürmte, auch wenn der eine oder andere Pfeil an ihm vorbeischoss, um sich im Körper des Feindes zu vergraben. Diesmal schoss Charles jedoch in einem Bogen und war besonders vorsichtig, wo und wann er schoss, nur für den Fall, dass er daneben zielte. Schließlich war es eine gute Möglichkeit, seine Freunde zu verletzen, wenn man in ein Handgemenge schoss. Dieser Kampf war ohnehin nicht schwer, und es war sicher keiner, den die Nahkämpfer nicht selbst beenden konnten.

Diesmal war das Team in einem der abgesteckten Abschnitte erschienen. Das bedeutete, dass der Weg durch die ersten paar Abzweigungen einfach genug war. Zu diesem Zeitpunkt befanden sie sich nur in den ersten paar Ebenen des Labyrinths, obwohl sie gehofft hatten, dieses Mal tiefer vorzudringen. Vielleicht sogar bis zur Hälfte des Labyrinths selbst. Gelegentlich versuchte ein Anflug von großem Ehrgeiz, sich durch Daniels studierte Sachlichkeit zu drängen, aber er unterdrückte ihn. Die Chance, dass sie so kurz nach ihrer Ankunft einen Fortgeschrittenen-Dungeon abschließen würden, war äußerst gering. Selbst wenn sie ihren eigenen abgeschlossen hatten, war jeder Dungeon anders, und die Abenteurer sollten ihn ernst nehmen.

Natürlich war das, was der Gildenmeister und die Vizegildenmeisterin gesagt hatten, ein Grund, warum er vorankommen wollte. Es war fast so, als wäre er eine Enttäuschung, mit seinem langsamen und stetigen Fortschritt. Langsam jedenfalls für jemanden mit seinen Gaben. Doch Daniel war nicht bereit, den wahren Preis zu zahlen, um sein Team voranzubringen. Denn je schneller man vorankam, desto größer war die Gefahr, dass Menschen starben.

Als Zef schließlich den letzten Gnom erledigt hatte, konzentrierte sich Daniel auf den Kampf und starrte auf die Manasteine, die den Boden bedeckten. Er ging nach vorne und half dem Team, sie aufzusammeln, um die Steine Asin zu übergeben, die sie wie üblich aufbewahrte, bevor die Catkin davonhuschte. Was auch immer die beiden Beastkin am Vortag getan hatten, sie hatten nicht darüber gesprochen, obwohl etwas von der Begeisterung, die beide Kin für den Besuch der Hauptstadt gezeigt hatten, verschwunden war. Es schien, als hätte die Realität einer zivilisierten Spezies diese Naivität weggeschliffen.

Das hielt Asin jedoch nicht davon ab, ihre Arbeit zu tun. Sie ging dem Team voraus, wobei sie darauf achtete, nicht zu weit zu gehen. Man hatte sie gewarnt, dass sich das Labyrinth manchmal sogar verändern konnte, während die Abenteurer darin waren. Wände schoben sich zu, andere öffneten sich, und Teile des Bodens kippten, um Parteien zu trennen. Natürlich war all das tiefer im Inneren des Labyrinths häufiger der Fall, aber es ergab keinen Sinn, ein Risiko einzugehen.

Insgesamt, so musste Daniel zugeben, kamen sie gut voran. Und nach der Anzahl der kleinen Steine zu urteilen, die sie bereits gesammelt hatten, zahlte sich der Dungeon auch aus. Natürlich war die Hauptstadt auch teurer, aber es war kein wirkliches Wunder, dass so viele Abenteurerteams hierherkamen. Wenn Daniel sich jetzt nur auf das Abenteuern und das Erforschen der Dungeons konzentrieren könnte, anstatt in die Politik des Landes hineingezogen zu werden.

Kapitel 11

Es erstaunte Daniel ein wenig, wie schnell die Zeit verging. In einem Wimpernschlag waren fünf Tage vergangen, in denen er abwechselnd lange, ermüdende Lektionen über Etikette und das Erforschen des Dungeons hielt. Zwischendurch, wenn er Mana übrighatte, führte Daniel eine improvisierte Klinik, heilte die Gildenmitglieder von ihren Verletzungen und gelegentlich auch Gildenfreunde, die der Gildenmeister als Gefallen mitbrachte. Er hätte sich beschweren können, da sie sich immer noch weigerten, ihn in den Hospizen helfen zu lassen, aber es waren nur fünf Tage und zwei Gäste gewesen.

Doch als Zef am sechsten Tag, gerade als sie den Dungeon betreten wollten, mit einem gebrochenen Arm humpelte, war Daniel schockiert. Er eilte herbei, doch Zef hielt nur seine Hand hoch, um dem Heiler zuvorzukommen.

„Ich muss dir mitteilen, dass ich mich ab heute aus der Gruppe zurückziehen werde", sagte Zef.

„Was? Warum?", fragte Daniel, und der Großteil des Teams schloss sich seinen Worten an. Die einzigen, die schwiegen, waren Charles und Asin. Die Catkin wartete nur, bis die anderen verstummt waren, bevor sie mit Zef in Beastkin sprach und die anderen verwirrt stehenließ.

Zef hörte eine Weile zu, nickte dann und antwortete schnell in der gleichen Sprache. Daniel beugte sich vor und versuchte, das Gespräch zu entschlüsseln. Er hatte immer noch Mühe, die Sprache zu lernen, und konnte nur hier und da ein paar Worte verstehen, etwas über Besuche, Zahlungen und Kämpfe. Aufgrund der Verletzungen und Zefs plötzlichem Sinneswandel konnte Daniel das Thema schnell genug zusammenfassen.

„Nein!", sagte Daniel. „Ich werde nicht zulassen, dass du uns im Stich lässt, nur weil sich jemand unserer Gruppe anschließen will."

Zef zischte ein wenig, und sein Schwanz stand völlig still. Er blickte Daniel mit geschlitzten Pupillen an, sein Zorn zeigte sich in seinem Körper und seiner Haltung. „Oh, du willst mir also auch noch sagen, wie ich mein Leben leben soll."

„Das ist nicht das, was ich meine, und das weißt du", sagte Daniel.

„Wirklich?" Zef hob seinen gebrochenen Arm, der immer noch in einer Schlinge steckte. „Wirst du dann meine Treffen für mich übernehmen? Mir die tausend Goldstücke zurückzahlen, die sie mir gegeben haben, damit ich abtrete? Wirst du mich beschützen, wenn sie weiter insistieren?"

„Tausend Gold!" Daniel hätte fast geschrien.

„Für tausend Gold würde ich vielleicht gehen", grummelte Omrak, wobei er nur scherzte. Tausend Gold war eine beträchtliche Summe Geld, genug, um mehrere verzauberte Ausrüstungsgegenstände zu kaufen. Genug, um ein Team mit niedrigem Level mit einfachen verzauberten Waffen oder Rüstungen auszustatten.

„Na, siehst du. Mit dieser Art von Gold kann ich mein eigenes Team zusammenstellen. Es so führen, wie ich denke, dass es geführt werden sollte. Es selbst leiten." Zef verschränkte die Arme, die Muskeln spannten sich an, als er sprach. „Dieses Team war eine gute Gelegenheit, aber es ist keine tausend Gold wert."

Daniel konnte nicht anders, aber es widerstrebte ihm trotzdem, Zef gehen zu sehen, zumal dadurch ein Platz für eine andere, unbekannte Person frei würde, die dem Team beitreten könnte.

„Weißt du, ohne einen Heiler ist es schwer, voranzukommen", sagte Daniel.

Zef grinste, und seine scharfen, fleischfressenden Zähne blitzten im Licht. Daniel stellte zu seiner Überraschung fest, dass auf einer Seite von Zefs Gesicht einige von ihnen fehlten. Doch der Abenteurer schien sich darüber keine Gedanken zu machen, und Daniel wusste, dass das daran lag, dass seine Zähne nachwachsen würden. Das war einer der Vorteile der Lizardkin. Solche kleinen Vorteile waren bei den Beastkin im Vergleich zu den Menschen üblich und wurden oft als Vorwand benutzt, um ihre Fremdartigkeit zu beklagen. Daniel dachte nur, dass die Nörgler neidisch waren.

„Ich bin nicht zu faul, um ein Team von Grund auf aufzubauen. Mit so viel Geld wäre es einfach, in der Anfangsphase einen Heiler zu finden."

Asin an der Seite nickte kurz, bevor sie das Wort ergriff und Daniel unterbrach. „Beastkin-Heiler. Sie sind bereit, viel zu riskieren."

Daniel nickte langsam, das Verständnis kam häppchenweise. Die Heiler der Beastkin waren im Allgemeinen geschickter als ihre Kollegen, meinte Daniel, da sie mit einer viel größeren Vielfalt von Körpern und Krankheiten umgehen mussten. Allerdings verlangsamte diese höhere Anforderung an Wissen auch ihren Levelanstieg, zusammen mit dem Mangel an Ressourcen, die ihnen zur Verfügung standen. So gab es zwar prozentual gesehen mehr Beastkin-Heiler, aber weniger hochlevelige. Schließlich erforderte das Aufleveln als Heiler ab einem bestimmten Punkt erhebliche Ressourcen und nicht nur die Wiederholung der gleichen alten Handlungen. Neue, originelle Krankheiten, wichtige Persönlichkeiten und neue Heiltechniken – all das waren Voraussetzungen, um sowohl das Heilungsskill als auch die Klasse zu verbessern.

Einen neuen Heiler zu finden, der bereit ist, sich im Dungeon unter den Beastkin zu riskieren, wäre für Zef einfacher, da zusätzliche Mittel dem Heiler zu Fortschritten verhelfen könnten, vor allem, wenn er bereits aufgehört hatte, welche zu machen. Außerdem war es bei den Beastkin nur allzu üblich, dass die Gruppen aufgrund der Diskriminierung, der sie ausgesetzt waren, allein arbeiteten. Der Aufbau der Gruppe von Grund auf, ob nur mit oder ohne Beastkin, wäre für Zef die vernünftigste Option, und selbst wenn sie es nie zu einer fortgeschrittenen Klasse schaffen würden, wäre die Gruppe dennoch ein mächtiger und bedeutender Nutzen für ihre Gemeinschaften und Clans.

„Gehst du auch?" Daniel konnte nicht anders, als Asin zu fragen.

„Nein", sagte sie und verschränkte die Arme vor sich.

Zef starrte die Catkin an, die den Blick unbeirrt erwiderte. Zwischen ihnen fand eine unausgesprochene Kommunikation statt, bevor der Lizardkin schnaubte und sich von der Gruppe abwandte. Daniel zögerte, bevor er die Hand ausstreckte. „Ich kann dich immer noch heilen..."

„Vergiss es. Das wird ein guter Test für mein neues Team Heiler sein", sagte Zef.

Daniel nickte und sah zu, wie der Lizardkin weggingen. Er seufzte und drehte seinen Kopf um, um den Rest der Gruppe anzustarren. „Hat jemand von euch das Angebot bekommen, zu gehen?"

Zu seiner Überraschung hatten fast alle, außer Charles, ein Angebot erhalten. Als Daniel Charles ansah, zuckte der Leibwächter mit den Schultern.

„Ich gehe dahin, wo die Lady hingeht", sagte Charles. Jetzt nickte Daniel. Es war nicht nötig, ihn zu bestechen, wenn man Lady Nyssa bestechen konnte. Als er sie ansah, lächelte sie ein wenig, schüttelte den Kopf und weigerte sich, ihm mitzuteilen, wie viel sie ihr angeboten hatten. Tatsächlich wollte keiner seiner anderen Freunde etwas über ihre Bestechungsgelder sagen, mit Ausnahme von Omrak, der murmelte, dass man ihm nur fünfzig Gold angeboten hatte.

Er klopfte seinem Freund auf die Schulter und zog den großen Nordländer mit sich zum Eingang des Dungeons. „Ist schon gut. Ich bin sicher, sie werden kommen und dir etwas mehr anbieten." Als er sah, wie das Grinsen seines Freundes aufblühte, konnte Daniel nicht anders, als hinzuzufügen: „Nimm es nur nicht an, okay?"

Die Ermahnung machte Omrak traurig, aber er protestierte nicht und ließ das Team mit einem Gruppenmitglied weniger in den Dungeon gehen.

***

Siebzehn Runden später befand sich das Team in einem weiteren verzweifelten Kampf. Ohne Zef, der zusammen mit Omrak die Frontlinie hielt, hatte Daniel wieder einmal seinen Platz an der Seite seines Freundes eingenommen. Leider verfügte Daniel im Gegensatz zu Zef nicht über so viele Skills, die auf Schaden ausgerichtet waren, was die Zahl der von ihm getöteten Monster verringerte. Im Allgemeinen war dies kein großes Problem, aber es verlangsamte ihr Vorankommen. Eigentlich hatten sie vorgehabt, an der nächsten Biegung umzudrehen, bevor sie in einen Hinterhalt geraten wären.

Das Team befand sich in einem verzweifelten Kampf gegen die Steingolems, die ihnen gegenüberstanden, Kreaturen, die wie eine Vielzahl von Monstern geformt waren, denen das Team begegnet war. Jeder Golem war langsam in seinen Angriffen, aber übernatürlich stark und immun gegen die meisten durchdringenden und schneidenden Angriffe. Natürlich war Omraks Waffe dank seiner eigenen Skills unglaublich widerstandsfähig, sodass er ohne Rücksicht auf Verluste auf die Golems einschlagen konnte.

Und Daniels Hammer war für diese Aufgabe hervorragend geeignet, denn er zertrümmerte steinerne Gliedmaßen und Köpfe.

Leider waren Leute wie Charles und Asin gezwungen, immer wieder ihre Skills einzusetzen, um die harte Steinrüstung zu durchdringen. Beide Kämpfer schnauften, ihre Skills verbrauchten sowohl Mana als auch Ausdauer, um ihre Angriffe zu verstärken, ob es nun **Durchdringen** von Asin oder **Bohrpfeil** von Charles war. Die Tatsache, dass sie von einem weiteren Elementarpaar gefangen wurden, das aus dem Boden aufgetaucht war und die gesamte Gruppe einem noch größeren Risiko aussetzte, bedeutete, dass sie alles geben mussten und nicht in der Lage waren, die beiden Frontmänner zu unterstützen.

Das mächtigste Mitglied der Gruppe, Lady Nyssa, hatte es auf sich genommen, den größten Schaden anzurichten, indem sie **Schallkugeln** durch den Korridor schleuderte, die durch ihre Vibrationen Steine zum Bersten brachten. Leider schädigten die lauten Schreie auch ihre Gruppenmitglieder, sogar durch die Verzauberungen hindurch, die sie trugen. Um die steinernen Kreaturen zu knacken, musste sie die Kraft ihrer Angriffe verstärken, sodass sie alle taumelten.

In ihrer Verzweiflung hämmerte das Team weiter auf die Steingolems ein, auch wenn ihr Schutzkreis mit jeder Sekunde kleiner wurde.

Daniel wich einem weiteren Schlag aus und schwang seinen Hammer, um einen Arm zu brechen. Doch ein ungesehener Schlag kam von der Seite, traf seinen Schildarm und zwang ihn, nach hinten zu taumeln. Er stieß mit Asin zusammen, warf sie ab und wurde auch von einem Schlag getroffen, der die Catkin dazu zwang, sich auf dem Boden abzurollen. Noch während die beiden versuchten, ihr Tempo wiederzufinden, fiel Omrak zurück und ließ ein Brüllen der Wut los, als er **Donnerschlag** auslöste, um die Kreatur vor ihm zu zerschmettern und den Weg freizumachen, um den beiden zu helfen.

Lady Nyssa, die sich in der Mitte der geschrumpften Formation befand, nahm einen Mana-Trank zu sich, um ihren leeren Vorrat aufzufüllen. Fast augenblicklich half das magische Gebräu, ihre Energie zu erhöhen, obwohl sie sich mit dem Zaubern zurückhielt, da sie wusste, dass sie vielleicht einen starken letzten Angriff von ihr riskieren mussten.

„Gut, das ist beunruhigend. Benötigt ihr Hilfe?", rief eine Stimme, die die Gruppe alarmierte.

Daniel war überrascht, als er das Quartett vor ihnen bemerkte. Sie waren eine seltsame Gruppe, denn drei von ihnen trugen mächtige, stark verzauberte Plattenpanzer und führten Schwerter und Schilde mit demselben Greifmotiv. Ein Teil von Daniels Verstand rang darum, das Motiv einzuordnen, obwohl er wusste, dass er es schon einmal gesehen hatte. Seine Aufmerksamkeit galt jedoch vor allem dem grinsenden und völlig entspannten blonden Jungen an der Spitze des Teams.

Dieses Maß an Entspannung war für Daniel überraschend, denn der Dungeon war überhaupt kein Ort der Entspannung. Dies war die Art von Verhalten, die zum Tod von Menschen führte, egal, wie mächtig ihre Beschützer waren.

„Ja!", rief Omrak und schlug den Knauf seines Schwertes in einen Greifarm. Er musste dreimal zuschlagen und erlitt Schläge von einem anderen, knapp zwei Meter hohen, echsenähnlichen Golem in die Seite, bevor er sich befreien konnte. „Es ist keine Schande, um Hilfe zu bitten, wenn man sie braucht. Und wir brauchen sie!"

„Oh, na gut. Sir Marmonth", sagte der Junge. Einer der Wächter, Sir Marmonth, wie Daniel annahm, bemerkte das und deutete mit den Fingern auf zwei seiner Freunde. Im nächsten Moment flackerten die beiden Abenteurer auf und überquerten in Sekundenschnelle die Entfernung des Ganges.

Daniel benötigte einige Zeit, um herauszufinden, was genau in den nächsten Sekunden geschah. Die Wachen hatten sich mit einer solchen Geschwindigkeit und Präzision bewegt, dass sie die verschiedenen Golems in der Gruppe zerhackt, zerquetscht und zerstört hatten und zu ihren Ausgangspositionen zurückgekehrt waren, ohne die Gruppe selbst auch nur einmal zu stören. Nach ein paar kurzen Atemzügen standen Daniel und seine Freunde in einer Wolke aus sich absetzendem Staub und herabfallendem Gestein.

„Das war's dann wohl. Viel Glück!", rief der Teenager und setzte seinen Weg fort, vorbei an ihnen und höchstwahrscheinlich auch aus dem Dungeon heraus. Daniel versuchte immer noch, die Dinge zu ordnen, als er eine Hand an seinem Ärmel ziehen spürte. Sie war ziemlich eindringlich und zwang Daniel, sich zu verbeugen und zur Seite zu treten, um das Quartett passieren zu lassen.

Daniel drehte den Kopf, um zu fragen, aber Lady Nyssa starrte ihn an, ein Knie gebeugt. Tatsächlich stellte Daniel fest, dass sein gesamtes Team sich verbeugte.

Erst als sie vorbeigingen, erkannte Daniel, wer sie waren. Es hätte ihm eigentlich klar sein müssen; wenn nicht das geringe Mana und die Verzweiflung des Augenblicks gewesen wären, hätte er es gewusst. Immerhin war der Mantikor das Wappen der königlichen Familie. Und der Junge, den Daniel vielleicht nie gesehen hatte, war genau im richtigen Alter für den dritten Prinzen.

Als sie sich langsam auf den Weg nach draußen machten, musste Charles bemerken: „Gut, das ist passiert."

Und, das musste Daniel zugeben, es war eine sehr gute Zusammenfassung des Tages.

***

Selbst nach all dieser Zeit hatte sich die königliche Familie noch nicht die Zeit genommen, Daniel zu besuchen. Das war frustrierend, wäre da nicht die Tatsache, dass seine Tage mit Lektionen über Etikette und Erforschung vollgepackt waren. Acht Tage waren seit seinem Gespräch mit dem Gildenmeister vergangen, und endlich hatte die Gilde ihm mitgeteilt, dass sie bereit war, mit den Vorstellungsgesprächen für die Ersatzmitglieder seiner Gruppe zu beginnen. Die beiden Ersatzleute, die er nun zu besetzen hatte.

In der Zwischenzeit hatte Daniel von dem zunehmenden Druck auf seine Freunde gehört, die Gilde zu verlassen. Omrak hatte sogar darüber geschwiegen, wie viel ihm geboten wurde, während Asin das Gildenhaus nur noch selten verließ, es sei denn, sie befand sich in Begleitung von anderen. Als Daniel sie nach dem Grund gefragt hatte, hatte sie etwas von verfilztem Fell gemurmelt und sich geweigert, näher darauf einzugehen.

Lady Nyssa schien die ganze Angelegenheit am wenigsten zu stören, auch wenn sie weniger Zeit mit dem Team insgesamt verbracht hatte. Wenn man sie darauf ansprach, murmelte sie etwas von Familie und gesellschaftlichen Verpflichtungen, bevor sie das Thema wechselte. Nach seinen jüngsten Lektionen konnte Daniel nicht anders, als ein wenig mit ihr zu sympathisieren.

Zum ersten Mal seit ihrer Ankunft war das gesamte Team zusammen, wenn es nicht gerade am Erkunden war. Man hatte ihnen einen der größeren Salons zur Verfügung gestellt, und die Gilde hatte sogar für Erfrischungen gesorgt, die Omrak nun eifrig verschlang. Im Inneren schaute sich der Vizegildenmeister um, und Lady Marshall winkte Daniel zu sich, während er darüber nachdachte, welchen Platz er in der gegensätzlichen Anordnung der Sofas einnehmen sollte, die aufgestellt worden war.

„Macht ihr das normalerweise?", sagte Daniel, da er wusste, dass die Befragten alle in einem separaten Salon untergebracht waren, in dem es noch mehr Erfrischungen gab.

„Natürlich nicht. Die meisten bekommen nur den kleineren Salon, wenn sie sich überhaupt die Mühe machen zu fragen", sagte Lady Marshall. „Aber du bist unser Heiler. Und in Anbetracht der Klasse von Leuten, die hierherkommen, ist es von Vorteil, wenn sich jeder fühlt, als wäre er ein gern gesehener Gast im Haus."

„Und mmmphhfff... ein gutes Gasthaus ist das hier!", sagte Omrak mit vollem Mund.

„Sie sagte Gast im Haus, nicht Gasthaus", korrigierte Daniel.

Der jugendliche Nordländer winkte Daniel nur abweisend mit einem gebratenen Brotstäbchen zu, woraufhin der Heiler nur mit den Augen rollte. Sein eigener Magen war vor Sorge angespannt und verdrängte jeglichen Appetit. In der Tat hatten sich in seinen Eingeweiden Knoten gebildet, die ihn dazu brachten, seine Gabe zu benutzen, um seine Angst zu lindern. Kurz und bündig.

„Ich empfehle dir, dich in die Mitte zu stellen. Du bist es, dem sie zuhören und den sie treffen wollen", sagte Lady Marshall und Daniel zwang sich, sich zu konzentrieren. „Deine Freunde sollten nicht sprechen, vor allem nicht Asin."

„Warum?" Daniel runzelte die Stirn.

„Weil sie eine Beastkin ist und einige Adlige darüber ohnehin nicht erfreut sein werden", sagte Lady Marshall.

„Das klingt nach einem logischen Grund für Asin, sich mehr zu Wort zu melden", sagte Daniel.

Die besagte Catkin drehte sich um, wo sie damit beschäftigt war, dünne Scheiben gebratenen Fleisches in eine rote Soße zu tunken, die Daniels Nase selbst auf den wenigen Metern, die sie voneinander trennten, tränen ließ. Sie schüttelte auf seinen Vorschlag hin ziemlich heftig den Kopf, was Daniel eine Grimasse entlockte.

„Deine Freundin hat mehr Verstand als du", sagte Lady Marshall, um dann unterbrochen zu werden.

„Nein. Kein solches Gespräch", stellte Asin klar.

Lady Nyssa hustete in ihre Hand und schaute Lady Marshall gelassen an, als die Vizegildenmeisterin sie ansah. Sie ergriff jedoch das Wort. „Ich denke, Daniel, dass jeder, der ein größeres Problem mit Asin hat, bereits gegangen wäre. Und wir können mit Sicherheit klarstellen, dass Asin die Gruppe nicht verlassen wird."

Daniel nickte zögernd. Es gab einige Kämpfe, die es einfach nicht wert waren, aufgenommen zu werden.

„Gut. Und jetzt setz dich hin. Wir müssen beginnen." Lady Marshall forderte die Gruppe auf, sich zu setzen, nur Charles nahm trotz Daniels Aufforderung, sich zu setzen, einen Platz hinter Lady Nyssa ein. Nachdem sie Platz genommen hatten, ging Lady Marshall zur Tür und blieb stehen, um die Gruppe, von der die Hälfte Teller mit Essen vor sich stehen hatte, anzustarren. „Und *versucht,* eine gute Show abzuziehen, wenn ihr könnt."

Nach dieser Warnung verließ sie die Gruppe, um den ersten Spross der Adelshäuser zu holen. Daniel, der in der Mitte der Gruppe auf seinem eigenen Stuhl saß, konnte nicht anders, als mit dem Knie zu zittern, das vor unterdrückter Energie bebte. Die Befragung dieser neuen potenziellen Gruppenmitglieder war nervenaufreibender, als er erwartet hatte.

Der Erste, der hereinkam, war ein älterer Mann, in Daniels Augen Ende zwanzig. Er hatte immer noch den klaren Teint, der unter den Adligen so üblich war, aber es gab kleine Fältchen entlang der Augen, eine gewisse Reife in seinem Gesicht, die diejenigen, die noch aus dem Teenageralter kamen, noch nicht erreicht hatten. Er trat ein, nickte der stellvertretenden Gildenmeisterin, die ihm die Tür aufhielt und den Weg wies, abwesend zu, bevor sie einem der Diener, der ihre Arbeit übernehmen würde, etwas zuraunte und den für ihn vorgesehenen Platz einnahm.

„Ich bin Lord Taylor Zaynastra." Er berührte das Schwert an seiner Hüfte, eine dünnere, längere Waffe als die, die normalerweise von Abenteurern geführt wurde. „Ich bin ein Duellant, Level 29."

„Duellant?", sagte Daniel und runzelte die Stirn.

„Es ist eine Kampfklasse. Er konzentriert sich hauptsächlich auf Einzelkämpfe gegen einen einzigen Gegner, obwohl Lord Zaynastra viel Erfahrung im Duell mit mehreren Gegnern hat. Er ist auch ein Meister des Schwertes, auch wenn er das nicht erwähnt hat", sagte Lady Nyssa und schenkte dem anderen Lord ein kurzes Lächeln. „Ich hoffe, das ist nicht zu anmaßend, Mylord."

„Ganz und gar nicht."

Omrak neigte den Kopf zur Seite und musterte den Adligen, bevor er sprach. „Welchen Abenteurer-Rang hast du?"

„Ich habe keinen", sagte Lord Zaynastra.

„Was machst du dann hier?", platzte Daniel heraus.

„Ich werde aufgrund meines Niveaus von den Anfängerkursen ausgeschlossen."

Als Daniel zu Lady Nyssa hinübersah, senkte sie ihre Stimme, da der andere Lord eine Pause eingelegt hatte, um ihr die Erklärung zu ermöglichen. „Kämpfer mit bedeutenden Skills können eine Ausnahmegenehmigung zum Betreten der fortgeschrittenen Dungeons erhalten, wenn sie über ausreichende Level verfügen und eine Prüfung bestanden haben."

„Richtig. Ich schätze, das ist gut", sagte Daniel und fühlte sich bereits frustriert. Die Sache lief nicht so, wie er es sich vorgestellt hatte. Andererseits fühlte er sich wenigstens nicht mehr nervös oder angespannt. „Aber warum willst du jetzt auf Abenteuerreise gehen?"

„Nein, das tue ich nicht." Als er sah, dass seine Worte die Gruppe aufgeschreckt hatten, stellte er sie klar. „Die königliche Familie betrachtet die Abenteuertouristik als eine Notwendigkeit für die Adligen. Wenn ich das Meisterlevel erreiche, eröffnen sich für mich und meine Familie zusätzliche

Möglichkeiten." Er nickte Daniel zu. „Du wirst mir dabei helfen, dies auf die schnellste und sicherste Weise zu erreichen."

„Oh, richtig." Daniel schaute seine Freunde an, neugierig, ob einer von ihnen weitere Fragen hatte. Sie schüttelten alle den Kopf, bevor Daniel sich an den Duellanten wandte. Er stand bereits und nickte der Gruppe zu.

„Gut. Ich erwarte, bis zum Ende des Tages von euch zu hören."

Und bevor sie ihn korrigieren konnten, war er schon weg. Daniel musste zugeben, dass der Duellant zumindest eine beträchtliche Menge an Punkten in seine Gewandtheit gesteckt hatte, so wie er sich bewegen konnte.

„Ich schätze, der Nächste?", sagte Daniel. Als ein Kopf hereinblickte, der Pfleger, der sich um die anderen Befragten kümmern sollte, um nach ihnen zu sehen, wiederholte er das letzte Wort noch einmal. Diesmal mit mehr Nachdruck.

***

„Ich bin... Ich bin... ein fortgeschrittener Abenteurer", hauchte der junge Mann und wirkte sichtlich nervös. Er schaute zur Seite, wo seine Mutter stand, die ihn anschaute, und schluckte. Er wandte sich wieder an Daniel und fuhr fort: „Ich habe ihn letztes Jahr bekommen. Ich bin auf Level ähm..."

„Johan!", bellte seine Mutter.

„Richtig, ähh, sorry. Tut mir leid, ich darf das nicht... ähm... sagen." Johan wippte mit dem Kopf nach unten. „Aber ich habe Inventar."

„Welche Waffe benutzt du?", fragte Daniel und warf einen Blick auf das Kurzschwert, das Johan an seiner Seite trug. „Das da?"

„Äh, ich bin Waffenmeister", sagte Johan. „Nach Inventar habe ich wieder zum Waffenmeister gewechselt."

Daniel konnte nicht anders, als einen leisen Pfiff auszustoßen. Sogar er hatte von dieser Klasse gehört. Es war eine aufwendig zu erwerbende Klasse, da sie die Beherrschung mehrerer Waffen erforderte. Diejenigen, die sie erhielten, waren oft ältere Abenteurer, Ausbilder oder Wunderkinder.

„Team?", sagte Asin und meldete sich zu Wort.

Die beiden Adligen, die ihnen gegenüber saßen, blickten beide zu Asin. Doch statt der üblichen spöttischen Abscheu vor ihrem Wesen war der eine nervös und der andere nachdenklich.

„Ich, na ja, ich habe mich ein paar, ähm… noblen Teams angeschlossen. Ihr wisst schon, was für welche.“

„Das tun wir nicht“, sagte Omrak.

„Adlige schließen sich nicht immer den Gilden an. Das fügt eine weitere politische Ebene hinzu, sodass die Jüngeren oft zusammenarbeiten und Teams bilden. Sie können fest, halbfest oder zufällig sein…“, erklärte Lady Nyssa. „Im fortgeschrittenen Stadium entscheiden sich die meisten jedoch dafür, einer Gilde beizutreten. Die Vorteile überwiegen allmählich die Einfachheit von Teams und natürlich nehmen die Gefahren zu.“

„Richtig. Sie hat recht. Die Lady Nyssa, meine ich.“ Johan errötete erneut. „Aber weißt du, deshalb bin ich ja hier.“ Er schenkte ihr ein knappes Lächeln und senkte dann den Kopf.

„Ja, natürlich. Und es ist gut, dass du hier bist“, sagte Daniel und sah dann die strenge Mutter an. „Ihr beide.“

Er bekam nur ein „*hmpphf*“ als Antwort, also wandte er sich ab. Am besten auf das Gespräch konzentrieren.

***

„Ich bin Kampfalchemistin“, sagte die junge Frau vor ihnen, deren Körper nach Tränken und Kräutern roch. Asin war in dem Moment zurückgewichen, als sie den Raum betreten hatte, und stand nun in der hintersten Ecke des Raumes neben einem offenen Fenster, den Schwanz hinter sich herziehend. „Ich habe ein paar Heilkugeln…“ Die blonde Brünette hob ein paar wirbelnde rote Kugeln in die Höhe. „Aber ich konzentriere mich hauptsächlich auf Schaden und Debuffs.“

„Kugeln?“, sagte Daniel und streckte eine Hand aus. Die junge Frau reichte sie ihm fröhlich und mit leuchtenden Augen. „Das ist kein Glas.“

„Das hat sich mein Meister ausgedacht. Anstatt Tränke zu verwenden, benutzen wir diese. Das Material zerbricht, wenn wir es brauchen, ist aber ansonsten ziemlich zäh“, sagte Reeves. „Man wirft es auf sein Ziel, und die Flüssigkeit sickert in es hinein.“

„Wie funktioniert es mit einer Rüstung?“, fragte Daniel.

„Das ist eines der Probleme“, sagte Reeves und seufzte. „Ich brauche mehr Materialien und mehr Geld, um herauszufinden, wie man es machen kann. Im Moment wird der Trank teilweise durch Mana-Übertragung injiziert, aber das ist nur etwas besser als ein Zehntel. Ansonsten braucht man direkten Haut-zu-Flüssigkeit-Kontakt.“

„Und deine anderen Kugeln sind auch so?“, fragte Lady Nyssa und betrachtete das halbe Dutzend kleiner Kugeln am ganzen Körper der Frau. Es war überraschend, sie zu sehen, denn das letzte halbe Dutzend Bewerber waren Adlige gewesen. Offenbar waren einige Bewerber so gut, dass der Gildenmeister sie unbedingt zum Vorstellungsgespräch einladen wollte.

„Ja. Gifte und Schwächungszauber auf Luftbasis funktionieren gut, und die explosiven sind kein Problem. Ich habe mit meiner letzten Gruppe mit einer doppelten Hülle experimentiert, mit einer explosiven äußeren Schicht und einem zweiten Trank darunter, um den Körper darunter freizulegen, bevor...“

„Bevor?“ Eine hochgezogene Augenbraue von Lady Nyssa.

„Ich habe das Problem behoben! Sie wird nicht mehr explodieren“, sagte Reeves, deren Augen weit aufgerissen waren, als sie ihren Fehler bemerkte. „Jetzt muss man nur noch ein wenig Mana injizieren, bevor die Kugeln zusammenbrechen. Es ist alles gut.“

Lady Nyssa gab ein kleines Geräusch in ihrer Kehle von sich, ihr Zweifel war deutlich zu hören. Daniel hingegen lächelte ein wenig, bevor er das Wort ergriff.

„Warum also dieses Team? Alchemisten aller Art sind bei den Gilden immer gefragt.“

Reeves warf Daniel einen ungläubigen Blick zu, so als könne sie nicht verstehen, wie er diese Frage stellen konnte. „Weil du ein begabter Heiler bist, natürlich. Ich will nicht sterben, bevor ich sie perfektioniert habe.“

Asin, die am Fenster stand, schnaubte, und Omrak brach in Gelächter aus und klopfte Daniel auf die Schulter, der angesichts der offensichtlichen Antwort errötete.

Natürlich wollten sie ihn wegen seiner Heilung.

Das taten sie alle.

***

„Ich bin Adliger, Level 18", erklärte Lord Biber gebieterisch.

„Und was bewirkt das?", fragte Daniel.

„Ich habe Klassenskills, die die Erträge meiner Betriebe steigern, meine Minen kartieren und regenerieren, die Gesundheit und die Fruchtbarkeit der Bevölkerung erhöhen…"

Daniel hob eine Hand, um Lord Biber zu unterbrechen. Nach neun Interviews war er es langsam leid, dass diese Adligen immer weiterreden konnten, wenn er sie ließ. „Ich meinte, was macht man damit im Dungeon?"

„Nichts. Warum sollte ich Skillfertigkeiten wählen, die so verschwenderisch sind?", sagte Lord Biber und sah verwirrt aus.

„Richtig." Daniel nickte. „Der Nächste!"

***

Die junge Adlige vor ihm war eher für einen Hoftanz als für ein Abenteurergespräch gekleidet. Ein sehr unenergetischer Hoftanz, denn sie drohte mit jedem Atemzug, den sie tat, auszubrechen. Bei jedem tiefen Atemzug, als sie sich nach vorne beugte und Daniels Fragen beantwortete.

„Und ich denke, ihr solltet mich und meine Schwestern in unserem Haus besuchen, ich bin sicher, wir finden einen Weg, *euch zu… unterhalten*", sagte Lady Harrington und atmete sanft aus, wobei ihr gelocktes rotes Haar kunstvoll um ihr herzförmiges Gesicht wippte.

„Ja…", sagte Daniel und schüttelte dann den Kopf. Er verdrängte die subtile Fähigkeit, die sie benutzte, das Charisma, und konzentrierte sich auf die Denkweise, die er bei der Arbeit an Patienten an den Tag legte. „Aber deine Skills scheinen nicht wirklich für den Dungeon geeignet zu sein."

„Nein, ich denke nicht. Das ist schade. Aber meine Mutter hat immer gesagt, es gäbe bessere Skills für eine Adelige." Ein schneidender Blick auf die Adelige, die neben Daniel saß, bevor sie sich lächelnd erhob. „Ein andermal also."

„Ja, natürlich."

„Ich denke, wir sollten sie mitnehmen...", sagte Omrak und folgte der Adeligen mit den Augen, als sie aus dem Raum schritt und die Tür hinter sich schloss.

„Männer!", murmelte Lady Nyssa, während Asin neben ihnen, die Beine auf den Stuhl gestützt, zustimmend lächelte.

Daniel und Charles waren klug genug, nicht zu antworten.

***

„Ritter, Level 21, seit zwei Jahren in der Fortgeschrittenenklasse. Ich erwarte, dass ich es in drei weiteren Jahren zur Meisterklasse schaffe", sagte Lord Julian, der muskulöse Adlige vor ihnen. „Ich glaube, dass dein Team mit meiner Hilfe in der Lage sein wird, ähnliche Ergebnisse zu erzielen."

„Das ist... gut", sagte Daniel zögernd.

An seiner Seite konnte Daniel nicht übersehen, dass Lady Nyssa viel aufrechter saß und den Ritter schüchtern anlächelte.

„Ich bin sicher, dass du das kannst...", sagte Lady Nyssa atemlos.

„Benötigst du ein Reittier?", fragte Charles, der zum ersten Mal an diesem Tag das Wort ergriff. „Die meisten Ritter konzentrieren ihre Spezialisierung auf den berittenen Kampf."

„Ich habe ein paar, die davon profitieren", sagte Lord Julian und fuhr sich müßig mit der Hand durch die Haare. Dadurch hoben sich seine prallen Armmuskeln für einen Moment deutlich von den engen Hemdsärmeln ab. „Aber ich habe auch den traditionellen Kampf mit Schwert und Schild trainiert, wenn ich nicht beritten bin."

„Dieser Brustpanzer, ist der verzaubert?", fragte Daniel und spürte das leichte Vibrieren der Energie sogar von seinem Stuhl aus. Das bedeutete, dass er wahrscheinlich stark verzaubert war.

„Ja. Mein ganzer Panzeranzug ist es. Nur kleine Verzauberungen in Bezug auf Haltbarkeit, Ausdauer, Leichtigkeit und Magieabsorption. Eine größere Verzauberung ist die gespeicherte kinetische Reflexion."

„Ein mächtiges Stück Zauberei also. Ist alles miteinander verbunden?", sagte Lady Nyssa, deren Augen vor Interesse funkelten. Auf Lord Julians

Nicken hin lächelte sie. „Das muss ziemlich teuer sein, um es am Laufen zu halten."

„Meine Familie kann damit umgehen."

„Natürlich, natürlich", sagte Lady Nyssa anerkennend.

Omrak an der Seite rollte ein wenig mit den Augen, als er Daniels Blick begegnete. Dennoch warfen beide einen Blick auf Lord Julians Schwert, dessen Griff einfach und praktisch war, genau wie der Brustpanzer. Minimales Design, das einen Mann zeigt, der seine Ausrüstung tatsächlich benutzt.

***

Ein Mann nach dem anderen, eine Frau nach der anderen hörte sich die Gruppe die Bewerber an. Am späten Nachmittag, nach einer einzigen, viel zu kurzen Mittagspause, wurde der konstante Strom von Personen unterbrochen. Anstelle des üblichen Adligen, der von einem Diener hereingelassen wurde, betraten zunächst zwei Wachen den Raum und musterten ihn. Erst als sie sich hinreichend vergewissert hatten, dass keine Gefahren lauerten, trat der nächste Bewerber ein.

Zu diesem Zeitpunkt war die gesamte Gruppe bereits auf den Beinen und verbeugte sich. Wie könnten sie auch nicht? Die Wappenschilder der Wachen waren ein klarer Hinweis darauf, mit wem sie als Nächstes zu sprechen hatten. Und wenn sie sich nicht an den Greif erinnerten, war die Tatsache, dass sie genau diese Wachen vor ein paar Tagen gesehen hatten, Erinnerung genug.

„Eure Hoheit. Ihr ehrt uns", sagte Lady Nyssa und führte die Gruppe an, als alle schnell ihre Worte wiederholten.

„Bitte. Bitte nicht." Der Junge nahm Platz und gab ihnen ein Zeichen, sich ebenfalls zu setzen. Als sie zögerten, starrte er die Gruppe an, und die neben ihm stehenden Wachen, von denen die letzte vor der nun geschlossenen Tür Platz genommen hatte, starrten das Team an, bis auch sie sich widerwillig setzten. „Ich möchte, dass ihr mich genauso befragt wie jedes andere Mitglied eures potenziellen Teams."

Daniel tauschte einen Blick mit den anderen aus, denn sein Herz hatte bei der Erwähnung des Interviews zu rasen begonnen. Lady Nyssa schüttelte leicht den Kopf, während Asin, die neben der Gruppe stand, mehr die Wachen als den Prinzen beobachtete. Omrak hustete und versuchte, nicht direkt in das Gesicht des Prinzen zu lachen.

„Stimmt etwas nicht, Held Omrak, Sohn von Losin?", fragte der Prinz.

„Trockene Kehle, Eure Hoheit", sagte Omrak und klopfte sich auf die Brust.

„Bitte, hört auf. Nennt mich einfach Roland", sagte Prinz Roland.

„Held–"

„Eure Hoheit, bitte. Das ist nicht angemessen", mischte sich Lady Nyssa ein und sah Omrak an, der sie verwirrt ansah. „Wir könnten bestraft werden, wenn wir Euren Namen unangemessen verwenden."

Prinz Roland runzelte die Stirn, dann wandte er sich an eine seiner Wachen. Er ergriff das Wort, und seine Stimme wurde immer majestätischer. „Bitte notiert dies und stellt sicher, dass alle königlichen Wachen, Daniel Chai, Lady Nyssa und der Rest ihres Teams das Recht haben, mich beim Vornamen zu nennen, ohne Ehrenbezeichnungen. Es wird keine Strafe oder andere Form der Vergeltung für die Verletzung des königlichen Befehls verhängt."

Der Wächter verbeugte sich, sein Gesicht war völlig ruhig und ausdruckslos. Dennoch hatte Daniel das Gefühl, dass in den Augen des Mannes ein wenig von einer leidgeprüften Resignation zu sehen war.

„Gut, seht ihr. Es ist alles erledigt. Nennt mich Roland, sonst werde ich wütend", sagte Prinz Roland.

„Natürlich... Roland." Lady Nyssa verbeugte sich.

„Ärgerlich", grummelte Omrak und blickte Lady Nyssa an. „Er hat gefragt – wir hätten es einfach tun sollen."

„Siehst du, wie einfach das ist?", sagte Prinz Roland.

„Einfach für einen... Nordländer", murmelte Charles. Es war Daniel klar, dass er eigentlich ein anderes Wort verwenden wollte, es aber am Ende vertauscht hatte. Daniel runzelte ein wenig die Stirn, überrascht über den Grad der Feindseligkeit. Andererseits war Charles in solchen Dingen schon immer hochnäsig gewesen und nur bereit, sich ein wenig zu beugen, weil sie alle Abenteurer waren. Wenn man es mit echten Königen zu tun hatte...

„Und wie machen wir das jetzt?", fragte Roland und rieb sich aufgeregt die Hände. Er sah ziemlich aufgeregt aus und war gespannt darauf, dass sie ihn befragen würden.

„Hm", sagte Daniel und bemerkte, dass der Rest des Teams schwieg. „Normalerweise stellt sich der Bewerber bei uns vor. Name, Klasse, so was in der Art. Natürlich, bei dir...“

„Nein, nein. Wir sollten das richtig machen", sagte Roland mit einem festen Nicken. „Ich bin Prinz Roland Nimbler, der Vierte in der Thronfolge nach meinen Brüdern und meiner Schwester. Ich bin ein königlicher Prinz, Level 11, mit Skills im persönlichen Kampf und im Teamkampf." Er hielt inne, überlegte und berührte sein Schwert. „Ich habe auch eine ganze Reihe von verzauberten Ausrüstungsgegenständen, die allerdings alle nur die Qualität von Meisterwerken haben.“

„Nur?", würgte Omrak.

„Ja. Ich habe meiner Mutter gesagt, dass ich nur Meisterwerke nehmen würde", sagte Prinz Roland, und seine Augen leuchteten vor Eifer. „Ich wollte keinen zu großen Vorteil haben.“

Daniel hustete in seine Hand und zwang sich, nach unten auf das Glas Wasser zu starren, das er aufhob, während er versuchte, den Prinzen nicht sichtlich zu verhöhnen. Er hatte keine Ahnung, was für einen Vorteil er bereits hatte, oder?

„Werden sich deine Wachen auch zu uns gesellen, Roland?", fragte Lady Nyssa und musterte die drei Greifenwächter.

„Oh, nein! Das ist der Grund, warum ich ein Vorstellungsgespräch führe. Ihr werdet alle meine Gruppe sein", sagte Roland aufgeregt. „Sie waren nur bei mir, weil ich Probleme hatte, eine richtige Gruppe zu finden.“

„Warum wir?", fragte Asin, während ihr Schwanz aufhörte, langsam umherzuschlagen, und nun fast direkt hinter ihr starr war.

„Wegen Daniel natürlich. Meine Eltern haben gesagt, dass ich nur mit ihm ein richtiges Team haben darf", sagte Prinz Roland und nickte entschlossen. „Also hoffe ich, dass ihr mich nehmt.“

Daniel schaute sein Team an und versuchte zu verstehen, inwiefern dies eine Bitte war. Immerhin handelte es sich um den Prinzen, mit dem sie sprachen, jemanden, der in der Thronfolge ihres Landes stand. Wenn der Gildenmeister eine Ahnung davon hatte – wie auch der Rest der Adligen –, würde das die große Aufstellung erklären, mit der sie konfrontiert waren. Trotzdem zwang sich Daniel zu einem Lächeln, so angestrengt es auch war.

„Natürlich... Roland. Wir müssen nur noch... das Interview beenden."

Kapitel 12

Der Tag war endlich vorbei, und die Gruppe sackte in verschiedenen Positionen im Raum zusammen. Vor allem Daniel sah erschöpft aus, denn er hatte das gesamte Sofa in Beschlag genommen, als er dort lag, eine Hand über den Augen. Lady Nyssa hatte sich in der Zwischenzeit auf den Interviewstuhl verzogen, während Asin auf dem Boden umherschlenderte und vor den Fenstern vorbeiging, als die schwindende Sonne hereinströmte.

„Das war eine Katastrophe...", stöhnte Daniel und machte sich nicht die Mühe, aufzublicken.

„Unsere Köpfe sind immer noch auf unseren Hälsen, also denke ich, dass man darüber streiten kann", sagte Lady Nyssa und versuchte, sich zu amüsieren. Das zeigte im ganzen Raum keine Wirkung.

„Er scheint zumindest ein guter Mensch zu sein", sagte Omrak.

„Er ist ein Prinz. Er muss kein guter Mensch sein", sagte Charles und ergriff das Wort. „Er muss einfach nur ein Prinz sein."

„Ich meinte, er schien ein guter Abenteurer sein zu wollen", sagte Omrak. „Anders als einige der anderen, die wir gesehen haben."

„Ja, aber sich für ihn zu entscheiden... Das ist kompliziert", sagte Lady Nyssa und biss sich auf die Unterlippe.

„Nein. Einfach. Wählen. Er hat gefragt", sagte Asin.

„So einfach ist das nicht. Was, wenn er verletzt wird?", sagte Lady Nyssa besorgt.

„Daniel."

„Und wenn er ihn nicht heilen kann?", entgegnete Lady Nyssa.

Daniel stieß ein Schnauben aus. „Dann ist er wahrscheinlich tot."

„Und das soll uns irgendwie trösten?" Lady Nyssa schüttelte den Kopf, bevor sie zögernd hinzufügte: „Es ist nicht nur das. Es gibt gute Gründe, ihn überhaupt nicht zu wählen."

„Welcher gute Grund könnte das sein?", fragte Daniel und runzelte die Stirn. Er hörte etwas in ihrer Stimme, das ihn dazu veranlasste, sich aufzurichten und die Adelige anzusehen, die schließlich das Wort ergriff.

„Es gibt Gerüchte, dass seine Eltern seine Entscheidungen nicht unterstützen. Sie wären vielleicht glücklicher, wenn wir ihn nicht zu uns lassen würden", sagte sie.

„Werden sie uns also vor einem aufgebrachten Prinzen schützen?", sagte Omrak. „Wo ich herkomme, haben wir keine Prinzen, aber wir hören die Geschichten. Von euren Lords, die lieber nach ihren Launen handeln, als nach ihrem Gewissen zu regieren."

„Vorsichtig...", zischte Charles. „Pass auf, wie du sprichst, denn du sprichst vom Königshaus."

„Und so müssen die Menschen lernen, auf ihre Worte zu achten, anstatt Wahrheit und Ehre zu wählen", brummte Omrak.

„Das...,"

„Nein, ihr beide", sagte Daniel. „Das ist nicht der richtige Zeitpunkt, um mit diesem Streit anzufangen. Wir haben größere Probleme."

„Ja, ja, das habt ihr." Die Stimme durchbrach das Getümmel und ließ die Gruppe sich umdrehen. Vor ihnen stand Gildenmeister Ronson, der irgendwie lautlos den Raum betreten hatte.

„Du hast es gewusst", sagte Daniel anklagend.

„Natürlich habe ich das. Ich habe das sogar arrangiert", sagte Ronson. „Du kannst dir nicht vorstellen, was für Sicherheitsvorkehrungen und Protokolle nötig sind, um seinen Besuch vorzubereiten. Oder die Art von Änderungen, die wir vornehmen mussten, weil ihr euch mit ihm treffen wolltet."

„Du willst, dass wir ihn einstellen", sagte Daniel ohne Umschweife.

„Ja. Das würde der Gilde sehr guttun." Gildenmeister Ronson lächelte und rieb sich ein wenig die Hände. „Und du glaubst nicht, was ich dann für eine Rückzahlung bekommen würde."

„Und wenn er stirbt?"

„Lass das nicht passieren", sagte Ronson. Als Daniel mit den Augen rollte, wurde der Gildenmeister ernster. „So schwer ist das nicht. Übertreibe es nur nicht zu sehr. Außerdem wird er mit mehr verzauberter Ausrüstung ausgestattet sein als deine ganze Gruppe." Er hielt inne, dann lächelte er ein wenig. „Und wenn du deine Karten richtig ausspielst, werdet ihr alle auch gewinnen."

Omrak wurde daraufhin hellhörig, während Asin den Kopf zur Seite neigte und die Augen nach vorne richtete, als sie innehielt. Lady Nyssa saß weiterhin gelassen da, nicht im Geringsten überrascht von dieser Aussage.

Daniel verstand es nach einer Sekunde. Der beste Weg, ihre Gruppe zu schützen, war schließlich, sie auch stark zu machen.

In Wahrheit war sich Daniel nicht sicher, was er davon halten sollte. Beute war gut, aber das war keine Beute, die sie verdient hatten. Es wurde ihnen geschenkt, genau wie seine Gabe. Und genau wie seine Gabe würde es einen Preis geben, den sie zahlen mussten. Wie hoch er war und ob sie bereit waren, ihn zu zahlen, nun ja...

Charles war von allen am wenigsten von den Gedanken der Gier betroffen. „Wirst du sie über die zusätzlichen Gefahren informieren, die durch seine Aufnahme entstehen?"

„Hmm,... ich hätte es getan. Aber es ist offensichtlich, dass du das tun willst." Gildenmeister Ronson sah nicht gerade beeindruckt aus, aber er schwieg, während Charles das Wort ergriff. Er trat sogar ein paar Schritte von seiner üblichen Position hinter Lady Nyssa vor, um zu sprechen.

„Die Aufnahme des dritten Prinzen in die Gruppe wird das Team in die Politik der Hauptstadt verwickeln. Das kommt noch zu den geringfügigen politischen Problemen hinzu, die durch die Mitgliedschaft meiner Lady in der Gruppe bereits entstanden sind." Charles hielt inne, als er Lady Nyssa sah, die ihn verärgert anstarrte. Er deutete eine kleine Verbeugung vor ihr an. „Es tut mir leid, Lady, aber ich habe auch Verpflichtungen gegenüber euren Eltern."

„Verräter", sagte sie, aber ohne echten Groll.

„Wie ich bereits sagte, ist die Politik der Hauptstadt aktiver und parteiischer als das, was ihr bisher kennengelernt habt. Es wird zusätzliche Anforderungen an den Prinzen geben, seine Pflichten zu erfüllen, so wenig sie auch sein mögen, da er der dritte Prinz ist, zu dem wir unweigerlich gehören werden", sagte Charles. Er wies auf Daniel, der schweigend zuhörte. „Daniel hat bereits damit begonnen, sich die Skills anzueignen, die nötig sind, um in den Kreis der Adligen aufgenommen zu werden, aber wenn wir den Prinzen akzeptieren, werden alle gezwungen sein, zu lernen." Er nickte Lady Nyssa zu. „Sogar meine Herrin wird ihre politischen Studien vertiefen, da der Wind des Wandels in der Politik immer stärker wird."

„Tut mir leid", sagte Omrak mit verschränkten Armen. „Aber was hat das alles zu bedeuten?"

„Ah." Charles blinzelte und versuchte, die richtigen Worte zu finden, um die Dinge einfacher zu erklären.

„Ihr werdet auf viele Bälle, öffentliche Auftritte und andere gesellschaftliche Veranstaltungen mit Adligen gehen. Vielleicht werdet ihr sogar gelegentlich zu einer königlichen Veranstaltung eingeladen, und jeder eurer Erfolge – oder Misserfolge – wird von der Bevölkerung hervorgehoben und gelobt oder verspottet werden", sagte Gildenmeister Ronson. „Aber das ist das geringste der Probleme, mit denen ihr zu kämpfen habt."

„Am geringsten?", fragte Asin, und Daniel bemerkte, dass sich ihr Schwanz langsam bewegte, völlig steif hinter ihr.

„Ja. Geringste", sagte Gildenmeister Ronson. „Ihr werdet einer gefährlicheren Zukunft entgegensehen, möglicherweise sogar Angriffe direkt auf euch gerichtet erleben. Ich gehe davon aus, dass es zusätzlichen Druck auf die Beastkin-Bevölkerung geben wird, wenn erst einmal klar ist, dass du auch Teil der Gruppe bist." Asin nickte, als hätte er dies bereits zum Teil bedacht. „Aber noch wichtiger ist, dass ihr auch Zielscheibe für Personen sein werdet, die die königliche Familie in Verlegenheit bringen, ihr Ansehen zerstören oder sogar den dritten Prinzen töten wollen."

Daniel runzelte die Stirn und meldete sich zu Wort. „Er ist nur der dritte Prinz. Warum sollte das eine Rolle spielen?"

„Er ist vielleicht nicht der nächste in der Reihe, aber er ist auch derjenige, der am verwundbarsten ist. Ihn zu töten wäre zwar ein geringerer Gewinn, aber ein leichter zu erringender."

„Und du sagst, die Adligen würden ihn töten wollen?", sagte Daniel und sah erst Charles und dann Ronson an. „Ich hätte nicht gedacht, dass die Dinge so übel sind."

„Vielleicht ein paar, aber eher Feinde aus dem Ausland", sagte Ronson.

Leider war das etwas, das Daniel verstehen konnte. Brad lebte zwar im Allgemeinen in Frieden mit den Nachbarländern, aber in den offensichtlichen Ork-Ländern im Westen war das Binnenkönigreich auch anfällig dafür, in gelegentliche Kämpfe mit ehrgeizigen Königreichen an seinen Grenzen verwickelt zu werden.

„Und du willst immer noch, dass wir es mit ihnen aufnehmen", rief Daniel aus.

„Als euer Gildenmeister. Ja", antwortete Ronson.

Omrak gluckste ein wenig, bevor er das Wort ergriff. „Ich bin immer noch dafür. Ein Held schreckt vor möglichen Gefahren nicht zurück. Und ein Attentat ist der Weg eines Feiglings, eine Schlacht zu gewinnen."

„Gut, ich denke, ihr kennt die Gefahren und unsere Wünsche gut genug", sagte Ronson. „Wie versprochen, werde ich die Sache nicht erzwingen. Ihr habt die volle Kontrolle darüber, wer sich eurem Team anschließt. Ein letztes Wort der Warnung möchte ich noch anbringen. Wen auch immer ihr für den zweiten freien Platz in eurem Team auswählt, wird auch sein gesellschaftliches Ansehen erheblich steigern. Diese Art von politischem Einfluss hat schon früher zu erheblichem Druck auf andere geführt. Vor allem auf die Bürgerlichen."

Daniel zuckte erneut zusammen, und als er seine Gedanken zu Ende gedacht hatte, hatte Ronson den Raum verlassen und ließ das Team noch einmal zusammensitzen.

„Treffen wir nun eine Entscheidung, oder nicht?", fragte Omrak und sprach damit die Gedanken aller aus.

***

Die Antwort war nein. Sie stritten und redeten noch ein wenig weiter, wobei Daniel schwieg. Seine Gedanken drehten sich ständig, schwankten zwischen Besorgnis, Aufregung und noch größerer Sorge. Er wog die potenziellen Gefahren, die mit der Erwerbung des dritten Prinzen verbunden waren, gegen die einfache Begeisterung des Mannes ab, zusammen mit der unausgesprochenen Gefahr, ein Mitglied der königlichen Familie zu verärgern. Als sich die Gruppe zum dritten Mal an Daniel wenden musste, verzichteten sie vorerst auf weitere Diskussionen und trennten sich, um sich um ihre eigenen Kräfte zu kümmern.

Daniel bemerkte das kaum, da er immer noch auf dem Sofa saß. Schließlich ließen sie ihn zusammengesackt wieder dort liegen, und sein Verstand weigerte sich, einen einzigen Gedanken zu fassen. Die Sorge um seine Gruppe, um das, was passieren würde, und die möglichen Gefahren, denen er seine Freunde aussetzte, zogen ihm den Magen zusammen und verursachten Knoten in seinen Eingeweiden.

Stundenlang lag Daniel auf dem Sofa und wurde nur einmal unterbrochen, als Lady Marshall nach ihm schaute. Sie sah ihn dort liegen und ins Leere starren und schloss die Tür hinter sich, ohne die Dienerschaft hereinzulassen. Als es ihm schließlich gelang, sich aus seinen kreisenden Gedanken zu befreien, war es schon spät am Tag.

Der Heiler war nicht gewillt, weiter dort zu liegen und stand abrupt auf. Er verließ die Gilde auf direktem Weg und bog auf der Suche nach einem Ort zum Essen in die ihm inzwischen vertrauten Straßen ein, da sein Magen knurrte. Seine Gedanken waren immer noch verworren, obwohl er nur ein leises, kontinuierliches Summen in seinem Gehirn spürte.

„Abenteurer Chai." Die Stimme schreckte Daniel auf und riss ihn aus seinen Gedanken.

Er schaute sich um und stellte fest, dass die normalerweise belebte Gasse, durch die er an der Haltestelle gegangen war, sich irgendwie geleert hatte. Jetzt befanden sich nur noch vier Schläger vor ihm. Es war ganz klar, von ihrem ungepflegten Äußeren bis hin zu ihrem grinsenden Gesicht, dass es Schläger waren. Automatisch verlagerte Daniel sein Gewicht, ging in einen abgewinkelten Winkel zu den Vorderleuten und drehte seinen Kopf so, dass er nach hinten schauen konnte. Zwei weitere Raufbolde standen hinter ihm und blockierten ihm den Weg.

„Das bin ich", sagte Daniel und versuchte, Selbstvertrauen zu zeigen. Er konnte sein Schwert und seinen Schild leicht herbeirufen, da er sie immer in seinem Inventar aufbewahrte. Die Rüstung hingegen bewahrte er in seinem Zimmer auf. Selbst wenn er sie mitgebracht hätte, hätte er sie anziehen müssen, das war also ausgeschlossen. Zu dumm, dass er nichts anderes zum Schutz trug, denn er hatte nicht wirklich damit gerechnet, in eine solche Situation zu geraten.

„Gut. Du weißt, was das bedeutet, nicht wahr?", sagte der Anführer, der vorne stand. Er trug einen schmutzig blonden Haarschnitt, der aussah, als hätte jemand im Vollrausch mit dem Dolch daran herumgefummelt. Eine kleine Narbe quer über der Lippe ließ den Eindruck entstehen, als würde er die ganze Zeit grinsen.

„Ein Raubüberfall?", fragte Daniel. „Ich trage nicht so viel Gold bei mir. Das meiste ist bei der Abenteurergilde."

Der Anführer lachte, bevor sie den Kopf schüttelte. „Wir nehmen das Geld, aber wir sind hauptsächlich hier, um euch eine Lektion zu erteilen."

Daniel runzelte die Stirn. „Wie kommst du darauf, dass ich dir mein Geld gebe, wenn du mich sowieso schlagen wirst?"

„Weil wir es noch viel schlimmer machen können." Eine Geste an seiner Seite brachte die Freunde des Anführers dazu, sich auszubreiten und den Rest des Weges vor Daniel einzunehmen. Das Schlurfen von Füßen hinter ihm verriet Daniel, dass die anderen näher kamen. Er verlagerte seine Position erneut und stellte sich mit dem Rücken zur Wand, während er seine Hand seitlich ausstreckte und zuerst nach seinem Schild griff.

„Interessant. Die meisten greifen zu ihren Waffen." Der Anführer schien überhaupt nicht besorgt zu sein, die Banditen kicherten.

Daniel erkannte bald, warum, denn eine unsichtbare Energie zerrte an seinem Schild, als er ihn gerade vollständig aufsetzen wollte. Sie überraschte ihn und zwang ihn, seine Aufmerksamkeit darauf zu richten, seine Ausrüstung zu behalten, und ließ ihn ungeschützt.

Der Schlag kam hart herunter und erwischte Daniel an einer instinktiv hochgezogenen Schulter. Er streifte die Spitze seines Ohrs und seiner Schulter und ließ ihn ein wenig zur Seite taumeln. Das Ziehen an seinem Schild wurde stärker, aber diese ruckartige Bewegung half Daniel zumindest, seine Hand vollständig durch die Riemen zu schieben.

Instinktiv trieb er seine Füße an, ließ sich mit dem Schlag abrollen und wich einem Folgeangriff aus, der ihn nur an den Kanten des Rückens traf. Es tat weh, aber der abgedämpfte Schlag quetschte nur seine Rippen.

Schildschlag wurde ausgelöst, als Daniel sich in den ersten der Banditen warf, die ihn von hinten angriffen. Er krachte rückwärts in seinen Gegner, schleuderte ihn ein paar Meter weit weg und öffnete einen Fluchtweg. Er schaffte alle drei Schritte, bevor er spürte, wie sich das Seil um seinen Fuß schlängelte. Dann zogen sie daran.

Er stürzte mit dem Gesicht voran auf den Boden, selbst, als er rückwärts geschleift wurde. Auf seinem Arm und seiner Brust bildeten sich blaue Flecken, denn er hatte sie benutzt, um seinen Sturz abzufedern, und nun prallten der Säbel und der Schlagstock auf seinen Rücken. Daniel krümmte sich instinktiv und versuchte, seinen Kopf zu schützen, indem er sich drehte und seinen Schild zum Schutz nach oben hielt.

„Temperamentvoll für einen Heiler. Aber man hat mir gesagt, dass du das sein würdest. Einer von den Törichten, einer, der meint, er müsse an der Front sein. Töricht." Der Anführer blieb, wo er war, bewegte sich nicht, sondern verspottete Daniel.

Die Schläger scharten sich schnell um ihn, Schlagstöcke und Fäuste prasselten auf seinen Körper nieder. Sie waren alle nicht besonders gut, sollten eher verletzen als töten. Selbst, als Daniel so viele Schläge wie möglich mit seinem Schild abwehrte, stellte er fest, dass sie nie versuchten, seinen Kopf zu treffen, zumindest nicht seit dem ersten Schlag. Eine Ahnung von dem, was sie wollten, begann durch seinen Verstand zu sickern, aber sein Fokus lag auf dem Schlachtfeld vor ihm.

Perins Schlag war Daniels nächster Versuch der Verteidigung. Es handelte sich zwar nicht um ein schildbasiertes Skill, aber da die Abklingzeit von **Schildschlag** noch nicht abgelaufen war, würde dies ausreichen. Außerdem bedeutete der Rückstoßeffekt des Angriffs, selbst wenn er durch die Untauglichkeit des Schildes abgeschwächt wurde, dass der Schläger, als er in den Oberschenkel seines Gegners stieß, gegen die Wand flog, um beim Aufprall seines Kopfes knochenlos daran abzuprallen.

Eine Sekunde lang rebellierte Daniel in seinem kleinen Sieg, bevor ein weiterer Stiefel tief eindrang und nach vorne trat, um eine freiliegende Rippe zu treffen. Er spürte, wie sie knackte und der Schmerz seinen Körper durchzuckte. Instinktiv krümmte und rollte er sich auf dem Boden zusammen, um sie vor weiteren Schäden zu schützen. Der Fuß zog sich zurück, als er vor Schmerz aufstöhnte, und jemand entriss ihm seinen Schild, indem die Gurte plötzlich durchtrennt wurden.

Ein weiteres halbes Dutzend Schläge, die Daniel violett und mit blauen Flecken zurückließen, bevor sich die Gruppe zurückzog. Ein weiteres

Kichern, als der Anführer der Angreifer sprach. „Jetzt bist du wahrscheinlich viel eher bereit, zuzuhören, oder?"

Daniel konnte nur noch stöhnen, als er versuchte, wieder zu Atem zu kommen.

„Das dachte ich mir schon. Also hier ist die Nachricht. Werde die Catkin und den Nordländer los."

Daniel runzelte die Stirn, sein Körper schmerzte, aber sein Verstand war ein wenig verwirrt über eine einzige Nachricht. Eine unsichtbare Geste, und die anderen Schläger griffen nach ihm und zogen ihn hoch. Daniel runzelte die Stirn, sein Körper war mit mindestens zwei seiner Angreifer in Kontakt. Einen kurzen Moment lang überlegte Daniel, ob er seine Gabe anders einsetzen sollte. Es wäre die einfachste Sache der Welt, die Hand auszustrecken und ihre Blutgefäße zu berühren. Das Herz stoppen, die Batterie aufreißen. Er könnte sogar etwas mit dem Hirnstamm machen, wenn er wollte, dass es schneller ginge. Dann durchfuhr ihn ein instinktiver Ekel, der aus unzähligen Stunden der Anwendung seiner Gabe, seines Könnens, geboren wurde, in denen er das Gegenteil tat. Ein Teil von Daniel spürte auch, dass dies ein Verrat wäre, ein wahrhaft verräterischer Verrat an der Gabe, die Erlis ihm gegeben hatte.

„Hast du mich verstanden?" Der Anführer war ganz nah an Daniels Gesicht und starrte ihn an.

„Ja,... aber ist das alles?", fragte er. Er konnte das Erstaunen in seiner Stimme nicht verbergen, als er sich über die einfachen, einmaligen Bitten wunderte.

„Für den Moment. Dachtest du, wir würden dir sagen, dir Hinweise geben, wer unser Auftraggeber ist?" Wieder dieses nervige Grinsen, dieser selbstbewusste Ton.

„Nein." Daniel schätzte die Entfernung ab und warf sich nach vorne, um seine Stirn mit der des anderen zu kreuzen. Er wurde von den beiden, die ihn hochhielten, nach hinten gerissen, lange bevor er den anderen erreichte, denn die Schläger waren an solche Tricks gewöhnt.

„Und dann machst du das. Und ich dachte schon, wir hätten uns geeinigt. Ich schätze, wir müssen dich einfach noch ein bisschen mehr schlagen, bis du es richtig kapierst", sprach der Schläger und gestikulierte zu den anderen.

Daniels Arme wurden festgehalten, auch als er versuchte, sich zu befreien. Er konnte nur versuchen, sich mit den Angriffen zu wälzen, während die anderen Schläger auf ihn einschlugen.

Unzählige Minuten vergingen wie im Flug, bis die Schläger ihn schließlich losließen und Daniel auf dem Boden liegen ließen, der mit Blut und blauen Flecken übersät war. Mindestens die Hälfte seiner Rippen war angeknackst, und irgendwann schlugen sie auf seinen Kiefer und sein Gesicht ein, sodass seine Zunge geprellt und blutig war.

Schlimmer als die körperlichen Schläge, von denen er sich langsam erholte und es schaffte, sich das **Zeichen eines Heilers** zu geben, um die Heilung einzuleiten, war jedoch die Peinlichkeit. Er war ein Heiler und Abenteurer. Angeblich stärker und tödlicher als jeder Zivilist. Und selbst wenn es sich um Schläger handelte, um Leute, die die Semi-Kampfklasse hatten, waren sie keine Abenteurer.

Sie kämpften nicht jeden Tag um ihr Leben.

Aber sie hatten ihn festgehalten und geschlagen, als wäre er nur ein Kind. Ein Zivilist. Diese Schande brannte noch schlimmer als die Verletzungen, die er langsam mit Mana und seiner Gabe zusammenflickte. Das Einzige, worauf Daniel hoffen konnte, war, dass diese Schande eines Tages durch seine eigene Gabe weggespült werden würde.

Bis dahin konnte er nur hoffen, dass es ihm gelingen würde, diese Verbrecher irgendwann zu finden. Und sich für den Gefallen revanchieren, mit Zinsen. Denn wenn es eine Sache gab, die der hart gesottene Ex-Bergmann nicht tun wollte, dann war es, seine Freunde loszuwerden.

Kapitel 13

„Was ist mit dir passiert?", zischte Lady Marshall, als Daniel in die Gilde zurückkehrte. In der einen Hand trug er Brot und Fleisch, seinen Hammer an der Seite und den Schild, den die Schläger zurückgelassen hatten, am Arm. Er hatte mehr als einen Blick von der Wache erhalten, aber als Abenteurer hatten sie ihn nicht aufgehalten.

„Ich bin in einen Streit mit ein paar ziemlich groben Schlägern geraten." Daniel strich über seine Kleidung, die mit Schlamm und den Überbleibseln der Prügel, die er erhalten hatte, befleckt war.

Es waren sogar Blutschichten darauf zu sehen, von den Schlägen, die die Haut aufgerissen und seine Lippe gespalten hatten. Natürlich war er dank seiner eigenen Heilungsskills unverletzt, aber das galt nicht für seine Kleidung.

„Wo ist mein Team?"

„Ich weiß es nicht." Die Augen von Lady Marshall weiteten sich. „Ich werde sofort nach ihnen schicken." Sie drehte sich um und rief in die Halle, wobei ihre Stimme durch das ganze Gebäude hallte. Es war erstaunlich, dass eine so elegante junge Frau eine so schrille, durchdringende Stimme hatte. Innerhalb von Sekunden waren mehrere Bedienstete und andere neugierige Gildenmitglieder eingetroffen. Lady Marshall bellte Befehle und bestand darauf, dass sie so viele von Daniels Leuten wie möglich sofort zu ihr schleppten. Sie schickte auch andere los, um zu überprüfen, ob jemand von ihnen gegangen war, bevor sie Daniel mit einer Geste aufforderte, ihr in einen nahe gelegenen Warteraum zu folgen.

„Danke." Und er war wirklich dankbar, dass sie so schnell reagierte, denn wenn sie ihn angegriffen hätten, wer weiß, was sie mit seinen Freunden hätten anstellen können. Vor allem um Asin machte er sich Sorgen. Die allgemeine Abneigung gegen die Beastkin im Königreich und die zunehmende Diskriminierung in der Hauptstadt beunruhigten ihn. Zum Glück für sein Herz war Asin die Erste, die erschien und die Tür zum Hof aufstieß.

„Kampf?", sagte Asin, als sie hereinkam. Sie schnupperte an der Luft, roch an Daniel und seinen Gerüchen, als ihr Schwanz hinter ihr zischte.

„Ja. Sechs von ihnen." Scham durchströmte Daniel erneut, als er den Kopf hängen ließ. „Ich konnte nur einen von ihnen abwehren. Die anderen..." Er hielt inne, unfähig, auch nur eine weitere Entschuldigung vorzubringen.

„Es ist keine Schande, gegen eine Übermacht zu verlieren", sagte Lady Marshall. „Und wahrscheinlich waren die, die sie dir geschickt haben, auf einem ordentlichen Niveau. Es ist ja nicht so, als würdet ihr wieder gegen Anfänger-Monster kämpfen", schmunzelte sie. „Wie auch immer, auf deinem Level sind selbst sechs Anfänger-Monster etwas viel."

Dieser letzte Satz stieß ihm sauer auf, aber er hatte auch einen Funken Wahrheit in sich. Daniel versuchte sich vorzustellen, wie er gegen sechs Kobolde kämpfte, kleine Kreaturen, die eine einzige Waffe führten und sie von beiden Seiten angreifen konnten, in der gleichen Aufstellung. In seiner vollen Rüstung wäre er wahrscheinlich gut zurechtgekommen, obwohl er verletzt worden wäre. Ihre Spieße waren gut darin, durch Lücken zu schlagen, aber der Plattenpanzer, den er jetzt trug, hätte ihn gerettet.

Ohne seine Rüstung, ohne seine Waffen und gezwungen sein, sich zu wehren? Daniel dachte noch einmal über die Frage nach und ließ das Szenario in seinem Kopf Revue passieren. Am Ende musste er davon ausgehen, dass er wahrscheinlich gewonnen hätte, da die Kobolde kleiner und leichter waren als er. Trotzdem hätte es wahrscheinlich ein paar gute Stiche gegeben, und wenn er Pech gehabt hätte, wäre er vielleicht gestorben.

„Wie ich sehe, passt ihr jetzt gut auf", sagte Lady Marshall.

„Tut mir leid, ich hätte das vorhersehen müssen." Lady Nyssa entschuldigte sich in dem Moment, als sie den Raum betrat, Charles direkt hinter ihr. Der Leibwächter betrachtete die Umgebung untätig, wobei Daniel auffiel, dass er sein Schwert bei sich trug, die Hand auf dem Griff ruhend. Außerdem hatte er selbst in der schwülen Hitze des Abends eine schwere Wolltunika angezogen.

„Warum hast du daran gedacht, wenn es sonst niemand getan hat?", fragte Daniel.

„Ja, warum?" Asins eigene Frage war spitzer, wütender.

„Weil ich eure politische Expertin bin. Ich bin die Adlige hier. Ich hätte so etwas vorhersehen müssen", sagte Lady Nyssa. Sie sah die Vizegildenmeisterin wütend an und dann Daniel. „Mir war nur nicht klar, dass sie so verzweifelt sind. Sie hatten angeboten..." Sie schüttelte den Kopf und verwarf ihre Aussage.

„Was haben sie dir angeboten?", fragte Daniel. Er hatte vorher nicht fragen wollen, um ihre Privatsphäre zu respektieren. Er respektierte die Privatsphäre seiner Freunde. Aber die Höflichkeit war nach der Schlägerei verschwunden. Irgendwann zwischen der zehnten und zwanzigsten Minute würde er vermuten.

„Nichts von Bedeutung", zischte Asin der Frau zu, die offensichtlich interessiert war.

Lady Nyssa lenkte ein und fuhr fort: „Nur die üblichen Bestechungen. Zuerst Kredite. Dann etwas Land, Handelsabkommen mit ein paar fusionierten Häusern, die sie kontrollierten. Noch mehr Land, Häuser, und am Ende boten sie sogar einige Verzauberungen an."

Lady Marshall nickte, offensichtlich hatte sie eine ähnliche Antwort erwartet. Die Vizegildemeisterin drehte sich um und hörte den Lautsprechern zu, die über Omraks Aufenthaltsort berichteten. Bis jetzt schien er sich außerhalb des Gildenhauses zu befinden. Weitere Befehle wurden gebellt, als Gildenmitglieder losgeschickt wurden, um nach dem Nordländer zu suchen.

„Und was haben sie dir angeboten?", schnippte Lady Nyssa.

„Geld. Keine Schläge." Asin zuckte nur mit den Schultern. Es war offensichtlich, dass sie keines dieser Angebote für wichtig gehalten hatte. „Ich verstecke mich. Quartier der Beastkin. Nicht kommen."

„Ich wünschte, ich hätte daran gedacht." Daniel schüttelte den Kopf und drehte seine Schulter vollkommen. Sie war irgendwann ausgekugelt worden, als er versucht hatte, sie wieder abzuwehren, und er glaubte immer noch, den Schmerz zu spüren, obwohl seine Gabe ihm selbst gesagt hatte, dass er alle Verletzungen behoben hatte. „Was werden wir mit ihnen machen? Ich hätte nie gedacht, dass sie mir tatsächlich wehtun..." Daniel schämte sich ein wenig, jetzt, wo er es laut ausgesprochen hatte. Obwohl er wusste, dass Zef angegriffen worden war, hatte er irgendwie geglaubt, er sei geschützt.

„Und du wirst deine Freunde nicht aus dem Streit herausnehmen?", fragte Lady Marshall. Daniel sah sie nur an, und sie lachte. „Sieh mich nicht so an, Kind. Du magst wertvoll sein, aber ich gehöre nicht zu deinen Mitspielern."

Daniel zog den Kopf ein und verstand, was sie meinte. Der stellvertretenden Gildenmeisterin einen bösen Blick zuzuwerfen, jemandem, der im Rang eines Meisters stand, war wahrscheinlich nicht die beste Idee. Er entschuldigte sich schnell, und die Gildenmeisterin winkte ab.

„Es ist eine berechtigte Frage, und obwohl ich glaube, dass Asin und ich die Antwort kennen, wäre es beruhigend, sie von dir zu hören", sagte Lady Nyssa.

„Ich werde keinen meiner Freunde gehen lassen. Wenn ihr gehen wollt, werde ich euch nicht aufhalten. Ich bin sicher, dass alles, was sie anbieten können, in den meisten Fällen eine Überlegung wert ist", sagte Daniel fest. „Aber ich verrate meine Freunde nicht."

„Und deshalb wäre es töricht zu gehen", sagte Lady Nyssa.

„Söldner", sagte Asin. In ihren Worten lag jedoch kein Groll, sondern fast Bewunderung.

Wieder zuckte Lady Nyssa mit einer eleganten Schulter. „Gut, das ist gut zu wissen. Aber ich denke, viel wichtiger ist, dass wir uns überlegen sollten, was wir mit diesen Verbrechern machen sollen. Und mit ihren Auftraggebern."

***

Die Gruppe diskutierte die Frage der Rache während der nächsten Stunde bei einem Teller mit Sandwiches, die Daniel mitgebracht hatte, als er bemerkte, dass er etwas zu essen brauchte. Das Gespräch driftete ein wenig ab und drehte sich im Kreis, als sie auf ihr erstes großes Hindernis stießen — die Unkenntnis darüber, wer Daniels Angreifer angeheuert hatte. Die stellvertretende Gildenmeisterin hatte zusätzliche Befehle gebellt und die gesamte Gilde in Aufruhr versetzt, als sie die beträchtlichen Ressourcen einsetzten, um diese Information zu finden. Asin hatte sich ebenfalls hinausgeschlichen und war nach zwanzig Minuten zurückgekehrt, nachdem sie das Beastkin-Flüsternetz aktiviert hatte. Selbst Lady Nyssa hatte Charles losgeschickt, um mehr herauszufinden, und Daniel fühlte sich ein wenig fehl am Platz. Trotz all seiner Skills hatte er in dieser Stadt keine solchen Verbindungen. Wenn er Zeit gehabt hätte, hätte er vielleicht während seiner Arbeit im Hospiz Freundschaften unter den Nicht-Abenteurern schließen können, aber er hatte nichts dergleichen.

Die Stunde des Rundgesprächs endete, als ein Tumult an der Eingangstür die Gruppe aus ihrem Zimmer holte. Durch die Vordertür stolperte ein Sextett von Abenteurern herein, darunter auch Omrak. Sie waren laut und ungestüm, schmutzig und ein wenig blutig, wobei Omrak am meisten verletzt war. Auf seiner Stirn hatte sich eine große, eiförmige Schwellung gebildet, und er hielt einen blutigen und bandagierten Arm in der Hand.

„Was ist passiert?", schnauzte Lady Marshall.

„Gildenmeisterin!" Der frühere blauhaarige Anführer riss sich zusammen und seine dunklen Augen funkelten ernüchtert. „Wir haben Abenteurer Omrak wie gewünscht gefunden, der von ein paar Schlägern angegriffen wurde. Er wurde verprügelt wie ein Schwein in einem Fass und–"

„Es waren ein Dutzend von ihnen!", protestierte Omrak.

„– und wir kamen zu seiner Rettung", beendete die Frau und ignorierte Omraks Proteste. Sie trat zur Seite, und zwei weitere gefesselte und geknebelte Gestalten wurden nach vorne geschoben, deren Anwesenheit von der Gruppe zuvor verborgen worden war. „Wir haben ein paar von ihnen zurückgebracht, die noch sprechen konnten."

„Du hast sie getötet, Jupyter?" Lady Marshall runzelte missbilligend die Stirn.

„Nein, Ma'am. Aber die meisten waren bewusstlos, hatten Gehirnerschütterungen oder gebrochene Kiefer. Drei konnten nicht laufen, also haben wir beschlossen, sie nicht zurückzuschleppen", sagte Jupyter und lächelte Omrak bewundernd an. „Der Große ist ziemlich stark und hat sich nicht gewehrt, als wir sie weggeschleppt haben. Er hat sie alle mit diesem Blitzding geschockt."

Lady Marshall zuckte zusammen. „Dann müssen wir die Sache mit den Wachen klären."

„Wir haben Byron zurückgelassen, um mit ihnen zu reden." Das brachte die Lady Marshall dazu, einen reumütigen Blick aufzusetzen, der mit einer gewissen Verärgerung gemischt war. „Ist schon gut. Er hat versprochen, brav zu sein."

„Als ob ihn das jemals zuvor aufgehalten hätte. Aber ein weiterer verliebter Leutnant der Wache, der ihm nachstellt, ist besser als der Hauptmann der Wache", murmelte Lady Marshall. „Bringt die beiden in die Kellerräume. Ich werde Zaritska schicken, um mit ihnen zu sprechen."

Die erfahreneren Gildenmitglieder zuckten alle zusammen, während Daniel sich zu einem in der Nähe sitzenden Gildenmitglied hinüberbeugte und murmelte: „Woher wissen sie, dass Byron mit dem Leutnant einverstanden ist? Was ist, wenn es ein Mann ist?"

„Das ist in Ordnung." Das Gildenmitglied grinste. „Das einzige Problem ist, wenn sie verheiratet sind. Dann wird es knifflig. Byron ist sehr, sehr charmant."

„Er ist ein Flittchen!", rief Jupyter, die die geflüsterte Antwort des Gildenmitglieds an Daniel gehört hatte. Sie richtete ihren Blick auf Daniel und winkte ihm mit einer Hand, von der er erst jetzt bemerkte, dass sie einen gebrochenen Finger hielt, der eilig mit einer anderen verbunden worden war. „Würdest du jetzt bitte...?"

„Natürlich!" Daniel winkte das Team herein, während andere die beiden Gefangenen festhielten, um sie in die Keller hinunterzubringen. Ein Teil von ihm wollte wissen, was unten passieren würde, aber ein viel weiserer und älterer Teil wusste, dass es besser war, nicht zu fragen.

Manche Dinge würden die Grenzen dessen überschreiten, was sein eigener Kodex als Heiler ertragen könnte.

Um die Gruppe zu heilen, musste er nur den Zauber **Zeichen des Heilers** anwenden, da keiner von ihnen ernsthaft verletzt war. Daniel war sich sogar sicher, dass einige der Verletzungen, die als von ihrem letzten Kampf stammend angegeben wurden, schon etwas zu alt waren, aber er gönnte ihnen die Chance, sich wieder vollständig zu erholen. Immerhin hatten sie Omrak geholfen.

Als er am Ende zu seinem Freund kam, testete er den Arm des Nordländers und hielt ihn vorsichtig, während er sprach. „Es tut mir leid. Wir hätten dir sagen sollen..."

„Das muss dir nicht leidtun, Freund Daniel!", grummelte Omrak. „Flüche wie dieser werden sich immer um die Starken scharen. Es ist nur an uns, dafür zu sorgen, dass ihr Wille gebrochen wird."

„Und wenn sie sich weigern, zu lernen?", sagte Daniel.

„Dann legen wir sie um", sagte Lady Nyssa kalt. „In solchen Zeiten darf man nicht schwach sein. Solche Leute und ihre Lakaien greifen schnell diejenigen an, die nachgeben. Nur Stärke zählt für sie."

Daniel konnte nicht anders, als die Stirn zu runzeln. Er wollte gegen solche Gedanken protestieren, aber er wusste auch, dass Lady Nyssa in solchen Dingen mehr Erfahrung hatte. Zwischenmenschliche Konflikte hatte er meist mit anderen Bergbauteams oder den Minenbesitzern ausgetragen, und in all diesen Fällen hatte nie jemand versucht, sich gegenseitig umzubringen. Nicht, wenn hochrangige Bergleute mit ihren speziellen Skills den Job verlassen und im Handumdrehen in einer anderen Mine Arbeit finden konnten.

Daniel wandte seine Aufmerksamkeit von den Verschwörungen ab und schickte seine Gabe in Omraks Arm. Ein kleiner Knochensplitter war abgebrochen und hatte sich in die umliegenden Muskeln gezogen. Mit seiner Gabe rückte er ihn wieder in die richtige Position, dann pulsierte seine Gabe und er konzentrierte sie nur auf den Knochen selbst. Während seine Zaubersprüche die geplatzten Blutgefäße und die Quetschungen, Muskelrisse und Schnitte heilen konnten, war der Knochen viel zäher. Es war besser, seine Gabe hier einzusetzen, wo er vielleicht nur ein paar Augenblicke seines Lebens verlor, als den Rest seines Manas zu verschwenden.

Omrak zischte ein wenig, als die Heilwirkung einsetzte, bevor der Mann zurücktrat und seiner Magie den Rest der Arbeit überließ. Der Nordländer schenkte dem Heiler ein Lächeln, bevor er sich zurückzog. Daniel, der von den Ereignissen des Tages erschöpft war, ließ sich auf einen Stuhl fallen und nahm dankend einen von Asin angebotenen Becher Wasser an. Schon bald nahm die Gruppe ihre eigenen Plätze ein und unterhielt sich leise, während sie auf weitere Informationen warteten.

Daniel sah und hörte zu, spürte, wie seine Augen schwer wurden, und versprach sich, dass er nur für einen Moment die Augen schließen würde.

Schon bald erfüllte sein rumpelndes Schnarchen den Begrüßungsraum, Erschöpfung und Mana-Überschuss hatten ihn in das träge Land der Träume und des Honigs gebracht.

Kapitel 14

„Daniel. Es ist Zeit, aufzuwachen.“

Eine vertraute Stimme, eine Hand, die ihn schüttelte. Daniels Augen knackten auf, die Ränder waren leicht gummiartig vom Wassermangel. Er rieb sich das Gesicht und versuchte, den Schlaf aus seinen Augen zu vertreiben, als er sich aufsetzte und an den Zwischenräumen von seinen Fingern erkannte, dass das Tageslicht gekommen war. Als er die Hände vom Kopf nahm, sah er Lady Nyssa zurücktreten, ein halbes Lächeln auf den Lippen.

„Es tut mir leid. Ich weiß, es war eine lange Nacht, aber wir haben jetzt Informationen und müssen Entscheidungen treffen“, sagte die Adlige.

Daniel seufzte und stand auf, wobei seine Knochen ein wenig knackten, als er sich streckte. Er bemerkte die Gläser mit leicht gewässertem Ale und Wasser in der Nähe und machte sich auf den Weg dorthin, wo er sich einen Becher einschenkte, während er seinen Hals von einer Seite zur anderen streckte.

„Welche Neuigkeiten?“

„Schläger angeheuert. Haben den Auftraggeber hergebracht. Namen, Unterlagen, Details“, antwortete Asin von ihrem Platz am Fenster aus, von dem aus sie auf die umliegenden Straßen blickte.

Daniel schaffte es, nicht aufzuspringen, da er die viel zu stillen Catkin nicht bemerkt hatte. Er schaute sich noch einmal um und entdeckte Charles, der schweigend an der Tür stand, aber weder Omrak noch einen der anderen Abenteurer sah. Als er sich umdrehte, um zu fragen, kam ihm Lady Nyssa zuvor.

„Er holt nur das Frühstück für uns.“

Als ob er wüsste, dass über ihn gesprochen wurde, kam der Nordländer mit einem Tablett in der Hand zurück in den Raum. Er drehte sich um und stellte das übervoll gefüllte Tablett auf den Beistelltisch, auf dem sich Scheiben von Speck, Würstchen, Obst und Brot häuften.

„Ich komme mit einer Mahlzeit! Mein Vater hat immer gesagt, dass man finstere Pläne nur mit vollem Magen aushecken sollte“, grummelte Omrak, bevor er sich ein Stück Brot schnappte und das Fleisch darauf häufte.

„War dein Vater an vielen schlimmen Verschwörungen beteiligt?", fragte Charles mit neugierig geneigtem Kopf. Er rührte sich nicht von der Stelle, auch nicht, als der Rest des Teams sich dem Essen näherte.

„Mmmm, jedes Jahr, wenn der Herbst endet und der Winter kommt", sagte Omrak.

Daniel und Asin starrten Omrak an, während Lady Nyssa sich einmischte und ihren letzten Bissen schnell hinunterschluckte. „Die Nordländer haben die Tradition, in der Nacht vor dem Winter Überfälle und Streiche zu veranstalten. Sie glauben, dass sie dadurch, wenn sie Fallen aufstellen und sich gegenseitig Streiche spielen, die streichenden Monster und Geister vertreiben, da sie nicht gebraucht werden."

Daniel runzelte die Stirn. „Streiche mit Monstern?"

„Mmm, die Ujomsa, die Wersa, die Azzul", sagte Omrak.

„Ich habe noch nie von ihnen gehört...", sagte Daniel.

„Essen", unterbrach Asin und wedelte mit dem Brötchen in ihrer Hand vor Daniel herum. „Echte Probleme, jetzt."

Daniel zog eine Grimasse, musste aber zustimmen. Er verschlang die Mahlzeit, und die Gruppe schwieg, bis sie fertig war.

Schließlich lehnte er sich zurück und verschränkte die Hände über dem prall gefüllten Bauch. „Also, erzähl mal. Was ist passiert?"

Es schien eine Menge zu sein. Während er geschlafen hatte, war die gesamte Kraft der Gilde und des Netzwerks der Gruppe gegen die Angriffe vorgegangen. Zunächst waren sie nicht sehr weit gekommen, bis Omraks Angreifer gebrochen waren. Danach war es der Gilde gelungen, Daniels Angreifer in kürzester Zeit ausfindig zu machen und zu fassen, wobei Asins Freunde in der Beastkin-Gemeinschaft einen Großteil der Informationen für sichere Zufluchtsorte lieferten. Um genau zu sein, wurden der Manager und der Vermittler von ihnen gefunden und von Lady Marshall persönlich zurückgebracht.

Nun wurde die gesamte Gruppe von der Gilde an einem externen Ort festgehalten und von vertrauenswürdigen Mitgliedern der Gilde überwacht. Zu diesem Zeitpunkt war die Vizegildenmeisterin erschienen.

„Jetzt müssen wir unsere nächsten Schritte besprechen. Sich mit den örtlichen Schlägern auseinanderzusetzen, ist eine Sache. Die Wache könnte verärgert darüber sein, dass wir die Sache selbst in die Hand genommen haben, aber sie wird nur ihre Meinung äußern. Die wahren Schuldigen aber..." Lady Marshall verstummte am Ende.

„Wissen wir, wer sie sind?", fragte Daniel.

„Die Beschreibungen der eingesetzten Diener waren einigen weiteren meiner Mitarbeiter bekannt", sagte Charles. „Es scheint, dass die Angriffe getrennt voneinander inszeniert wurden. Amüsanterweise jedoch durch eine einzige Person. Es scheint, als würde Amadiel den Markt für Schläger für Adlige beherrschen."

„Ich... verstehe", sagte Daniel, obwohl er es wirklich nicht tat.

„Das Problem ist, dass wir wissen, wer die Adligen sind, was die Sache nicht vereinfacht", sagte Lady Marshall und seufzte. „Zu dem Trio von Adligen gehören zwei große Adelshäuser und ein kleines. Wir können" – sie nickte zu Lady Nyssa hinüber, die grimmig lächelte – „mit dem kleineren Haus umgehen. Aber die großen Häuser..."

„Was genau ist der Unterschied?", fragte Daniel.

„Eine Frage des Einflusses, des Reichtums und des Niveaus", sagte Lady Marshall. „Es handelt sich natürlich nicht um eine tatsächliche Bezeichnung, sondern um eine Frage des gesellschaftlichen Ansehens und des Glaubens. Es gibt einige Häuser, die so viel Macht haben, dass ihre Aufnahme in eine solche Liste garantiert ist, aber für viele ist ihr Ansehen eher..."

„Ungewiss", ergänzte Lady Nyssa.

„Änderungen vorbehalten", sagte Charles.

Daniel schüttelte den Kopf und erinnerte sich jetzt an frühere Gespräche über genau dieses Thema. Sie waren darüber hinweggegangen, genau wie jetzt, aber er erinnerte sich an die Namen, jetzt, wo er über die Sache nachdachte. „Welche Häuser?"

„Die Iris und die Tarth", sagte Lady Marshall. Daniel zuckte zusammen, während Omrak und Asin verwirrt dreinschauten. Die Gildenmeisterin wandte sich an die beiden und erklärte weiter. „Die Iris sind Schönwetter-Verbündete der königlichen Familie. Sie halten ihre Stellung aufgrund ihres Reichtums und ihrer Ländereien, zu denen auch ein paar Anfänger-Dungeons gehören. Aufgrund ihres Besitzes sind alle Mitglieder ihrer Großfamilie mindestens fortgeschrittene Abenteurer, da sie durch ihre

Besitztümer aufgestiegen sind. Sie haben auch einen Überschuss an Reichtum und kleinere verzauberte Gegenstände, die ebenfalls aus den Dungeons stammen."

„Die Tarth sind besorgniserregender", sagte Charles und fügte seine eigenen Gedanken hinzu. „Sie sind dafür bekannt, dass sie der königlichen Familie feindlich gesinnt sind und das drittgrößte stehende Heer der Nation unterhalten." Natürlich wusste Daniel, dass das nicht viel zu bedeuten hatte. Brad unterhielt kein großes stehendes Heer, sondern verließ sich lieber auf seine Abenteurer. „Ich bin mir nicht sicher, warum sie ihre Nachkommen in unserer Gruppe haben wollen."

„Ein Sinneswandel?", sagte Lady Nyssa fragend.

„Oder etwas Unheilvolleres", sagte Omrak. „Es ist einfacher, eine Klinge in den Rücken zu stoßen, wenn man nah dran ist."

Lady Marshall schüttelte den Kopf. „Solche Spekulationen, selbst wenn sie hier ausgesprochen werden, sind gefährlich. Aber die Frage ist doch, was sollen wir tun?"

Natürlich haben sie danach mit Vorschlägen um sich geworfen. Die direkte Ansprache der Adelsgruppen wurde angesprochen und wieder verworfen, da sie als Gilde einfach nicht die Kraft hatten, die Adligen zum Aufhören zu zwingen. Selbst ihre Beweise waren bestenfalls wackelig, und die Adligen würden sie ohne etwas wirklich Überzeugendes einfach ignorieren. Die öffentliche Anprangerung hatte die gleichen Probleme, und die Wache konnte ohne direkte und eindeutige Beweise nicht viel ausrichten. Die von Asin angesprochene Gewalt würde nur zu Sanktionen seitens der Abenteurergilde führen und möglicherweise sogar zum Ausschluss der Gilde.

Schließlich stellte Daniel eine einfache Frage. „Warum sagen wir es nicht einfach der königlichen Familie?"

„Hmm?", sagte Lady Marshall und hielt inne.

„Was?"

„Unter Adligen ist es unerhört, der königlichen Familie etwas zu sagen", erklärte Lady Nyssa. „Es ist so, als würde man ein heiliges Schwert gegen ein untotes Skelett einsetzen. Ein Overkill, der dem Dungeon, der Gruppe und der Umgebung genauso viel Schaden zufügen kann."

Lady Marshall nickte, während Asin sich meldete. „Königshaus schlecht. Aufmerksamkeit von oben. Schlecht."

„Aber wir haben ihre Aufmerksamkeit bereits", sagte Daniel. „Warum nutzen wir sie also nicht?"

Die Gildenmeisterin gab ein weiteres summendes Geräusch von sich, woraufhin Daniel sie ansah. Als er die Stirn runzelte, schüttelte sie den Kopf. „Aus dem Mund von Kindern..." Sie öffnete ihre Hände. „Nun gut. Lass es uns versuchen. Es könnte allerdings Folgen haben, die wir nicht vorhersehen können."

„Gut, die Konsequenzen, wenn wir ihre Forderungen ignorieren, sind ziemlich absehbar und gefährlich." Daniel nickte zu Omrak hinüber, der gelangweilt von dem ganzen politischen Gerede und erschöpft von der Heilung eingeschlafen war.

„Wie du gesagt hast. Dann lasst uns den Greif wecken."

***

Daniel schlenderte im Wohnzimmer hin und her, hin und her. Er bewegte sich in einer Pendelbewegung, die kein Ende nahm, während er wartete. Nach der achtundfünfzigsten Runde knurrte er, hob die Hand und schrie: „Was zum Teufel ist hier los? Warum dauert das so lange?"

„Reden", antwortete Asin kurz und bündig.

„Das weiß ich!", knurrte Daniel verärgert. „Wir sollten da drin sein. Es sind unsere Leben, mit denen sie zu tun haben."

Asin antwortete mit einem Achselzucken, was Daniel erneut frustriert knurren ließ. Als er weiter auf dem Boden herumstakste, wartete sie, bis er fast am anderen Ende des Raumes war, bevor sie ihr Messer warf und sah, wie es mit einem Zittern in der Wand stecken blieb. Das ließ Daniel aufschrecken, sodass er zur Seite wirbelte und die Hand hob, um sich zu schützen, und erst innehielt, als er merkte, dass er seinen Schild nicht trug.

„Wozu war das gut? Du hättest mich schlagen können!", sagte Daniel.

„Würde ich nicht", schnaubte Asin, ihre Schnauze legte sich ein wenig in Falten, während ihr Schwanz weiter träge hinter ihr herschwang, während sie auf der Couchkante hockte. „Du trainierst. Besser, als... sich zu ärgern. Wie die neue Mutter."

„Hast du mich gerade mit einem frischgebackenen Elternteil verglichen?" Auf Asins Nicken hin schüttelte Daniel entschieden den Kopf. „Machst du dir keine Sorgen? Bist du nicht besorgt über das, worüber sie reden? Warum es so lange dauert?"

„Doch." Asin hob eine Hand, bevor er fortfahren konnte. „Kann nichts ändern. Sollte trainieren. Kann sich ändern. Besser werden."

Daniel biss die Zähne zusammen, als Lady Nyssa auf ihn zukam und eine Hand auf seinen Arm legte. „Asin hat recht. Wir sollten trainieren. Zumindest wäre es gut, wenn du lernst, ohne deine Waffen zu arbeiten, falls du in die gleiche Situation wie letzte Nacht kommst."

„Ich werde nicht..."

„Das kannst du nicht garantieren", schaltete sich Charles ein, der an der Tür stand. „Sie könnten nachts kommen, in deinem Schlafzimmer. Wenn du mit einer jungen Dame zusammen bist. Oder wenn du im Palast bist. Wir können uns nicht aussuchen, wann wir manchmal angegriffen werden. Es ist besser zu trainieren."

Daniel grunzte, und Omrak ging hinüber und legte eine Hand um Daniels und Lady Nyssas Schultern. „Komm. Asin weiß, wie es geht. Ich kann euch viel darüber zeigen, wie wir kämpfen. Ich war zweimal Meister im Ringen in meinem Dorf, bevor ich wegging."

Daniel seufzte, seine Nase rümpfte sich ein wenig bei dem Geruch, den sein Freund verströmte, aber er ließ sich mitreißen. Asin hatte recht, er konnte genauso gut trainieren, während sie warteten. Das war auf jeden Fall besser, als ein Loch in die Wand zu starren.

***

„Champion, ja?", sagte Daniel, halb gebückt, während er nach Luft schnappte. Ein Teil davon war, dass er in der Trainingsarena mehrfach zu Boden geworfen worden war. Der andere Teil war das Lachen, das immer wieder aus ihm herauszusprudeln drohte, als Omrak auf die Füße kletterte, und der beleidigte Blick, den er aufsetzte.

„Das war ich!" Omrak hielt inne und fügte hinzu: „Es war vielleicht unter den Kindern, aber ich war gut." Er blickte seinen Gegner an. „Aber sie sind immer besser."

„Ich würde sagen, anständig", sagte Lady Nyssa, die einen Schritt zurücktrat, um den Abstand zwischen sich und dem größeren Nordländer zu vergrößern, als er sich erhob. „Du hast die Grundlagen deines Ringkampfstils drauf. Allerdings bist du aus der Übung und verlässt dich zu sehr auf deine Kraft."

„Und warum weißt du so viel über Ringen?", sagte Daniel und runzelte die Stirn.

„Ich stamme aus einer Abenteurerfamilie, Daniel." Lady Nyssa hob elegant die Schulter, dann duckte sie sich, als Omrak versuchte, ihre Ablenkung auszunutzen, um sie zu packen. Sie schlüpfte unter seinen Arm und verdrehte sich, zog und drehte sich. Es gelang ihm, ihren Griff zu überwinden und sich auf den Beinen zu halten, aber sie stellte einen Fuß auf sein Hinterteil, als er an ihr vorbeistolperte. „Wir haben als Kinder den unbewaffneten Kampf geübt."

„Nur Kinder?", fragte Asin mit zur Seite geneigtem Kopf. Die Catkin hatte es abgelehnt, an ihrem Können im Ringen zu arbeiten, und auf die Frage nach dem Grund blitzte sie mit ihren Krallen. Nach reiflicher Überlegung verspürte keiner aus dem Team das Bedürfnis, zu testen, wie viel Schaden sie mit diesen allzu scharfen Instrumenten anrichten konnte.

„Hmm... Waffen und Magie sind viel nützlicher. Und es gibt zwar humanoide Monster, aber nicht humanoide sind viel häufiger. Unbewaffnet mit ihnen zu ringen und zu kämpfen, ist oft ein aussichtsloses Unterfangen", sagte Lady Nyssa. „Wir trainieren immer noch damit, als Auffrischungskurs, aber es ist besser, wenn man bei seiner Spezialisierung bleibt."

„Was meine Lady weigert zu sagen, ist, dass sie ungewöhnlich begabt war", sagte Charles von der Seite, wo er die Gruppe trainiert, und Daniel herumgeschleudert hatte, als dieser sich erholt hatte. „Wäre der unbewaffnete Kampf in den meisten Gruppentaktiken nicht so wenig vielseitig, hätte sie sich vielleicht sogar darauf spezialisiert."

„Du übertreibst", sagte Lady Nyssa, wich zwei Schlägen Omraks aus und schlug dann selbst zu, um ihn wegzustoßen. Der Schlag war so leicht, dass er ihn nur ein wenig zurückwarf, was sie zwang, einen Rückzieher zu machen, als er erneut ausholte. „Es ist auch unglaublich undamenhaft."

Daniel gluckste und sah zu, wie sie weiter mit Omrak spielte. Es war nicht ganz einseitig, denn einen Moment später gelang es Omrak, einen Schlag anzutäuschen und ihren Konter zu fangen, mit dem er sie auf die Knie zwang. Sie versuchte eine Rolle, woraufhin er ihr ein Knie in die Rippen schlug und dabei ihren Arm losließ, anstatt ihn festzuhalten und ihr möglicherweise die Schulter auszukugeln. Selbst dann noch streckte sich die Adlige auf dem Boden aus, um wieder zu Atem zu kommen.

„Gut gemacht, Omrak!" Daniel feuerte seinen Freund an. Die beiden hatten ihn schon kurz nach dem Start verprügelt, weshalb er sich darauf beschränkte, mit Charles an den Grundlagen zu arbeiten.

„Gut, es scheint, dass du wieder zu Atem gekommen bist, guter Herr. Komm", sagte Charles und unterbrach Daniel und seine Beobachtungen. Der Abenteurer drehte sich zuckend um und hob die Hände. Eine Sekunde später waren die beiden miteinander beschäftigt und warfen sich Schläge, Tritte und gelegentlich auch einen Hieb zu, während Charles Daniel in Sachen Beinarbeit und Timing unterrichtete.

In der Zwischenzeit warf Asin ihre Messer auf ein geeignetes Ziel und behielt die Umgebung im Auge. Die Nase der Catkin rümpfte sich gelegentlich, und ihre Ohren drehten sich, während sie die Geräusche und Gerüche des Übungsplatzes in sich aufnahm. Sie wachte über die Gruppe, während sie wartete. Und wenn sie das Gefühl nicht loswurde, dass sie alles an Training benötigten, was sie bekommen konnten, dann lag das vielleicht daran, dass sie von Natur aus und durch ihr Training vorsichtig war.

Kapitel 15

Zu ihrer Überraschung passierte in den nächsten Tagen nicht viel. Das Gespräch mit dem Prinzen war kurz und bündig gewesen, nachdem die ersten sozialen Aspekte geklärt waren. Der Prinz und seine Leute waren bald nach dem Gespräch abgereist, und die Gilde hatte sich bemüht, anzukündigen, dass Daniel sich auf Geheiß des Gildenmeisters Zeit nehmen würde, um über die Dinge nachzudenken.

Danach herrschte eine angespannte Stille in der Runde. Die Abenteurer hatten beschlossen, in der Gildenhalle zu bleiben, ständig miteinander zu trainieren und ihre Skills zu verbessern, während sie darauf warteten, von der königlichen Familie zu hören. Ohne zu wissen, was oder wie die königliche Familie auf diese Nachricht reagieren würde, war das gesamte Team gezwungen zu warten.

Es blieb Daniel viel Zeit, um seinen Vorschlag zu bereuen. Ihm wurde klar, dass er sich in seinem Leben als Abenteurer nicht mehr auf seine Gabe verlassen wollte, sondern gezwungen war, ihre Anziehungskraft zu nutzen, um die Königsfamilie auf seine Seite zu ziehen. Dass er sich, ohne es zu wollen, noch weiter in die Politik des Königreichs verstrickt hatte. Wenn sie ihn vorher nicht beachtet hatten, so würden sie es jetzt mit Sicherheit tun.

Doch so sehr er es auch bedauerte, er konnte wenig tun, um die Dinge zu ändern. Die Vergangenheit war, was sie war, und ließ ihm nur die langweilige, schleppende Gegenwart. Er war jähzornig und frustriert, neigte zu Wutausbrüchen und war unvorsichtig in seinem Handeln. Mehr als einmal war er gezwungen gewesen, eine Verletzung zu heilen, die er versehentlich verursacht oder aufgrund seiner Unaufmerksamkeit erhalten hatte. Am Ende war sogar Charles' unendliche Geduld erschöpft und er wurde vom Feld geschickt.

Sie ließen ihn allein, damit er versuchen konnte, weitere Werke der Medizin zu lesen und in seinen Gedanken zu schwelgen. Als das Tageslicht zur Neige ging und der Raum, in dem er im obersten Stockwerk der Gildenhalle saß, dunkel wurde, beschloss Daniel, sich nicht zu bewegen, sondern starrte auf die Stadt vor ihm. Er sandte düstere Gedanken und wütenden Zorn darüber, dass er in der Falle saß, obwohl er sich so sehr darum bemüht hatte, es nicht zu sein.

In seinen eigenen dunklen Gedanken gefangen, bemerkte Daniel ihre Anwesenheit erst, als sie den Teller mit dem warmen Essen neben ihn stellte. Dazu stellte sie einen Becher Bier ab, was Daniel aus seinen Gedanken riss. Er starrte die Frau einen langen Moment lang an und blinzelte ein wenig, als er bemerkte, dass sie ihr Haar offen trug. Der aufgehende Mond umrahmte ihr Gesicht für eine Sekunde und machte die sonst so harten Züge weicher.

„Das... was... ?", sagte Daniel und hatte Mühe, seine Gedanken wieder in die Gegenwart zu lenken.

„Abendbrot", sagte Lady Nyssa. „Uns ist aufgefallen, dass du noch nicht gegessen hast. Und Asin ist immer noch sauer über das, was du zu ihr gesagt hast, also wollte sie es nicht erwähnen."

Daniel zuckte zusammen, als er sich daran erinnerte, wie er ihr vorgeworfen hatte, nur im Team zu sein, um mehr Geld zu bekommen. Er hatte Glück gehabt, dass sie ihn nicht mit dem Messer, das sie in der Hand gehalten hatte, angegriffen hatte, obwohl es sehr knapp gewesen war.

„Ich sollte mich bei ihr entschuldigen", sagte Daniel.

„Das solltest du", sagte Lady Nyssa und deutete auf einen Platz neben Daniel. Er nickte, ein wenig misstrauisch, als sie sich neben ihn setzte. „Aber wie es scheint, hat deine Verärgerung mehr als nur Ungeduld als Ursache."

Daniel schüttelte den Kopf, weil er nicht antworten wollte. Stattdessen wandte er sich dem Essen zu und stürzte sich auf das Steak und die Kartoffeln, während seine Teamkollegin nur schweigend dasaß und aus dem Fenster starrte. Nach ein paar Sekunden stand sie auf, was Daniel erleichtert aufatmen ließ, nur um festzustellen, dass sie durch den Raum ging und die Mana-Lichter einschaltete. Danach kehrte sie an ihren Platz zurück.

Schließlich war sein Abendessen beendet und er hatte keinen Grund, ihr nicht zu antworten. Abgesehen von seinem eigenen Widerwillen. Und, so stellte Daniel fest, es war weniger, als er angenommen hatte. Ein Teil von ihm wollte es sogar jemandem erzählen.

„Es ist... Ich bin einfach wütend. Auf das, was passiert ist. Darüber, wie ich angegriffen wurde und wie ich reagiert habe. Aber vor allem bin ich wütend auf mich selbst, weil ich mich in diese Lage gebracht habe", sagte Daniel schließlich. Er starrte aus dem Fenster und beobachtete, wie die Wolken den Mond verdrängten und sie in eine weitere Dunkelheit tauchten, die nur durch die Mana-Lichter aufgelockert wurde. „Ich hätte es besser machen sollen. Ich hätte dafür sorgen sollen, dass ich mich nicht in eine solche Lage bringe."

„Und welche Lage ist das?", erkundigte sich Lady Nyssa.

„Eine, bei dem ich mich auf die Gilde verlassen muss. Auf die königliche Familie", sagte Daniel. „Eine, bei der jeder von meiner Gabe weiß."

„Und deren Preis?", fragte Lady Nyssa und verzog die Lippen.

Daniel zuckte zusammen und nickte. Das war herausgekommen, zumindest bei der königlichen Familie und seinem Team. „Ja."

„Es musste ja so kommen", sagte sie.

„Stimmt, aber es hätte auch später sein können. Viel später."

„Warum hast du dann nicht mehr Vorsichtsmaßnahmen getroffen?"

„Ich..." Daniel hielt inne, atmete. „Ich... konnte es nicht." Geduldiges Schweigen erfüllte den Raum, während er mit der Frage kämpfte. Bis er sich entschloss zu sprechen. „Ich könnte es nicht nicht benutzen. Es ist eine Gabe. Erlis hat es uns gegeben, uns wenigen, weil sie glaubte, es müsse benutzt werden. Sie musste hier sein, in dieser Welt. Ich wollte mich davon abwenden und nur die behandeln, die ich wollte..." Er schüttelte den Kopf. „Dann wäre ich nicht besser als die."

„Die?"

Daniel lachte und berührte seine Schläfe. „Würdest du mir glauben, wenn ich sage, dass ich nicht weiß, wer sie sind?" Ein schadenfrohes, bitteres Lachen. „Ich kann mich nicht erinnern. Ich weiß es einfach, ich weiß es einfach..." Seine Stimme stockte. „Ich kann nicht wie sie sein. Niemals."

Sie schaute verwirrt, dann sah sie seine Schmerzen, streckte die Hand aus und legte ihm eine Hand auf den Arm. Er starrte darauf hinunter und dann nach oben zu der Frau. Einmal mehr erinnerte er sich, dass sie ziemlich hübsch war. Es lag sogar ein kleines Lächeln auf ihren Lippen, bevor sie ihre Hand zurückzog.

Vielleicht wäre da etwas dran gewesen. Wenn sie keine Adelige gewesen wäre. Wenn er nicht ein Bürgerlicher gewesen wäre. Wenn beide in ihrer Laufbahn höher stünden, wo Stärke vieles entschuldigte. Wenn... aber keiner von beiden war es.

Lady Nyssa stand auf und nahm den Teller mit. Als Daniel aufstand, trat sie zurück und schenkte ihm ein trauriges halbes Lächeln. „Du hast dich entschieden, und ich denke, du hast gut gewählt. Ich glaube nicht, dass du der sein könntest, der du bist, der Mann, dem wir alle vertrauen und dem wir folgen, wenn du dich anders entscheiden würdest, Daniel." Sie schüttelte den Kopf. „Die falschen Entscheidungen, die du deiner Meinung nach getroffen hast? Sie haben dich auch zu dem Mann gemacht, der du bist. Und das ist ein guter Mann."

Einer der besseren, die ich je gekannt habe."

Sie verschwand und ließ Daniel mit diesen Worten und der verbleibenden Spur ihres Parfüms zurück. Sie ließ ihn zurück, um in die Nacht zu starren und nachzudenken.

Und trotzdem wartend.

***

„Koboldnarr", zischte die Stimme in Daniels Ohr und rüttelte ihn wach. Er schlug mit einer Hand um sich, sein Körper verrenkte sich auf dem Stuhl, auf dem er gesessen hatte. Er fiel von dem gepolsterten Stuhl, sein Arm stieß ins Leere, während er die verklebten Augen aufriss. Nur um festzustellen, dass eine Catkin in einiger Entfernung auf dem Arm der Couch hockte und ihn mit einem Grinsen auf den Lippen anstarrte.

„Das hast du mit Absicht gemacht", sagte Daniel, während er sich aufrichtete und sich den schmerzenden Hintern rieb.

Ein Nicken und ein breites, scharfzüngiges Grinsen.

„Gut. Ich habe es verdient." Ein weiteres Nicken. „Aber das ist alles, was du bekommst." Ein Stirnrunzeln. „Aber ich kaufe dir eins von diesen Sandwiches, die du so magst. Extra gewürzt." Ein Grinsen. „Also, hast du mich zum Spaß geweckt oder...?"

Asin hüpfte von der Couch, landete ohne ein Geräusch und schlenderte zur Tür. Als sie wegging, rief sie hinter sich.

„Komm."

Daniel rollte mit den Augen und folgte ihr. Er wünschte sich wirklich, er könnte besser Beastkin sprechen, aber die Sprache hatte einige Wörter, die in einem menschlichen Mund einfach nicht gut funktionierten. Es gab natürlich Skills, die ihm halfen, aber er hatte nicht vor, ein Skill zu benutzen, um seinen Spracherwerb zu verbessern.

Daniel fand das Team in der Nähe der Treppe im Erdgeschoss versammelt und auf ihn und Asin wartend. Bevor er nach weiteren Informationen fragen konnte, schob Asin ihn in Richtung Waschraum und murmelte so leise „Atmen", dass er es fast überhörte.

Gesäubert und ohne einen Atem, der einen Troll aus fünfzig Schritten Entfernung umhauen könnte, stand Daniel mit verschränkten Armen vor ihnen allen. „Und?"

„Wir gehen zum königlichen Palast", sagte der Gildenmeister und schlenderte aus dem Inneren des Hauses. Im Gegensatz zu den anderen war er heute perfekt gekleidet, was bedeutete, dass er extra enge Reithosen trug, ein Paar Socken über seiner Hose und extra schlaffe Ärmel an seiner Tunika.

Omraks Kinnlade fiel beim Anblick des Gildenmeisters ein wenig herunter, während die anderen Teammitglieder ihr Bestes taten, um ihre Gesichter neutral zu halten, vor allem, als der Gildenmeister ihren Blicken begegnete und sie aufforderte, etwas zu sagen.

„Also, wo ist sie..." Wie aus dem Nichts öffnete sich die Haustür, und Lady Marshall schlenderte herein. Auch sie trug ein Kleid, in ihrem Fall ein fließendes Kleid mit einem kleinen Korsett, das ihre Brust hochdrückte. Zum Glück verlangte die aktuelle Mode, dass ihre Brust bedeckt war, sonst hätte sie die meisten Tavernenmädchen in den Schatten gestellt.

„Haben sie ihre Waffen?", sagte Lady Marshall.

„Ja", sagte der Gildenmeister. Sein Blick blieb auf Daniel haften, der die Stirn runzelte. „Du hast doch deine Ausrüstung, oder nicht?"

„Ich..."

„Ich habe es, Sir", polterte Omrak. „In meinem Inventar deponiert. Wir können uns dort umziehen, oder?"

„Ja. Das wird reichen." Der Gildenmeister nickte und verschwand aus der Tür, während er hinter sich rief: „Na, dann kommt schon. Keine Verzögerungstaktik. Dies ist ein königlicher Erlass!"

Daniel eilte der Gruppe hinterher und zischte: „Was ist hier los?"

„Wir sind uns nicht sicher", antwortete Lady Nyssa für das Team, als sie alle in die wartenden Kutschen stiegen. „Man hat uns gesagt, wir sollen zum Palast kommen. Das war alles."

Stöhnend setzte sich Daniel auf und starrte auf seine Kleidung hinunter. Er hatte sich weder gewaschen, noch hatte er sich umgezogen. Irgendwie schien es eine schlechte Idee zu sein, in schmutziger Kleidung im Palast aufzutauchen. Eine, die er aufgeworfen hat und für die Charles eine Lösung hatte. Ein einfacher Zauber, den der Leibwächter parat hatte, beseitigte zumindest den Körpergeruch und machte seine Kleidung wieder frisch. Sie sahen zwar immer noch aus wie die abgetragenen Kleider des wenig erfolgreichen Abenteurers, der er war, aber sie waren wenigstens sauber.

Auch wenn es nicht dazu beitrug, seine Nervosität vor der plötzlichen Aufforderung zu lindern.

***

Die Gruppe wurde kurz nach ihrer Ankunft von einer Gruppe von Wachen und einem einzigen Diener in den Palast geführt. Daniel hatte kaum Zeit, den Palast zu besichtigen, doch als sie schließlich in der Haupthalle ankamen, empfand er ein Gefühl von untertriebenem Reichtum. Überall um sie herum waren große Wandteppiche von früheren Schlachten und wichtigen Ereignissen – von der Teilung bis zur ersten Schlacht von Warmount – ausgestellt, während sie vorbeimarschierten, und selbst mitten am Tag brannten Mana-Lichter, um für die richtige Beleuchtung zu sorgen. Daniel hatte keine einzige Kerze entdeckt, und die Anwesenheit einer großen Zahl von Adligen, Dienern und Wachen ließ ihn den Kopf nicht aus den Augen verlieren.

Der Wärter hielt kaum an den Türen an, da Daniels und der Gruppe Anwesenheit offensichtlich erwartet worden war. Die Türen schwangen auf, und der Ansager informierte die wartenden Personen über ihre Ankunft.

Die Empfangshalle jenseits der Türen war zur Hälfte mit Menschen gefüllt, die überwiegende Mehrheit davon Adlige. Es gab einige bekannte Gesichter, andere Abenteurer-Adlige, darunter einige, die sich für die Plätze im Team beworben hatten.

Was jedoch Daniels Aufmerksamkeit erregte, waren die fünf Personen auf dem Podium des Thronsaals am Kopfende des Flurs. Natürlich waren das alles relativ bekannte Gesichter. Der König und die Königin hatten beide ihre Köpfe auf die Münzen geprägt, die sie täglich benutzten, und Daniel hatte schon früher illustrierte Porträts von ihnen bei öffentlichen Veranstaltungen gesehen. Der dritte Prinz war natürlich auch recht bekannt, da er sich bei dem Treffen angekündigt hatte. Die beiden anderen Gesichter waren nur durch die familiäre Ähnlichkeit bekannt und bestanden aus dem zweiten Prinzen und der Prinzessin. Der erste Prinz war verreist und arbeitete mit der Armee im Osten.

Der zweite Prinz selbst war ein großer, kantiger Mann, der eher für seine buchhalterischen Neigungen als für seine kriegerischen Skills bekannt war. Die Tatsache, dass er ein relativ erfahrener Magier war, hielt jedoch jegliche Beschwerden in Grenzen. Was die Prinzessin betraf, so war sie mit ihren vierzehn Jahren immer noch das Nesthäkchen der Familie und zu jung, um ernsthafte Heiratsanträge zu erhalten. Das hatte einige Adlige und Nachbarländer nicht davon abgehalten, ihr Bewerber zu schicken.

„… und Heiler Daniel Chai und seine Gruppe." Der Diener hatte gerade die Ansagen beendet und Daniels Aufmerksamkeit auf sich gelenkt, als er seinen Namen hörte. Er folgte dem Gildenmeister mit einigen Schritten Abstand und erwiderte die Verbeugung, die der Gildenmeister dem König entgegenbrachte.

Als Daniel den Kopf hob, bemerkte er das graue und schüttere Haar, die Falten an den Augen des Königs und die silbernen Flecken an seinem Arm. Der einst mächtig gebaute König war dünn geworden, doch die Spuren seiner beeindruckenden Muskulatur waren noch zu sehen. Neben ihm saß die Königin in einer ähnlichen gelben und purpurfarbenen Festtagskleidung. Sie war im Gegensatz zum König viel jünger und hatte ihn erst viel später geheiratet, nachdem die erste Frau des Königs gestorben war und ihm keinen Erben geschenkt hatte. Die kurvige Brünette schenkte Daniel immer noch ein Lächeln, ihre Augen waren freundlich, als sie die Gruppe musterte.

Um Daniel herum konnte er das raue Gemurmel der Menge hören, die wütenden und verärgerten Gespräche, in denen sie sich über die

Anwesenheit von Asin ärgerten. Es entging Daniel nicht, dass dies ein sehr menschlicher Hof war und kein einziger anderer Beastkin anwesend war.

„Das ist also der begabte Heiler, der uns so viel Ärger bereitet hat." Der Blick des Königs schweifte über Daniel, und er merkte, wie er unbewusst seinen Rücken aufrichtete. Die kaiserliche Aura von König Lassiter war ein mächtiges Skill, die das ganze Land umfasste, aber in diesem Raum war sie am stärksten ausgeprägt. „Er ist kleiner, als ich erwartet hatte. Und muskulöser."

Er drehte seinen Kopf zur Seite, wo ein älterer, korpulenter Mann stand, die Arme in seinen Gewändern verschränkt. „Sag mir, Heiler Rotfield, ist das ein neuer Trend für Heiler? Setzen sie all das in die Tat um, was sie an richtiger Lebensweise und körperlicher Betätigung predigen?"

„Nein, Eure Majestät. Ich glaube, der Junge ist ein Abenteurer", sagte Rotfield.

„Ich habe Heilerabenteurer gesehen, aber keiner von ihnen ist so breit", sagte König Lassiter.

„Sei still, Ehemann." Eine Hand legte sich auf seinen Arm, und die Königin neigte ihren Kopf zu der Stelle, an der Daniel ein wenig errötet war, weil er so offen in der Öffentlichkeit angesprochen wurde. „Du hast den armen Jungen in Verlegenheit gebracht. Du weißt, dass er früher ein Bergmann war."

„Ja. Ein Bergmann und dann ein Abenteurer, der zudem mit einer Heilkraft ausgestattet ist, die selbst unseren Hofheiler in den Schatten stellt." Eine lange, gedehnte Pause, während der König sich nach vorne lehnte. „Zumindest munkelt man das."

„Kein Gerücht, Majestät", sagte Gildenmeister Ronson. „Abenteurer Chai hat das schon mehrfach in unserer Gildenhalle und an anderen Orten bewiesen."

„Bei mir zum Beispiel", sagte der Champion Eronin.

Daniel und der größte Teil des Publikums fingen an, sich umzudrehen und den Champion anzustarren, der irgendwie in den Hintergrund getreten zu sein schien. Das war eine Überraschung, wenn man bedenkt, dass der Champion ein über zwei Meter großer Spross eines Mannes war, der eine vollständige Plattenrüstung trug. Doch da er bis jetzt still im Hintergrund gestanden hatte, hatten ihn alle ignoriert. Daniel spähte hinüber, und obwohl der Mann ein wenig zu weit weg war, um ihn zu sehen, wusste er, dass auf der linken Wange des Champions eine verblasste Narbe zu sehen war.

„Ja, ich erinnere mich an diese Notiz", sagte König Lassiter und forderte den Champion auf, nach vorne zu kommen. „Du sagtest sogar, dass er die ständigen Schmerzen in deinem Fuß behoben hat. Dagegen konnte nicht einmal Rotfield etwas tun."

„Wie ich bereits erwähnte, Majestät, alte..."

„Alte Verletzungen sind am schwersten zu heilen und erfordern entweder ein erneutes Verletzen der Stelle, was bei nicht kritischen Verletzungen nicht ratsam ist, oder einen mächtigen Zauber, von dem man viele Stunden, wenn nicht sogar Tage benötigt, um sich zu erholen", plapperte König Lassiter. „Ich erinnere mich. Aber dieser Junge mit seiner Gabe kann das tun."

„Ja, das kann er. Die Begabten können immer mehr tun, als wir es können, außer in den extremsten Fällen. Darum geht es bei der Gabe ja auch", sagte Rotfield mit kühler Stimme.

„Nun, das würde ich gerne sehen", sagte Lassiter.

„Was?", sagte Gildenmeister Ronson.

„Die Gabe des Heilers. Ich glaube, meine Frau hat erwähnt, dass sie seit der Geburt von... nun ja, einige anhaltende Probleme hatte." Augenzwinkernd entfernte sich der alte Mann von dem Fächer, den seine Frau gefunden hatte, und schlug ihm auf den Arm. „Das ist nicht nötig. Ich bin sicher, er kann das Problem finden und beheben."

Rotfields Augen verengten sich. „Eure Majestät, als Euer Heiler muss ich Euch in dieser Sache warnen..."

„Ich verstehe dich, Rotfield", sagte König Lassiter und unterbrach den Mann. „Aber ich vertraue Gildenmeister Ronson und Champion Eronin. Nun komm, Gildenmeister."

„Natürlich." Ronson wandte sich Daniel zu und hob eine Augenbraue, nur damit Eronin wieder das Wort ergreifen konnte.

„Mein Herr, es gibt noch eine andere Seite der Medaille für unsere außergewöhnliche Gabe", sagte er.

„Der Preis. Ja. Das werden wir besprechen, aber zuerst lasst uns diese Gabe sehen." Der König gestikulierte erneut.

Daniel spürte, wie sich die Aufmerksamkeit des gesamten Hofes auf ihn verlagerte, und er schluckte. Er machte einen Schritt, und es fiel ihm schwer, seine Beine unter all dieser Aufmerksamkeit zu bewegen. Dennoch zwang er sich, weiterzugehen und das Podium zu erklimmen, auf dem die Königin und der König saßen. Als er näher kam, rückte der Prinz tatsächlich näher und stand fast neben seiner Mutter und Daniel. Er sagte nichts, aber der Blick, den er Daniel zuwarf, erinnerte den Abenteurer an den Einsatz, mit dem er spielte.

„Ich muss Euch berühren. Eure Majestät", sagte Daniel und verbeugte sich ein wenig.

„Ist meine Hand ausreichend?", fragte die Königin und hielt sie hoch.

„Ja." Daniel zögerte, bevor er sich dazu zwang, ihre Hand zu nehmen, die er sehr weich fand. Er hielt sie eine Sekunde lang, sein Körper spannte sich an, als er in sich selbst griff. Seine Gabe war, wie immer, in Reichweite. „Das könnte eine Sekunde dauern. Es sollte nicht sehr schmerzhaft sein, aber wenn doch, sagt mir Bescheid."

„Natürlich."

Daniel atmete aus und erkundete ihren Körper. Für eine Frau in ihrem Alter, die vier Kinder zur Welt gebracht hatte, war sie in hervorragender Verfassung. Tatsächlich gab es kaum etwas, das mit ihr nicht in Ordnung war, zumindest nicht auf einer größeren Ebene. Andererseits würde Daniel auch nichts anderes erwarten.

Er schickte seinen Geist hinein, immer weiter und weiter, mit seiner Gabe. Es gab kleinere Probleme: ein Ballenzeh hier, ein kleiner Zellhaufen, den er für falsch und aggressiv hielt. Er tötete ihn mit seiner Gabe, ohne auch nur einen Gedanken daran zu verschwenden. Dann durchquerte er ihre Organe und fand ihr Herz, ihre Leber und ihre Niere. Die Nieren waren nicht so stark, wie sie sein könnten, aber damit konnte er arbeiten. Ein kleiner Schubs, ein kleiner Stups.

Aber weiter unten, tiefer, da spürte Daniel es. Er konnte sagen, dass die Geburt hart gewesen war. Nicht lebensbedrohlich, aber schädlich genug, dass die Auswirkungen der zerrissenen Schamlippen und der geschwächten Muskeln fortbestanden hatten. Hätte er mehr Details gehabt, hätte er sich vielleicht ein vollständigeres Bild machen können, aber es kam ihm fast so vor, als hätten die mehrfachen Geburten und die Heilzauber, die danach – oder sogar während einer Geburt – angewendet wurden, das Problem verschlimmert.

„Das…" Daniel hielt inne und schüttelte den Kopf. „Ich werde es reparieren müssen, indem ich es auseinandernehme", sagte Daniel. „Es wird etwas wehtun." Er hielt inne und spürte, wie ihm die Erinnerungen entglitten. Er hatte nur einen flüchtigen Blick auf sie, einen kurzen Bruchteil einer Sekunde, um zu sehen, wie sie waren. Ein mitternächtlicher Kuss, ein kombinierter Schlag mit Schild und Streitkolben, das Betreten eines Plumpsklos…

„Verstanden. Tu, was du tun musst, Abenteurer." Ihre Stimme war sanft und befehlend.

Daniel holte tief Luft und ließ sie dann wieder los, als er in sich ging. Muskeln mussten abgebaut werden, altes Narbengewebe zerrissen und wieder aufgebaut, Kapillaren und Blutgefäße wieder zusammengenäht, Sehnen verstärkt werden. Er vertiefte sich in seine Heilung, auch wenn er spürte, wie seine Erinnerungen, sein ganzes Wesen, mit jedem Moment entglitten. Daniel hätte es schneller machen, den Prozess beschleunigen können. Bei jedem anderen hätte er es getan. Dann wären zwar weniger Erinnerungen verloren gegangen, aber im Gegenzug hätte die Königin mehr Schmerz empfunden. Er entschied sich dagegen, da ein Teil von ihm wusste, dass er beobachtet wurde.

Er heilte sie, beschleunigte den Prozess so schnell er konnte und zog sich dann langsam zurück. Er ließ ihre Hand fallen und fühlte, wie ihn eine Welle der Erschöpfung überkam, bevor er sich wieder beruhigte. Erinnerungen, der Rand dessen, was er verloren hatte, schossen ihm durch den Kopf. Der Geschmack des Frühstücks vor einer Woche, das Gefühl, wie ein Unterkiefer sein Bein zermalmte und den Knochen zerschmetterte. Das Lachen, als eine Nacht des Feierns mit Asin und Omrak zu Ende ging.

Seine Gabe forderte ihren Preis und ließ Daniel geschwächt zurück.

„Und, meine Liebe?", fragte König Lassiter.

Die Königin tippte sich mit einem Finger ans Kinn, als Daniel sanft zum Podium geführt wurde. Ihr zweiter Sohn beobachtete das Geschehen schweigend und mit zusammengepressten Lippen, während der dritte Sohn

Daniel ein aufmunterndes Lächeln zuwarf, das dieser mit einem schwachen Lächeln erwiderte.

„Ich spüre keine großen Unterschiede. Einige kleinere Veränderungen, aber...“ Sie zuckte mit den Schultern.

„Darf ich, Eure Majestäten?“ Auf ihr Nicken hin schritt Rotfield heran, berührte ihre Schulter und sprach einen Zauberspruch. Er überprüfte ihren Status, las die Informationen und sprach dann, die Stirn runzelnd, einen weiteren Zauberspruch. Und noch einen.

„Heiler Rotfield?“, sagte König Lassiter, und seine Stimme wurde besorgt. Die Wachen bewegten sich, beäugten Daniel, und einer ging sogar so weit, seinen Klingengriff zu berühren. „Stimmt etwas nicht?“

„Nein. Überhaupt nicht.“ Rotfield schüttelte den Kopf. „Ich bitte um Verzeihung, Eure Majestät. Ich war nur ein wenig konzentriert... Die Königin ist bei bester Gesundheit. Ich glaube, er hat sich sogar um ihre kleinen Probleme gekümmert.“

„So, so.“ Lassiter lächelte. „Es ist also wahr. Ein wahres Wunder, und eines mit einem so geringen Preis.“

Daniel schüttelte den Kopf und fand in sich die Wut, den Mut, dem König zu widersprechen. „Nicht wenig, Eure Majestät.“

„Wirklich? Und was genau ist dieser Preis?“, fragte der König und beugte sich vor. Er sah, dass Daniel zögerte, und seine Stimme wurde kälter und fester. „Nimm es als Befehl, wenn du willst, es mir zu sagen.“

„Meine Erinnerungen“, sagte Daniel leise. Er erkannte, dass der König ihm eine Falle gestellt und ihn gezwungen hatte, öffentlich darüber zu sprechen. Er wollte nicht, aber er hatte keine andere Wahl, wie es schien.

„Sprich lauter, Junge. Ich habe dich nicht gehört.“

„Meine Erinnerungen.“ Daniels Stimme wurde lauter und fester.

In der königlichen Halle wurde es still, bevor ein Gespräch ausbrach. Daniel bekam einige Gesprächsfetzen mit und sein Gesicht errötete sowohl vor Wut als auch vor Verlegenheit.

„Erinnerungen? Was ist das für ein Preis?“

„Ich habe ein paar, die ich verschenken möchte.“

„Meinst du, er kann ein Hinken beheben? Mein Onkel...“

„Und er kann es wieder herzaubern? Erstaunlich...“

„Wir sollten unseren Sohn mitnehmen...“

„Er ist irgendwie süß. Vielleicht wäre Katherine bereit...“

Doch als der König das Wort ergriff, verstummten alle, da sie es besser wussten, als über den Mann zu sprechen. „Ein hoher Preis. Wir beginnen, dein Zögern zu verstehen.“ Eine Pause. „Dennoch wirst du dich uns zur Verfügung stellen, wenn es nötig ist.“

„Wie Eure Majestät es befiehlt“, sagte Daniel und verbeugte sich.

„Gut. Nun zu dem Grund, warum du hierher gebracht wurdest...“ Die Stimme des Königs wurde leiser, und seine goldblauen Augen schweiften über die Adligen. Einige wurden von den Dienern nach vorne geschoben, der ältere Herr und die ältere Dame, die den Haushalten vorstanden, waren Daniel unbekannt. An seiner Seite flüsterte Lady Nyssa ihre Namen und Ränge, doch Daniel hatte Mühe, sie sich zu merken.

Zum einen mischte sich die Wut darüber, dass er verspottet wurde, dass sein Geheimnis aufgedeckt wurde, mit dem Anblick seiner Peiniger, der jungen Männer, die darauf bestanden hatten, sich seiner Gruppe anzuschließen. Drei von ihnen, zwei davon waren ihm bekannt – Lord Zaynastra der Duellant und Lord Biber. Der dritte war einer, der Daniel noch nicht einmal beeindruckt hatte, ein jüngerer Lord Nicholas, dessen größtes Unterscheidungsmerkmal das Fehlen von ihnen war.

„Es scheint, dass eure Aktivitäten in meiner Stadt für Unruhe gesorgt haben. So sehr, dass ihr meine Söhne mit hineingezogen habt.“ König Lassiters Stimme wurde leiser. „Ich mag es nicht, mit solchen Dingen belästigt zu werden, und ich mag es nicht, wenn meine Familie als... Spielfigur in einem fremden Spiel benutzt wird.“

„Eure Majestät, wir würden niemals...“ Der hagere, zottelige Anführer der Adligen ergriff das Wort, dessen blütengelbe Jacke mit den kriechenden Schwertlilien seines Hauses geschmückt war. Er wagte es sogar, dem König das Wort zu entziehen und sprach, während der andere Luft holte. „Diese Anschuldigungen sind unbegründet und ohne Beweise.“

„Ohne jegliche Beweise.“ Ein anderer Adliger, der designierte Anführer des Hauses Tarth in der Stadt, meldete sich von seinem Platz direkt hinter dem zotteligen Adligen zu Wort. Er hatte tief liegende, mürrische Augen und eine Art, sich umzusehen, die Daniel an eine Ratte denken ließ.

„In letzter Zeit gab es eine Reihe von Morden in unserer Hauptstadt. Verbrecher, ein Auftraggeber und seine Männer und, wie ich höre, auch Eure Diener." Die Stimme des Königs wurde kalt. „Zufall, nehme ich an?"

„Nein, Eure Majestät", sagte der spitzbärtige Anführer des Hauses Iris. „Ich glaube, dass es sich um eine Aktion handelt, mit der diese Bauern meinem Haus etwas anhängen wollen." Er sah spöttisch zu Gildenmeister Ronson, Lady Marshall und Daniel hinüber. „Für die Ermordung meiner Männer verlange ich, dass Gerechtigkeit geübt wird."

„Ich stimme zu", sagte der wieselartige Mann.

„Und Ihr, Lady Brooke? Hat das Haus Quinn eine Meinung?", sagte König Lassiter.

„Wir sind einverstanden", antwortete Lady Brooke. Ihre Hände waren um die Ränder ihres Rocks geschlungen und bündelten sie, während sie sprach, aber ihre Stimme war fest. Ob sie sich nun in tiefes Fahrwasser begab oder nicht, sie schaffte es zumindest, selbstbewusst zu klingen, wenn nicht sogar so auszusehen.

„Ich verstehe. So, da wären wir also", sagte König Lassiter. „Aber das Problem ist, wie Ihr sagtet, dass wir keine Beweise haben. Auf beiden Seiten."

Die Gruppe der Adligen nickte und zwang Daniel zu einem Knurren. Wenigstens waren sie nicht so weit gegangen, falsche Zeugen aufzutreiben. Das wäre ohnehin schwierig gewesen, denn es gab Wahrheitssteine und Friedenswächter, die in der Lage waren, die Wahrheit zu erkennen. In anderen Städten wäre es vielleicht möglich, einen solchen Betrug durchzuführen, aber der König hatte Zugang zu wesentlich mehr Ressourcen als ein lokaler Magistrat.

„Nein, Eure Majestät. Ich bin sicher, einige der Getöteten waren ihre Komplizen." Wieder grinste der Lord der Iris.

Daniel biss die Zähne zusammen, seine Wut drohte auszubrechen.

Der König ließ seinen Blick über Daniel schweifen, beobachtete seine Reaktionen und die seiner Mitstreiter, die ebenso verärgert waren, bevor sich seine Lippen zu einem schiefen Lächeln verzogen. „Es scheint, wir befinden uns in einer Sackgasse."

„Vielleicht. Aber ich habe eine Empfehlung", sagte der schmierige Mann, dessen Stimme vor Charme und Schleim triefte. Auf die Geste des Königs hin fuhr er fort. „Ich schlage vor, dass wir diese Angelegenheit auf traditionelle Weise lösen. Ein Wettstreit zwischen unseren Adelshäusern und der Seven-Stones-Gilde. Schließlich glaube ich nicht, dass der Heiler so etwas tun würde."

„Ich verstehe, Lord Barber. Und Ihr habt natürlich auch daran gedacht, was Ihr bekommt, wenn Ihr gewinnt."

„Wir wünschen nur einige kleinere Dinge. Der Heiler soll aus der Gilde der Seven Stones entfernt werden. Sie sind offensichtlich ein schlechter Einfluss. Wir werden dafür sorgen, dass er und der Prinz ordentlich geführt werden", sagte Lord Barber und berührte seine Brust. „Und natürlich Zugang zu seiner Gabe, für den Schaden, der unserem Ruf zugefügt wurde."

„Ist das alles?", sagte Daniel, der sich nicht zurückhalten konnte zu sprechen. „Meine Gruppe aufgeben und umsonst für dich arbeiten?!"

„Schweig! Selbst ein niederer Bauer wie du sollte es besser wissen, als ihren König zu unterbrechen!", schnauzte Lord Barber.

„Und du solltest lernen, richtig mit dem Begabten zu sprechen", polterte der Champion, die Hand auf dem Griff seines Schwertes. „Er ist kein einfacher Bauer, und es wäre klug von dir, das zu bedenken."

Lord Barber drehte sich um, ein spöttisches Lächeln auf den Lippen, das er nach einer Sekunde wieder glättete. „Gewiss. Ich habe mich falsch ausgedrückt. Obwohl, der... Heiler... sollte es besser wissen."

Daniel wollte weiter sprechen, wurde aber zum Schweigen gebracht, als Lady Marshall ihn am Arm berührte. Als er sie ansah, schüttelte sie den Kopf, während Gildenmeister Ronson um das Wort bat. Als er die Zustimmung des Königs erhielt, sprach er weiter.

„Wir bestreiten kategorisch jegliches Fehlverhalten in dieser Angelegenheit, aber wir sind uns einig, dass ein Kampfgericht die einfachste Methode ist, diese Angelegenheit zu klären. Ich stelle jedoch fest, dass die Strafen sehr einseitig sind. Wenn die Gilde der Seven Stones gewinnt, wird eine Entschädigung für die Verunglimpfung unseres Namens und für die Angriffe verlangt."

„Wie ein Händler, der immer auf der Suche nach Geld ist", sagte der Anführer des Hauses Iris. Er winkte abweisend mit der Hand. „Das Haus Iris wird für alle Geld- oder Sachstrafen aufkommen, die sich nach dem Urteil Eurer Majestät ergeben könnten, falls wir verlieren."

„Nun, das scheint einfach zu sein", sagte König Lassiter und beugte sich lächelnd vor. „Ein Kampfgericht, um die Sache zu klären." Er hielt inne und ließ seinen Blick über die Gruppe schweifen, während Haus Iris und Tarth ihren eigenen Männern bereits zu verstehen gaben, dass sie sich als Kämpfer zur Verfügung stellen sollten. „Aber da diese ganze Situation mit dem Heiler und seiner Gruppe und Euren Söhnen begann, werden sie die Teilnehmer dieses Duells sein. Niemand sonst."

„Eure Majestät...!"

Proteste wurden laut, doch der König unterbrach sie mit einer Geste.

„Ich habe gesprochen. Hauptmann der Wache, bereite unser Trainingsgelände vor. Wir werden diese Angelegenheit klären. Heute noch."

Kapitel 16

Zu Daniels Entsetzen wurden sie durch den Palast zu einem weitläufigen, gut ausgestatteten Sparringplatz geführt. Der Platz selbst war dreimal so groß wie das Trainingsgelände der Gilde der Seven Stones in Silverstone und konnte es locker mit dem Trainingszentrum der Abenteurergilde aufnehmen. Doch im Gegensatz zum Trainingszentrum der Abenteurergilde, das zu jeder Tageszeit von Abenteurern bevölkert war, war dieses hier leer und ohne Menschen.

Kein Wunder, denn es war das persönliche Trainingsgelände der königlichen Familie. Dennoch ärgerte es Daniel, dass all der Platz, all die Waffen in den Waffenständern, die verzauberten Zaubersprüche und die leuchtenden Runen, die Menschen schützen und Kopien von Monstern erzeugen konnten, all das an den meisten Tagen verschwendet wurde. Sie lagen einfach ungenutzt herum.

„Da ihr vier Abenteurer seid, aber nur drei Herausforderer, muss einer von euch zur Seite treten", sagte der König. Er schmunzelte ein wenig und ließ seinen Blick über die Gruppe schweifen, bevor er fortfuhr. Die Adligen rührten sich, einige erhoben Einspruch, während der König das Wort ergriff. „Hier gibt es keine Angst vor dem Tod. Der königliche Heiler und natürlich der Abenteurer Chai sind beide hier, um Verletzungen zu heilen, und die Verzauberungen auf unserem Trainingsgelände werden vor unmittelbar tödlichen Schlägen schützen. Es sei denn, ihr glaubt nicht, dass unsere Verzauberungen ausreichend sind."

Natürlich versicherten alle Adligen und Bediensteten dem König schnell, dass die königlichen Zaubersprüche, die die königliche Familie schützten, mehr als ausreichend seien. König Lassiter nickte zustimmend und unterbrach sie, sobald er zufrieden war.

„Dann gibt es keine Einwände, oder?"

Letzteres war natürlich eine rhetorische Frage. Zur Überraschung aller gab es jedoch eine Antwort. Sie kam von Lord Biber, seine Stimme triefte vor Hohn. „Nur, dass wir gezwungen werden, gegen solche Kreaturen zu kämpfen. Dass unser Wort als Adlige genauso viel Gewicht hat wie das dieser Bauern."

„Nun, Ihr habt recht", sagte der König. „Ihr seid meine Adligen, die Personen, denen ich in meiner Herrschaft am meisten vertraue. Es sollte für

Euch unmöglich sein, zu lügen. Aber dies ist eine Prüfung des Kampfes und des Redners, eines Begabten. Sie wird von Erlis selbst beaufsichtigt. Dennoch kann ich Ihre Bedenken nachvollziehen. Ich verstehe sie. Also werde ich dies entscheiden. Die Abenteurer müssen alle Kämpfe gewinnen, damit Ihre Vorwürfe Bestand haben. Aber wenn sie Erfolg haben, werde ich jedem Adelssohn, der auf dem Schlachtfeld steht, seine Rechte als Adeliger entziehen. Eure Eltern werden sich neuen Erben suchen müssen."

Lord Biber klappte die Kinnlade herunter, und auch Lord Barber, der neben dem Jungen stand, zuckte zusammen. Leider konnte er nichts tun, denn der König hatte gesprochen. Und als er seinen Blick zu Daniels Gruppe schweifen ließ, konnte er sehen, dass auch sie mit der Verkündigung nicht zufrieden waren.

„Ich denke, ich sollte Euch jetzt allein lassen, damit Ihr mit Euren Vorbereitungen beginnen könnt. In fünfzehn Minuten schickt ihr den ersten eurer Kämpfer los." König Lassiter beendete seine Rede, schlenderte davon und ging zu den Stühlen, die in aller Eile für ihn und seine Frau hergerichtet worden waren. Auch für die anderen Mitglieder der königlichen Familie wurden kleinere, weniger aufwendige Stühle gefunden, auf denen sie sitzen und den bevorstehenden Kampf beobachten konnten. Alle anderen waren gezwungen, zu stehen.

***

Schnell wurden Daniel und sein Team von Dienern zur Seite gezogen. Gildenmeister Ronson folgte ihnen und warf beiläufig einen Blick auf die Adligen, die sich in ihre eigene Ecke der Trainingsarena begaben. Selbst jetzt bemerkte Ronson, wie Lord Biber das Team ausschimpfte, offensichtlich wenig beeindruckt von den Ergebnissen der Wahl des Königs. Andererseits war er der Haupterbe des Hauses Biber und hatte als solcher am meisten zu verlieren. Der kleine, schmächtige Junge, der nur allzu durchschnittlich war, schlich schweigend hinterher.

In kürzester Zeit wurden der gesamten Gruppe zwei Änderungen an ihrer Ausrüstung zugesichert. Die Abenteurer hatten auf seine Anweisung hin alle ihre Ausrüstung dabei, und so war es nur eine Frage der Kleidung.

Die Adligen hingegen brauchten etwas länger, da sie sich untereinander stritten und versuchten, von den ihnen angebotenen Waffen Gebrauch zu machen. Alle bis auf den Duellanten, der alles ablehnte, außer seiner eigenen Ausrüstung, die er aus seinem eigenen Vorratsring geholt hatte.

Gildenmeister Ronson holte tief Luft und bestätigte in Gedanken, was zu tun war. Die Kinder waren bereits zurück und sprachen miteinander. Lady Marshall hatte er weggeschickt, für den Fall, dass es schlecht für sie laufen würde. Was auch immer heute geschah, es würde zwangsläufig zu Vergeltungsmaßnahmen gegen ihre Gilde kommen.

„Ich werde den Kampf aufnehmen", brummte Omrak. „Ich sollte der Erste sein. Wenn wir erst einmal ihre Besten besiegt haben, wird der Rest einfach sein."

„Du glaubst, du bist gut genug, um den Duellanten zu schlagen?" Lady Nyssa schüttelte den Kopf. „Er würde dich auseinandernehmen, lange bevor du ihn überhaupt treffen könntest. Das ist genau die Art von Kampf, an die er gewöhnt ist."

„Ja, gefährlich", sagte Asin. Die Catkin ging leicht in die Hocke und fuhr mit den Fingern über das Messerband, das sie sich übergestreift hatte, um jedes einzelne Messer zu überprüfen.

„Bevor ihr euch überlegt, wer kämpfen soll, solltet ihr euch vielleicht überlegen, womit ihr es zu tun habt", sagte Gildenmeister Ronson, und seine Stimme durchbrach die Diskussion des Trios. Während er sprach, drehte er den Ring an seinem Finger und nutzte die Verzauberung, um Sicht und Geräusche der Gruppe auszublenden, während sie über ihre Strategien berieten. Dennoch konnte er beobachten, wie die Adligen eine Grimasse zogen, offensichtlich verärgert darüber, dass es ihnen nicht gelungen war, einen so leichten Sieg zu erringen.

„Es sind diese drei, nicht wahr?", sagte Daniel. „Ich erinnere mich an die Klassen der ersten beiden, Duellant und Adliger. Der Adlige ist keine große Herausforderung, abgesehen von der verzauberten Ausrüstung, die er vielleicht hat, aber an den dritten kann ich mich nicht erinnern."

Die anderen schüttelten den Kopf und sahen ebenfalls verwirrt aus. Vor allem Asin sah sehr besorgt aus und bewegte sogar die Krallen in ihren Händen hin und her.

„Das liegt daran, dass er nicht will, dass du dich erinnerst." Der Gildenmeister schüttelte den Kopf. 2Wenn er nicht auch als Abenteurer und Adliger registriert wäre, hätte die Wache ihn schon längst aufgenommen."

„Er ist ein Dieb?", sagte Mark.

„Schlimmer. Er ist ein Schurke", sagte Meister Ronson. „Zumindest steht das offiziell in seinen Papieren. Ich habe meine Zweifel."

„Du hältst ihn für einen Attentäter", sagte Lady Nyssa. In ihrer Stimme lag ein Hauch von Angst, und sie blickte auf den völlig durchschnittlichen Mann und seine Eltern.

„Attentäter?" Daniel runzelte die Stirn. „Sind das nicht nur Kindergeschichten? Ich meine, man kann einen Schurken mit Klasse anheuern, um jemanden zu töten, aber als Klasse? Das scheint nicht sehr nützlich zu sein. Ich meine, jeder, der ihn gerade inspiziert hat, würde es wissen."

„Zu den Skills der unteren Klassen gehört auch das Skill, solche Informationen zu verbergen", sagte Gildenmeister Ronson. „Aber das ist reine Spekulation. Zumindest ist er schnell und kann sich verstecken, sodass man ihn nicht bemerkt. Er trägt vielleicht ein Schwert wie die anderen, aber du wirst feststellen, dass es etwas kürzer ist als normal. Ich glaube nicht einmal, dass das seine Hauptwaffe ist. Dein einziger Vorteil gegen ihn ist, dass dies nicht seine Arena ist."

„Duellant", sagte Asin.

„Ja, genau. Dies ist eine Duellanten-Arena. Und in diesem Sinne seid ihr alle im Nachteil. Nicht nur, dass ihr in diesen Einzelkämpfen eure Teamarbeit nicht einsetzen könnt, der Duellant ist auch viel stärker. Und ihr müsst alle drei Kämpfe gewinnen." Ronson schüttelte den Kopf. „Ihr müsst gewinnen, das versteht ihr doch."

Die Gruppe nickte grimmig, bevor Ronson mit einer Geste auf sie zuging. „Also, wenn ihr mir zuhört, habe ich einen Vorschlag, wen ihr losschicken solltet. Und die Reihenfolge."

Die Gruppe, die sich unerwartet mit einem äußerst ernsthaften Gildenmeister konfrontiert sah, stimmte eilig zu, auch wenn sie feststellte, wie wenig Zeit sie für ihre Entscheidung hatte. Führung war in diesem Fall die beste Option.

***

„Sie?" Ein Raunen der Überraschung ging durch die Menge, als das erste Mitglied von Daniels Gruppe nach vorne trat. Es war nicht der große Nordländer, den die meisten erwartet hatten, sondern die Magierin, die sich dem Duellring näherte. Ihr gegenüber stand der Duellant, die Hand auf dem Griff seines Schwertes. Seine Augen verfolgten Lady Nyssa, als sie zu ihm herüberkam, und verengten sich nachdenklich.

„Eine mutige Entscheidung", sagte Lord Zaynastra mit zusammengepressten Lippen. Es war offensichtlich, dass sie sich entschieden hatten, die gesamte Herausforderung schnell zu gewinnen, indem sie ihren besten Kämpfer schickten.

Lady Nyssa entschied sich, nicht darauf zu antworten, sondern nahm stattdessen ihren Platz in einiger Entfernung an den auf dem Boden markierten Startpositionen ein. Lord Zaynastra zog seine Waffe, senkte seinen Ausgangspunkt, hielt sein Schwert tief, aber auf Lady Nyssa gerichtet. Daniel kannte diese besondere Haltung, da sie eine übliche Ausgangsstellung war. Sie war sehr offensiv und ermöglichte es dem Angreifer, auf zahlreiche Wachen auszuweichen, sodass er mit der Spitze auf eine beliebige Anzahl von Stellen zielen konnte.

Mit geballter Faust konnte Daniel nur von der Seitenlinie aus zusehen, wie die Magierin sich bereit machte. Die Umgebung der Arena war für die Magierin in vielerlei Hinsicht ein großer Nachteil. Ihre Zauber benötigten Zeit zum Wirken, aber die begrenzte Größe der Arena bedeutete, dass sie in der Nähe ihres Gegners beginnen musste. Ohne eine Frontlinie, die ihren Angreifer abblocken konnte, hatte sie nur wenig Zeit, ihre Zauber vorzubereiten, und nach den Regeln des Duells konnte sie die Zauber nicht einmal im Voraus wirken.

Deswegen waren das andere Team und Lord Zaynastra von ihrer Anwesenheit überrascht. Natürlich wusste jeder, dass sie eine Magierin und Adlige war und daher über eine Art verzauberten Schutz verfügte. Wenn sie genug Zeit hätte, könnte sie den Kampf wahrscheinlich noch umdrehen, aber ebendarum war der Duellant bereit, sie anzugreifen.

Der Schiedsrichter, der persönliche Waffenmeister der königlichen Familie, stand mit einem langen Stab in der Hand zwischen den beiden auf der Seite. Er hob ihn hoch und ließ ihn dann fallen, wobei er gleichzeitig mit seiner Stimme den Beginn des Duells signalisierte.

Lord Zaynastra verschwamm und überquerte den Boden zwischen den beiden in drei eiligen Schritten. Die **Flimmerbewegung** war ein Duellanten-Skill, für das er sehr bekannt war und die es einem Duellanten ermöglichte, den Raum zwischen sich und seinem Gegner blitzschnell zu durchqueren. Dadurch konnte er fast immer als Erster zuschlagen und sicherstellen, dass er nicht daneben schoss. Daniel bemerkte den Wirbel von Mana, der sich um die Spitze seiner Waffe bildete, ein weiteres Duellanten-Skill – ein **zielsicherer Schlag –** wurde aktiviert.

Zusammengenommen war das eine tödliche Kombination. Allerdings nicht unmöglich, sie zu schlagen. **Makelloses Parieren** oder **Schildblock** waren gängige Konter auf den **zielsicheren Schlag**, solange der Nahkämpfer rechtzeitig reagieren konnte. Die Kombination war unter Duellanfängern so verbreitet, dass nur wenige auf Lord Zaynastras Niveau überhaupt in Erwägung zogen, sie einzusetzen, da sie sofort so viele Skills und Ausdauer verbrauchte.

Lord Zaynastra hatte es jedoch nicht mit einem Nahkämpfer zu tun. Er duellierte sich mit einer Magierin, und so war es keine Überraschung, dass es ihm gelang, den Boden zu überqueren und seinen Angriff ohne Widerstand zu landen. Lady Nyssa wich sogar zurück und hob einen Fuß, um sich wegzudrehen, während ihre Lippen den Spruch für ihren Zauber begannen.

Das *Krachen* des **zielsicheren Schlags**, der in einen verzauberten Schild einschlug, hallte über das Trainingsgelände und ließ die Zuschauer aufschreien. Mehr als ein paar Augen bemerkten das Aufflackern der Macht an der Halskette der Abenteurerin, als sie ihre Schildladung erweiterte, um ihre unzureichende Verteidigung zu decken.

Lord Zaynastra amüsierte sich köstlich und ließ nicht locker. Er aktivierte sofort sein drittes Skill des Tages, den **Doppelangriff,** und seine Hand stieß mit der gleichen Kraft und Geschwindigkeit wie sein erster Angriff nach vorne. Er schaffte es, den zweiten Angriff leicht zu verlagern, während Lady

Nyssa sich weiter drehte, und nahm so etwas von der Wucht seines ersten Angriffs mit.

Dann, zu seiner Überraschung und der des Publikums, landete sein zweiter Angriff. Die Klinge, die auf ihre Schulter gerichtet war, wurde durch die Drehung ein wenig aus der Bahn geworfen, und das Skill ermöglichte es ihm, Kraft und Geschwindigkeit auszuleihen, aber nicht die Genauigkeit. Dennoch spießte er die Magierin durch ihren Körper auf, selbst als sie ihren eigenen Angriff vollendete.

Sie hob das Bein, doch anstatt zur Seite zu treten, trat sie damit nach außen. Er traf den Duellanten in den Rippen, stieß ihn und brach ihm eine, was den Mann ebenso überraschte wie die Art des Angriffs und das Opfer, das sie gebracht hatte. Dann, als der Fuß wieder auf den Boden fiel und die Magierin nicht aufhörte, ihren Zauber zu weben, hob sie die Hand.

Wieder stürzte Lord Zaynastra nach vorn, doch diesmal kam er zu spät. Ob verletzt oder nicht, die Magierin – in Wahrheit eine Kampfmagierin – hatte es geschafft, ihren Zauber zu vollenden. Und während der Duellant es vielleicht geschafft hätte, jedem anderen Angriff auszuweichen oder zur Seite zu tanzen und seine Skills zu nutzen, um den meisten Angriffen auszuweichen, traf die **Kreischende Kugel**, die Lady Nyssa entfesselte, die gesamte Arena.

Draußen war das Summen ihres Angriffs nur noch ein leises Brummen in Daniels Ohren. Die Verzauberungen um den Duellring reichten aus, um den Angriff zu dämpfen. Drinnen jedoch taumelte Lord Zaynastra nach hinten, Knochen und Schädel zitterten, die Ohren dröhnten und das Gleichgewicht wurde ihm genommen. Es war ein Beweis für die Verzauberungen, die auch er trug, dass er nicht sofort gefallen war und die volle Wucht des kanalisierten Angriffs der Magierin abbekam. Selbst verletzt drängte der Duellant nach vorne, aber die Magierin konnte seiner taumelnden Verfolgung leicht entkommen.

In kurzer Zeit war der Kampf vorbei, der Ausgang nicht mehr strittig. Erst als die Schilde um die Arena gefallen waren, eilte Daniel zu seiner Freundin, doch der königliche Heiler kam ihm zuvor, um sie zu heilen. Daniel warf ihm einen dankbaren Blick zu, doch Heiler Rotfield schenkte ihm nur ein schmunzelndes Lächeln.

Als die beiden zur Gruppe zurückgingen, stand Gildenmeister Ronson schadenfroh neben ihnen. „Ich habe euch doch gesagt, dass der verdammte Duellant darauf hereinfallen würde. Sie denken immer nur an die Punkte, aber wir sind Abenteurer. Wir können durch Schmerzen kämpfen, wenn wir müssen."

Eine große Hand tauchte auf und klatschte auf Lady Nyssas Schulter, sodass sie taumelte und vor Schmerz aufstöhnte. Gildenmeister Ronson schenkte ihr ein entschuldigendes Lächeln, bevor der Waffenmeister rief,

„Die nächsten Kämpfer!"

***

„Das ist ungerecht...", wimmerte Lord Biber, Schwert und Schild vor sich haltend. Er war vollständig in Plattenpanzer gekleidet, mit heruntergeklapptem Visier, aber selbst dann konnte Daniel sehen, wie seine Beine zitterten.

Asin, die ihm gegenüber hockte, hatte ein Paar Wurfmesser in beiden Händen. Die Catkin grinste ihren Gegner nur an, während sie ihren Schwanz in langen, trägen Zügen hinter sich herschleuderte. Überall um sie herum wurden Gespräche geführt, und das leise Gemurmel von Gesprächen unter den Zuschauern wogte über die Arena. Es war offensichtlich, dass nur wenige Menschen Zweifel am Ausgang dieses Kampfes hatten.

„Bereit?", rief der Waffenmeister.

„Das... Ich..." Ein weiterer Schluck von Lord Biber.

Er blickte zur Seite und begegnete dem festen Blick von Lord Barber, der den jungen Mann anstrahlte. Er schien noch mehr zu erschlaffen, was Daniel gar nicht für möglich gehalten hatte. Schließlich gelang es ihm, dem wartenden Waffenmeister seine Bereitschaft zu entlocken.

Augenblicke später fiel der Stab, und zwei Wurfmesser flogen durch die Luft, die jeweils auf die Lücken in seiner Verteidigung zielten. Das erste traf den Brustpanzer und fiel klirrend zu Boden, das andere fand eine Lücke zwischen Oberschenkel- und Leistenpanzer. Es prallte an der Rüstung ab, nur ein leichtes Funkeln von Elektrizität, das sich bald wieder legte und den

Zweck ihres Angriffs zeigte. Das zweite wurde von einem ähnlichen magischen Gegenstand wie dem von Lady Nyssa abgewehrt.

Die Catkin ließ sich nicht abschrecken und pirschte sich an den Adligen heran, der ihr unbeholfen hinterher schlurfte. Gelegentlich blitzten Wurfmesser auf, prallten von Rüstungen oder gelegentlich von Schilden ab und gaben einen kurzen Stoß geladener Elektrizität ab, bevor sie zu Boden fielen. Noch seltener flackerte das verzauberte Stück auf und entlud seine Kraft.

Wie das geduldige Raubtier, dem sie so sehr ähnelte, pirschte sich Asin an Lord Biber heran, griff ihn an und jagte ihn durch die Arena. Sie tastete sich sogar zurück zu ihren Wurfmessern und hob sie auf, um sie erneut zu benutzen.

Nach dem vierten Mal schrie Lord Barber: „Lass sie nicht mehr zu den Waffen greifen, du Idiot!"

Der sich bewegende Panzer mit der Plattenrüstung hielt inne, offensichtlich zögernd und nachdenklich. Dann zog er sich langsam zu dem zuletzt geworfenen Messer zurück, trat nach ihm und schickte es aus der Arena.

Asin zischte, sagte aber nichts, während Daniel knurrte. „Ist das nicht illegal? Ratschläge zu erteilen?"

Gildenmeister Ronson schenkte Daniel ein wortkarges Lächeln. „Ja. Aber der König hat nichts gesagt, und das werden wir auch nicht."

Die Gruppe nickte knapp und offensichtlich unzufrieden.

Selbst dann änderte das illegale Hilfsmittel wenig am Kampfverlauf. Die Catkin änderte ihre Taktik ein wenig und führte nun ein Wurfmesser und ihr viel größeres Kampfmesser mit sich. Sie warf das erste Messer und stürzte sich dann auf das Wurfmesser, wenn Lord Biber sie aus den Augen ließ, um ihre eigenen Nahkampfangriffe zu starten. Sie rutschte an die Außenseite des Schildes oder manchmal auch darunter und schlug mit ihrem Langklingenmesser zu, um die Rüstung zu treffen und Lücken zu finden.

Alle wurden durch die schwere Platte und die flackernden Verzauberungen vereitelt. Doch die Catkin verzweifelte nicht, als sie den Adligen angriff. Jeder ihrer Angriffe, die von ihren Armschienen verzaubert wurden, richtete ein wenig Schaden an und zehrte die Verzauberung auf.

Außerdem wurde Lord Biber, der es nicht gewohnt war, sich in schweren Platten zu bewegen, immer langsamer und langsamer.

Der Kampf zog sich immer weiter in die Länge, ohne dass es dem Lord gelang, die flinke Catkin zu fangen. Die Zuschauer wurden unruhig und gelangweilt und ärgerten sich, dass die ganze Sache so lange dauerte. Einige der mutigeren Adligen äußerten sogar laut ihre Bedenken, in der Hoffnung, dass der König etwas sagen würde, aber König Lassiter und die königliche Familie sahen dem ganzen Vorgang weiterhin schweigend zu.

Als das Ende kam, kam es blitzschnell. Asin warf ihr verbliebenes Wurfmesser, die Waffe flog durch die Luft und wurde von einem erhobenen Schild blockiert. Als der Schild hochgezogen wurde und ihm die Sicht versperrte, sprang sie lautlos nach vorne und griff nach dem Schild. Sie zog ihn in eine Richtung und drehte sich auf der Außenseite, um den Griff ihres Messers in den ausgestreckten Arm und das Schulterblatt ihres Gegners zu rammen.

In der nächsten Sekunde lag Lord Biber mit dem Gesicht nach unten auf dem Boden, den Arm voll ausgestreckt, den Waffenarm unter sich eingeklemmt, als er versucht hatte, ihn herumzureißen. Ein Knie und ein schweres Gewicht drückten auf seinen Körper, zu schwer für den schwachen Adligen, um sich dagegenzustemmen.

Daraufhin schlug die Catkin mit dem Griff ihrer Waffe wiederholt gegen seinen Helm, bis der Waffenmeister den Kampf beendete, als er sah, dass der Adlige unter ihr aufgehört hatte zu kämpfen.

Grinsend sprang die Catkin auf und ging um den Rand der Arena herum, um ihre Wurfmesser mit einem viel zu selbstgefälligen Lächeln zu holen.

Beschämt und peinlich berührt musste der Adlige vom Schlachtfeld getragen werden, da seine Ausdauer in seinen letzten Kämpfen völlig erschöpft war. Die Catkin zog sich auf ihre Seite des Feldes zurück und wischte sich heimlich einen Speichelfleck weg, der ihr „geschenkt" worden war, als sie ihre Waffen holte.

Dennoch schwieg sie. Dies war schließlich nicht der richtige Zeitpunkt. Aber sie merkte sich den Übeltäter.

Die Arena war leer, und der Waffenmeister ergriff erneut das Wort und rief die letzten Kämpfer auf. Und das Team drehte sich gemeinsam um und starrte auf ihren letzten, höchst mysteriösen Gegner.

Kapitel 17

Als er dem Assassinen, dem Schurken, gegenüberstand, konnte Daniel nicht anders, als langsam zu atmen. Erinnerungen an das eilige Gespräch mit Gildenmeister Ronson schossen ihm durch den Kopf.

„Wir schicken Lady Nyssa, um sich um den Duellanten zu kümmern. Er ist zu schnell für alle anderen. Ja, sogar für dich, Asin. Es ist mir egal, wer von euch beiden Lord Biber mitnimmt. Er ist der leichte Sieg."

„Zu einfach. Es ist nicht ehrenvoll, ihn zu schlagen", grummelte Omrak.

„Meiner", stimmte Asin zu.

Gildenmeister Ronson blickte die beiden an, um sie zum Schweigen zu bringen, bevor er fortfuhr. „Für den Assassinen muss es Daniel sein."

„Warum ich?", hatte er gequiekt.

„Zwei Gründe. Assassine richten bei ihrem ersten Angriff den größten Schaden an. Sie schneiden und schlagen und verwenden Gifte. Nichts davon wird dir mit deiner Gabe und deiner Heilung etwas anhaben können. Ein Kampf der Zermürbung ist zu deinen Gunsten."

Lady Nyssa runzelte die Stirn. „Da bin ich anderer Meinung. Charles hat einige Skills, die gegen ihn arbeiten würden, wenn er das ist, wofür du ihn hältst."

„Das führt zu meinem zweiten Grund", sagte Gildenmeister Ronson. „Von euch allen ist Daniel der Einzige, den er nicht töten würde, auch nicht aus Versehen."

„Ich dachte, die Verzauberungen...", hatte er begonnen.

„Schützt vor tödlichen Schlägen, indem es sie abschwächt. Aber Assassinen-Skills wirken diesen Verzauberungen entgegen", sagte Gildenmeister Ronson. „Zumindest wurde mir das eingeredet. Ich bin nicht bereit, noch mehr zu riskieren, ihr etwa?"

Und damit war das Gespräch natürlich beendet. Was, so überlegte Daniel, dazu führte, dass er nun hier stand, in seiner eigenen vollen Montur, und den Schurken ihm gegenüber anstarrte. Dieser saß in der Hocke, ein Kurzschwert in der einen und einen Dolch in der anderen Hand. Selbst wenn er stillstand, brachte etwas in der Art, wie er stand, in der Geschicklichkeit, die er benutzte, Daniel dazu, wegzusehen, seinen Blick für eine kurze Sekunde abzuwenden.

„Seid ihr bereit?", rief der Waffenmeister und lenkte Daniels Aufmerksamkeit für eine kurze Sekunde ab.

Der Abenteurer nickte und richtete seine Aufmerksamkeit wieder auf den Schurken. Er verfluchte sich selbst dafür, dass er seinen Blick abwandte, selbst als der Stab fiel.

Wie ihr erster Gegner stürmte auch Daniel vor und deckte den Boden. Im Gegensatz zu Lord Biber bewegte er sich jedoch selbst in voller Rüstung schnell und geschmeidig. Selbst die schwerere Eisenplattenrüstung, die er trug, bereitete Daniel wenig Probleme, als er den Abstand verringerte, so sehr war er daran gewöhnt, sie zu tragen.

Sein Gegner wich zurück und zur Seite aus, darauf bedacht, zu kreisen und sich Raum zum Arbeiten zu verschaffen. Daniel schnitt ihm den Weg ab und tat sein Bestes, um seinen Gegner einzukesseln, während er näher kam. Die Entfernung war nicht sehr groß, und mit einem halben Dutzend Schritten hatte er seinen Gegner an den Rand der Arena gedrückt.

Zu leicht. Noch während ihm der Gedanke durch den Kopf ging, schob Daniel seinen Schild nach vorne, um den Weg zu ebnen, den Hammer in der Hand. Er nutzte den Winkel seines Schildes, um seine Außenlinie zu decken, sein linker Fuß ging voran, während er auf den Überraschungsangriff wartete. Ein geworfener Dolch? Ein Ebenenwechsel, um das Kurzschwert an seinen Fuß zu bringen?

Weder noch, wie es schien.

Zu Daniels Überraschung stieß sein Schild direkt durch das Kurzschwert. Direkt hindurch, als die vorübergehende Täuschung durch die Tarnfähigkeit des Schurken verblasste. Ein wenig aus dem Gleichgewicht gebracht und noch mehr überrascht, sah er den Angriff nicht, der unter seinem ausgestreckten Arm in die Lücke unter seiner Achselhöhle glitt.

Der Dolch fuhr nach oben, schnitt durch verstärkten Stoff und Polsterung in Haut und Fleisch, durchtrennte Sehnen und Bänder. Sein ganzer Arm sackte ab, und der Schmerz kam einen Moment später, als der Dolch herausrutschte und seine Arbeit getan hatte. Schmerz und dann eine Welle der Taubheit, als das Gift der Klinge wirkte.

Daniel taumelte zur Seite und winkte mit seinem Hammer, um eventuelle Folgeangriffe abzuwehren. Es gab keine, denn der Schurke war zurückgewichen, ein kleines Lächeln auf seinem Gesicht, während er darauf wartete, dass sein Angriff Wirkung zeigte. Nur um überrascht zu sein, als

Daniel seine Waffe warf und der Hammer an seiner Hüfte abprallte, als er hastig auswich.

Daniel grinste und nutzte den kurzen Moment, um mit seiner Gabe in seinen eigenen Körper zu schlüpfen. Bei jedem anderen Individuum würde er ein paar unterbrochene Sekunden brauchen, um das Problem zu beheben. Jeder Körper, jedes Individuum war anders, aber Daniel kannte seinen eigenen ganz genau. Er spülte das Gift aus seinem Körper und ließ es zusammen mit seinem Blut aus seinem Herzen pumpen, das seine Kleidung und seine Rüstung befleckte, bevor er die Sehnen, Bänder und Blutgefäße wieder zusammennähte.

Sein Arm war kaum noch zu gebrauchen, aber für den Moment reichte es, auch wenn er seine eigene Schmerzreaktion unterdrückte und zurückwich, als sein Gegner auf ihn zukam. Er kauerte sich in seine Rüstung und achtete darauf, seinem Gegner keine große Chance zu geben, während er die Zauberformel für das **Zeichen des Heilers** auf sich wirkte.

„Glaubst du, dass deine Gabe ausreicht?", spottete der Schurke mit gesenkter Stimme, sodass nur sie beide es hören konnten. „Ich habe mehr Gifte, als du Erinnerungen hast. Gib jetzt auf. Ich habe schon Abenteurer getötet, die einen höheren Rang hatten als du."

Daniel sagte nichts und spürte, wie die erste Welle des Zaubers über ihn hinwegrollte und die Verletzung zusammenflickte. Als eine Klinge an seinem Helm abprallte und seine Sicht ein wenig beeinträchtigte, schlug er nach dem Arm, der ihn angegriffen hatte, und stutzte ihn ein wenig. Als er mit seinem verletzten Arm einen Hieb mit dem Schwert einstecken musste, stampfte er mit einem Fuß auf und erwischte die Kanten ihrer Zehen.

Die ganze Zeit über versuchte er, zu seinem eigenen Hammer zurückzukommen. Zu der Waffe, die er zur Seite geworfen hatte, um seinen Gegner zu verletzen und zu verlangsamen.

Er war vielleicht nicht so schnell. Er war vielleicht nicht so stark oder raffiniert wie seine Freunde. Aber Daniel hatte zwei Dinge, die sie nicht hatten. Heilungsmagie und die Bereitschaft, weiterzumachen, auch wenn er den Schmerz nicht spüren konnte. Das musste genügen, um diesen Kampf zu gewinnen.

***

Daniel taumelte zurück, seine Brust hob und fühlte sich unter dem Brustpanzer mit jedem zu warmen Einatmen zu eng an. Der Gestank von Schweiß und die Angst vor verschüttetem Blut erfüllte seine Nase mit jedem eiligen Atemzug, warmes Blut tropfte an einem verletzten Bein herunter. Seine rechte Hand hing schlaff an seiner Seite, die Sehnen im Ellbogen waren an der Innenseite durchtrennt, während er seinen Schildarm hochhielt. Ein Anflug von Wärme, ein grummelnder Hunger durchströmte den Heiler, als das **Zeichen des Heilers** erneut ausgelöst wurde und die Wunden zusammennähte. Dies war der dritte Wurf, und ein Teil von ihm wusste, dass er bald enden würde.

Überall auf dem sandigen Trainingsboden befleckten Blutspritzer die Erde. Tiefe Schnittspuren und eine große Vertiefung, in der Daniel **Perins Schlag** entfesselt hatte, prägten den Boden, während sein Hammer, den er einmal aufgehoben und dann weggelegt hatte, außerhalb des Kreises lag. Doch er hatte seinen Schild, er hatte seine Skillfertigkeiten und er hatte noch einen Teil seines Manas übrig. Wenn Mana zu lange zum Heilen brauchte, hatte Daniel seine Gabe.

Ihm gegenüber saß der Schurke, der fast genauso erschöpft aussah wie der Heiler. Sein rechtes Auge war aufgedunsen, blutig und geschwollen und behinderte die Sicht aus dem Auge. Gelegentlich tropfte Blut aus der offenen Kopfwunde und zwang den Assassinen, den Angriff wegzublinzeln. Die Verletzung stammte von einem überraschenden **Doppelschlag**, als Daniel versucht hatte, mit dem Schild zuzuschlagen, wobei er beim ersten Angriff einen Schnitt quer über die Hüfte erlitt und beim zweiten Mal mit dem Skill nachsetzte.

Das war nicht die einzige Wunde, die der Schurke trug. Seine linke Hand hielt den Dolch kaum noch fest, da Daniels gepanzerter und mit Stulpen versehener Arm immer wieder auf die Gliedmaße einschlug und die Nerven nun in Flammen standen und gequetscht waren. Er humpelte langsam um den Heiler herum, die Zehen an beiden Füßen waren von den wiederholten Stößen zerquetscht. Eine Seite war bevorzugt; der Streifschuss von **Perins Schlag** hatte die Rippen des Assassinen gebrochen.

Der Kampf hatte sich verlangsamt, die Ausdauer beider Parteien war in der Zwischenzeit erschöpft. Daniel hatte das Zeitgefühl verloren, denn subjektiv schien der gesamte Kampf nun Stunden gedauert zu haben, aber er nahm an, dass es nur fünf oder zehn Minuten waren. Es fühlte sich viel länger an, aber die ständigen Schmerzen und die Anwendung und Ausscheidung von Giften, denen er ausgesetzt war, machten ihn schwindlig.

Eigentlich hätte er schon längst umfallen müssen. Schon der Blutverlust hätte ihn in die Knie zwingen müssen. Stattdessen hatte seine Gabe sogar diese kostbarste aller Flüssigkeiten ersetzt. Und alles, was es ihn gekostet hatte, war... *eine sanfte Hand auf seinem Gesicht, ein Kuss,... ein Gespräch mit seinem Großvater, während sie gemeinsam schürften,... die Gesichter seiner Freunde aus Kindertagen, als sie die Felsen sortierten und nach vermissten Erzen suchten,... ein verzweifelter Kampf, als Kobolde unter einer Brücke heraufkamen, die Gruppe umschwärmten und an ihnen zerrten,... ein Spaziergang auf der Straße, als sie nach...*

Bewegung. Daniel hob seinen Schild, während sein anderer Arm sich weigerte, sich richtig zu bewegen. Er zuckte und verdrehte sich, aber er ignorierte es, als er die Klinge an der Kante erwischte. Sie sprang von der Spitze seines Schildes ab, traf den Rand seines Helms und stieß ihn ein wenig zurück.

Der Instinkt übernahm die Kontrolle. Vorstoß statt Rückzug, Kopf und Schultern hinter den Schild geklemmt. Ein Druck in der Nähe seiner Hüfte, wo der Dolch, der ihn durchbohren wollte, an der Rüstung abprallte und die Kontrolle des Schurken ebenfalls litt.

Beim Aufprall stieß Daniel nach vorne und erwischte die Finger seines Gegners an der eigenen Schulter. Er taumelte ein wenig zurück und schlug dann mit dem Schildbuckel auf das Gesicht seines Gegners ein. Einmal, dann noch einmal, der **Doppelschlag** wurde ausgelöst. Das laute, knirschende Geräusch einer zertrümmerten Nase, das Spucken und Zähnen, von gurgelnden Schreien.

Mit dem Kopf nach unten war ein Fuß in Sicht. Daniel kreuzte sein Bein hinter ihm und hakte es bei sich ein, während er zurücktrat und den Fuß seines Feindes mit sich zog. Der plötzliche Verlust des Haltes verwandelte sich in ein sanftes Abrollen, und Daniels stolpernde Verfolgung holte den

Schurken ein, als dieser versuchte, aufzustehen, und scheiterte, weil gebrochene Zehen seine Bewegungen für eine Sekunde behinderten.

Lange genug, dass die Kante eines Schildes herunterkam und auf das Schlüsselbein krachte. Es zerbrach, ließ den Dolch fallen und warf seinen Gegner mit dem Gesicht nach unten zu Boden. Dennoch schaffte es der Schurke, sich auf den Rücken zu drehen, gerade noch rechtzeitig, um sein Schwert in den Weg zu bekommen, als Daniel auf die Knie fiel. Ein erstickter Schrei seines Gegners unter ihm, als Daniels gepanzertes Knie auf das zarte Fleisch der Innenseite seines Oberschenkels traf.

Das Schwert, das nicht viel Platz zum Schwingen hatte, prallte an seiner Rüstung ab. Daniel schlug erneut mit der Kante seines Schildes zu und trieb den Schlag in die Ecke des Arms seines Gegners, wobei er ihn in der Nähe des Ellbogens traf. Die Finger zuckten und das Schwert fiel zur Seite, und kurz darauf ließ Daniel sein größeres Gewicht und seine gepanzerte Gestalt auf seinen Gegner fallen und legte ihn flach.

„Sind sie beide gestorben?" Die entsetzte Stimme der Königin schallte durch die Arena und durchbrach das Gemurmel von Abscheu und Bewunderung.

Auf seinem Gegner liegend, ließ Daniel sich einfach entspannen, anstatt zu versuchen, ihn festzuhalten. Sein Gewicht und das der Rüstung waren mehr als ausreichend, und unter ihm stieß sein Gegner ein schrilles Wimmern aus, während der Heiler seine eigene Gabe anzapfte, um seinen beschädigten Arm zu reparieren. Dann, als er wusste, dass der Kampf fast vorbei war, nutzte er den letzten Rest seines Manas, um sich selbst mit dem Zauber **Mittlere Wunden heilen** zu behandeln.

„Das glaube ich nicht. Ich glaube, der Heiler ruht sich nur aus und sein Gegner...", die Stimme des Königs wurde unruhig. „Vielleicht kann er nicht mehr sprechen und gibt auf. Waffenmeister?"

„Ja, Majestät." Schritte näherten sich Daniel, noch während der Waffenmeister sprach. „Heiler, bitte zeige an, dass du noch in der Lage bist, weiterzumachen. Wenn du das tust, werde ich diesen Kampf zu deinen Gunsten entscheiden."

Es gab ein paar gemurmelte Proteste von Seiten der Adligen, aber nicht viele. Die meisten verstanden das wahrscheinliche Ergebnis, und keiner wollte einen vielversprechenden jungen Mann sterben sehen. Selbst, wenn die Skills des vielversprechenden Jünglings nicht gerade schmackhaft waren.

„Ich kann kämpfen", sagte Daniel, nachdem sich seine Atmung etwas beruhigt hatte. Die Ausdauer kehrte zurück, er stützte eine seiner Hände auf den Boden, den Schild immer noch zwischen sich und seinem Gegner, und drückte sich ein wenig auf die Knie.

Es überraschte niemanden, dass sein Gegner nicht in einem letzten tapferen Versuch nach vorne stürmte, um zu gewinnen. Stattdessen holte er hastig Luft, sein Gesicht war rot und voller Erleichterung.

„Es scheint, wir haben einen Sieger, Majestät. Abenteurer Daniel Chai hat den letzten Kampf gewonnen", sagte der Waffenmeister phlegmatisch, bevor er den Heilern ein Zeichen gab, sich zu nähern. Daniel kniete neben seinem Gegner und wartete auf den Ansturm der Heilmagie, die ihn treffen sollte, doch er musste feststellen, dass keine kam.

Daniel kam taumelnd auf die Beine und drehte den Kopf, als Heiler Rotfield den Adligen berührte und Daniel nach seinem ersten, flüchtigen Blick völlig ignorierte. Mit zusammengekniffenen Lippen taumelte der Abenteurer davon, ein einziger Gedanke ging ihm durch den Kopf, als er zu seinen jubelnden Freunden zurückkehrte.

Rotfield wurde zu einem Problem.

Als seine Freunde ihn in Umarmungen einschlossen, musste Daniel müde lächeln. Wenigstens waren Rotfield und die Adligen, die er beschämt hatte, ein Thema für einen anderen Tag.

Heute hatten sie gewonnen.

Ein königliches Ende

Buch 9

Kapitel 1

In der königlichen Hauptstadt von Brad, Warmount, gibt es eine Gruppe von Abenteurern, die sowohl vom Glück als auch vom unbarmherzigen Blick des Schicksals begünstigt ist. Denn diese Gruppe von Abenteurern hatte die Gunst des Königs erlangt, eine Gunst, die dazu führte, dass der dritte Prinz des Königreichs sich ihren Reihen anschloss, unter dem Vorwand, *den einfachen Mann zu verstehen und seinen Weg ohne die Hilfe seiner Eltern zu gehen.*

Ein ganz gewöhnlicher Wunsch, der jedoch, wenn er von einem Prinzen geäußert wird, eine Reihe von adligen Intrigen und Machenschaften nach sich zieht. Die Mitglieder der Gruppe werden widerwillig in die Welt der fürstlichen Intrigen hineingezogen. Das ursprüngliche Trio, bestehend aus Daniel Chai, einem ehemaligen Bergmann, der zum Abenteurer wurde und die Gabe Erlis' besitzt, selbst die schwersten Wunden zu heilen – allerdings um den Preis seiner eigenen Erinnerungen. Asin, eine Angehörige der Minderheit der Beastkin, die unter der Herrschaft der Menschen überlebt hat. Ihre bestialischen, katzenähnlichen Züge verleihen ihr Schnelligkeit und Beweglichkeit, aber auch die Eigenschaft, für immer anders zu sein. Und schließlich Omrak, Sohn des Losin, der große Teenager aus dem Norden, der sich seinem zwanzigsten Geburtstag näherte, weit entfernt von den steilen Bergen und grünen Weiden seiner Heimat. Er war der Mittelpunkt und der Tank des Teams, ein Nahkämpfer, dessen Tapferkeit nur von seinem geradlinigen Herzen übertroffen wurde.

Durch zahlreiche Abenteuer, angefangen bei ihrer Zeit in Karlak, schmiedeten die drei ein unzerstörbares Band der Freundschaft, während sie an Stärke und Skills gleichermaßen wuchsen. Zu dem ursprünglichen Trio gesellten sich andere wie die Heilerin Anne, die edle Lady Nyssa und ihr Leibwächter Charles sowie Rob, der Selkie-Zauberer. Einige verließen die Gruppe auf der Suche nach besseren Optionen oder weil ihnen das gefährliche und aufregende Leben als Abenteurer zu viel wurde. Andere suchten eine sicherere Umgebung, denn Daniels unvergleichliche Heilergabe war ebenso ungewöhnlich wie begehrt.

Am Ende traten Intrigen und Verschwörungen in den Vordergrund und die Dinge wurden in drei Duellen zwischen manipulativen Adligen und der Gruppe entschieden. Am Ende war die Gruppe siegreich, aber der Preis dafür war hoch. Daniels Gabe und der Preis, den er dafür bezahlt hat, wurden enthüllt, und die Gruppe hatte nun zwei freie Plätze zu besetzen. Einer davon war garantiert für den dritten Prinzen.

Monate später befand sich die neu formierte Abenteurergruppe mitten in einem der vielen Dungeons von Warmount. In diesem Dungeon für Fortgeschrittene hat die Gruppe alle Hände voll zu tun, um sowohl ihre königliche Bereicherung zu bewachen, als auch die Begegnung mit den mörderischen Monstern zu überleben.

***

„Zieh dich zurück, verdammt noch mal!", brüllte Omrak und wich einem harten Hieb aus. Die angreifende alligatorartige Kreatur mit ihren langen, beißenden Rüsseln und krallenartigen Fingern war ebenfalls zwei Meter groß, was selbst den großen, blonden Nordländer in einen ungewohnten Größennachteil brachte. Dass er mit drei von ihnen fertig werden musste, während er sein riesiges zweihändiges Schwert allein führte, war schon schwierig genug.

Dies zu tun, wenn seine Gefährten nicht in Position waren und damit beschäftigt waren, die Aufmerksamkeit der Monster, die er in dem engen Raum bekämpfte, auf sich zu lenken, machte es nur noch schwieriger. Der Alligator zu seiner Linken hinterließ einen langen Riss am Arm entlang und schaffte es, eine Klaue zwischen die Panzerplatten zwischen Schulter und Arm zu schieben.

„Ich habe ihn!", kläffte Roland mit gesenktem Kopf, während er sich duckte und nach dem Krokodil schlug, das er verfolgte. Das Krokodil wich der verzauberten Waffe des dritten Prinzen aus und sein blutender Stumpf war der Beweis dafür, was passiert war, als das allzu scharfe Schwert zuschlug.

„Erlis' Tränen, hör auf Omrak", sagte Daniel Chai, den Kopf tief unter seinem Schild geduckt, während er vorwärts stieß und zuschlug. Seine Hände verschwammen für eine Sekunde und der Kriegshammer in seiner Hand blitzte mit **Doppelschlag** auf, der in den geschuppten Torso krachte und ein schallendes Knacken durch den Raum schickte. Sofort wich Daniel etwas zurück und hob seinen Schild, um den Gegenschlag abzuwehren. Ein Hauch von heißem, halb verfaultem Atem strömte über ihn, als das Krokodil seine Aufmerksamkeit auf ihn richtete.

„Wir werden flankiert!" Ein weiterer Schrei, weiblich und edel, aber auch ein wenig besorgt, erklang von hinten. Daniel warf einen kurzen Blick nach hinten und entdeckte eine Bewegung in den Schatten des Korridors, aus dem sie gekommen waren. Ein einzelner Leuchtstein, der zurückgelassen wurde, um ihren Weg zu erhellen, war alles, was ihnen Licht spendete. Bis Lady Nyssa, die ledergepanzerte Magierin, zu zaubern begann. Eine Schallkugel bildete sich, ausströmendes Mana und Magie erhellten sie und die Umgebung um sie herum weiter und zeigten die riesigen Schatten, die auf sie zustürmten.

„Ich hab's im Griff!", antwortete Charles, ihr Leibwächter. Der ältere Mann zog sein Schwert, während er seinen unwirksamen Bogen ablegte und neben seiner Arbeitgeberin Wache schob.

„Wir müssen das zu Ende bringen!", sagte Daniel und riskierte einen Schlag, um seinen Kriegshammer auf eine schwingende Klaue zu schlagen. Der Hammer wurde ihm beim Aufprall fast aus der Hand geschleudert, sodass er seine Entscheidung bereute. Einen Moment später duckte sich der Kopf des Krokodils und sein Maul war weit geöffnet, als es versuchte, ihm den Kopf abzubeißen.

Nur um zurückzuweichen, als sich ein glühendes, **durchdringendes Wurfmesser** in seine Kehle bohrte. Eine weitere Sekunde und ein Wirbel von Wurfmessern folgte, als ein **Messerfächer** den Schmerz der Kreatur noch verstärkte. Asin schlüpfte rechts an Daniel vorbei, ging in die Hocke und bewegte sich schnell, während ihr Jagdmesser Sehnen und den ausladenden Schwanz zerschnitt. Die schnelle Catkin mit ihrer schwarzen Haut und dem roten Mantel war ein verschwommener Fleck, der sich von dem Krokodil entfernte und Omraks andere Angreifer mit ihren Wurfmessern in den Rücken stieß.

Ablenkung. Genug für den Nordländer, um ein neues Skill, **Tödlicher Schlag**, zu entfesseln und seine Waffe auf einen entblößten Rücken niedergehen zu lassen. Mit geborgtem Schwung und der Wut, die ihn umhüllte, riss seine massive Waffe durch die gepanzerten Schuppen und krachte durch das Fleisch zwischen Schlüsselbein und Hals, um tief in den Torso zu gleiten.

Mit einer Drehung seiner Hüfte riss Omrak die Waffe heraus und hinterließ eine riesige, klaffende Wunde und ein sterbendes Monster. In der Zwischenzeit schlug Daniel mit seinem eigenen Skill **Perrins Schlag** auf seinen Gegner ein, zertrümmerte dessen Hüfte und schubste die Kreatur gegen ihren Freund. Daniel und Omrak stürzten sich auf die beiden Krokodile, um ihnen den Garaus zu machen, während Asin davonhuschte, um sich um ihren irren Prinzen zu kümmern.

Einen Moment später wurde ihr Angriff auf die Monster durch das grelle Geschrei des entfesselten Zaubers unterbrochen, ein Raubtiergeheul, das ihnen die Zähne klirren und die Ohren bluten ließ; der Zauber war so mächtig, dass er die akustischen Schutzvorrichtungen, mit denen sie alle ausgerüstet waren, überwand. Für die ungeschützten Krokodile war der Schaden jedoch noch schlimmer und sie fielen zu Boden und hielten sich den Kopf.

Leichte Beute für Charles und das letzte Mitglied ihrer Gruppe, dessen übergroßer Kriegspolter auf die Krokodile herabstürzte und mit rasender Geschwindigkeit Schultern und Köpfe zermalmte. Wenn er zu hart zuschlug und der Hammerkopf feststeckte, ließ Johan die Stangenwaffe einfach fallen und zog eine Hellebarde aus seinem **Inventar**, um weiterzukämpfen.

Als der Kampf beendet war, versammelte sich die Gruppe in der Mitte der Kammern. Asin bewegte sich an den Rändern und sammelte die verschiedenen Manasteine in einem kleinen Beutel ein, der mit dem Rest des Teams verbunden war. Eine einfache Verzauberung, die aber nicht nur alle gesammelten Manasteine aufzeichnete, sondern auch dafür sorgte, dass alle die Beutel einsammeln konnten.

Der dritte Prinz – Roland, wie er darauf bestand, genannt zu werden – war nach der ersten Erkundungstour mit den Beuteln für alle angekommen. Er verteilte sie mit einem Winken und murmelte, dass dies alte Beutel seien, die niemand in der Familie mehr benutze.

„Wo warst du, Johan?", fragte Daniel und schaute stirnrunzelnd zu dem Waffenmeister. Seine Position hätte neben Omrak oder ganz hinten sein müssen, um das Team zu decken.

„Ich… Ähm… Also… Ich habe gesehen…" Johan verstummte. „Dann bin ich hineingefallen…"

„Hineingefallen?", sagte Daniel mit einem kleinen Stöhnen.

„Grubenfalle", rief Asin und wedelte mit einer Hand über ihrem Kopf, wo sie stand. Eine einzelne Grubenfalle lag ganz links neben ihr, außerhalb des Kampfes.

„Du bist in die einzige Grubenfalle in diesem Raum gefallen", sagte Daniel. Johan errötete und senkte den Kopf. Der Heiler seufzte. „Hast du schon mehr Punkte in Glück investiert?"

„Ich bin nicht aufgelevelt…", flüsterte Johan.

Natürlich war er das nicht. Und selbst wenn, würde er seine Punkte wahrscheinlich nicht für Glück einsetzen. Der Fluch, mit dem er behaftet war, ließ sich nicht so leicht abschütteln.

„Wie auch immer, lass uns darüber reden, was hier passiert ist", sagte Daniel und sah sich im Raum um, um sicherzustellen, dass er sicher war. „Besonders du, Roland."

„Das habe ich toll gemacht, was? Hast du gesehen, wie ich das Krokodil getötet habe?", sagte Roland und grinste.

„Das… war nicht das, worüber ich reden wollte?"

„Oooh, die neue Klinge? Ich habe sie ausgetauscht. Die Schärfe gefällt mir, aber ich mache mir Sorgen wegen der Haltbarkeit…"

„Hmm…", sagte Johan.

„Das war es auch nicht…"

„Willst du, dass ich die schwimmenden Laternen hole? Das kann ich nämlich. Es ist wirklich ziemlich dunkel hier drin…", sagte Roland und redete weiter.

Daniel stöhnte auf und vergrub seinen Kopf in seinen Händen.

„Ähm… Ich…"

„Vielleicht, Eure Hoheit, wenn Ihr unseren Heiler…", mischte sich Lady Nyssa ein.

„Freund Daniel ist kein registrierter Heiler", polterte Omrak.

„Äh… mein…"

„Es ist wahr. Ist er nicht. Und die anderen Heiler sind ziemlich verärgert, dass alle ihn so nennen. Sie haben sogar eine offizielle Beschwerde bei Vater eingereicht", sagte Roland.

„Hm..."

„Sag es einfach!", kläffte Daniel und drehte sich zu Johan um.

Der Adlige errötete und blickte zu Boden. Daniels Blick war gezwungen, ihm zu folgen, und seine Augen weiteten sich, als er den geschwollenen und gebrochenen Fuß sah.

„Scheiße! Sorry!" Daniel eilte herbei, legte seine Hände darauf und sprach den Zauber **Kleine Wunden heilen.** Es war ein schnell wirkender Zauber, den er normalerweise mitten im Kampf wirken würde, um Mana zu sparen. Aber da sie bei dieser Erkundung nicht viel tiefer gehen würden, hatte er noch Mana übrig.

Die Schwellung ging zurück und der Knochen kehrte mit einem Knacken an seinen Platz zurück, während Daniel ungläubig und verwundert zu Johan aufsah.

„Du bist aus der Grube geklettert und hast damit gekämpft?", sagte Daniel.

„Ähm... ähm... ja?"

„Idiot", zischte Asin, die neben ihm stand. „Hilfe!"

„Hm... Ich habe es versucht!", sagte Johan.

„Nein, sie meinte, wir würden dir helfen", übersetzte Daniel.

Asin nickte ihm kurz zu, während Johan rot anlief und wegschaute. Er murmelte so leise, dass Daniel es nicht hören konnte, und nach kurzem Überlegen beschloss Daniel, nicht nachzufragen.

Manchmal war es besser, die Dinge einfach ruhen zu lassen. Als er zu Roland zurückblickte, der sich fröhlich mit dem Rest des Teams unterhielt, seufzte er.

Manchmal war es das Beste, die Dinge ruhen zu lassen.

Zum Wohle aller.

***

„Vier Gold und sieben Silber für jeden", sagte Daniel und verteilte das Geld an alle. Die Adligen steckten ihre Beträge ohne einen Blick ein. Omrak schaute mit einer Grimasse auf den Betrag hinunter, während Asin ihre Lippen schürzte.

„Wieder ein toller Tag beim Erkunden! Sollen wir etwas trinken gehen?", sagte Roland und grinste. In einiger Entfernung standen ein paar bewaffnete Wachen, die so unauffällig wie möglich wirkten. Sobald sie den Dungeon verlassen hatten, waren diese Wachen aufgetaucht und beschatteten die Gruppe.

„The King's Arms?", sagte Lady Nyssa mit einem halben Lächeln.

Daniel zuckte zusammen, woraufhin Roland sich umdrehte und besorgt die Stirn runzelte.

„Was ist los, Daniel?"

„Wir haben nur vier Goldstücke verdient", sagte Daniel.

„Genau! Wir sollten feiern."

Ein leises Grummeln aus Asins Brustkorb erhob sich. Roland lächelte die Catkin an. „Mach dir keine Sorgen, man hat mit ihnen gesprochen. Der Kellner wurde gefeuert und niemand wird dich oder ein anderes edles Beastkin davon abhalten, wieder im King's Arms zu speisen."

„Ich glaube, Eure Hoheit, die Tatsache, dass wir nur vier Goldstücke verdient haben, beunruhigt Freundin Asin", sagte Omrak.

„Ich... verstehe nicht", sagte Roland und blinzelte.

„Das Bier kostet ein Silberstück, Hoheit", sagte Omrak.

„Tut es das? Das ist mir nie aufgefallen", sagte Roland und zuckte mit den Schultern.

Ein weiteres, tieferes Grummeln von Asin. Daniel sah sie besorgt an, und sie starrte ihn zurück. Unausgesprochene Worte wurden zwischen den beiden gewechselt, bevor er seufzte.

„Eure Hoheit..."

„Roland. Ich kann den Nordländer vielleicht nicht dazu bringen, mich richtig zu nennen, aber du kannst es bestimmt!"

„Roland. Wir haben heute nur vier Goldstücke bei unserem Raubzug verdient. Im King's Arms zu trinken ist teuer. Genauso wie das Leben in der Stadt selbst. Das Reparieren unserer Waffen, Essen und Ersparnisse. Das alles kostet Geld. Wir sollten auch unsere Teamkoordination weiter üben", sagte Daniel.

„Du meinst, als ich ausgeschert bin", sagte Roland.

„Ja", antwortete Daniel.

„Ich weiß. Es tut mir leid. Das hätte ich nicht tun sollen. Ich war nur so aufgeregt und wusste, dass ihr mit den anderen drei fertig werdet", sagte Roland. „Ich verspreche, mich zu bessern."

Asin stieß einen kleinen Schrei aus und erinnerte sich an die anderen Male, die er versprochen hatte.

„Es geht nicht darum, etwas zu versprechen. Es geht um das Training, damit wir dich notfalls decken können, wenn du ausscherst", sagte Daniel mit zusammengepressten Lippen. „Es gibt Zeiten, in denen es notwendig ist, dass du vorausgehst. Aber dafür sind wir noch nicht bereit. Wir müssen gemeinsam trainieren, damit du nicht aus der Reihe tanzt. Und wenn du es doch tust, wissen wir es."

„Natürlich sollten wir trainieren", sagte Roland und nickte.

„Dann...", begann Daniel.

Roland sprach jedoch weiter und ignorierte die Tatsache, dass Daniel etwas sagte. „Aber wir sollten uns auch ausruhen. Meine früheren Gruppen haben immer einen Tag erkundet und einen anderen trainiert."

„Dann werden wir morgen trainieren, und zwar den ganzen Tag, nicht wahr?", sagte Lady Nyssa und lächelte Daniel an, während sie ihm einen Blick zuwarf.

„Ah...", zögerte Roland.

„Was?", schnauzte Daniel. Aus den Augenwinkeln bemerkte er, wie Lady Nyssa und Johan zusammenzuckten. Es war ihm egal, die Frustration kochte in ihm hoch.

„Oh, ich kann morgen nicht trainieren", sagte Roland. „Ich muss noch zu diesem Ball." Als er sah, dass Daniel die Stirn in Falten legte, klopfte er ihm auf die Schulter. „Es ist nicht so, dass ich es machen will, aber mein Vater hat mich darum gebeten. Mein zweiter Bruder hat viel zu tun und, na ja..."

Verärgert winkte Daniel mit der Hand. Was sollte er sagen, wenn diese Ausrede gezogen wurde? Es war ja nicht so, dass irgendjemand – nicht einmal Roland – seinem Vater Nein sagen konnte.

„Jetzt kommt schon. Ich zahle die Getränke", sagte Roland. „Nennt es meine Entschuldigung dafür, dass ich das morgige Training verpassen werde. Ihr könnt auch alle mitkommen." Mit einem Augenzwinkern beugte sich Roland vor und stieß Johan mit dem Ellbogen an. „Viele junge Damen kommen um diese Zeit..."

„Ähm... Ich..." Johan wurde rot, während Roland, nachdem er seinen Teil gesagt hatte, in der Erwartung ging, dass die anderen ihm folgen würden.

Lady Nyssa zögerte und schaute zwischen der Gruppe hin und her, aber nach einer Sekunde lief sie ihm hinterher. Johan folgte kurz darauf und hielt einen respektvollen Schritt zurück, ebenso wie Charles. Das ursprüngliche Trio blieb zurück und starrte sich gegenseitig an. Schließlich legte Omrak seine Hände um die Schultern seiner Freunde und führte sie nach vorne.

„Lasst uns trinken. Kostenloses Bier ist kostenloses Bier!", sagte Omrak weise.

Kapitel 2

„Freund Daniel, würdest du diesen armen Helden vor einem schändlichen Tod bewahren?", rief Omrak und stolperte in den Frühstücksraum in der Gildenhalle. Daniel saß mit einem großen Frühstücksteller da und schmunzelte, als sein blonder Freund neben ihm Platz nahm, der nach dem Überdruss nicht mehr ganz so fit aussah.

„Ich sollte dich leiden lassen", murmelte Daniel, aber als sein Freund ihn mitleidig angrinste, gluckste er und berührte seinen Freund mit der Hand. Ein leichter Stoß mit seiner Gabe, ein paar kurze Sekunden seiner Erinnerungen, und er brachte den Körper seines Freundes auf den richtigen Weg. „Geh. Trink Wasser, viel davon. Und iss auch gut."

Omrak stolperte bereits davon, weil er die Routine kannte.

„Töricht. Nicht gut unterrichtet."

Daniel zuckte zusammen und drehte sich um, um seine älteste Freundin anzustarren. Sie grinste zurück und setzte sich mit ihrem großen Teller voller Würstchen, Hackfleisch und Speck hin, ohne einen Laut von sich zu geben. Die Catkin sah zufrieden aus, nickte aber zu Omrak, der gerade seinen Teller anrichtete, als der Heiler eine Augenbraue hob.

„Er ist noch jung. Er wird über die Trinkerphase hinwegkommen", rechtfertigte Daniel seine Entscheidung gegenüber seinem Freund. „Er wurde auch besser, davor, weißt du."

„Prinz." Kein Hohn, kein Tonfall, nicht einmal in den Worten der Catkin.

Daniel wusste, wie sie sich fühlte, aber Asin war klug genug, ihre Meinung nicht zu äußern. Als Beastkin in einer Hauptstadt, in der hauptsächlich die Adligen auf ihre Art herabblickten, war sie vorsichtig, um nicht aus der Reihe zu tanzen. Die Tatsache, dass sie eine Beastkin in der Gruppe des Prinzen war, hatte ihr bereits eine Zielscheibe auf den Rücken gelegt, die sie mit Daniel und Omrak teilte, indem sie sich in ihrer Nähe aufhielt. Sie verschwand nicht mehr allein, zumindest nicht die meiste Zeit. Menschen, die sich mit den „hochnäsigen" Beastkin anlegen wollten, gab es leider nur allzu oft.

„Ja", seufzte Daniel. „Ich schätze, wir sind heute allein." Die Catkin nickte. „Wieder Training?"

Asin schüttelte den Kopf und kramte kurz in ihrer Tunika. Sie holte einen Zettel heraus und gab ihn bei Wu Ying ab, der ihn aufhob und durchlas.

„Hm. Und das ist heute?", sagte Daniel.

Ein weiteres Nicken.

„Es wäre eine schöne Abwechslung..."

„Was wäre das, Freund Daniel?", grummelte Omrak. Dann entdeckte er das Stück Pergament in Daniels Hand und zog es ihm aus der Hand, nachdem er seinen Teller zur Seite gestellt hatte. Er starrte vor sich hin und murmelte beim Lesen jedes Wort, bevor er selbstgefällig aufblickte und sein hart trainiertes Skill unter Beweis stellte. „Eine Aufgabe!"

„Ein Auftrag", korrigierte Daniel. „Es wird dreckig und eng sein und wir werden nicht viel zum Kämpfen finden. Vielleicht sogar gar nichts."

„Minimum."

„Genau, Freundin Asin. Es gibt eine garantierte Bezahlung", sagte Omrak um einen Bissen Brot und Wurst herum. Er schluckte den Bissen hinunter und nahm noch einen Bissen, bevor er fortfuhr. „Wir brauchen das Geld auf jeden Fall. Und wer weiß, vielleicht haben wir ja Glück. Es wäre an der Zeit für eine Veränderung!"

„Omrak, Manieren, bitte", sagte Daniel und korrigierte seinen Freund leise.

„Die Vizegildemeisterin ist nicht hier. Ich darf essen, wie ich will. All diese Adligen und ihr – urkkk!" Omrak kam stotternd zum Stehen, als sein Ohr von hinten gepackt und verdreht wurde. Er streckte und richtete sich halb auf, als sein Angreifer ihn hochhievte.

„Oh, aber ich bin doch hier, Abenteurer Omrak", murmelte Lady Marshall, die stellvertretende Gildenmeisterin der Seven-Stones-Gilde, und beugte sich hinunter, um dem Nordländer leise ins Ohr zu murmeln. „Und du hast versprochen, dass du üben wirst. Nimmt der mutige Sohn von Losin nun sein Wort zurück?"

„Nein, verehrte Dame!", keuchte Omrak und rollte wütend mit den Augen. Daniel und Asin verbargen ein kleines Grinsen, denn sie wussten, dass der Nordländer sich das selbst zuzuschreiben hatte. Sie hatten alle Lektionen in Etikette erhalten, seit sie mit dem Prinzen zusammen waren, aber nur Omrak hatte sich mit solcher Vehemenz dagegen gewehrt. Es schien ihn auf irgendeiner inneren Ebene zu beleidigen, die Manieren des Adels in Brad. „Aber ich habe nur versprochen, zu üben, nicht die ganze Zeit."

„Gut, ich denke, das sollten wir ändern, oder?" Wieder drückte und drehte sie, als Omrak ihre Frage nicht beantworten wollte.

„Jaaaaa!", sagte Omrak und war erleichtert, als sie sein Ohr losließ.

Als er sich mit einem dumpfen Schlag wieder hinsetzte und sich das Ohr rieb, blickte Lady Marshall das Trio an. „Ihr drei habt am meisten zu verlieren. Ja, sogar du, Daniel. Wenn nicht, könnten deine Freunde entführt werden. Wir haben es dir schon oft gesagt. Ihr werdet beobachtet. Verhaltet euch auch so."

Das Trio schnitt gleichzeitig Grimassen und murmelte dann Worte der Zustimmung und des Eingeständnisses. Nachdem sie ihre Reue zum Ausdruck gebracht hatten, hob Lady Marshall eine Hand, um sie zum Schweigen zu bringen. Sie machte ein paar Gesten und ein leichter Druck erfüllte die Luft um sie herum, der Daniel dazu zwang, seine Ohren zu spitzen. Er wusste inzwischen, dass dies das Zeichen für eine übereilte Sichtschutzbarriere war.

„Ich habe Gerüchte gehört, dass ihr drei mit der Geschwindigkeit eurer Fortschritte unzufrieden seid?"

„Er trainiert einfach nicht genug", sagte Daniel leise. „Wir müssen unsere Ausflüge immer wieder abbrechen, weil er einfach nicht auf uns hören und bei uns bleiben will. Es ist... frustrierend."

„Schlecht", fügte Asin hinzu. Lady Marshall starrte die Catkin an, bis sie sich widerwillig gezwungen sah, etwas zu sagen. „Wenig Münzen."

„Wir suchen nicht viel, aber Ruhm. Und in seiner Gegenwart finden wir nicht einmal das, verehrte Lady", fügte Omrak hinzu.

„Erstens habe ich dir gesagt, dass wir Abenteurer sind. Wir jagen nicht nach Ruhm, sondern nach Geld", sagte Lady Marshall und richtete einen Finger auf Omrak. Der Nordländer wich vor dem Finger zurück, bevor sie sich an die anderen beiden wandte. „Was dich betrifft, Daniel – nur, weil du und deine Freunde schon immer Trainingsverrückte waren, heißt das nicht, dass alle anderen das auch sind. Die meisten Abenteurer gehen nicht jeden Tag oder jeden zweiten Tag in den Dungeon und verbringen den Rest ihrer

Zeit außerhalb des Dungeons mit Training. Die meisten entscheiden sich für ein Leben." Als Daniel zu argumentieren begann, sprach sie weiter und überging seine Worte. „Und die Zeit, die man sich nimmt, um in örtlichen Hospizen und Kliniken zu arbeiten, wird nicht als Pause gezählt. Akzeptiere, dass der Prinz ein eher typischer Abenteurer ist. Er wird trainieren, er wird Fortschritte machen – sonst hätte sein Vater nie akzeptiert, dass er überhaupt Abenteurer wird –, aber er wird nicht deinem Zeitplan folgen. Er hat berechtigterweise andere wichtige Aufgaben zu erfüllen."

Daniel schnitt eine Grimasse, aber schließlich nickte er zustimmend. Zumindest was ihre Worte anging, wenn auch nicht die Realität. Das könnte länger dauern.

„Was dich betrifft", Lady Marshall hielt inne, als sie sich Asin zuwandte, und lächelte dann, „da hast du recht. Die Stadt ist teuer, und auch wenn wir für deinen Aufenthalt in der Gilde aufkommen, ist die Abenteuertour teuer. Und einen Prinzen in eurer Mitte zu haben, sollte einige Vorteile mit sich bringen. Wir haben nur eine Weile gebraucht, um uns zu einigen."

Eine Hand griff in ihr Gewand, und drei Münzbeutel landeten auf dem Tisch. Asin schnappte sich den ersten und öffnete ihn, bevor ihre Augen, die normalerweise katzenartig und groß sind, noch weiter aufgerissen wurden und ihr ein komisches, liebenswertes Gesicht verliehen.

Daniel beobachtete die Reaktion seiner Freundin eine Sekunde lang und genoss sie, bevor auch er den Inhalt des Beutels überprüfte. Nur um festzustellen, dass er ihre Reaktion nachahmte.

„Das sind Platinmünzen", flüsterte Daniel.

„Ja. Ein monatliches Stipendium." Seine Kinnlade fiel herunter, bevor Lady Marshall fortfuhr. „Außerdem haben wir uns bereit erklärt, jedem von euch Zugang zur Waffenkammer der Gilde zu gewähren, damit ihr euch auf unsere Kosten ein einzelnes Stück beschaffen könnt. Im angemessenen Rahmen versteht sich."

„Wir alle?", sagte Omrak ungläubig.

„Nur ihr drei. Diejenigen, denen die Verbindungen fehlen..., um die Differenz in der Ausrüstung auszugleichen", sagte Lady Marshall. „Das ist unser eigener Beitrag."

Die drei grinsten und teilten einen Moment der Freude, obwohl Daniel sich ein wenig schuldig fühlte. Nur ein bisschen. Er wusste, dass die anderen – mit Ausnahme von Charles – durch die Ankunft des Prinzen weitere Vorteile für ihre Häuser hatten und somit weiteren Zugang zu den Waffenarsenalen ihrer Häuser erhielten. Sogar Charles hatte neue Ausrüstung erhalten, da sich seine eigene Rolle erweitert hatte. Und Daniel hatte gesehen, dass der Mann in letzter Zeit bessere und neue Tuniken trug, was wahrscheinlich auf eine Erhöhung seines Grundgehalts zurückzuführen war.

„Wann können wir sie bekommen?", sagte Daniel.

„Hmm... In ein paar Tagen. Die Öffnung der Waffenkammer ist ein aufwändiger Prozess, also musst du dich noch etwas gedulden", sagte Lady Marshall. „Ihr werdet vorher informiert, sobald wir es sicher wissen." Erneut nickte die Gruppe. „Eine letzte Sache noch."

Eine Hand hob sich, diesmal mit einer filigranen Halskette aus Gold und Silber, in deren verschlungenes Geflecht Runen geätzt waren, die Smaragde und Rubine und einen einzelnen großen Manastein umschlossen. Es war ein wunderschönes und sehr feminines Stück, weshalb Daniel überrascht war, als die Frau es ihm entgegenstreckte.

„Was...?"

„Das ist für dich zum Tragen", sagte Lady Marshall. „Es stammt aus der königlichen Schatzkammer und ist ein Artefakt von großer Macht."

Das Trio erstarrte bei dem Wort „Artefakt" und keiner von ihnen wagte es, auch nur zu atmen, als sie es anstarrten. Artefakte unterschieden sich von normaler verzauberter Ausrüstung so sehr wie eine Kupfermünze von Platin. Es gab keinen wirklichen Vergleich, und nur wenige Artefakte wurden in jedem Jahrhundert geschaffen. Die meisten wurden von verrückten und begabten Handwerkern hergestellt, die ihr Leben lang Meisterwerke schufen.

„Was kann es?", fragte Daniel, der sich immer noch nicht traute, es zu berühren.

„Es hilft, die Kosten für deine Gabe zu senken", sagte Lady Marshall. „Und bevor du fragst: Wir sind uns nicht ganz sicher, wie. Das Artefakt wurde seit Jahrhunderten nicht mehr hervorgeholt, und die Aufzeichnungen über seine genaue Funktionsweise sind stark verwittert und unsicher. Wir hoffen, dass du uns Genaueres berichten wirst."

Daniel schluckte und nahm das Artefakt entgegen. Auch wenn er die Verantwortung für den Besitz eines solchen Gegenstandes fürchtete, würde er das Geschenk nicht ablehnen. Oder Bestechung, je nachdem, wie man es sah. Schließlich war der Preis, den er bezahlte, viel zu hoch, denn jedes Mal, wenn er es benutzte, wurde ihm ein Teil seines Lebens gestohlen.

Als er die Halskette umlegte und unter sein Hemd schob, spürte er, wie eine Welle der Macht in seinen Körper eindrang und sich das Artefakt mit seiner Aura und ihm selbst verband. Irgendwie wusste er, dass es sich jetzt nicht mehr lösen würde, es sei denn, er würde es wollen.

„So, das war alles, was ich mit dir zu besprechen hatte. Gibt es sonst noch etwas, das du mit mir besprechen möchtest?", fragte Lady Marshall mit einem Tonfall, der ihnen zu verstehen gab, dass das besser nicht der Fall sein sollte. Die Gruppe schüttelte verneinend den Kopf und die stellvertretende Gildenmeisterin schritt hinüber und verschwand kurz darauf durch die Tür.

Die Gruppe wurde still, bevor Asin mit einer langen Klaue auf den Tisch klopfte, um ihre Aufmerksamkeit zu erregen. Als sie sie hatte, war sie kurz und bündig wie immer.

„Quest spät."

Eilig aßen die beiden, die noch Essen auf ihren Tellern hatten, auf den Hinweis hin. Neuer Reichtum hin oder her, sie – Asin – hatten der Aufgabe zugestimmt. Würden sie sie nicht erfüllen, würden sie von der Abenteurergilde bestraft werden. Und nichts, nicht einmal ein königlicher Erlass, würde ihren Ruf retten, wenn sie zu viele Quests nicht bestanden.

Wie auch immer, Geld war nicht der einzige Grund, warum die drei ein Abenteuer erlebten.

***

„Das erinnert mich so sehr an Karlak", sagte Daniel, als er die Höhlen entlang schlich.
Die ganze Erkundung erinnerte ihn an seine Zeit im Anfänger-Dungeon.
Zuerst waren sie in Warmount durch künstliche Gänge in die Festung

hinabgestiegen und tief in das Innere der Festung eingetaucht, die auf dem Berg selbst errichtet worden war. Nachdem sie die künstlichen Gänge hinter sich gelassen hatten, betraten sie die natürlichen Steinhöhlen, kämpften sich durch enge Ecken und kletterten enge Gänge hoch.

„Ja. Vertraut", sagte Asin und ihre Stimme hallte durch den Tunnel. Dann fügte sie hinzu: „Pst!"

Daniel wollte glucksen, hielt sich aber zurück. Er wusste, dass jedes Geräusch, das sie machten, selbst das leise Murmeln, das er anfangs benutzt hatte, in den Tunneln widerhallen würde. Aber der Sinn des Tunnels war es, Monster und vor allem Sapper zu finden.

Eine der größten Bedrohungen für die Meisterklasse in Warmount, der tief verschanzte Dungeon mit mehreren Questlinien, in dem sie sich befanden, war die Gefahr durch Sapper. Regelmäßige Durchsuchungen der unteren Ebenen, um diese generierten Angreifer zu finden und zu töten, waren eine Notwendigkeit. Natürlich war es für die meisten Abenteurer nicht die erste Wahl, auf engem Raum zu kämpfen – der Mangel an Unterstützung und die veränderten Kampftechniken, die man dafür benötigte, waren für die meisten ungewohnt.

Das machte sie perfekt für Karlak-Absolventen wie Daniel und sein Team. Da es aufgrund des ausgedehnten Höhlensystems unter dem Berg schwierig war, solche Sapper zu finden, gab es natürlich auch einen Mindestbetrag, der von den Gilden, die versuchten, die jüngste Ausgabe der Meisterklasse zu „gewinnen", zusammengelegt und ausgezahlt wurde.

Schweigend bahnte sich die Gruppe nun ihren Weg durch die Höhlen, nur noch mit leichterer Rüstung bekleidet und weniger Waffen. Daniel hatte seinen Schild verstaut, einen kleineren Faustschild in der Hand und seinen Hammer an seiner Seite. Omrak, der nur seine eng gegürtete, verzauberte Rüstung aus weichem Leder trug, hatte sein Großschwert verstaut und schwang die beiden verzauberten Beile, die er bei sich trug. Die Waffen waren leicht zu benutzen, um diejenigen, die sich ihm näherten, zu bewerfen oder zu zerschneiden, und waren eine bevorzugte Lösung für den großen Nordländer. Nur Asin hatte darauf verzichtet, ihre Ausrüstung zu wechseln, da sie schon immer eine leichte Rüstung trug und mit ihren Messern arbeitete.

Es war schon fast am Ende des Tages, als die Gruppe endlich auf die ersten Anzeichen ihrer Beute stieß. Es war nicht ihr erster Kampf – der Dungeon brachte tief in den Höhlen kleinere Dungeonmonster wie Kobolde, verzauberte Felsenkäfer und giftige Raupen hervor, aber nichts davon war ein wirkliches Problem für die erfahrene Gruppe.

Die Patrouille der Korrigan und der einzelne Grendel, der sie begleitete, waren jedoch eine andere Sache. Die Korrigan waren kleine, zwergenähnliche Kreaturen, die nur knapp über einen Meter groß und schlank gebaut waren. Daniel wusste jedoch aus Berichten, dass sie ungewöhnlich stark waren und dass sich in ihren übergroßen Kiefern scharfe, kräftige Zähne verbargen, mit denen sie Rüstungen zermalmen konnten. Wenn ein Korrigan einen einmal mit ihrem Maul gepackt haben, ist es schwierig, ihn wieder loszuwerden. Die meisten Abenteurer mussten das tun, nachdem sie die hartnäckigen, pupillenlosen Kreaturen getötet hatten.

Der Grendel war so groß, wie die Korrigan klein waren. Die Kreatur, die sogar Omrak in den Schatten stellte, war zwei Meter vierzig groß, bestehend aus Muskelsträngen und schleimiger Haut. Seine Anwesenheit hier unten war ein Pech für das Team, und auch wenn es auf den ersten Blick so aussah, als würde seine Größe nicht in eine so enge Umgebung passen, kannten diese Menschen nicht die seltsame Fähigkeit der Grendel, ihre Körper zu verformen und sich durch die kleinsten Öffnungen zu zwängen. Solange sein Kopf hineinpasste, konnte sich das Monster hindurchwinden.

Asin entdeckte die Gruppe als Erste und gab dem Team ein Zeichen zum Anhalten. Dann informierte sie die beiden Wartenden mit einer Reihe von Handzeichen über das, was sie gesehen hatte. Sie drehte den Kopf, um ihre Freunde zu sehen, und setzte das Gespräch fort.

„*Plan?*", gestikulierte sie.

„*Groß. Meins*", erwiderte Omrak schnell und ein fröhliches Lächeln spaltete sein Gesicht.

Daniel rollte ein wenig mit den Augen, aber dann fuhr er mit einer Hand an seiner Rüstung entlang. Er holte eine kleine Glaskugel hervor, ein ähnliches Gerät wie das, das ihr altes Zauberer-Mitglied Rob benutzt hatte, und zeigte es den anderen mit einer fragend hochgezogenen Augenbraue.

Die anderen nickten und Daniel fügte noch ein paar weitere kurze Kommandos hinzu. *„Die Kugel zuerst. Drei zählen. Asin und ich, Korrigan. Gruppe abziehen. Omrak, nach dem Abzug.“*

Nachdem die beiden die einfachen Befehle bestätigt hatten, setzte das Trio den Plan in die Tat um. Es gab keine lange Planungssitzung, zum einen, weil das Team schon so lange zusammenarbeitete, dass sie ihren Platz im Kampf kannten, und zum anderen, weil sie fürchteten, entdeckt zu werden. Allzu oft würden solche Patrouillen weiterziehen, und ein versehentlicher Unfall könnte sie leicht auf ihre Anwesenheit aufmerksam machen. Ganz zu schweigen von möglichen anderen Tragödien wie einer zweiten Patrouille oder dem Auftauchen eines umherstreifenden Monsters.

Nein, schneller war besser. Deshalb trainierten sie sowieso vorher, draußen in den Gildenhallen, damit sie verstanden, was sie zu tun hatten. Wenn sie den Prinzen jetzt nur überzeugen könnten, mehr Zeit zu investieren und die Formationen einzuhalten.

Daniel schüttelte heftig den Kopf, vertrieb die Gedanken und beendete den stillen Countdown. Er trat zur Seite und wurde kurz sichtbar, als er die Kugel heimlich nach den Monstern warf. Einer der Korrigans entdeckte ihn und begann, eine Warnung zu schreien, doch Asins geworfenes Messer blieb in seinem Hals stecken und unterbrach ihn.

Die anderen Monster bemerkten das Problem dennoch, aber das gab ihnen genug Zeit. Zeit für das Team, sich um die Ecke des Ganges zu ducken, damit die Kugel auf dem Boden aufschlägt und zerbricht und die darin enthaltene Energie freigesetzt wird.

Eine Kombination aus Kreischen und Lichtspiel brach aus und betäubte die Monster in der Kammer. Daniel hatte eine zweite Kugel, die Ziele mit einem klebrigen Netz überzog, das er von einem anderen Dungeon-Monster in der Nähe stammte, aber das hier war besser geeignet. Der Grendel war zu groß, um gefangen zu werden, und das Team wollte die Korrigans weglocken.

Nach dem ersten Schrei stürmte Daniel mit seinem kleinen Faustschild in der Hand und einem harten Hammer auf den Gegner zu. Er zertrümmerte einen Kopf und hinterließ einen beträchtlichen Abdruck. Beim

Rückschwung stieß er die Spitze seines Hammers in einen erhobenen Arm, um den Gegner aus dem Gleichgewicht zu bringen.

Wurfmesser, glühend vor Kraft und in vervielfachter Menge, überschütteten die gefangenen Monster. Asin verbrauchte ihre Ausdauer, um **Messerfächer** in schneller Folge einzusetzen, und Daniel folgte ihrem Beispiel, indem er **Perrins Schlag** einsetzte, um ein Monster in ein anderes zu befördern, bevor er sich zurückzog.

Die Korrigan erholten sich bereits und stürzten sich auf ihn, um den Abenteurer zurückzudrängen. Ein paar von ihnen bewegten sich auf Asin zu, um sich der Catkin zu nähern, während der Grendel brüllte und durchstoßen wollte, um die anderen beiden anzugreifen, aber er blieb hinter seinen Freunden stecken.

Als die Abenteurer sich durch die kleine Höhle zurückzogen, in der sich die Patrouille befand, lenkten sie die Aufmerksamkeit der Gruppe von ihrem ursprünglichen Startpunkt weg. Leider ignorierte das ungeduldige größere Monster das Warten auf seine Freunde und warf stattdessen seine eigenen Verbündeten beiseite, als es vorwärtsdrängte.

„Ba'als Gunst", fluchte Daniel. Er fing einen schwungvollen Schlag des großen Monsters auf seinem Schild ab, dessen scharfe Krallen die Vorderseite des Schilds zerfetzten und ihn nach hinten taumeln ließen. Das Ungeheuer war riesig und hatte eine gewaltige Kraft. Während er sich erholte, gelang es einem der Korrigan, sich anzuschleichen, ihn mit der Klinge, die er benutzte, zu stechen und sie blutig wegzuziehen.

Bevor der Rest der Monster aus der Aktion Kapital schlagen konnte, schlug Omrak hinter ihm zu. Er entschied sich für seinen neuen Angriff **Großer Wurf**, der mehrere Ziele auf einmal traf. Ohne sein Großschwert war der Angriff weniger effektiv, da es den Nordländer in eine Doppelschleuder verwandelte, aber er konnte einen Korrigan töten und den Grendel verletzen.

Zu Daniels Pech, aber der Grendel schien nicht daran interessiert zu sein, sein Ziel zu wechseln, selbst wenn er von hinten getroffen wurde. Er griff Daniel weiter an und schwang bei jedem Schlag seine Arme nach dem Abenteurer. Anstatt den Schaden einfach hinzunehmen, der zum Teil von seiner eigenen **Heilenden Aura** geheilt wurde, aktivierte Daniel gelegentlich sein Skill **Fehlerfreies Ausweichen** und schaffte es so, den Angriffen nur um wenige Zentimeter auszuweichen. Dadurch war er immer in der Lage zu kontern, obwohl er dieses Skill meistens gegen die Korrigan einsetzte, die versuchten, ihn zu flankieren.

Ein **Schildschlag** schickte einen Korrigan nach hinten und ließ Daniel Platz, um zur Seite, statt nach hinten zu treten. Ein wichtiger Schritt, da er schnell auf das Ende der Höhle zuging. Mit dem Rücken an einer Wand gefangen zu sein, war gegen zahlreiche und schwache Gegner in Ordnung, aber gegen den Grendel war es ein Rezept für eine Katastrophe.

Hektische Momente vergingen, während Asin und Omrak den Korrigan-Trupp ausschalteten, bis die beiden sich dem verbleibenden Grendel zuwenden konnten. Zu diesem Zeitpunkt schmerzte Daniels Arm, seine Schulter und sogar seine Brust waren von den wiederholten Schlägen geprellt, von denen einige seinen Schild bis in seinen eigenen Körper gedrückt hatten. Aber er hatte es geschafft, durchzuhalten, und das war alles, was die beiden benötigten.

Mit einem **eindringenden Sprunghieb** konnte Asin eine Klinge direkt hinter dem Schädel platzieren, wodurch der Grendel taumelte und lebensgefährlich verletzt wurde. Als er auf die Füße sank, ließ Omrak einen blitzgeladenen **Donnerschlag** mit seiner Axt los, der die Klinge der Axt durch die Rippen trieb und das Herz der Kreatur erschütterte.

Der Grendel brach zusammen, zuckend und gefühllos. Eine schnelle Reihe von Schlägen bereitete ihm sein Ende und ließ das Team als einzige Überlebende in der Arena zurück, während die Manasteine auf dem schlecht beleuchteten Boden glitzerten.

„Das hätte besser laufen können", sagte Daniel, während er sich an die Höhlenwand lehnte und seine Schildhand an seiner Seite herunterhängen ließ.

„Ach, du bist zu bescheiden. Wir sind am Leben, und unsere Feinde liegen glitzernd vor uns. Freu dich, Freund Daniel!", sagte Omrak.

So sehr Omrak ihre Fähigkeiten auch lobte, Daniel bemerkte, wie der große Nordländer näher kam und seine **Heilende Aura** nutzte, um die wenigen Wunden zu schließen, die er sich zugezogen hatte. Asin, die schlauer und geiziger war, hatte sie in Ruhe gelassen und nach den Manasteinen gegriffen, weil sie wusste, dass Daniels Aura sie sowieso erwischen würde.

„Wenn wir das jetzt nur mit dem Rest des Teams wiederholen könnten."

Dazu hatte selbst der positive Omrak nichts zu sagen.

Kapitel 3

Sechs Stunden später kroch eine Gruppe von sehr müden Abenteurern aus den Tiefen von Warmount. Zweimal waren sie auf Gruppen von Monster-Sappern gestoßen, die versuchten, dieselben Kammern zu unterwandern und aufzusteigen, die das Team benutzt hatte. Wäre die labyrinthische Struktur der Höhlen unter ihnen nicht gewesen, wären sie aufgetaucht, nachdem sie sich hinein getunnelt hatten, aber so waren viele gefangen und irrten im Kreis.

Das Team hatte nicht nur solche Monster gefunden und bekämpft, sondern auch insgesamt drei neue Routen gefunden. Eine davon konnte Daniel dank seiner Erfahrung im Bergbau mit ein paar strategischen Schlägen auf die Stützbalken zerstören. Die anderen beiden markierte die Gruppe einfach auf ihren Karten, da sie wusste, dass später spezialisierte Teams geschickt werden würden, um sie zu beseitigen.

Ihr Aufstieg und die Strecke, die das Team zurücklegte, waren deutlich schneller als die meisten anderen; Daniels **Kartografie-(II)**-Skill bot der Gruppe unvergleichliche Kartierungsfähigkeiten, selbst tief unter der Erde. Der Heiler musste zugeben, dass er zwar nicht der beste Kämpfer war, aber sein Nutzen als Heiler und ehemaliger Bergmann waren von großem Vorteil für das Team. Zumindest in einer Situation wie dieser.

Er bezweifelte, dass irgendetwas davon zum Beispiel beim Patrouillieren der Mauern nützlich sein würde.

„Sehr schön. Ich schwöre, ihr Karlak-Absolventen seid die Besten in diesen Dingen. Das muss wohl an den vielen Tunneln liegen", sagte die grinsende, bärtige Zwergin und schaute auf die Karte, die sie von Daniels eigener abgezogen hatte, um alle Informationen zu überprüfen. Neben ihr lagen auch die Manasteine, die das Team erworben hatte, als Beweis für die Monster, die sie bekämpft hatten. „Also gut, ich habe eure Geschichte bestätigt. Jetzt könnt ihr die Steine an uns oder an die Gilde verkaufen. Wir geben euch einen kleinen Bonus, wenn ihr sie an uns verkauft, zum Beispiel ein zusätzliches Silber für die großen Steine."

„Illegal", sagte Asin.

„Bah!", sagte Jude, beugte sich nach vorne und senkte ihre Stimme. „Was sie nicht wissen, kann ihnen nicht schaden, oder? Und wir können es gebrauchen."

Daniel runzelte die Stirn und schaute sich in dem spartanischen Büro um. Der Verkauf von Manasteinen innerhalb des Dungeons war zwar eigentlich illegal, aber eine Grauzone. Man musste Manasteine beim Verlassen des Dungeons an die Abenteurergilde verkaufen, wenn man sie nicht für persönliche Zwecke verwendete – eine Ausnahme für Zauberer und Hexenmeister –, aber sie hatten den Dungeon nicht verlassen. Es war also sicher eine Grauzone. Dennoch...

„Ooo, du gehörst zu den Gutmenschen, was?", sagte Jude und rümpfte ihre Knollennase. „Ich mag solche Leute eigentlich nicht."

„Auch ich bin mir über meine Gefühle für dich unsicher, Heldin Jude", grummelte Omrak und verschränkte die Arme vor der breiten Brust.

Daniel hob eine Hand, um seinen Freund zu beruhigen. Er schaute zu Asin hinüber, die Catkin verstand, was er meinte, und begann sofort, die Manasteine einzusammeln und aufzubewahren. Während sie das tat, erregte Daniel Judes Aufmerksamkeit.

„Ich würde uns nicht so nennen, aber wir haben unsere Gründe, die Dinge geradezurücken", sagte Daniel leise. Er musste sich eingestehen, dass die Lektion, die Lady Marshall ihnen eingebläut hatte, dass das gesamte Team unter besonderer Beobachtung steht, sich bemerkbar machte. „Also, unser Lohn..."

„Bring das einfach zu unserer Gilde." Jude drückte Daniel ein kleines zusammengerolltes Stück Papier in die Hand.

Verärgert nahm sich Daniel ein paar Sekunden mehr Zeit, um das Papier auszurollen und zu überprüfen, ob alles richtig war, bevor er Jude wieder ein strahlendes Lächeln schenkte. „Ich danke dir sehr. Besuch uns doch mal wieder. Wir Karlak-Absolventen lieben es, Löcher zu graben und in ihnen zu versinken."

Daniel bemerkte, wie sich ihre Augen verengten, als er zu Ende sprach, aber er wartete nicht auf ihren Protest, als er sich umdrehte und davoneilte. Soll sie doch darüber nachdenken. Sie hatten Münzen einzusammeln und ein langes Bad wartete auf sie.

***

Später in der Nacht, nachdem sie gebadet und den angesammelten Schweiß, das Blut und den Moschus von ihren Körpern gewaschen hatten, ein reichhaltiges Abendessen eingenommen und die Münzen geteilt hatten, lag Daniel in seinem winzigen Zimmer in der Gilde. Es bestand nur aus einem Einzelbett, einem Tisch, einer Truhe und einem Rüstungsständer, aber das war mehr als genug. Es war allerdings nicht so, dass er viele Waren zu lagern hatte.

„Siebenundachtzig Platin…“, murmelte Daniel vor sich hin. Er fing wirklich an, einen anständigen Betrag anzuhäufen. Obwohl er lieber im Hospiz und in den freien Kliniken arbeitete, hatten diese Besuche deutlich abgenommen. Zwischen seinen Pflichten in der Gilde, dem Unterricht mit Lady Marshall in Etikette und Politik, den Lektionen zum Erlernen neuer Heilzauber, dem regulären Abenteuertraining und den Erkundungen war seine Freizeit deutlich knapper geworden. Dennoch fanden Lady Nyssa und Lady Marshall immer noch Wege, ein paar Besuche von Adligen und wohlhabenden Kaufleuten einzuschieben, die seine besondere Gabe benötigten.

In den meisten Fällen hätte er sie abgelehnt. Aber viele dieser Leiden konnten nicht mit normalen Zaubersprüchen geheilt werden – oder erforderten die extrem begrenzte Zeit der Großmeisterheiler. Und Reiche wie Arme haben es verdient, von Schmerzen und anhaltendem Leid befreit zu werden.

Es war hilfreich, dass sie später eine beträchtliche Zahlung leisteten, von der Daniel einen Teil dazu verwendete, neue Heiler zu unterstützen, sowohl aus den Slums als auch, um seinen Platz einzunehmen, wenn er nicht konnte. In gewisser Weise, so musste der Abenteurer zugeben, hatte er wahrscheinlich mehr davon, wenn er einfach nur Geld auf das Problem warf, als wenn er selbst ging.

Schließlich konnte er nach einer einzigen Heilung oft mehrere Menschen monatelang unterstützen. Menschen, die dann ihre eigenen Skills weiterentwickeln, stärker werden und schließlich sogar komplexere Krankheiten und Verletzungen bekämpfen konnten.

Wenn er jetzt nur sein schlechtes Gewissen loswerden könnte, weil er selbst nicht dabei war.

Er zwang seinen Geist, sich von den alten Gedanken zu lösen und konzentrierte sich stattdessen auf seinen nächsten Schritt: sein letztes Aufleveln.

Aufgelevelt!
Abenteurer Level 29
Du hast 5 Attributspunkte und 1 Skillfertigkeit gewonnen.

So langsam sie auch vorankamen, so sehr wünschte sich Daniel, dass sie aufleveln würden. Es half ihm, dass er seine Gabe nicht mehr so oft einsetzte wie früher. Seine mächtigeren Zauber und die **Heilende Aura** halfen dabei, kleinere Probleme zu beheben, und die bessere Qualität ihrer Ausrüstung bedeutete, dass es auch weniger Verletzungen gab. Das bedeutete, dass er ausnahmsweise mal nicht langsamer vorankam als sein Team – nun ja, nicht viel –, was eine willkommene Abwechslung war.

Mit dem neuen Aufleveln musste Daniel wieder einmal überlegen, wie er seine Attribute und Skills ausbalancieren wollte. Seine Skills waren im Großen und Ganzen einfach genug. Er hatte schon seit einiger Zeit vor, seine **Heilende Aura** zu verbessern, und mit einem stärkeren Team an der Front, das seine Anwesenheit weniger benötigte, würde die Verbesserung der **Aura** es ihm ermöglichen, sowohl den Kämpfern an der Front als auch denen an der Basis gleichzeitig zu helfen. Selbst, wenn zum Beispiel jemand ausbricht, würde die Verbesserung auch seine Reichweite erhöhen.

Dadurch wurde Daniel jedoch weiter von seiner Rolle an der Front entfernt, aber der Abenteurer musste zugeben, dass ein Teil von ihm damit einverstanden war. Er hatte weder Omraks Blutrausch noch das Verlangen nach weiterem Ruhm. Er genoss die Herausforderung, nicht den Schmerz.

Außerdem war die **Heilende Aura** als Upgrade für seine Skills eine ausgezeichnete Wahl, da er von Heiler Rotfield ständig trainiert werden würde. Dies würde sowohl seine weltlichen als auch seine magischen Skills verbessern und ihm neue Zaubersprüche geben, die er anwenden konnte. Auch wenn seine Gabe es ihm erlaubte, größere Verletzungen zu heilen, war es immer noch besser, zuerst Mana einzusetzen. Dem hatte auch der König zugestimmt, weshalb der Unterricht sofort beginnen sollte.

Wie die meisten Dinge war auch das Erlernen eines neuen Heilzaubers noch Monate entfernt, aber er konnte die Fortschritte sehen, die er machte. Es wäre hilfreich gewesen, wenn der Heiler ihn öfter gesehen hätte und ihn nicht auf die Lehrlinge abgewälzt hätte, aber wenn man bedenkt, dass Daniel die Geheimnisse des Heilers umsonst lernte, wollte er sich nicht beschweren.

Das bedeutete, dass es klug war, bei der Wahl seiner Attribute Punkte in Intelligenz und Willenskraft zu investieren, die ihm beim Lernen und Regenerieren von Mana helfen würden. Die Auswirkungen der beiden Attribute waren natürlich subtil, aber deutlich. Von der Fähigkeit, Konzepte schneller zu verstehen, bis hin zu einem stärkeren Willen und einer geringeren Anfälligkeit von Furchteinflüssen wurden alle Aspekte gut erfasst.

Natürlich spielten auch die angeborenen Fähigkeiten eine Rolle. Diese Eigenschaften entwickelten den Menschen und halfen, Schwächen auszugleichen, aber ohne Hunderte von Punkten konnten sie die grundlegenden Probleme nicht ändern. Ein von Natur aus schwacher Mensch oder jemand, der unterernährt aufgewachsen ist, wird immer schwächer und weniger gesund sein als ein kräftiger Bauer oder ein wohlgenährter Adliger.

Eigenschaften waren Erlis' Art, diejenigen zu belohnen, die sich bemühten, besser zu werden. Oder, wie sein Großvater zu sagen pflegte: Man kann einen Felsen zerhacken und eine schöne Jadeskulptur daraus machen – aber wenn der Felsen von Anfang an Kalkstein war, sollte man ihn besser nicht im Fluss liegen lassen.

In diesem Zusammenhang musste Daniel natürlich zugeben, dass er von Anfang an eine gute Basis hatte. Das bedeutete, dass ihm ein paar Punkte für Intelligenz und Willenskraft beim Lernen und bei der Mana-Regeneration halfen. Aber ein bisschen Glück konnte nie schaden.

Er steckte jeweils zwei Punkte in die ersten beiden und den restlichen Punkt in Glück und rief seinen Status ab, nachdem er sein neues Upgrade für die **Heilende Aura** bestätigt hatte.

Name: Daniel Chai (Fortgeschrittener Rang Abenteurer)	Rasse: Mensch (männlich)

Klasse: Abenteurer Level 29 (11,6 %)	Unterklassen: Level 6 (Bergmann) (0,3 %)
Leben: 429	Ausdauer: 429
Mana: 324	
Attribute	
Kraft: 43	Beweglichkeit: 37
Verfassung: 48	Intelligenz: 43
Willenskraft: 37	Glück: 23
Skills	
Waffenloser Kampf (Novize): Level 5 (197/100)	Keulen (Qualifiziert): Level 7 (38/100)
Bogenschießen: Level 7 (47/100)	Schutzschild (Qualifiziert): Level 4 (21/100)
Ausweichen (Qualifiziert): Level 1 (16/100)	Kampfsinn (Qualifiziert): Level 9 (02/100)
Wahrnehmung (Qualifiziert): Level 1 (03/100)	Bergbau: Level 3 (09/100)
Heilen (Qualifiziert): Level 8 (88/100)	Kräuterkunde: Level 8 (67/100)
List: Level 3 (63/100)	Kochen: Level 5 (18/100)
Singen: Level 2 (01/100)	Taktik (Novize): Level 5 (78/100)
Schwere Rüstung (Novize): Level 2 (78/100)	Politik: Level 8 (98/100)
Sinnesmotiv: Level 5 (72/100)	Führung: Level 9 (14/100)
Skillfertigkeiten	
Doppelschlag (III)	Schildschlag
Perins Schlag	Schwachstellen finden (II)
Kartografie (II)	Inventar (Abenteurer Spezial)
Persönliche Rüstung (I)	Heilende Aura (II)
Makelloses Ausweichen	
Zaubersprüche	

Kleine Heilung (II)	Zeichen des Heilers (II)
Reinigen (Toxine) (I)	Reinigen (Krankheit) (I)
Heilen: Mittlere Wunden (I)	Behandeln: Kleinere Wunden
Gaben	
Berührung des Märtyrers – Der Zaubernde kann sich selbst oder andere durch Berührung und Konzentration heilen und opfert dafür einen Teil seines Lebens. Die Kosten variieren je nach Ausmaß der geheilten Verletzungen.	

Was seine neue **Heilende Aura (II)** anging, so war der Zuwachs an Regeneration und Reichweite zwar nett, aber sie hatte sich nicht zu etwas Großem entwickelt. Nicht, dass er das erwartet hätte, noch nicht. Dennoch bedeutete es, dass seine Anwesenheit in der Gildenhalle weiterhin allen zugutekam. Auch, wenn er sich ausruhte.

Eine der populärsten Geschichten handelte von einem bestimmten heilenden Weisen, der sich auf einer abgelegenen Insel zur Ruhe gesetzt hatte. Seine **Heilende Aura** war so stark, dass die nahe gelegenen Dörfer und die Fische selbst aufblühten und die lokale Wirtschaft einen kleinen Aufschwung erfuhr. Natürlich nur, bis er Jahrzehnte später schließlich starb.

Zufrieden mit seinen Entscheidungen wischte Daniel den Statusbildschirm beiseite und schloss die Augen. Heute war ein anständiger Tag gewesen. Als ihm die Augen zufielen, schimmerte der Ring der Erfahrung an seinem Finger und ließ Erinnerungen an die Ereignisse des Tages in seinen schlafenden Geist einfließen, um die Lektionen, die er an diesem Tag gelernt hatte, zu verstärken. Und wenn sein Schlaf nicht ganz so perfekt war, dann war das nur ein weiterer Kompromiss, den er einging, um seine Gabe nutzbar zu halten.

Kapitel 4

„Es tut mir leid, ich habe die Namen des Lords und der Lady vergessen“, sagte Daniel und starrte den korpulenten Mann vor ihm an. Neben ihm saß seine dünnere Frau auf einer Couch, zu der er gleich nach dem Eintreten geführt worden war. Ihr Gesicht war blass und fahl, während der Ausschlag auf beiden Wangen wie ein Paar ausgebreitete Schmetterlingsflügel hell brannte.

„Wie kannst du es wagen! Wir wurden dir vor einem Monat auf dem Ball von Lord Oniani vorgestellt. Wie kannst du vergessen, wer wir sind?“, sagte der Mann mit vor Wut geweiteten Augen.

„Liebling...“ Die Stimme seiner Frau war leiser und voller Vorsicht.

„Nein! Ein Bauer wie er sollte wissen, wo sein Platz ist“, sagte der Mann und stampfte fast mit dem Fuß auf. Lady Marshall, die an der Tür des Wohnzimmers stand, in dem sich die Gruppe traf, runzelte die Stirn. Sie starrte Daniel an, der ihr ein kleines Kopfschütteln zuwarf, obwohl er seine aufsteigende Verärgerung herunterschlucken musste. Das war das Letzte, womit er sich zu Beginn des Morgens beschäftigen wollte, aber er hatte es Lady Marshall versprochen.

„Mein Lord, Sie haben es vielleicht vergessen, aber meine Gabe hat einen Preis“, sagte Daniel mit ruhiger, strenger Stimme. „Ich kann mir nicht aussuchen, welche Erinnerungen mir genommen werden, wenn ich meine Kräfte einsetze. Manchmal passieren solche Umstände.“

Der Lord hielt inne und zögerte bei Daniels Entschuldigung. Er starrte zwischen Daniel und Lady Marshall hin und her, die sanft eintrat.

„Und ich hätte daran denken sollen, dich erneut vorzustellen. Das ist mein Fehler, und ich hoffe, der Lord und die Lady Rinelt werden mir verzeihen“, sagte sie sanft.

„Gut, wenn es an deiner Gabe liegt...“ Lord Rinelt verstummte. „Du solltest dich trotzdem beeilen. Wir haben Besseres zu tun, als so früh aufzustehen. Im Ernst, du solltest günstigere Zeiten haben.“

„Natürlich“, murmelte Lady Marshall. Sie trat vor, legte eine Hand auf Lord Rinelts Arm und führte ihn zur Seite, während sie mit leiser Stimme murmelte. „Warum besprechen wir nicht einen besseren Zeitpunkt für eure zukünftigen Besuche, während wir sie in Ruhe sprechen lassen?“

„Zukünftige Besuche, ich dachte...“

Daniel blendete die Worte aus, nahm neben Lady Rinelt Platz und rückte den Stuhl näher heran. Er schenkte der Frau ein sanftes Lächeln und bekam eines zurück. Ein eher trauriges Lächeln.

„Du kannst mich nicht heilen, oder?", sagte Lady Rinelt leise.

„Nein, nicht ganz. Ich kann die Symptome lindern, aber...", Daniel seufzte, „Sie sind schon die zweite Patientin, die hierherkommt, deshalb wusste die Lady Marshall es besser."

Lady Rinelt nickte, dann wandte sie sich kurz ab. Ihre Finger zappelten, bevor sie ein Taschentuch vor ihr Gesicht hielt und sich die Seiten abwischte. Daniel wandte sich ab und wartete, bis sie sich wieder gefasst hatte, bevor er fortfuhr.

„Es gibt bestimmte Arten von Krankheiten, bei denen sogar meine Gabe..." Daniel runzelte die Stirn und suchte nach dem richtigen Wort. „Unzureichend ist. Es verlangt zu viel von mir."

„Weißt du, was es ist, das ich habe? Warum ich so leide?", sagte Lady Rinelt. „An manchen Tagen, an den meisten Tagen, geht es mir gut. Und dann..." Sie winkt vor ihrem Gesicht her. „Und schlimmer."

„Ich weiß es nicht. Nicht ganz", sagte Daniel und runzelte die Stirn. „Es gibt eine Reihe von Krankheiten in der Lehre, die ähnlich sind, aber ich vermute – ich habe das Gefühl –, dass sie alle ähnlich sind. Es ist, als ob sich der Körper gegen sich selbst wendet, als ob er sich selbst schadet." Er drehte seine Hand zur Seite. „Wenn ich meine Gabe einsetze, richte ich diese Signale nur neu aus. Dann erledigt ein einfacher Heilzauber den Rest. Aber was auch immer die Signale durcheinander bringt, es wird zurückkommen."

Lady Rinelt senkte enttäuscht den Kopf. Schließlich sprach sie leise. „Was sollen wir tun?"

Daniel schaute zu Lady Marshall, die sich um den überfürsorglichen und selbstgefälligen Lord Rinelt kümmerte und ihm erklärte, was Daniel tat, bevor er sie wieder ansah. „Wenn Sie mir Ihre Hand geben, kann ich den Rest erledigen."

Ein kleines Lächeln, eine zaghafte Hand, die ihm angeboten wurde. Daniel nahm die weiche, glatte Haut in seine und begann, seine Gabe durch sie zu schicken.

Und auf dem Weg dorthin spürte er, wie etwas verschwand. Er erhaschte einen flüchtigen Blick darauf, während er seinen Körper zwang, ihren zu heilen: eine Erinnerung an ein gemeinsames Gespräch, ein Lachen. Ein Faustkampf, bei dem er Blut spuckte,... ein Monster, das an seinem Bein riss.

Dann war es weg. Genau wie ihr Leiden.

***

„Ich gebe nicht gerne Rabatte", sagte Lady Marshall und sah Daniel an, als sie die beiden, von denen Lady Rinelt viel gesünder und lebendiger aussah, mit ihrer Kutsche abfahren sahen.

„Ich habe sie nicht geheilt", sagte Daniel leise.

„Das kann niemand", antwortete Lady Marshall. „Nicht einmal Heiler Rotfield ist in der Lage, etwas zu tun, und er hat eines der höchsten Level im Land."

„Ich kann es", gab Daniel zu. „Aber ich denke – nein, ich weiß –, der Preis wäre zu hoch." Lady Marshall hob eine Augenbraue und wartete ab, ob er weiter erklären würde. Schließlich tat Daniel es. „Ein Jahr, vielleicht mehr."

„So viel?"

„Mindestens." Daniel schüttelte den Kopf. „Was auch immer sie plagt, es ist etwas, das mit ihrem Körper verbunden ist. Um es wirklich zu heilen, müsste ich ihren Körper heilen."

„Und für jetzt?"

„Ich habe einen Damm in ihren Körper gesetzt, eine Veränderung. Es kann Wochen, Monate oder sogar Jahre dauern, bis sie wieder einen Anfall hat. Aber sie wird einen haben."

Lady Marshall nickte, die ältere Frau schürzte ihre Lippen. „Wenn du mir eine ausführlichere Liste solcher Krankheiten gibst oder worauf ich achten muss, kann ich sicherstellen, dass ich Anfragen von solchen Personen ablehnen kann, wenn du es wünschst. Oder dir zumindest die Symptome vorher mitteilen."

„Das wäre hilfreich", sagte Daniel und schüttelte die Melancholie von sich ab. „Ich werde dir die Liste anfertigen. Und... Ich würde sie gerne weiterhin sehen. Wenn sie mich sehen wollen, obwohl ich sie nicht vollständig heilen kann."

„Das lässt sich einrichten", sagte Lady Marshall. „Allerdings verstehe ich nicht, warum man einige von ihnen leicht heilen kann, wie die mit dem schwindenden Durst, und andere mit der gleichen Krankheit ständig behandelt werden müssen."

Daniel runzelte die Stirn und überlegte, wie er das Problem erklären sollte. „Manchmal sind die Symptome zwar die gleichen, aber die Ursachen sind unterschiedlich. Und manchmal sind die Ursachen dieselben, aber die Symptome sind unterschiedlich, wie bei der Lady Rinelt." Daniel zuckte mit den Schultern. „Es gibt noch so viel zu lernen, und manchmal denke ich, dass wir mit den Zaubersprüchen, die wir benutzen, viel übersehen."

Lady Marshall nickte langsam. „Gut, ich bleibe bei den Zaubersprüchen. Das ist kompliziert genug für mich." Mit einer Handbewegung wandte sie sich von den Türen ab und ging hinein, während Daniel auf die belebte Morgenstraße starrte, wo Abenteurer und Zivilisten vorbeikamen.

Er schüttelte kurz den Kopf, schloss die Tür und schlüpfte hinein. Wenn er frühstücken wollte, bevor sie heute mit dem Training begannen, musste er sich beeilen. Und Heilung machte ihn immer etwas hungrig.

***

Der königliche Gardist tauchte ohne Vorwarnung vor Daniel auf und schien sich von seiner Position an der Außenseite der zerbrochenen Schildmauer fast zu teleportieren. Prinz Roland hatte sich während des Zusammenstoßes nach vorne bewegt und war beim Versuch, einen Schlag zu landen, ein paar Schritte von der Spitze der Reihe weggezogen. Er hatte gerade genug Platz, um eine Lücke für den sich schnell bewegenden Gardisten zu schaffen.

Daniel zuckte zurück, wehrte den Schlag reflexartig mit seinem Schild ab und wurde durch den **Schweren Schlag** auf die Beine gezwungen. Omrak drehte sich ein wenig, abgelenkt durch das Auftauchen eines Feindes in seiner Flanke, eine Ablenkung, für die ihn der Gardist, der mit ihm kämpfte, bestrafte, indem er seine stumpfe Klinge tief in die Rippen des Nordländers stieß. Dem Nordländer stockte der Atem, als er die Verbeugung nutzte, um den Gardisten mit dem Knauf zu schlagen.

Oder zumindest versuchte er es. Der Gardist konnte den Angriff leicht parieren und ausweichen, wurde aber zumindest zurückgedrängt. In der Zwischenzeit hatte Daniel wenig Zeit, sich um den Rest des Kampfes zu kümmern – eine gefährliche Situation für einen Heiler. Sein Gegner schien sich damit zufriedenzugeben, seine Verteidigung zu untergraben und zwang den Abenteurer, sich unter seinem verschwitzten Helm aufzupassen, anstatt zu riskieren, dass er umkippte oder zu hart getroffen wurde.

Das verbleibende Team von fünf Gardisten nahm seine eigene Gruppe auseinander, trennte jeden Einzelnen von den anderen, und schlug das Team in einer kurzen halben Minute nieder als ihre Formation auseinanderbrach. Der Einzige, der sich im Einzelkampf gegen die Gardisten behaupten konnte – und das auch nur, weil sie sich zurückhielten – war Johan selbst. Aber als ein zweiter Gardist hinzukam, fiel sogar der talentierte Waffenmeister.

Daniel war der Letzte, der noch stand, denn die Gardisten achteten darauf, den wertvollen Heiler nicht zu verletzen, und ließen ihn auf die Spitze zweier Schwerter starren. Daniel warf die Hände hoch und trat zurück. Als seine Niederlage anerkannt wurde, sackte er zu Boden.

„Formation!" Asin, die mit einem geprellten Oberschenkel zum Prinzen hinüberhumpelte, knurrte ihn an. Sie gab ein wütendes Schnauben von sich, ließ ihren Schwanz hinter sich peitschen und ignorierte die bösen Blicke, die ihr zugeworfen wurden. „Links."

„Es tut mir leid, Lady Asin", sagte Roland, zog seinen Helm ab und rieb sich mit einer Hand den verschwitzten Kopf. Er nahm sein Schwert wieder in die Hand, legte die Übungswaffe in die Scheide und verzog das Gesicht. „Ich habe vergessen, dass ich nicht meine normale Waffe benutze und ohne den **Eilschub** nicht rechtzeitig zurückkommen kann."

„Du solltest die Formation überhaupt nicht brechen", knurrte Omrak und verzog sein Gesicht zu einer schmerzverzerrten Fratze. Seine Atmung kam etwas kurz, und Daniel vermutete, dass seine Rippen geprellt waren. Die Gardisten mussten Omrak härter schlagen als den Rest von ihnen, um den großen Nordländer zu verlangsamen. Zum Glück wusste Daniel, dass seine Aura auch jetzt damit beschäftigt war, seinen Freund zu heilen.

Dennoch... nach einem kurzen Blick auf das Team gab Daniel dem großen Mann das **Zeichen eines Heilers** und erhielt ein dankbares Nicken.

„Stimmt, stimmt", sagte Roland und verzog das Gesicht. „Nächstes Mal mache ich es richtig."

„Das hast du schon mal gesagt", grummelte Omrak.

„Ich weiß!", schnaubte Roland. „Wenn ihr alle einfach..."

„Wir ändern unsere Taktik nicht, nur, damit du jedes Mal die Speerspitze bist, Roland", sagte Daniel leise und unterbrach den Prinzen. Er ignorierte die Blicke, die ihm die Gardisten zuwarfen, und die verschiedenen Zuschauer der Gilde, die alle neugierig darauf waren, den Prinzen und sein Team auf dem Trainingsgelände der Seven-Stones-Gilde trainieren zu sehen. Er ignorierte sogar die Art und Weise, wie Johan zusammenzuckte und sich in sich selbst zurückzog, da er sich bei dieser Interaktion sehr unwohl fühlte.

„Ich meine ja nur..."

„Du hast die beste Ausrüstung und bist darauf ausgerichtet, ich weiß", sagte Daniel, wobei seine Irritation die Oberhand gewann. Drei Stunden später waren sie von den Gardisten jedes Mal besiegt worden. Das war zu erwarten – die Gardisten waren alle in den 70er-Leveln, was sie zur Elite der Elite macht. Andererseits sollten sie zumindest in der Lage sein, sie länger in Schach zu halten. „Aber nicht in jedem Kampf geht es darum, ein Bossmonster zu zerlegen oder mit ein paar großen Monstern fertig zu werden. Was ist, wenn wir von kleineren Monstern umschwärmt werden? Was ist, wenn wir von vorne und hinten angegriffen werden? Was ist, wenn es eine Lavagrube mit Hitzeschloten ist und wir nicht zu dir gelangen können? Und wenn du stirbst, sterben wir alle!"

„Das wird nicht passieren", protestierte Roland.

„Glaubst du, dein Vater ist sehr verständnisvoll, wenn wir dich verlieren?", sagte Daniel und zeigte auf Asin. „Mit einer Beastkin?" Der Finger bewegte sich. „Oder mit einem Nordländer, der eigentlich gar nicht zu seinem Volk gehört? Vielleicht überlebe ich, aber Erlis weiß, dass ich mich nie wieder in Gefahr begeben darf. Das bedeutet, dass ich mit meiner Gabe nur einen viel langsameren, kaputteren und verwirrteren Tod erleiden würde."

Rolands Gesicht verblasste und die Abenteurer um ihn herum begannen, sich davonzuschleichen. Es half, dass die königlichen Gardisten die Menge auseinander trieben.

„Du tust so, als wäre das ein Spiel, aber es geht um unser Leben. Du sagst, du würdest lernen, aber alles, was du tust, ist, dasselbe verdammte Ding noch einmal zu machen, weil du das hier nicht ernst nimmst. Denkst du, wir wollen tagein, tagaus die gleichen langweiligen Levels machen? Glaubst du, ich – wir – sind Abenteurer geworden, nur um Tag für Tag das Gleiche zu wiederholen?", schimpfte Daniel und fuchtelte mit Streitkolben und Schild herum. So wütend er auch war, er war sich bewusst, dass er das in der Nähe des Prinzen nicht tun sollte, aber das zwang ihn dazu, seine Stimme zu erheben, damit er gehört wurde. Aber das machte ihm nichts aus.

„Aber…"

„Wie auch immer!", sagte Daniel, drehte sich auf dem Absatz um und schlenderte davon.

„Wo gehst du hin?", sagte Lady Nyssa.

„WEG!", schrie Daniel die Adlige an, woraufhin sie zusammenzuckte und sich zurückzog. Charles ließ seine Hand auf sein Messer fallen, die einzige nicht stumpfe Waffe, die er in der Hand hielt, und Daniel warf dem Leibwächter einen finsteren Blick zu, bevor er sowohl den Übungsschild als auch den Hammer zur Seite warf und die Arena verließ.

Er hinterließ eine Menge fassungsloser Gruppenmitglieder.

„Aber ich versuche es doch", sagte Roland leise.

Asin, die die Gruppe beobachtete, stieß ein amüsiertes Schnauben aus und schlich sich davon, um ihrem Freund hinterherzueilen. Es war ziemlich offensichtlich, dass sie heute nicht mehr trainieren würden.

***

„Wütend."

Asin fand Daniel auf den Straßen von Warmount, wo er unbekümmert durch die Gegend stapfte. Eine ziemlich schlechte Wahl, wenn man bedenkt, dass er schon einmal angegriffen worden war. Allerdings hatte das in letzter Zeit niemand mehr versucht. Doch das Ausmaß an Idiotie, zu dem die

Narren fähig waren, war unergründlich, weshalb es keiner seiner Freunde zuließ, dass Daniel allein herumlief.

Es half auch, dass Asin wusste, dass er wahrscheinlich Dampf ablassen musste.

„Wie auch immer. Ich bin nicht auf ein Gespräch aus", sagte Daniel.

„*Gut*", antwortete Asin auf Beastkin, denn sie wusste, dass der Abenteurer zumindest dieses Wort kannte. Es tat viel weniger weh, in Beastkin zu sprechen als in normaler Sprache, denn die Worte ließen sich in ihrer Kehle leichter formen. Die **Heilende Aura**, die Daniel versprüht hatte, hatte ihr geholfen und ihr das Sprechen erleichtert. Es tat zwar immer noch weh, aber der Schmerz, der sich durch die Verformung ihres Kehlkopfes aufgebaut hatte, schien deutlich nachgelassen zu haben. Noch hatte sie es ihnen nicht gesagt. Wenn sie es getan hätte, würden sie wahrscheinlich wollen, dass sie sich mehr an den Gesprächen beteiligt.

Die beiden gingen schweigend weiter, schritten durch die Straßen und kamen an den zahlreichen Bürgern der Stadt vorbei, die ihrem Tag nachgingen. Verkäufer am Straßenrand mischten sich mit Bauern und Tagelöhnern, Dienern, die hin und her huschten, und gelegentlich einer Hausfrau. Nur wenige Familien hatten den Luxus, ihren Frauen zu erlauben, von zu Hause aus zu arbeiten; die meisten, die es taten, nahmen Nebenjobs wie Wäscherinnen oder Kindermädchen für andere belastete Familien an.

Auch wenn die Klassen die Arbeit erleichterten und den Prozess der Arbeitserledigung vereinfachten, musste die große Bevölkerung, die mächtige Bauern und Bäuerinnen ernähren konnten, immer noch ihren Lebensunterhalt verdienen. Bei einer so großen Bevölkerung war in Warmount alles, von Lebensmitteln über Kleidung bis hin zu Wohnraum, sehr teuer, weshalb die Menschen oft in kleinere Grenzstädte abwanderten.

Das bedeutete auch, dass Leute wie Asin und Daniel in ihrer feineren Kleidung und mit ihren Waffen ein auffälliger Anblick waren. Mehr als nur ein Zivilist beäugte die beiden, einige mit Neid, andere mit Abscheu vor der geselligen Art, mit der sich die beiden bewegten und mit der sie Beastkin und Mensch ohne Bedenken mischten.

Trotzdem wagte es niemand, sie zu belästigen. Abenteurer waren nicht nur viel besser für eine harte Konfrontation geeignet als der durchschnittliche Zivilist, Abenteurer waren auch eine der größten Triebfedern der Wirtschaft. Die Manasteine, die sie zusammen mit den Materialien aus dem Dungeon mitbrachten, sorgten für eine robuste Wirtschaft, die vor allem auf ihre Bedürfnisse ausgerichtet war.

Tavernen und Gasthöfe, die nur für Abenteurer zugänglich sind, Bekleidungsgeschäfte, verzauberte Ausrüstungsgegenstände und ja, sogar Geselligkeit gehörten zum täglichen Leben in Warmount. Doch Daniels Vorbeigehen war auch aus einem anderen Grund bemerkenswert – die **Heilende Aura**, die er ausstrahlte. Kleine Wehwehchen verschwanden, als er vorbeiging, und schon bald folgten ihm ein paar klügere Streuner. Zwei Katzen, ein tieffliegender Rabe und ein großer, räudiger Hund.

Asin drehte sich um und fauchte den Hund an, der ihnen folgte, aber anstatt wegzulaufen, legte der Streuner nur die Ohren an und knurrte, während sein Schwanz gerade hinter ihm aufragte.

„Lass ihn in Ruhe", sagte Daniel. „Er tut niemandem weh."

„*Achtung!* „

Daniel hielt inne und überlegte sich das Wort, bevor er langsam nickte und sich zur Seite drehte. „Ah. Stimmt... Ich sollte, aber..." Er verstummte, unsicher, was er wollte. Das war in seinem Leben ziemlich häufig der Fall. Er heilte gerne Menschen, aber die **Aura** erregte offensichtlich Aufmerksamkeit. Mehr, als es ein Abenteurerpaar es tun würde.

Als er ein schwingendes Tavernenschild erblickte und die gekreuzten Keulen und Schwerter darunter bemerkte, bedeutete er Asin, ihm zu folgen. Es war ihm aufgefallen, dass Warmount sich dafür entschieden hatte, ein Trend, von dem er gehört hatte, dass er sich langsam auch in anderen Städten durchsetzte. Ein kleines Zeichen dafür, dass Abenteurer willkommen waren. Natürlich verlangten solche Lokale auch mehr Geld, aber dafür hatten sie in der Regel höher eingestufte Gastwirte und Köche und qualitativ bessere Zutaten. Außerdem – und das ist in diesem Fall besonders wichtig – wurde darauf geachtet, dass niemand gestört wurde.

Die beiden schlenderten hinein und nach einem kurzen, zwiespältigen Gesichtsausdruck des Gastwirts, als er Asin entdeckte, wurde ihnen ein Platz an der Außenwand zugewiesen. Daniel hatte um den Platz gebeten, weil er wusste, dass seine Aura dadurch zum Vorschein kommen würde, sodass die

Tiere und alle anderen in der Nähe davon profitieren könnten. Da er aber nicht am Fenster saß, brauchte er diejenigen, denen er half, weder zu sehen noch mit ihnen zu sprechen.

Als die Getränke und das Mittagessen des Tages – es war zwar schon später Nachmittag, aber es köchelte noch im Eintopf – geliefert wurden, sagte Asin noch ein Wort. „Wütend."

„Das bin ich. Es ist nur...", seufzte Daniel. „Ich will einfach weiterforschen. Ich will neue Dungeons sehen, ich will vorankommen. Und zwischen den Adligen und ihm habe ich das Gefühl, dass ich feststecke."

„Aufleveln. Gestern", betonte Asin.

„Das ist das erste Mal seit... wie lange?" Daniel schüttelte den Kopf. „Und wie weit bist du jetzt? Fünfunddreißig? Sechsunddreißig?" Ein Nicken. „Omrak hat mich sogar überholt."

„Preis."

„Das sagen alle, aber warum muss ich das bezahlen? Ich wollte es nie. Ich will nur... Abenteuer erleben. Monster bekämpfen, dem Land auf diese Weise dienen. Sehen, welche neuen Dungeons es gibt, mich ausprobieren und weitermachen. Sogar..." Er unterbrach sich.

Eine hochgezogene Augenbraue, bevor Asin einen Löffel des Eintopfs in ihren Mund steckte. Sie kaute kurz und schluckte dann, bevor sie nach einem Beutel an ihrer Seite griff und eine Handvoll Paprika herausholte, um sie in den Eintopf zu werfen. Sie hob eine Augenbraue zu Daniel, der nickte und eine kleine Prise zu seiner nahm. Nachdem sie beide ihr Essen nach Belieben gewürzt hatten – was dem Wirt einen bösen Blick entlockte – setzten sie ihr Gespräch fort.

„Ich will weg von Brad. Neue Dungeons sehen, die Welt sehen. Aber... jetzt...", seufzte Daniel.

„Gefangen."

„Ja." Ein weiterer Bissen, ein weiteres Kauen. Er hob das Bier auf, schluckte das Getränk und stöhnte überrascht und anerkennend.

„Einverstanden", sagte Asin und hob ihren eigenen Becher auf.

„Das war ich. Ich dachte, wir hätten keine andere Wahl." Daniel rieb sich den Nacken, bevor er hinzufügte. „Ich hätte auch nicht gedacht, dass es so sein würde."

Eine einzelne Augenbraue hob sich fragend.

„Ich dachte, wir würden mehr Ressourcen bekommen und uns mehr durch Dungeons arbeiten. Vielleicht wird es ihm nach einer Weile langweilig", sagte Daniel. „Oder er ist fertig. Und wir würden weitermachen. Aber seit Monaten sitzen wir fest. Und es ist ihm egal und das tut weh."

„*Wehtun?*", sagte Asin und drehte die Ohren nach unten.

„Dass er einfach...", seufzte Daniel und lehnte sich zurück. „Ich wollte das schon so lange, und er schwingt sich einfach rein und macht es, ohne sich darum zu scheren. Und ich meine, andere machen das auch. Nicht jeder nimmt das Geschäft wirklich ernst. Aber die meisten hören schon als Anfänger auf."

Asin nickte und erinnerte sich nur zu gut daran. Das war auch der Grund, warum die beiden so lange allein gewesen waren, bevor sie sich schließlich zusammentaten. Nicht viele hatten den Antrieb, den die beiden hatten. Selbst Omrak, so nah sie sich jetzt auch standen, war kein Lebenskünstler. Nicht so, wie sie es wahrscheinlich werden würden. Er hatte Pläne, Träume von einem Leben danach.

Keiner von beiden hatte darüber gesprochen, aber das war ihr Leben. Alles, was sie sich gewünscht hatten, war in dem, was sie jetzt taten, enthalten. Und vielleicht war das töricht, vielleicht war es gefährlich und anfällig für Enttäuschungen, wenn sie sich schließlich zur Ruhe setzen mussten.

Aber sie waren noch jung, und das war es, was sie wollten.

„Es tut mir leid", sagte Daniel, winkte mit der Hand und merkte, dass er zwischen seinen Schimpftiraden irgendwie seinen Eintopf aufgegessen hatte. „Ich habe gesagt, ich würde mich nicht beschweren, aber..."

Asin zuckte mit einer dünnen Schulter, ein kleines Lächeln auf dem Gesicht. Dann winkte sie Daniel mit ihren großen, jadefarbenen Augen, zu ihr zu kommen. Sie erhob sich von ihrem Stuhl, öffnete das hölzerne Fenster mit den Fensterläden einen Spalt und winkte den Mann zu sich heran. Als er den Kopf aus dem Fenster steckte, bot sich ihm ein Anblick, der ihn ein wenig lächeln ließ.

Katzen, Hunde und Bettler drückten sich alle an den Rand des Gebäudes und sonnten sich in der verstärkten **Heilende Aura**, die Daniel jetzt unbewusst ausstrahlte. Sie machten sich die Magie zunutze, während ihre Wunden langsam heilten und alte Schmerzen verschwanden.

Dann, zu Daniels Überraschung, winkte Asin den Gastwirt ab. Mit großen Gesten und ein paar gut platzierten Worten sowie der Übergabe von ein paar Münzen kaufte die Catkin den Rest des Eintopfs, der übrig gebliebenen Knochen und Reste und das alte Brot für die draußen.

Inmitten des Aufruhrs, den der Abgang des Gastwirts und seines Helfers verursachte, schlichen sich die beiden lachend nach hinten hinaus. Dabei schaltete Daniel seine **Heilende Aura ab**. Aufsehen zu erregen war genug. Außerdem würde er damit im Hospiz genauso viel Gutes tun, wie wenn er sie beim Gehen lässig verteilen würde.

Kapitel 5

Es hatte Vorteile, der einzige begabte Heiler im Königreich zu sein. Unter anderem wurde sein emotionaler Ausbruch, der bei fast jedem anderen zu Problemen geführt hätte, vertuscht. Das Training am nächsten Tag verlief gut; der Prinz schien sich sogar mehr darauf zu konzentrieren, im Team zu bleiben und seine Position zu halten als je zuvor. Er brach zwar immer noch gelegentlich aus der Formation aus, aber das Wort *gelegentlich* konnte jetzt mit absoluter Präzision verwendet werden.

Während einer Pause kam Lady Nyssa auf Daniel zu und stellte sich ihm gegenüber, während sie sich von dem Prinzen und seinen Leibwächtern abwandte. Sie sprach mit leiser Stimme, während sie die Wasserflasche, die sie in den Händen hielt, als Entschuldigung hochhielt.

„Weißt du, nachdem du weg warst, ist er geblieben. Den ganzen Tag lang hat er mit seinen Männern geübt."

„Hat er das?", sagte Daniel erstaunt.

„Das hat er. Prinz Roland sieht vielleicht nicht so aus, aber er nimmt die Sache ernst. Er ist nur..." Lady Nyssa hielt inne und legte den Kopf schief, um aus ihrer ledernen Wasserflasche zu schlürfen. „Er ist einfach nicht an dich gewöhnt. Wir haben auch eine Weile gebraucht, um uns an das Tempo deines Teams zu gewöhnen, falls du dich erinnerst."

„Nur ein bisschen. Und wir mussten uns auf dich einstellen", sagte Daniel und erinnerte sich an die Trainingseinheiten, die sie abhalten mussten, als sie ein halbes Dutzend neue Mitglieder ins Team aufnahmen. „Eine echte Magierin hinzuzufügen war interessant."

„Aber du hast nicht viel für ihn getan", sagte Lady Nyssa leise.

„Doch, das haben wir!"

Eine einzelne hochgezogene Augenbraue traf auf Daniels automatischen Protest.

„Gut. Wir könnten ihn mehr gebrauchen, aber wenn wir ihn ausbrechen lassen..."

„Er bricht sowieso raus", erklärte Lady Nyssa praktisch. „Prinz Roland hat gute Instinkte. Etwas aggressiv, aber seine Instinkte sind gut. Gegen die meisten Ungeheuer sind sie die richtigen. Wir müssen nur in der Lage sein, ihn zu unterstützen, wenn es an der Zeit *ist*, dass er ausbricht."

„Und die haben wir nicht."

Die Adlige lächelte ein wenig, nahm noch einen Schluck und ging dann davon. Sie ließ Daniel zurück, um über die Frage nachzudenken.

Als die Gruppe zum Trainingsgelände zurückkehrte, um sich für ein weiteres Aufeinandertreffen mit den königlichen Gardisten vorzubereiten, hob Daniel die Hand und bedeutete dem Team, sich zu versammeln.

„Okay, Roland hält die Stellung viel besser. Das ist toll, aber ich habe es langsam satt, geschlagen zu werden", sagte Daniel und senkte seine Stimme. „Also, lass uns beim nächsten Kampf etwas anderes machen."

Omrak grinste wild über die Worte des Heilers, während Roland sich ein wenig aufplusterte.

„Plan?", sagte Asin.

„Ausscheren und Gefangennehmen. Ich will, dass wir eine der Wachen vom Rest abtrennen und weglocken, damit wir ihn niederschlagen und ausschalten können. Dann wiederholen wir das", sagte Daniel. „Allein können wir sie nicht besiegen, aber zusammen haben wir eine Chance."

„Ich könnte...", begann Johan, aber Daniel unterbrach ihn.

„Nein, wir brauchen dich, damit du dich frei bewegen kannst. Ich nehme an, dass wir dich brauchen, um sie abzuschneiden, falls nötig."

„Wie?", sagte Charles.

„Ich denke da an Folgendes...", sagte Daniel und senkte seine Stimme weiter, während er dem anderen Team verstohlene Blicke zuwarf.

***

Der Kampf hatte begonnen und ging in gewohnter Manier weiter. Omrak hatte den Angriff angeführt und das große Großschwert in weiten Schwüngen eingesetzt, um zwei der königlichen Wachen in Schach zu halten. Roland und Johan hatten sich ein wenig abgespalten und nahmen es mit jeweils zwei weiteren Gardisten auf, während der Rest des Teams ein Auge auf die schwebende vierte Wache hatte, die oft die Wahl hatte, wann sie auftauchte und ihre Formation durchbrach. Asin und Charles konzentrierten sich vor allem auf Rolands Wache und halfen ihm, mit dem viel höherleveligen Mann fertig zu werden, während sie Johan das Duell allein überließen. Sie hatten schon einmal versucht, ihm zu helfen, aber dann hatten sich die Gardisten einfach gegen Omrak gewandt, um ihn schneller zu erledigen. Diese Taktik, bei der Daniel über sie alle wachte und Lady Nyssa einen mächtigen K.O.-Zauber vorbereitete, war bis jetzt die beste.

Daran war nichts Ungewöhnliches. Auch die Tatsache, dass die Wache ihre Angriffe und ihr Tempo drosselte, um dem Team eine Chance zu geben, war nicht ungewöhnlich. Genauso wenig wie die Tatsache, dass Roland einen Schritt zu weit ging, als er weggeführt wurde, und so eine kleine Lücke hinterließ, die von keinem Mitglied des Teams abgedeckt wurde.

Ungewöhnlich war die Art und Weise, wie Omrak seine Angriffe beschleunigte und die beiden anderen Wachen, gegen die er kämpfte, für ein paar wertvolle Sekunden abwehrte. Sogar Johan beschleunigte seine eigenen Angriffe, indem er einen **Klingenwirbel** auslöste, um seinen eigenen Gegner zurückzudrängen. Dies war der Beginn einer neuen Taktik, die helfen sollte, die Lücke zu schließen, die durch Rolands Bewegung entstanden war, eine offensichtliche Neuerung. Für die eigentliche Lücke tat es nichts, aber dafür war ja Asins **Messerfächer** gedacht, der die Luft füllte.

„Komm wieder her!", rief Daniel wütend.

Zu spät. Denn während die durch die Luft fliegenden Messer jeden anderen Kämpfer gestoppt hätten, waren die königlichen Gardisten nicht nur Elitesoldaten, sondern die Elite der Elitesoldaten. Der vierte wartende Gardist stürmte nach vorne, durchbrach die fliegenden Messer mit nur wenigen Millimetern Vorsprung und tauchte in der Mitte der Gruppe auf.

Charles und Daniel eilten ihm entgegen, schwangen ihre Waffen und bedrängten den Wachmann, bevor er ein Problem verursachen konnte. Aber Omrak war jetzt allein, ebenso wie Roland, und jetzt würden sie normalerweise auseinanderfallen.

Aber Roland zog sich zurück und schlüpfte wieder in die Position, die er vor kurzem verlassen hatte. Mehr noch, Omrak verkürzte seine Angriffe und ging in eine engere Verteidigungsform über, während Roland und Johan den Rückstand aufholten und gemeinsam die vier Gardisten abblockten. Anstatt mit zwei verschiedenen Gardisten fertig zu werden, standen die drei nun vier Gegnern gegenüber. Trotzdem wären sie überwältigt worden, wenn nicht ein plötzlicher Energieschub das Team umgeben hätte, als Roland ein Skill auslöste.

Die **Königliche Aura** war ein mächtiges Skill, die nur Königen vorbehalten war. Es war ein weitreichendes Aura-Skill, das alles von Stärke über Geschwindigkeit bis hin zu Skills verbesserte. Die gesamte Gruppe bewegte sich besser, schlug härter zu und in Lady Nyssas Fall wurde ihr Zauber schneller fertiggestellt.

„Ich komme!" Ihre gebellte Warnung genügte den beiden, um zur Seite zu rutschen und ihre Kugel an ihnen vorbeifliegen zu lassen.

Die Wache versuchte auszuweichen, aber in diesem Moment setzte Charles ein neues Skill ein, das er selten benutzte. In den Schlägereien, die sie austrugen, war es viel weniger nützlich, denn **Hindern** war eher ein lähmender Schlag. Er schwächte die Ausdauer, zehrte an der Energie und machte die betroffene Person für einen kurzen Moment unbeholfen. Je stärker der Betroffene war, desto kürzer dauerte es, und in diesem Fall würde er kaum eine Sekunde durchhalten.

Eine Sekunde war genug.

Die heulende Kugel traf die Wache und erwischte sie in einer wirbelnden Klangkugel, die den Kiefer rüttelte und das Trommelfell zerschmetterte. Als sich die Kugel auflöste, erschien Asin wie von Zauberhand und schwang ihren Messerknauf nach unten. Anstatt auf den Spalt zwischen Helm und Halskrause zu zielen, schlug sie mit dem Rücken ihres Messers auf den Mann ein. Ihre Hand glühte auf, als sie zuschlug, und betäubte die Wache. Der Ruf eines Schiedsrichters zeigte an, dass es sich um einen gezielten Todesstoß handelte, was die Catkin zum Grinsen brachte.

Doch dann wurde sie von einem aufsteigenden Schnitt weggeschleudert, der ihre gepanzerte Jacke von hinten zerriss, und ihr Blut spritzte durch die Arena, als sie fiel. Der **Sturmangriff** war nicht abgewehrt worden, sondern wurde mit der ganzen Kraft und Macht einer Wache des Levels Siebzig+ entfesselt.

Die Beastkin sackte am Rande der Arena leblos auf den Boden. Die ganze Gruppe erstarrte vor Erstaunen, alle außer Daniel, der über das Gelände rannte, um seine älteste und beste Freundin zu heilen.

***

Omrak knurrte, sein Schwert hob sich und glühte, als er beinahe den **Ruf des Blitzes** auf die Gardisten losgelassen hätte. Er hielt sich nur zurück, weil die anderen Mitglieder des Teams sich zurückgezogen hatten, während der Angreifer von Prinz Roland körperlich angegriffen wurde. Der Nordländer zog sich zu seinem Freund zurück, das Schwert immer noch in der Hand, während er die beiden beobachtete.

Ein Blick auf die beiden genügte, um ihn über das Ausmaß des Schadens zu informieren – schlimm. Eine schnelle **Mittlere Heilung** hatte die Blutung gestoppt und begonnen, die große offene Wunde zu flicken, aber Omrak wusste, dass Daniel es nicht dabei belassen würde. Es gab noch viel zu tun, denn die Rüstung war aufgerissen und ein Teil davon steckte in ihrem Körper.

Zum Glück gab es im ganzen Königreich keinen besseren Heiler, vor allem nicht für solch katastrophale Wunden. Natürlich hing das davon ab, ob Daniel die Zeit hatte, seine Arbeit zu beenden. Seine Gabe war zwar mächtig, aber sie brauchte auch Zeit, um zu wirken.

Die Gruppe beruhigte sich bald und ein anderer der Gardisten schaffte es, den ersten Angreifer zur Seite zu ziehen. Omrak konnte es jetzt sehen, jetzt, wo er hinschaute. Die Wut, die Verachtung, die er der Catkin entgegenbrachte. Mit seinem blutigen Schwert in der Hand schritt er aus eigener Kraft davon.

Als Prinz Roland sich den beiden näherte, flankiert von Lady Nyssa, richtete Omrak sein Schwert auf sie alle. Interessanterweise entschied sich Johan, sich keiner der beiden Parteien zu nähern, sondern bewegte sich weiter weg und schwebte am Rande der Menge an den Flanken der Gardisten. Eine Entscheidung, die Omrak dem schüchternen Kämpfer niemals zugetraut hätte.

„Du Barbar! Du wagst es, ein Schwert auf unseren Prinzen zu richten?", knurrte einer der Gardisten und legte die Hand auf den Griff seiner wiedergefundenen scharfen Waffe.

„Das ist kein richtiges Schwert." Omrak selbst hielt immer noch das Übungsgroßschwert in der Hand, aber angesichts seiner Stärke war es trotzdem eine gefährliche Waffe. Immerhin können fast zwei Meter Stahl, die mit hoher Geschwindigkeit geschwungen werden, sogar Metall verbeulen. Als Roland sich bewegte, um näherzukommen, bewegte er auch die Waffe müßig. „Aber unser verehrter Heiler braucht Zeit, um sich um seine Freundin zu kümmern. Wir wollen doch nicht, dass er bedrängt wird, nicht wahr? Dreck und andere Dinge, die in die Wunde eindringen könnten, sind ganz schlecht."

„Ich versuche nur zu überprüfen, ob...", begann Roland.

„Und das kannst du", sagte Omrak und unterbrach den Prinzen. „Eure Hoheit. Wenn sie geheilt ist."

Er lächelte ein wenig, um den Biss aus seinen Worten zu nehmen. Dennoch weigerte er sich, sich zu bewegen, selbst als die Gardisten näher kamen, um die Wünsche ihres Lehnsherrn zu erfüllen. Trotzdem ließ der Nordländer die schwelende Wut noch ein wenig höher lodern und ließ sie bis zu seinen Augen vordringen, als er sich zu den Gardisten drehte. Er konnte nicht gewinnen, aber er konnte sie verletzen.

Außerdem war es an der Zeit, herauszufinden, wie viel die Ehre des Prinzen wert war.

„Was ist mit dem anderen Gardisten passiert?", sagte Omrak mit ruhiger Stimme. „Warum ist er nicht hier, um seinen Fehler zu bezeugen?" Einen Moment lang, dann senkte er seine Stimme. „Oder war es kein Fehler?"

„Er war etwas übereifrig, das gebe ich zu. Aber er sagte, er dachte, Asin hätte seine Freundin getötet."

„Auf einem Übungsplatz?" Omrak ließ die Ungläubigkeit in seiner Stimme erkennen.

„Wie ich schon sagte, übereifrig."

Omrak drehte sich um und starrte den Prinzen an, sein Blick traf die anderen. „Glaubst du das wirklich? Ein sehr erfahrener Soldat, der nicht in der Lage ist, einen Schlag auf einem Übungsplatz zu differenzieren. Gegen das unbeliebteste Mitglied unseres Teams?"

Prinz Roland neigte sein Kinn nach oben und seine Stimme wurde kalt. „Um den Gardisten Griogair wird sich sein Kommandant kümmern. Er wurde geschickt, um den Vorfall selbst zu melden und wird nach den kaiserlichen Protokollen auf äußere Einflüsse untersucht."

„Protokolle?" Omrak runzelte die Stirn.

„Regeln", sagte Lady Nyssa und mischte sich in diesem Moment in das Gespräch ein. „Es gibt Regeln, wenn ein königlicher Gardist einen anderen angreift, vor allem, wenn ein Königshaus beteiligt ist. Der ganze Vorfall wird gründlich untersucht werden."

„Und das ist alles, was du tun wirst, Hoheit?", sagte Omrak herausfordernd.

„Das sollte ausreichen", sagte Prinz Roland. „Wir haben solche Protokolle, weil wir befürchten, dass es zu einer unzulässigen Beeinflussung kommen könnte. Im besten Fall wird Gardist Griogair von seinem Dienst bei mir entbunden. Eine andere Person wird gerade hergeschickt."

„Und wird diese Person unsere Freundin auch so sehr verabscheuen?"

„Ich werde dafür sorgen, dass das nicht noch einmal passiert", sagte Prinz Roland und berührte mit einer Hand den Greif auf seiner Rüstung. „Darauf gebe ich dir mein Wort."

Omrak grunzte, unsicher. Lady Nyssa lächelte ein wenig, trat einen Schritt vor und stieß gegen Omraks stumpfes Schwert.

„Das ist das Beste, was du erwarten kannst, mein Freund aus dem Norden", sagte Lady Nyssa mit leiser Stimme, damit die anderen sie nicht hören konnten. „Aber keine Sorge, wir werden ein Auge auf Asin haben. Und es wird nicht wieder vorkommen. Selbst wenn es gezielt war, haben sie versagt."

Ein Nicken an Omraks Schulter brachte ihn dazu, sich ein wenig umzudrehen; erst jetzt bemerkte er die sich rührenden Geräusche hinter ihm.

Asin war auf den Beinen und wurde von Daniel hochgehoben. Zur Überraschung der Gruppe war es der Heiler, der kurz wankte, aber von Omrak gestützt wurde, als er ihn an den Schultern festhielt.

„Entschuldigung... Ich glaube, ich habe ein paar... ähm... frühere Erinnerungen verloren. Mein Gleichgewicht wird kommen...", murmelte Daniel und seine Worte wurden immer leiser, während er sich wieder auf die Gegenwart konzentrierte. Unbewusst bemerkte Omrak, wie er seine Brust berührte, wo das Artefakt lag, das ihm eigentlich helfen sollte. Bis jetzt hatte Omrak keinen Unterschied bemerkt, aber Daniels Gabe war seltsam und unergründlich.

Besonders für einen einfachen Ex-Schafhirten wie ihn.

Dass Erlis solche zweischneidigen Gaben verteilte, war ein Grund dafür, dass sie im Norden respektiert wurde, aber es war Lundt, der ihre Herzen hielt. Er war einfach und unverblümt in seinen Gaben und seinem Zorn. Sturm und Donner, schlechtes Wetter und klarer Himmel, es gab keine versteckten Gefahren.

Anders als diese Hauptstadt.

„Also, was habe ich verpasst?", fragte Daniel, als er zurückkam. Dann, als die Erinnerung zurückkehrte, musterte er die Wachen. „Der Angreifer?"

„Er wurde weggeschickt, damit man sich um ihn kümmert", sagte Lady Nyssa und glitt um Omrak herum, jetzt, wo er abgelenkt war.

In Wahrheit war die Heilung abgeschlossen. Und wenn sie einen weiteren Angriff geplant hätten, wäre es jetzt geschehen. Omrak begnügte sich damit, den Rest der Sache auf sich beruhen zu lassen – und die Frau spielte ganz sicher mit Daniel. Omrak bemerkte, wie eine Hand auf seinem Arm landete, wie sie näher an ihn herantrat und zu ihm hoch lächelte.

Und wie Daniel so ist, nur allzu moralisch, auch wenn er es nicht merkt, war er immer noch ahnungslos.

„Und du, Freundin Asin?", grummelte Omrak und blickte auf die Catkin, deren Krallen immer wieder in ihre Hände fielen.

„Geheilt." Asin zuckte mit den Schultern, dann rümpfte sie die Nase. „Rüstung beschädigt."

„Ja, das ist sie. Und als Entschuldigung werde ich dafür sorgen, dass etwas Passendes für dich geschickt wird", sagte Prinz Roland und sprach schnell. „Der Vorfall tut mir leid. Man *wird sich um* ihn kümmern."

„Gute Rüstung?", knurrte Asin und zuckte mit den Ohren.

„Sehr gut. Geeignet für das, was du tun willst. Vielleicht sogar verzaubert", sagte Roland mit einem Lächeln.

„Gut."

„Gut? Es gibt also keine bösen Absichten."

Asin zuckte nur mit den Schultern, was Omrak zum Lächeln brachte. Die Catkin würde sich das merken. Sie würde sich wahrscheinlich nie wieder von den Gardisten abwenden. Aber sie war auch sehr praktisch veranlagt. Sie wusste, wie weit sie solche Dinge treiben konnte, so wie sie war.

„Ich weiß, dass wir gerne trainieren, aber vielleicht eine Pause?", sagte Roland zögernd. „Ich kaufe..."

Daniel runzelte die Stirn und sah zu den Gardisten und der Gruppe. Omrak schnaubte, weil er wusste, dass sein Freund an die verlorene Zeit und die verpassten Chancen denken würde. Daran, wie viel er durch den Einsatz seiner Gabe verloren hatte. Wenn er die Chance dazu hätte, würde er sich so anstrengen, dass er fast umfallen würde, weil er dachte, dass ihm das helfen würde, das Verlorene zurückzugewinnen. Dabei vergaß er alles andere, was wichtig war.

Grinsend legte Omrak seinen Arm um den Heiler und den Prinzen und zog sie vom Trainingsplatz.

„Essen! Freundin Asin braucht nach der Heilung Nahrung, und ich auch. Und eine gute Mahlzeit sollte man nie ablehnen!"

Manchmal dachte Freund Daniel einfach zu viel.

Kapitel 6

Sie gingen noch einmal in das Labyrinth. Das Zentrum des Labyrinths war inzwischen gefunden, die Boss-Truhe ständig geplündert. Es gab keinen Grund mehr, es weiter zu betreten, außer um Materialien, Manasteine und Erfahrung zu sammeln. Zumindest für einen Großteil der Gruppen. Einige kämpften immer noch darum, den neu aufgetauchten Boss als Erste zu besiegen, reisten jeden Tag tief hinein oder gingen sogar so weit, im Dungeon zu campen, um die Gelegenheit zu nutzen.

Für Daniel und sein Team waren solche Risiken ausgeschlossen. Nicht, dass Daniel sie eingegangen wäre, selbst wenn es eine Option gewesen wäre, aber die Vorstellung, dass sie es nicht konnten, ärgerte ihn. Trotzdem musste er zugeben, dass es ihnen nach drei Dutzend Versuchen viel besser ging als je zuvor.

Als Asin wieder hoch über dem schleichenden Eisbeingreifer auftauchte, ihre Messer ausgefahren und in die Kreatur versenkt, musste er zugeben, dass das Angebot des Prinzen, die **Schattenrüstung des Schurken**, die sie trug, zu nutzen, nicht ganz unberechtigt war.

Er griff nach seinem Hammer und warf ihn durch die Luft, um ein anderes Monster zu erwischen, das den Eisbeingreifer nach hinten schleuderte, wobei seine mit Chitin überzogenen Gliedmaßen durch den Schlag nach hinten explodierten. Der Hammer flog weiter, bis die Waffe und die Kreatur gegen die Wände des Korridors prallten, in welchem sie sich befanden, und dann kam er mit einer leichten Geste wieder auf Daniel zu.

Der **Hammer der Erinnerung** war die eigene Errungenschaft des Heilers aus der Rüstkammer der Seven Stones. Zusammen mit Asins neuem Messer, Omraks Helm und den Ringen, die alle drei trugen, hatten sie ihre Skills deutlich verbessert. Natürlich hatten auch die anderen Mitglieder der Gruppe die Möglichkeit, einen Blick hineinzuwerfen, aber Lady Nyssa hatte sich entschieden, zu warten, und Charles erhielt nur ein kleines Upgrade in Form eines **Stiefels der flotten Bewegung**.

„Hacken, hacken!", rief Omrak vergnügt und hatte etwas zu viel Spaß, als das Blut auf ihn spritzte. Er schwang sein Großschwert erneut und schlitzte erst eine Gliedmaße und dann noch eine weitere auf, denn der Zustand **Bluten** zeigte bei diesen Kreaturen seine volle Wirkung. Sogar mehr als normal, was Daniel neugierig machte, ob sie eine Krankheit hatten, die sie so stark bluten ließ. „Das ist ein Kampf, der sich lohnt!"

„Pass damit auf", rief Roland und wich aus Angst zur Seite, als Omrak zu einem weiteren Schnitt ansetzte. Er fing ein scharfes Glied mit seinem Schild ab, bevor er in den Körper stach. Sein Schwert glitt mit Leichtigkeit in den Körper des Monsters, und dann begann die Wunde selbst zu schwelen. Ein Ruck seiner Klinge riss eine breitere Wunde, die ungehindert blutete, während der Brandschaden nach oben kroch.

Johan schlüpfte zwischen die beiden Frontkämpfer, seine Schwerter schwangen schneller, als das Auge sehen konnte, und er tanzte fast in die Mitte des Kampfes. Beide Hiebe erledigten die verwundeten Kreaturen und beförderten ihre Leichen auf den Boden, wo sie sich aufzulösen begannen, während er noch eine dritte und vierte angriff. Seine Kurzschwerter bewegten sich in einem hypnotischen Muster und wurden mit Leichtigkeit mit den vielen angreifenden Gliedmaßen fertig, lange genug, dass Charles' Pfeil in der Kehle eines langen Halses stecken blieb.

Allein und ganz hinten beobachtete Lady Nyssa den Kampf der Gruppe, die Hände tief gehalten und zum Wurf bereit. Sie bemerkte den schleichenden Greifer nicht, der aus dem Schatten auftauchte und seine Klingenbeine schwang, während zwei greifende Klauen sich bewegten, um sie festzuhalten. Kurz bevor er sie traf, schoss eine Schallwelle von ihrer Aura aus, die die Kreatur zurückwarf und einen hörbaren Alarm auslöste. Die Magierin drehte sich um, zuckte mit den Fingern und zeigte auf die Kreatur, während ein scharf gebündelter **Schallkegel** in das Monster eindrang, die inneren Organe zerriss und es nach ein paar Sekunden konzentrierten Kampfes tötete.

„Schleicher!", rief Daniel, als er den Angriff bemerkte. Eine Bewegung im Augenwinkel veranlasste ihn, seinen Schild hochzuwerfen, um seinen eigenen Angreifer abzufangen, der durch einen Schlag des neuen Hammers zerschmettert und weggeschleudert wurde. Mit geübter Präzision änderte das Team seine Formation, um enger zusammenzurücken und aufeinander aufzupassen.

Die Greifer mochten gut sein, aber letztlich waren sie nur Dungeon-Monster der Fortgeschrittenenklasse. Nichts, womit ein gut organisiertes, gut eingespieltes und in ihrem Fall auch gut ausgerüstetes Team nicht fertig werden könnte.

Daniel grinste unter seinem Helm und machte sich an die Arbeit mit seinem Team. Endlich hat es bei ihnen geklappt.

***

Außerhalb des Dungeons dehnte sich das Team und genoss die schwindende Sonne und die frische Luft auf ihren Gesichtern. Auch wenn es lauter denn je war, konnten sie nicht anders, als sich zu freuen, dass sie triumphierend aus dem Dungeon kamen.

„Dreiviertel des Weges ins Herz", rief Omrak und warf seine kräftigen Arme um Charles und den Prinzen. Roland versteifte sich kurz, bevor er sich wieder entspannte. Der Nordländer war zu sehr von seinem Sieg eingenommen, um den Bruch im Protokoll zu bemerken. „Wenn wir Glück haben, schaffen wir es bis zum Ende der Woche!"

„Viel Glück", korrigierte Asin.

„Bah! Wir haben heute gut gearbeitet, Freundin Asin. Auch unser Geldbeutel wird schwer sein", sagte Omrak.

„Das haben wir", stimmte Daniel zu. Roland lächelte über die Zustimmung des Heilers und sah glücklich aus, doch dann blitzte etwas in seinem Gesicht auf. Als Daniel die Veränderung bemerkte, runzelte er die Stirn. „Was ist?"

„Es... Ich weiß, dass wir weitermachen wollen, aber das hatten wir nicht geplant." Roland hielt inne und schaute eine Sekunde lang unsicher, bevor er sich aufrichtete. „Ich muss mich um den Unterricht kümmern."

„Unterricht?", schnaubte Asin.

„Über Geografie und Recht, Buchhaltung und Wirtschaft", sagte Roland. „Das Nötigste."

„Das bringen sie dir bei?", sagte Daniel erstaunt.

„Natürlich. Wie sollen wir sonst unsere Skills verbessern? Man gibt uns sogar schon in jungen Jahren kleine Fürstentümer, die wir verwalten sollen", sagte Roland.

„Wie jung?", sagte Asin.

„Sechs."

„Was?", rief Omrak. „Wie kann das sein? Kein Kind wäre in der Lage, gut zu regieren."

„Das können sie nicht", bestätigte Lady Nyssa. „Das ist ja gerade der Punkt."

„Was soll das bringen?", fragte Daniel verwirrt.

„Schlecht geführte Fürstentümer", erklärt Roland. „Wir treffen kindische Entscheidungen, die das Leben der Bauern beeinflussen, und diese Entscheidungen müssen korrigiert werden. Wir verbringen unsere Teenagerjahre damit, sie zu korrigieren. Aber Fehler und das Lernen, warum diese Fehler gemacht wurden, helfen dem Geschicklichkeitswachstum. Und die richtigen Entscheidungen und die daraus gewonnenen Erfahrungen helfen auch uns."

„Und die Bäuerinnen und Bauern?", sagte Omrak entsetzt. Daniel konnte nicht anders, als seine Worte zu wiederholen, wenn auch nur in seinem Kopf.

„Sie werden angemessen entschädigt und wissen, was passieren wird", sagte Charles und ergriff das Wort. Er berührte seine Brust und fuhr fort. „Diese Orte sind nie groß, oft höchstens ein Dorf und die umliegenden Ländereien. Die Bewohner sind alle eingeschworene Diener und ihre Familien, und sie kennen die Risiken." Ein kleines Flackern eines Lächelns. „Es ist nicht alles schlecht. Die Adelsfamilie sorgt dafür, dass niemand verhungert, obwohl magere Jahre möglich sind. Und die Belohnungen sind amüsant."

„Amüsant?", sagte Asin und wedelte träge mit ihrem Schwanz, als sie weitergingen. Sie waren nicht mehr stehen geblieben, seit sie den Dungeon verlassen hatten und zur Abenteurergilde gegangen waren, um ihre Manasteine abzugeben.

„Sechsjährige Kinder konzentrieren sich oft auf einfachere Vergnügungen. Ich erinnere mich, dass es an jeder Ecke Süßigkeiten gab", sagte Charles und seine strengen Gesichtszüge entspannten sich, als er an glücklichere Erinnerungen dachte. Lady Nyssa hingegen versteifte sich und ihre Wangen erröteten. „Bis Mylady erwachsen wurde. Kaninchen galten als Eigentum des Lords, aber wir konnten nach Herzenslust Hirsche jagen. Jede

Familie musste einen Kaninchenstall haben. Das machte es im Winter schwer, sie zu füttern."

Lady Nyssa räusperte sich und schnitt Charles das Wort ab, bevor er weiterreden konnte. „Auf jeden Fall erhalten auch Adlige und Könige zusätzlichen Unterricht. Wenn man einen Ort hat, an dem man das Gelernte üben kann, kann man die Lektionen besser verinnerlichen. Genau wie beim Sparring vor einer Erkundungstour."

Daniel nickte und die Gruppe kam vor den Türen der Abenteurergilde zum Stehen.

„Ich entschuldige mich nochmals. Ich weiß, das ist nicht..." Roland hielt inne, als Daniel eine Hand hochhielt.

„Es ist in Ordnung. Du hast deine Pflichten, und wir hatten einen Plan", sagte Daniel. Das zu erfahren und die Verantwortung, die sie trugen, hatte seine Wut über das langsame Tempo ihrer Erkundungen etwas gemildert. Es half, dass die Arbeit endlich zu klappen schien, besonders nach dem Angriff auf Asin. Sowohl ihre Einstellung als auch die des Prinzen hatte sich seither auf eine kleine, aber wichtige Weise verändert.

„Danke", sagte Roland.

„Also, warum warten wir hier draußen?" Daniel gestikulierte nach innen. „Lasst uns unsere Auszahlung holen und feiern! Das haben wir gut gemacht."

Nach Daniels Äußerung herrschte Schweigen in der Gruppe und er drehte sich um, um sie alle anzusehen.

„Was?", sagte er.

„Es ist nur, dass du vorschlägst, dass wir feiern sollen", sagte Lady Nyssa.

„Ich bin nicht immer eine Spaßbremse", sagte Daniel.

„Nein, erst kürzlich", antwortete Omrak. Dann schob er Asin grinsend nach vorne. „Geh, Freundin Asin. Wie gesagt, wir sollten feiern!"

Grummelnd schlich die Catkin die Treppe hinauf, gefolgt vom Rest des Teams.

***

Daniel beobachtete mit leiser Belustigung, wie die königlichen Wachen ihren Prinzen in die überdachte und eingeschnürte Kutsche bugsierten, während das lallende königliche Familienmitglied ihnen zuwinkte und betrunken über seine individuellen Vorzüge schwärmte. Im Fall einer errötenden königlichen Wächterin waren es ihre sehr muskulösen und wohlgeformten Beine. Das würde ein unangenehmes Gespräch nach sich ziehen, das wahrscheinlich besser nie wieder erwähnt werden sollte.

Nachdem der Prinz und seine Wachen gegangen waren, ließ der Heiler seine Gabe schnell durch seinen Körper laufen, um einige der Giftstoffe, die sich darin angesammelt hatten, wegzuspülen und ihn etwas weniger betrunken zu machen. Als er in die Taverne zurückkehrte, winkte er eine der Mägde heran und nahm ein Bier anstelle des Joosh, den sie getrunken hatten.

„Ist er versorgt?", sagte Lady Nyssa und blickte über den Rand ihres Weinbechers zu Daniel hinauf. Wie Charles hatte auch sie davon getrunken, aber nicht von dem Alkohol. Im Gegensatz zu Charles hatte sie keine nennenswerte Konstitution, die ihr bei der Aufnahme der vielen Gläser Wein geholfen hätte, und die Röte auf ihren Wangen und die erweiterten Pupillen zeugten von einem Zustand, der weit über einen Rausch hinausging und in den Bereich des Beschwipsten reichte.

„Ja. Die Wachen haben es im Griff", bestätigte Daniel. Er hob die Reste seines Bechers von dem wackelnden Holztisch hoch und ärgerte sich wieder einmal über die schäbige Konstruktion. Für den Preis, den sie für ihr Bier bezahlt hatten, hätte man meinen können, dass der Besitzer für bessere Möbel sorgen würde. „Sie werden dafür sorgen, dass er vor dem Schlafengehen einen Zaubertrank trinkt, damit er morgen wieder fit für den Unterricht ist."

„Gut. Gut. Er ist kein schlechter König... Er hat nur viele Bürden", lallte Lady Nyssa.

„Stimmt", sagte Daniel. „Ich wünschte nur..."

„Dass er sich nicht für uns entschieden hätte?"

„Nein. Ich glaube..." Daniel schüttelte den Kopf und berührte die Stelle, an der normalerweise sein Hammer im Dungeon gelagert wird. „Ich habe kein Problem damit. Ich wünschte nur, wir hätten mehr Zeit zum Trainieren."

„Ja, das ist...", begann Omrak, wurde aber durch das laute Getrampel von Füßen und die laute Stimme eines anderen unterbrochen, der herüberkam.

„Sind das die Hunde des Prinzen? Solltet ihr nicht hinter ihm her sein?" Die übermäßig laute Stimme kam von einem großen Krieger, der immer noch seinen gepanzerten Brustpanzer trug, der mit zahlreichen Schnitten übersät war und an dem das Blut noch trocknete. „Geht schon. Husch. Diese Taverne ist für echte Abenteurer."

„Wir sind echte Abenteurer", sagte Omrak, stand auf und stellte sich dem anderen gegenüber. Zu Daniels Überraschung waren beide Krieger fast gleich groß und sicherlich ähnlich muskulös. „Warum gehst du nicht einfach zurück und trinkst?"

„Oh, ja? Was tust du, wenn ich nein sage? An meinem Hintern schnüffeln?" Ein alkoholgeschwängertes Lachen brach in Omraks Gesicht aus und ließ den Jungen zusammenzucken.

„Stinkt", murmelte die Catkin leise vor sich hin.

„Hast du ein Problem damit, Bestie?" Eine Stimme in der Nähe von Johans Ellbogen ließ die Gruppe überrascht zu ihm umdrehen. Johan stieß aus reinem Reflex einen Ellbogen aus, jedoch konnte der Sprecher ihm ausweichen. „Dachte ich mir schon. Zu langsam. Zu schlampig."

Johan drehte sich zu ihm um und drehte seinen Stuhl. Das übliche Zögern, die Schüchternheit, die den Abenteurer sonst davon abhielt, sich an den Gesprächen am Tisch zu beteiligen, verschwand, als er den Sprecher anstarrte. Der kleine, gebückte und schwarz gekleidete Redner, unter dessen Mantel dunkelbraunes und grünes Leder hervorblitzte, lächelte über den Blick des Waffenmeisters.

„Es gibt keinen Grund für Gewalt", sagte Lady Nyssa, lächelte alle an und stand auf.

„Oh, ich stimme zu." Ein schmieriger, schnöseliger Mann rutschte herüber und packte sie an der Taille. „Warum unterhalten wir uns nicht mal? Irgendwo, wo es... *privater* ist."

Charles, der den schmierigen Abenteurer abwehren wollte, war wie erstarrt, als er auf eine andere Person starrte, die ein Paar Klingen auf dem Tisch immer wieder drehte. Ganz harmlos, ganz unschuldig, nur ein weiteres

Spiel mit dem Dolch. Außer natürlich, dass seine Gruppe jetzt um das Team herum war.

„In meiner Taverne wird nicht gekämpft!" Eine Stimme ertönte, als der Gastwirt das Problem bemerkte. Daniel begann sich zu entspannen, bis er weitersprach. „Nicht, wenn ihr nicht alle für den **Schaden aufkommt**."

Das Skill drückte auf Daniels Haut und forderte seine Akzeptanz. Bevor er es ablehnen konnte, spürte er, wie sie zur Seite glitt und ohne ein Wort akzeptiert wurde, als ein Mitglied seiner Gruppe es für alle akzeptierte. Eine Sekunde später ertönte eine Bestätigung von der anderen Seite des Kampfes – von mehreren Seiten – in seinem Bewusstsein.

„Scheiße", hauchte Daniel.

Er hat nicht bemerkt, wer den ersten Schlag ausgeführt hat. Aber er sah den ersten Kopfstoß. Er wurde nicht von Omrak, sondern von Lady Nyssa gegen ihren Angreifer ausgeführt. Der arme Mann taumelte nach hinten und hielt sich die Nase, während die Magierin ihre eigene festhielt.

Ohne nachzudenken, schaltete Daniel seine **Heilende Aura II** ein, in der Hoffnung, dass es die Gäste beruhigen würde. Dann traf ihn ein fliegender Becher seitlich am Kopf, sodass er von seinem Hocker fiel. Sekunden vorher stürzte Asin von ihrem Stuhl über den Tisch und fuhr die Krallen aus, um einen weiteren Angreifer zu attackieren.

Der Heiler stand auf, sah sich um und entdeckte Omrak und das Großmaul, die sich gegenseitig angriffen. Grinsend trat Daniel vor und trat dem Großmaul mit seinem Bein gegen das Schienbein, sodass der Mann zusammenbrach. Omrak nutzte seinen momentanen Vorteil, hob den Mann hoch und schleuderte ihn zur Seite.

Die Freude der beiden Abenteurer über den Sieg in dieser kleinen Schlacht währte nicht lange, denn innerhalb von Sekunden war ein weiteres Trio von Angreifern über sie hergefallen. Einer von ihnen, ein niedrig gebauter, kräftiger Zwerg, griff Daniel an, riss die beiden in ihren Tisch und zertrümmerte die schwachen Holzmöbel. Noch während dem Heiler die Luft wegblieb, wurde er über den Zustand der Möbel aufgeklärt.

Lausig gefertigte Möbel konnten leicht ersetzt werden und waren weniger anfällig für ernsthafte Verletzungen der Kundschaft. Dann hielt er sich die Hände vors Gesicht und war zu sehr damit beschäftigt, die kräftigen Schläge des Schmieds abzuwehren, die der Zwerg auf ihn niederprasseln ließ, als dass er sich um solch triviale Dinge kümmern konnte.

Kapitel 7

„Ihr seid ein toller Haufen von Abenteurern!" Gildenmeister Ronson schimpfte über die Gruppe und starrte die Abenteurer am nächsten Tag aus seinem spärlich eingerichteten Büro an – eigentlich nur, weil die Sonne noch nicht aufgegangen war. „Ihr prügelt euch in der Kneipe, zerstört das Mobiliar und verletzt mehrere andere Abenteurer bei der Schlägerei!"

Neben dem Gildenmeister nickte Lady Marshall, die von der Gruppe völlig unbeeindruckt aussah. „Das ist richtig."

„Es waren ein halbes Dutzend Mitglieder anderer Gilden da drin. Weißt du, was für Nachrichten ich bekommen werde? Die Beschwerden, die kommen werden? Verstehst du nicht, wie es ist, die Partei des Prinzen zu sein?", fuhr Ronson fort.

„Es ist eine große Verantwortung", warf Lady Marshall ein.

„Das ist eine Schande für unseren Ruf! Ich mag es nicht einmal, wenn unsere normalen Gildenmitglieder in Kämpfe verwickelt werden, geschweige denn ihr", sagte Ronson.

Sein Blick schweifte über das Team und erfasste das ramponierte Aussehen aller außer Daniel. Sein Blick blieb auf dem Heiler stehen, der ihn anglotzte, aber Daniel konnte nur mit den Schultern zucken. Wozu hatte er eine Gabe wie seine, wenn er sich nicht selbst zusammenflicken konnte? Vor allem, wenn es ohnehin nur einen einzigen Zauber mit dem **Zeichen des Heilers** gebraucht hatte.

Als die Wachen und Lady Marshall kamen, um sie herauszuschleppen, war es ihm natürlich nicht mehr möglich, andere zu heilen. Nicht, dass seine **Heilende Aura II** auch jetzt noch kleinere Schnittwunden und Prellungen repariert hätte.

„Stimmt. Wir bestrafen unsere Gildenmitglieder für solche Regelverstöße. Und ihr, die Gruppe des Prinzen, werdet bei einer Kneipenschlägerei erwischt. Das wird Gerüchte geben", sagte Lady Marshall, ihre Stimme war entsetzt. „Ein wahrer Skandal."

„Genau. Und schlimmer noch, ihr habt nicht einmal gewonnen."

„Das ist ri–" Lady Marshall hielt inne. „Warte..."

„Wenn ihr euch schon auf einen Kampf einlasst, dann sorgt wenigstens dafür, dass ihr gewinnt. Und zwar so, dass es ein guter Sieg wird – und nicht so ein Quatsch, bei dem es um den Sieg geht. Es waren nur zwei Dutzend

Abenteurer da drin. Es hätte einfach sein müssen!", sagte Ronson und warf Johan einen bösen Blick zu. „Von einem **Waffenmeister** hätte ich mehr erwartet. Oder von einem Nordländer." Sein Blick wanderte wieder zu Omrak und landete dann bei Asin, die immer noch einen Arm umklammert hielt. „Ich habe zwar Gerüchte über dich gehört, aber Augen gelten in einer Schlägerei *nicht* als legale Angriffe."

„Schwanz gepackt", sagte Asin mürrisch.

„Es ist mir egal, ob sie deinen Schwanz benutzt haben, um ihr Gemächt zu reinigen. Du wirst nicht versuchen, andere Abenteurer zu blenden!", brüllte Ronson.

Asins Ohren zeigten nach unten, und die Catkin nickte abrupt. In der Stille, die das Rufen des Gildenmeisters verursachte, war Johans leise Stimme deutlich zu hören. „Ich habe keine Waffe benutzt..."

„Ja? Und du denkst, ein gebrochenes Stuhlbein ist keine Waffe? Schnapp dir zwei von ihnen und mach sie fertig!", blaffte Ronson.

„Gildenmeister, das ist nicht die Art von Unterricht...", sagte Lady Marshall und erhob ihre Stimme.

„Und du! Warum hältst du deinen Kopf immer noch so fest?", sagte Ronson und ignorierte seinen Vizegildenmeister, während er auf Lady Nyssa zeigte.

„Kopfschmerzen."

„Das liegt daran, dass du sie weiter oben am Kopf treffen musst, nicht unten an den Augenbrauen. Und mach mehr Übungen mit deinem Nacken, wenn du vorhast, Leuten Kopfstöße zu verpassen. Trage einen guten, schweren Helm!", riet Ronson, bevor er sich an Charles wandte. Der ältere Leibwächter sah den Gildenmeister mit steinerner Miene an, aber Ronson wandte sich direkt an Daniel. „Und du, Heiler..."

„Ja?"

„Sir, ich weiß wirklich nicht..." Lady Marshall versuchte es erneut.

„Was war das für eine Heilung, von der ich bei den anderen Kämpfern gehört habe?", sagte Ronson.

„Es war..."

„Weichherziges Gesindel! Wenn du sie schlägst, sorgst du dafür, dass sie sich ihre blauen Flecken merken. Dann fangen sie nicht wieder einen Streit an."

„GILDENMEISTER!", brüllte Lady Marshall, ihre Stimme war durchdringend und ließ die Abenteurer zusammenzucken. Asin, die generell empfindlicher auf laute Geräusche reagierte, stieß sogar ein leises, schmerzhaftes Wimmern aus, als sie sich die Ohren rieb. Sie wusste jedoch, dass sie sich nicht beschweren sollte, wenn die wütende Adlige schimpfte. „Das ist *nicht* hilfreich. Unsere Mitglieder sollten sich gar nicht erst an solchen Unternehmungen beteiligen!"

„Das habe ich auch gesagt", sagte Ronson, der unter dem Blick der Lady Marshall ein wenig zusammenzuckte. „Aber ja. Nein, du weißt schon, sich prügeln. Überhaupt nicht. Jetzt macht euch sauber und geht ins Bett. Ich denke, wir haben noch viel zu erledigen."

Die Gruppe nickte und war froh, dem wütenden Paar zu entkommen. Daniel, der als Letzter hinausschlüpfte, hörte die gemurmelten Worte von Ronson, kurz bevor sich die Tür schloss. „Und gewinnt, wenn ihr das tut."

„Das habe ich gehört", sagte Lady Marshall.

Daniel schloss die Tür fest und eilte in sein Zimmer. Nachdem er die kleinen Blut- und Schweißspritzer des Tages beseitigt und sich eine neue Tunika angezogen hatte, klopfte es an seiner Tür. Stirnrunzelnd öffnete Daniel sie und sah Charles vor sich stehen.

„Ja?", sagte Daniel verwirrt.

Charles trat zur Seite und führte Lady Nyssa herein. „Meine Lady benötigt deine Aura. Leider ist ihr Zimmer im Moment etwas zu weit weg."

„Ich –"

„Ah, Freund Charles und Nyssa, kommt ihr, um euch an den großen Kräften unseres Lieblingsfreundes zu erfreuen?", grummelte Omrak, das Handtuch über der Schulter und die Brust immer noch nackt.

„Hemd, Sir Omrak", grummelte Charles, gar nicht wütend, sondern fest.

„Gut, gut. Ich ziehe es an." Omrak ließ den Worten Taten folgen, und während er die Hand hob, schlüpfte Asin unter seinem Arm hindurch.

„Jetzt komm schon", sagte Daniel und starrte die Catkin an. „Du bist gleich nebenan."

„Gedämpft."

„Es ist immer noch gut genug."

Eine Hand hob sich und zeigte ihm den leichten Knick und die fehlenden Krallen. Die gelben Augen verengten sich auf Daniel und forderten ihn auf, noch etwas zu sagen, woraufhin der Heiler seufzte.

„Wie auch immer. Omrak, du bist im anderen Zimmer. Charles... was immer du willst."

„Ich werde mich draußen ausruhen. Und du wirst das bei offener Tür tun", sagte Charles entschlossen.

Daniel schnaubte, aber er widersprach nicht. Er wusste es besser. Als er sich zu seinem Bett umdrehte, stöhnte er auf und bemerkte, dass beide Frauen es eingenommen hatten, während er damit beschäftigt war, ihre Erholung mit dem Leibwächter zu koordinieren.

„Ich sollte einfach zu Omrak gehen", murmelte Daniel, als er in der Truhe eine zusätzliche Decke fand und sie auf dem Boden ausbreitete. „Denen eine Lektion erteilen..." Immer noch vor sich hin murmelnd, ließ er sich auf den Boden fallen. Es war wirklich nicht anders, als im Dungeon zu schlafen. Es war sogar noch bequemer, weil keine potenziell mörderischen Monster aus dem Nichts auftauchten.

Nur wenige Sekunden nachdem er die Augen geschlossen hatte, schlief Daniel ein.

***

Der Morgen war eine einfache Angelegenheit, auch wenn Daniel sich aus der Decke befreien musste, in die er sich irgendwie eingewickelt hatte. Einer der Vorteile, wenn man seine **Heilende Aura** die ganze Nacht laufen lässt, ist, dass sein Rücken und sein Körper überhaupt nicht schmerzen, auch wenn seine Schlafsituation nicht die beste war.

Nachdem er seine Freunde nach den morgendlichen Heilungen aus seinem Zimmer geworfen hatte, machte sich Daniel auf den Weg in den Speisesaal. Das Frühstück verlief ruhig und das Team brach bald darauf auf, um sich um seine unzähligen Aufgaben zu kümmern. Für Daniel bedeutete das heute mehr Unterricht in Heilkunde bei Meisterheiler Rotfield. Ein weiterer Grund warum er in den Dungeon hatte fliehen wollen.

Als er in seinem Klassenzimmer ankam, war er überrascht, dass Rotfield bereits auf ihn wartete. Noch bevor er nach der Uhrzeit schauen konnte, sprach Rotfield bereits.

„Verspätet wie immer. Auch wenn du nur ein Abenteurer bist, erwarte ich von dir, dass du pünktlich bist." Nachdem er seinen Teil gesagt hatte, wandte sich Rotfield ab und schritt zur Vorderseite der Tafel. „Ich gehe davon aus, dass du die Lektüre gelesen hast. Wir werden also die besondere Anatomie des menschlichen Nervensystems besprechen, die Funktionsweise des Zaubers **Nervenzerstörung** und wie er sich von dem Zauber **Große Wunden behandeln** unterscheidet."

Daniel ließ sich in aller Ruhe auf seinen Platz gleiten und holte aus seinem Inventar einen Federkiel – der so verzaubert war, dass er immer Tinte zur Verfügung hatte, solange sein Benutzer Mana zur Verfügung stellte – und Papier hervor und kritzelte die Namen der Zaubersprüche sowie das Thema hin.

„Du hast doch gelesen, oder nicht?", bellte Rotfield und wirbelte herum, um Daniel mit einem Stück Kreide zu bewerfen.

„Das habe ich, Meisterheiler."

Mit einem fast enttäuschten Blick fuhr Rotfield fort. „Dann nenne die Gesamtzahl der Wirbel im menschlichen Körper, die Hauptunterschiede zwischen den wichtigsten Gattungen der Beastkin – da du weiterhin darauf bestehst, diese Kreaturen zu behandeln – und die Namen der Nerven, die die Hüften und den unteren Rückenbereich leiten und kontrollieren."

Daniel nickte und schob sein Kinn ein wenig vor. Als er zögerte, ließ er das Kreidestück an seiner Stirn abprallen.

„Jetzt, Abenteurer."

Daniel zügelte sein Temperament und begann, die Antwort herunterzurasseln, denn er wusste, dass bald ein weiteres Stück Kreide auf ihn zukommen würde. Die Bücher, die er bekommen hatte, enthielten keine Details über die Beastkin, obwohl er einige davon aus dem Selbststudium kannte.

So waren seine Tage, an denen er von dem wütenden Meisterheiler das Heilen „lernte". Auch wenn er seinen Neid stolz zur Schau trug – zumindest im Privaten – musste Daniel zugeben, dass er durch die **Nachhilfe** des Meisterheilers seine eigenen Skills deutlich verbessern konnte. So sehr, dass es die Beschimpfungen, die er erhielt, wert war.

Stunden später wurde Daniel entlassen, um sein neues Wissen an einer Gruppe von neuen und willigen Patienten zu üben. In diesem Fall waren es die Mitglieder der anderen Gilden, gegen die sie in der Nacht zuvor gekämpft hatten. Sie alle waren seiner **Heilenden Aura** und den Zaubersprüchen ausgesetzt, die er ungeschickt zu weben versuchte.

Einer der Hauptaspekte seines Studiums war das Üben von neuen Heilzaubern und das Erlernen auf manueller Basis, in diesem Fall **mittelschwere Wunden behandeln**. Anders als der Zauber **Heilen: Mittlere Wunden** wurde die Reihe der Behandlungszauber eher von echten Heilern verwendet. Die **Behandlungszauber** benötigen weniger Mana vom Zaubernden, da sie stattdessen das Mana und die Körperressourcen des Patienten nutzen und auf bestimmte Stellen gerichtet werden können. Die **Behandlungszauber** hingegen tauchten die Patienten in eine allgemeine Aura der Gesundheit, was die Heilung beschleunigte, aber natürlich auch zu Dingen wie Wucherungen und Tumoren führte.

Natürlich gab es auch andere große Nachteile der **Behandlungszauber**, wie zum Beispiel die lange Zauberdauer und die genauen medizinischen Kenntnisse, die der Heiler benötigt. Da der Zauber durch den Körper geführt wurde, war es wichtig zu wissen, welche Sehnen an welchem Knochen ansetzten, welche Hautschicht – wenn man überhaupt von Hautschichten wusste – wo hingehört und so weiter. Ein Teilskill der **Behandlungszauber** erlaubte sogar kleine kosmetische Verbesserungen. Das hatte Daniel nicht vor zu lernen, aber die geringeren Manakosten waren sicherlich nützlich.

Wenn er den Zauberspruch wirken könnte.

Daniel fluchte leise und spürte, wie sich die Mana-Formen im Körper des Abenteurers wieder auflösten. Das Zischen unter dem Arm des Mannes, der schlank und vernarbt war, zeigte Daniel, dass sein Versagen nicht unbemerkt geblieben war. Daniel schenkte dem Mann ein kurzes, tröstendes Lächeln, atmete aus und konzentrierte sich wieder, ohne den Blick zu erwidern, der in seine Richtung gerichtet war.

Sie zu reparieren war eine Notwendigkeit und wegen seiner **Heilenden Aura** lief ihm die Zeit davon. Doch Eile mit Weile – zumindest, was das Mana und die Schmerzen angeht. Er würde diesen Zauber lernen, er würde die körperliche Form lernen und er würde den verdammten Meisterheiler nicht an sich heranlassen.

***

Am nächsten Tag kam der Ärger in Form des Prinzen, der sich wütend und enttäuscht zu dem Team am Eingang des Dungeons gesellte. Mit gekreuzten Armen starrte er die Gruppe an, während die königlichen Wachen in einem kurzen, vorsichtigen Abstand dahinterstanden und nach möglichen Problemen Ausschau hielten. Keines von ihnen war zu erwarten, da ihre Anwesenheit so auffällig war.

„Ich habe gehört, dass ihr alle in eine Kneipenschlägerei verwickelt wart, als ich gegangen bin", sagte Roland anklagend.

„Ich bitte um Entschuldigung, Eure Hoheit. Wir haben versucht, den Kampf zu verhindern", sagte Lady Nyssa, trat geschmeidig ein und machte einen Knicks. Für Daniel sah es seltsam aus, weil sie kein Kleid trug, aber sie spielte ihre Zerknirschung gut.

„Schlägerei", korrigierte Omrak sie.

„Was?", sagte Lady Nyssa, die von Roland gegrüßt wurde.

„Es war eine Kneipenschlägerei. Ein Kampf würde den Tod bedeuten. Eine Schlägerei wird zum Spaß gemacht", sagte Omrak.

„Das..." Lady Nyssa hielt inne und fügte dann zögernd hinzu. „Ich habe die Etymologie solcher Konflikte nie gekannt. Ich lasse mich korrigieren."

„Ist schon okay", sagte Omrak. „Du korrigierst mich auch immer wieder."

„Ihr habt also ohne mich eine *Kneipenschlägerei* angefangen", sagte Roland. „Dabei habt ihr großen Schaden angerichtet und eine Gruppe von Abenteurern verletzt."

„Die ich geheilt habe", betonte Daniel schnell.

„Und ihr habt mich nicht einmal mitmachen lassen!", sagte Roland.

„Willst du mitmachen?", sagte Asin, die Neugierde ließ sie sprechen.

„Natürlich! Ich war noch nie bei einer *Kneipenschlägerei dabei*", antwortete der Prinz. „Warum sollte ich in so einer Situation nicht mitmachen wollen?"

„Weil es weh tut?", sagte Daniel.

„Es ist sinnlos?", fügte Johan hinzu und meldete sich zu Wort. „Du, ähm, bekommst nicht einmal Erfahrung."

„Teuer", lautete Asins Antwort.

„Bah! So etwas macht man nicht wegen der Erfahrungspunkte. Es ist zum Spaß! Wozu macht man das alles, wenn nicht zum Spaß?", erwiderte Roland und schnaubte Johan an. „Komm, Lord Cleese. Du weißt doch sicher, dass du dein Schwert irgendwann für ruhigere Angelegenheiten aufgeben musst."

„Ich bin... ähm... ein dritter Sohn. Ich habe kein Anrecht zu... ähm... erben", sagte Johan. „Mutter sagt, ich muss es... ähh... gewinnen."

„Das muss ich auch! Aber ich habe noch Pflichten", sagte Roland. „Außerdem weiß man ja nie, was passieren kann."

Johan konnte nur mit den Schultern zucken und wollte dem übereifrigen Prinzen nicht widersprechen. Lady Nyssa meldete sich jedoch schnell zu Wort. „Prinz Roland, ich glaube, du verstehst nicht, wie häufig Todesfälle unter den adligen Erben vorkommen. Oder sogar unter Adeligen."

Roland rollte mit den Augen. „In meiner Familie gab es mehr als ein Dutzend Attentate."

„Aber nicht im letzten Jahrhundert. Nicht, seit dein Großvater den Adel stabilisiert hat", sagte Lady Nyssa sanft. „Brad hat unter der Herrschaft deines Großvaters und deines Vaters eine Periode des Friedens erreicht."

„Hmm...", sagte Roland und verschränkte die Arme. Er öffnete den Mund, um weiterzusprechen, wurde aber durch das laute Räuspern des Hauptwachmanns unterbrochen. Roland seufzte verärgert, aber er beschloss, nichts weiter dazu zu sagen, obwohl Daniel den Prinzen neugierig beäugte.

Offensichtlich war etwas anderes im Gange. Möglicherweise etwas so Gefährliches, dass sie darauf bestanden, sich einen Abenteurer mit einer mächtigen Gabe zu schnappen.

Vielleicht war er aber auch nur paranoid.

„Eure Hoheit, wir werden versuchen, unsere nächste Kneipenschlägerei zu beginnen, wenn du in der Nähe bist", sagte Omrak, nur um von Charles, der als einziger von ihnen groß genug war, um das zu tun, einen Schlag auf den Kopf zu bekommen. „Autsch!"

„Wir fangen keine weiteren *Schlägereien* an, wenn Mylady oder seine Königliche Hoheit in der Nähe sind", sagte Charles mit kalter Stimme. „Wir bringen unsere Schützlinge nicht nur zum Spaß in Gefahr. Wenn du es wünschst, kann ich dich einer Klasse von Individuen vorstellen – oder sogar einer Klasse, die an solchen Unternehmungen interessiert ist."

„Oooo...", zischte Johan angesichts der Verbrennung.

Daniel schüttelte den Kopf über die ganze Gruppe und klatschte in die Hände, als er sah, wie die Wachen und der Rest der Abenteurer um sie herum die Gruppe musterten. „In Ordnung, das reicht. Wir sind hier, um zu erforschen, nicht um über Kämpfe zu reden. Einige von uns haben noch eine Kneipenschlägerei zu begleichen."

Grummelnd reihte sich das Team ein und Daniel schob sie zum Eingang des Dungeons. Das mit dem Bezahlen der Schlägerei war nur ein Scherz – die Kosten für die Möbel waren zwar in gewisser Weise exorbitant für ihn, aber im Vergleich zu den Einnahmen eines Abenteurers nicht viel. Es war aber immer noch mehr, als er bezahlen wollte.

Wenn sie weiter davon sprachen, Kämpfe oder Schlägereien anzuzetteln, könnten die königlichen Wachen sie beim König verpetzen. Und das war ein Treffen, das er gerne vermeiden würde.

Kapitel 8

„Muss ich das denn?", jammerte Daniel und spähte aus dem Kutschenfenster. Er spreizte die Finger, um den Vorhang beiseitezuschieben, der die Sicht versperrte. Seine Finger berührten das trübe Glas, das unter den Lederhandschuhen, die er trug, nicht so kalt war.

„Die königliche Familie hat dich zum Ball gerufen. Also, ja." Die Stimme von Gildenmeister Ronson war kalt und duldete keinen Widerspruch.

„Angefordert", betonte Asin.

„Das ist dasselbe wie bei einer königlichen Bitte", schnauzte Ronson und rieb sich an seinem langen Schnurrbart. „Obwohl du nicht hättest kommen müssen. Du weißt, dass es sie nur verärgern wird."

Asin grinste und zeigte ihre allzu scharfen Zähne als Antwort. Ronson verdrehte ein wenig die Augen und verstand, dass sie sich entschlossen hatte, zu kommen, um den Adeligen auf der Nase herumzutanzen – in einer Kombination aus lockerem Hemd, enger Lederhose und Lederweste.

„Wenigstens hat Omrak es vermieden", sagte Ronson seufzend zu sich selbst. „Aber wo wollte er denn hin?"

„Er ist mit meinem Diener unterwegs, um sich Ärger einzuhandeln", sagte Lady Nyssa und rollte mit den Augen. „Mir war nicht klar, dass er solche... niederen... Neigungen hat."

„Was man so alles lernt, wenn man mehrere Jahre mit anderen arbeitet,... nicht wahr?", sagte Ronson und drehte seinen Kopf zu dem letzten Mitglied der Kutsche. Die ganze Gruppe war etwas eingezwängt, weil die Kutsche eigentlich für vier Personen gedacht war und sie zu fünft waren.

„Nur weil du einen unvernünftigen Hass auf Zucchini hast, ist es kein Verrat, dass ich sie mag", sagte Lady Marshall.

„Schleimig, ekelhaft...", murmelte Ronson.

Daniel ignorierte die beiden und behielt den Außenbereich im Auge, wo die sommerliche Dämmerung die Schatten der Statuen und Sträucher des königlichen Palastes verlängerte, während Wachen auf dem Gelände patrouillierten und die Kutschen in einer Reihe standen und langsam vorwärts rollten, wenn ein neuer Gast vorgestellt wurde.

„Ich könnte schneller dorthin gehen...", murmelte Daniel und seine Hand zuckte in Richtung Tür.

„Fass es an und ich buche ein weiteres Dutzend Termine bei Lady Suresh", sagte Lady Marshall warnend.

Daniel erschauderte sichtlich bei der Erwähnung, unfähig, die automatische Reaktion zu stoppen. Lady Nyssa hob daraufhin eine elegante Augenbraue, sie trug ein cremefarbenes Hofkleid mit grüner Vorderseite.

„Oh? Die Mutter oder die Tochter?", sagte sie nur allzu leichthin.

„Mutter", sagte Lady Marshall boshaft. „Seit dem Tod ihres Mannes scheint sie sehr aktiv zu sein."

„Und handgreiflich", murmelte Daniel.

„Oh, aber sie ist immer noch ziemlich hübsch, genau wie ihre Tochter. Ist sie nicht nach deinem Geschmack, Daniel?", sagte Lady Nyssa verschmitzt.

„Weißt du, was ich…" Daniel hielt sich den Mund zu, dann schüttelte er den Kopf. Schließlich änderte er seine Aussage ein wenig. „Ich bin ihr Heiler. Und auch wenn ich nicht zertifiziert bin, gibt es trotzdem Verhaltensregeln."

„Mmmmhmmm", sagte Lady Nyssa und tippte sich mit einem Fächer auf die Lippen, während sie Daniel betrachtete.

„Genug. Es gibt noch etwas, worüber ich mit euch sprechen möchte", sagte Ronson und unterbrach sie. „Etwas, vor dem ihr euch heute Abend in Acht nehmen solltet." Diese Worte erregten die Aufmerksamkeit der Gruppe, wie er es beabsichtigt hatte. „Also, Daniel, du wirst natürlich beobachtet, getestet und angeflirtet werden. Versuche, dich nicht in eine der jungen Damen zu verlieben. Sie werden dir ihre Nebenfamilien und dritten oder vierten Töchter schicken, aber, egal wie hübsch sie sind, es lohnt sich nicht, sich darauf einzulassen."

Daniel konnte nur nicken. Roland hatte ihn beiseite genommen und ihm das Gleiche zugemurmelt, als er ihm die Einladung überreicht hatte, eine Warnung vor dem Ball und was er mit sich bringen könnte. Das hatte Daniel dazu gebracht, den Prinzen ein wenig mehr zu mögen. Auch, wenn er den Gedanken an den Ball selbst hasste.

„Noch wichtiger ist, dass du dich nicht zu weiteren Heilsitzungen verpflichtest. Die gehen über die Gilde, wie du weißt. Wenn du es einmal tust, werden sie immer wieder kommen, und das willst du nicht." Wieder ein entschiedenes Nicken. Die Verwaltung der Direktansprachen würde ein echtes Kopfzerbrechen werden, auf das Daniel keine Lust hatte.

„Für dich, Asin, gibt es zwei Arten von Gefahren. Zum einen wird deine Loyalität gegenüber der Krone auf die Probe gestellt, zum anderen wird geprüft, ob du dich einer der fortschrittlicheren Fraktionen anschließen willst. Versuche nicht, dich darauf einzulassen", sagte Ronson. „Vor allem nicht mit denen, die versuchen, dich in eine körperliche Auseinandersetzung zu verwickeln."

Asin nickte entschlossen, zeigte dann mit einem Finger und fügte hinzu. „Essen."

Ronson runzelte verwirrt die Stirn und die Catkin rollte mit den Augen, bevor sie Daniel anjaulte und anfauchte. Er hörte eine Weile zu, bevor er nickte und sich an Ronson wandte.

„Sie sagt..."

„Dass sie nur das Essen plündern will. Ich verstehe", unterbrach Ronson. „Das ist in Ordnung. Halte dich einfach aus Ärger raus." Schließlich wandte sich der Gildenmeister an Lady Nyssa, die demütig und geduldig dasaß. Er öffnete den Mund, um etwas zu sagen, schloss ihn dann aber und schüttelte den Kopf.

Die Adelige entspannte sich und ein kleines, siegreiches Lächeln umspielte ihre Lippen, während Lady Marshall der jüngeren Dame zunickte. Dann war keine Zeit mehr zum Reden, denn sie waren an der Reihe, auszusteigen und angekündigt zu werden. Die Kutschentüren wurden aufgerissen, die Hände hineingestreckt und Daniel bereitete sich im Geiste auf einen wahrhaft langweiligen Abend vor.

***

„Da bin ich mir sicher, Mylord. Sie sollten mit einem echten Heiler über diese Art von Geschwüren sprechen... Damit habe ich nicht viel Erfahrung", sagte Daniel und bemühte sich, den korpulenten Adligen mittleren Alters, der ihn in die Enge getrieben hatte, anzulächeln.

Eine halbe Stunde nach Beginn des Abends saß Daniel in einem der vielen Räume neben dem Hauptballbereich und unterhielt sich mit einem der vielen Adligen, die gekommen waren, um sich ihm vorzustellen. Und um eine kostenlose Beratung zu bekommen.

„Bist du sicher? Ich könnte dir zeigen…"

„Ich bin mir sicher", sagte Daniel und fügte ein wenig von der autoritären Heilerstimme hinzu, die er während seiner Arbeit im Hospiz gelernt hatte.

„Na gut, dann eben nicht. Nur dass diese Heiler so teuer sind…"

Daniel biss sich auf die Lippe, als der ältere Mann sich entfernte. Die junge Frau an seiner Seite – seine dritte Geliebte, wenn Daniel sich richtig erinnerte – führte ihn weg, geschmückt mit so viel Schmuck, dass er ein Dutzend Heiler für einen Monat in Vollzeit hätte bezahlen können.

Andererseits waren Adlige manchmal ganz schön pingelig wegen der seltsamsten Dinge.

***

„Du solltest mehr in deine Abenteurer-Teams investieren, Joseph." Lord Alric schwenkte ein Weinglas und drohte, den Wein zu verschütten, während er jedes Wort betonte. „Abenteurer für Anfänger sind deine Zeit kaum wert. Das wahre Geld verdient man mit fortgeschrittenen Abenteurern. Und wenn sie es jemals zum Meister schaffen…!" Ein gieriges Grinsen huschte über das Gesicht des lockig behaarten, langbeinigen älteren Mannes.

„Nicht alle von uns haben fortgeschrittene Dungeons, mit denen sie arbeiten können. Die Beherbergung und Bezahlung der Dungeons des Königreichs schmälert den Gewinn erheblich", sagte Joseph und trommelte mit den Fingern auf seine seidengefütterte, braun-goldene Hose. „Solange das Königreich den Großteil der Dungeons in seinen Händen hält, können wir, die wir nur ein paar Anfängerdungeons haben, nicht die Art von Gewinn machen, auf die du anspielst."

„Es ist besser, Dungeons des Königreichs zu haben und sie von den Abenteurern räumen zu lassen, als Steuern für ein stehendes Heer wie das der Albaner zu zahlen", sagte Lord Alric. „Außerdem müssen wir unsere kleinen Vettern auch arbeiten lassen, meint ihr nicht auch, Lady Nyssa?"

Die Adlige, die sich in einiger Entfernung mit zwei anderen adligen Damen unterhielt, wandte sich an Lord Alric und zog fragend eine

Augenbraue hoch, als sie ihren Namen hörte. Daniel schnaubte, als er das laute Gespräch mitbekam, während er – zum Glück – in der Nähe ein paar Minuten Zeit hatte, sich das Gesicht zu verziehen.

„Wir brauchen von der Abenteurergilde geführte Dungeons, nicht wahr? Für diejenigen, die es sich nicht leisten können, selbst für solche Dungeons zu sorgen?", sagte Lord Alric.

„Die Abenteurergilde leistet gute Arbeit, um sicherzustellen, dass es nicht zu Ausbrüchen im Dungeon kommt", sagte Lady Nyssa vorsichtig und ließ ihren Blick über die Gruppe schweifen, während sie abschätzte, wohin dieses Gespräch führen würde und geführt hatte. Daniel wusste, welche Art von Einschätzung sie vornahm; schließlich war sie diejenige, die ihm beigebracht hatte, wie man politische Bedrohungen einschätzen kann.

„Eine kaum angemessene Arbeit. Die Gelder und Ressourcen, die aus den Dungeons kommen, könnten in den richtigen Händen besser verwaltet werden. Anstatt einer einzigen bürokratischen Organisation, die sich um alles kümmert, sollten wir lokale Kräfte haben, die die Ausbeutung dieser Ressourcen überwachen", sagte Joseph, wobei seine Finger unaufhörlich auf seine Hose trommelten.

Lady Nyssas Augen verengten sich, als sie den Mann als das erkannte, was er war. Ein weiterer Unterstützer der neueren, reicheren Adelsklassen, anders als ihre eigene. Sie waren die neuen Adligen, von denen sich viele an die Macht gekauft hatten und die die traditionelle Rolle der Abenteurer als Teil ihrer Pflichten aufgegeben hatten und stattdessen über Land und Geld verfügten.

Sie zögerte kurz, dann lächelte sie Joseph an, wobei Daniel erst spät erkannte, dass er ein Mitglied des Hauses Tarth war.

„Ich glaube, dass die Abenteurergilde mehr bietet als nur Bürokratie. Ihre Fähigkeit, schnell hochstufige Abenteurer für Dungeonausbrüche und Ähnliches bereitzustellen, ist wichtig. Wir wollen doch keinen weiteren Ramoutar-Vorfall, oder?", sagte Lady Nyssa mit einem Lächeln.

Ihre kaum verhüllte Drohung, die an eine Dungeon-Pause in einem von Adligen kontrollierten fortgeschrittenen Dungeon erinnerte, ließ Joseph zurückglotzen. Bevor Daniel dem Gespräch weiter lauschen konnte, meldete sich ein lächelnder Diener mit einer Karte und einer Einladung in der Hand zu Wort.

Stöhnend stellte Daniel seinen Teller bei dem Mann ab und machte sich auf den Weg. Eine weitere Vorstellung.

***

Sie war hübsch, das musste Daniel zugeben. Und die Gärten waren eine nette Idee, auch wenn die Nacht ein wenig kühl war, wie ihr zu dünnes Kleid zeigte. Vielleicht war das aber auch der Sinn der Sache. Doch selbst wenn er nicht vorgewarnt worden wäre, hätte Daniel sie abgewiesen. Kopfschüttelnd beobachtete er, wie das junge Mädchen – kaum fünfzehn, wenn er schätzen müsste – von ihrer Anstandsdame abgeführt wurde, und streckte sich in der Stille des Gartens ein wenig. Abwesend bemerkte er den Diener in einiger Entfernung, der eine weitere Einladung überbrachte.

Ein paar Augenblicke war es still, bevor der Diener aufstand und ihn zu einem anderen Ort führte. Er befand sich in Sichtweite der rastenden Gruppe von Tänzern auf dem Balkon, aber weit genug entfernt, dass jeder, der keine Skillkenntnisse hatte, sie nicht hören konnte.

Dort wartete eine andere Dame. Sie war älter, aber schlank und kurvig.

„Heiler Daniel", begrüßte sie ihn mit ausgestreckter Hand.

„Herzogin Zovag, es ist mir ein Vergnügen", sagte Daniel, als er ihre Hand nahm, sich darüber beugte und sie dann losließ. „Und es ist nur Abenteurer. Ich habe nicht die Zulassung der Heilergilde."

„Eine Frage der Zeit, sage ich." Die Herzogin lächelte. „Ein gutaussehender und begabter Junge wie du wäre ein Narr, wenn er das aufgeben würde. Auch wenn manche Leute zu neidisch sind, um das zu sehen." Sie warf einen Blick zur Seite, wo Rotfield stand und sich mit anderen herumtrieb.

„Danke für deine netten Worte", sagte Daniel und beschloss, nichts weiter zu sagen.

„Ganz und gar nicht. Ich habe gehört, du bist Single?" Daniel blinzelte und war überrascht, wie direkt sie war. Die Herzogin grinste frech und beugte sich vor. Ein Teil von Daniel zuckte zusammen, weil er auf einen

Flirt gefasst war, bevor sie fortfuhr. „Sag mal, möchtest du meinen Sohn kennenlernen?"

„Ihren Sohn?", sagte Daniel erstaunt.

„Ja, ich habe gehört, dass du die jungen Damen links und rechts abblitzen lässt, also habe ich angenommen…"

„Nein!" Daniel schüttelte den Kopf. „Ich bin nicht… Nicht, dass daran etwas falsch wäre, aber…"

„Oh. Wie schade." Die Herzogin seufzte und lehnte sich zurück, dann musterte sie Daniel plötzlich von oben bis unten. „Weißt du, ich bin auch Single…"

„Asin. Meine Freundin", sagte Daniel verkrampft.

„Du stehst auf Beastkin?"

„Nein, sie braucht meine Hilfe. Es tut mir leid, ich muss gehen." Daniel schluckte, setzte sich in Bewegung und eilte davon.

Warum waren diese älteren adligen Frauen nur so dreist?

***

„Sag mal, Abenteurer Chai, was hältst du von dem Prinzen und seinen Mätzchen mit deinem Team? Echte Abenteurer wollen doch sicher nicht von denen belästigt werden, die mit der Gefahr spielen?" Ein lächelnder Adliger, weißhaarig und mit einem Stock, der einen Brokat aus Grün und Gold trug, stand vor ihm. Auch wenn er viel lächelte, konnte Daniel feststellen, dass nicht viel Wärme darin steckte.

Die Tatsache, dass der Mann ihn herüberwinkte und fast seine kleinen Handlanger schickte, um ihn in das Gespräch zu ziehen, das er mit einem halben Dutzend anderer älterer Männer führte, sprach für seine Pläne. Und jetzt beobachteten sie alle Daniel und warteten darauf, dass er etwas sagte.

Ihn abwägen.

Also lächelte er und verbeugte sich. Er sagte die Wahrheit, weil er wusste, dass Skills im Spiel waren. Das hatte der Gildenmeister auch gesagt. „Prinz Roland hat gelernt, sich gut in unser Team einzufügen. Und niemand, der sich in die Dungeons wagt, spielt mit der Gefahr. Sie ist sehr real und gegenwärtig, und wir alle, ob Könige oder Bürgerliche, versuchen, sie zu verringern."

„Es ist ja nicht so, dass er wirklich in Gefahr ist, bei all seinen Leibwächtern", sagte der lächelnde Adlige und ließ Daniel die Zähne zusammenbeißen. Aber er erkannte die Falle, auch wenn er sich fragte, was das sollte. Jeder, der aufmerksam war, würde das wissen.

„Es gibt keine Leibwächter, nicht im Dungeon", sagte Daniel und versuchte, die Wahrheit zu sagen. Er könnte lügen oder versuchen, die Sache zu verschleiern, aber was würde das bringen? Es ist ja nicht so, dass die Leibwächter vor dem Dungeoneingang schwer zu übersehen wären.

„Ein königlicher Erbe riskiert also sein Leben – ein Leben, das viel wichtiger ist als das eines bürgerlichen Menschen –, indem er Abenteurer spielt."

Eine andere Stimme, keuchend und mürrisch. Der Sprecher war alt, wie das Original, ein Adliger von einer Abstammung, die Daniel nicht einordnen konnte. Also kein großes Haus. Er kannte immer noch nicht alle kleineren Häuser und ihre Farben, aber er konnte den ersten Sprecher als einen Adligen aus dem Haus Zaynastra einordnen, der zu den Gegnern der königlichen Familie gehört.

Trotzdem konnte Daniel zumindest dankbar sein, dass er ihm einen Ausweg bot. „Nun, Mylord, dieser Bürgerliche denkt, dass alle Leben gleich wichtig sind." Eine knappe Verbeugung, dann trat Daniel zurück und hielt seinen Körper kerzengerade. Er war nicht so wütend oder beleidigt, wie er den Anschein erweckte. Er wusste, wie einige dieser Adligen dachten.

Aber es bot ihm eine Chance zu entkommen.

Auch wenn er das Gefühl hatte, dass er in diesem Gespräch auf irgendeine Art und Weise den Kürzeren gezogen hatte.

***

In der Ecke kauerte Asin über ihrem Teller, einen Krabbenschenkel in der einen Hand, den sie so hielt, als wolle sie damit die drei Männer abwehren, die um sie herumstanden. Die Ohren der Catkin lagen flach an ihrem Kopf, ihr Schwanz war steif hinter ihrem Körper und sie war wachsam. Als Daniel näher kam, hörte er, wie sie sich unterhielten.

„Ist das Essen denn gut? Ich wette, du kommst nie dazu, so etwas Leckeres zu probieren... Iss lieber auf. Man weiß ja nie, wann es die letzte Mahlzeit ist", spottete der Blondschopf mit dem Mittelscheitel über Asin und seine Untergebenen glucksten mit.

Daniel knurrte ein wenig, als er das Trio dabei beobachtete, aber Asin hatte eine perfekte Antwort. Anstatt zu sprechen, hob sie das Krabbenbein an und biss hinein, wobei ihre scharfen Zähne die Schale durchbohrten und aufbrachen. Das Geräusch und ihr anschließendes Kauen empörte das Trio, das zusammenzuckte, obwohl Asin den Blickkontakt mit dem Blonden vor ihr hielt.

„Barbarisches Biest!"

Knirsch!

„Du..."

Krach!

„Entschuldigen Sie..." Daniel räusperte sich und erwischte den Blonden, als dieser die Hand hob und seine Frustration in körperliche Ablehnung umschlug. Anstatt das zuzulassen, entschied sich der Heiler zu handeln. „Ich bin mir sicher, dass der König und seine Familie es vorziehen, dass kein Blut vergossen wird. Selbst, wenn ich es heilen kann."

Das Trio drehte sich um und die Augen des Blonden verengten sich. Unbewusst hob er sein Kinn an und starrte über seine Nase hinweg auf Daniel herab. „Ah, der gewöhnliche Heiler. Natürlich bist du hier, um dein Haustier zu beschützen."

„Nicht sie. Dich", sagte Daniel. „Du vergisst, dass wir Abenteurer sind. Verweichlichte Adlige zu zerlegen, die zwanzig Pfund zu schwer sind und wahrscheinlich seit zehn Jahren keinen Sparringplatz mehr von innen gesehen haben, ist einfacher, als Kobolde zu töten. Und wir haben eine Menge Kobolde getötet."

„Du wagst es!"

Daniel grinste, trat näher und begegnete den Augen des Mannes, als er näherkam. Dann drehte er sich langsam um, sodass der andere sich ebenfalls umdrehte, bis sie beide die diskreten königlichen Wachen sahen, die den Streit beobachteten.

„Ich wage es."

Wütend trat der schlaffhaarige Adlige einen Schritt zurück. „Wie auch immer. Nutze deine Gunst. Wenn du ausfällst, weißt du, dass wir auf dich warten werden."

„Sicher... und wir sind gleich hier. Bei den Krabbenbeinen!", sagte Daniel und winkte dem Trio zum Abschied zu.

Asin, die das Geschehen beobachtet hatte, schnaubte ein wenig und stieß die Luft aus ihrer gerümpften Nase aus. Als Daniel näher kam und ihr ein Krabbenbein vom Teller nahm, fügte sie hinzu: „Schlecht."

„Ja, tut mir leid. Das hätte ich wohl nicht tun sollen."

Ein Nicken, dann drehte Asin ihren Kopf. Zu Daniels Erstaunen waren die beiden schwebenden Wachen näher an die beiden herangekommen.

„Der König möchte mit dir sprechen, Heiler."

„Natürlich." Daniel legte das Krabbenbein beiseite, wischte sich die Hände an einer Höflichkeitsserviette ab und gab den Wachen ein Zeichen, ihm den Weg zu weisen.

***

„Abenteurer Chai, Rotfield beschwert sich, dass du die Zeit, die du mit ihm hast, nicht voll ausnutzt", verkündete der König, als Daniel seine Begrüßung beendet hatte.

„Ich entschuldige mich, mein König. Ich tue mein Bestes, aber..."

„Du musst mit meinem Sohn auf Abenteuertour gehen und diese Heilungssitzungen mit anderen Adligen machen, oder?" Der König schüttelte den Kopf und trommelte mit den Fingern auf seine Hose. Die beiden standen auf einem abgelegenen Balkon, von dem sie den Tanzsaal überblicken konnten, und ihr Gespräch und ihre Anwesenheit in der Nische wurden von Zaubersprüchen überschattet.

„Ja, mein König."

„Gut, Abenteuern und Heilen war schon immer ein komplexes Zusammenspiel", sagte der König und rieb sich das Kinn. „Am besten gewöhnst du dich daran, die Dinge besser auszubalancieren. Ich mag es nicht, wenn sich mein königlicher Heiler jeden Tag bei der Untersuchung bei mir beschwert."

„Ja, mein König. Ich werde mich bemühen, es besser zu machen."

„Gut." Eine Pause. „Wie geht es meinem Sohn?"

Daniel zögerte, weil er wissen wollte, ob diese Frage aus der Sicht eines Vaters oder eines Königs gestellt wurde. Dann wurde ihm klar, dass er sowieso keine Ahnung hatte, wie er seine Antwort anpassen sollte, und er entschied sich, die Wahrheit zu sagen. „Er gewöhnt sich an die Arbeit mit meinem Team. Wir haben die Hoffnung, den fortgeschrittenen Dungeon bald zu schaffen."

„Wirst du dann ein Wettrennen machen, um es zu beenden?"

Daniel nickte.

„Gut. Roland war immer ein wenig zu unabhängig und enthusiastisch. Wenn er gezwungen ist, mit anderen zusammenzuarbeiten, sollte das helfen", überlegte der König. Dann wandte er sich an Daniel und fuhr fort. „Du verstehst, dass diese Zeit mit meinem Sohn nur vorübergehend ist? Zumindest wird er mit einer anderen verheiratet, um die Nation zu stärken. Im schlimmsten Fall..."

Schlimmstenfalls würde er als Ersatzerbe oder als Erbe selbst gebraucht werden. In jedem Fall wäre es ausgeschlossen, Abenteurer zu sein und zu erkunden. Auch wenn das Anführen von Armeen nicht viel sicherer war, so war es doch gesellschaftsfähiger.

„Ja, mein Herr. Und ich werde ihn beschützen, solange ich kann."

„Gut." Der König wandte sich ab und machte eine Handbewegung, um Daniel zu entlassen, der freudig davonhuschte und erst dann bemerkte, wie sehr er ins Schwitzen gekommen war. Ein Treffen mit dem König war immer etwas nervenaufreibend, besonders für einen Bürgerlichen wie ihn.

Aber nachdem er seine Pflichten erfüllt hatte, konnte Daniel den Ball genießen. So gut es eben ging, auch als eine andere junge Dame mit einem Lächeln auf dem Gesicht herüber schwebte und die Kurvige, die für ihre Überwachung zuständig war, Daniel missbilligend anschaute.

Auf jeden Fall so gut, wie er konnte.

Kapitel 9

„Das ist ein inakzeptables Risiko", knurrte der Anführer der königlichen Garde und sein Schnurrbart zitterte, als hätte sich ein Nagetier auf seinen Lippen niedergelassen. Er stand dicht neben Prinz Roland, während er sprach, seine Stimme war leise, aber nicht so leise, dass Daniel sie nicht hören konnte. „Eure Hoheit."

„Oh, das wird schon klargehen", sagte Roland und klopfte der Wache auf die Schulter. „Es ist ja nicht so, dass ich alleine gehe. Und jeden Monat gehen mehrere Teams hin."

„Mehrere erfahrene Teams", sagte die Wache. „Teams, die eine Chance haben, den Dungeon zu bewältigen und die die Skills haben, das neue Labyrinth zu kartieren."

„Aber das haben wir doch. Daniel hat ein Kartografie-Skill und ich habe den Labyrinth-Orb", sagte Roland geduldig. „Und wir haben den Dungeon letzten Monat fast geschafft!"

„Das ist noch lange nicht alles", sagte die Wache verärgert.

„Es ist okay. Wir werden nicht weiter als ein paar Kurven gehen. Wir versuchen nicht, zum Zentrum zu gelangen", antwortete Roland. „Wir wollen nur bei der Kartierung helfen."

„Nur weil Sie nicht vorhaben, es zu versuchen, heißt das nicht, dass Sie nicht darüber stolpern werden", schnauzte die Wache.

„Und wenn wir das tun, werden wir es beenden." Roland lächelte. Seine Augen wurden düster, während er hinzufügte: „Du vergisst, dass ich Mittel und Wege habe, das zu beenden, wenn es nötig ist."

Der königliche Gardist spannte sich an, entspannte sich aber wieder ein wenig, obwohl er sich umschaute und Daniel und Asin, die beiden Gefährten, die nahe genug waren, um ihn zu hören – in dem Fall die Beastkin, weil sie von Natur aus besser hören konnte –, misstrauisch anblickte. Doch nach einem Moment trat er zurück und salutierte mit der geschlossenen Faust.

„Eure Hoheit. Eine erfolgreiche Erforschung."

Mit einem unbekümmerten Grinsen winkte Roland den Wachen zu und schlenderte zum Rest der Gruppe hinüber. Als Daniel sich umdrehte, warf ihm der Anführer der Wache einen letzten bedeutungsvollen Blick zu und zuckte zusammen. Er wusste, was das bedeutete, denn er war der Heiler und Teamleiter.

Und was für eine Verantwortung das bedeutete.

Mit einem Kopfschütteln schob er solche falschen Gedanken beiseite, als Daniel sich mit der Gruppe traf. Sie waren nicht die Einzigen, die sich am frühen Morgen am Eingang des Dungeons versammelt hatten. Der Hof, der dorthin führte, war vom gleichmäßigen Schein der Mana-Lampen erleuchtet, da die Herbstsonne noch nicht aufgegangen war. Warme Atemzüge, die in der Kälte sichtbar waren, stiegen aus den Mündern der Abenteurer auf, die sich gegenseitig anstarrten und den neu gestalteten Dungeon erkunden wollten. Ab und zu unterbrachen die geselligeren unter ihnen das Gespräch mit anderen Teammitgliedern, aber da die Öffnung so nah war, blieben die meisten lieber in der Nähe.

Nicht, dass Daniel darin einen großen Vorteil sah. Die Abenteurergilde würde sie in der Reihenfolge ihres Dienstalters einlassen, was für sie selbst bedeutete, dass sie noch eine ganze Weile warten würden. Er hätte, so vermutete er, durch den Prinzen wahrscheinlich die Rangfolge verkürzen, aber der Prinz hatte das nie erwähnt. Auch Daniel würde das nicht in Erwägung ziehen.

So wie das Labyrinth sie an zufälligen Orten absetzte, war der Vorteil, als Erster zu gehen, nicht so groß, wie Neulinge vielleicht erwarteten. Daniel war auch nicht geneigt, solche Vorteile auszunutzen. Ihn schauderte schon beim Gedanken an die Gerüchte, die das auslösen würde.

Er war in seine eigenen Gedanken vertieft und wurde von einer Fleischpastete unterbrochen, die ihm vor die Nase gehalten wurde, wobei ihn der konzentrierte Geruch schwerer Gewürze aufweckte. Blinzelnd nahm Daniel das Gebäck aus der pelzigen Hand und grinste seine Freundin an. Dann erinnerte er sich an seine eigenen Pflichten und rief der Gruppe zu.

„Esst am besten gleich auf. Wenn wir erst einmal drin sind, halten wir nicht mehr an."

***

Labyrinthruinen und Schneckenkreaturen. Daniel grunzte, als er die Armbrust hob, die er für solche Fälle aufbewahrt hatte, und den verzauberten Bolzen nach vorne abfeuerte, um sein Ziel an der Decke zu treffen. Der Bolzen drang nur einen Zentimeter in den schleimigen Muskel ein, bevor er stoppte, aber das war genug. Die Kälteverzauberung übernahm die Kontrolle, hüllte die Kreatur in Eismagie und zwang sie, sich zu krümmen. Als es den Halt an der Decke verlor, fiel es nach unten und sein gefrorener Körper wurde weiter beschädigt.

„Ich gehe rein!", rief Johan und huschte um Omrak herum.

Der große Nordländer hielt seinen Schwung für eine Sekunde an; die zerstörte Mauer, die einem Erdwall gewichen war, der Ort, den er gewählt hatte, um Stellung zu beziehen, bot ihm die beste Position, um die Monster abzuwehren.

Für Johan spielte das keine Rolle. Mit zwei Schwertern, die sich in Flammen verwandelten, und seinem Elementarklingen-Skill, mit der er jeden Elementarangriff ausführen konnte, den er wollte, stürzte er sich auf die Iskma-Schnecken. Nicht, dass Daniel wusste, wer oder was Iskma war, aber er hatte den ekelhaften Kreaturen offensichtlich einen Namen gegeben.

So ekelhaft, dass Asin, die normalerweise gerne an jedem Kampf teilnahm, weit hinter den Linien stand, ihre Messer warf, wann immer sie wieder auftauchten, und die Monster von ihren Sitzstangen an der Wand und den Decken schockte.

„Du solltest deine Bolzen aufsparen", murmelte Lady Nyssa zu Daniel, als sie neben ihm stand und die Hände an die Seite hielt. Sie warf nichts, weil sie keinen Grund dafür sah.

Es waren erst zwei Runden vergangen und diese Kreaturen waren einfach nur explodiert und klebrig, mit einer leichten säureartigen Verbrennung auf ihnen. Wenn sie es schafften, sich mit ihren vielgliedrigen Zähnen an einem festzuklammern, konnte es böse enden, aber sie waren langsam und dumm.

Keine Gefahr für ein Team wie ihres.

Daniel nickte und steckte den Bolzen zurück in sein **Inventar.** In der Zwischenzeit schaute er zu dem Prinzen hinüber, der im Gegensatz zu Johan auf seiner Position links von Omrak geblieben war. Er hielt dem Nordländer den Rücken frei, störte ihn aber nicht bei seinen Schwüngen.

Als ob er dies anerkennen würde, schnippte Omrak ein letztes Mal mit seinem Großschwert und trat dann einen Schritt zurück.

„Du bist dran!", rief Omrak.

Grinsend stürmte der Prinz vor, das Schwert schwingend und das Schild vor sich haltend. Daniel wusste, dass die königlichen Leibwächter vor einem solchen Risiko zurückgeschreckt wären – so gering es auch sein mochte –, aber das war der Grund, warum Roland bei ihnen war. Er wollte die Chance haben, sich in Gefahr zu begeben und sich, ohne die muffigen Augen seiner Wachen, zu beweisen.

Es war einfach, die Linie zu halten, obwohl es eine schmutzige Angelegenheit war. Die Klinge glitt nach vorne und zur Seite und Roland hielt sich an schnelle Hiebe und Stöße, riss zarte Haut auf und versteckte sich hinter seinem Schild, wenn die Körper vor ihm zur Vergeltung auseinanderbrachen. Sein Schild und seine Rüstung, die beste ihrer Art, waren mehr als ausreichend, um mit solch erbärmlichen Kreaturen fertig zu werden.

Nach einer Weile hatte sich die Zahl der Schnecken verringert und Daniel rief Roland zu. „Vorrücken!"

Endlich frei zu handeln, sprang Roland vorwärts und ließ sein Schwert nach links und rechts kippen, während es Schnecken aufspießte und tötete. Da er die Verzauberung in der Waffe selbst entzündete, stürzte er sich mit neuer Wucht auf die Monster und versuchte, es Johan gleichzutun.

Es war natürlich ein Fehlschlag, da Johan erhebliche Vorteile hatte, darunter zwei Waffen und einen Vorsprung. Doch das hielt Roland und Omrak nicht davon ab, sich in den Kampf einzumischen, der kurz darauf begann. Nach kurzer Zeit waren nur noch die glitzernden Scherben der Manasteine übrig, die Erlis benutzt hatte, um die Kreaturen aus Ba'als Verdorbenheit zu erschaffen.

Belohnung und Notwendigkeit, alles in einem Paket.

Schwer atmend stand Roland neben Johan und klopfte dem Mann mit einer freien Hand auf die Schulter, wobei er breit grinste. „Waffenmeister, ganz eindeutig. In einem Jahrzehnt bist du sicher ein echter Waffenmeister. Ich erwarte, dass du dann meine eigene Hauswache ausbildest."

„Eure Hoheit..." Johan wurde rot und senkte verlegen den Kopf.

Neben ihm bemerkte Daniel, wie Lady Nyssa sich kurz versteifte, bevor sie angesichts des Glücks des Jungen in ein echtes Grinsen ausbrach. Daniel verstand; die Art von Gönnerschaft, die sie dem jungen Mann so beiläufig anbot, war mehr als ausreichend, um ihn lebenslang zu versorgen. Ihn und seine Großfamilie, ein Aspekt, der seine überhebliche Mutter glücklich machen würde.

Alles, was ein Adliger sich wünschen konnte. Alles, was Lady Nyssa für sich selbst und für ihre Familie wollte. Und sie lächelte, als sie sah, dass jemand anderes es bekam.

Dann war dieser Moment vorbei und es war nur noch ein Team, das sich auf den nächsten Kampf vorbereitete.

***

„Hinten!", brüllte Charles, die Gruppe war in dem engen Tunnel gefangen, Monster kamen von der einen und der anderen Seite herunter. Große, monströse, leere Rüstungen, ebenso leere Geister wie Kreaturen der physischen Realität. Jeder von ihnen war fast drei Meter und führte massive Waffen, die die Nahkämpfer erschütterten, wenn sie geblockt oder zur Seite geschoben wurden. Die fünf an der Spitze hatten ihren Vormarsch bereits behindert, und nun kamen drei weitere von hinten.

Daniel drehte sich um und ließ seine Augen über die Möglichkeiten wandern. Er rechnete die Möglichkeiten durch, traf eine Entscheidung und gestikulierte zu Asin, die sich zurückhielt und nach einer Lücke in der Front suchte und sich nun umdrehte.

„Halt. Nimm die Front und komm dann zu uns", befahl Daniel.

Ihre Augen verengten sich, aber dann nickte sie und drehte sich um. Er spürte, wie sie auf ihren leichten, gepolsterten Füßen auf und ab hüpfte und ein leichter Schimmer über ihre Haut und ihr Fell lief. Er wusste, dass sie gerade ein weiteres Skill aktiviert hatte, **Anmut der Katze**, ein Beastkin-Skill, was ihre Geschwindigkeit und Anmut erhöhte. In der nächsten Sekunde, noch während er sich nach hinten umdrehte, dorthin, wo die Magierin bereits stand und einen **Schallkugel** in ihrer Hand formte, sah er sie davonhuschen. So graziös wie eine Katze.

Dann hatte er keine Zeit mehr, über seine Rückseite nachzudenken. „Treff sie hart."

„Ich brauche ein paar Sekunden", sagte Lady Nyssa.

Daniel nickte, denn das hatte er bereits geahnt. Er bewegte sich vorwärts und blieb in kurzer Entfernung von seinem Ausgangspunkt stehen, um sich direkt vor und neben Charles zu positionieren. Der Leibwächter hatte seinen Bogen weggelegt und holte einen kleineren Schild und einen Streitkolben aus seinem Inventar.

Auf Daniels fragenden Blick zuckte Charles mit den Schultern. „Nur weil ich das Schwert bevorzuge, heißt das nicht, dass ich nicht mit Streitkolben ausgebildet wurde."

Dann hatten die beiden keine Zeit mehr, sich zu unterhalten. Die leeren Geisterrüstungen bewegten sich zwar langsam, aber sie waren so groß, dass sie immer noch schnell genug den Weg zur Gruppe zurücklegten. Da die drei wichtigsten Nahkämpfer bereits in das Gefecht gegen die Rüstungen an der Front verwickelt waren – ein Fehler, über den sich Daniel jetzt ärgerte –, mussten der Heiler und Charles sie zurückhalten.

Gut, dass er auch dafür ausgebildet wurde, dachte Daniel, als er seinen Schild hob. Seine erste Aktion war es, die Gruppe auseinanderzutreiben. Das war leicht zu bewerkstelligen, indem er seinen schlagkräftigen **Hammer des Rückrufs** nach vorne warf und das Monster ganz rechts in die Brust traf. Die Kreatur flog nach hinten und die Verzauberung des Kriegshammers verstärkte den kinetischen Schlag.

Als Nächstes holte Daniel seinen alten Kriegshammer aus seinem Inventar und zog an seiner Verzauberung. Die monströse Spinne, die dabei zum Vorschein kam, war nicht die geeignetste Kreatur für diesen Kampf, aber sie war in der Beschwörungsrune des Hammers gespeichert. Für den Moment würde es funktionieren.

Er trat einen Schritt zurück und erlaubte Charles, ihn zu decken, während er seine zusätzliche Waffe verstaute. Der Leibwächter flackerte, als er sich mit seinem Schild auf den Anführer der Rüstung zubewegte. Durch das **Abfangen des Angriffs** konnte der Leibwächter den Schlag mit überraschender Geschwindigkeit abfangen und die Rüstung nach hinten schleudern, während sein eigener **Abprallschild** den Schlag abfing. Dadurch wurde die Rüstung einige Meter zurückgeworfen, mehr als genug für Charles, um mit seiner eigenen, unverzauberten Waffe auf sie einzuschlagen.

In der Zwischenzeit streckte Daniel seine Hand aus und rief seine Waffe zu sich, während er nach links sprang und es mit dem letzten Monster aufnahm. Es hob seinen Arm in die Höhe, bereit, sein überdimensionales Schwert zu schwingen. Anstatt das Monster seinen Schwung zu Ende führen zu lassen, stürmte Daniel vor und erwischte den Ellbogen seiner Rüstung mit seinem erhobenen Schild, den er mit all seiner beträchtlichen Kraft nach unten drückte. Dabei trat er zur Seite und schlug mit seiner eigenen Waffe hart zu, sodass der Hammer schließlich in seiner ausgestreckten Hand landete.

Treffer. Und wieder zuschlagen. Der Hammer, den er benutzte, zermalmte den Stahl mehr als die Schläge, die Daniel selbst ausführte. Jeder Schlag entleerte das kinetische Reservoir, aber während die beiden sich einen Abschlag lieferten, wuchs genau diese kinetische Reserve. Sie wuchs mit jedem Schlag, mit jedem Block, der nicht den Hammerkopf traf, wo die Verzauberung ausgelöst wurde.

Es gab lange Momente, in denen sie aufeinander einschlugen, wobei Daniel meistens das Opfer war. Selbst die Beschädigung des äußeren Körpers der Kreatur konnte der lebendigen Präsenz im Inneren nichts anhaben. Nur wenn sie komplett aufgesprengt wurde, wurden die Geister im Inneren nach außen gezwungen und verloren ihren Zusammenhalt außerhalb der schützenden Rüstung.

Eine Aufgabe, die große Kraft oder Finesse erforderte. Weder das eine noch das andere hatte der Heiler. Das Atmen fiel ihm schwer, seine Arme schmerzten von den wiederholten Schlägen und den Angriffen der Rüstungen, die ihm immer noch blaue Flecken hinterließen. Seine Beine schwankten, seine Arme pochten, und das dritte Monster kehrte zurück. Es hatte die monströse beschworene Spinne mit Leichtigkeit erledigt und zwang Daniel und Charles, sich in einer Reihe aufzustellen und die Kreaturen abzuwehren.

„Fertig!"

Der Schrei kam viel zu früh. Die beiden duckten sich, als die schreiende Kugel aus Schall und Wut über ihre Köpfe hinwegflog. Sie durchschlug sogar den Helm einer Rüstung und ließ die Kreatur zu Boden stürzen, während der belebende Geist vor Schmerzen zuckte. Die anderen beiden Rüstungen folgten ihren Brüdern bald, da der Schallangriff die Stahlpanzer umging.

Es waren lange Sekunden des dröhnenden Schadens, bevor Daniel Charles in die Seite stieß und mit dem Kopf gestikulierte. Gemeinsam trotzten die beiden dem schreienden Angriff und schlugen auf die Rüstungen ein, um sie aufzubrechen und den Tod der Monster zu beschleunigen.

Sie verließen sie lange Minuten später siegreich.

Wenn auch eher geprellt und erschöpft.

***

Nach ein paar Minuten der Ruhe und Vorbereitung kam das Team wieder zusammen, die Waffen wurden verstaut, die Wunden verbunden und die weggeworfenen Waffen – in Johans Fall vor allem, aber auch Asins Wurfmesser waren schuld – aufgesammelt. Asin hatte sogar alle Manasteine eingesammelt, während Charles noch einmal alles absuchte, um sicherzugehen, dass nichts übersehen wurde. Das war auch gar nicht so unwahrscheinlich, denn sie kämpften ja nicht gegen einen Schwarm. Aber es lohnte sich immer, vorsichtig zu sein – im wahrsten Sinne des Wortes. Mehr als einmal hatte das Team Manasteine aufgesammelt, die von anderen, weniger vorsichtigen Teams zurückgelassen worden waren.

Daniel ließ seinen Blick über die Gruppe schweifen und beschloss dann, einfach zu fragen, anstatt sich vorsichtig um sie herum zu bewegen. „Ressourcen?"

„Etwa die Hälfte meines Manapools", sagte Lady Nyssa.

„Zwei Drittel", sagte Daniel und ließ seinen Blick über das Team schweifen. Niemand war beschädigt, verletzt – aber am Ende des Tages ein paar **Zeichen des Heilers** zu setzen, um sicherzustellen, dass alle für den nächsten Tag bereit waren, würde ihn mindestens ein Drittel seines Manas kosten. Seine **Heilende Aura** konnte zwar die Grundheilung beschleunigen, aber sie war einfach nicht so stark.

Trotzdem.

„Ich habe nur noch ein Viertel", meldete sich Johan zu Wort, blickte zu Boden und bewegte sich unbehaglich. „Ich musste... ähm... ein Skill benutzen."

„Das, das die Rüstung durchschlagen hat?", grummelte Omrak. „Schöner Angriff. Was war es? **Durchbohrender Schlag?**"

„Ähh... nein. Es war... ähm... ähm... ein Waffemeister-Spezial."

„Natürlich! Und...?" Omrak blieb hartnäckig.

„Freund Omrak, du weißt, dass das unhöflich ist", mischte sich Roland ein und nickte Johan zu. „Es genügt, wenn ich sage, dass unser Waffenmeister eine starke Durchschlagskraft hat, oder?"

Omrak nickte ruckartig und schlug sich mit der Faust auf die Brust. „Ich bin bereit, weiterzumachen."

„Das bin ich auch", stimmte Roland zu. Als die Gruppe ihn nur anstarrte, schaute er mit einem wissenden Lächeln zurück. „Wirklich. Meine Rüstung frischt meine Ausdauer auf und ich bin am wenigsten verletzt worden."

„Omrak und Roland sind okay. Charles?", sagte Daniel und wandte sich an den älteren Herrn. Er hielt ihnen wie immer den Rücken frei und stand direkt vor der Tür.

„Ich habe noch drei Viertel meines Manas."

„Zwei Drittel." Asin meldete sich zu Wort, bevor sie gefragt wurde.

Daniel hielt inne und ließ seinen Blick über das Team schweifen, um den Schaden und die Ausdauer zu beurteilen. Im Großen und Ganzen war es gut, denn die **Heilende Aura** half seinen Freunden, ihre Ausdauer schneller als alles andere wiederherzustellen. Allerdings hatten ihre größten Schadensverursacher wenig Mana, was bedeutete, dass sie es gegen ein anderes hochleveliges Team schwer haben würden. Wenn sie auf mehrere solcher Gruppen stießen, würde es schwierig werden, zurückzukehren.

Dennoch zeigte ein kurzer Blick auf die Karte, dass sie erst seit weniger als einem halben Tag im Dungeon waren und erst etwas mehr als zwei Dutzend Runden hinter sich hatten. Sie waren weit davon entfernt, den Dungeon zu beenden oder sein Herz zu finden.

Was noch wichtiger war... Daniel warf einen heimlichen Blick zum eifrigen Prinzen hinüber und war überrascht, dass dieser ein wenig zurücklächelte. Bevor der Heiler darüber nachdenken konnte, was das zu bedeuten hatte, ergriff der Prinz das Wort.

„Lasst uns zurückgehen", sagte Roland. „Wir wollen nicht, dass sich meine Wachen zu viele Sorgen machen. Vorsicht ist besser als Nachsicht, oder?"

Die Gruppe nickte automatisch, sowohl weil Roland die Wahrheit sagte als auch weil es der Prinz war, der sprach. Selbst dann war Daniel überrascht, als er die Worte aus dem Mund des ungestümen Prinzen hörte.

Dann schüttelte er sie ab und gestikulierte.

„Na, dann lasst uns gehen. Asin?"

Nickend trottete die Catkin los und übernahm die Führung, als sie den Rückweg antraten. Wenn sie Glück hatten, war keines der Monster wieder aufgetaucht und sie konnten einfach gehen. Wenn sie noch mehr Glück hatten, waren vielleicht ein paar umherziehende Monster aufgetaucht und sie konnten noch ein paar Manasteine einsammeln.

Kapitel 10

Nach ihrem ersten Versuch, sich im neuen, umgestalteten Dungeon auszuprobieren, kehrte das Team immer wieder zurück. Innerhalb weniger Monate wurden sie zu einem Konkurrenten im Rennen um den ersten Platz im Dungeon. Nach einer unausgesprochenen Vereinbarung überließen die Teams der Meisterklasse oder höher solche Wettbewerbe den fortgeschrittenen Abenteurern, um die Vorteile und das Wettbewerbsniveau weiterzugeben, das sie selbst erfahren hatten. Der Wettkampf half den Teams, sich weiterzuentwickeln, und stellte gleichzeitig sicher, dass der wichtigere Dungeon der Meisterklasse gut mit Mitgliedern versorgt war.

Gelegentlich betrat das Team sogar Warmount, den bereits erwähnten Dungeon der Meisterklasse. Allerdings immer ohne ihr königliches Mitglied, denn man hatte ihnen ausdrücklich gesagt, dass dies nicht erlaubt sei. In dem weitläufigen Dungeon gab es zwar zahlreiche Quests und Orte, die selbst für fortgeschrittene Abenteurer wie sie von Vorteil waren, aber es bestand immer ein Risiko – vielleicht ein sehr geringes, aber dennoch ein Risiko –, dass ein Durchbruch gelang oder mächtige Monster der Meisterklasse auftauchten.

Außerhalb der Dungeon-Läufe fand das Team immer mehr soziale Kontakte. Der Unterricht in Etikette wich praktischen Übungen, Abendessen und Mittagessen, Soireen und Bällen auf adligen Gütern. Mehr als einmal wurden dem Team – und der Gilde, die ihre Zeit verwaltete – exklusive Quests angeboten. Alle Aufträge, die eine Reise erforderten, wurden vom Team abgelehnt, andere Mitglieder der Gilde wurden geschickt.

Die Einheimischen könnten die Anwesenheit der Gruppe bemerken. Schon bald hatte die Gesellschaft der Adligen die Vorgehensweise der Gruppe verstanden: Sie nahmen nur legitime Aufträge an, die ihr Können und ihre Skills auf die Probe stellten und die gut bezahlt wurden. Fadenscheinige Ausreden, um Zeit mit dem Prinzen zu verbringen, wurden abgelehnt und oft von anderen Mitgliedern der Gilde der Seven Stones aufgegriffen.

Selbst dann hatte das Team mehr als genug solcher Aufträge. Ob es um die Säuberung eines von Monstern überschwemmten Flusses oder um die Jagd auf ein neues Alpha-Raubtier in der Umgebung der Stadt ging, die zahlreichen weitläufigen Ländereien, die der Adel für sich beansprucht und angeblich bewacht hatte, mussten von Bedrohungen gesäubert werden. Es war Teil des Gesellschaftsvertrags, sicherzustellen, dass die eigenen Männer des Königs nicht darin herumtrampelten.

Die Monate vergingen wie im Flug, eine Jahreszeit jagte die nächste. Als der Winter kam, war das Team gut organisiert und die Flut von Herbstabenteuern außerhalb des Dungeons wich dieser unangenehmen Zeit, in der der Winter noch nicht in den tiefsten Tiefen angekommen war und die gefährlichsten Monster draußen ließ. Stattdessen brachte der Wechsel der Jahreszeiten noch mehr gefürchtete Dinge mit sich.

Bälle und weitere Soireen.

Das Team wurde dorthin geschleppt und war gezwungen, mit mehr Vertrautheit, jedoch weniger Komfort, zu interagieren. Die Gerüchte über die gefährlichen politischen Spiele gingen weiter, obwohl die meisten Mitglieder der Gruppe von solchen direkten Spielen verschont blieben. Ihre Allianzen wurden offengelegt; selbst heikle Untersuchungen wurden zurückgezogen.

Mit der Zeit wurde sogar Asins Anwesenheit akzeptiert, wenn nicht sogar gebilligt. Die Catkin wurde mehr als einmal in unangenehme gesellschaftliche Situationen gezwungen, aber es war Omrak, der sie zum ersten Mal in große Verlegenheit brachte. Der lüsterne junge Nordländer wurde in einer kompromittierenden Situation mit der Frau eines kleinen Adligen erwischt. Der daraus resultierende Skandal und das Duell, das Omrak mit Leichtigkeit gegen den Hauptmann der Hauswache gewann, waren wochenlang das Stadtgespräch.

Natürlich nur, bis der nächste Skandal aufkam.

In der Zwischenzeit florierte die Seven-Stones-Gilde. Gildenmeister Ronson und Vizegildenmeisterin Lady Marshall nutzten ihr neu gewonnenes Ansehen und den Kapitalzufluss durch gezielte Quests, um die Zahl und Größe der Gilde zu erhöhen. Neue Gebäude – in der Nähe der Gilde – wurden gekauft, neue Wohnsitze ausgebaut. Es wurde Druck ausgeübt, politischer Druck und Gold in ausreichender Menge, um ihren langjährigen Nachbarn dazu zu bringen, ihr Land zu verkaufen, was zu einer erheblichen Aufwertung und Erweiterung der Gildenhalle führte.

In vielerlei Hinsicht war der Zugang des Prinzen, trotz aller Bedenken des Königshauses oder des Gildenmeisters, wenn auch anfangs nicht ganz erfolgreich, so doch ein wunderbares Ergebnis.

All dieses wunderbare Glück ging Daniel immer wieder durch den Kopf, als er eines Morgens im Bett lag, während die Winterkälte vor seinem gemütlichen Haus heulte und er sich fragte:

Warum genau war er unzufrieden?

***

Die Gruppe war am Fuße der Treppe im Foyer der erweiterten Gildenhalle versammelt. Alle waren aufgestanden und bereit, einen neuen Tag zu beginnen. Daniel war der Letzte, der sich auf den Weg nach unten machte. Er rieb sich den Schlaf aus den Augen und überlegte, ob es eine Verschwendung seiner Erinnerungen war, ihn mit seiner Gabe zu wecken.

„Ah, unser Heiler ist endlich da. Wollen wir?", sagte Lady Nyssa und schenkte Daniel ein Lächeln, als er sich der Gruppe näherte.

„Schon wieder das Labyrinth?", sagte Daniel.

Seine Frage wurde mit einem mehrfachen Nicken quittiert. Asin, die Daniel vielleicht am besten kannte, neigte ihren Kopf zur Seite, als sie ihn betrachtete, und legte die Ohren an.

„Lasst uns nicht gehen", sagte Daniel ungestüm.

„Ah, eine Anfrage also?", sagte Roland und rieb sich das Kinn. „Wir haben schon seit ein paar Wochen keine mehr gemacht. Aber ich dachte, dein Gildenmeister hätte angedeutet, dass nichts in der richtigen Form angekommen ist. Oder hast du deine Meinung über Lady Mosejs Einladung geändert?" Ein anzügliches Grinsen.

„Nein." Daniel schüttelte entschieden den Kopf. QuanErs Gnade sei mit ihm, diese Adeligen waren einfach unerbittlich. „Keine Anfrage. Wir sind Abenteurer, keine Botenjungen. Oder... Leibwächter mit ausgestopften Speckschwänzen."

Die königliche Garde rührte sich ein wenig. Daniel war das egal, auch wenn das, was er gesagt hatte, als Beleidigung für sie angesehen werden könnte. Er war müde und unzufrieden. Er brauchte eine Veränderung, etwas mehr.

„Lasst uns Warmount machen."

Seine Worte lösten ein schockiertes Schweigen in der Gruppe aus, als sie ihn anstarrten. Die Wahrheit war, dass das Laufen von Warmount mit seiner breiten Palette von Aufträgen und Aufgaben eine übliche Sache bei den Abenteurer-Teams in der Hauptstadt war. Das Team – ohne Roland – hatte es wiederholt getan. Aber genau das – das ohne den Prinzen – war der Knackpunkt.

„Nein." Der Anführer der königlichen Garde trat vor und schürzte die Lippen, als er Daniel anblickte. „Du darfst den Prinzen nicht an einem solchen Ort gefährden."

„Ich gefährde niemanden", sagte Daniel und verschränkte seine Arme. „Er entscheidet sich aus freien Stücken dafür, mit uns zu kommen – wenn er es denn tut."

„Die Vereinbarung mit dem König..."

„Es gibt keine Vereinbarung", sagte Daniel. „Nur ein Versprechen, ihn am Leben zu halten. Und das werde ich. Oder bei dem Versuch sterben."

„Es geht uns nicht um deinen Tod."

„Das ist mir nur allzu klar", schimpfte Daniel. „Und es ist mir auch egal, was du denkst." Er wandte sich von dem Mann ab, von dem Daniel wusste, dass er ihn leicht töten konnte, und wandte sich an den dritten Prinzen. „Willst du dich uns anschließen?"

„Ich..." Roland zögerte, weil er von der Planänderung überrascht wurde. Sein Blick war zwiegespalten. „Wir, das..."

„Was er damit sagen will, ist, dass dies eine Entscheidung der Gruppe ist, nicht nur deine", sagte Lady Nyssa und berührte Daniel am Oberarm, bis er sich ihr ganz zuwandte. „Und es ist keine, die wir besprochen haben."

„Was gibt es da zu diskutieren? Wir gehen ständig nach Warmount", sagte Daniel. „Dort gibt es bessere Münzen, bessere Erfahrungen und eine bessere Ausbildung. In Warmount gibt es mehr zu lernen, als wir jemals im Labyrinth lernen können. Ich bin es leid, alle paar Tage durch verwinkelte Gänge zu laufen."

„Wir könnten... ähm... in andere... Dungeons", sagte Johan und rutschte unbehaglich hin und her. „Es gibt einige... in Tagesentfernung."

Bei seinen Worten nickte die Gruppe, auch die königliche Garde. Daniel schnaubte. „Ich wette, sie wollen die Reise Wochen im Voraus planen. Sie würden sich vergewissern, dass wir eine gute Unterkunft haben, das Gasthaus überprüfen und vielleicht sogar den Dungeon vorher von ihren Leuten überprüfen lassen."

„Warte", sagte Roland und sah Daniel an. „Bist du eher meiner überdrüssig als des Dungeons?"

Er klang verletzt und der Heiler bedauerte, wie er sich verhalten hatte. Aber...

„Es liegt nicht an dir. Es liegt an all dem hier." Eine Hand hob sich und er winkte um sich herum. „Ich bin es leid, zur Schau gestellt zu werden. Nicht das zu sein, was ich sein will."

„Und was ist das?", fragte der Hauptmann der Garde.

„Ein Abenteurer!"

„Du denkst, dass du keiner bist, wenn ich dabei bin?", sagte Roland.

„Kein echter."

„Ah... und das bedeutet natürlich, dass ich auch keiner bin..." Roland unterbrach sich und nickte. „Ja, natürlich. Ich hätte es wissen müssen."

Er wandte sich ab und ging zur Tür.

„Wohin gehst du?", rief Lady Nyssa.

„Nach Hause. Ich bin heute nicht in Form und nicht in der Lage, zu arbeiten", sagte Roland.

Lady Nyssa drehte sich um und starrte Daniel an. Der hatte nur die Arme verschränkt und sagte nichts, auch als Roland und seine Männer die Gruppe allein ließen.

Zur Überraschung aller war es Johan, der als Nächster das Wort ergriff. „Ich auch." Dann ließ er seinen Worten Taten folgen und verließ das Team ohne ein weiteres Mitglied.

Mit klopfenden Beinen starrte Lady Nyssa Daniel weiter an, bis sie ein frustriertes Schnaufen ausstieß. „Idiotisches Mannskind!"

Sie warf die Hände hoch und stürmte hinter Johan und Roland her, während Daniel allein zurückblieb. Als er sich zu den beiden anderen umdrehte – Charles folgte wie immer seiner Lady – fand er keine Unterstützung. Irgendwann war Asin weggegangen und ließ ihn zurück, um Omrak anzustarren, der nur den Kopf schüttelte, bevor er sich auf den Weg in den Speisesaal machte, wo immer noch das Frühstück serviert wurde.

Und dann war er allein.

„Gut! Ich habe euch sowieso nicht gebraucht."

Mit diesen Worten verließ Daniel die Gildenhalle und machte sich auf den Weg zum Dungeon. Er würde auf jeden Fall weitermachen. Schließlich benötigte jeder einen Heiler.

***

„Der Prinz ist bei seinen Studien und wird heute keine Gäste empfangen", verkündete der Palastwächter Lady Nyssa, während er ihr mit der Stangenwaffe den Zugang zum Palastgelände versperrte. Genauer gesagt, in das Palastinnere, da sie bereits im Palast war. Sie hatte ihn auf dem Weg verloren, weil sie nicht schnell genug war, um ihm zu folgen, und sich deshalb mit dem Fußgänger- und Kutschenverkehr herumschlagen musste.

Lady Nyssas Augen verengten sich, dann nickte sie dem Wachmann knapp, aber höflich zu. Sosehr es sie auch frustrierte, der Wachmann machte nur seine Arbeit. Es gab absolut keinen Grund, sich über ihn zu ärgern. Er hatte sicherlich nicht die Macht, sich einem königlichen Befehl zu widersetzen.

Sie drehte sich auf dem Absatz um und verließ mit Charles auf den Fersen den Palast, bevor etwas anderes ihren Tag ruinierte. Dieser verdammte, idiotische Heiler, dieser begriffsstutzige, schweinsköpfige, muskulöse Narr, der...

„Ah, Lady Nyssa. Heute keine Abenteurerin?" Eine Stimme durchbrach ihre Gedanken und zwang sie zum Innehalten, weil sie direkt vor ihr stand.

„Lady Walraus", sagte Lady Nyssa, drehte sich um und machte einen Knicks. Das musste sie auch, schließlich war sie nur das Kind eines niederen Adligen, verglichen mit Lady Walraus, der Frau eines Vicomte. Das bedeutete jedoch nicht, dass sie sie mögen oder ihr einen zu warmen

Empfang bereiten musste. Schließlich standen sie auf verschiedenen Seiten der sich anbahnenden politischen Schlacht.

„Oh? Keine Antwort? Nun, das ist natürlich nicht nötig. Jeder weiß, dass der Prinz zurückgestürmt ist, wütend und verärgert, bevor er sich selbst einsperrte. Aber was kann man schon erwarten? Von einem *König*." Die Worte klangen beinahe wie ein Spott. Beinahe.

Lady Nyssa sah sich um und bemerkte, dass einige der anderen umherwandernden Adligen, Pagen und Diener entweder langsamer geworden waren oder sich unverhohlen umgedreht hatten, um dieses Gespräch zu belauschen. Ihr Tonfall, ihre Herausforderung, es war ganz klar, dass sie ein weiteres Machtspielchen versuchte.

Und es lag an ihr, es im Keim zu ersticken.

„Ja. Wir hatten heute eine Meinungsverschiedenheit", sagte Lady Nyssa und wählte damit die beste Option. Die Wahrheit. Wenn die Frau bereits von dem Streit wusste, war es besser, mit der Wahrheit zu arbeiten, als eine Lüge auszuhecken, die später auffliegen würde. Das würde ihrer eigenen Position und dem, was sie zu sagen hatte, schaden. „In Dungeon-Gruppen gibt es sie immer. Aber das weißt du doch, schließlich hat deine Familie so viel erforscht." Ein zuckersüßer Ton, denn jeder wusste, dass die Walraus das nicht getan hatten. Sie waren Kaufleute, die ihren Status durch ihr Geld und nicht durch Waffengewalt erlangten. Eine neue Art von Adel, die im Keim erstickt werden musste. „Wenn eine Gruppe von hoch motivierten und hoch qualifizierten Menschen zusammenarbeitet, kommt es zu Konflikten."

„Es geht aber nicht um den Konflikt."

Dann hielt Lady Nyssa inne. Und wartete.

„Und worum geht es dabei?", sagte Lady Walraus.

Ihre Familie mochte klug im Geldverdienen sein, aber nichts davon war an Lady Walraus weitergegeben worden. Wäre sie nicht so hübsch und könnte mit einigen der älteren Männer im Rat umgehen, wäre Lady Nyssa sicher schon längst aus der Hauptstadt abgezogen worden. Eine so offensichtliche Falle.

„Es geht darum, wie wir die Dinge beenden." Ein Schlag. „Und eine Abenteurer-Gruppe endet immer gut."

Dann ein kurzer Knicks, während die Frau versuchte zu verstehen, was sie meinte, und Lady Nyssa fegte davon. Im Geiste verfluchte sie sich für den letzten Satz. Er hätte besser formuliert werden können. Etwas mit etwas mehr Biss und vielleicht einem Hauch von Drohung. Aber wie die Lady war sie selbst kein politisches Tier. Sie war nur eine Abenteurerin, die mitten in die Politik hineingestoßen wurde, wo sie nichts zu suchen hatte.

„Gut gemacht, Mylady." Charles unterbrach ihre spiralförmigen Gedanken, denn er war vorausgegangen, um die Tür aufzuhalten. Er hatte sie ohne ihre Aufforderung durch einige Seitengänge geführt, sodass sie den Palast durch einen der Seiteneingänge verlassen konnten. Es war kein Dienstboteneingang, aber nahe dran.

„Ich hätte es besser machen können."

„Dann solltest du üben." Charles hielt inne, dann neigte er den Kopf nach hinten und seine Augen wurden dunkel und düster. „Ich fürchte, wir werden alle mehr als genug Gelegenheit dazu haben."

„Alle außer diesem Idioten."

„Gut, ja. Der Heiler ist durch seine Gabe ziemlich isoliert."

Lady Nyssa fuhr sich mit der Hand durch die Haare und drehte sich von einer Seite zur anderen, um ihre Position zu erfassen. Dann ging ein leichtes Lächeln über ihr Gesicht, als sie erkannte, wo sie war. In der Tat...

„Gleich die Straße runter gibt es diesen schönen Teeladen..."

„Ja, Mylady", sagte Charles freundlich. Er beobachtete, wie sie wegging und atmete erleichtert auf, als sie sich eine Belohnung holte.

Er selbst konnte nicht anders, als sich an die dunklen Blicke und die zusätzliche Präsenz von Männern mit Schwertern zu erinnern. Mehr Leibwächter wie er, mehr als je zuvor. Auf beiden Seiten. Bei all den Wortgefechten, die gerade stattfanden, bei der Art und Weise, wie sie verschiedene Personen niedermachten und aufrichteten, waren diese Angriffe – abgesehen von gelegentlichen Selbstmorden – unblutig.

Aber alte Instinkte sagten dem Leibwächter, dass der bevorstehende Krieg vielleicht nicht mehr so unblutig bleiben würde, wie viele hofften. Und offensichtlich war sein Skill nicht das Einzige, das dies auslöste.

Kapitel 11

„Siehst du? Total friedlich, habe ich es dir nicht gesagt?", sagte Daniel, als er sich unter dem Schlag eines schwingenden Dreschflegels duckte. Der Dreschflegel flog über seinen Kopf und streifte die Helmspitze. Der Heiler knurrte ihn an und drehte seinen Schild zur Seite. Mit dem Gesicht zu dem Mann gedreht, der über die Zinne kletterte, führte Daniel einen **Schildschlag** nach vorne aus. Der Mann, der die Leiter, mit der er nach oben geklettert war, noch immer halb umklammert hielt, flog nach hinten und riss die Leiter und die Menschen hinter sich von der Wand der riesigen Burg mit.

Daniel konnte sich ein Grinsen nicht verkneifen, als er sah, wie der Mann von der Wand fiel und einen Haufen anderer mit sich riss. „Ich liebe es, wenn sie das tun. Wenn du den richtigen Zeitpunkt erwischst, packen sie immer fester zu."

„Toll, aber so bekommen wir ihre Manasteine nicht", sagte Omrak.

Um das zu unterstreichen, packte er seinen Gegner am Arm, zog ihn über die Mauer und schleuderte ihn auf den Boden. Der Hauptmann schlug um sich und fiel die langen zehn Meter, bevor er auf dem Hof aufschlug.

Rufe aus dem Inneren zeigten, wie unzufrieden die Menschen im Hof mit Omraks Methode waren, die Manasteine im Foyer aufzubewahren, ein Aspekt, über den Asin sich bei ihren Freunden aufgeregt hätte. Wenn sie gedacht hätte, dass es einen Unterschied machen würde. Und wenn sie nicht gerade dabei war von einer nahe gelegenen Zinne zu springen und auf einer fliegenden Harpyie zu landen, fädelten sich ihre beiden Messer in die weichen Schultergelenke des Rückens der Kreatur ein. Die beiden stürzten nach unten, bis die Catkin mit einem Stoß ihrer Beine von dem Monster absprang und mit den Füßen voran auf einem neuen Angreifer landete, um ihn zu zerquetschen. Eine schnelle Drehung und ein Stich setzten auch ihm ein Ende zu.

„Ich würde das nicht friedlich nennen", sagte Roland, der auf der gegenüberliegenden Seite der drei stand, unterstützt von Johan auf der anderen Seite und einer wachsamen Lady Nyssa und Charles.

Die beiden standen oben auf der Turmmauer, behielten die Gruppe im Auge und griffen gelegentlich an, wenn es nötig war. Charles natürlich viel öfter als der Magier, denn die Läufer – allesamt Abenteureranfänger – versorgten ihn reichlich mit Pfeilen.

„Sie machen mindestens zweimal am Tag diese Wandschübe", sagte Daniel, der herumstand und die Gruppe beobachtete.

Er stand in der Mitte der Mauer und direkt hinter ihm war eine improvisierte Heilstation aufgebaut. Der einfache Holzschuppen, der den Pfeilregen abhielt – viele schafften nicht einmal den Winkel –, diente auch als Unterkunft für die verletzten, beschworenen Soldaten und Abenteurer. Die Abenteurer, die sich auf der Mauer verteilten, waren eher eine Verstärkung für die ganze Sache, als dass sie die Mauer allein halten konnten.

„Ich weiß. Ich lebe hier, weißt du", sagte der Prinz sarkastisch. Er stieß mit seinem Schwert nach vorne und enthauptete einen weiteren Klammerer. Das menschliche Gesicht des Angreifers sah kurz überrascht aus, bevor er zu Boden ging. „Ich habe alle Geschichten gehört."

„Geschichten sind nicht die Realität", antwortete Daniel.

„Aber das hier scheint nahe genug dran zu sein." Roland sah sich um, nickte und hob seine Schwerthand. Es glühte kurz auf, füllte sich mit Licht und er trat an die Mauerkante heran. Mit einem schnellen Schwung schlug er mit seinem Schwert auf die Personen unter ihm ein, wobei das leuchtende Licht nach außen drang.

„Was war das?", sagte Daniel und seine Überraschung erlaubte es einem der Angreifer, ihn anzugreifen. Er knurrte und schlug dem armen Kämpfer ein paar Mal auf den Arm, bevor der Mischling aus Mensch und Beastkin von der Seite des Gebäudes fiel, während seine Seite schmerzte. Zum Glück hatte seine Plattenrüstung den Großteil des Angriffs abgefangen, aber die übertragene Energie tat trotzdem weh.

„Königlicher Schnitt", sagte Roland und stützte sich ein wenig auf sein Schwert, dessen Spitze sich in den Boden grub. Ein paar andere Abenteurer beäugten den Prinzen, weil er eine legendäre Waffe lässig als Requisite benutzte, aber niemand sagte etwas. Unter anderem war es unwahrscheinlich, dass die Waffe wegen so einer Kleinigkeit an Haltbarkeit verlor.

„Ich habe noch nie gesehen, dass du das benutzt hast", sagte Daniel.

Für einen Moment hatte die Gruppe eine kleine Pause und so nutzten sie die Zeit, um Wasser zu trinken, Wunden zu verbinden und sich auszuruhen, während sich die NSCs um die Kämpfe kümmerten. Nicht, dass viel los gewesen wäre, zumal der letzte Angriff des Prinzen die Leiterreihe entlang des von ihnen bewachten Bereichs zerstört hatte.

„Im Labyrinth ist es nicht so nützlich", sagte Roland. „Es funktioniert anhand der Anzahl der Personen, die sich in der Nähe und in meiner Aura befinden." Er nickte den verschiedenen NSCs zu, die an den Wänden arbeiteten, und fügte hinzu: „Sie zählen."

„Oh, eines von diesen Skills." Daniel nickte.

Er kannte das. Auf diese Weise konnten Adlige und Könige manchmal ihre Position halten, denn Skills, die es ihnen erlaubten, auf die breite Bevölkerung einzuwirken, verschafften ihnen in gewisser Weise einen Vorteil gegenüber einfachen Bürgern wie ihm. Das war natürlich nicht narrensicher, aber es machte die Anwesenheit eines Prinzen auf dem Schlachtfeld – wie die des ersten Prinzen – zu einem wichtigen Faktor in Gefechten. Das bedeutete natürlich auch, dass Meuchelmörder und Giftmischer wichtig waren, weshalb Heiler wie er so von Bedeutung waren.

Und was für eine Offenbarung war es für den armen Abenteurer, die komplizierten Kontrollen und Gleichgewichte zu verstehen, die dafür sorgen, dass alles auf einem höheren Niveau läuft. Wenn man etwas zu sehr aus dem Gleichgewicht bringt – wie zum Beispiel einen begabten Heiler, der mit jedem Gift oder jeder Verletzung umgehen kann, wenn man ihm Zeit gibt – wird das ganze Kartenhaus plötzlich instabil. Die Adligen hielten das Königtum in Schach, während die Bedrohung durch Massenaufstände und die Abenteurer, die diese anführten, dafür sorgten, dass sich Adlige und Königtum gegenseitig beobachteten.

Ein tiefes Grollen, das Daniel schon seit einiger Zeit hörte, aber jetzt noch viel deutlicher zu sein schien, lenkte seine Aufmerksamkeit wieder auf die Gegenwart. An der Seite winkte ein Team der Meisterklasse seinem Team zu, während zwei weitere Anfängerteams zu ihrem Abschnitt der Mauer strömten.

Die Gruppe joggte die Treppe hinunter und überquerte den belebten Innenhof, wobei Daniel einige Gesprächsfetzen aufschnappte, während seine **Heilende Aura (II)** immer wieder kleinere Schürfwunden und Schmerzen heilte und allen half.

„… habe es selbst gesehen. Doppelt so groß wie der letzte…"

„Belagerungsfeuerbälle haben nicht funktioniert…"

„Ich hasse Nahkämpfe…"

„… hey, das ist der Heiler. Ich glaube, ich könnte einen…"

„Jemanden zu verlieren…"

„Bestimmt nicht der Prinz."

Und dann bellte der Abenteurer der Meisterklasse Befehle und schickte sie zum Rennen. Sie hatten keine Zeit zuzuhören, sie hatten eine Aufgabe zu erledigen. Und ein bevorstehendes Problem, das auf die Art und Weise gelöst werden musste, wie alle Abenteurerprobleme gelöst werden.

Mit ein bisschen Stahl und einer Menge Blut.

***

Der massive Belagerungsturm, der den Hang hinaufrollte – und wie er das tat, konnte Daniel nur als eine Frage der Magie betrachten – war sogar höher als die Mauern, die er überragen sollte. Die Spitze des Turms zeigte sich schon früh und ermöglichte es den zahlreichen Magiern und Schamanen, die dort oben stationiert waren, ihre Zaubersprüche auf die Verteidiger zu wirken. Natürlich feuerten die auf den Türmen montierten Ballisten zurück, aber ein einfacher Schildzauber hielt den Turm weitgehend unversehrt. Selbst eingeschlagene Ballistabolzen, die den Schildzauber durchschlugen, konnten der mit Monsterhaut bedeckten Außenhülle des Belagerungsturms wenig anhaben.

Die **Feuerbälle**, **Eisstürme** und **Windklingen**, die die feindlichen Magier und Schamanen warfen, wurden von ihren eigenen Magiern geblockt oder abgewehrt. Daniel beobachtete das ganze Geschehen mit einem schiefen Grinsen. Er saß in geringer Entfernung in der Mitte eines Turms fest und konnte nur einen Blick durch die Pfeilschlitze erhaschen.

Tatsächlich nahm er nur das Flackern des Lichts und das Heulen der Angriffe wahr und füllte den Rest der Lücken aus seiner Erinnerung und seiner Fantasie. Schließlich erlaubte ihm Charles mit seinen mittelmäßigen

Schießkünsten nur ab und zu zu schießen, wenn er seine Armbrust nachgeladen hatte.

„Wie lange noch?", fragte Roland und bewegte sich unbehaglich. Der Prinz saß fast in der Mitte des Turms fest, geschützt durch das Gedränge der anderen Abenteurer, und konnte nicht viel sehen.

„Noch fünf oder sechs Minuten, schätze ich", sagte Johan und neigte den Kopf zur Seite, während er zuhörte.

„Wie kannst du das wissen? Du hast doch gar nicht hochgeschaut", brummte Roland.

„Der Lärm."

„Kannst du etwas Nützliches hören?" Roland fuchtelte mit der Hand herum und schlug der jungen Kämpferin neben ihm fast den Kopf ab. Er war so höflich, sich zu entschuldigen, obwohl die errötende Kriegerin, die den Kopf einzog und leise vor sich hin murmelte, sich wahrscheinlich mehr schämte, als sich zu entschuldigen.

„Es ist ein sehr markanter Klang."

„Was?"

„Die Annäherung an einen Belagerungsturm", erklärte Johan.

„Und wann hast du das gehört?", quengelte Roland.

„Ich bin ein Waffenmeister", sagte Johan, als ob das alles erklären würde. Und zu Daniels Überraschung schien es für Roland auszureichen, still zu werden.

Es dauerte nur eine Minute, bis der Mann wieder anfing, sich zu beschweren. Daniel beendete das Kurbeln seiner Armbrust, wartete, bis er an der Reihe war, und gab einen weiteren Schuss ab, um sie alle auszuschalten. Irgendwie bedauerte er es, dass er seine **Heilende Aura (II)** aktiviert hatte. Das bedeutete, dass der Meisterabenteurer sie angeschaut und dann beschlossen hatte, diesen Turm so dicht wie möglich zu besetzen, um die Aura voll auszunutzen.

Nicht, dass die zwanzig Minuten, die sie zusammensaßen, einen großen Unterschied gemacht hätten, außer bei der Regeneration der Ausdauer, aber Abenteurer waren es gewohnt, jeden kleinen Vorteil auszunutzen.

Doch schließlich kam der verdammte Belagerungsturm. Das Krachen und Rumpeln der Zugbrücke, die sie benutzten, um den Weg zwischen der schrägen Kante der Turmwände und dem Anfang des Belagerungsturms freizumachen, ließ alle ein wenig schwanken und stolpern, als es geschah. Ein abrupter, unterbrochener Schrei kündigte den Tod eines armen Unglücklichen an, und Daniel konnte nur hoffen, dass es ein NSC war. Das sollte er auch sein, wenn alle auf die Befehle hörten.

Nicht, dass es jemals eine Garantie gegeben hätte, aber Abenteurer lernten besser. Oder sie starben früher.

Und dann schlugen die Türen auf und ließen frische Luft herein. Oder zumindest Luft, die nicht aus einer Mischung von verschwitzten, blutigen, ungewaschenen Abenteurern bestand, die alle gleichermaßen nach Aufregung und Angst stanken. Die Masse der Abenteurer strömte heraus, angeführt von den üblichen Teams aus **Vorhut, Schildkriegern, schwerer Infanterie** und in einem Fall einem **Südländer-Krieger**, der gegen die Wand stürmte und jeden umwarf, der ihm im Weg stand.

Sie ließen Daniels Team zurück, um die Nachhut zu bilden. Dort, wo sie mit dem Prinzen „sicher" sein würden.

***

„Wer schleicht sich durch einen ganzen Belagerungsturm?", brüllte Omrak, sein Körper war von einer roten Aura umhüllt, als er die Tür des viel kleineren, viel eckigeren Belagerungsturms aufhielt, der direkt neben dem größeren Turm aufgetaucht war. Seine Zugbrücke war gerade heruntergefallen, als das Team ankam, und zwang es, auszuweichen, um den plötzlichen Überraschungsangriff abzuwehren, als **Plänkler** und **Belagerungskrieger** erschienen. Schon in den wenigen Minuten des Kampfes hatte sich der Nordländer ein Dutzend Wunden zugezogen, und Daniel hatte Mühe, seine Heilzauber auf ihn anzuwenden und seine Seite der Brücke zu halten.

„Zieh dich zurück, Heiler. Wir brauchen dich zum Heilen!", bellte Roland Daniel an.

Eine Sekunde lang zögerte Daniel, dann entschied er sich, zu tun, was der Prinz sagte. Er hatte automatisch die Position neben Omrak eingenommen, seine alten Instinkte meldeten sich und er blockte den

Prinzen ab. Und dann war der anfängliche Druck zu sehr mit ihm beschäftigt gewesen, als dass er hätte zurückweichen können, bevor ihm klar wurde, dass es vielleicht eine gute Idee war, den Prinzen zu schützen.

Aber Ritterlichkeit war etwas für einen anderen Zeitpunkt.

Sein blonder Freund taumelte und sah ziemlich mitgenommen aus, und das **Zeichen des Heilers** allein war nicht genug. Eine schnelle Serie von **Doppelschlägen** trieb Daniels letzten Angreifer zurück, dann wich er zurück und öffnete eine Lücke, in die sich ein anderer **Plänkler** ducken wollte,... nur um einen Pfeil ins Knie zu bekommen, der den mutigen Narren von der schwankenden hölzernen Zugbrücke ins Verderben stolpern ließ.

Roland schlüpfte wortlos auf den freigewordenen Platz und bahnte sich mit seinem Schwert einen Weg durch die Verteidigungsanlagen, während Omrak weiter nach vorne rutschte, um dem Prinzen Platz zum Arbeiten zu geben. Daniel beendete seinen Zauber und klopfte dem Nordländer auf den Rücken, wobei er ihn mit **Heilen: mittlere Wunden** überzog und seinen Körper wieder zusammennähte.

Grinsend ließ der Nordländer die Schulter sinken und stürmte vorwärts, wobei er ein weiteres Paar Hiebe einstecken musste, bevor er sein Skill **Zorn des Nordens** in der Mitte des Gebäudes freisetzte. Aufgestaute Blitze trafen sowohl die Magier und Bogenschützen oben als auch diejenigen, die versuchten, die Innentreppe des Gebäudes hinaufzuklettern. Dann stolperte der Nordländer zurück, um sich seinen Freunden anzuschließen, während Daniel einen weiteren Zauber wirkte, und bewies dabei nicht nur Mut, sondern auch Verstand.

Und dann ging der Kampf wieder los. Oben konnte Daniel die schnelle, flackernde Bewegung eines schwarzen Schwanzes und einer kurzen, sich drehenden Catkin sehen. Anstatt sich von ihren Gegnern angreifen zu lassen, war die Catkin selbst auf den Belagerungsturm gesprungen und hatte die Aufmerksamkeit der anderen auf sich gezogen. Mithilfe der gelegentlichen Schüsse von Charles schaffte sie es, den Weg freizuhalten, obwohl sie ihr Bestes geben musste, um die Falltür mit Leichen zu bestücken, damit keine Verstärkung eintraf.

Lange Minuten kämpfte die Gruppe und ein weiteres Anfänger-Abenteurerteam schloss sich ihnen an, um Wache zu halten. Es schien, als würde der Belagerungsturm immer mehr Individuen hervorbringen – eine Tatsache, die, wie Daniel erkannte, nur zum Teil stimmte. Durch die Öffnung unterhalb des Turms konnten andere nach oben klettern und den Angriff verstärken.

Mit großen, verständnisvollen Augen rief Daniel von seinem Posten direkt hinter den Frontkämpfern. „Wir müssen den verdammten Belagerungsturm abreißen!"

„Ich bin offen für Ideen", schnauzte der Anfänger an der Seite von Daniel. „Mein Alchemist hat jeden **Feuertrank,** den er hat, in die Luke geworfen, aber keiner hat sich verfangen. Wir haben Lampenöl in die Seiten geschüttet, und nun ja..."

Er gestikulierte, und Daniel musste zustimmen. Das Feuer hatte sich zwar entzündet, aber die Flammen hatten dem von Monstern bedeckten Belagerungsturm nicht viel anhaben können.

„Ich schaffe das!", rief Lady Nyssa. „Gebt mir einfach Deckung."

Als Daniel zurückblickte, sah er, dass die Magierin sich nach vorne bewegte. Sie beschwor bereits eine **Schallkugel** in ihrer Hand, die viel größer war als die, die sie normalerweise erzeugte. Und anstatt sie nach ein paar Sekunden wieder wegzuwerfen, wie sie es normalerweise tat, kanalisierte sie weiter.

Als Daniel erkannte, wie verwundbar die Frau war, wich er zurück und stellte seinen Schild vor sie. Es vergingen lange Minuten, in denen sie mit gelegentlichen Pfeilen und in einem Fall mit einem gut geworfenen **Manapfeil zu** kämpfen hatte, bevor sie sich zu ihm hinüberbeugte und ihm etwas zuflüsterte:

„Auf drei."

Fröstelnd nickte Daniel. Mit geröteten Augen bemerkte er, wie nah sie war und wie wenig ihre schützenden Roben ihre Figur verbargen. Dann war der Countdown vorbei und er trat zur Seite, um ihr Platz zu machen.

Während sie ihre Hände nach vorne stieß und die Kugel durch die Luft wirbelte, brüllte Daniel: „ZURÜCK!"

Das Team kletterte aus dem Weg und rannte über die Zugbrücke, während der Turm zu zittern begann, als die **Schallkugel** einschlug. Anstatt zu verschwinden oder sich auszudehnen, schien sie an der Struktur zu haften und das Ding immer wieder zu erschüttern. Jeden Moment wurden die Vibrationen stärker und schneller und begleiteten einen immer lauter werdenden Schrei aus gequältem Holz.

Ein letzter, protestierender Schrei und der gesamte Belagerungsturm brach auseinander, die Verbindungen, die ihn zusammenhielten, wurden durch seine eigenen Schwingungen zerrissen. Die Ohren dröhnten noch immer und Daniel sah, wie eine letzte Gestalt mit einem Rückwärtssalto von der Spitze des Turms durch die Luft flog und auf einem Zinnenkranz neben ihm landete und grinste, als sie die Zerstörung sah.

Der fallende Turm stürzte ein und schlug gegen den massiven Belagerungsturm. Die Flammen hatten sich in der Mitte ausgebreitet und das geschwächte Bauwerk begann auseinanderzufallen, während die anderen Abenteurer zurückliefen oder in einigen Fällen direkt nach Warmount zurückteleportiert wurden.

Daniel schüttelte den Kopf, seine Ohren klingelten von der schieren Lautstärke der Geräusche, selbst durch die Schutzzauber, und er konnte nicht anders, als Asin zu fragen.

„Was hat dich aufgehalten?"

Als Antwort hielt die Catkin ihre Hand hoch, die mit Dutzenden von Manasteinen gefüllt war, und schnappte sich eine Goldkette.

Neben ihm verschluckte sich Lady Nyssa an einem Kichern, bevor sie über die gierigen Eskapaden der Catkin lachte. Schon bald wurde der Jubel der siegreichen Gruppe von weiteren Jubelrufen begleitet. Daniel musste zugeben, dass ihre erste Reise nach Warmount als Team ein ziemlich lukrativer Erfolg sein würde.

Kapitel 12

Johan zerrte an seiner Tunika und dann am Kragen, bevor seine Hände zu seinem Gürtel und seiner Hose wanderten. Bevor sie dort ankamen, war seine Mutter da und schlug seine Hände zur Seite.

„Hör auf damit. Die Schneider und Diener haben ewig gebraucht, um es richtig hinzubekommen. Wenn du nur aufhören könntest zu wachsen…“, zischte seine Mutter missbilligend.

Johan runzelte die Stirn, ließ sie aber gewähren, während ihm die Röte ins Gesicht zu steigen drohte. Er brauchte sich nicht viel umzudrehen, um die Blicke der anderen Höflinge zu sehen, die sich über die Szene, die seine Mutter machte, und über seine Kleidung lustig machten.

„Du… Du weißt, dass ich gelevelt bin, oder, Ma? Ich… Ich musste, mmhhmm… mehr Punkte in Stärke und äh, Beweglichkeit stecken. Wenn ich meinen, ähm… Job machen soll…“

„Natürlich musst du deinen Job machen. Ich habe nie gesagt, dass du deinen Job nicht machen sollst. Habe ich das gesagt?“, antwortete seine Mutter, ihre grauen Augen verengten sich auf den jungen Adligen, und zwang sich zu einem widerwilligen Kopfschütteln. „Ich wünschte nur, du müsstest nicht ständig wachsen. Es ist so… so… athletisch.“

„Ja, das ist er wirklich, nicht wahr?“ Die Stimme, die das Gespräch der beiden durchbrach, ließ seine Mutter und Johan erstarren, wenn auch aus unterschiedlichen Gründen. Seine Mutter drehte sich um und lächelte verärgert und erfreut zugleich, während Johan die ältere Matriarchin ansah, die sie anschaute. Hinter ihr starrte das Trio von Wachen, das die Gruppe bewachte, Johan an, doch der Waffenmeister merkte, dass er wenig Angst vor ihrem Blick hatte.

Aus dem Training raus, Papierlevel. Das waren die Worte, die ihm durch den Kopf gingen und die sich in seinen Augen widerspiegelten, als er die drei anstarrte, und sein verächtlicher Blick reichte aus, um sie zu verunsichern. Doch sie sagten nichts, wie die guten Leibwächter, die sie waren.

„Johan, du hast die Vizegräfin Walraus nicht begrüßt“, sagte seine Mutter und zwang Johan, sich umzudrehen. Er begrüßte sie mit der üblichen rituellen Verbeugung und dem Handkuss, obwohl er das Gespräch mitbekam, das über ihre Gesellschaft entbrannte.

Nachdem er gegrüßt hatte, entließen ihn seine Mutter und die Vizegräfin Walraus und plapperten über Kleidung und Bälle. Er hörte nur halb zu, da das meiste davon für ihn und seine eigenen Belange unwichtig war. Aber da er gezwungen war, mit dem Prinzen und Lady Nyssa zu feiern, wusste er über die meisten Ereignisse in der Hauptstadt besser Bescheid als die meisten anderen.

Inklusive – „Ich... Ich werde nicht... ähm... teilnehmen, ähm, Mutter", unterbrach Johan sanft.

„Warum denn nicht?" Seine Mutter drehte sich um. „Erwartest du, dass ich allein gehe?"

„Nein... nein... nein. Ich bin... vielleicht... ähm... vielleicht Lord Smith?", sagte Johan etwas beschwichtigend, nur damit seine Mutter ihm ein Stirnrunzeln zuwarf. Anscheinend hatte er den Punkt verpasst, an dem sich seine Mutter von Lord Smith abgewandt hatte. „Ich... der Prinz. Er, ähm, er hat mich eingeladen. Zu einer Veranstaltung."

Dieser letzte Satz genügte, um sowohl seine Mutter als auch die Vizegräfin zu beruhigen. Es gab wenig zu sagen, zumindest wenig Substanzielles. Nicht, dass die beiden nicht versucht hätten, weiter über die Dinge zu sprechen, was ihn zugegebenermaßen in den Wahnsinn trieb. Doch Langeweile und Wiederholungen waren etwas, das ihm sein Kampftraining in Hülle und Fülle beschert hatte, und dieses Gespräch war, wie der Schmerz, eine vorübergehende Sache.

Als die Vizegräfin sie schließlich verließ, konnte Johan nicht anders, als sich zu seiner Mutter umzudrehen und seine Stimme zu senken, auch wenn sie weiter im Raum warteten. Er hasste es, dass sie hier warten mussten, aber selbst für Adlige hörte die Bürokratie nicht auf. Und dieses Mal zahlten sie wenigstens eines der kaiserlichen Darlehen für ihre mageren Besitztümer ab, anstatt um eine weitere Verlängerung zu betteln. Ein Abenteurer zu sein, der Dungeons der Meisterklasse und der Fortgeschrittenenklasse räumte, war wirklich profitabel.

Dennoch. „Ich wünschte... ich wünschte, du würdest aufhören. Ähm, zu sprechen. Mit ihr."

„Die Vizegräfin war in der Vergangenheit eine gute Freundin von uns. Es ist immer gut, solche Verbindungen aufrechtzuerhalten", schimpfte seine Mutter.

„Aber... wir brauchen sie nicht. Nicht mehr." Johan klopfte auf seinen Münzbeutel.

Er war ziemlich neidisch auf das **Inventar** der Abenteurer, denn seine eigene Version erlaubte es ihm nur, Waffen und Rüstungen aufzubewahren. Andererseits konnte er sie im Gegensatz zu den Abenteurern mit eigener Skillfertigkeit jederzeit ausrüsten, das hatte Vorteile. Trotzdem waren sie im Gegensatz zu ihm schwer zu beklauen.

„Und was ist, wenn du, wie dein verstorbener Vater, mich einfach wieder verlässt? Wie soll ich dann zurechtkommen, hm?", sagte seine Mutter bissig.

Johan konnte nicht anders, als zusammenzuzucken und den Kopf ein wenig zu senken, als sie ihn zurechtwies. Immerhin hatte sie recht: Der Tod seines Vaters war der Grund für den Beginn ihrer Probleme gewesen. Andererseits...

„Ich werde nicht... nicht... ähm... sterben. Und du weißt, du kennst die Seiten. Du weißt schon, auf welcher Seite sie steht...", murmelte Johan. „Es ist... es ist schlimm. Dass wir ihr etwas schulden."

„Ach, Quatsch. Dein Prinz weiß genau, dass er dir das nicht übel nehmen kann. Und es ist gut, sich Optionen offenzuhalten. Ich glaube, wir sind als Nächstes dran, also mach dich bereit..."

Seufzend richtete sich Johan auf und nickte dem Diener zu, der an der Tür erschien und sie hereinwinkte. Er beschloss, dass es sich lohnte, sich in zu enge Kleidung zu zwängen, um eine weitere Schuld zu begleichen. Wenn sie weiterhin so viel verdienten wie bisher, konnte er sogar die Schulden der Familie bei der Vizegräfin und den anderen adligen Kredithaien abbezahlen.

Und wäre das nicht ein Tag zum Feiern?

***

„Das... Das ist zu viel", sagte Daniel und betrachtete die stählerne goldene Armschiene in seiner Hand. Er drehte sie immer wieder um, und seine Haut kribbelte ein wenig angesichts der Magie, die seine Aura durchflutete. Dies war kein einfacher verzauberter Gegenstand, sondern ein Meisterwerk. Er war so gut gearbeitet, dass selbst die zahlreichen Verzauberungen, die er trug, nur unmerklich mit ihm interagierten und er ihn ohne Bedenken mit sich führen konnte.

„Zu viel, sagst du", sagte der alte Mann und schaute Daniel von dem Bett aus an, auf dem er sich aufgestützt hatte. „Sag mir, wie oft hast du mich besucht?"

„Ähm..." Daniel hielt inne und zerbrach sich den Kopf.

„Ich brauche keine exakte Zahl. Nur eine allgemeine Vorstellung, dummes Kind."

„Gut, ich schätze, einmal pro Woche in den letzten drei Monaten, das wäre...", stotterte Daniel.

„Zu viel! Und wir bezahlen dich kaum für deine Zeit", sagte der alte Mann mürrisch.

„Die Preise werden ausgehandelt mit..."

„Die Preise sind Müll. Genau wie deine Bescheidenheit. Kein Heiler – nicht einmal Rotfield – kann tun, was du getan hast." Der alte Mann winkte Daniel mit der Hand zu. „Jeder Tarif, den dein Gildenmeister ausgehandelt hat, ist angesichts dieser Tatsache unzureichend."

„Ich habe dich aber nicht geheilt, Lord Krout", sagte Daniel traurig.

„Aber du hast mir den Kopf frei gemacht und mir drei weitere Monate geschenkt – vielleicht sogar mehr –, die ich nie gehabt hätte. Ich habe es geschafft, die Finanzen des Hauses in Ordnung zu bringen – etwas, das ich schon vor langer Zeit hätte tun sollen, und wehe, du sagst meinem Sohn, dass ich das gesagt habe. Er würde mir das nie glauben, wenn ich es zugeben würde." Lord Krout seufzte. „Du hast mir Zeit gegeben, mein Enkelkind aufwachsen zu sehen. All das ist mehr wert als die Handvoll Gold, die wir dir gegeben haben."

„Aber dieser Armreif..."

„Ist für meine Nachkommen nutzlos." Krout schüttelte den Kopf. „Ich habe schon mehr als genug Gegenstände in die Familiengruft gebracht. Für diesen hier haben sie sowieso keine Verwendung. Es ist ja nicht so, dass sie auf Entdeckungsreise gehen."

Daniel nickte ein wenig. Es stimmte. Das Haus Krout war einer der ersten Abenteurer gewesen, die einen neuen fortgeschrittenen Dungeon gefunden hatten, und hatte mit seinem Team tief im Inneren gekämpft, um ihn zu befreien. Sechs Monate lang hatten sie dort ausgeharrt, bis eine richtige Gildenpräsenz aufgebaut worden war, und den Dungeon immer wieder gesäubert.

Im Zuge dieser Aufräumarbeiten hatten sie es geschafft, ihr Vermögen zusammen mit dem Kopfgeld zu verdienen, das das Königreich für die Ansiedlung neuer Dungeons aussetzte. Das hatte die Geschicke des einst kränkelnden Adelshauses Krout gewendet und es wieder auf die Beine gebracht. Und nun wurde der Mountaindale Dungeon regelmäßig betrieben und ein kleines, aber wachsendes Dorf bildete sich um ihn herum.

Trotzdem drehte Daniel den Armreif in seiner Hand und schaute sich die Informationen noch einmal an.

Armreif des blutenden Dorns (Meisterwerk)

Der Armreif des blutenden Dorns ist eine zweifach verzauberte Ausrüstung, die Gegnern in der Aura des Trägers geringen, aber beständigen Schaden zufügt und gleichzeitig einen kleinen Teil der Lebenskraft des Trägers absaugt und speichert. Diese abgezapfte Lebenskraft kann auf Befehl an den Träger zurückgegeben werden, wodurch ein kurzfristiger Heileffekt entsteht.

Effekt 1: Fügt Feinden, die sich in der Aura des Nutzers befinden, 5 bis 7 Schaden pro Sekunde zu.

Effekt 2: Saugt und speichert maximal 47 Lebenspunkte. Diese Lebenspunkte können nur bei Auslösung des Effekts an den Benutzer zurückgegeben werden.

„Dies ist ein Gegenstand mit zwei Verzauberungen. Und einer davon ist sehr mächtig. So etwas kann man nicht einmal kaufen", murmelte Daniel und starrte auf den Armreif.

„Nein, das kannst du nicht. Es ist gut, dass ich gerade mit dem Hersteller gelevelt habe", grinste Krout. „Wie auch immer, wenn du es nicht als Bezahlung akzeptierst, betrachte es als Versicherung meinerseits."

„Versicherung?", sagte Daniel.

„Natürlich. Ich brauche dich, damit du immer wieder zurückkommst, und das kannst du nicht, wenn du durch einen schlechten Block stirbst. Oder durch einen Dolch im Dunkeln."

„Die meisten meiner Angreifer kommen von vorne", sagte Daniel. „Und im Dungeon benutzt niemand Dolche. Das weißt du doch."

„Hah. So unschuldig." Krout verengte die Augen, dann schüttelte er nach kurzem Überlegen den Kopf. „So oder so. Behalte es. Komm wieder. Nächste Woche! Jetzt will ich ein Brathähnchen. Deine Heilung macht mich immer hungrig."

Schon entließ er Daniel und brüllte dem Diener seine Bestellung für Bier, Brathähnchen und Kartoffeln in großen Mengen entgegen, während der Abenteurer nur zusah. Nach einer weiteren Sekunde des Zögerns ließ er den Armreif in seinem Inventar verschwinden.

Auch wenn der alte Mann dachte, dass es keine große Sache zum Verschenken war, war es vielleicht nicht die beste Option, die neue Errungenschaft vor seinen Kindern zur Schau zu stellen. Bewundern – und ausrüsten – konnte er sie immer noch später. Ihr nächster Durchgang war schließlich schon morgen.

Mit einem letzten Nicken und einer leichten Verbeugung verabschiedete sich Daniel. Lord Krout war nicht der Einzige, der Heilung brauchte und es nicht in die Gildenhalle schaffen konnte.

***

Asin knurrte leise und beobachtete das Schlägerquartett, das sich von ihrem Sitzplatz aus die Straße hinunterschlich. Sie schnupperte ein wenig und nahm ihren Geruch wahr, den beißenden Gestank von altem Alkohol, der aus ihren Poren geschwitzt wurde, und den Mangel an Hygiene, der bei Menschen so üblich war. Warum weigerten sich die Menschen – vor allem die Männer –, sich um ihre Körperhygiene zu kümmern? Das würde sie nie verstehen. Sie erwartete nicht, dass sie sich den Hintern leckten wie die Caninekin, aber wenigstens sollten sie sich mehr als einmal abwischen...

Vielleicht war das nur eine weitere Möglichkeit, wie sie den Beastkin das Leben schwer machen konnten. Das war seltsamerweise ein angenehmerer

Gedanke als die Tatsache, dass die Menschen freiwillig in diesem unhygienischen Dreck herumlaufen, in dem sie stecken.

„Diese drei?", fragte Asin und wusste, dass sie es waren. Trotzdem ist es besser, sicher zu sein.

Der junge Monkeykin, das neben ihr hing, nickte und wickelte seinen Schwanz um den Stützpfosten. Er stützte einen Arm, der nach seiner letzten Begegnung bandagiert und geschient war. Verdammte Menschen... dann schüttelte Asin den Kopf. Nicht alle Menschen, nur einige von ihnen. Manche waren gut, wie der, der versprochen hatte, nach seiner Runde bei uns vorbeizuschauen. Wenn er es tatsächlich schaffte, musste sie dafür sorgen, dass der junge Apollos neben ihr in der Nähe saß. Selbst wenn Daniel kein Mana mehr hatte, konnte die **Heilende Aura II** helfen, vor allem bei der kleinen Infektion, die sich das Monkeykin eingefangen hatte.

Aber vorher musste sie noch dieses Problem lösen.

Als Asin merkte, dass das Trio es weit genug in die Gasse geschafft hatte, stürzte sie sich von der Kante des Gebäudes und ließ das Dachgebälk durch die Luft purzeln. Sie landete ohne ein Geräusch, denn das einfache **Anmut der Katze-**Skill war mehr als ausreichend, um den Fall aus sechs Metern Höhe abzufangen.

Hinter dem Trio entblößte sie ihre Klauen und bewegte sich nach vorne. In der Hocke und mit angehaltenem Atem schlug sie schnell und hart zu. Sie kratzte über die Rückseite der Beine, durchtrennte Sehnen und zerriss Haut und Bänder mit einem Minimum an Blut. Der Erste ging fast lautlos zu Boden, der Zweite drehte sich kaum um, um zu sehen, was das Problem war, bevor sie sein Hinterbein ausschaltete und dann einem Wurf ausweichen musste.

Der dritte Schlag war der schnellste: Der **Schläger** schlug zu und erwischte sie fast mit einem **Sucker Punch**. Das Skill machte es einem normalen Menschen sehr schwer, auszuweichen, denn es täuschte sein Gefühl für Timing und Distanz. Asin war aber kein normaler Mensch, sondern eine Abenteurerin. Und ob er nun ein hochrangiger **Schläger** war oder nicht, er hatte es immer noch mit einer Abenteurerin zu tun, die jeden zweiten Tag mit dem Tod konfrontiert wurde.

Sie lehnte sich zurück und spürte, wie der Wind des Heumachers an ihr vorbeizog. Bevor er wieder angreifen konnte, holte sie mit ihren Klauen aus und riss an den Armen. Zu ihrer Überraschung glitten ihre Krallen von der Haut ab und hinterließen kaum einen Abdruck.

„**Abgehärtete Haut**, Närrin! Glaubst du, ein Abenteurer zu sein, bedeutet viel in einem Faustkampf?", knurrte der **Schläger**, bevor er mit einem **Schlagabtausch** loslegte.

Asin drehte sich nach hinten und wich dem Angriff aus, denn sie wusste, dass eine solche Serie von Schlägen im Nahkampf ihn schnell erschöpfen würde. Mit einem schnellen Entschluss zog sie ihr Blitzamulett heraus und rüstete es wieder auf, indem sie es einfach über ihren Kopf gleiten ließ. Sie zitterte ein wenig, als sie spürte, wie es sich erneut mit ihrer Aura verband und sie auflud.

Danach war der Kampf so gut wie vorbei. Er war vielleicht schneller, vielleicht sogar besser als sie im Nahkampf. Aber sie befand sich in einer mit Trümmern übersäten Gasse und besaß eine Verzauberung, die es ihr ermöglichte, ihre Wurfwaffen mit Blitzen aufzuladen. Blitze, gegen die ihr Gegner keine wirkliche Verteidigung hatte.

Als er schließlich zu Boden ging, verpasste sie ihm natürlich noch ein paar Tritte und brach ihm ein paar Rippen, bevor sie mit dem mageren Geldbeutel des Trios in der Hand hinausschlenderte. Sie würden in nächster Zeit nicht mehr ins Quartier der Beastkin zurückkehren.

Das machte die anderen nicht glücklich.

„*Das ist schon die dritte Gruppe diese Woche.*" Die Stimme kam zu Asin herüber, als sie am Straßenstand Platz nahm und das Mittagessen für alle mit ihrem ergaunerten Geld bezahlte. Es war das Beste, das Geld schnell zu verteilen, bevor sie danach suchten.

„*Die dritte Gruppe wurde auch losgeschickt*", antwortete Asin.

„*Dass du dich mit dem Prinzen herumtreibst, hat uns das eingebrockt. Du bist zu weit gegangen, weshalb die Adligen merken, dass wir da sind.*" Der Boarkin, der sie beschuldigte, setzte sich Asin gegenüber, ohne zu fragen, und die großen Hauer seines Kinns wackelten bei jedem Wort. „*Du solltest aufhören. Sie werden uns bald wieder vergessen haben.*"

„Ich werde nicht aufhören. Ich habe es dir schon gesagt. Das ist meine Gruppe. Außerdem bist du ein Narr, wenn du glaubst, dass sie uns jemals vergessen haben. Sie haben uns einfach ignoriert, weil sie zu sehr damit beschäftigt sind, sich gegenseitig zu bekämpfen. Aber wenn wir jemals zu groß werden, werden sie sich daran erinnern und uns niederreißen.“

„Genau! Und wir sollten das Boot nicht ins Wanken bringen.“

„Das Leben ist für sie ein Scherbenhaufen“, schnauzte Asin. *„Auf diese Weise könnten wir wenigstens einige von ihnen daran erinnern, dass wir gar nicht so anders sind. Und ein Prinz, der uns mag, kann eine Menge bewirken.“*

„Sei keine Närrin, Kind.“ Eine andere Stimme, diesmal älter und freundlicher.

Die beiden streitenden Beastkin standen auf, und wandten sich dem Redner zu, wobei sie dem Ratkin, der auf sie zukam, respektvoll zunickten. Er hatte einen Stab in einer Hand, der ihm in seinem kleinen braunen Gewand beim Gehen half. *„Von den Menschen zu erwarten, dass sie uns helfen, ist immer die Erwartung eines Narren.“*

Asin kniff die Augen zusammen, als ein Tumult auf der Straße ihre Aufmerksamkeit erregte. Es war eine ziemliche Entfernung, aber selbst von hier aus konnte Asin seinen Geruch und seine fröhliche Stimme wahrnehmen, als er sich mit den Umstehenden unterhielt. Schon bald, das wusste Asin, würde er mit seiner **Heilende Aura (II)** auf Hochtouren laufen und den Menschen in der Nähe helfen.

Der Ratkin hielt inne und betrachtete die Störung, bevor er sich an die grinsende Catkin wandte und hinzufügte: *„Wie ich schon sagte. Die Erwartung eines Narren.“* Dann wurde die alte, strenge Miene weicher. „Aber danke QuanEr für die Narren.“

Die Gruppe der Beastkin konnte dazu nur zustimmend nicken.

In der Tat, danke QuanEr.

Kapitel 13

„Ein Einsatz?“, wiederholte Daniel und starrte stirnrunzelnd zu dem Abenteurer der Meisterklasse hoch. Der Mann war für diese Seite der Mauer verantwortlich – oder in diesem Fall für die Seite des Berges, die die Mauer und einen Teil der Festung bildete – und war damit nominell für die Abenteuerteams für Fortgeschrittene und Anfänger zuständig, die ihr zugeteilt waren. Dennoch. „Das scheint ziemlich gefährlich zu sein. Vor allem ohne angemessene Verstärkung.“

„Willst du sagen, dass mein Team nicht genug ist?“ Graue Augen blitzten auf, als der Mann sich über Daniel erhob. Da er ein paar Zentimeter kleiner war als der Durchschnitt, war Daniel daran gewöhnt, überragt zu werden. Aber das machte es auch nicht angenehmer.

„Nein, Sir. Aber ist es nicht normal, dass es mindestens zwei Teams gibt?“, wiederholte Daniel.

„Mindestens zwei, besser drei. Vier, um sicher zu sein“, meldete sich Johan zu Wort. Normalerweise war er weniger selbstbewusst, aber sein Stottern hatte sich langsam verbessert. Nicht, dass er jemals gestottert hätte, wenn es darum ging, über Taktik oder Waffen zu sprechen.

„Wir sind die Goldene Vorhut! Wir sind besser als zwei Teams zusammen“, schnauzte der Abenteurer. „Wie auch immer, das wird ein kurzer Schlag. Der Minenschacht, den sie abgeworfen haben, ist nur ein paar hundert Meter von der Mauer entfernt, also wird es ein kurzer Vorstoß sein; wir werfen die alchemistischen Bomben in den Luftschacht und ziehen uns dann sofort zurück. Kein Grund, eine große Sache daraus zu machen.“

„Wenn die Tür offen bleibt...“, sagte Daniel und warf einen Blick auf das Seitentor, das sie öffnen wollten. Eine der Schwachstellen in der gesamten Konstruktion der Burg, aber auch einer der Bereiche, die sie nutzen konnten, um ihre Gegner zu treffen.

„Es gibt ein Tötungsfeld und die Anfänger-Abenteurer haben genug Alchemikalien, um selbst ein Team der Meisterklasse aufzuhalten. Außerdem gibt es zwei Teams der Meisterklasse, die für Belagerungswaffen vier zuständig sind und in weniger als einer Minute hier sein könnten“, sagte der Abenteurer. „Ich bin kein kompletter Narr.“

Daniel wollte protestieren, entschied sich dann aber, den Mund zu halten. Stattdessen schaute er zu Roland hinüber, der die Festung überblickte.

„Ihr habt darauf bestanden, dass ihr nur eine weitere Abenteurergruppe seid, richtig? Oder seid ihr auf Almosen aus, weil ihr jetzt den Prinzen habt?"

Diese Worte wurden mit einem Spott gesagt, der Daniel anspannte. Das lag auch daran, dass er genau diese Worte schon oft zu anderen Teamleitern gesagt hatte, weil er sich nie einen besonderen Vorteil erhoffte. Oder zurückgehalten zu werden. Als er sie jetzt zum ersten Mal gegen sich hörte, wurde ihm klar, wie dumm sie klangen.

„Ich..."

„Wir werden es tun", meldete sich Roland zu Wort und unterbrach das Gespräch. „Wenn alle anderen sich auf den Weg machen, müssen wir auch dabei sein. Sonst ist die ganze Aktion wirklich zu schwach."

„Eure Hoheit...", meldete sich Lady Nyssa zu Wort, woraufhin Roland sie nur anschaute. „Roland. Du weißt, dass das viel riskanter ist als alles, was wir bisher gemacht haben."

„Es wird schon gut gehen." Roland klopfte auf seine Rüstung. „Ich komme schon klar. Vertrau mir."

Lady Nyssa sah unglücklich aus, aber ein leichtes Kopfschütteln von Charles ließ sie innehalten. Sie trat einen Schritt zurück und neigte den Kopf ein wenig, um zu bestätigen. Diese Aktion beschwichtigte den Prinzen nicht, sondern ließ ihn noch verärgerter aussehen. Der Abenteuermeister ignorierte das ganze Spiel und schlenderte davon, um sich um die nächste Abenteurergruppe zu kümmern.

Daniel und der Rest des Teams starrten sich an und schüttelten ihre letzte Meinungsverschiedenheit ab, denn anhaltende Zweifel waren das Letzte, was sie brauchten, bevor sie die Sicherheit der Mauern verließen.

***

Es war ganz einfach, aus der Tür zu schlüpfen. Es war nicht wirklich etwas Geheimes, was sie tun konnten – jeder wusste, wo die Türen waren. Aber aufgrund der Größe der Festung und der enormen Fläche, die es zu bewachen galt, wurde jedes Tor nur von einer kleinen Truppe geschützt. Das reichte aus, um jeden Angriff zu verlangsamen, bis mehr mobile Truppen eintrafen, um mit den Angreifern fertig zu werden.

Die Vorhut der Festung, **Schildkrieger**, **Kampfhüter** und andere Frontkämpfer hatten diese Gleichung natürlich in die andere Richtung kippen lassen. Der Dungeon war in erster Linie für normale Armeen ausgelegt – nicht für Abenteurer mit ihren höheren Levels, ihren speziellen Skills und ihrer verzauberten Ausrüstung. Selbst wenn sie durch die Türöffnung in die Zange genommen wurden, konnten sie die Formation durchbrechen und den Weg freimachen.

Dann kamen die schnellen Plänkler. Leute wie Johan mit seiner Waffenmeisterklasse oder Asin mit ihren hoch agilen, schnellen Wurfmessern. Andere Plänkler, einige mit Kurzschwertern, andere mit knochenbrechenden Hämmern, verteilten sich und hämmerten auf die Soldaten des Dungeons ein. Sie sorgten für Chaos und drängten die gegnerischen Einheiten zurück.

Bis Leute wie Daniel, Omrak und Roland folgten. Sie verstärkten die Linie, Nahkämpfer, die die Lücken füllten, die die erste Vorhut und die Plänkler hinterlassen hatten, und sorgten dafür, dass die Linie nicht einbrach. Sie waren starke Nahkämpfer, aber sie hatten nicht die besonderen Skills, um sich durchzusetzen.

Als das erledigt war, trafen die restlichen Mitglieder der Gruppen ein, Magier und reine Heiler, Fernkämpfer, die von den Mauern herabhuschten, wo sie im Kampf geholfen hatten, um sich der Gruppe anzuschließen. Innerhalb weniger Minuten hatten sie die Mauer überwunden, und es gab kaum Verletzte unter denen, die sich auf den Weg gemacht hatten.

Aber das war ja auch zu erwarten.

„Bewegung! Zum Mineneingang. Doppelt so schnell! Und passt auf, dass ihr die Alchemisten schützt!" Die Stimme des Abenteuermeisters brüllte und er stand bei seinem Team. Sie waren von der Hauptgruppe abgesetzt und beobachteten die bereits reagierende feindliche Armee. Sie beobachteten die Gruppen, die nach vorne stürmten, um nach geeigneten Gegnern Ausschau zu halten, an denen sie sich messen konnten.

Die gesamte Truppe rannte direkt auf ihr Ziel zu. Gruppen von schnellen Kämpfern überquerten die Seite und kämpften gegen die gelegentlichen Wachen, die noch lebten oder sich törichterweise gegen sie stellten. Die

Gruppen der Vorhut blieben zusammen und bildeten einen festen Wall, der jeden bedrohte, der sich ihnen in den Weg stellte.

Währenddessen feuerten Bogenschützen und Magier gelegentlich Pfeile und Zaubersprüche auf die Feinde in der Ferne, störten die Formationen und verlangsamten die Reaktionszeit. Nach etwa der Hälfte der Zeit rief der Abenteuermeister die nächsten Befehle aus.

„Teams drei und vier, Pause!"

Die so benannten Abenteurer-Teams trennten sich von der Hauptgruppe, die sich auf den Weg machte. Sie gruppierten sich mit Leichtigkeit neu und stellten sich der anrückenden Horde entgegen. Die Fernkämpfer starteten bereits ein Sperrfeuer an Angriffen und hofften, die leichte Kavallerie, die sie zuerst erreicht hatte, zu stören. Um einige Lanzen herum glühte Licht, und als die Kavallerie die letzten drei Meter erreichte, wurde sie plötzlich schneller.

Momentane Ladung kann das Timing von unvorbereiteten Schildwänden durcheinander bringen, aber in diesem Fall war es die Kavallerie, die überrascht wurde. Zwei Schilde knallten rechtzeitig auf den Boden, und die Skills kamen zum Einsatz. Eine **Dornenwand** schoss von einer Schildkante nach oben, ein kegelförmiger Angriff, der ein Trio von Pferden erwischte. Auf der anderen Seite nahm **Moorboden** einem Paar Pferde den Boden unter den Füßen weg, sodass sie ins Schleudern gerieten und in den heruntergelassenen Turmschild fielen. Sie prallten auf den stämmigen Mann, der den Schild festhielt, und warfen ihn ein paar Meter zurück, bevor sein verzauberter Standfuß ihn auffing und hielt.

So leicht wurde der Angriff der Kavallerie unterbrochen und der Kampf verwandelte sich in ein wirbelndes Handgemenge. Plänkler tauchten hinter dem Schildwall der Vorhut auf, während verzauberte Speere und Pfeile die Reiter von ihren Pferden rissen.

Daniel sah ein paar Sekunden lang zu, bevor seine Aufmerksamkeit durch eine eindringliche Hand wieder nach vorne gezogen wurde. Da er als Heiler in der Mitte festsaß, war er gezwungen, mit den anderen mitzulaufen, da die Masse an Nahkämpfern nicht mehr benötigt wurde.

Die Gruppe erreichte das Loch bald, und die Leichen lagen überall auf dem Boden herum. Sie begannen bald zu verschwinden und wurden zu den

Manasteinen, aus denen sie ursprünglich gemacht waren. Ein paar der Plänkler sammelten die Manasteine ein, während sich die übrigen Teams aufteilten und sich auf die schnell herannahende zweite Welle von Kämpfern vorbereiteten. In der Zwischenzeit eilten die Alchemisten in der Mitte mit ihren Tränken zum Luftschacht, holten ein Gebräu heraus und mischten es zusammen.

„Warum mischen sie sie jetzt?", fragte Daniel, als ihm klar wurde, was sie da taten.

„Müssen sie", sagte Lady Nyssa, die neben Daniel stand. „Die Mischungen sind sonst zu flüchtig. Du solltest nicht versuchen, die Sachen mit dir zu führen, wenn sie gemischt sind. Sie sind selbst für unsere Vorräte zu flüchtig."

Daniel zuckte bei diesem Gedanken zusammen. Der gleiche Grund, warum man nichts Lebendiges ins **Inventar** aufnehmen konnte, war auch ein guter Indikator für Gegenstände oder Kreaturen, vor denen man sich in Acht nehmen sollte. Es gab bestimmte Steine und magische Gegenstände, die sich einfach zu schnell auflösten – oft zum Nachteil der Menschen in ihrer Umgebung – als dass die Magie des Inventars sie hätte aufhalten können.

„Jetzt komm schon. Konzentriere dich! Was ist heute los mit dir?", schnauzte Lady Nyssa Daniel an. Er folgte ihrem Finger, der in die Ferne zeigte, um die sich schnell bewegende Gruppe feindlicher Plänkler zu sehen, die auf sie zustürmte, und dahinter zwei ganze Truppen der Schildinfanterie. „Wir wollen nicht hier sein, wenn sie kommen."

„Das werden wir nicht", murmelte Daniel. Trotzdem achtete er darauf, die Umgebung nach weiteren Bedrohungen abzusuchen.

Eine Explosion von Erde und Geräuschen in einiger Entfernung im Osten ließ ihn die Stirn runzeln, doch dann lichtete sich die Staubwolke und zeigte das Team der Meisterklasse, das in ein Gefecht mit einer Gruppe wargreitender schwerer Kavallerie verwickelt war. Die Kämpfer auf den Wargs – riesige, dämonische Wölfe – waren muskulös und stark, und jeder von ihnen verfügte über ein Trio von Skills. Allein waren sie keine Herausforderung für die Abenteurer der Meisterklasse, aber als ganzer Trupp würden sie die Abenteurer sicherlich auf Trab halten.

„Sie werden aufgehalten", sagte Daniel.

„Und?", sagte Lady Nyssa und berührte mit ihren Händen ein Paar Zauberstäbe. Sie wählte einen aus, richtete ihn auf einen der entfernten Bogenschützen und ließ einen Lichtstrahl los, der den Bogenschützen traf. Er wurde nach hinten geschleudert, sein Bogen zerbrach und er rollte auf dem Boden. Sie fluchte leise, weil sie ihn nicht getötet hatte, aber Daniel zuckte mit den Schultern. Er war so oder so aus dem Kampf ausgeschieden.

Aus den Augenwinkeln bemerkte er, wie Asin sich an der Nase rieb und ihren Schwanz langsam bewegte, während sie das Innere des Schutzrings betrachtete. Er runzelte die Stirn, weil er neugierig war, was sie da tat, doch dann wurde seine Aufmerksamkeit durch Charles' Worte geweckt.

„Wir brauchen die Meisterschüler, wenn etwas mehr... ah. Da", sagte Charles seufzend, spießte einen Pfeil auf und deutete in die Ferne. Auf einer kleinen Anhöhe, nicht weit von ihnen entfernt, erschien ein Quartett von Orks. Dungeon-Orks, die in mancher Hinsicht den einheimischen Orks von Brad ähneln, aber bestialischer, stärker und schneller sind als ihre eigene Art.

Allerdings waren sie genauso gewaltbereit wie die Nicht-Dungeon-Sorte.

Charles begann zu feuern, sobald er zu Ende gesprochen hatte, und vertraute darauf, dass Daniel sich darum kümmern würde. Lady Nyssa runzelte die Stirn und drehte und wendete bereits ihre Hände, als sie mit dem rituellen Wirken ihres **Schallkugel**-Zaubers begann. Da er seine Rolle kannte und seinen eigenen Zielfähigkeiten auf die Entfernung nicht traute, begann Daniel, die anderen Fernkämpfer zu alarmieren.

Einige lösten sich von ihren aktuellen Zielen und halfen dabei, ihre Angriffe auf die anderen loszulassen. Die Erde brach unter den rennenden Wargs auf, flammende Pfeile fielen auf die Orks, und sogar ein Wirbelsturm aus Metall und Wind zerrte an der Haut. Doch die meisten dieser Angriffe blieben wirkungslos und prallten an Rüstungen, gehärteter Haut und fast metallischem Fell ab. Die wenigen, die trafen, hinterließen leichte Blutspuren auf den Orks und machten sie nur noch wütender.

„Bedrohung der Meisterklasse auf der rechten Flanke!", brüllte Daniel, als ihm klar wurde, dass die Fernkämpfer nicht ausreichen würden, um sie aufzuhalten. Die Tatsache, dass jetzt weitere Angreifer nachrückten und leichte und mittlere Kavallerie die Linie erreichten, hielt die Teams davon ab, sich ganz auf die Orks zu konzentrieren.

Daniels Team, das darauf konditioniert war, auf ihn zu reagieren, rückte näher. Omrak schritt nach vorne, nahm seinen Platz vor der Gruppe ein und hob sein Schwert. Seine Augen glühten, als er das Wolfsquartett anstarrte und seine Lippen nach hinten gezogen hatte. Um ihn herum begann sich ein hellrotes Leuchten zu verdichten, als er ein Skill auslöste, die seine Wutfähigkeit künstlich erhöhte. Das würde ihn später teuer zu stehen kommen.

Prinz Roland schüttelte den Kopf, bevor er sich an Daniel wandte und schief sagte: „Du kannst mir später sagen, dass du mir das gesagt hast. Jetzt werde ich dir zeigen, warum ich nicht so besorgt war. Aber... Ich habe es dir ja gesagt."

Dann trat er einen Schritt nach vorne, direkt auf Omrak zu, und flüsterte dem Nordländer etwas zu. Omrak drehte sich um und blickte auf den kleineren Nahkämpfer herab, bevor er widerwillig nickte und zurücktrat. Johan nahm seinen Platz auf der anderen Seite des Prinzen ein, legte seine beiden Schwerter in sein Inventar zurück und holte eine massive Stangenwaffe mit einer langen Klinge am Ende heraus. Er hob die Waffe leicht an und trat weit genug vom Prinzen weg, um sie leicht handhaben zu können, ohne die anderen hinter ihm oder an der Seite zu gefährden. Nicht viele hielten sich in der Nähe des Waffenmeisters auf, wenn er diese Waffe schwang.

Ein weiteres Team löste sich ab und schloss sich ihrer Gruppe an, um sich in der Nähe von Omrak zu positionieren. Im Gegensatz zu ihrem eigenen Team bestand dieses aus drei Frontkämpfern und zwei Plänklern. Die Frontkämpfer trugen eine ähnliche Ausrüstung wie sie, nämlich eine Kombination aus kurzem Speer und Schild, und die Plänkler hatten eine etwas vielfältigere Bewaffnung. Einer von ihnen hatte sogar seinen normalen kleinen Streitkolben gegen einen größeren Kriegshammer ausgetauscht und hob die Waffe grinsend in die Höhe. Als er Daniels Blick und seine eigene, viel kleinere, stumpfe Waffe bemerkte, grinste der Mann.

„Die beste Art, einen Ork zu knacken, was?"

Daniel wollte antworten, aber da entschied sich Lady Nyssa endlich, ihre **Schallkugel** loszulassen. Dieser Zauber war minutenlang aufgeladen worden, sodass er eine dicht gepackte, verzerrte Energiekugel war, die heulend und pfeilschnell nach vorne flog.

Instinktiv gingen die Wargs und ihre Reiter auseinander und hinterließen eine Lücke in ihrem Angriff. Zu ihrer – und zu Daniels – Überraschung drehte sich das Zauberwerk jedoch in der Luft und folgte der Seite in der Nähe von Omrak, um das nächste Monster zu treffen. Der Zauber entlud seine Energie in einem einzigen Vibrationsimpuls, der die Ohren zum Platzen brachte, das Gleichgewicht störte und Haut und Organe zerriss. Warg und Ork brachen zusammen, und auch der andere Reiter auf dieser Seite brach zusammen, sein Tier wälzte sich vor Schmerzen auf dem Boden und ließ ihn ohne Ross zurück.

Doch das war noch nicht das Ende des Kampfes. Während sie sich über den Zauber ärgerten, stürzte sich das andere Ork-Trio auf das Team, um Johan zu überrollen. Das Gesicht des Waffenmeisters wurde angespannt, aber entschlossen, als er sich tief hinunterbeugte, bereit zuzuschlagen.

Doch als Roland das Skill seiner Rüstung auslöste, flog ein orange-goldener Blitz an ihm vorbei. Wie ein Meteor prallte er auf den führenden Reiter und schleuderte den größeren und muskulöseren Ork und den dämonischen Wolf um. Der Aufprall und das Knirschen von Knochen und Haut hallten über das Schlachtfeld, und nur die ohrenbetäubende Wirkung der früheren Schallkugel war ein guter Vergleich.

Der Ork, der getroffen worden war, prallte von seinem Warg ab und die beiden trennten sich, als sie durch die Luft flogen. Sie lagen regungslos da, die Knochen ragten aus der Haut, während Roland sich auf die beiden verbliebenen Orks zubewegte, die sich erst jetzt von seiner explosiven Ankunft erholten.

Das Team bewegte sich vorwärts und brach aus der Reihe aus, um Roland zu unterstützen. Daniel knurrte ein wenig über das Ungestüm des Prinzen. Er hätte schwören können, dass er es schon einmal aus dem Jungen herausgeprügelt hatte!

Ein mächtiger Schwung, ein massives Kavallerieschwert, das auf den erhobenen Schild niedergeht. Es flammte vor Kraft auf, nahm einen goldenen Schimmer an, genau wie Rolands Rüstung, und blockte den Angriff mit verächtlicher Leichtigkeit ab. Die Waffe prallte ab, und Roland schwang seine eigene Klinge und schnitt leicht in den ausgestreckten Arm. Ein Warg, der sich schnell und tief bewegte, kam von der Seite, mit monströsen, diamantbestückten Zähnen, die sich an seinem Oberschenkel festkrallten. Doch die verstärkte Aura der Rüstung ließ ihn abblitzen und die Zähne fanden keinen Halt.

Mit einem Tritt wurde das Monster weggeschleudert, auch wenn Roland ein neues Skill auslöste. Eines, das Daniel kannte, auch wenn er es nur gelegentlich gesehen hatte. Die **Stärke des Königreichs** war ein königliches Skill, das die Stärke des Prinzen um ein Vielfaches steigerte, solange das Königreich selbst intakt war. Und das war er auch.

In voller Rüstung und mit seinen legendären Waffen und Skills machte sich Roland an die Arbeit und zerlegte die verbleibenden zwei Orks der Meisterlevel und ihre Wargs, hielt sie auf und gewann sogar. Währenddessen kämpften Johan und Omrak mithilfe von Charles und Lady Nyssa in ihren Kettenrüstungen und mit ihren Schwertern und Schilden gegen eine Gruppe mittelschwerer Infanteristen und rissen deren Schildwälle ein, damit die anderen beiden den Kampf beenden konnten.

Daniel bekam das alles mit, während er rannte und dem Prinzen näher kam, denn er wusste, dass es seine Hauptaufgabe war, ihn zu beschützen. Für einen kurzen Moment wurde er jedoch langsamer und bemerkte, dass jemand fehlte. Er neigte den Kopf und entdeckte Asin, die in ihrem Lauf zu der anderen Gruppe stehen geblieben war und ihn und den Prinzen anstarrte.

Dann hatte sie Messer in den Händen und er sah nichts mehr, als er geschlagen wurde, einmal und dann noch einmal.

Kapitel 14

Asin schnupperte und drehte ihren Kopf von einer Seite zur anderen. Der Geruch war wieder da: Zimt, Nachtschatten und Waffenöl. Es war eine ungewöhnliche Kombination, die ihr aus irgendeinem Grund die Haare zu Berge stehen ließ. Seit der Festung tauchte er immer wieder auf und verschwand wieder, und sie konnte beim besten Willen nicht herausfinden, woher er kam. Egal, wie sie suchte oder schnüffelte, sie konnte es nicht finden.

Ein weiterer Schrei, diesmal von Daniel, und sie schüttelte den Kopf, um den Geruch des Landstreichers zu verdrängen. Die Orks der Meisterlevel auf ihren Wargs waren im Anmarsch, und sie hatte keine Zeit mehr, sich über solche Dinge Gedanken zu machen.

In den nächsten Sekunden war diese Sorge natürlich schnell verflogen. Noch während sie die Wirkung von Lady Nyssas **Schallkugel** abschüttelte – und das war ärgerlich, vor allem, wenn sie seine Stärke so erhöhte wie sie – war der Prinz in den Kampf gesprungen und hatte sich selbst zur Zielscheibe gemacht.

Außerdem brachte er sich selbst in Gefahr, indem er die Aufmerksamkeit des mittleren Infanterietrupps auf sich zog, der auf die Abenteurer zuging und stattdessen zu ihnen abbog. Daniel hatte das Problem natürlich bemerkt und Befehle erteilt, sodass Omrak und Johan, die den Prinzen enger bewachen sollten, ihren Kurs änderten.

Sie folgte ihnen und hielt einen angemessenen Abstand, denn sie war keine Idiotin mit zu vielen Muskeln und zu wenig Verstand, als sie wieder diesen Geruch wahrnahm. Der Instinkt – **Bestialischer Instinkt** – zerrte an ihr, und sie drehte sich suchend um. Ihr Blick schweifte zu Daniel und dem Prinzen, die beide in einer aufgewirbelten Staubwolke gefangen waren, die durch den Aufprall des Prinzen und den Warg, der um die beiden herumlief, entstanden war.

Irgendetwas war da. Etwas, das ihr die Nackenhaare aufsteigen ließ. Es ließ sie ihre Wurfmesser fester denn je umklammern und schrie jeden Instinkt an.

Der Staub bewegte sich um die beiden herum. Wirbelnde Wolken aus Erde, die um sie herumwirbelten. Ohne einen Luftzug. Daniel drehte sich gerade zu ihr um, als Asin erkannte, was geschah. Zwei, nein, drei

Staubwolken – eine in der Nähe von Daniel, zwei andere in der Nähe des umkämpften Prinzen, der gerade sein Schwert in einem Warg versenkt hatte und ihn zu Boden drückte.

Sie hatte eine Wahl zu treffen.

Es war nie eine Wahl.

Ihre Hände blitzten nach vorne, Ausdauer und Mana strömten über ihre Hand, als sie ihre Messer warf. **Eindringender Schlag** kombiniert mit dem **Messerfächer.**

Zu spät.

Sie sah, wie die Attentäter aus dem Nichts auftauchten und ihre Klingen nach vorne schlugen. Die erste erwischte Daniel in der Seite, direkt unter den Rippen. Sie traf ihn einmal und dann noch einmal, bevor der Heiler zu Boden sackte. Der Attentäter änderte seine Position und zielte auf seine Kehle.

Nur um dann von ihrem Angriff niedergestreckt zu werden. Die Waffen bohrten sich in seine leichte Rüstung, eine traf den erhobenen Arm und zwang den Killer, seine Waffe fallen zu lassen. Andere Messer bohrten sich in seinen Körper und ließen ihn zusammenzucken und verrenken, während der Blitzzauber in ihrer Aura seine Schläge austeilte. Asin wusste, dass es ihn nur für ein paar Sekunden verlangsamen würde.

Nicht, dass die Catkin gewartet hätte. Sie sprintete über die kahle Erde und stieß ein lautes, wütendes Jaulen aus, um den Rest des Teams zu alarmieren. Aus dem Augenwinkel sah sie die beiden anderen Attentäter auf Prinz Roland, deren Dolche blutrot waren. Ein weiteres Aufblitzen, als eine Schutzverzauberung ausgelöst wurde, die nur durch ihre eigenen Skills und Verzauberungen bekämpft werden konnte.

Dann hatte sie keine Zeit mehr zum Zuschauen. Sie sprintete auf allen Vieren und sprang ein letztes Mal, warf sich auf den sich erholenden Attentäter und brachte ihn zu Boden. Gemeinsam stürzten die beiden, wobei sich die leichte Catkin drehte und den Sturz abfederte, um oben zu landen. Ihre Dolche tauchten in ihrer Hand auf, als sie begann, sie in ihren Gegner zu stechen, der sich jedoch wehrte und kämpfte.

Die Catkin wurde von seinem Körper weggeschleudert, flog durch die Luft und landete auf ihren Füßen. Ein Pfeil, der mit großer Wucht geschossen wurde, durchschlug ihre Rüstung und ihre Ablenkungszauber, riss ihr eine Schulter ein und nahm ihr die Fähigkeit, einen Arm zu benutzen.

Das war egal.

Die Catkin bewegte sich nach vorne, duckte sich und holte aus, aber der andere Mann wich ihrem Angriff mit verächtlicher Leichtigkeit aus. Mit weit aufgerissenen Augen erkannte Asin, dass sie vielleicht einfach unterlegen war. Trotz der zahlreichen Wunden, die sie ihm zugefügt hatte, bewegte sich der andere Mann, und er bewegte sich gut.

Jadefarbene Augen verengten sich, und Asin stieß ein kleines Jaulen aus und duckte sich. Das würde in jedem Fall kein schneller Kampf werden. Sie konnte nur hoffen, dass der Prinz allein überleben würde.

***

Roland fluchte und spürte, wie das Blut an einer Seite herunterlief. Die legendäre Rüstung war durchlöchert worden, als wäre sie nichts weiter als Stoff. Die Dolche seiner Meuchelmörder hatten sich bei der Benutzung aufgelöst und die Gifte, die sie enthielten, in seinen Körper geschleudert. Er konnte spüren, wie es durch seine Adern floss und sein Herz zum Stillstand zu bringen und seine Muskeln einzufrieren drohte.

Königliche Konstitution hielt sie in Schach, eine geheime Skillfertigkeit. In gewisser Weise ähnelte sie der **Gesundheit des Kriegers** oder der **Widerstandsfähigkeit des Soldaten**, war aber wesentlich mächtiger, wenn auch begrenzter. Im Gegensatz zu den anderen beiden genannten Skills – oder der **Bestienabstammung** eines Beastkin – verbesserte sie seine allgemeine Gesundheit nicht so stark, aber sie bot einen viel, viel höheren Schutz gegen subtilere Bedrohungen. Wie Krankheiten. Und Gifte.

Er brauchte Zeit, um die Gegenmittel einzunehmen, die man ihm gegeben hatte, aber die Meuchelmörder ließen nicht locker und zwangen ihn, auf ihre Bewegungen zu achten. Sie waren auch schnell, viel schneller und geschickter als die Orks und Wargs. Nur noch ein Warg und ein Ork waren übrig und sorgten für ein heilloses Durcheinander, denn die beiden griffen die Attentäter und Roland wahllos an.

Eine weitere verschwommene Bewegung zu seiner Linken. Sein Schild riss ihn zur Seite und die Verzauberung **Fehlerfreies Parieren** wurde ausgelöst, um ihn aus dem Gleichgewicht zu bringen und den Schlag zu blocken. Unglücklicherweise wusste der andere Attentäter, was er vorhatte, und stürzte sich in einem tiefen Ausfallschritt auf ihn, wobei sein neuer Dolch den Spalt zwischen seiner Schale und der Oberschenkelpanzerung suchte.

Doch dann löste Roland eine weitere Verzauberung in seinem Schwert aus, **Blitz-Gegenschlag**. Sein Schwert flackerte nach vorne und unten, schnitt die ausgestreckte Hand ab und schlug dann mit der Rückhand nach oben zurück, um den Hals zu treffen. Da er jedoch aus dem Gleichgewicht geriet und von den Verzauberungen zur Seite gezogen wurde, hatte Roland weder die Geschwindigkeit noch die Stabilität, um diesen Angriff richtig auszuführen. Er war nur einen Hauch zu langsam, während der nun handlungsunfähige Attentäter zurückfiel und sich den Arm umklammerte, aber immer noch stumm blieb.

Doch in diesem kurzen Moment galt seine ganze Aufmerksamkeit Roland. Er sah den Warg nicht, der ihn von hinten packte und zu Boden riss, während er ihm den Hals verdrehte und die Kiefer im Nacken festhielt. Ein scharfer Knall hallte über die Lichtung und bedeutete den Tod des Mannes. Der Warg ließ den Leichnam fallen, warf den Kopf zurück und heulte seinen Sieg, taumelte dann aber bei der Bewegung, rollte die Augen nach hinten und fiel tot zu Boden.

„Gift", knurrte Roland und richtete seine Aufmerksamkeit wieder auf den anderen Attentäter. Er hatte seine Bewegungen wieder aufgenommen, eine weitere Verzauberung im Helm gab ihm die nötige Wahrnehmung, um die schleichende Meisterklasse im Auge zu behalten.

Keine Antwort. Nicht, dass Roland erwartet hätte, dass der Attentäter einen solchen Fehler macht, um ihn in ein Gespräch zu verwickeln. Das taten nur törichte Anfänger. Törichte wie er. Er hätte sich an die Linie halten sollen, anstatt zu versuchen, sich aufzuspielen. Jetzt saß er mittendrin, seine Gruppe war aufgeteilt und kämpfte gegen mehrere Feinde, und er war verblutet und vergiftet.

Idiot. Er hat es nie gelernt. Egal, wie oft Daniel oder Lady Nyssa oder sein Vater es ihm sagten.

Er blinzelte und starrte nach unten, als ein Schmerz in seiner Brust aufstieg. Ein weiterer Dolch steckte in ihm. Der Attentäter stand jetzt neben ihm, seine Klinge steckte tief in Rolands Körper und er drehte ihn. Jetzt konnte er das bärtige Gesicht des Attentäters sehen, sein Grinsen. Und er erkannte, was passiert war – ein mentales Skill. So etwas wie **Abgelenkte Gedanken** oder **Müßiggang**. Kaufleute und Politiker hatten solche Skills, und anscheinend auch Attentäter.

Er fiel rückwärts, der Schmerz überwältigte ihn. Er war nur dankbar, dass die legendäre Rüstung den Angriffspunkt von seinem Herzen auf seine Lungen verlagert hatte. Jetzt würde er langsamer sterben. Doch noch während er fiel, wurde eine letzte Verzauberung ausgelöst.

Blitze zuckten den Arm hinunter, grillten den Angreifer und beendeten ihn.

Er verlässt das Feld, aber der Meisterklasse-Ork, der Halter des Feldes, war verwirrt und wütend und pirschte sich an den liegenden Prinzen heran.

***

Daniel rollte sich um seinen Körper zusammen, der Schmerz wusch alles aus seinem Kopf, außer der Verletzung, dem Gift und seiner Gabe. Sie funktionierte automatisch, stahl ihm Erinnerungen und Erfahrungen, um das Gift zu heilen. Doch das war nicht genug. Die Menge, die ihm entzogen wurde, war mehr, als er jemals auf einmal erlebt hatte, als ob das Gift selbst nach seiner Erfahrung, seiner Heilung hungerte. Er löste es immer wieder aus, und es funktionierte, aber es forderte seinen Tribut.

Die Geräusche der Schlacht drangen langsam durch seine Sinne, als sich das Gift und die Wunden schlossen. Er hörte das Klirren der Schwerter, das Stöhnen der Schmerzen und die Schreie der Sterbenden, dazu gelegentlich einen gefilterten Fluch. Omrak war laut wie immer, und das unharmonische Kreischen von Lady Nyssas Klangmagie war auf eine schmerzhafte Weise beruhigend. Asin konnte er nicht hören, aber das war normal.

Was Roland betraf...

Der Atem stockte für eine Sekunde, als die Erinnerung ihn überflutete. Panik drohte aufzusteigen und ihn mitzureißen, aber Daniel kämpfte sie nieder. Er musste aufstehen, er musste sich selbst heilen. Jetzt. Der Prinz war verletzt, und wenn er starb...

Wenn er sterben würde, wäre das alles Daniels Schuld. Er hätte nie darauf bestehen dürfen, dass sie hierherkommen. Sie hätten nie die Mauern der Festung verlassen dürfen. Sie hätten ihn nie allein hinausgehen lassen dürfen.

Narr.

Ein weiterer Energieschub, etwas Kostbares und Weiches, riss sich aus Daniels Erinnerung. Er erhaschte einen flüchtigen Blick darauf: *lachende, rot und weiß gefärbte Beastkin-Gesichter, der Geruch von Gewürzen und der Geschmack von heißem Essen, während die Glocken für QuanEr durch die Nachbarschaft läuteten. Verwandtschaft und Verwunderung, alles in einem, als er sich bei denen wiederfand, die in ihm mehr als nur einen Bergmann oder Heiler sahen, die einfach nur seine Gesellschaft wollten und...* dann war es vorbei.

Er hinterließ nichts als einen Schmerz und seine Wunden waren geschlossen, das Gift hatte ihm die Lebenskraft geraubt. Daniel stemmte sich auf die Beine und ließ seinen Blick über die Umgebung schweifen. Asin, die von einem Seitwärtstritt abgeworfen wurde, schlug auf dem Boden auf und rollte nicht weit von ihm entfernt, und die Gestalt, die sie getroffen hatte, verschwand aus seinem Blickfeld, als er seinen Fuß zurückzog. Er konzentrierte sich ganz auf die Catkin, die zwar ein wenig blutete, aber noch lebte. Sie kämpfte noch.

Roland, nicht weit entfernt, stand still und bewegte sich langsam. Er fuchtelte mit dem Schwert in der Luft herum, als würde er nach dem Kämpfer suchen, der direkt vor ihm stand. Die anderen waren gerade dabei, die Infanteriegruppe zu erledigen. Charles drehte sich bereits um, um nach weiteren Bedrohungen Ausschau zu halten, einen Pfeil im Anschlag.

Eine kurze Überlegung, aber Asin bewegte sich nicht und sie brauchten die Bedrohung. Er könnte Rolands Verletzungen heilen, wenn er noch stehen würde. Wenn er jetzt hinüberlief, könnte die Bedrohung in seinem Rücken ihn auf der Flucht zu Fall bringen. Besser, sie kümmerten sich jetzt um den Attentäter.

Er drückte sich auf die Füße und schob seinen Schild zurück, um ihn mit der Handkante in eine Linie zu bringen, während er seine Füße unter sich brachte. Ein kurzer Moment des Schwindels, der von Gabe und Sturheit unterdrückt wurde. Doch es war zu spät, denn die Anzeichen, dass der Mörder hinter der Beastkin her war, waren verschwunden.

Aber...

Asin kam zwar noch nicht auf die Beine, aber sie beobachtete den Boden, konzentriert. Daniel verfolgte, wie sich ihre Augen bewegten, wohin sie sich umblickte und loslief. Er konnte nur hoffen, dass er richtig lag, auch wenn er seine eigene Wahrnehmung bis zum Äußersten anspannte. Wenn er ihn sehen könnte...

Er konnte es nicht. Aber der Schild, den er vor sich hielt, wurde beiseite geschleudert, lange bevor er mit dem anderen zusammenstieß. Dann ein stechendes Gefühl, als der Hammer, den er in der Hand hielt, aus seinem Griff gerissen wurde. Trotzdem wurde sein Schwung kaum abgelenkt, und Daniel nutzte die Angriffe, um sich ein wenig auf den nun enthüllten Gegner einzustellen. Er stürzte sich auf den anderen, schlang die ausgebreiteten Arme um den Mann und brachte ihn zu Boden.

Der Attentäter zappelte und verdrehte sich und hebelte Daniel bereits nach oben, schwere Plattenpanzerung hin oder her. Er war sehr geschickt, und Daniel spürte, wie eine weitere Klinge in einen Spalt knapp über seiner Hüfte glitt. Er stöhnte auf, als er zubiss und noch mehr Gift abgab. Aber das war nicht wichtig.

Er bekam eine Hand um den Arm des Mannes, und das war alles, was er brauchte. Daniel stürzte sich auf seine Gabe und ignorierte den Schmerz, die Art und Weise, wie er verdreht und zur Seite geschleudert wurde und die Klinge sich losriss, als er zur Seite geschleudert wurde. Der andere Mann versuchte, sich loszureißen, aber Daniels Griff war fest verschlossen, und er hatte genug Zeit.

Erstens, die Muskeln verkrampfen, sodass sie sich fest anspannten. Eine automatische Reaktion, die den anderen Mann dazu zwang, sich zu einer Kugel zusammenzurollen. Dann schüttete er bestimmte Substanzen aus, Chemikalien, die er tief im Körper bemerkt hatte, die Menschen erstarren ließen und sie zum Stillstand brachten. Er spürte das bei den wirklich

Verletzten, den Verängstigten oder denen, die Schmerzen hatten. Er nahm sie weg, stoppte die Produktion.

Diesmal steigerte er sie, bis sich sein Gegner nicht mehr bewegte. Anstatt es abklingen zu lassen, sorgte Daniel dafür, dass es weiterlief. Er würde nicht töten, aber die Fähigkeit eines Mörders, sich zu bewegen, zu denken und zu kämpfen, ausschalten? Das würde er tun.

Er nahm seine Hand von der anderen und wendete den Zauber **Mittlere Wunden** auf sich selbst an, damit die Magie ihn größtenteils zusammenflicken konnte. Er zog sich Verletzungen zu, darunter einen Schnitt am Hals, den er gar nicht bemerkt hatte, und einen weiteren am Arm, der sich zuzog und geronnen war.

Das reicht fürs Erste.

Ein Aufflackern von Informationen, eine Benachrichtigung wirbelte in seinen Augen auf. Er erschauderte, als er die Zahlen sah, schob sie aber eine Sekunde später beiseite.

*Level verloren * 3*

Dann war Daniel auf den Beinen und Asin kam einen Moment später zu ihm, immer noch humpelnd. Sie drehten sich beide um und sahen den Prinzen auf dem Boden liegen, den Dolch noch immer in der Brust, seinen Angreifer tot. Rauch stieg von den beiden auf, ein Nebenprodukt des Energieaustauschs und der Verzauberung.

Schließlich entdeckten sie den letzten Ork der Meisterklasse, der wutentbrannt auf den liegenden Prinzen zustürmte.

Charles legte an und schoss, wobei er den Pfeil verlor und ihn im Ohrloch des menschlichen Infanteristen vergrub, der sich auf Omrak konzentriert hatte. Irgendwo in der Schlacht hatte er seinen Helm verloren, sodass sich der Kopf des Bobkin problemlos in seinen Schädel bohren konnte.

Ein beiläufiger Schritt nach hinten verschaffte Charles einen weiteren Überblick über die Umgebung, sodass er nach weiteren Problemen in der Reihe Ausschau halten konnte. Aber sowohl Johan als auch Omrak hatten die Sache im Griff, denn sein Schützling erledigte den letzten Späher und hielt den Stab mit den **Manapfeilen** in der Hand, um ihr Mana zu schonen. Nach ihrem Kampf gegen die Orks der Meisterklasse hatte sie wahrscheinlich nicht mehr viel davon übrig.

Ein kleiner Teil von Charles glühte bei der Erinnerung daran vor Stolz. Der viel größere, professionellere Teil suchte die Umgebung ab und erinnerte sich bereits an das andere Problem, während er einen weiteren Pfeil anlegte. Und da lag er auf dem Boden, kaum noch am Leben.

Idiotisches Kind.

Karls Augen verengten sich ein wenig, als er den Ork sah. Seine Augen huschten zwischen den Spielern auf dem Schlachtfeld hin und her, denen, die er bemerkt hatte, und denen, die vielleicht noch im Spiel waren. Er überlegte, was er tun sollte, was seine Pflicht gegenüber der Lady und dem Haus war, und zog dann den Pfeil an seine Wange. Er visierte die Marschroute an und löste mit dem Pfeil **Durchbohrender Schuss** aus.

Es würde den Ork verletzen und wenn er Glück hatte, würde er ihn töten. Aber die Wahrscheinlichkeit, dass das passierte, war gleich null. Nein, es musste etwas anderes getan werden. Und es schien, dass es an ihm lag, das zu tun.

Den Pfeil losgelassen, verstaute Charles den Bogen und zog mit einer geschmeidigen Bewegung sein Schwert, um vorwärtszusprinten. Es gab ein Skill, das jeder gute Leibwächter besaß. Er musste nur nah genug herankommen, um es auszulösen, und zum Glück hatte der Wirbel des Kampfes sie alle nah herangezogen.

Jetzt musste er nur noch warten... nur ein wenig.

Nah genug, um zu sehen, wie der Ork den Pfeil in seine Schulter schoss, sich umdrehte und ihn anfauchte. Kurz erwog er, ihn zu töten, bevor er sich wieder Roland zuwandte und die letzten Schritte machte. Das war Zeit genug für ihn, den Abstand weiter zu verringern, immer noch hinter den beiden Abenteurern, die vorwärts stürmten und Messer in die Luft zwischen den beiden warfen.

Er hoffte, sie trafen ihn nicht, als er...

Ein Schwert schwang herab.

Und sein Skill löste sich.

Aufopferung des Leibwächters war kein wirklicher Opferangriff. Er hat den Schaden nicht auf sich genommen und musste auch nicht leiden. Er war nur zur richtigen Zeit am richtigen Ort, um einen Schlag abzublocken. Ob mit dem Schwert oder mit dem Körper – dem Skill war das egal.

Natürlich musste er immer noch die Distanz überbrücken, deshalb hatte es eine gewisse Reichweite. Es raubte ihm Ausdauer und Mana, als es ihn in einer fast augenblicklichen Bewegung durch den Raum zerrte, sodass seine Schultern und seine Hüfte schmerzten, wo sich ein verdammtes Wurfmesser in ihn gebohrt hatte, als er daran vorbeiging.

Aber er war im Weg, und das Schwert war blockiert.

Perfektes Timing.

Bis auf die Tatsache, dass dies ein Ork der Meisterklasse war. Und er war nur ein schlechter Leibwächter.

Die Klinge durchbrach seine Deckung, bohrte sich in seine Brust und fuhr bis zu seinem Herzen hinunter. Er spürte, wie es taumelte und stehen blieb, seine Augen weiteten sich. Dann grinste Charles brutal.

Ein letzter Akt also. **Reue**, eine Verzauberung an seiner Halskette, die an seine Familie weitergegeben wurde. Er hoffte, sein Sohn würde sich daran erinnern, warum er das getan hatte, warum sie sich entschieden hatten, andere zu retten, obwohl sie hätten leben können. Er hoffte, dass Lady Nyssa ihr Versprechen einhalten würde. Nicht, dass das Haus sie jemals verraten hätte.

Dann wurde der ganze Schmerz, der ganze Schaden an den Ork zurückgegeben.

Und schließlich, endlich fielen sie beide.

***

„Neeeeein!", schrie Daniel und joggte so schnell er konnte vorwärts. Nicht schnell, nicht eilig genug, um einen Unterschied zu bewirken. Nicht mehr. Er erreichte die zusammengesackte Gestalt von Charles, dem das verdammte Schwert vom Körper gerissen wurde, als der Ork fiel. Wäre es noch da gewesen, hätte er vielleicht etwas tun können. Aber das war es nicht, und das Blut war aus der offenen Wunde herausgesprudelt und tropfte jetzt nur noch.

Seine Gabe war mächtig. Es war etwas, das alles reparieren, alles heilen konnte. Seine **Heilende Aura II** war bereits am Werk, aber als seine Hand mit dem kalten Fleisch in Berührung kam, konnte er spüren, dass sie kaum etwas bewirkte. Kaum.

Es war genug.

Er tauchte tief in sich hinein und drängte auf die Macht, die ihm gehörte. In der Ferne konnte er einen Schrei hören, ein Schluchzen, das von Lady Nyssa kam. Er wusste, worum es ging, aber er wollte es nicht wahrhaben. Daniel hatte nicht die Zeit dazu.

…zuerst das Herz reparieren, es zusammenflicken, damit es wieder schlagen konnte… die gerissenen Blutgefäße mussten repariert werden, bevor das Herz wieder in Gang gesetzt werden konnte… die Körpertemperatur fiel, der Körper verfiel in einen Schock. Das musste geändert werden, der Körper muss dazu gebracht werden, sich zu erwärmen und die Produktion dieser Chemikalien zu stoppen. Zerrissene Muskeln spielten keine Rolle… die beiden Venen müssen sich miteinander verbinden, die Arterie mit der anderen… Das Herz muss jetzt wieder in Gang kommen, sonst ist es zu spät…

Charles wurde immer schwächer. Daniel merkte es, er konnte spüren, wie er mit jeder Sekunde schwächer wurde. Er arbeitete so schnell er konnte und die **Heilende Aura II**, die er benutzte, verlangsamte zum Glück den Verfall. Es konnte nichts heilen, überhaupt nichts, aber es half. Zumindest so viel, dass er das Minimum finden konnte, das er brauchte, um die Sache zu beenden. Dann musste er nur noch das Herz neu starten und einen Zauber sprechen.

Erinnerungen stürmten davon. So viele. Khy'ra, die Küsse und das Lachen im Bett. Sein Großvater, der ihm zum ersten Mal zeigte, wie man eine Spitzhacke führt. Lange Stunden in den Minen, in denen er schuftete.

Eine Erinnerung, ein gestohlener Kuss von einem jungen Mädchen, das um die Ecke der Kochstellen saß. Nächte im Gasthaus, Träume, an die er sich erinnert und die dann... waren sie weg.

Nicht genug. Das Herz begann wieder zu schlagen, und Charles schoss fast in die Höhe. Daniel drückte ihn zurück und rief bereits seine Magie herbei. Doch dann legte sich eine Hand auf seine Schulter und zwang ihn, sich abzuwenden.

„Was?"

„Der Prinz. Du musst den Prinzen heilen", sagte Lady Nyssa mit zwiespältigem Blick und goss einen Heiltrank auf Charles offene Wunde. Sie begann sich zu schließen und einige Schäden zu beheben. Der Trank konnte nicht viel ausrichten, aber er tat es.

„Ich muss...", sagte Daniel und gestikulierte zu Charles.

„Wird er durchhalten?", fragte Lady Nyssa.

Daniel hielt inne und blickte auf die sich schließenden Wunden, auf das blasse Gesicht hinunter. Er hatte die verletzten Stellen repariert und die anderen zusammengeflickt. Die Knochen waren immer noch gebrochen, die Muskeln zerfetzt. Aber die wichtigsten Teile hielten zusammen, waren einigermaßen zusammengeflickt.

Lady Nyssa erkannte die Antwort, noch bevor er sprach, und zog Daniel mit überraschender Kraft an sich. „Dann kümmere dich um den Prinzen. Ich habe das im Griff."

„Verbinde und schiene ihn!", befahl Daniel, als er sich abwandte. „Und keine Heiltränke mehr."

„Ich weiß!"

Dann hatte er keine Zeit mehr. Der Prinz lag da, auf dem Boden. Sie hatten den Dolch nicht herausgezogen, obwohl Asin die Wunden mit einem Tuch abgedeckt hatte, um die Blutung zu stoppen. Es war viel Blut auf dem Boden, von ihm selbst kam nicht mehr viel.

Zähneknirschend kniete Daniel noch einmal nieder, um die Hand des Prinzen zu ergreifen. Dabei geriet er ins Schwanken und fiel fast um. Nur der Griff von Omrak, dessen plötzliches Auftauchen den Heiler überraschte, bewahrte ihn davor, umzufallen.

Als er in der Hand des anderen Mannes lag, runzelte Daniel die Stirn. Es gab keinen Grund, keinen...

„Scheiße. Das Gift." Das Zweite, mit dem er vergiftet worden war. Er hatte es nicht geheilt, hatte es nicht in seinem eigenen Körper repariert. Seine Gabe ging nach innen, fand es und zermalmte es. Als er lange Sekunden später wieder zu sich kam, blinkte vor ihm eine Meldung auf, die er ignoriert hatte. Wieder einmal aktualisiert.

*Level verloren * 4*
Hinweis: Berührung des Märtyrers wurde in kurzer Zeit überstrapaziert. Eine weitere Verwendung wird nicht empfohlen. Es kann zu dauerhaften Schäden kommen.

Mit großen Augen winkte Daniel die Benachrichtigung ab. Er hatte keine Zeit, nicht für so etwas. Er riss sich von Omrak los und beugte sich nach unten, um den stillen Prinzen zu berühren. Er spielte seine Möglichkeiten durch, starrte auf das Messer in der Brust des Mannes und schickte seine Gabe auf die Suche nach weiteren Informationen.

Beschädigte Lunge. Die Brusthöhle füllte sich mit Blut, wenn auch langsam. Trotzdem wurde seine Atmung behindert. Der Blutverlust war beträchtlich und machte dem Herzen zu schaffen. Ein **mittlerer Heilungszauber** könnte das beheben, aber in gewisser Weise verursachte seine **Heilende Aura II** sogar Probleme, da sie den Körper dazu zwang, sich selbst zu heilen, obwohl seine eigenen Ressourcen schwer beschädigt waren. Stichwunden, darunter eine beschädigte Niere auf einer Seite und die eingekerbten Venen in der oberen linken Brust von den ersten Angriffen. Drei Arten von Gift. Eine wurde bereits vertrieben, Rolands grundlegende Giftresistenz war mehr als ausreichend. Die anderen beiden waren ein Problem. Das eine war ein Seelenfresser, die gleiche Art, mit der er es in seinem eigenen Körper zu tun gehabt hatte, aber der Prinz hatte die doppelte Dosis. Und das Gift hatte Zeit, seinen Körper zu durchdringen. Das zweite war ein einfacheres Gift, das das Nervensystem des Prinzen angreifen und lahmlegen sollte.

Also.

Die Erinnerungen verschoben sich und verschwanden. Etwas über Asin... ein Gespräch mit ihr über Jungs. Katzen? Warte, Daniel wollte schreien, es war wichtig. Aber sie war weg, lange bevor er sie erfassen konnte. Eine weitere Erinnerung verschob sich, löste sich und für eine Sekunde kämpfte er damit, zu verstehen, was er in den Giften sah. Medizinisches Wissen war immer relativ sicher vor seiner Gabe gewesen, fast so, als wüsste Erlis, dass er es brauchte, um seine Gabe richtig einzusetzen. Aber dieses Mal...

Diesmal war alles in Gefahr.

Daniel zitterte, riss sich von seinen Gedanken los und zog sich für eine Sekunde zurück. Er hob seine Hand von der anderen und starrte auf den unbeweglichen Körper hinunter.

„Warum tust du nichts?", schnauzte Johan.

„Ich muss nachdenken..."

„Worüber? Benutze einfach deine Gabe!"

„So einfach ist das nicht", sagte Daniels. „Es gibt mehrere Verletzungen und Gifte. Ich kann nicht einfach..." Er schüttelte den Kopf und sah sich kurz um. „Triage."

„Was?", sagte Johan.

„Freund Daniel meint, dass er den Prinzen zuerst stabilisieren wird. Die Heilung wird dann später abgeschlossen", grummelte Omrak. „Wir sind hier draußen in Gefahr. Wir müssen ihn zurückbringen, und zwar schnell."

Wie um Omraks Worte zu unterstreichen, ertönte ein explosives Grollen. Die Gruppe drehte sich gemeinsam um und beobachtete, wie dichter Rauch aus dem Luftloch der Mine quoll, immer dunkler wurde und die Abenteurer zurückdrängte.

„Schnell", kläffte Asin.

Nickend beugte sich Daniel und begann mit der Heilung. Zuerst reparieren, was repariert werden muss. Zuerst müssen die Gifte isoliert und eingedämmt werden. Das Nervengift musste zuerst beseitigt werden, sonst würde der Prinz die gefährlicheren, aber langsamer wirkenden Seelengifte nicht überleben. Diese breiteten sich zwar ungehindert aus, waren aber vorerst eine geringere Gefahr. Das schwächelnde Nervensystem und das kämpfende Herz mussten bekämpft werden.

Er flickte die Wunden, indem er Venen und Arterien zusammennähte, wie er es bei seinen eigenen Wunden getan hatte – eine schlampige Arbeit, die Narben hinterlassen würde. Die Muskeln wurden zusammengezogen und an einigen Stellen zusammengeschoben, bevor er nach dem Dolch griff. Mit einem einzigen Ruck zog er ihn heraus, und dann floss Blut.

„Ba'als Fluch!", fluchte Johan.

„Es ist in Ordnung", murmelte Daniel und ignorierte das Gespräch um ihn herum.

Es ging darum, Charles zum Transport auf eine Trage zu schnallen, und darum, ihn einfach über Omraks Schultern zu tragen. Er ignorierte das alles und drückte das Blut, das sich in der Brusthöhle angesammelt hatte, heraus, bis es größtenteils verschwunden war. Dann schloss er die Lunge und ließ die offene Brustwunde zurück.

Ein Schritt zurück, ein Inventarisieren des Dolches. Er zauberte eine **Heilung mittlerer Wunden** auf den Prinzen und nutzte die Fähigkeit von Mana, Wunder zu wirken, um Wunden zu schließen und sogar Blut zu erzeugen. Eine Sekunde später wirkte er den Zauber erneut, dann fuhr er mit seiner Hand über den Körper.

Sekunden später sah er auf und nickte der Gruppe zu. „Lasst uns gehen."

„Das wurde auch Zeit!", sagte Omrak grummelnd. Er bückte sich und hob Roland mit seinen Armen über die Brust, bevor er Lady Nyssa ansah. Die Magierin hatte gerade einen weiteren Zaubertrank in Charles' Kehle gestopft und zur Überraschung aller war er aufgestanden. Er sah zwar ziemlich mitgenommen aus, aber er stand.

„Johan", rief Asin und zeigte ihnen den Weg, den sie gehen mussten. Sie liefen durch eine Gruppe sich schnell bewegender Plänkler, die ihnen auf den Fersen waren, während andere Teams sich bewegten, um den Weg für andere ankommende Gruppen zu blockieren. Sogar das Team der Meisterklasse schien die Situation erkannt zu haben und war gerade dabei, dem Team Deckung zu geben.

Schließlich wollte niemand in den Tod eines Prinzen verwickelt werden.

„Wir rennen", sagte Johan, klappte das Visier seines Helms herunter und begann langsam zu joggen, wobei seine Waffen und seine Rüstung schimmerten, als er sie gegen sein Lieblingsschwert austauschte.

Sie rannten.

Kapitel 16

Daniel taumelte und torkelte hinter der Gruppe her, sein Geist war betäubt und müde. Tage und Monate später war er nicht mehr in der Lage, sich an die Passage zu erinnern, denn das Chaos der Schlacht und die Auswirkungen seiner Gabe forderten ihren Tribut von seinem Gedächtnis. Vor allem die Erschöpfung durch den früheren Einsatz und seine immer noch heilenden Verletzungen lenkten ihn ab, sodass er im Kampf kaum von Nutzen war.

Stattdessen lief er seinem Team hinterher, begleitete Omrak und half der Gruppe mit seiner **Heilenden Aura**. Irgendwann hatte er ein Level verloren und damit auch das Skill, die Gabe auf einem höheren Niveau einzusetzen. Tief in seinem Innern wusste er, dass sich etwas in seiner Gabe verändert hatte, dass etwas durch die wiederholte und anstrengende Anwendung zerbrochen war. Selbst jetzt konnte er nicht anders, als sich zu fragen, wie viele seiner Skillfertigkeiten noch funktionierten. **Schildschlag** war verschwunden, der Schild in seiner Hand ein Klumpen, der sich in seiner Hand unnatürlich anfühlte. Zu viele Momente des Trainings, zu viele Erinnerungen an sein Leben waren verschwunden. Er wusste, dass es noch andere gab, die er verloren hatte.

Erlis gab ihm die Chance, etwas von seinen Heilungsskills zu behalten. Aber er konnte sich nicht erinnern, konnte sich nicht daran erinnern, was er in der Klinik in Silverstone getan hatte. Die Tage dort waren nur noch verschwommen, die Gesichter nur noch halb im Gedächtnis. Die Fälle waren klarer, die Symptome, die er diagnostizierte, deutlicher. Die Menschen... gesichtslos.

Etwas traf ihn seitlich und er stolperte zur Seite und fiel auf den Boden. Er kämpfte sich auf die Beine und schüttelte den Kopf, während seine Kampfinstinkte schwanden. Der zweite Schlag traf ihn an seinem Brustpanzer, ließ ihn nach oben taumeln und trieb ihm die Luft aus den immer noch vollen Lungen.

Er schlug mit der Faust zu und spürte, wie sie auftraf und abprallte. Einen Moment lang fragte er sich, wo sein Hammer war. Dann zwang ihn ein weiterer Schlag des schwertschwingenden Angreifers zurück in die Knie. Daniel fing den Gegenangriff mit einer hochgezogenen Schulter ab, sodass die Klinge von der Rüstung auf seinen Helm flog und seinen Kopf berührte, ihn aber weitgehend unverletzt ließ.

Vielleicht geschockt. Aber unversehrt.

Dann schlug ein sich schnell bewegender, dunkler Fleck von der Seite auf den Angreifer ein, kam tief heran und wickelte sich um den Kämpfer. Dolche blitzten auf, Gliedmaßen verdrehten sich und der Kämpfer fiel zu Boden, während sich die Catkin über ihn beugte. Ein Dolch stürzte nach unten, stach tief in den Hals und trat dann wieder aus.

Zu diesem Zeitpunkt war Daniel schon auf den Beinen. Er hatte eine Hand erhoben, bereit zuzuschlagen – warum schlug er zu? Wo war sein Hammer? Aber die Catkin starrte ihn einfach nur an, tief geduckt. Ihre Ohren drehten sich hin und her, während sie ihren Kopf drehte und die Schnurrhaare im Wind flatterten.

„Lauf!", bellte die Catkin – Asin, so hieß sie.

Daniel rannte.

Er wünschte, er wüsste, was das Problem war, warum er nicht zu verstehen schien, was geschah. Sein Kopf drehte sich alle paar Minuten und der Ablauf des Kampfes frustrierte ihn ständig.

Vorne bahnte sich ein Junge mit zwei Schwertern einen Weg durch ein paar Angreifer, die an einem anderen Abenteurerteam vorbeigekommen waren. Er sprang buchstäblich und wirbelte durch die Luft, die Schwerter nach außen gerichtet, während sie wie Butter durch Kehlen und Rüstungen schnitten.

Dann stolperte er erneut und eine Hand zog ihn am Ellbogen hoch. Ein älterer Mann, der noch schlimmer aussah, als Daniel sich selbst fühlte, zog ihn hoch. Neben ihnen drehte sich die Magierin um und rannte rückwärts, ihr Gewand flatterte an ihren Beinen, als sie ihre Hand hob. Ein Schild, der die Luft vibrieren ließ und den Heiler – und das war er, ein Heiler – in Schwingungen versetzte.

Ankommende Pfeile prallten an dem Schild ab und einige Angriffe wurden abgelenkt, da der Schaft der Pfeile unter den Vibrationen zerbrach. Sie fielen zwar immer noch, aber da sie abgelenkt wurden, waren sie deutlich weniger gefährlich. Einige Skills, für die der gesamte Pfeil benötigt wurde, flackerten sogar und starben, sodass die Angriffe nicht gefährlicher waren als ein Pfeilhagel.

„Lady Nyssa, Sie müssen sich beeilen!", rief der ältere Herr dringlich zurück.

„Das werde ich. Aber dieses Mal werde ich es sein, der dich bewacht! Lauf, sonst komme ich auch nicht mehr."

Frustriert, trieb der ältere Mann Daniel weiter an. Er schüttelte den Kopf, schob die Nebenhandlung beiseite und konzentrierte sich auf die Zukunft. Es kamen noch mehr Feinde, einige auf Pferden, andere auf riesigen Wölfen. Die Infanterie prallte auf die Abenteurer, während die Gruppe um ihr Leben rannte, während die Mauern von Warmount vor ihnen auftauchten und doch so weit entfernt zu sein schienen. Explosionen von Zaubersprüchen, das Klirren von Waffen auf Rüstungen und die Schreie der Sterbenden schallten unaufhörlich durch den Berg. Es war das reinste Chaos, und Daniels Verstand schrumpfte ein wenig vor all dem, während seine Seele krähte und glühte.

„Die Kriegs-Champions kommen aus dem Süden!" Ein heiserer, angsterfüllter Schrei erregte ihre Aufmerksamkeit.

„Wie viele?" Eine andere Stimme. Eine arrogante, idiotische, dumme Stimme. Daniel war irritiert, als er sie hörte, obwohl er nicht wusste, warum.

„Ein halbes Dutzend."

„Ba'als Tränen." Die Worte wurden wie ein Fluch ausgesprochen, aber leise. Sie wurden noch immer durch das Schlachtfeld getragen, in einem Manöver aus Klang und Umständen. Es gab eine lange Pause, dann erhob sich die Stimme, dieses Mal lauter und fester. „Maximale Kraft – zu mir! Wir halten die Champions auf, bis der Prinz in Sicherheit ist. Setzt alles ein. Haltet nichts zurück."

Mehr Bewegung, mehr Menschen rannten. Er bemerkte, wie sich eine Gruppe absetzte und sich der neu gegründeten Maximalen Kraft anschloss. Es wurden Worte ausgetauscht und viele Gesten gemacht. Daniel war gezwungen, den Blick abzuwenden und sich auf das Laufen zu konzentrieren, denn sein Atem ging schwer.

Die Ausdauer war gut, warum keuchte er dann? Warum schlug sein Herz wie die gespannte Haut der Kriegstrommel eines Orks? Warum wusste er überhaupt, wie sich eine Ork-Kriegstrommel anhörte? Er hatte noch nie eine gehört, nicht wahr? Er hatte noch nie an einem Krieg teilgenommen.

Lücken.

Zu viele Lücken.

Und Lärm, der jetzt von hinten kam. Schreie und Gebrüll, das Dröhnen von Explosionen und das Summen von Magie, die zum Leben erwacht. Der Himmel verdunkelte sich hinter Daniel, als die Tür zum Tor aufgerissen wurde und andere Abenteurer herausströmten. Warum wurde er bewacht – und andere zu der reglosen Gestalt in den Armen des riesigen blonden Mannes.

Noch mehr Gestalten tauchten über der Mauer auf, darunter eine Elfe mit langen Haaren, die einen übergroßen Bogen spannte. Er zielte in die Ferne und schoss einen Pfeil ab, der aus blauem und grünem Licht bestand und zum Leben zu flackern schien, als sich eine riesige Katze um ihn herum bildete. Dann flog es durch den Himmel und über ihn hinweg.

Er duckte sich und spürte, wie seine Seele bebte, als es vorbeiging. Eine Hand ergriff seinen Arm, er wurde weiter hineingezogen und dann hörte er plötzlich das Wort „sicher".

Irgendwie fühlte er sich nicht sicher. Er fühlte sich einfach nur verwirrt.

***

„Was ist los mit ihm?", knurrte eine Stimme und zeigte mit dem Finger auf ihn.

Lady Nyssa ließ sich mit ihrer Antwort Zeit, zog ihre Magierrobe herunter und strich sie glatt. Sie schaute zu Daniel hinüber, dem „Ihm", nach dem gefragt wurde, und sprach dann ruhig. Man musste ruhig sein, vor allem, wenn alle anderen um einen herum es nicht waren. Auch wenn das Herz in der Brust pochte, als würde es sich losreißen und alle Geheimnisse verraten. Auch, wenn man sich nicht sicher war. Vor allem, wenn man sich nicht sicher war.

„Daniel hat seine Gabe stark genutzt. Um sich selbst, Charles und den Prinzen zu heilen und zu stabilisieren. Ich fürchte, er zahlt den Preis für seinen selbstlosen Einsatz."

Die königliche Leibwache schrak bei dem Wort Preis ein wenig zusammen. Jeder wusste, dass die so Begabten einen Preis zu zahlen hatten.

Manchmal war es ihre Gesundheit. Manchmal war es ihre Lebenserwartung. Manchmal war es auch etwas Esoterisches. Aber es gab immer einen Preis.

Trotzdem wischte er die sozial konstruierte Angst beiseite, denn die Pflicht war wichtiger als alles andere. „Der Prinz liegt bewusstlos da, seine Wunden werden kaum versorgt. Die anderen Heiler haben erfolglos Heilzauber gesprochen. Sie sagen, er wurde vergiftet." Eine Pause, ein tieferer Atemzug. „Wenn er von den Attentätern angegriffen wurde, wie du gesagt hast, dann kann die *Gabe* auch den Prinzen heilen."

„Ich weiß", sagte Lady Nyssa. „Aber er benötigt ein paar Minuten."

„Der Prinz hat das vielleicht nicht!", schnauzte der königliche Leibwächter.

„Und wenn er einen Fehler macht?"

Diese böse Bemerkung ließ den Mann erstarren, denn er verstand, was das bedeuten könnte. Schließlich war ein Heiler das, was er aufgrund seiner Skills und seines Wissens war. Ein verwirrter Heiler war eine ebenso große Gefahr für den Patienten wie das, was ihn plagte.

„Gut. Er kann..." Der Mann hielt inne, drehte sich um und richtete seinen Blick auf einen der Heiler in der Nähe. Als der Mann den Blick erwiderte, gab er einen ungeduldigen Laut von sich.

„Ähm... vielleicht ein paar Stunden. Er hat sich stabilisiert und die weltliche Heilung hat verhindert, dass die Wunden wieder aufgehen und gerinnen. Das Gift ist vorerst stabil, aber..." Ein Achselzucken. „Ich weiß es einfach nicht. So etwas habe ich noch nie gesehen."

Der Leibwächter nickte und blickte Lady Nyssa an. „Du hast eine Stunde Zeit. Beruhige ihn. Mach ihn bereit."

Lady Nyssa nickte und machte sich auf den Weg zu Daniel. In der Nähe saß Asin neben Daniel, der einen besseren und weniger panischen Eindruck machte, als er an dem Brötchen mit Fleisch und Brot kaute, das sie ihm gereicht hatte. Ihre Augen tränten, als sie sich den beiden näherte, denn die Gewürze des Fleisches ließen sie zusammenzucken.

Es war ein seltsames Gefühl, ohne ihren Schatten unter so vielen anderen zu sein. Charles war von den wartenden Heilerinnen und Heilern gleich nach ihrer Ankunft in Warmount weggebracht worden, der Mann war fast zusammengebrochen. Sie hatte zugesehen, wie sie ihn abtransportierten, und war erst zu spät gekommen, um das aufkeimende Problem mit der königlichen Leibwache zu sehen. Jetzt, jetzt hatte sie endlich Zeit zum Durchatmen.

Und Sorgen.

Sosehr sie auch versucht hatte, den Leibwächter zu beruhigen, irgendetwas stimmte mit Daniel nicht. Er verhielt sich nicht wie er selbst. Sie hatte ihn mit einer Gehirnerschütterung gesehen, sie hatte gesehen, wie er gestochen und zerquetscht wurde und unter Druck stand, aber so hatte sie ihn noch nie gesehen.

Sie unterdrückte die Angst in sich und sprach leise und sanft zu den beiden. „Daniel? Wie geht es dir?"

„Mir geht's... Es geht mir besser." Daniel schüttelte den Kopf. „Es tut mir leid, ich wollte mich bei dir bedanken. Für die... die... **Schallwand?**" Die Verwirrung löste sich, als er sich an den Namen erinnerte. „Ja. **Schallwand.**"

„Zwischen den Gruppenmitgliedern ist kein Dank nötig", sagte sie.

„Wir sind Gruppenmitglieder?"

Asin nickte, dann hob er einen Finger und zeigte darauf. „Omrak."

„Ich erinnere mich an ihn. Er hat ein Hemd an..." Daniel hielt verwirrt inne.

Asin grinste und stieß ein kleines Lachen aus, während Lady Nyssa nur verwirrt aussah. Sie schüttelte den Kopf und wies die Ungereimtheit von sich. Warum sollte ein Abenteurer ohne Hemd auf Erkundungstour gehen?

„Lady Nyssa." Asin deutete auf sie und fuhr fort. Der Finger wanderte zur Seite der Frau. „Schatten-Charles."

„Ihr Schatten heißt Charles?"

„Mein Leibwächter heißt Charles."

„Oh, richtig!" Ein Nicken. „Der ältere Mann. Er sah schlimm aus. Leichte Gehirnerschütterung, Reste von Gift und Blutverlust. Die Wunden waren nicht vollständig verheilt und sind auf der Flucht wieder aufgegangen."

„Ganz genau!", sagte Lady Nyssa und freute sich, dass etwas von seinem alten Können zurückkehrte. Oder zumindest noch vorhanden war.

„Und der letzte... Josh?", sagte Daniel zögernd. Der Waffenmeister stand nervös in der Ecke. Er kämpfte nicht mehr, sondern drehte sich von einer

Seite zur anderen, weil er sich in der Gegenwart so vieler Menschen unwohl fühlte.

„Johan." Lady Nyssa korrigierte ihn sanft.

„Richtig. Richtig. Und wir waren in einem Team mit einem... Roland. Und er war wichtig."

„Ja, das war er."

Dann weiteten sich seine Augen und Daniel richtete sich auf. „Ich erinnere mich! Ich muss ihn fertig heilen."

Lady Nyssa atmete erleichtert auf, gleichzeitig stieß Asin ein leises Jaulen aus und klammerte sich mit den Klauen an einen Ellbogen. Daniel hielt inne und sah die Catkin an.

„Du. Schlecht. Musst aufhören."

„Mir geht es gut."

„Nein."

„Mir geht es gut."

„Nein."

„Ich bin..."

„NEIN." Die Catkin stand auf und fuchtelte mit den Händen herum. „NEIN. Du bist kaputt. Heilen. Macht weiter kaputt."

„Ich muss das tun", sagte Daniel. So verwirrt er auch war, in seiner Stimme lag ein Hauch von Stärke, als er diese Aussage machte.

Lady Nyssa, die die beiden Streitenden beobachtete, räusperte sich.

„Pause. Mehr."

„Wenn ja..."

„NEIN. FREUND KEINE PAUSE!" Asin schubste Daniel.

Wieder räusperte sich Lady Nyssa.

„Ich muss..."

„NEIN." Der Schwanz ragte direkt unter ihr auf und ein anderer Abenteurer bewegte sich auf die beiden zu. Die Catkin drehte sich blitzschnell um und knurrte ihn an, wobei ihre Ohren flach an ihrem Schädel anlagen. Der Mann, der etwas Wildes und Ungezähmtes in ihren Augen sah, wich zurück.

„Asin, ich kann nicht..."

Die Catkin wirbelte herum und zischte Daniel an, als er versuchte zu sprechen.

„Es reicht!", blaffte Lady Nyssa entnervt. Die Catkin starrte sie an, und angesichts der ungezähmten Wildheit in ihren Augen wich sie fast zurück. Dann erinnerte sie sich an die königliche Leibwache, die sie wahrscheinlich alle im Dungeon sehen würde, gerade lange genug, damit der König sie zu den Henkern schicken konnte. Vor allem aber erinnerte sie sich an den reglosen, blassen Körper des Prinzen. Ein Mann, der mit ihnen gekämpft, mit ihnen gelacht und mit ihnen gegessen hatte.

Ein Gruppenmitglied.

„Genug." Lady Nyssas Stimme wurde leiser, als sie Asin eine Hand auf die Schulter legte. Die Catkin wich zurück, aber das hielt die Worte der Adeligen nicht auf. „Daniel muss das tun. Wenn nicht, wird der Prinz – Roland – sterben. Er ist doch auch ein Freund, nicht wahr?"

Ein zögerndes Nicken. Dann riss Asin ihr Kinn hoch. „Daniel am besten."

„Das ist er. Ein besserer Mann als jeder von uns. Aber er muss das tun. Er *will* es tun." Sie drehte ihr Kinn zu Daniel, der den beiden zuhörte, sein Blick war jetzt ein wenig distanziert. Wieder irgendwo verloren. „Lass ihn."

„Kaputt." Asins Stimme war jetzt weicher.

„Dann werden wir die Scherben aufsammeln. Aber er muss das tun. Für uns." Er ist mürrisch, aber er wird weicher. „Für Roland." Asins Gesicht wurde noch weicher, die Bande der Kameradschaft zeigten sich. „Für sich selbst."

Und jetzt füllten sich diese großen, jadefarbenen Augen mit Tränen.

„Asin." Daniel sprach leise. „Bitte."

„Na gut..." Die Catkin wandte sich ab, und Daniel schenkte ihr ein trauriges Lächeln. Dann richtete sich der Mann auf, drehte sich um und ging auf die Holztür zu, vor der die königlichen Leibwächter standen. Dorthin, wo Roland lag und von den Heilern versorgt wurde, die sich darum bemühten, ihn zu retten.

Lady Nyssa sah zu, und wenn sie auch Tränen in den Augen hatte, so schämte sie sich nicht dafür.

Kapitel 17

Daniel atmete aus und legte seine Hand auf die reglose Gestalt des Prinzen. Er lag auf dem Bett in der Mitte des Raumes, die Heiler standen um ihn herum und tuschelten miteinander. Viele sahen blass aus, weil sie ihr ganzes Mana in den Patienten gesteckt hatten. Und vielleicht auch die Sorge.

Er hatte einiges von dem Gespräch mitbekommen, als er hineinging, während er darauf wartete, dass Asin überzeugt werden würde. Dass dies nicht der einzige Angriff war, sondern dass auch andere angegriffen worden waren. Keine anderen Könige, aber genug, um die königliche Familie zu schwächen. Ein politisches Spiel, kein Bürgerkrieg. Das blieb Brad zumindest erspart.

Nicht, dass es Roland etwas ausgemacht hätte.

Daniel hatte so wenige Erinnerungen an den Mann. Meistens waren es kurze Augenblicke. Er hatte überhaupt so wenige Erinnerungen. Er hatte einige Zeit damit verbracht, während er aß und sich ausruhte, auf seinen Charakterbogen zu schauen. Er war auf unter Level 10 gesunken – ein bedauernswerter Abenteurer Level 9. Sein Level als Bergmann lag bei 2. Auch viele seiner Skills waren gesunken. Und abgesehen davon, abgesehen von seinen Attributen...

Seine Kindheit, seine Teenagerjahre, die letzten paar Jahre im Kampf. Es war so durchwachsen. Männer, Frauen, Bekannte. Alles war verblasst. Er hatte halbe Gespräche, Viertel von ihnen.

Er hatte eine Menge verloren. Zu viel. Und leuchtend starrte die letzte Benachrichtigung, die er noch nicht geschlossen hatte, ihn an.

WARNUNG! Das Zeichen des Märtyrers ist in kurzer Zeit überstrapaziert worden.
Bei fortgesetztem Gebrauch von Zeichen des Märtyrers können dauerhafte und irreversible Schäden auftreten.

„Willst du etwas tun oder nur glotzen?", knurrte der Anführer der königlichen Leibwache.

Daniel drehte den Kopf und starrte den Mann einfach nur an. Ein wenig von der Frustration und der Wut, die er empfand, sickerte heraus. Zuerst starrte der Leibwächter zurück, aber schließlich zog er den Kopf ein.

„Tut mir leid. Ich wollte nur... bitte. Rette ihn."

Daniel wandte sich seufzend ab. In Wahrheit wusste er, dass er gezögert hatte. Er ließ seine Hand auf der nackten Schulter des Prinzen landen. Er hielt inne, sah zu den anderen auf und sprach leise. „Wenn das schiefgeht... sag ihnen... sag Asin... danke."

Der Leibwächter nickte.

Dann zapfte Daniel ein letztes Mal seine Gabe an und tauchte in den Körper des Prinzen ein, um ihn zu heilen. Er wusste, dass er alles geben würde, um den Mann zu heilen.

Egal, wie hoch der Preis sein würde.

Kapitel 18

Omrak zupfte an seinem Kragen, denn der hochgeschlossene Mantel und die darunter liegende Tunika waren unangenehm eng und einschränkend. Die höfische Mode hatte sich ihre Vorliebe für enge Kleidung bewahrt, weshalb das Ensemble aus extra engen Reithosen und Hosenlatz für viele sicher wenig schmeichelhaft war. Natürlich nicht für Omrak, aber für andere kleinere Südländerinnen und Südländer schien es unpassend zu sein, so etwas zu tragen.

Andererseits waren die Südstaatler sehr töricht. Man brauchte sich nur die ganze Tragödie ansehen, wie sie sich auf seinen Freund und den Prinzen ausgewirkt hatte. Es ging nicht einmal darum, das Königreich zu übernehmen – dafür war die königliche Familie zu sicher –, sondern darum, einen kleinen Vorteil zu erlangen.

Narren.

Er hatte sein Bestes getan, um sich nicht in die Diskussionen einzumischen und den unkultivierten und dummen Nordländer zu spielen. Leider hatte er das nur zu gut gemacht. Zu viele Adlige und Abenteurer hielten es für sicher, in Hörweite von ihm über Politik zu diskutieren, und selbst wenn er es hätte vermeiden wollen, waren die Lektionen von Lady Nyssa in sein Bewusstsein eingedrungen.

Daher wusste er von den Vergeltungsangriffen. Die Verwendung der Dolche der königlichen Familie, die plötzliche Häufung von Selbstmorden in bestimmten Adelsfamilien. Selbstmord durch Strangulieren, Vergiften und Ausweiden. Allesamt sehr schmerzhafte Todesarten. Offensichtlich hatte die Scham sie gepackt.

Offensichtlich.

Anstatt sich darüber Gedanken zu machen, drehte sich Omrak zu seinem Team um. Alle anderen waren hier, trugen gut sitzende Kleidung und sahen viel wohler aus. Sogar Asin fühlte sich in ihrer Kleidung wohl – und es war ein Skandal, dass der königliche Schneider sich die Zeit genommen hatte, um an ihrer Kleidung zu arbeiten. Es schien, als wollte er damit ein Zeichen setzen, denn noch nie war eine Beastkin auf diese Weise an den Hof eingeladen worden.

Ein Statement war definitiv angesagt. Ihr gesamtes Ensemble war in Grün und Gold gehalten, wobei das Gold in der Kombination aus Kleid und

Tunika dominierte. Das Kleid lag eng am Körper und betonte ihre schlanke Figur, ohne sie zu verstecken, was durch sorgfältig platzierte Ausschnitte und Schnürungen erreicht wurde. Das gesamte Kleidungsstück betonte ihre Beastkinnatur und ihre Schönheit.

Was die anderen betraf, so sah Johan wie immer gut aus, auch wenn seine Mutter um ihn herumstand und an seiner Kleidung zog und zupfte. Es war ziemlich unmännlich, sich so zurechtmachen zu lassen, aber über die Beziehung zwischen Eltern und Kindern wollte Omrak nicht diskutieren.

Er mischte sich auch nicht in die ganze Sache zwischen Charles und Lady Nyssa ein. Seit Charles' Beinahe-Tod und seinem erzwungenen Rücktritt als ihr Leibwächter war die Lage zwischen den beiden sehr angespannt. Die Tatsache, dass er aus ihren Diensten gedrängt wurde, sich aber sofort als Einzelperson um einen Platz im Team bewarb, hatte zu ziemlichen Spannungen geführt. Das Problem war noch nicht gelöst, denn ihr ehemaliger Teamleiter war...

Nun.

„Denk daran, wenn die Hörner blasen, solltest du...“

„Ich weiß“, sagte Daniel und schnauzte den Protokollbeamten an, der neben ihm stand und das Ritual wiederholte, das sie schon mehrmals auswendig lernen mussten. „Ich habe alles vergessen, was vorher passiert ist, nicht alles. Ich bin doch nicht blöd.“

„Natürlich nicht... äh... Abenteurer.“ Der Offizier verbeugte sich erneut, diesmal tiefer.

Daniel starrte ihn an und wandte sich dann ab, und wenn Omrak der Einzige war, der sah, wie der Anflug von Verärgerung in plötzliches Mitgefühl und eine tiefere Angst umschlug, wollte er es niemandem sagen. Er verstand Daniels Gefühle, zumindest ein wenig. Es war schwer für ihn, in den Süden zu kommen und an einem neuen und anderen Ort gefangen zu sein, ohne den Halt des Vertrauten.

Wie viel schwieriger war es für Daniel, der so viel von dem verloren hatte, was er einmal war? Er war jetzt kaum noch ein Abenteurer Level 3, alle seine Levels im Bergbau waren weg. Er hatte nur noch ein paar Heilzauber und ein paar andere Skills. All seine hart erkämpfte Arbeit... weg.

Zusammen mit Erinnerungen an kleinere, weniger wichtige Dinge. Wie Gesichter, Namen, soziale Begebenheiten. Die ersten paar Wochen, nachdem er den Prinzen geheilt hatte und zusammengebrochen war, waren hart gewesen. Der sonst starke Mann war ständig verwirrt, verängstigt und wütend, weil er mit einer Welt und einem Verstand konfrontiert war, die wenig Sinn ergaben.

Es war hart für Omrak und das Team, für die Heiler und Krankenschwestern, die mit dem Ex-Heiler arbeiteten, bis er einigermaßen ins Gleichgewicht gekommen war. Eigentlich sollte Daniel immer noch in dem kleinen Lager sein und das Ausmaß seines Gedächtnisverlustes wiedererlernen – lesen, sprechen, Kontakte knüpfen und langsam trainieren.

Nicht hier, wo sie von der königlichen Familie herumgeführt werden.

Aber was wusste er schon? Er war nur ein dummer Nordstaatler.

Hörner ertönten, die Türen wurden aufgestoßen und die Gruppe angekündigt. Und wieder einmal wurde ihr Team auf die Bühne gestellt.

Hoffentlich zum letzten Mal.

***

„…und dafür, dass er seine von Erlis gegebene Gabe für meinen Sohn geopfert hat, verleihen wir Daniel Chai, dem Abenteurer, den Rang eines Barons, den er auf ewig weitervererben kann. Zu seinen Lebzeiten erlassen wir ihm auch alle Steuern auf seine Ländereien und gewähren ihm darüber hinaus ein Stipendium der Krone in Höhe von fünfhundert Platinstücken pro Jahr und den Einsatz eines unserer Verwalter bei der Bewirtschaftung seiner Ländereien, denn wie wir erfahren haben, soll der Abenteurer seine Pflichten fortsetzen und unsere Ländereien vom Makel des Ba'al befreien."

Der Mann redete immer weiter, aber Daniel hörte ihn kaum. Nicht seit der ersten Zeile. Kein Mann. Der König. Das spielte keine Rolle, für ihn war das alles dasselbe. Oh, er verstand, dass er sich um seinen Stand kümmern sollte, um die Tatsache, dass er ihn töten konnte oder dass er über alle herrschte, aber...

Es war alles so langweilig.

Er hatte sich seines eigenen Gedächtnisses beraubt und eine Gabe geopfert, die ihn angeblich zum mächtigsten Heiler im ganzen Land gemacht hatte. Was konnte ihm eine kleine Drohung mit Tod und Zerstückelung danach noch bedeuten?

Die meisten Leute fanden es in Ordnung, wenn er etwas wütender war, etwas abgelenkter, als er eigentlich war. Sie waren bereit, sich dafür zu entschuldigen, wie er sich verhielt, woran er sich erinnerte oder wann er ein soziales Zeichen missachtete. Sie waren bereit, eine Menge Ausreden zu finden.

Schade, dass er es nicht so empfand.

Dann wäre es viel einfacher, sich nicht darüber zu ärgern, dass er so weit hinter allen anderen zurückliegt. Tag für Tag aufzuwachen, ohne dass er sich ständig über seine Skills und Fertigkeiten ärgern müsste, die alle anderen als Kinder für selbstverständlich hielten.

Es war einfacher, die einzelne, kaputte Benachrichtigung zu vergessen, die er noch minimieren musste.

Gabe: Das Geschenk des Märtyrers verloren
Der Schaden an den Erinnerungen und der Gabe ist zu groß. Der Verlust der Gabe wurde angeordnet, um die Seele des Nutzers zu schützen.

Und die darauf Folgende.

Verborgene Aufgabe erfüllt: Nutze meine Gabe richtig
Belohnung: (Unbekannt)

Er hatte anderen von der ersten Benachrichtigung erzählt. Es war schwer, solche Dinge zu verbergen und in den ersten Tagen seiner Genesung hatte er nicht einmal daran gedacht, dass er etwas zu verbergen hatte. Bis auf die letzte Benachrichtigung. Irgendetwas tief in seinem Inneren sagte Daniel, dass er diese Nachricht für sich behalten sollte. Sogar das eine Mal, als er es Asin gegenüber erwähnen wollte, hatte er gespürt, wie etwas auf seine Seele drückte und ihn zwang, zu schweigen.

„Knie nieder, Daniel Chai, und nimm deinen Titel an."

Daniel blinzelte und spürte, wie sich eine winzige, scharfe Kralle in seine Seite grub, als er merkte, dass die anderen ihn ansahen. Er hatte eine vage Erinnerung daran, dass dies nicht das erste Mal war, dass ihn jemand gerufen hatte. Er stolperte vorwärts, ging auf die Stelle zu, auf die man zeigte, und kniete nieder.

Mit gesenktem Kopf wartete Daniel darauf, dass der König herunterkam und das Schwert an seiner Seite ablegte. Als sich der Mann näherte, spürte Daniel, wie die Aura des Königs auf ihn einwirkte und ihn dazu zwang, seinen Kiefer zusammenzubeißen. Selbst im eingezogenen Zustand war der Druck zu groß für ihn, wenn er auf seinem derzeitigen Stand war.

Kalt, der Stahl des Schwertes war kalt auf seiner Haut. Eine Schulter und dann die andere, Worte zogen über seinen Kopf, mehr rhythmische Worte der Zeremonie und des Prunks. Als das Schwert zurückgezogen und in die Scheide gesteckt wurde, sprach der König erneut.

„Steht auf, Lord Chai."

Daniel erhob sich, sein Kopf hob sich ein wenig, um das Wams des Mannes zu betrachten. Dann sprach der König, nicht auswendig, seine Stimme war voller Leidenschaft.

„Schau nach oben. Gerade du hast das Recht, uns ohne Angst anzuschauen. Du hast alles geopfert, was wir verlangen konnten, und noch mehr, um unser Kind zu retten."

Daniel hob langsam den Blick und begegnete den grauen, winterlichen Augen. Der König lächelte und senkte seine Stimme, seine nächsten Worte galten nur Daniel. Nun, Daniel und der Catkin mit ihren erweiterten Sinnen.

„Wisse, dass dir immer ein Gefallen geschuldet wird. Frag, wenn du ihn brauchst."

Eine Verbeugung, eine Verabschiedung und noch mehr Worte. Es dauerte viel zu lange für eine Zeremonie, an der Daniel nicht teilhaben wollte. Sie sprachen von Opfern, von verlorenen Dingen, von der Rettung des Prinzen. Und an nichts davon konnte er sich erinnern. Auch wenn er wusste, dass er in Wahrheit derjenige war, der das alles getan hatte, konnte er sich des Gefühls einer Fälschung nicht erwehren.

Schließlich hatte er keine Erinnerungen mehr daran.

Überhaupt nicht.

Alles, was er hatte, wurde Daniel klar, als er den Empfangsraum verließ, war sein Team, diejenigen, die ihn bei jedem Schritt seiner Genesung begleitet hatten. Menschen, die ihm aus ihren eigenen Gründen beigestanden hatten, als er gefallen war, und die ihm hoch geholfen hatten, auch wenn er nicht aufstehen wollte.

Vielleicht hatte er keine Erinnerungen, keine Gabe, keine Levels. Vielleicht wusste er nur noch am Rande, wer und was er war, aber Daniel erkannte, dass der Mann, den er verloren hatte, Respekt und Loyalität verdient hatte. Er hatte die Preise und den Adel, die ihm verliehen wurden, verdient.

Als er mit seinen Freunden in ein neues Leben aufbrach, schien es ihm, als hätte er viel zu tun.

Zum Glück hatte er eine Menge Freunde, die ihm dabei helfen konnten.

Ende

**Und das war es, Leute. Das ist das Ende der Serie!
Daniel und sein Team werden das Abenteuer fortsetzen, aber ich rechne nicht damit, dass ich in nächster Zeit an dieser Serie weiterschreiben werde.**

Epilog

Der Eingang zum Dungeon kam ihm bekannt vor, so wie sich bestimmte Ereignisse wie ein Echo ihrer selbst anfühlen könnten. Die seltsame Vertrautheit, die ihm entgegenschlug, als er auf den Eingang starrte, ließ Daniel erzittern. Um ihn herum lachten und scherzten Jugendliche – größtenteils Teenager – während sie darauf warteten, dass die beiden älteren Wachen mit der Einweisung begannen. Mehr als einer warf Daniel einen fragenden Blick zu, mehr wegen der Qualität seiner Rüstung und seiner Freunde als wegen seines Alters. Zumindest vermutete er das.

„Du hättest nicht kommen müssen", sagte Daniel zum x-ten Mal.

„Ich weiß. Ich bin immer noch hier", antwortete Asin und grinste über das stark gewürzte Fleischbrötchen, das sie gerade kaute.

„Deine erste Dungeon-Lieferung! Wie konnte ich das nur verpassen, Freund Daniel!", grummelte Omrak.

„Ich war noch nie im Dungeon von Karlak. Das sollte interessant sein", murmelte Lady Nyssa.

Charles nickte zustimmend. „Sehr sogar."

Daniel ließ seinen Blick über die Gruppe schweifen und grinste ihn an. Johan wollte mitkommen, aber seine Rolle als persönlicher Leibwächter des Prinzen würde ihn von nun an in der Hauptstadt halten. Der Prinz selbst durfte nicht mehr umherziehen und Abenteuer erleben, wie er wollte. Von allen war es vielleicht Roland, dessen neu eingeengtes Leben am meisten unter dem Angriff gelitten hatte. Doch sein Beinahe-Tod schien den Prinzen zu besänftigen, sodass er mit seiner Rolle in der königlichen Familie besser zurechtkam.

„Du weißt, dass ich dich nicht brauche, um in einem *Anfängerdungeon* auf mich aufzupassen", zischte Lady Nyssa Charles an.

Ein vertrautes Nicken. „Und das werde ich auch nicht. Stattdessen erhalte ich meinen Rang auf dem richtigen Weg."

„Du..."

Daniel gluckste ein wenig, als er die beiden streiten hörte. Dann wurde seine Aufmerksamkeit wieder auf die beiden Wachen gelenkt, die sich für die Rede bereit machten. Er trat vor, winkte seinen Freunden zum Abschied und beobachtete, wie Asin ihm ein träges, raubtierhaftes Grinsen zuwarf, bevor er sich in die Menge der Abenteurer mit niedrigem Rang einreihte.

Abenteurer wie er, die hier waren, um ihren allerersten Dungeon zu beenden. Sie wollten sich mit Waffengewalt, Geschick und Verstand ihren Weg zu Glück und Aufregung bahnen. Um die Welt von Ba'al zu befreien und ihre Pflicht zu erfüllen. Um Dinge zu *erleben*.

Und er war unter ihnen. Nur ein weiterer Abenteurer, nur ein weiterer hoffnungsvoller Narr, der noch viel zu lernen und noch viel mehr zu erleben hatte.

Doch als er sich umdrehte und seine Freunde und die blonde Elfe sah, die bei ihnen stand und ihn freundlich anlächelte, musste Daniel zugeben, dass er vielleicht ein paar Vorteile hatte.

Anmerkung des Autors

Und das ist die Serie. Sie endet damit, dass Daniel seine Gabe verliert und zu dem wird, was er immer sein wollte – nur ein weiterer Abenteurer. Er hatte nie große Ambitionen, wollte nie ein berühmter Abenteurer werden. Er wollte einfach nur etwas mehr von der Welt sehen, ein wenig mehr tun, als eine Spitzhacke gegen eine Minenwand zu schwingen. Nicht, dass er sich jetzt an viel davon erinnern könnte, aber die Eindrücke bleiben.

Die Abenteuer in Brad war meine erste Serie als Autor, und wenn ich sie mir jetzt ansehe, gibt es zahlreiche Probleme. Die Statusblätter, das Layout und sogar der Aufbau der Welt lassen aus meiner Sicht etwas zu wünschen übrig. Aber die Welt hat auch ihren Reiz – die Einfachheit der Geschichten, die jeweils zwischen 40.000 und 50.000 Wörter umfassen und einen Tag im Leben eines relativ durchschnittlichen Abenteurers darstellen sollen.

Ich hoffe, euch hat die Serie und das Ende gefallen. Es hat ein paar Jahre gedauert, bis es so weit war, seit ich Buch sechs veröffentlicht habe, aber ich wollte euch nicht ganz hängen lassen. Deshalb habe ich diese letzten drei Bücher geschrieben, in der Hoffnung, Daniels Lebensweg zu vollenden und ihn auf den Weg zu führen, den er schon immer gehen wollte.

Werden er, Asin und Omrak noch weitere Abenteuer erleben? Zweifelsohne. Es gibt immer noch weitere Dungeons zu erforschen, ganze Königreiche, die sie noch besuchen müssen, und Monster, die sie bekämpfen müssen. Aber Daniel als Charakter hat sich stabilisiert. Er weiß, was er will und ausnahmsweise hält ihn nichts davon ab, es zu bekommen.

Danke, dass du alle Bände gelesen hast. Ich hoffe, das Ende war nach deinem Geschmack.

Wenn dir das, was ich geschrieben habe, gefallen hat, habe ich wie immer mehrere andere Serien zu lesen, darunter meine Bestseller-Serie Xianxia Chinese Fantasy, deren erstes Kapitel ich zu deinem Vergnügen an das Ende angehängt habe.

Nochmals vielen Dank, dass du mich auf dieser Reise begleitet hast.

Viele Grüße,
Tao

Ein Tausend Li

Der erste Schritt (Buch 1)

Kann Wu Ying die flüchtige Chance auf Unsterblichkeit ergreifen?

Long Wu Ying hatte sich nie vorstellen können, einer Sekte beizutreten oder ein richtiger Kultivator zu werden. Er verbrachte seine Tage mit Lernen, dem Reisanbau auf den Feldern seiner Eltern und mit seinen Freunden. Das Schicksal jedoch hat andere Pläne für Wu Ying und als die Armee in seinem Dorf eintrifft, werden er und viele andere Dorfbewohner rekrutiert.

Als er die Möglichkeit erhält, der Sekte des Sattgrünen Wassers beizutreten, muss Wu Ying sich zwischen seinem Leben als gewöhnlicher Bürger und dem aufregenden, blutbefleckten Leben eines Kultivators entscheiden.

Begleitet Wu Ying bei seinen ersten Schritten seiner Reise über ein Tausend Li, um ein unsterblicher Kultivator zu werden.

Der erste Schritt ist der erste Band der *Ein Tausend Li* Reihe über Kultivation, Unsterblichkeit, fantastische Kampfkünste und Seelenbestien.

Fans von Wuxia- und Xianxia-Romanen werden dieses Buch nicht mehr aus der Hand legen.

Lest mehr über *Ein Tausend Li: Der erste Schritt*
https://readerlinks.com/l/2408699

Die System-Apokalypse
Das Leben im Norden (Buch 1)

Was geschieht, wenn die Apokalypse kommt, nicht in Form eines Atomkriegs oder eines Kometen, sondern als Level und Monster? Was wäre, wenn du gerade im Yukon einen Campingurlaub machst, als die Welt endet?

John wollte lediglich im Kluane National Park am Wochenende ausspannen. Wandern, zelten, ausruhen. Stattdessen endet die Welt in einer Reihe blauer Textfelder. Tiere verändern sich, Monster erscheinen, und er erhält Charakterwerte und irre Fertigkeiten. Jetzt muss er die Apokalypse überleben und in die Zivilisation zurückkehren, ohne dabei durchzudrehen.

Das System ist da — und damit auch Aliens, Monster und eine Realität, die sowohl an alte Legenden als auch an Videospiele erinnert. John muss neue Freunde finden, mit seiner Ex zurechtkommen und geifernde Monster besiegen, die überall auftauchen.

Das Leben im Norden ist Buch 1 der *System-Apokalypse*, einer apokalyptischen LitRPG-Reihe, welche die Gegenwart, Science Fiction und Fantasy-Elemente vereint und auch eine Spielmechanik besitzt.

Die Serie enthält Spielelemente wie Levelaufstieg, Erfahrungspunkte, verzauberte Materialien, einen sarkastischen Geist, einen Mech, einen verführerischen Dunkelelf, Monster, Minotauren, eine temperamentvolle Rothaarige und eine semi-realistische Darstellung von Gewalt und deren Auswirkungen. Enthält keine Harems.

Lest mehr über *das Leben im Norden*
https://readerlinks.com/l/2353710

Über den Autor

Tao Wong ist ein begeisterter Leser von Fantasy und Science Fiction, der im Norden Kanadas wohnt und dort schreibt. Er hat viel zu viele Jahre damit verbracht, alle möglichen Kampfsportarten zu trainieren. Da sich dabei zu oft verletzt hat, verbringt er nun seine Zeit mit der Erschaffung von Fantasy-Welten.

Informationen über diese Serie und andere Bücher von Tao Wong (sowie besondere Kurzgeschichten) finden Sie auf der Website des Autors:

- www.mylifemytao.com
- www.mylifemytao.com/foreign-language-editions/german

Abonnenten von Taos Mailingliste erhalten exklusiven Zugriff auf Kurzgeschichten in den fiktionalen Universen Thousand Li und System-Apokalypse.

Sie können mich über mein Patreon-Konto direkt unterstützen: www.patreon.com/taowong

Oder besuchen Sie seine Facebook-Seite: www.facebook.com/taowongauthor

Weitere tolle Informationen über LitRPG-Serien findest du in den Facebook-Gruppen:

- Deutschsprachige LitRPG
  www.facebook.com/groups/deutsche.litrpg
- Progression Fantasy-, Kultivations- und LitRPG-Romane auf Deutsch
  www.facebook.com/groups/8911130550086052

Über den Verlag

Tao Wong ist der alleinige Eigentümer und Betreiber von Starlit Publishing. Dieser Verlag für Science Fiction und Fantasy konzentriert sich auf die Genres LitRPG & „Cultivation". Er will neue, vielversprechende Autoren in diesen Genres fördern, deren Texte die existierenden Stereotypen herausfordern, dabei aber dennoch ein fantastisches Lesevergnügen bieten.

Weitere Informationen über Starlit Publishing finden Sie auf unserer Website!
www.starlitpublishing.com

Sie können sich auch bei der Mailingliste von Starlit Publishing anmelden, um über neue, aufregende Autoren und Bücher informiert zu werden.